American Gods

American Gods

Neil Gaiman

Traducción de Mónica Faerna

rocabolsillo

Sexta edición en este formato: noviembre de 2016
Decimosegunda reimpresión: junio de 2021

Av. Marquès de l'Argentera, 17, pral.
08003 Barcelona
info@rocabolsillo.com
www.rocabolsillo.com

Impreso por Liberdúplex
Sant Llorenç d'Hortons
(Barcelona)

ISBN: 978-84-15729-20-4
Depósito legal: B-16.810-2013
Código IBIC: FM; FJ; FT

PARA LOS AMIGOS AUSENTES;
Kathy Acker y
Roger Zelazny,
y todos los puntos intermedios.

He hecho lo posible por localizar y ponerme en contacto con los titulares de los derechos de los textos reproducidos en este libro. No obstante, se me han notificado varias omisiones que serán subsanadas en futuras ediciones. Quisiera expresar mi agradecimiento a quienes me han concedido autorización para incluir sus materiales en el libro:

Introducción a la Edición X Aniversario

No sé cómo es la experiencia de leer este libro. Sólo sé cómo es la experiencia de escribirlo.

Me trasladé a los Estados Unidos en 1992. Algo empezó a germinar en mi cabeza. Eran ideas aisladas que sabía que eran importantes y sin embargo parecían inconexas: el encuentro de dos hombres a bordo de un avión; un coche sobre el hielo; el significado de los trucos con monedas; y, sobre todo, los Estados Unidos: este lugar inmenso y extraño donde ahora vivo y que yo sabía que no comprendía. Pero quería comprenderlo. Más que eso, quería describirlo.

Y entonces, durante una escala en Islandia tuve ocasión de contemplar un diorama para turistas de los viajes de Leif Erickson, y todo empezó a cobrar forma. Le escribí una carta a mi agente y editora explicándole cómo sería el libro. En el encabezamiento de la carta escribí: «American Gods». Parecía la portada del libro que tenía pensado escribir.

Me pareció desconcertante y a la vez estimulante el tener la portada antes que el libro. Lo colgué en la pared y me quedé mirándolo, intimidado, y supe que ya nunca encontraría otro título. Esa era la portada del libro. Ese era el libro.

Ahora solo me quedaba escribirlo.

Escribí el primer capítulo durante un viaje en tren de Chicago a San Diego. Y seguí viajando, y continué escribiendo. Viajé en coche desde Mineápolis a Florida, por carreteras secundarias, siguiendo las mismas rutas que Sombra recorrería en el libro. Seguía escribiendo y, de tanto en tanto, cuando me atascaba, me echaba a la carretera. Comí empanadillas en la Península Superior y tortas de maíz fritas en Cairo, Illinois. Procuré no escribir sobre ningún lugar en el que no hubiera estado.

Escribí el libro en diversos lugares: varias casas en Florida, una cabaña en un lago de Wisconsin, y una habitación de hotel en Las Vegas.

Quería acompañar a Sombra en su viaje, y cuando no sabía qué hacer con Sombra me ponía a escribir un relato sobre el Desembarco en los Estados Unidos, y para cuando llegaba al final ya sabía cuál era el siguiente paso de Sombra, y volvía con él. Me había propuesto escribir dos mil palabras al día, así que si lograba escribirlas me daba por satisfecho.

Recuerdo que cuando tenía ya terminado el primer borrador le dije a Gene Wolf, que es el escritor más sabio que conozco y que ha escrito más grandes novelas que cualquier otro escritor que yo haya conocido, que ahora ya sabía cómo escribir una novela. Gene me miró, y me sonrió con bondad. «Uno nunca aprende a escribir novelas», me dijo. «Todo lo más aprende a escribir la novela que está escribiendo.»

Tenía razón. Había aprendido a escribir la novela que estaba escribiendo, nada más. No obstante, había aprendido a escribir una estupenda y extraña novela. En todo momento fui consciente de que el resultado estaba muy lejos del hermoso, dorado, rutilante y perfecto libro que tenía en la cabeza pero, con todo y eso, estaba más que satisfecho.

Me dejé crecer la barba y no me corté el pelo mientras escribía este libro, y mucha gente pensó que era un pelín raro (menos los suecos; a ellos les pareció muy bien y me contaron que un rey sueco había hecho algo muy parecido, solo que el motivo no fue una novela). Me afeité la barba cuando terminé el primer borrador, y poco después me corté aquella imposible mata de pelo.

El segundo borrador fue básicamente un proceso de excavación y de clarificación. Desarrollé lo que había que ampliar y recorté lo que había que abreviar.

Quería que fuera muchas cosas. Quería escribir un libro largo, raro y lleno de divagaciones; así lo escribí y así resultó. Quería escribir un libro que incluyera todas las cosas que me fascinan y me obsesionan de Estados Unidos, que son precisamente las cosas que no suelen mostrar las películas y las series de televisión.

Por fin lo terminé, y lo entregué, y me reconfortaba pensar en ese dicho popular según el cual una novela se define como una larga pieza de prosa que narra un conflicto,[1] y estaba razonablemente seguro de que eso era lo que yo había escrito.

Mi editora estaba algo preocupada porque el libro que le había entregado era un poco demasiado largo y estaba lleno de divagaciones (que fuera demasiado raro no le importó lo más mínimo), y me pidió que lo recortara un poco, y yo accedí. Sospecho que su olfato no la engañó, porque lo cierto es que el libro tuvo mucho éxito —se vendieron muchos ejemplares, y tuve la suerte de que me otorgaran varios premios, incluidos el Nebula y el Hugo (por lo que tiene de ciencia ficción), el Bram Stoker (por lo que tiene de novela de terror), y el Locus (por su vertiente fantástica), demostrando que por más rara que fuera y por más que hubiera alcanzado cierta popularidad nadie sabía muy bien a qué género pertenecía.

Pero eso fue mucho después: primero había que publicar el libro. El proceso de edición me fascinaba y decidí relatarlo día a día en la web, en un blog que comencé a escribir con ese fin (pero que a día de hoy sigo escribiendo). Tras la publicación me embarqué en una gira promocional por los Estados Unidos, luego continué promocionándolo por el Reino Unido y por Canadá antes de volver a casa. Mi primer encuentro con los lectores tuvo lugar en junio de 2001, en una firma de libros en la tienda que Borders Books tenía en el World Trade Center. Volví a casa un par de días después; el 11 de septiembre de 2001, ya no existían ni la librería ni el World Trade Center.

Me sorprendió la acogida que tuvo el libro.

Estaba acostumbrado a que hubiera gente a la que le gustaban mis historias, y gente que simplemente no las leía. Pero nunca había escrito nada que diera lugar a opiniones tan pola-

1. «*A long piece of prose with something wrong with it*». Gaiman hace un juego de palabras con el sentido literal de la frase. La traducción literal sería: «una larga pieza de prosa que incluye algo que está mal». (*N. de la T.*)

rizadas. Con este libro no hubo medias tintas: a unos les encantaba y otros lo odiaban. Los que lo odiaban, incluso aquellos a los que les habían gustado otros libros míos, lo odiaban a muerte. Algunos se quejaban de que el libro no era lo bastante americano; otros decían que era demasiado americano; que Sombra era un personaje con el que resultaba difícil simpatizar; que yo no había entendido que la verdadera religión de los Estados Unidos es el deporte; y muchas cosas más. Sin duda, todas estas críticas son válidas. Pero en definitiva, de algún modo, el libro encontró su público. Creo que es justo decir que a la mayoría de los lectores les gustó mucho, y que sigue gustando.

Algún día, espero, retomaré esta historia. Después de todo, ahora Sombra tiene diez años más. Y también los Estados Unidos. Y los dioses siguen esperando.

NEIL GAIMAN
Septiembre de 2010

Sobre la presente edición

El libro que tenéis ahora entre las manos difiere en algunas cosas del texto original tal como fue publicado en su momento.

Poco después de publicarse la novela, Pete Atkins y Peter Schneider, los socios de Hill House Publishers, una pequeña editorial (lamentablemente desaparecida ya), llegaron a un acuerdo con mis editores norteamericanos para sacar una edición especial de *American Gods*. Según me contaban los fantásticos planes que tenían para la edición limitada —proyectaban algo que iba a ser todo un hito en el arte de la edición de libros—, empecé a sentirme cada vez más incómodo con el texto con el que tendrían que trabajar.

Les pregunté, con cierta timidez, si preferirían publicar mi texto original, el texto completo, sin editar.

Resultó que sí, que querían publicar el texto completo.

Y entonces la cosa se volvió más complicada, pues reparé en que, después de editar *American Gods*, lógicamente había seguido corrigiendo cosas e introduciendo algunos cambios, muchos de los cuales habían mejorado el texto considerablemente. Así que para que alguien pudiera publicar una versión definitiva de *American Gods* no quedaba otra que comparar mi versión definitiva y sin editar con el texto que se publicó (porque yo me había liado a introducir cambios en las galeradas con la misma alegría con la que después me olvidé de tomar nota para saber lo que había cambiado), y luego pasárselo a unas cuantas personas de mi confianza para que me dieran su opinión.

Iba a ser una tarea monumental, de modo que hice lo único sensato que podía hacer, dadas las circunstancias: enviarle varios archivos enormes y dos ejemplares de la novela (la edición inglesa y la americana) a Pete Atkins, junto con una lista de los errores y erratas que había ido recopilando desde que el libro se publicó, y le pedí que lo pusiera todo en orden. Lo hizo, y de forma magistral. Luego cogí el manuscrito que había preparado Pete y lo revisé personalmente, arreglé algunas cosas, lo ordené un poco y volví a incluir algunos pasajes que había suprimido durante el proceso de edición. No los suprimí únicamente para aligerar el libro, sino también para llegar a una versión definitiva con la que yo quedara plenamente satisfecho (dado que una novela es siempre, como quizás haya dicho ya en alguna ocasión, una larga pieza en prosa con algo que no termina de funcionar).

Hill House lanzó una edición limitada de 750 ejemplares (que fue descrita como «un hito en el arte de la edición de libros», y en esta ocasión no fueron ellos quienes lo dijeron). Era una edición muy cara. Les agradezco mucho a mis editores que hayan querido publicar la versión extendida de la novela con motivo del décimo aniversario de su publicación, en una tirada mucho más amplia que aquella de solo 750 ejemplares, y a un precio mucho más reducido. La versión de *American Gods* que tenéis ahora entre las manos es unas doce mil palabras más larga que la que se llevó todos los galardones, y es la versión de la que yo me siento más orgulloso.

Quisiera darles las gracias a Jennifer Hershey, que fue la editora original de la novela, y a Jennifer Brehl, que fue la comadrona de esta edición, y sobre todo, me gustaría agradecerle a Pete Atkins su inestimable ayuda en la preparación de este manuscrito.

Aviso para navegantes

Esto es una obra de ficción, no una guía de viajes. Aunque la geografía de los Estados Unidos de América en este relato no es del todo imaginaria —muchos de los lugares y monumentos que aparecen en este libro se pueden visitar, y también hay rutas que pueden seguirse y situarse en un mapa—, me he tomado algunas libertades. Menos de las que cabría imaginar, pero algunas me he tomado.

No he pedido permiso, y nadie me ha autorizado a usar los nombres de los lugares reales que aparecen a lo largo de esta historia, y supongo que a los propietarios de Rock City o de la Casa de la Roca, y a los cazadores que ostentan la propiedad del motel en el centro de Estados Unidos les sorprenderá como al que más encontrar sus propiedades aquí descritas.

He cambiado el nombre de algunos de los lugares que aparecen en esta novela: la ciudad de Lakeside, por ejemplo, y la granja en la que está ubicado el fresno, cerca de Blacksburg. Podéis buscarlos, si queréis. Incluso puede que los encontréis.

Además, ni que decir tiene que todas las personas, vivas, muertas o lo que sea, que aparecen en este relato son personajes de ficción o se encuadran en un contexto ficticio. Solo los dioses son reales.

Una cuestión que siempre me ha intrigado es qué sucede con los seres míticos cuando la gente emigra fuera de su tierra natal. Los norteamericanos de origen irlandés recuerdan a sus hadas, los de origen noruego a sus nisse, *los de origen griego a sus* vrykólakas, *pero solo en relación con los recuerdos del Viejo Continente. Una vez se me ocurrió preguntar por qué esos seres míticos no se encuentran en Norteamérica, y mis informadores soltaron una risita nerviosa y me dijeron: «Les asusta cruzar el océano, la distancia es demasiado grande», y señalaron también que Jesucristo y los apóstoles jamás pusieron un pie en los Estados Unidos.*

RICHARD DORSON, «*A Theory for American Folklore*», *American Folklore and the Historian* (University of Chicago Press, 1971)

PRIMERA PARTE

Sombras

Capítulo uno

¿Los límites de nuestro país, señor? Pues al norte limita con la aurora boreal, al este con el sol naciente, al sur limita con la procesión de los equinoccios, y al oeste con el día del Juicio Final.

THE AMERICAN JOE MILLER'S JEST BOOK

Sombra llevaba tres años en la cárcel. Como era un tipo bastante grande y tenía pinta de no andarse con gilipolleces, su mayor problema consistía en encontrar maneras de matar el tiempo. Se dedicaba a entrenar para mantenerse en forma, a practicar juegos de manos con monedas y, sobre todo, a pensar en lo mucho que quería a su mujer.

Lo mejor de estar en la cárcel —quizá lo único bueno, en opinión de Sombra— era aquella sensación de alivio: el alivio que produce sentir que uno ha caído ya lo más bajo que se puede caer y ha tocado fondo. No le preocupaba que pudieran cogerle, porque ya le habían pillado. En la cárcel no se despertaba con temor; no le asustaba lo que el mañana pudiera traerle, porque ya se lo había traído el ayer.

Nada importaba, decidió Sombra, si eras culpable del delito por el que te habían condenado o no. Según su experiencia, allí todo el mundo se quejaba de alguna cosa: siempre había algo que las autoridades habían interpretado mal, o algo que decían que habías hecho cuando no era así, o no lo habías hecho exactamente como ellos decían. Lo único importante era que te habían pillado.

Se había dado cuenta durante los primeros días, cuando todo, desde la jerga carcelaria hasta la bazofia que les daban de comer, era nuevo para él. Pese a la amargura y al terrible resquemor que le producía estar encarcelado, respiraba con alivio.

Sombra procuraba no hablar demasiado. Hacia la mitad del segundo año le contó su teoría a Low Key Lyesmith, su compañero de celda.

Low Key, un timador de Minnesota con el rostro marcado por una cicatriz, había sonreído.

—Sí, es verdad —le dijo—. Y no te digo ya si te condenan a muerte. Entonces te acuerdas de esos chistes que cuentan que algunos se quitan las botas de una patada cuando les ponen la soga al cuello, para no dar la razón a los amigos que les decían que morirían con las botas puestas.

—¿Eso es un chiste? —le preguntó Sombra.

—Claro que sí. Humor negro. No hay nada más gracioso: ¡Zas!, lo peor ha sucedido. Tardas unos días en digerirlo y, antes de que te des cuenta, te llevan de camino al patíbulo para tu último baile.

—¿Cuándo fue la última vez que ahorcaron a alguien en este estado? —preguntó Sombra.

—¿Y cómo coño voy a saberlo? —Lyesmith llevaba su cobrizo cabello cortado al rape, de modo que se podía distinguir perfectamente la estructura de su cráneo—. Pero te voy a decir una cosa: este país empezó a irse al carajo cuando dejaron de ahorcar a la gente. Se acabaron las delaciones de última hora a cambio de un buen trato.

Sombra se encogió de hombros. No veía nada romántico en una sentencia de muerte.

Si no estabas condenado a muerte, decidió, la cárcel no era más que un aplazamiento temporal de tu vida, por dos razones. La primera, que la vida se abre camino en la cárcel. Hay sitios mucho peores, por malo que sea estar encerrado; la vida continúa, aunque estés permanentemente observado o encerrado en una jaula. Y la segunda razón es que, si resistes, tarde o temprano tendrán que soltarte.

Al principio, a Sombra le parecía algo demasiado lejano como para poder agarrarse a ello. Con el tiempo, se había convertido en una especie de luz al final del túnel, y había aprendido a decirse a sí mismo «esto también pasará» cuando la cárcel se le venía encima, y la cárcel siempre se venía encima de uno. Algún día se abriría la puerta mágica y él saldría por ella. Así que empezó a tachar los días en su calendario de «Las aves cantoras de Norteamérica», que era el único calendario que se podía comprar en el economato, y el sol se ponía y volvía a salir sin que él pudiera verlo. Mientras tanto, ensayaba trucos con monedas aprendidos gracias a un libro que había encontrado en la desolada biblioteca del penal, se entrenaba y, mentalmente, iba haciendo una lista de las cosas que quería hacer cuando saliera de la cárcel.

La lista de Sombra se había ido reduciendo cada vez más. Después de dos años se había reducido a tres cosas.

En primer lugar se daría un baño, un largo y relajante baño de espuma. Quizá leyendo el periódico, quizá no; no terminaba de decidirse.

En segundo lugar, se secaría y se pondría un albornoz. Y unas pantuflas. Le gustaba lo de las pantuflas. Y de haber sido fumador, lo siguiente habría sido fumarse una pipa, pero no fumaba. Cogería a su mujer en volandas («Cachorrito —chillaría ella contenta, fingiéndose horrorizada—, ¿se puede saber qué haces?»), la llevaría hasta el dormitorio y cerraría la puerta. Y si después les entraba hambre, pedirían unas pizzas.

En tercer lugar, cuando salieran del dormitorio, quizás un par de días más tarde, intentaría pasar desapercibido y no volver a meterse en líos nunca más.

—¿Y entonces serás feliz? —le preguntó Low Key Lyesmith. Aquel día les tocaba trabajar en el taller del penal ensamblando comederos para pájaros, una tarea algo más entretenida que estampar matrículas de coche.

—De ningún hombre cabe decir que ha sido feliz —respondió Sombra— hasta que ha muerto.

—Herodoto —replicó Low Key—. Eh, chaval, estás aprendiendo.

—¿Y quién coño es Herodoto? —preguntó Iceman mientras ensamblaba los laterales de un comedero y se lo pasaba a Sombra para que los fijase con tornillos.

—Un griego muerto —dijo Sombra.

—La última novia que tuve era griega —replicó Iceman—. No os imagináis la clase de mierda que comía su familia. Arroz envuelto en hojas y porquerías por el estilo.

Iceman tenía el tamaño y la forma de una máquina de Coca-Cola, los ojos azules y el cabello tan rubio que parecía blanco. Le había dado una paliza a un tipo que había cometido el error de tirarle los trastos a su chica en el bar donde ella bailaba, y los amigos del tipo habían llamado a la policía. Fue arrestado y, al comprobar sus antecedentes, descubrieron que había abandonado un programa de reinserción dieciocho meses antes.

—¿Y qué otra cosa podía hacer? —preguntó Iceman, en tono ofendido, cuando le contó a Sombra su triste historia—. Le dije que era mi novia. ¿Qué iba a hacer? ¿Permitir que me faltara al respeto de esa manera? Ese tío le estaba metiendo mano.

Sombra respondió de forma algo absurda, con un «Y que lo digas». Había algo que había aprendido muy pronto: en la cárcel cada cual cumple su propia condena. No puedes cumplir condena por otro.

Agacha la cabeza. Cumple tu propia condena.

Lyesmith le había prestado a Sombra un maltrecho ejemplar editado en rústica de la *Historia* de Herodoto varios meses antes.

—No es un truño. Mola —le dijo cuando Sombra intentó alegar que no leía libros—. Tú léelo, ya verás como al final te gusta.

Sombra lo aceptó con una mueca de disgusto, pero se puso a leer y se quedó enganchado sin poder evitarlo.

—Griegos —dijo Iceman, en tono despectivo—. Y ni siquiera es verdad lo que dicen de ellos. Intenté darle a mi novia por el culo y casi me arranca los ojos.

Un día, sin previo aviso, trasladaron a Lyesmith. Le dejó a Sombra su libro de Herodoto con varias monedas auténticas ocultas entre las páginas: dos de veinticinco centavos, una de cinco y un penique. Las monedas estaban prohibidas: los bordes pueden afilarse frotándolos contra la piedra y rajarle la cara a alguien durante una pelea. Pero Sombra no quería un arma, simplemente mantener las manos ocupadas en algo.

Sombra no era supersticioso, y no creía en nada que no pudiera ver. Sin embargo, en aquellas últimas semanas había presentido que el desastre se cernía sobre el penal, del mismo modo que lo había presentido en los días que precedieron al robo.

Tenía una sensación de vacío en la boca del estómago, si bien intentaba convencerse de que no era más que el temor ante la perspectiva de volver al mundo exterior. Pero no estaba seguro. Estaba más paranoico de lo habitual, y en la cárcel lo habitual es mucho, y además te permite sobrevivir. Se volvió más taciturno y circunspecto que nunca. Se encontró observando el lenguaje corporal de los guardias, de los demás reclusos, buscando una pista que le permitiera adelantarse a la tragedia que estaba a punto de ocurrir, porque algo malo iba a suceder seguro.

Faltaba un mes para que lo dejaran en libertad. Sombra estaba en un despacho, hacía fresco y tenía delante a un hombre de baja estatura que presentaba en la frente una mancha de nacimiento del color del oporto. Estaban sentados frente a frente, con el escritorio de por medio; el hombre tenía un bolígrafo en la mano y el expediente de Sombra abierto sobre la mesa. El extremo del bolígrafo estaba todo mordisqueado.

—¿Tienes frío, Sombra?

—Sí —respondió este—, un poco.

El hombre se encogió de hombros.

—Así funciona el sistema. Las calderas no se encienden hasta el día 1 de diciembre. Y se apagan el 1 de marzo. No soy yo quien dicta las normas. —Dejando a un lado las cuestiones de cortesía, deslizó el dedo índice por el folio, que estaba grapado a la carpeta por la esquina superior izquierda—. ¿Tienes treinta y dos años?

—Sí, señor.

—Pareces más joven.

—Vida sana.

—Aquí dice que has sido un recluso ejemplar.

—He aprendido la lección, señor.

—¿Ah, sí? ¿En serio?—Miró fijamente a Sombra, y su marca de nacimiento parecía ahora más cerca de los ojos.

Sombra sintió la tentación de contarle a aquel hombre algunas de sus teorías sobre la cárcel, pero finalmente guardó silencio. Se limitó a asentir con la cabeza y se concentró en aparentar el requerido arrepentimiento.

—Según el expediente, tienes esposa.

—Se llama Laura.

—¿Y cómo lo lleva?

—Bastante bien. Se puso como loca cuando me detuvieron. Pero viene a verme siempre que puede, es un viaje muy largo. Yo le escribo y la llamo por teléfono cuando puedo.

—¿A qué se dedica?

—Trabaja en una agencia de viajes. Organiza viajes por todo el mundo.

—¿Cómo la conociste?

Sombra no estaba muy seguro del porqué de aquellas preguntas. Por un momento sintió la tentación de decirle que no era asunto suyo, pero se lo pensó mejor y respondió:

—Era la mejor amiga de la mujer de mi mejor amigo. Nos organizaron una cita a ciegas. Conectamos perfectamente desde el principio.

—¿Y tendrás trabajo cuando salgas en libertad?

—Sí, señor. Mi amigo, Robbie, ese que he mencionado antes, es el dueño del Muscle Farm, el gimnasio al que yo iba. Dice que me puedo reincorporar cuando salga.

El hombre alzó una ceja.

—¿En serio?

—Dice que seré un buen gancho. Cree que si vuelvo volverán

también algunos de los antiguos clientes, y que podré ocuparme de los tipos duros que quieren ser más duros todavía.

El hombre parecía satisfecho. Mordisqueó el extremo de su bolígrafo y volvió a concentrarse en el expediente.

—¿Qué piensas ahora del delito que cometiste?

Sombra se encogió de hombros.

—Fui un idiota —dijo, y era exactamente lo que pensaba.

El hombre de la mancha de nacimiento suspiró. Marcó varios puntos de la lista que iba siguiendo. A continuación, hojeó los documentos incluidos en el expediente de Sombra.

—¿Cómo volverás a casa desde aquí? ¿En autobús?

—En avión. Es una suerte que mi mujer trabaje en una agencia de viajes.

El hombre frunció el ceño y la mancha de nacimiento se arrugó.

—¿Te ha hecho llegar un billete?

—No ha hecho falta. Me envió el número de reserva de un billete electrónico. No tengo más que ir al aeropuerto dentro de un mes, enseñarles mi documento de identidad y subirme al avión.

El hombre asintió, hizo una última anotación, cerró el expediente y dejó el bolígrafo. Sus dos pálidas manos reposaban ahora sobre el escritorio gris como dos rosados animales. Juntó las manos, apoyando el dedo índice de una mano contra el de la otra, y miró a Sombra con sus acuosos ojos de color avellana.

—Eres un hombre afortunado —le dijo—. Tienes a alguien esperándote en casa y además un trabajo. Podrás dejar atrás todo esto. Tienes una segunda oportunidad. Aprovéchala bien.

El hombre no le tendió la mano cuando se levantó para irse, pero Sombra tampoco lo esperaba.

La última semana fue la peor. En cierto modo, fue aún peor que aquellos tres años juntos. Sombra se preguntaba si sería cosa del tiempo: opresivo, estable y frío. Parecía como si estuviera a punto de estallar una tormenta, pero esta no llegaba. Estaba de los nervios, y tenía una sensación extraña en lo más profundo del estómago que le decía que algo iba muy mal. Ráfagas de viento azotaban el patio de ejercicios, y Sombra creía oler la nieve en el aire.

Llamó a su mujer a cobro revertido. Sabía que las operadoras telefónicas cargaban un suplemento adicional de tres dólares a todas las llamadas efectuadas desde la cárcel, y por eso eran siempre muy amables con los que llamaban desde allí; sabían que eran ellos quienes pagaban su sueldo.

—Tengo una sensación extraña —le comentó a Laura. (Pero no

fue eso lo primero que le dijo. Lo primero que le dijo fue «te quiero», porque está bien decirlo cuando es eso lo que sientes, y Sombra así lo sentía.)

—Hola —dijo Laura—. Yo también te quiero. ¿Una sensación extraña con respecto a qué?

—No lo sé. Puede que sea por el tiempo. Tengo la sensación de que hace falta que se desate una buena tormenta para que todo vuelva a la normalidad.

—Aquí hace bueno. Aún no han terminado de caer las hojas. Si no hay tormenta, podrás verlas cuando vuelvas a casa.

—Cinco días —dijo Sombra.

—Solo ciento veinte horas más, y estarás en casa.

—¿Todo bien por ahí? ¿Algún problema?

—Todo en orden. Esta noche he quedado con Robbie. Estamos preparándote una fiesta sorpresa de bienvenida.

—¿Una fiesta sorpresa?

—Eso es. Y tú no sabes absolutamente nada, ¿verdad que no?

—Nada de nada.

—Ese es mi marido.

Sombra se percató de que estaba sonriendo. Llevaba tres años encerrado, pero su mujer aún sabía cómo hacerle sonreír.

—Te quiero, churri —dijo Sombra.

—Te quiero, cachorrito —se despidió Laura.

Sombra colgó el teléfono.

Cuando se casaron, Laura le dijo a Sombra que quería un cachorrito, pero el casero les recordó que su contrato especificaba que no se admitían animales. «Qué más da —le dijo Sombra—, yo seré tu cachorrito. ¿Qué quieres que haga? ¿Que mordisquee tus zapatillas? ¿Que me haga pis en la cocina? ¿Que te dé un lametón en la nariz? ¿Que te olisquee la entrepierna? Te apuesto lo que quieras a que no hay nada que pueda hacer un cachorrito que yo no pueda hacer.» Y la cogió en brazos como si fuera una pluma, y se puso a lamerle la nariz mientras ella reía y chillaba, y acto seguido se la llevó a la cama.

En el comedor, Sam Fetisher se acercó sigilosamente a Sombra y le sonrió, mostrando sus viejos dientes. Se sentó a su lado y empezó a comerse los macarrones con queso.

—Tenemos que hablar —le dijo.

Sam Fetisher era uno de los hombres más negros que Sombra había visto en su vida. Lo mismo podía tener sesenta años que ochenta. No obstante, Sombra había conocido a varios adictos al *crack* que con treinta años parecían todavía más viejos que Sam Fetisher.

—¿Mm?

—Se avecina una tormenta —dijo Sam.

—Eso parece —replicó Sombra—. Puede que incluso traiga algo de nieve.

—No me refiero a esa clase de tormenta. Se avecinan tormentas mucho más grandes. Y te advierto una cosa, chico: más vale que te pille aquí que ahí afuera.

—Ya he cumplido mi condena —le dijo Sombra—. El viernes estaré fuera.

Sam Fetisher miró fijamente a Sombra.

—¿De dónde eres? —le preguntó.

—De Eagle Point, Indiana.

—Eres un mentiroso de mierda —exclamó Sam—. No te estoy preguntando dónde vives. ¿De dónde son tus viejos?

—De Chicago —respondió Sombra. Su madre se había criado en Chicago y había muerto también allí, aunque hacía ya muchos años de eso.

—A lo que íbamos: se avecina una gran tormenta. Tú mantén la cabeza gacha, Sombra. Es como… ¿cómo se llaman esas cosas sobre las que se mueven los continentes? Es algo de placas.

—¿Placas tectónicas? —aventuró Sombra.

—Eso es, placas tectónicas. Es como cuando empiezan a moverse y Norteamérica se desliza sobre Sudamérica, no quieres que te pille en medio. ¿Me sigues?

—Ni de lejos.

Uno de los castaños ojos de Sam se fue cerrando lentamente en una suerte de guiño.

—Pues luego no digas que no te avisé —dijo Sam Fetisher, introduciéndose en la boca una trémula porción de gelatina de color naranja.

Sombra durmió aquella noche con un ojo abierto, despertándose cada dos por tres, y oyó roncar a su nuevo compañero de celda, que dormía en la litera de abajo. Unas cuantas celdas más allá, un hombre gemía y gritaba y sollozaba como un animal, y de vez en cuando alguien le gritaba que se callara de una puta vez. Sombra intentaba no oírles. Se limitó a ver pasar los minutos, que transcurrían con solitaria lentitud.

Faltaban dos días. Cuarenta y ocho horas que empezaron con unos copos de avena, café de la cárcel y un guarda llamado Wilson que le tocó el hombro con más brusquedad de la estrictamente necesaria y le dijo:

—¿Sombra? Ven conmigo.

Sombra hizo examen de conciencia: la tenía tranquila, aunque eso, en la cárcel, como ya había tenido ocasión de comprobar, no le eximía de verse metido en un lío de mil pares de narices.

Fueron caminando más o menos a la par, y sus pisadas resonaron entre el cemento del suelo y el metal de las rejas.

Sombra notaba el regusto del miedo en la parte de atrás de la garganta, amargo como el café reposado. Su aciago presentimiento estaba a punto de hacerse realidad...

Una voz dentro de su cabeza le susurraba que le iban a endilgar otro año más de condena, que lo iban a meter en una celda de aislamiento, que le iban a cortar las manos y hasta la cabeza. Trató de convencerse de que era una estupidez, pero su corazón latía como si quisiera salirse del pecho.

—No te entiendo, Sombra —le dijo Wilson por el camino.

—¿Qué es lo que no entiende, señor?

—A ti. Eres demasiado silencioso. Demasiado educado. Te comportas como si fueras un viejo, pero ¿cuántos años tienes? ¿Veinticinco? ¿Veintiocho?

—Treinta y dos, señor.

—¿Y qué eres? ¿Hispano? ¿Gitano?

—No que yo sepa, señor. Pero es posible.

—A lo mejor tienes sangre de negro. ¿Tienes sangre negra, Sombra?

—Podría ser, señor. —Sombra iba con la espalda bien erguida y mirando al frente, tratando de no caer en las provocaciones del guardia.

—¿De verdad? En fin, el caso es que me pones los pelos de punta. —Wilson tenía el cabello rubio tirando a rojizo, y una cara rubia tirando a rojiza, y una sonrisa rubia tirando a rojiza—. ¿Nos dejarás pronto?

—Eso espero, señor.

—Volverás. Puedo verlo en tus ojos. No tienes remedio, Sombra. Si de mí dependiera, ninguno de vosotros saldría nunca de aquí. Os echaríamos al hoyo y nos olvidaríamos de vosotros para siempre.

«Mazmorras», pensó Sombra, pero no dijo nada. Era una cuestión de supervivencia: nunca contestaba, ni tenía nada que opinar sobre la seguridad en el trabajo de los funcionarios de prisiones, ni entraba en debates sobre la naturaleza del arrepentimiento, la reinserción o las cifras de reincidencia. Nunca hacía comentarios graciosos o ingeniosos, y para no correr riesgos, cuando estaba en compañía de un funcionario procuraba no decir nada en absoluto. «Limítate a responder cuando te pregunten. Cumple tu condena. Sal de aquí. Vuelve a casa. Date un buen baño caliente. Dile a Laura que la quieres. Recupera tu vida.»

Pasaron por varios puntos de control, y en cada uno de ellos, Wilson mostraba su identificación. Subieron unas escaleras y se encontraron frente a la puerta del despacho del alcaide. Sombra no había estado allí antes, pero sabía dónde estaba. En la puerta, en letras negras, se podía leer el nombre del alcaide, «G. PATTERSON», y junto a ella había un semáforo en miniatura.

El semáforo estaba en rojo, y Wilson pulsó un botón situado justo debajo.

Esperaron en silencio durante un par de minutos. Sombra intentaba convencerse de que todo iba bien, de que el viernes por la mañana estaría en un avión con destino a Eagle Point, pero no se lo creía.

La luz roja se apagó y se encendió la verde. Wilson abrió la puerta y entraron.

Sombra no había podido ver al alcaide más que unas cuantas veces durante su estancia en el penal. En una ocasión iba acompañando a un político que vino de visita; Sombra no pudo reconocerle. Otra vez fue durante un encierro; el director les habló en grupos de a cien, y les dijo que el número de reclusos excedía la capacidad del penal, y como aquello no tenía remedio, lo mejor sería que se fuesen acostumbrando.

De cerca, Patterson tenía una pinta todavía peor. Su rostro era alargado y llevaba el cabello gris cortado a cepillo, al estilo militar. Olía a Old Spice. Tenía detrás una estantería, y en todos los títulos de los libros que contenía figuraba la palabra «cárcel». Su escritorio estaba impoluto y vacío, salvo por el teléfono y un calendario con las tiras cómicas de *The Far Side*. Llevaba un audífono en la oreja derecha.

—Siéntese, por favor.

Sombra se sentó frente al escritorio, reparando en la inusual cortesía del trato, y Wilson se quedó de pie justo detrás de él.

El alcaide abrió un cajón del escritorio, sacó una carpeta y la dejó sobre la mesa.

—Aquí dice que le condenaron a seis años por agresión con agravantes y lesiones. Ya ha cumplido usted tres. Su puesta en libertad estaba prevista para el viernes.

«¿Estaba?» Sombra sintió que el estómago le daba un vuelco. Se preguntaba cuántos años más tendría que cumplir. ¿Uno? ¿Dos? ¿Los tres? Solo acertó a responder:

—Sí, señor.

El alcaide se humedeció los labios.

—¿Cómo dice?

—He dicho: Sí, señor.

—Sombra, lo vamos a poner en libertad esta misma tarde. Saldrá usted un par de días antes de lo previsto. —El alcaide pronunció estas palabras sin ningún entusiasmo, como si estuviera dictando una sentencia de muerte. Sombra asintió y esperó a que cayera la guillotina. El alcaide miró el papel que tenía sobre el escritorio—. Ha llegado esto del Johnson Memorial Hospital de Eagle Point... Su mujer... falleció esta misma madrugada a consecuencia de un accidente de tráfico. Lo siento.

Sombra asintió de nuevo.

Wilson lo acompañó de vuelta a su celda, esta vez en silencio. Abrió la puerta y se apartó para dejarle entrar. Entonces comentó:

—Es como uno de esos chistes que empiezan con: «tengo una noticia buena y otra mala», ¿no? La buena es que te vamos a poner en libertad antes de tiempo, la mala es que tu mujer ha muerto.

Y se echó a reír como si fuera un chiste de verdad.

Sombra no abrió la boca.

Aturdido, recogió sus cosas, aunque buena parte de ellas las regaló. Dejó el libro de Herodoto de Low Key, el libro con el que había aprendido a hacer trucos con monedas y, no sin cierto remordimiento, también los discos lisos de metal que había sacado de estranjis del taller y que le habían hecho las veces de monedas hasta que encontró las que Low Key le había dejado entre las páginas del libro. Fuera tendría monedas de sobra, monedas de verdad. Se afeitó. Se puso su ropa de calle. Fue cruzando puertas una tras otra, consciente de que nunca volvería a entrar por ellas, sintiéndose vacío por dentro.

El cielo gris lanzaba ráfagas de lluvia, una lluvia gélida. Diminutos cristales de hielo azotaban su rostro, y la lluvia empapaba la fina tela de su abrigo mientras dejaban atrás el edificio del penal y se dirigían hacia lo que antes fue un autobús escolar, que los llevaría hasta la ciudad más próxima.

Cuando llegaron al autobús estaban empapados. Salían ocho,

pensó Sombra. Aún quedaban dentro mil quinientos. Una vez sentado en el interior, no dejó de temblar hasta que empezó a funcionar la calefacción, mientras se preguntaba qué estaba haciendo, adónde podía ir ahora.

Se le vinieron a la mente imágenes fantasmales, sin más. En su imaginación estaba saliendo de otra cárcel, hace mucho tiempo.

Había estado encarcelado en una habitación abuhardillada y sin luz durante demasiado tiempo: tenía la barba larga y descuidada y el cabello enmarañado. Los guardas lo habían conducido por unas escaleras de piedra gris hasta una plaza llena de cosas de vivos colores donde había gente y objetos. Era día de mercado y estaba deslumbrado por el ruido y el color; entornaba los ojos para protegerse del radiante sol que inundaba la plaza, oliendo el aire salado y húmedo y todas las cosas buenas del mercado, y a su izquierda el sol brillaba desde el agua…

El autobús se detuvo dando sacudidas al llegar a un semáforo en rojo.

El viento aullaba en torno al vehículo. Los limpiaparabrisas se deslizaban trabajosamente sobre la luna del parabrisas, emborronando el paisaje urbano hasta convertirlo en un amasijo de neones rojos y amarillos. Eran las primeras horas de la tarde, pero al mirar por los cristales parecía casi de noche.

—¡Joder! —exclamó el hombre que iba sentado detrás de Sombra mientras limpiaba el vaho de la ventana con la mano y miraba a una persona que corría por la acera—. Hay chochitos ahí fuera.

Sombra tragó saliva. Acababa de darse cuenta de que aún no había llorado; de hecho, no sentía nada en absoluto. Ni lágrimas. Ni pena. Nada.

Se puso a pensar en un tipo llamado Johnnie Larch con el que había compartido celda nada más entrar en la cárcel. Este le contó que una vez, tras pasarse cinco años entre rejas, salió con cien dólares en los bolsillos y un billete para Seattle, donde vivía su hermana. Llegó al aeropuerto y le dio el billete a la mujer del mostrador, que le pidió su permiso de conducir. Él se lo enseñó: había caducado un par de años antes. Ella le dijo que el documento no era válido. Larch le respondió que quizá no era válido como carné de conducir, pero que era más que suficiente a efectos de identificación y que quién coño creía que era si no era él. La mujer le dijo que le agradecería que bajara la voz. Él le dijo que le diera una puta tarjeta de embarque o que se arrepentiría, y que no iba a tolerar que le faltaran al respeto. En la cárcel no puedes tolerar que nadie te falte al respeto. Entonces la mujer pulsó un botón y en apenas unos instantes apareció el personal de seguridad del aeropuerto, que intentó convencerlo de que saliera de allí sin armar jaleo, pero a él no le dio la gana de irse, así que se produjo un pequeño altercado.

En resumidas cuentas, Johnnie Larch no consiguió volar a Seattle, y se pasó un par de días por los bares de la ciudad y, una vez gastados los cien dólares que tenía, atracó una gasolinera con una pistola de juguete para obtener más dinero y poder seguir bebiendo, pero finalmente la policía lo detuvo por mear en la vía pública. No tardó en volver a la cárcel para cumplir el resto de su condena, más algún tiempo de propina por el atraco de la gasolinera.

La moraleja de la historia, según Johnnie Larch, era esta: no te busques líos con la gente que trabaja en los aeropuertos.

—¿Y no crees que la moraleja debería ser algo como: «Hay ciertas actitudes que funcionan en un determinado entorno, como puede ser una cárcel, pero que no sirven de nada e incluso pueden resultar contraproducentes fuera de ese entorno en particular»? —preguntó Sombra cuando Johnnie Larch le contó la historia.

—No, tú hazme caso, te lo digo en serio, tío —dijo Johnnie Larch—: no te metas con esas zorras de los aeropuertos.

Sombra esbozó una sonrisa al recordarlo. Su permiso de conducir no caducaba hasta dentro de unos meses.

—¡Estación de autobuses! ¡Todo el mundo abajo!

La estación olía a pis y a cerveza caducada. Sombra se subió a un taxi y le pidió al conductor que lo llevara al aeropuerto. Le ofreció cinco dólares de propina si le ahorraba la conversación. Tardaron veinte minutos en llegar y el taxista no dijo ni una palabra en todo el trayecto.

Sombra avanzó a trompicones por la bien iluminada terminal. Le preocupaba toda esa historia de los billetes electrónicos. Sabía que tenía reservada plaza en un vuelo que salía el viernes, pero no sabía si le serviría para ese día. Para Sombra, todo lo relacionado con la electrónica era pura magia y, por tanto, podía evaporarse en cualquier momento.

No obstante, llevaba encima su cartera, por primera vez en tres años, y tenía varias tarjetas de crédito caducadas y una Visa que, según descubrió con no poco alivio, no caducaba hasta finales de enero. Tenía un número de reserva. En ese momento se dio cuenta de que, una vez en su casa, de algún modo las cosas volverían a estar en su sitio. Laura volvería a estar bien. A lo mejor solo era una artimaña que se habían inventado para que pudiera salir unos días antes. O quizá se trataba de un simple malentendido y habían sacado el cuerpo de otra Laura Moon de entre los restos del coche accidentado.

Tras las paredes de cristal del aeropuerto se veía el centelleo intermitente del relámpago. Sombra se percató de que estaba conteniendo la respiración, como si esperara algo. Oyó el estallido de un trueno lejano. Soltó el aire.

Una mujer blanca de aspecto fatigado lo miraba desde el otro lado del mostrador.

—Hola —dijo Sombra. «Eres la primera desconocida de carne y hueso con la que hablo en tres años»—. Tengo un número de un billete electrónico. La reserva es para el viernes, pero debo salir hoy. Ha muerto un familiar.

—Mm. Lo siento mucho. —Tecleó algo en el ordenador, miró la pantalla y volvió a teclear—. No hay ningún problema. Le he puesto en el vuelo de las tres y media. Es posible que lleve retraso, por la tormenta, así que no pierda de vista los paneles. ¿Desea facturar algo?

Levantó una mochila.

—No es necesario que facture esto, ¿verdad?

—No —respondió ella—. Puede llevarlo como equipaje de mano. ¿Tiene algún documento de identidad con fotografía?

Sombra le mostró su permiso de conducir. Después le aseguró que nadie le había dado una bomba para que la introdujera en el avión y, a cambio, la mujer le entregó una tarjeta de embarque. A continuación pasó por el detector de metales mientras su mochila pasaba por el aparato de rayos X.

No era un aeropuerto grande, pero le sorprendió la cantidad de gente que deambulaba —simplemente deambulaba— por allí. Observó que dejaban las bolsas en el suelo como si nada, observó cómo se metían las carteras en los bolsillos traseros, vio cómo dejaban los bolsos debajo de la silla sin vigilancia. Fue entonces cuando se dio cuenta de que ya no estaba en la cárcel.

Faltaban todavía treinta minutos para embarcar. Sombra compró una porción de pizza y el queso fundido le quemó los labios. Cogió la vuelta y se dirigió hacia las cabinas de teléfono. Llamó a Robbie al Muscle Farm, pero le saltó el contestador.

—Eh, Robbie —dijo Sombra—. Me dicen que Laura ha muerto. Me han soltado antes de lo previsto. Vuelvo a casa.

Entonces, como la gente comete errores, según había podido comprobar en más de una ocasión, llamó a su casa y escuchó la voz de Laura.

—Hola —dijo—. No estoy en casa o no puedo contestar el teléfono. Deja el mensaje y te llamaré en cuanto pueda. Que pases un buen día.

Sombra no tuvo valor para dejar un mensaje.

Se sentó en una silla de plástico al lado de la puerta de embarque, y agarró su bolso con tal fuerza que se hizo daño en la mano.

Se puso a pensar en la primera vez que vio a Laura. Entonces aún no sabía ni cómo se llamaba. Era la amiga de Audrey Burton. Estaba con Robbie en Chi-Chi's hablando de algo, probablemente de una de las entrenadoras que acababa de anunciarles que iba a abrir su propio estudio de danza, cuando entró Laura un par de pasos por detrás de Audrey y él se quedó mirándola embelesado. Tenía el cabello largo, de color castaño, y unos ojos tan azules que Sombra pensó que llevaba lentillas de color. Había pedido un daiquiri de fresa, insistió en que Sombra lo probara y se rio alegremente cuando lo hizo.

A Laura le encantaba que la gente probara lo que ella tomaba.

Aquella noche, Sombra se despidió de ella con un beso de buenas noches; sus labios sabían a daiquiri de fresa, y desde ese momento no había querido besar a otra persona.

Una mujer anunció el embarque para su vuelo y la fila de Sombra fue la primera en subir a bordo. Se sentó al final del todo, junto a un asiento vacío. La lluvia repiqueteaba en el lateral del avión. Sombra imaginó a un grupo de niños pequeños que tiraban guisantes secos a puñados desde el cielo.

Se quedó dormido mientras el avión despegaba.

Se encontraba en un lugar oscuro, y la cosa que lo miraba llevaba una cabeza de búfalo peluda y pestilente, con unos ojos enormes y acuosos. Tenía cuerpo de hombre, cubierto de aceite y brillante.

—Se avecinan cambios —dijo el búfalo sin mover los labios—. Será necesario tomar ciertas decisiones.

La luz de una hoguera titilaba en las paredes húmedas de la cueva.

—¿Dónde estoy? —preguntó Sombra.

—En la tierra y debajo de la tierra —dijo el hombre búfalo—. Te encuentras en el lugar donde esperan los olvidados.

Sus ojos eran líquidas canicas negras y su voz atronaba desde el mismo inframundo. Olía como una vaca mojada.

—Cree —dijo la atronadora voz—. Para sobrevivir debes creer.

—¿Creer qué? —preguntó Sombra—. ¿Qué es lo que debo creer?

El hombre búfalo tenía la vista clavada en Sombra y se irguió hasta hacerse inmenso, con los ojos en llamas. Abrió su babeante boca de búfalo, roja por dentro a causa del fuego que ardía en su interior, bajo la tierra.

—Todo —bramó el hombre búfalo.

El mundo se inclinó y giró y Sombra se encontró de nuevo en el avión; pero seguía estando inclinado. En la parte delantera de la cabina había una mujer que gritaba, con cierta desgana.

Los rayos estallaban en cegadores relámpagos en torno al avión. El capitán habló por el altavoz para comunicarles que procedía a ganar altitud para salir de la tormenta.

El avión dio una sacudida y Sombra se preguntó, fríamente y sin mayor preocupación, si iba a morir. Parecía posible, decidió, pero poco probable. Miró por la ventanilla y contempló el horizonte iluminado por los relámpagos.

Entonces volvió a quedarse traspuesto y soñó que estaba de nuevo en la cárcel, y que Low Key le susurraba mientras hacían cola en la cantina que alguien le había puesto precio a su vida, pero Sombra no tenía forma de saber ni quién ni por qué. Cuando se despertó, el aparato había iniciado el descenso y se disponía a aterrizar.

Bajó del avión todavía adormilado, parpadeando para terminar de espabilarse.

Hacía tiempo que había llegado a la conclusión de que todos los aeropuertos eran poco más o menos iguales. Da igual dónde estés, es un aeropuerto: baldosas, pasillos y lavabos, puertas de embarque, quioscos de prensa y lámparas fluorescentes. Aquel aeropuerto parecía un aeropuerto. El problema era que no se trataba del aeropuerto al que se dirigía. Este era grande, demasiado populoso y con demasiadas puertas.

La gente tenía ese aspecto abatido y esa mirada vidriosa que solo se ve en las cárceles o en los aeropuertos.

—Disculpe, señora.

La mujer lo miró por encima de su carpeta.

—¿Sí?

—¿Qué aeropuerto es este?

Ella lo miró, desconcertada, mientras intentaba decidir si estaba de broma o no, y respondió:

—Saint Louis.

—Pensaba que este avión iba a Eagle Point.

—Así es, pero lo han desviado aquí a causa de la tormenta. ¿No lo anunciaron por el altavoz?

—Seguramente. Me he quedado dormido.

—Tendrá que hablar con aquel hombre de ahí, el de la chaqueta roja.

El hombre era casi tan alto como Sombra: parecía el padre de una de aquellas comedias televisivas de los años setenta. Tecleó algo en el ordenador y le dijo a Sombra que fuera corriendo —«¡Corra!»— a la puerta que había al otro lado de la terminal.

Sombra atravesó el aeropuerto a la carrera, pero las puertas ya estaban cerradas cuando llegó. A través del cristal vio que el avión se alejaba por la pista. Entonces se dirigió a la azafata de la puerta y le explicó su problema (con mucha calma y con mucha educación), y la mujer le dijo que preguntara en el mostrador de información, donde Sombra volvió a explicar que regresaba a su casa después de una larga ausencia y que su mujer acababa de morir en un accidente de tráfico, y que era de vital importancia que pudiera coger un avión ya mismo. No dijo nada sobre su estancia en la cárcel.

La mujer del mostrador (bajita y castaña, con un lunar en un lado de la nariz) habló con otra mujer, llamó por teléfono («No, ese no, lo acaban de cancelar.») y le imprimió otra tarjeta de embarque.

—Esta le servirá —le dijo—. Llamaremos a la puerta de embarque para avisarles de que va hacia allí.

Sombra se sentía como si fuera una bolita de trilero pasando de cubilete en cubilete, o como una carta que estuvieran barajando. Echó a correr de nuevo y acabó cerca de donde había desembarcado al principio.

El hombre bajito que custodiaba la puerta le cogió la tarjeta de embarque.

—Le estábamos esperando —le susurró, arrancando la pestaña de la tarjeta, donde figuraba el número de su asiento, el 17D. Sombra se apresuró a subir al avión, y la puerta se cerró justo detrás de él.

Atravesó el pasillo de los asientos de primera clase; solo había cuatro, y tres de ellos estaban ocupados. Un hombre con barba y traje claro que estaba sentado junto al asiento vacío en primera fila sonrió ampliamente a Sombra cuando este subió al avión y luego, cuando pasó a su lado, alzó la muñeca y se dio unos golpecitos en el reloj.

«Sí, sí, se ha retrasado por culpa mía —pensó Sombra—. Ojalá sea esta su mayor preocupación.»

Mientras avanzaba hacia el fondo, le dio la impresión de que el avión iba bastante lleno. De hecho, Sombra no tardó en descubrir que iba completo y que una mujer de mediana edad ocupaba el asiento 17D. Sombra le mostró su tarjeta de embarque y ella sacó la suya: tenían el mismo número.

—¿Podría sentarse, por favor? —le preguntó la azafata.

—No —respondió él—, me temo que no. Esta señora está sentada en mi asiento.

La chica chasqueó la lengua y comprobó las tarjetas de embarque, luego hizo que Sombra la acompañara hasta la parte delantera del avión y le señaló el asiento vacío de primera clase.

—Parece que es su día de suerte —le dijo.

Sombra se sentó.

—¿Quiere que le traiga algo de beber? Hay tiempo antes de que despeguemos. Estoy segura de que lo necesita después de esto.

—Una cerveza, por favor —dijo Sombra—. Me da igual la marca.

La azafata se fue.

El hombre del traje claro que estaba sentado a su lado estiró el brazo y golpeó con la uña en el reloj. Era un Rolex negro.

—Llega usted tarde —le dijo, con una amplia sonrisa exenta de toda calidez.

—¿Perdón?

—He dicho que llega usted tarde.

La azafata le trajo un vaso de cerveza y Sombra dio un trago. Por un segundo pensó que el hombre estaba loco, pero luego decidió que debía de referirse al avión, que había tenido que esperar al último pasajero.

—Siento haberles hecho esperar —respondió con cortesía—. ¿Tiene usted prisa?

El avión comenzó a alejarse de la puerta. La azafata regresó para llevarse los vasos y cogió el de Sombra. El hombre del traje claro le sonrió y dijo:

—Tranquila, lo sujetaré con fuerza. —La mujer le permitió quedarse con su vaso de Jack Daniel's, no sin antes recordarle que aquello iba en contra de las normas de la aerolínea. («Deje que sea yo quien juzgue eso, querida.»)

—El tiempo es de vital importancia, sin duda —dijo el hombre—. Pero no, no tengo ninguna prisa. Únicamente me preocupaba que pudiera usted perder el avión.

—Muy amable por su parte.

El avión seguía en la pista, con los motores en marcha, impaciente por despegar.

—Qué coño amable —le espetó el hombre—. Tengo un trabajo para ti, Sombra.

Los motores rugieron. El avión dio una sacudida e inició el despegue, empujando la espalda de Sombra contra el asiento. Ya estaban en el aire y empezaban a dejar atrás las luces del aeropuerto. Sombra miró al hombre que iba sentado a su lado.

Su cabello era de color gris rojizo; su barba de tres días, de color rojo grisáceo. No era tan grande como Sombra, pero parecía ocupar una barbaridad de espacio. Tenía el rostro cuadrado, la piel arrugada y los ojos de un gris pálido. Llevaba un traje que parecía caro del color de un helado de vainilla derretido, y una corbata de seda gris marengo con una aguja en forma de árbol labrada en plata: podían apreciarse el tronco, las ramas y unas profundas raíces.

El hombre sujetó su vaso de Jack Daniel's mientras despegaban y no derramó ni una gota.

—¿No piensa preguntarme de qué tipo de trabajo se trata? —inquirió.

—¿Cómo sabe usted quién soy?

El hombre se echó a reír.

—Ah, saber cómo se llama alguien es la cosa más fácil del mundo. Solo hay que pensar un poco, tener un poco de suerte y un poco de memoria. Pregúnteme qué tipo de trabajo le estoy ofreciendo.

—No —dijo Sombra. La azafata le trajo otro vaso de cerveza y él le dio un sorbo.

—¿Por qué no?

—Me voy a casa. Tengo un trabajo esperándome allí y no quiero otro.

La arrugada sonrisa del hombre no se alteró, aparentemente, pero ahora parecía divertido.

—No te espera ningún trabajo en casa —dijo—. No hay nada esperándote. Sin embargo, yo te estoy ofreciendo un empleo perfectamente legal, un buen sueldo, cierta seguridad y sustanciosos bonus. Qué demonios, si vives lo suficiente incluso podría añadir un plan de pensiones. ¿No te gustaría tener uno?

—Puede que haya visto mi nombre en el lateral de la bolsa —dijo Sombra.

El hombre se quedó callado.

—No sé quién es usted —prosiguió Sombra—, pero es imposible que supiera que iba a subir a este avión. Ni siquiera yo sabía que iba a volar en este aparato y, de hecho, no estaría aquí si no hubiesen desviado mi avión a Saint Louis. Supongo que es usted un bromista. O quizás está intentando timarme. En cualquier caso, creo que lo mejor será que dejemos la conversación en este punto.

El hombre se encogió de hombros.

Sombra cogió la revista de la aerolínea. El avión no paraba de dar sacudidas, lo que hacía que resultara difícil concentrarse. Las palabras flotaban por su cabeza como pompas de jabón; estaban ahí cuando las leía, pero desaparecían casi al instante.

El hombre seguía a su lado, en silencio, disfrutando de su Jack Daniel's con los ojos cerrados.

Sombra leyó la lista de canales de música de que disponía el avión en los vuelos transatlánticos y, a continuación, miró el mapa del mundo que mostraba en líneas rojas las rutas de la compañía. Acabó de leer la revista, la cerró con resignación y la volvió a guardar en el bolsillo de la pared.

El hombre abrió los ojos, y Sombra pensó que había algo raro en ellos. Uno era de un gris más oscuro que el otro. Lo miró.

—A propósito, lo sentí mucho cuando me enteré de lo de tu esposa, Sombra. Una gran pérdida.

Por un momento Sombra quiso pegarle, pero en vez de eso respiró hondo. («No te metas con esas zorras de los aeropuertos —oyó que le decía Johnnie Larch en su cabeza— o acabarás de nuevo con tu culo aquí antes de que te des cuenta.») Contó hasta cinco.

—Yo también —respondió.

El hombre meneó la cabeza.

—Ojalá hubiese podido ser de otra manera —dijo, y suspiró.

—Murió en un accidente de tráfico. Fue una muerte rápida. Las hay peores.

El hombre meneó lentamente la cabeza. Por un momento, a Sombra le pareció como si aquel tipo fuera incorpóreo; como si de repente el avión se hubiese vuelto más real mientras su vecino sufría un proceso inverso.

—Sombra —dijo—, no es ninguna broma. No hay truco. Puedo pagarte más de lo que te pagarían en cualquier otro trabajo. Eres un exconvicto. La gente no hará cola ni se peleará por contratarte.

—Señor Quien Cojones Sea —exclamó Sombra en un tono lo suficientemente alto como para que se le oyera por encima del ruido de los motores—, no hay dinero suficiente en el mundo…

La sonrisa del hombre se hizo más amplia. A Sombra le recordó un documental sobre chimpancés que había visto en el canal público PBS cuando era un adolescente. El locutor había explicado que la sonrisa de un simio o un chimpancé no es tal, sino que simplemente muestra los dientes para indicar odio, agresividad o terror. Cuando un chimpancé sonríe, debes entenderlo como una amenaza. Aquella sonrisa parecía indicar eso mismo.

—Pues claro que hay dinero suficiente. Y pluses también. Trabaja para mí y te contaré cosas. Puede que corras ciertos riesgos, por supuesto, pero si sobrevives podrás pedir cualquier cosa que desees. Podrías ser el próximo rey de América. ¿Quién más te va a pagar así de bien, eh?

—¿Quién es usted? —preguntó Sombra.

—Ah, sí. Estamos en la era de la información, aunque todas lo son. Señorita, ¿podría traerme otro Jack Daniel's? Pero no le ponga mucho hielo. Información y conocimiento: dos monedas que nunca pasan de moda.

—Le he preguntado quién es usted.

—Bueno, en fin, como está claro que hoy es mi día… ¿Por qué no me llamas Wednesday? Señor Wednesday. Aunque, con este tiempo, bien podría ser Thursday,[2] ¿eh?

—¿Cuál es su nombre real?

—Si trabajas para mí el tiempo suficiente y lo haces como es debido —dijo el hombre del traje claro—, hasta es posible que te lo revele. Lo dicho: te ofrezco un trabajo. Piénsatelo. Tampoco espero que la aceptes de inmediato, sin saber siquiera si te estás metiendo en un tanque lleno de pirañas o en un foso lleno de osos. Tómate tu tiempo. —Wednesday cerró los ojos y se recostó en su asiento.

—No me convence —dijo Sombra—. No me cae bien. No quiero trabajar con usted.

—Como te decía —dijo el hombre sin abrir los ojos—, no te precipites. Tómate tu tiempo.

El avión tomó tierra bruscamente y se bajaron unos cuantos pasajeros. Sombra miró por la ventanilla: era un aeropuerto pequeño en mitad de la nada y aún tenían que pasar por dos aeropuertos más antes de llegar a Eagle Point. Miró al hombre del traje claro, ¿el señor Wednesday? Parecía dormido.

2. Si bien en español el nombre del tercer día de la semana, miércoles, deriva del nombre del dios latino Mercurio (*Mercurii Dies*), su forma inglesa (Wednesday) deriva del nombre del dios nórdico Odín (*Wōdnesdæg*). Por otro lado, *Thursday* (jueves) es el día de Tor, dios del trueno. *(N. de la T.)*

Sombra se levantó del asiento, cogió su bolsa y salió del avión. Bajó por las escaleras a la pista mojada y resbaladiza y, sin prisa pero sin pausa, caminó hacia las luces de la terminal. Una fina lluvia le salpicaba la cara.

Antes de entrar en el edificio del aeropuerto se detuvo, se volvió y miró. Nadie más había bajado tras él. El personal de tierra retiró la escalerilla, cerraron la puerta y el avión comenzó a rodar por la pista. Sombra se quedó contemplando el despegue y, a continuación, entró en la terminal y fue hacia el mostrador de la compañía Budget, el único abierto, para alquilar un coche que, según descubrió al llegar al aparcamiento, era en este caso un pequeño Toyota rojo.

Sombra desdobló el mapa que le habían proporcionado y lo dejó abierto sobre el asiento del acompañante. Eagle Point estaba a unos doscientos cincuenta kilómetros, y la mayor parte del trayecto era autopista.

Si las tormentas habían llegado hasta allí, ya habían pasado. El tiempo era frío y despejado. Unas nubes pasaban por delante de la luna y, por un momento, Sombra no supo con certeza si eran las nubes o la luna lo que se movía.

Condujo hacia el norte durante una hora y media.

Se hacía tarde. Tenía hambre y, cuando se dio cuenta de lo famélico que estaba, cogió la primera salida y entró en el pueblo de Nottamun (1301 habitantes). Llenó el depósito en la gasolinera de Amoco y le preguntó a la cajera, que parecía aburrida, cuál era el mejor bar de la zona; un sitio donde pudiera comer algo.

—El Jack's Crocodile Bar —le respondió—. Coja la carretera norte del condado en dirección oeste.

—¿El Crocodile Bar?

—Sí. Jack dice que los cocodrilos le dan carácter al local. —Le dibujó un mapa en la parte de atrás de un folleto de color malva que promocionaba una barbacoa benéfica de pollo para reunir fondos para una chica que necesitaba un riñón—. Tiene un par de cocodrilos, una serpiente y un lagarto de esos grandes.

—¿Una iguana?

—Exacto.

Atravesó el pueblo, cruzó por un puente, siguió de frente un par de millas y se detuvo al llegar a un edificio bajo de forma rectangular con un anuncio luminoso de cerveza Pabst y una máquina de Coca-Cola en la puerta.

El aparcamiento estaba medio vacío. Sombra aparcó el Toyota rojo y se bajó del coche.

En el interior, la atmósfera estaba cargada de humo y en la máquina de discos sonaba *Walking After Midnight*. Sombra echó un vistazo a su alrededor buscando los famosos cocodrilos, pero no vio ninguno. Se preguntó si la mujer de la gasolinera había querido tomarle el pelo.

—¿Qué va a ser? —preguntó el camarero.

—¿Es usted Jack?

—Jack tiene la noche libre. Yo soy Paul.

—Hola, Paul. Cerveza de la casa y una hamburguesa completa. Pero sin patatas fritas.

—¿Un bol de chile para picar? Es el mejor chile del estado.

—Suena bien —respondió Sombra—. ¿Dónde están los servicios?

El hombre señaló una puerta en un rincón del bar que estaba decorada con la cabeza disecada de un cocodrilo. Sombra entró.

El baño estaba limpio y bien iluminado. Echó un vistazo alrededor, por la fuerza de la costumbre («Recuerda, Sombra, no puedes defenderte cuando estás meando», pensó, recordando el consejo que le había dado Low Key con su característico tono monocorde), y se fue hacia el urinario de la izquierda. A continuación, se bajó la cremallera y, después de una larga meada, se quedó más tranquilo y aliviado. Desvió la mirada hacia un viejo recorte de prensa con una foto de Jack y dos caimanes.

Oyó un educado carraspeo que provenía del urinario situado a su derecha, aunque no había oído entrar a nadie.

El hombre del traje claro era más grande de pie de lo que le había parecido cuando lo vio sentado en el avión. Era casi tan alto como Sombra, y eso que él lo era mucho. Miraba fijamente al frente. Terminó de mear, se sacudió las últimas gotas y se subió la cremallera.

El hombre le sonrió, como un zorro comiendo carroña de una valla de alambre de espinas.

—¿Y bien? —dijo el señor Wednesday—. Ya has tenido tiempo para pensar, Sombra. ¿Quieres el trabajo?

En algún lugar de Estados Unidos

Los Ángeles, 23:26

En una habitación de color rojo oscuro —las paredes de un tono casi idéntico al del hígado crudo—, hay una mujer alta vestida al estilo de los dibujos animados, con pantalones cortos de seda excesivamente ajustados y una blusa amarilla anudada bajo sus exuberantes pechos. Lleva su negro cabello recogido en un moño en lo alto de la coronilla. A su lado hay un hombre de baja estatura ataviado con una camiseta de color verde oliva y unos caros vaqueros azules. En su mano derecha porta una cartera y un móvil de Nokia con la carcasa roja, blanca y azul.

En la habitación roja hay una cama con sábanas de satén blanco y una colcha de color rojo sangre. A los pies de la cama, una mesita de madera con una estatuilla de piedra que representa a una mujer de enormes caderas y un candelero.

La mujer le da al hombre una pequeña vela roja.

—Toma —le dice—. Enciéndela.

—¿Yo?

—Sí, si quieres poseerme.

—Debería haberte pedido que me la chuparas en el coche.

—Tal vez. ¿No me deseas? —dice la mujer, acariciándose el cuerpo con una mano, desde el muslo a los pechos, como si estuviera presentando un nuevo producto.

Unos pañuelos de seda roja sobre la lámpara situada en el rincón de la estancia tiñen de rojo la luz.

El hombre la mira con deseo, coge la vela y la pone en el candelero.

—¿Tienes fuego?

La mujer le pasa una caja de cerillas. El hombre arranca una y enciende la vela, que titila un poco antes de prenderse, creando una ilusión de movimiento en la figura sin rostro situada junto a ella, todo caderas y pechos.

—Deja el dinero bajo la estatuilla.

—Cincuenta pavos.

—Sí.

—Cuando te vi en Sunset me pareciste un hombre.

—Pero tengo esto —respondió ella, desanudándose la blusa amarilla y dejando sus pechos al descubierto.

—Como muchos tíos, últimamente.

La mujer se estira y sonríe.

—Sí. Venga, ámame.

El hombre se desabrocha los vaqueros azules y se quita la camiseta verde oliva. Ella le masajea los blancos hombros con sus dedos morenos; a continuación, le da la vuelta y empieza a excitarlo con las manos, los dedos y la lengua.

El hombre tiene la sensación de que las luces de la habitación roja se han atenuado y que la única luz que hay en la estancia proviene ahora de la vela, que arde con una llama resplandeciente.

—¿Cómo te llamas? —le pregunta a la mujer.

—Bilquis —responde ella, alzando la cabeza—. Con «q».

—¿Con qué?

—Da igual.

Él empieza a jadear.

—Déjame que te folle —dice el hombre—. Quiero follarte ya.

—Muy bien, cielo. Lo haremos. Pero ¿puedes hacer algo por mí mientras lo hacemos?

—Eh —exclama, poniéndose quisquilloso—, que soy yo el que paga.

Ella se sienta a horcajadas sobre él con un movimiento suave y le susurra:

—Lo sé, cielo, lo sé; eres tú el que paga, y mírate, quiero decir, debería ser yo la que te pagara a ti, tengo tanta suerte…

El hombre frunce los labios, como dando a entender que su charla de puta no le causa ningún efecto, que no lo puede engañar. Ella es una puta callejera, por el amor de Dios, mientras que él es casi un productor y ya se conoce esos atracos de última hora. Pero Bilquis no quiere dinero.

—Cariño, mientras me la metes, mientras clavas eso tan grande y tan duro dentro de mí, ¿te importaría adorarme?

—¿Que si me importaría qué?

Ella empieza a moverse lentamente hacia delante y hacia atrás: los húmedos labios de su vulva rozan la cabeza henchida del pene.

—¿Me llamarás diosa? ¿Me rezarás? ¿Me adorarás con tu cuerpo?

Él sonríe. ¿Eso era lo que quería?

—Claro —responde.

A fin de cuentas, todos tenemos manías. La mujer se mete una mano entre las piernas y desliza el pene dentro de ella.

—¿Te gusta así, eh, diosa? —pregunta, jadeando.

—Adórame, cielo —le pide Bilquis, la puta.

—Sí. Adoro tus pechos y tus ojos y tu coño. Adoro tus muslos y tus ojos y tus labios rojo cereza...

—Sí... —susurra ella, mientras lo monta igual que un barco sobre procelosas aguas.

—Adoro tus pezones, de los que mana la leche de la vida. Tus besos saben a miel y tu tacto abrasa como el fuego, y yo lo adoro —empieza a pronunciar las palabras de forma más rítmica, al compás del movimiento y del balanceo de sus cuerpos—. Tráeme tu lujuria por la mañana, y tráeme tu alivio y tu bendición por la noche. Déjame andar sin peligro por lugares oscuros y deja que vuelva para dormir a tu lado y hacerte el amor una vez más. Te adoro con todo mi ser, con toda mi alma, con todos los lugares en los que he estado y con mis sueños y mis... —Tiene que detenerse para recobrar el aliento—. ¿Qué es lo que haces? Es increíble. Increíble...

El hombre mira hacia sus caderas, hacia el lugar donde ambos se unen, pero ella le coloca su dedo índice en la barbilla y le empuja hacia atrás, de forma que solo pueda mirarla a la cara y al techo.

—Sigue hablando, cariño —dice ella—. No pares. ¿No te gusta?

—En mi vida he sentido nada parecido —dice él, y lo cree—. Tus ojos son como estrellas, ardiendo en, joder, el firmamento, y tus labios son olas que lamen suavemente la arena y yo los adoro.

Ahora la está penetrando más y más adentro: se siente eléctrico, como si la mitad inferior de su cuerpo estuviera sexualmente cargada: priápico, henchido, feliz.

—Concédeme tu don —murmura, pero ya ni siquiera sabe lo que dice—, tu único y verdadero don y hazme sentir siempre... siempre tan... Te lo imploro... Yo...

Y entonces el placer estalla en un orgasmo, dejando en blanco su mente de un fogonazo; su cabeza y su cuerpo y todo su ser están ahora en blanco mientras él la penetra una y otra vez, cada vez más dentro de ella...

Con los ojos cerrados, con el cuerpo contraído por los espasmos, se recrea en el momento; y entonces nota una sacudida, y de pronto le parece estar colgado, boca abajo, aunque el placer continúa.

Abre los ojos.

Piensa, mientras intenta recuperar el pensamiento y la razón, en el nacimiento, y se pregunta sin miedo, en un momento de perfecta claridad poscoital, si lo que está viendo es algún tipo de ilusión.

Esto es lo que ve:

Él está dentro de la mujer hasta la altura del pecho, y mientras observa la situación con incredulidad y asombro ella tiene apoyadas ambas manos sobre sus hombros y empuja suavemente su cuerpo.

Continúa deslizándose dentro de la mujer.

—¿Cómo me estás haciendo esto? —le pregunta, o eso cree, pero es posible que tan solo lo piense.

—Eres tú quien lo hace, cielo —susurra ella.

Él siente los labios de su vulva firmemente apretados en torno al pecho y la espalda, oprimiéndolo y envolviéndolo. Se pregunta cómo los vería alguien desde fuera. Se pregunta por qué no está asustado. E inmediatamente sabe cuál es la respuesta.

—Te adoro con mi cuerpo —susurra, mientras la mujer continúa empujándolo dentro de ella. Sus labios vaginales trepan hábilmente por su cara, y los ojos del hombre quedan sumidos en la oscuridad.

Ella se despereza en la cama, como un enorme gato, y bosteza.

—Sí —dice por fin—, me adoras.

En el móvil de Nokia se oye una versión estridente y eléctrica del *Himno a la alegría*. La mujer lo coge, pulsa una tecla y se lo lleva a la oreja.

Su vientre está ya completamente plano, y sus labios vaginales han vuelto a su ser y están cerrados. El sudor perla su frente y el labio superior.

—¿Sí? —responde. Y a continuación—: No, cielo; no está aquí. Se ha marchado.

Antes de dejarse caer en la cama de la habitación roja, desconecta el teléfono, se despereza una vez más, cierra los ojos y duerme.

Capítulo dos

They took her to the cemet'ry
In a big ol' Cadillac
They took her to the cemet'ry
But they did not bring her back.
(La llevaron hasta el cementerio / en un viejo Cadillac. /
La llevaron hasta el cementerio / y ya no regresó jamás.)
CANCIÓN POPULAR

—Me he tomado la libertad —dijo el señor Wednesday mientras se lavaba las manos en el aseo de caballeros del Jack's Crocodile Bar— de pedir que me lleven la comida a tu mesa. Después de todo, tenemos mucho de qué hablar.

—No lo creo —dijo Sombra y, después de secarse las manos con una toalla de papel, la arrugó y la tiró a la papelera.

—Necesitas un trabajo —replicó Wednesday—. La gente no contrata a exconvictos. Les resultáis incómodos.

—Me espera un trabajo. Un buen trabajo.

—¿Te refieres a tu puesto en el Muscle Farm?

—Quizá —respondió Sombra.

—No. Olvídate. Robbie Burton está muerto. Sin él, el Muscle Farm también lo está.

—Es usted un mentiroso.

—Claro. Y de los buenos. El mejor mentiroso que has conocido en tu vida. Pero me temo que en esto no te miento. —Sacó del bolsillo un periódico doblado varias veces y se lo dio a Sombra—. Página siete. Pero volvamos al bar. En la mesa podrás leerlo con más comodidad.

Sombra abrió la puerta del lavabo y salió al bar. El aire parecía azul del humo que flotaba en el ambiente, y en la máquina de discos sonaba el *Iko Iko* de los Dixie Cups. Sombra esbozó una sonrisa al reconocer la vieja canción infantil.

El camarero señaló una mesa situada en un rincón. En un lado había un cuenco de chile y una hamburguesa, y en el otro, un bistec poco hecho y un cuenco de patatas fritas enfrente.

Mira a mi rey todo vestido de rojo,
Iko Iko todo el día,
Te apuesto cinco dólares a que te dejará seco,
Jockamo-feena-nay

Sombra se sentó a la mesa y dejó el periódico.

—He salido de la cárcel esta misma mañana —dijo—. Esta es mi primera comida como hombre libre. No le importará si espero a terminar de comer para leer la dichosa página siete, ¿verdad?

Sombra se comió la hamburguesa. Era mejor que las de la cárcel. El chile estaba bueno, pero después de un par de cucharadas decidió que no era ni mucho menos el mejor del estado.

Laura preparaba un chile fantástico. Lo hacía con carne magra, alubias rojas, zanahoria picada, un botellín de cerveza negra y chiles recién cortados. Lo dejaba cocer todo durante unos minutos, luego añadía vino tinto, zumo de limón, una pizca de eneldo fresco y, por último, lo probaba y lo sazonaba con su propia mezcla de especias. En más de una ocasión Sombra había intentado que le enseñara a hacerlo: observaba todo el proceso, desde el momento en que cortaba unas cebollas y las echaba en el aceite de oliva que cubría el fondo de la olla. Incluso había llegado a tomar notas de todo el proceso, desde el primer ingrediente hasta el último, y había probado a hacer el chile de Laura él solo durante un fin de semana en que ella tuvo que ausentarse de la ciudad. No le salió mal, se podía comer, pero no era el chile de Laura.

En la noticia de la página siete, Sombra leyó por primera vez el relato de cómo había muerto su esposa. Era una sensación rara, como si estuviera leyendo un cuento sobre alguien: de cómo Laura Moon, que según el artículo tenía veintisiete años, y Robbie Burton, de treinta y nueve, viajaban en el coche de Robbie por la interestatal cuando dieron un volantazo y se cruzaron en el camino de un camión de treinta y dos ruedas, que barrió el coche de la carretera cuando intentaba cambiar de carril para evitar el choque.

Los equipos de rescate llegaron casi de inmediato. Lograron sacar a Robbie y Laura de entre el amasijo de hierros. Ambos estaban ya muertos cuando llegaron al hospital.

Sombra volvió a doblar el periódico, y lo deslizó sobre la mesa para pasárselo a Wednesday, que se estaba metiendo entre pecho y espalda un bistec tan crudo y tan azul que bien podría no haber pasado en ningún momento por la parrilla.

—Tome. Lléveselo —dijo Sombra.

Era Robbie el que iba al volante. Probablemente iría bebido, aunque la noticia del periódico no decía nada de eso. Sombra no pudo evitar imaginarse la cara que habría puesto Laura al darse cuenta de que Robbie estaba demasiado borracho para conducir. Le vino a la mente la escena completa sin que pudiera hacer nada por evitarlo: Laura gritándole a Robbie que se parara en el arcén, luego el estrépito al chocar contra el camión, y el volante girando sin control...

... el coche en el arcén de la carretera, los pedacitos de cristal brillando a la luz de los faros como si fueran de hielo y diamantes, la sangre de los dos esparcida por el asfalto como si fueran rubíes. Dos cuerpos, muertos o moribundos, siendo extraídos del coche siniestrado y colocados con cuidado junto a la carretera.

—¿Y bien? —preguntó el señor Wednesday. Se había acabado ya el bistec, que había devorado como si se estuviera muriendo de hambre. Ahora masticaba las patatas fritas, que iba pinchando con el tenedor.

—Tenía usted razón —dijo Sombra—. No tengo trabajo.

Sombra sacó una moneda de veinticinco centavos del bolsillo, con la cruz mirando hacia arriba. Lanzó la moneda al aire, le dio un golpecito con un dedo para que pareciera que giraba, la cogió y se la colocó en el dorso de la mano.

—Usted elige.

—¿Por qué? —preguntó Wednesday.

—No quiero trabajar para alguien que tenga peor suerte que yo. Elija.

—Cara.

—Lo siento —dijo Sombra, descubriendo la moneda sin molestarse siquiera en mirarla—. Ha salido cruz. He hecho trampa.

—Los juegos amañados son los más fáciles de ganar —dijo Wednesday, amonestando a Sombra con su anguloso dedo—. Mírala.

Sombra miró la moneda. Había salido cara.

—Se ve que no la he lanzado bien —dijo, desconcertado.

—No te subestimes —replicó Wednesday, sonriendo—. Solo soy un tipo con mucha, mucha suerte. —Alzó la vista—. Caramba, si es Sweeney *el Loco*. ¿Por qué no te sientas y te tomas algo con nosotros?

—Southern Comfort y Coca-Cola sin hielo —dijo una voz detrás de Sombra.

—Voy a hablar con el camarero —dijo Wednesday. Se levantó y se dirigió hacia la barra.

—¿No va usted a preguntarme qué quiero beber? —le dijo Sombra.

—Ya sé lo que quieres beber —respondió Wednesday, ya desde la barra. Volvió a sonar el *Walking After Midgnight* de Patsy Cline en la máquina de discos.

El hombre que había pedido un Southern Comfort con Coca-Cola se sentó junto a Sombra. Lucía una barba corta de color cobrizo y vestía una cazadora vaquera con parches de colores y una camiseta blanca llena de lamparones que llevaba impresa una frase: SI NO PUEDES COMERLO, BEBERLO, FUMARLO O ESNIFARLO... ¡FÓLLATELO! Llevaba también una gorra de béisbol con el siguiente lema: LA ÚNICA MUJER A LA QUE HE AMADO ERA LA ESPOSA DE OTRO HOMBRE... ¡MI MADRE!

Abrió una cajetilla de Lucky Strike con una uña sucia, sacó un cigarrillo y le ofreció otro a Sombra. Estuvo a punto de aceptarlo, un simple reflejo —no fumaba, pero un cigarrillo siempre era buen material de trueque—, cuando se dio cuenta de que ya no estaba dentro. Ahí fuera se podía comprar tabaco en cualquier parte. Dijo que no con la cabeza.

—¿Así que trabajas para nuestro hombre? —preguntó el hombre de la barba. No estaba sobrio, pero tampoco estaba borracho aún.

—Eso parece —respondió Sombra.

El hombre de la barba encendió el cigarrillo.

—Yo soy un *leprechaun*, un duende irlandés —dijo.

Sombra no sonrió.

—¿En serio? En ese caso, ¿no deberías beber Guinness?

—Estereotipos. Tienes que aprender a salirte de lo establecido —respondió el hombre—. Irlanda no es solo la Guinness.

—No tienes acento irlandés.

—Llevo por aquí demasiado tiempo.

—Entonces eres irlandés.

—Te lo acabo de decir. Soy un *leprechaun*. No querrás que venga del puto Moscú.

—Supongo que no.

Wednesday volvió a la mesa, sujetando con soltura los tres vasos con aquellas manos como zarpas.

—Southern Comfort y Coca-Cola para ti, Sweeney, y un Jack Daniel's para mí. Y esto es para ti, Sombra.

—¿Qué es?

—Pruébalo.

La bebida tenía un color dorado y rojizo. Sombra dio un sorbo, y le dejó un extraño sabor agridulce en la lengua. Percibía en el fondo el sabor del alcohol y una extraña mezcla de resabios. Le recordaba un poco al licor de la cárcel, que se destilaba en una bolsa de basura a partir de restos de fruta podrida, pan, azúcar y agua, pero este era más suave, más dulce e infinitamente más extraño.

—Vale —dijo Sombra—. Ya lo he probado. ¿Qué es?

—Hidromiel —respondió Wednesday—. La bebida de los héroes. La bebida de los dioses.

Sombra volvió a probarlo. Sí, efectivamente, sabía a miel. Ese era uno de los sabores.

—Sabe un poco al agua de los pepinillos —dijo—. Vino de pepinillos dulces.

—Sabe como el pis de un diabético borracho —confirmó Wednesday—. Lo detesto.

—¿Entonces por qué me lo has traído? —preguntó Sombra con toda la razón.

Wednesday se lo quedó mirando con sus disparejos ojos. Uno de ellos tenía que ser de cristal, pensó Sombra, pero no sabía cuál.

—Te lo he traído porque es una tradición. Y ahora mismo necesitamos toda la tradición de la que podamos disponer para sellar nuestro trato.

—No hemos hecho ningún trato.

—Claro que sí. Ahora trabajas para mí. Me protegerás, me ayudarás, me llevarás de un lugar a otro. De vez en cuando llevarás a cabo algunas pesquisas; tendrás que ir a determinados sitios y hacer preguntas en mi nombre. Y en caso de emergencia, pero solo en caso de emergencia, tendrás que hacer daño a determinadas personas que deban ser castigadas. En el improbable caso de que yo muera, serás tú quien me vele. Y a cambio, yo me aseguraré de que no te falte de nada.

—Te está estafando —dijo Sweeney *el Loco* rascándose su áspera barba pelirroja—. Es un estafador.

—Pues claro que soy un estafador —dijo Wednesday—. Por eso necesito a alguien que vele por mis intereses.

La canción de la gramola se acabó, y por un momento el bar quedó en silencio; todas las conversaciones quedaron como en suspenso.

—No sé quién me dijo una vez que estos momentos en los que todo el mundo calla al mismo tiempo solo se dan veinte minutos antes o después de una hora en punto —dijo Sombra.

Sweeney señaló el reloj que había sobre la barra, colocado entre las enormes e indiferentes mandíbulas de una cabeza de caimán disecada. Marcaba justo las 11:20.

—Ya lo veis—dijo Sombra—. Pero no me preguntéis por qué.

—Yo sé por qué —dijo Wednesday.

—¿Y no piensa compartirlo con nosotros?

—Puede que algún día te lo cuente, sí. O puede que no. Bébete el hidromiel, anda.

Sombra bebió lo que le quedaba en el vaso de un solo trago.

—Igual sabría mejor con un poco de hielo —dijo.

—Igual no —respondió Wednesday—. Es una porquería.

—Y tanto —dijo Sweeney *el Loco*—. Tendrán que disculparme un momento, caballeros, pero siento la imperiosa necesidad de ir a echar una larga meada.

Dicho esto, se levantó y se fue hacia el baño. Era un hombre increíblemente alto. Debía de medir más de dos metros, calculó Sombra.

Una camarera pasó una bayeta por la mesa y se llevó los platos vacíos. Wednesday le pidió otra ronda de lo mismo, pero le dijo que esta vez le pusiera un poco de hielo al hidromiel de Sombra.

—Bueno —añadió Wednesday—, ya te he contado lo que espero de ti, si es que aceptas mi oferta. Aunque doy por supuesto que la aceptas.

—Ya sé lo que quiere usted —dijo Sombra—. ¿Le gustaría saber lo que quiero yo?

—Nada podría hacerme más feliz.

La camarera trajo las bebidas. Sombra bebió un sorbo de su hidromiel con hielo, que no lo mejoraba en absoluto; de hecho, acentuaba el amargor y hacía que el sabor le durara más tiempo en la boca después de tragarlo. No obstante, pensó Sombra para consolarse, no parecía tener mucho alcohol. No tenía ganas de emborracharse. Todavía no.

Respiró hondo.

—Muy bien —dijo Sombra—. Mi vida, que durante tres años ha distado mucho de ser la mejor vida que se pueda soñar, ha dado un repentino giro a peor. Ahora mismo tengo algunos asuntos que resolver. Quiero ir al funeral de Laura, despedirme de ella. Después de eso, si todavía me necesita, me gustaría empezar cobrando quinientos dólares a la semana.

Había escogido la cifra al azar, la primera que se le vino a la cabeza. Wednesday continuaba mirándole como si nada.

—Y si nos gusta esto de trabajar juntos, dentro de seis meses me pagará usted mil. —Hizo una pausa. Era el discurso más largo que había soltado desde hacía años—. Dice usted que es posible que tenga que hacerle daño a alguien. Pues bien, si alguien intenta hacerle daño yo le defenderé. Pero no haré daño a nadie por diversión o por dinero. No pienso volver a la cárcel. Una vez ya es más que suficiente.

—No tendrás que hacerlo —afirmó Wednesday.

—No —replicó Sombra—, desde luego que no.

Sombra apuró el hidromiel. De repente, se preguntó si sería el hidromiel lo que le había soltado la lengua de aquella manera. Pero las palabras le salían de forma torrencial sin que pudiera hacer nada por impedirlo.

—No me gusta usted, señor Wednesday, o como se llame en realidad. No somos amigos. No sé cómo pudo bajarse del avión sin que yo lo viera, ni cómo se las ha arreglado para seguirme hasta aquí. Estoy francamente impresionado, tiene usted clase. Y ahora mismo no tengo nada mejor que hacer. Pero sepa usted que cuando hayamos terminado me iré. Y si me toca las pelotas, también me iré. Hasta entonces, trabajaré para usted.

Wednesday sonrió. Sus sonrisas eran francamente extrañas, pensó Sombra. No había en ellas ni rastro de humor, ni de felicidad, ni de alegría. Parecía como si hubiera aprendido a sonreír siguiendo un manual.

—Muy bien —dijo—. En ese caso cerramos el trato. Estamos de acuerdo.

—De perdidos al río —dijo Sombra.

Al otro lado del local, Sweeney *el Loco* estaba echando monedas en la gramola. Wednesday se escupió en la mano y se la tendió. Sombra se encogió de hombros. Se escupió en la mano. Unieron sus manos. Wednesday empezó a apretar y Sombra apretó también. Al cabo de unos segundos empezó a dolerle. Wednesday siguió apretando medio minuto más y luego le soltó.

—Bien —dijo—. Bien. Muy bien.

Wednesday sonrió fugazmente y Sombra creyó percibir esta vez cierto toque de humor, como si estuviera realmente satisfecho.

—Un vaso más de este asqueroso y repugnante hidromiel de los cojones para sellar nuestro trato y listo.

—Un Southern Comfort con Coca-Cola para mí —dijo Sweeney, que volvía a la mesa con paso vacilante.

En la gramola comenzó a sonar *Who Loves the Sun?*, de la Velvet Underground. Sombra pensó que no era habitual encontrar esa canción en una gramola. Parecía algo bastante insólito. Pero, al fin y al cabo, todo en aquella noche parecía más bien insólito.

Sombra cogió la moneda que había usado para decidir si trabajaría para Wednesday o no, recreándose en la sensación de tener entre las manos una moneda recién acuñada, y la hizo aparecer en su mano derecha entre el dedo índice y el pulgar. Hizo como si la cogiera rápidamente con la mano izquierda, mientras la hacía desaparecer de forma disimulada con los dedos. Cerró la mano izquierda alrededor de la imaginaria moneda. Luego cogió una segunda moneda con la derecha, con el índice y el pulgar y, mientras fingía que la dejaba caer en la izquierda, soltó la moneda escondida en la mano derecha, que chocó con la otra por el camino. El tintineo confirmó la ilusión de que ambas monedas estaban en su mano izquierda, aunque en realidad estaban las dos bien a salvo en la derecha.

—¿Trucos con monedas? —preguntó Sweeney, alzando la barbilla y mostrando su áspera y desaliñada barba—. Pues ya puestos, mira este.

Cogió de la mesa un vaso vacío que había contenido hidromiel y echó los hielos en el cenicero. Luego estiró el brazo y cogió una moneda grande, dorada y brillante del aire. La echó en el vaso. Cogió del aire otra moneda de oro y la echó también en el vaso, donde resonó al chocar con la primera. Cogió otra moneda de la llama de una vela que había en la pared, otra de su barba, y otra más de la mano izquierda de Sombra, que estaba vacía, y a continuación las dejó caer, una a una, dentro del vaso. Luego, agitó los dedos sobre el vaso, sopló con fuerza y varias monedas más cayeron de su mano al vaso. Se guardó en el bolsillo de su chaqueta el vaso con las monedas y luego palpó el bolsillo para demostrar que, sin lugar a dudas, estaba vacío.

—Mira —dijo—. Para que aprendas lo que es un buen truco con monedas.

Sombra, que había observado atentamente aquella improvisada actuación, ladeó la cabeza.

—Tenemos que hablar de eso tú y yo —le dijo—. Quiero saber cómo lo has hecho.

—Lo he hecho —dijo Sweeney como si le estuviera confiando el mayor de los secretos— con gracia y estilo. Así lo he hecho.

Sweeney se rio en silencio, balanceándose sobre los talones y mostrando sus dientes separados.

—Sí —dijo Sombra—. Así es como lo has hecho. Tienes que enseñarme. Conozco diversas modalidades del Sueño del Pobre, pero, según he leído, se supone que tendrías que esconder las monedas en la mano con la que sujetas el vaso y dejarlas caer mientras haces aparecer y desaparecer la moneda de tu mano derecha.

—Cuánto trabajo, ¿no? —dijo Sweeney *el Loco*—. Es mucho más fácil cogerlas del aire.

Sweeney cogió su vaso de Southern Comfort con Coca-Cola, todavía a medias, lo miró y volvió a dejarlo sobre la mesa.

Wednesday les contemplaba a los dos como si acabara de descubrir nuevas e ignotas formas de vida.

—Hidromiel para ti, Sombra —dijo—. Yo sigo con mi Jack Daniel's. ¿Y para el irlandés gorrón...?

—Un botellín, de algo oscuro, a ser posible. ¿Me has llamado gorrón? —Sweeney cogió lo que quedaba de su bebida y levantó el vaso para hacer un brindis—. Que la tormenta pase de largo, dejándonos sanos e ilesos —dijo, apurando su bebida de un solo trago.

—Un buen brindis —dijo Wednesday—. Pero no será así.

Le trajeron a Sombra otro vaso de hidromiel.

—¿Tengo que bebérmelo? —preguntó sin mayor entusiasmo.

—Eso me temo. Es para sellar nuestro trato. A la tercera va la vencida.

—Joder —dijo Sombra, y se lo bebió de un par de tragos. El sabor agridulce del hidromiel invadió su boca.

—Listo —dijo el señor Wednesday—. Ahora ya eres mi hombre.

—Entonces —terció Sweeney—, ¿quieres saber cómo se hace el truco?

—Sí —respondió Sombra—. ¿Las tenías escondidas en la manga?

—No han estado nunca en mi manga —dijo Sweeney, y se echó a reír, balanceándose como si fuera un volcán barbudo y desgarbado a punto de entrar en erupción y deleitándose con su propia brillantez—. Es el truco más fácil del mundo. Peléate conmigo y te lo cuento.

Sombra meneó la cabeza.

—Paso.

—Vaya, hombre, muy bonito —dijo Sweeney en voz alta para que lo oyera todo el mundo—. El viejo Wednesday contrata a un guardaespaldas y resulta que no es capaz ni de levantar los puños.

—No voy a pelearme contigo —insistió Sombra.

Sweeney se balanceaba y sudaba. Se puso a jugar con la visera de su gorra de béisbol. Luego sacó una de sus monedas del aire y la dejó en la mesa.

—Es de oro auténtico, por si tienes alguna duda —dijo Sweeney—. Ganes o pierdas, y perderás, es tuya si peleas conmigo. Un tío grande como tú... cualquiera diría que eres un maldito cobarde.

—Ya te ha dicho que no quiere pelear contigo —dijo Wednesday—. Vete, Sweeney. Coge tu cerveza y déjanos en paz.

Sweeney se encaró con Wednesday.

—¿Y tú me llamas gorrón, vieja criatura del demonio? Tú que no eres más que un verdugo despiadado y sin corazón. —El rostro de Sweeney estaba rojo de ira.

Wednesday extendió las manos, con las palmas hacia arriba, tratando de calmarle.

—Tonterías, Sweeney. Mucho cuidado con lo que dices.

Sweeney lo fulminó con la mirada. Luego, con la solemnidad de quien está muy borracho, dijo:

—Has contratado a un cobarde. ¿Qué crees que haría si yo te hiciera daño?

Wednesday se volvió hacia Sombra.

—Hasta aquí hemos llegado —dijo—. Ocúpate.

Sombra se puso en pie y escrutó el rostro de Sweeney *el Loco*. ¿Cuánto medía aquel hombre?, se preguntó.

—Nos estás molestando —le espetó—. Estás borracho. Creo que ya es hora de que te marches.

Lentamente, los labios de Sweeney dibujaron una sonrisa.

—Vaya, el perrito ladrador se ha decidido por fin a pelear. ¡Eh, mirad todos! —gritó—. ¡Mirad esto y aprended!

Sweeney estampó su enorme puño en la cara de Sombra, que se echó hacia atrás para esquivarlo, de modo que le golpeó bajo el ojo derecho. Vio manchas de luz y sintió dolor.

Y con ese golpe, comenzó la pelea.

Sweeney peleaba sin estilo, sin método, sin nada más que el entusiasmo por la lucha misma: descargaba los golpes con contundencia y rapidez, y erraba en la misma medida que acertaba.

Sombra peleaba a la defensiva, con cuidado, tratando de limitarse a bloquear o esquivar los golpes de Sweeney. Era muy consciente de que todo el mundo los observaba. Habían apartado las mesas entre bufidos y protestas, dejando espacio para que pudieran moverse. Sombra era consciente en todo momento de que Wednesday le estaba mirando, y de su sonrisa carente de humor. Era evidente que se trataba de una prueba, pero ¿qué tipo de prueba? En la cárcel, Sombra había aprendido que había dos tipos de peleas: las de «no me toques los cojones», en las que había que lucirse e impresionar al personal, y las particulares, peleas de verdad que solían ser rápidas, duras y feas, y apenas duraban unos segundos.

—Eh, Sweeney —dijo Sombra, jadeando—, ¿por qué peleamos?

—Por el simple placer de hacerlo —respondió Sweeney, ya sobrio, al menos en apariencia—. Por el simple y pecaminoso placer de hacerlo. ¿No sientes la dicha en tus venas, inundándolas como la savia en primavera?

Sweeney tenía sangre en el labio, y Sombra en los nudillos.

—¿Cómo has hecho el truco de las monedas? —preguntó. Se echó hacia atrás para esquivar un golpe dirigido a su cara, y el puño de Sweeney fue a dar contra su hombro.

—La verdad es —gruñó Sweeney— que ya te lo dije la primera vez que preguntaste. Pero no hay peor ciego (¡Ay! ¡Buen golpe!), que el que no quiere ver.

Sombra le golpeó, derribándolo sobre una mesa, y los vasos y ceniceros vacíos que había encima se estrellaron contra el suelo. Sombra podría haberlo rematado en aquel momento. El hombre estaba indefenso, tendido de espaldas; no tenía forma de defenderse.

Miró a Wenesday, que asintió con la cabeza. Luego, miró a Sweeney *el Loco*.

—¿Ya es suficiente? —preguntó. Sweeney vaciló y asintió. Sombra lo soltó y retrocedió varios pasos. El irlandés, jadeando, se puso en pie de nuevo.

—¡Ni de coña! —gritó—. ¡Esto no se acaba hasta que yo lo diga!

Luego sonrió y se abalanzó sobre Sombra. Metió el pie en una cubitera que se había caído al suelo y su sonrisa se tornó en una mueca de sorpresa cuando sus pies resbalaron y cayó de espaldas. Su cabeza se estrelló contra el suelo del bar con un ruido sordo.

Sombra le puso la rodilla sobre el pecho.

—Te lo vuelvo a preguntar, ¿hemos peleado suficiente ya?

—Pues podríamos dejarlo ya —dijo Sweeney, levantando la cabeza del suelo—, porque la dicha me ha abandonado, como el pipí a un niño pequeño en una piscina en un día caluroso.

Escupió la sangre que tenía en la boca, cerró los ojos y comenzó a roncar, con profundos y magníficos ronquidos.

Alguien le dio a Sombra una palmada en la espalda. Wednesday le puso una botella de cerveza en la mano.

Sabía mejor que el aguamiel.

Sombra se despertó tumbado en el asiento de atrás de un sedán. El sol de la mañana lo deslumbraba y le dolía la cabeza. Se incorporó con dificultad, y se frotó los ojos.

Wednesday iba al volante, tarareando mientras conducía. Tenía un café en vaso de papel en el posavasos. Circulaban por lo que parecía una autopista interestatal, con el control automático de velocidad a cien kilómetros por hora. El asiento del copiloto iba vacío.

—¿Qué tal te sientes en esta mañana tan espléndida? —preguntó Wednesday sin volverse.

—¿Qué ha sido de mi coche? —preguntó Sombra—. Era de alquiler.

—Sweeney *el Loco* lo ha devuelto por ti. Era parte del trato que hicisteis ayer por la noche.

—¿Hicimos un trato?

—Después de la pelea.

—¿Pelea? —Se frotó la mejilla con la mano y guiñó los ojos. Sí, había tenido una pelea. Creía recordar a un hombre muy alto de barba anaranjada, y al público que los había jaleado—. ¿Quién ganó?

—¿No te acuerdas? —rio Wednesday.

—Pues no, la verdad —respondió Sombra. De pronto, acudieron a su mente las conversaciones de la noche anterior, pero todo era muy confuso—. ¿Queda algo de café por ahí?

Wednesday tanteó con la mano bajo el asiento del conductor y le pasó una botella de agua sin abrir.

—Toma. Debes de estar deshidratado. De momento, esto te vendrá mejor que el café. Pararemos en la próxima gasolinera para que puedas desayunar. Y no estaría de más que te asearas un poco, también. Por tu aspecto, parece que has pasado la noche en una jaula llena de cabras.

—De monos —replicó Sombra.

—De cabras —replicó Wednesday—. Un rebaño de grandes y apestosas cabras con enormes dientes.

Sombra desenroscó el tapón de la botella y bebió. De pronto, algo tintineó en el bolsillo de su cazadora; metió la manó y sacó una moneda del tamaño de medio dólar. Pesaba mucho, era de color amarillo intenso y estaba algo pegajosa. Sombra la colocó sobre la palma de su mano derecha y la hizo desaparecer, un clásico, y a continuación la hizo salir por entre los dedos anular y meñique. La escondió de nuevo en la palma de su mano, sujetándola con el meñique y el índice, de forma que no podía verse desde el otro lado; deslizó los dos dedos de en medio por debajo y la sacó lentamente por el dorso. Finalmente, se pasó la moneda a la mano izquierda y la guardó en el bolsillo.

—¿Qué demonios bebí anoche? —inquirió Sombra. Los acontecimientos de la velada anterior pululaban a su alrededor, sin forma, sin sentido, pero él sabía que estaban ahí.

El señor Wednesday divisó la señal que indicaba la salida a una gasolinera y aceleró.

—¿No lo recuerdas?

—No.

—Estuviste bebiendo hidromiel —le contestó con una amplia sonrisa.

«Hidromiel.»

Sí.

Sombra se recostó en el asiento y continuó bebiendo agua, tratando de borrar los efectos de la noche anterior. Lo que recordaba, y lo que no.

En la gasolinera, Sombra se compró un kit de aseo que contenía una maquinilla de afeitar, un paquete de espuma de afeitar, un peine, un cepillo de dientes de usar y tirar y un minúsculo tubo de pasta dentífrica. Entró en el lavabo de caballeros y se miró en el espejo. Tenía un cardenal debajo de un ojo —al tocarlo se dio cuenta de que le dolía mucho— y el labio inferior hinchado. Su cabello estaba enmarañado, y parecía como si se hubiera pasado la primera mitad de la noche peleando y, el resto, profundamente dormido, con la ropa puesta, en el asiento trasero de un coche. Oía música de fondo: tardó unos segundos en reconocer *The Fool on the Hill*, de los Beatles.

Se lavó la cara con el jabón líquido que había en el servicio, se enjabonó con la espuma y se afeitó. Se mojó el pelo y se lo peinó hacia atrás. Se cepilló los dientes. Luego se retiró los restos de espuma y de dentífrico de la cara con agua tibia. Contempló su aspecto en el espejo: estaba limpio y bien afeitado, pero seguía teniendo los ojos rojos e hinchados. Parecía mayor de lo que recordaba.

Se preguntó qué diría Laura cuando lo viera y luego recordó que Laura ya no diría nada nunca más y vio temblar su cara en el espejo, pero solo un instante.

Salió del lavabo.

—Estoy hecho una pena —dijo Sombra.

—Y tanto —replicó Wednesday.

Este escogió de los estantes algo para picar y lo llevó a la caja registradora para pagarlo con la gasolina, pero cambió dos veces de opinión sobre la forma de pago, tarjeta o efectivo, para irritación de la chica que atendía la caja. Sombra observó a Wednesday, cada vez más aturullado y disculpándose todo el tiempo. De repente, parecía muy viejo. La chica le devolvió el dinero y le cobró con la tarjeta, a continuación le entregó el recibo y cogió el dinero, para finalmente devolverle el dinero y cobrarle con otra tarjeta. Wednesday estaba a punto de echarse a llorar, era un pobre viejo desvalido frente al implacable avance del plástico en el mundo moderno.

Sombra echó un vistazo al teléfono público: tenía colgado el cartel de «no funciona».

Salieron de la caldeada gasolinera y en el exterior hacía tanto frío que su aliento se convertía en vapor.

—¿Quiere que conduzca yo? —preguntó Sombra.

—Ni hablar —respondió Wednesday.

Continuaron avanzando por la autopista: a ambos lados del coche se veían pasar fugazmente los campos, que habían empezado a adquirir un tono pardo. Los árboles habían perdido ya la hoja y parecían muertos. Dos pájaros negros los contemplaban desde un cable del telégrafo.

—Eh, Wednesday.

—¿Qué?

—Si mis ojos no me engañan, se ha ido usted sin pagar la gasolina.

—¿En serio?

—Por lo que he visto, al final ha sido ella la que le ha pagado por el privilegio de tenerle en su gasolinera. ¿Cree que se habrá dado cuenta ya?

—Nunca lo hará.

—Entonces, ¿qué es usted? ¿Un artista del timo a pequeña escala?

Wednesday asintió con la cabeza.

—Sí —respondió—. Supongo que sí. Entre otras cosas.

Se pasó al carril izquierdo para adelantar a un camión. El cielo era de un gris uniforme y desvaído.

—Va a nevar —dijo Sombra.

—Sí.

—¿Llegó a enseñarme Sweeney cómo hacía el truco de las monedas de oro?

—Oh, sí.

—No lo recuerdo.

—Ya lo recordarás. Ha sido una noche muy larga.

Varios copos de nieve se fueron a posar en el parabrisas y se derritieron al cabo de unos segundos.

—El velatorio de tu mujer se celebrará en el tanatorio de Wendell —dijo Wednesday—. Después de comer la conducirán hasta el cementerio para enterrarla.

—¿Cómo se ha enterado?

—He hecho unas llamadas mientras estabas en el lavabo. ¿Sabes dónde está la funeraria Wendell?

Sombra asintió con la cabeza. Los copos de nieve se arremolinaban y bailaban delante del coche.

—Esta es nuestra salida —dijo Sombra. El coche se fue de la interestatal y dejó atrás los moteles del norte de Eagle Point.

Habían pasado tres años. Sí. El motel Super-8 había desaparecido, lo habían tirado y ahora era un Wendy's. Había más semáforos, y escaparates que no reconocía. Atravesaron el centro de la ciudad. Sombra le pidió a Wednesday que fuera más despacio al pasar por delante del gimnasio Muscle Farm. CERRADO INDEFINIDAMENTE POR DEFUNCIÓN, decía el letrero escrito a mano colgado en la puerta.

Giraron a la izquierda en Main Street. Pasaron por delante de una tienda nueva de tatuajes y del centro de reclutamiento de las Fuerzas Armadas, luego por el Burger King, la farmacia de Olsen, que estaba exactamente igual que siempre y, por fin, llegaron hasta la fachada amarilla de ladrillos de la funeraria Wendell. En la ventana había un cartel de neón que rezaba: TANATORIO, bajo el que se veían varias lápidas sin grabar amontonadas.

Wednesday aparcó.

—¿Quieres que vaya contigo? —le preguntó.

—No especialmente.

—Bien —sonrió fugazmente—. Aprovecharé para resolver unos asuntos mientras tú te despides. Reservaré un par de habitaciones en el motel América. Nos vemos allí cuando termines.

Sombra se bajó del coche y se lo quedó mirando un momento mientras se alejaba. Entró en el edificio. El pasillo estaba en penumbra y olía a flores y a cera para muebles, aunque sutilmente se percibía también el penetrante olor a formaldehído y descomposición. Al fondo estaba la sala de velatorios.

Sombra se percató de que estaba jugando con la moneda de oro, moviéndola de manera compulsiva del dorso de la mano a la palma y los dedos una y otra vez. Sentir en su mano el peso de aquella moneda lo tranquilizaba.

Vio el nombre de su mujer en una hoja de papel junto a la puerta del fondo del pasillo. Entró en la sala. Sombra conocía a la mayoría de los presentes: la familia de Laura, compañeros de trabajo y unos cuantos amigos.

Todos lo reconocieron. Lo vio en sus caras. Pero no hubo sonrisas, nadie lo saludó.

Al fondo de la habitación había un pequeño estrado sobre el que habían colocado un ataúd de color crema con varias coronas de flores alrededor: rojo escarlata, amarillo, blanco y sangrientos violetas. Dio un paso adelante. Desde donde estaba veía el cadáver de Laura. No quería acercarse más; tampoco se atrevía a marcharse.

Un hombre vestido con un traje oscuro —Sombra imaginó que sería un empleado de la funeraria— le dijo:

—Caballero, ¿le gustaría firmar en el libro de condolencias? —Le señaló un libro encuadernado en cuero, abierto en un pequeño atril.

Escribió «Sombra» y la fecha con su minuciosa caligrafía, y luego, lentamente, añadió «Cachorrito» justo al lado, aplazando el momento de ir hacia al fondo de la habitación, donde estaba la gente y el ataúd, y aquello que estaba dentro del féretro que ya no era Laura.

Una mujer menuda entró por la puerta y vaciló un momento. Tenía el cabello de color rojo cobrizo y vestía ropa cara y muy negra. «La viuda», pensó Sombra, que conocía bien a la mujer: era Audrey Burton, la esposa de Robbie.

Audrey llevaba un ramito de violetas envuelto en la base con papel de aluminio. Era un gesto propio de un niño en el mes de junio, pensó Sombra. Pero no era época de violetas.

Audrey lo miró directamente, pero por la expresión de sus ojos a él le pareció que no lo había reconocido. Cruzó la habitación y se dirigió al ataúd de Laura. Sombra la siguió.

Laura tenía los ojos cerrados y los brazos cruzados sobre el pecho. Llevaba puesto un traje azul bastante conservador que no reconocía. Su larga melena castaña no le cubría los ojos. Era su Laura y no lo era, pero era su reposo lo que resultaba poco natural: ella siempre había tenido un sueño muy inquieto.

Audrey dejó el ramo de violetas sobre el pecho de la fallecida. Luego frunció los labios pintados con carmín negro, movió los carrillos durante unos segundos y escupió, con fuerza, en el inerte rostro de Laura.

El escupitajo cayó en la mejilla y resbaló hacia la oreja.

Audrey se dirigía ya hacia la puerta. Sombra corrió tras ella.

—¿Audrey? —dijo. Esta vez sí que lo reconoció, y él se preguntó si estaría bajo los efectos de algún sedante. Su voz sonaba distante y fría.

—¡Sombra! ¿Te has escapado? ¿O te han soltado ya?

—Me soltaron ayer. Soy un hombre libre —respondió Sombra—. ¿Por qué demonios has hecho eso?

La mujer se detuvo en mitad del oscuro pasillo.

—¿Las violetas? Eran sus flores favoritas. De niñas íbamos juntas a cogerlas.

—No me refiero a las violetas.

—Ah, eso —replicó. Se limpió algo invisible de la comisura de la boca—. Bueno, yo diría que es bastante obvio.

—Para mí no, Audrey.

—¿No te lo han dicho? —hablaba con voz serena, carente de emoción—. A tu mujer la encontraron muerta con la polla de mi marido en la boca.

Se dio media vuelta, se fue hacia el aparcamiento, y Sombra se quedó mirándola.

Volvió a entrar en la sala. Alguien había limpiado ya el escupitajo.

Ni uno solo de los asistentes al velatorio fue capaz de mirar a Sombra a los ojos. Los que se acercaron a saludarle se limitaron a murmurar torpe y apresuradamente algunas palabras de condolencia.

Después de comer —Sombra almorzó en el Burger King—, tuvo lugar el entierro. El féretro color crema de Laura fue enterrado en el pequeño cementerio cristiano que había a las afueras de la ciudad: era un prado ondulado con algunos árboles y sin vallas, lleno de lápidas de granito negro y mármol blanco.

Fue al cementerio en el coche fúnebre de Wendell, con la madre de Laura. Al parecer, la señora McCabe creía que su hija había muerto por culpa de Sombra.

—Si hubieras estado aquí —le dijo— esto no habría sucedido. No sé por qué se casó contigo. Se lo dije, mira que se lo dije. Pero las chicas no hacen caso a sus madres, ¿verdad?

Se interrumpió y miró con atención el rostro de Sombra.

—¿Te has peleado con alguien?

—Sí.

—Bárbaro —le reprendió. Acto seguido apretó los labios, alzó la cabeza hasta que le tembló el mentón y miró fijamente al frente.

Para sorpresa de Sombra, Audrey Burton también asistió al funeral, aunque se quedó al fondo. Una vez terminado el breve responso, depositaron el ataúd en el interior de la fría tierra. La gente se marchó.

Sombra no se fue. Se quedó allí de pie, con las manos en los bolsillos, temblando, mirando la fosa fijamente.

El cielo era de un color gris plomizo, uniforme y plano como un espejo. Seguía nevando de forma errática, y los copos de nieve tenían un aire espectral.

Había algo que quería decirle a Laura, y estaba dispuesto a esperar hasta saber qué. Lentamente, el mundo empezó a perder luz y color. Los pies de Sombra comenzaron a entumecerse, y las manos y los pies le dolían de puro frío. Enterró las manos en los bolsillos buscando un poco de calor, y sus dedos se aferraron a la moneda de oro.

Se acercó hasta la tumba.

—Esto es para ti —dijo.

Habían echado varias paladas de tierra sobre el féretro, pero la fosa no estaba ni mucho menos llena. Lanzó la moneda de oro y echó más tierra para evitar posibles tentaciones a algún sepulturero sin escrúpulos. Se sacudió la tierra de las manos y dijo:

—Buenas noches, Laura. Lo siento.

Se volvió a mirar las luces de la ciudad y echó a andar en dirección a Eagle Point.

Su motel estaba a más de dos millas, pero después de tres años encarcelado le agradaba saber que podía andar y andar, toda la vida si le daba la gana. Podía seguir andando hacia el norte y acabar en Alaska, o dirigirse hacia el sur, a México y más allá. Podía andar hasta la Patagonia y Tierra del Fuego. Trató de recordar de dónde provenía ese nombre: creía recordar que de niño había leído algo sobre hombres desnudos sentados alrededor de la hoguera para calentarse…

Un coche se detuvo a su lado. Alguien bajó una ventanilla.

—¿Te llevo a alguna parte, Sombra? —preguntó Audrey Burton.

—No —respondió—. Contigo no.

Echó a andar de nuevo. Audrey lo siguió con el coche a cinco kilómetros por hora. Los copos de nieve bailaban a la luz de los faros.

—Yo creía que era mi mejor amiga —dijo Audrey—. Hablábamos todos los días. Cuando Robbie y yo nos peleábamos, ella era la primera en saberlo… Íbamos al Chi-Chi's a tomarnos unos margaritas y a despotricar sobre lo gilipollas que pueden llegar a ser los tíos. Y durante todo ese tiempo se lo estaba follando a mis espaldas.

—Por favor, vete, Audrey.

—Solo quiero que sepas que tenía un buen motivo para hacer lo que hice.

Sombra no respondió.

—¡Eh! —gritó ella—. ¡Eh! ¡Estoy hablando contigo!

Sombra se volvió.

—¿Quieres que te diga que has hecho bien en escupir a Laura a la cara? ¿Quieres que te diga que no me ha dolido? ¿O que eso que dices me hará odiarla más de lo que la echo de menos? Pues no va a ser así, Audrey.

Ella lo acompañó con el coche durante un minuto más, sin decir nada. Luego le preguntó:

—¿Qué tal te ha ido en la cárcel?

—Genial —replicó Sombra—. Tú te habrías sentido como en casa.

Entonces Audrey pisó a fondo el acelerador y, haciendo rugir el motor, se marchó.

Sin la luz de los faros, todo se quedó a oscuras. El atardecer dio paso a la noche. Sombra seguía confiando en que el hecho de andar lo ayudaría a entrar en calor, y a que sus manos y sus pies se calentaran también. No fue así.

Cuando estaba en la cárcel, Low Key Lyesmith se había referido al pequeño cementerio de la prisión situado detrás de la enfermería como el Huerto de Huesos, y esa imagen se le había quedado grabada en la mente. Aquella noche había soñado con un huerto a la luz de la luna, lleno de árboles blancos y desnudos, con unas ramas que acababan en unas manos huesudas y unas profundas raíces que invadían las tumbas. En su sueño, los árboles del huerto de huesos daban fruto, y había algo muy inquietante en ellos, pero al despertarse no fue capaz de recordar qué extraña fruta crecía en los árboles, ni por qué le repelía de aquel modo.

Los coches pasaban por su lado. Sombra hubiera preferido poder caminar por una acera. Tropezó con algo que no podía ver en la oscuridad y cayó a la cuneta, con la mano derecha hundida bajo varios centímetros de frío barro. Se levantó y se limpió las manos en el pantalón. Se quedó quieto, desorientado. Solo tuvo tiempo de ver que había alguien a su lado antes de que le pusieran algo húmedo sobre la nariz y la boca, y aspirara unos penetrantes vapores químicos.

Esta vez la cuneta le pareció cálida y reconfortante.

ϒ

Sombra sentía como si le hubieran clavado las sienes al cráneo, y tenía la vista nublada.

Llevaba las manos atadas a la espalda con lo que parecía algún tipo de correa. Estaba en un coche, sentado en unos asientos con tapicería de cuero. Por un instante se preguntó si su capacidad para percibir la profundidad de campo se había visto afectada, pero enseguida comprendió que no, que el otro asiento estaba tan lejos como parecía.

Había varias personas sentadas a su lado, pero no podía volver la cabeza para mirarlos.

El hombre joven y gordo que estaba sentado en la otra punta de la limusina cogió una lata de Coca-Cola *light* del minibar y la abrió. Llevaba un abrigo largo y negro, de un tejido que parecía seda, y no parecía tener más de veinte años: un brote de acné brillaba en una de sus mejillas. Sonrió al ver que Sombra estaba despierto.

—Hola, Sombra —dijo—. No me toques las pelotas.

—Vale —respondió Sombra—. No lo haré. ¿Puedes dejarme en el motel América, el que está junto a la Interestatal?

—Dale —le ordenó el joven a la persona que había a la izquierda de Sombra. Esta le asestó un puñetazo en todo el plexo solar, y el golpe lo dejó sin respiración y lo dobló por la mitad. Lentamente, volvió a enderezarse.

—Te advertí que no me tocaras las pelotas, y eso es exactamente lo que acabas de hacer. Dame respuestas cortas y precisas si no quieres que acabe contigo de una puta vez. Aunque a lo mejor no te mato; a lo mejor les pido a los chicos que te rompan todos los putos huesos uno por uno. Tenemos 206, así que no me toques las pelotas.

—Entendido —dijo Sombra.

Las luces del techo de la limusina pasaban de violeta a azul, y luego de verde a amarillo.

—Trabajas para Wednesday —dijo el chico.

—Sí —respondió Sombra.

—¿Qué coño se trae entre manos? Quiero decir, ¿qué está haciendo aquí? Debe de tener un plan. ¿Cuál es el plan de juego?

—He empezado a trabajar para él esta mañana —dijo Sombra—. Soy el chico de los recados. Y su chófer, quizá, si es que me deja conducir alguna vez. Apenas hemos intercambiado unas palabras.

—¿Me estás diciendo que no lo sabes?

—Estoy diciendo que no lo sé.

El chico se lo quedó mirando. Bebió un sorbo de Coca-Cola, eructó, y continuó mirándole un poco más.

—¿Me lo dirías si lo supieras?

—Probablemente no —admitió Sombra—. Como bien has dicho, trabajo para el señor Wednesday.

El chico se desabrochó el abrigo y sacó una pitillera de plata de un bolsillo interior. La abrió y le ofreció uno a Sombra.

—¿Fumas?

Sombra pensó en aprovechar la circunstancia para pedir que le desataran las manos, pero al final cambió de idea.

—No, gracias —dijo.

El cigarrillo parecía liado a mano y, cuando el chico lo encendió con un Zippo de color negro mate, el aroma que invadió la limusina no parecía de tabaco. Tampoco era marihuana, decidió Sombra. Olía como si estuvieran quemando componentes eléctricos.

El chico dio una profunda calada y contuvo la respiración. Dejó que el humo le saliera poco a poco por la boca y volvió a aspirarlo por la nariz. Sombra intuía que había practicado aquel truco delante de un espejo durante bastante tiempo antes de hacerlo en público.

—Si me has mentido —dijo el chico como si estuviera muy, muy lejos—, te mataré. Ya lo sabes.

—Eso has dicho.

El chico volvió a darle otra calada larga al cigarrillo. Las luces dentro de la limusina pasaron de naranja a rojo y de nuevo a violeta.

—Dices que te hospedas en el motel América, ¿no? —Dio unos golpecitos en la ventanilla del conductor, que estaba detrás de él. El cristal se bajó—. Eh, al motel América, junto a la interestatal. Tenemos que dejar a nuestro invitado.

El conductor asintió y el cristal volvió a subir.

Las luces de fibra óptica que había dentro de la limusina seguían cambiando de color, siguiendo el ciclo establecido. A Sombra le daba la sensación de que los ojos del joven también parpadeaban, con el color verde de los monitores antiguos.

—Te voy a dar un recadito para Wednesday. Dile que ya es historia. Que ya lo han olvidado. Que es un vejestorio. Dile que somos el futuro y que nos importan una mierda él y los de su calaña. Está acabado. ¿Entendido? Pues díselo bien clarito. Su lugar está en el vertedero de la historia mientras que gente como yo circulamos en limusina por las superautopistas del mañana.

—Se lo diré —dijo Sombra. Empezaba a sentirse mareado. Esperaba que no le diera por vomitar.

—Dile que hemos reprogramado la realidad. Dile que el lenguaje es un virus y la religión un sistema operativo, y las oraciones no son más que *spam*. Díselo o te juro que te mato —concluyó el chico, con suavidad, parapetado tras el humo.

—Entendido. Podéis dejarme aquí. Ya sigo a pie.

El joven asintió.

—Me alegro de haber hablado contigo —dijo. Al parecer el humo lo había tranquilizado—. Deberías saber que, si te matamos, ya no tenemos más que borrarte. ¿Lo entiendes? Un *clic* y serás sobreescrito con ceros y unos aleatorios. Y no existe la opción de «deshacer». —Dio un par de golpes a la ventana que tenía detrás—. Se va a bajar aquí.

A continuación se volvió de nuevo hacia Sombra y señaló su cigarrillo.

—Piel de sapo sintética. ¿Sabes que hoy en día se puede sintetizar la bufotenina?

El coche se detuvo. La persona que estaba sentada a la derecha de Sombra le abrió la puerta y este se bajó como pudo, con las manos aún atadas a la espalda. Entonces se dio cuenta de que no había podido ver bien a las personas con las que había compartido el asiento trasero. No sabía si eran hombres o mujeres, jóvenes o viejos.

Le cortaron las correas. Las tiras de nailon cayeron al suelo.

El interior del coche se había convertido en una nube de humo en la que parpadeaban dos luces, cobrizas, como los hermosos ojos de un sapo.

—Todo esto tiene que ver con el puto paradigma dominante, Sombra. Todo lo demás no importa. Ah, oye, y siento mucho lo de tu parienta.

La puerta se cerró y la limusina arrancó sin apenas ruido. Sombra estaba a unos doscientos metros del motel, así que echó a andar, respirando el aire frío. Por el camino vio carteles luminosos de color rojo, amarillo y azul que anunciaban comida rápida de todas las clases que uno pueda imaginar, siempre en forma de hamburguesa; y llegó al motel América sin más incidentes.

Capítulo tres

Todas las horas hieren. La última mata.
ANTIGUO PROVERBIO

Una mujer delgada y joven atendía la recepción del motel América. Le dijo a Sombra que su amigo ya lo había registrado, y le dio la tarjeta rectangular de plástico de su habitación. Tenía el cabello de color rubio claro y en su cara había algo que recordaba a un roedor, especialmente cuando desconfiaba, pero se suavizaba cuando sonreía. Cuando miraba a Sombra, lo hacía con desconfianza. No quiso decirle el número de la habitación en la que se alojaba Wednesday, e insistió en telefonearle para avisarle de que había llegado su huésped.

Wednesday salió de una sala que había al fondo del vestíbulo y le hizo una seña a Sombra.

—¿Qué tal ha ido el funeral? —le preguntó.

—Ya se ha acabado.

—Jodido, ¿eh? ¿Quieres hablar de ello?

—No.

—Bien —Wednesday sonrió—. Hoy en día se habla demasiado. Hablar, hablar, hablar. Este país iría mucho mejor si la gente aprendiera a sufrir en silencio. ¿Tienes hambre?

—Un poco.

—Aquí no sirven comidas. Pero si pides una pizza, te la subirán a la habitación.

Wednesday lo condujo hasta su habitación, que estaba enfrente de la de Sombra. Había mapas por todas partes, desplegados, extendidos sobre la cama, pegados en las paredes con cinta adhesiva. Wednesday los había marcado con rotuladores de colores fluorescentes: verde fosforito, rosa chillón y naranja.

—Me acaba de secuestrar un crío gordo con una limusina —le contó Sombra—. Me ha encargado que te diga que te han echado al estercolero de la historia mientras la gente como él conduce sus limusinas por las superautopistas de la vida. Algo así, más o menos.

—Mocoso impertinente —gruñó Wednesday.

—¿Lo conoces?

Wednesday se encogió de hombros.

—Sé quién es. —Se dejó caer en la única silla de la habitación—. No tienen ni idea, ni puta idea. ¿Cuánto tiempo más tienes que quedarte aquí?

—No lo sé. Puede que una semana más. Tengo que solucionar los asuntos de Laura. Ocuparme del apartamento, deshacerme de su ropa y todo eso. Su madre se va a volver loca, pero lo tiene bien merecido.

Wednesday asintió con su enorme cabeza.

—Bueno, cuanto antes acabes antes podremos irnos de Eagle Point. Buenas noches.

Sombra cruzó el pasillo. Su habitación era exactamente igual a la de Wednesday, incluso tenía la misma lámina con una puesta de sol en la pared, sobre la cama. Pidió una pizza con queso y albóndigas, abrió el grifo de la bañera y vació todas las botellitas de plástico de champú del motel para que hicieran espuma.

Era demasiado alto para tumbarse en la bañera, pero se bañó sentado y disfrutó tanto como pudo. Sombra se había prometido que se daría un buen baño cuando saliera de la cárcel, y siempre mantenía sus promesas.

La pizza llegó al poco de salir de la bañera, y Sombra se la comió con una lata de refresco.

Encendió la tele y vio el programa de testimonios de Jerry Springer que recordaba haber visto antes de ingresar en prisión. El tema de ese día era «Quiero ser prostituta» y entrevistaban a varias futuras putas, la mayoría mujeres, mientras el público las increpaba a voz en cuello; luego salía un proxeneta cargado de oro ofreciéndoles trabajo en su establecimiento, y una exprostituta que les rogaba a todas ellas que se buscaran un trabajo de verdad. Sombra la apagó sin esperar a que Jerry Springer los dejara con su reflexión personal.

Se tumbó en la cama pensando que era la primera cama en la que se acostaba como hombre libre, y aquel pensamiento le proporcionó menos placer de lo que esperaba. Dejó las cortinas abiertas, miró las luces de los coches y de los antros de comida rápida tras los cristales de la ventana, contento de saber que había otro mundo ahí fuera, uno al que podía salir siempre que quisiera.

Podría estar acostado en su cama, pensó, en el apartamento que había compartido con Laura, en la cama que había compartido con ella. Pero la idea de estar allí sin su mujer, rodeado de sus cosas, su perfume, su vida, era demasiado dolorosa...

«No vayas», pensó. Decidió concentrarse en otra cosa y pensó en los trucos con monedas. Sombra sabía que no tenía madera de mago: no sabía tejer esas historias tan necesarias para que el truco surtiera el efecto deseado, ni le gustaban los trucos con cartas o con flores de papel. Pero le gustaba manipular monedas; disfrutaba con la técnica. Se puso a hacer una lista de los trucos que había conseguido dominar, y eso le trajo a la memoria la moneda que había arrojado a la tumba de Laura, y entonces le vino a la cabeza la imagen de Audrey contándole que Laura había muerto con la polla de Robbie en la boca, y volvió a sentir en el pecho una punzada de dolor.

«Todas las horas hieren. La última mata.» ¿Dónde había oído aquello? Ya no se acordaba. Sentía que, en lo más hondo de su ser, empezaban a crecer la ira y el dolor, y un nudo de tensión en la base del cráneo que se extendía también a las sienes. Respiró hondo, tomando el aire por la nariz y soltándolo por la boca, para relajarse.

Pensó en el comentario que había hecho Wednesday y sonrió, muy a su pesar. Sombra había oído a demasiada gente aconsejando a otros que no reprimieran sus sentimientos, que dieran rienda suelta a sus emociones y se desprendieran del dolor. Sombra pensó que había mucho que decir sobre la represión de las emociones. Si uno lleva mucho tiempo haciéndolo y lo hace bien, pensaba, al final acaba por no sentir nada.

En ese momento, el sueño se apoderó de él sin que se diera cuenta.

Estaba andando...

Iba andando por una habitación más grande que una ciudad, y dondequiera que mirase había estatuas y relieves e imágenes toscamente labradas. Estaba de pie junto a la estatua de algo que parecía una mujer: sus pechos desnudos colgaban, fláccidos y planos; alrededor de la cintura llevaba una cadena de manos cortadas y, a su vez, sus propias manos sostenían sendos cuchillos bien afilados. Del cuello, en lugar de la cabeza, salían dos serpientes gemelas, con los cuerpos arqueados, la una frente a la otra, listas para atacar. Había algo intensamente perturbador en aquella estatua, algo profunda y violentamente perverso. Sombra se apartó de ella.

Comenzó a recorrer la sala. Los ojos de las estatuas parecían seguirle a cada paso que daba.

En el sueño, se percató de que cada estatua tenía delante un nombre ardiendo en el suelo. El hombre del cabello blanco que sostenía un tambor y llevaba un collar de dientes alrededor del cuello era LEUCOTIOS; la mujer de las caderas anchas con monstruos que salían por el amplio corte que tenía entre las piernas era HUBUR; el hombre con cabeza de carnero que sostenía la bola dorada era HERISHEF.

Una voz precisa, barroca y exacta le hablaba en el sueño, pero no podía ver a nadie.

—Estos son dioses que han sido olvidados, y que bien podrían estar muertos. Tan solo se pueden encontrar en viejas historias. Han desaparecido por completo, pero sus nombres e imágenes siguen con nosotros.

Sombra dobló una esquina y supo que se encontraba en otra habitación, más grande aún que la primera. Llegaba mucho más allá de donde le alcanzaba la vista. A su lado había el cráneo de un mamut, brillante y marrón, y un manto de pelo de color ocre que vestía una mujer menuda con la mano izquierda deforme. Al lado, tres mujeres, todas talladas en una misma roca de granito, unidas por la cintura: sus rostros parecían inacabados, como si los hubieran tallado apresuradamente, aunque sus pechos y genitales habían sido labrados con sumo detalle. También había un pájaro no volador que Sombra no reconoció, el doble de alto que él, con el pico de una rapaz, como el de un buitre; pero los brazos eran humanos. La lista era interminable.

La voz habló una vez más, como si fuera un profesor dictando la lección:

—Estos son los dioses que han sido olvidados por la memoria. Incluso sus nombres se han perdido. La gente que los adoraba está tan olvidada como sus dioses. Sus tótems llevan mucho tiempo abatidos y derruidos. Sus últimos sacerdotes murieron sin transmitir sus secretos.

»Los dioses mueren. Y cuando mueren de verdad nadie los llora ni los recuerda. Las ideas son más difíciles de matar que las personas, pero también se pueden eliminar, en definitiva.

Un susurro empezó a extenderse por la sala, un murmullo bajo que hizo que Sombra, en el sueño, se estremeciera a causa de un inexplicable temor. Se apoderó de él un pánico omnímodo, ahí mismo, en la sala de los dioses cuya misma existencia había caído en el olvido —dioses con cara de pulpo y dioses que no eran más que manos momificadas o rocas que caían o incendios en bosques...

Sombra se despertó con el corazón como un martillo neumático, la frente empapada en sudor frío, completamente despierto. Según los números rojos del despertador que había en la mesita de noche era la 1:03 de la mañana. Veía la luz del cartel del motel América por la ventana de la habitación. Desorientado, se levantó de la cama y se dirigió al minúsculo baño del motel. Orinó sin encender la luz y volvió al dormitorio. Aún tenía el sueño fresco y vívido en la mente, pero no entendía por qué lo había asustado tanto.

La luz que entraba en la habitación desde fuera era bastante discreta, pero los ojos de Sombra se habían acostumbrado a la oscuridad. Había una mujer sentada a un lado de la cama.

La conocía. La habría reconocido entre una multitud de mil personas, o de cien mil. Aún llevaba el traje azul marino con el que la habían enterrado.

Su voz no era más que un susurro, pero le resultaba muy familiar.

—Imagino que vas a preguntarme qué hago aquí.

Sombra no dijo nada. Se sentó en la única silla de la habitación y, por fin, preguntó:

—¿Eres tú, mi amor?

—Sí —respondió—. Tengo frío, cachorrito.

—Estás muerta, cielo.

—Sí —dijo ella—. Sí. Lo estoy.

Laura dio una palmadita en la cama.

—Ven y siéntate a mi lado.

—No —respondió Sombra—. Creo que de momento me voy a quedar aquí. Nos quedan algunos asuntos por resolver.

—¿Como el hecho de que esté muerta?

—Seguramente, pero yo estaba pensando más bien en la forma en que moriste. Tú y Robbie.

—Ah. Eso.

Sombra percibió —o quizá fuera cosa de su imaginación— un cierto olor a descomposición, a flores y a líquido de embalsamar. Su mujer, su exmujer... no, se corrigió, su difunta esposa... estaba sentada en la cama mirándole, sin parpadear.

—Cachorrito. Acaso... ¿Podrías...? ¿Crees que podrías conseguirme un cigarrillo?

—Pensaba que lo habías dejado.

—Lo dejé, pero ya no me preocupa el riesgo que pueda suponer para mi salud. Y creo que me calmaría los nervios. Hay una máquina en el vestíbulo.

Sombra se enfundó los vaqueros y una camiseta y bajó, descalzo, al vestíbulo. El portero de noche era un hombre de mediana edad y estaba leyendo un libro de John Grisham. Sombra sacó un paquete de Virginia Slims de la máquina. Le pidió unas cerillas al recepcionista.

El hombre se lo quedó mirando, y le preguntó el número de su habitación. Sombra se lo dijo. El portero asintió con la cabeza.

—Es una habitación de no fumadores. Asegúrese de abrir la ventana —le dijo, y le dio unas cerillas y un cenicero de plástico con el logotipo del motel América.

—Entendido —replicó Sombra.

Regresó a su habitación. No encendió la luz. Su mujer seguía en la cama, tumbada ahora sobre las revueltas sábanas. Sombra abrió la ventana y le dio el tabaco y las cerillas. Ella tenía los dedos fríos. Encendió una cerilla y Sombra se fijó en que sus uñas, normalmente impecables, estaban ahora descuidadas y mordidas, y había barro debajo.

Laura encendió el cigarrillo, le dio una calada y apagó la cerilla. Dio una segunda calada.

—No me sabe a nada —dijo—. No creo que me vaya a servir de mucho.

—Lo siento —dijo Sombra.

—Yo también.

Cada vez que le daba una calada, la punta del cigarrillo se iluminaba, y entonces él podía verle el rostro.

—Vaya —dijo ella—. De modo que te han soltado.

—Sí.

—¿Cómo es eso de estar en la cárcel?

—Podría haber sido peor.

—Sí. —La brasa del cigarrillo se volvió naranja—. Sigo estándote muy agradecida. Nunca debería haberte mezclado en todo aquello.

—Bueno, fui yo quien se prestó. Podría haber dicho que no.

Se preguntó por qué no tenía miedo de ella: por qué soñar con un museo podía aterrorizarlo mientras que, al parecer, era capaz de enfrentarse a un cadáver viviente sin temor alguno.

—Sí. Podrías haber dicho que no, pedazo de bobo. —El humo envolvía su cara, y estaba muy guapa con aquella luz tenue—. ¿Quieres saber lo que pasó entre Robbie y yo?

—Sí.

Era Laura, pensó. Viva o muerta, no podía tenerle miedo.

Ella apagó el cigarrillo en el cenicero.

—Tú estabas en la cárcel —dijo—. Y yo necesitaba a alguien con quien hablar. Necesitaba un hombro sobre el que llorar. Y tú no estabas conmigo. Me sentía mal.

—Lo siento. —Sombra se percató de que había algo distinto en su voz, e intentó descubrir qué era.

—Lo sé. El caso es que quedábamos de vez en cuando para tomar un café. Hablábamos de lo que haríamos cuando salieras de la cárcel, de lo bueno que sería volver a verte. Él te apreciaba de verdad. Tenía muchas ganas de poder devolverte tu antiguo trabajo.

—Sí.

—Entonces Audrey fue a visitar a su hermana y estuvo fuera una semana. Esto fue, hum, un año, no: trece meses después de que tú te fueras. —Su voz era inexpresiva; todas las palabras sonaban planas y monótonas, como los guijarros que se lanzan, uno a uno, en un pozo profundo—. Robbie se pasó a verme. Nos emborrachamos juntos. Lo hicimos en el suelo del dormitorio. Estuvo bien. Estuvo muy bien.

—No necesito detalles.

—¿No? Lo siento. Resulta más difícil elegir bien cuando estás muerta. Es como una fotografía, ¿sabes? No importa tanto.

—A mí sí me importa.

Laura encendió otro cigarrillo. Sus movimientos eran fluidos y hábiles, no rígidos. Sombra se preguntó por un instante si estaría muerta de verdad. Quizá no era más que un truco muy sofisticado.

—Sí —dijo ella—. Ya lo veo. Bueno, el caso es que seguimos con nuestra relación… aunque no la llamábamos así; de hecho, no la llamamos de ninguna forma… durante la mayor parte de los dos últimos años.

—¿Ibas a dejarme por él?

—¿Por qué iba a hacerlo? Tú eres mi gran oso. Eres mi cachorrito. Hiciste lo que hiciste por mí. Esperé tres años a que volvieras conmigo. Te quiero.

Sombra tuvo que contenerse para no decir «Yo también te quiero». No lo iba a decir. Nunca más.

—Entonces, ¿qué ocurrió la otra noche?

—¿La noche de mi muerte?

—Sí.

—Bueno, Robbie y yo salimos para hablar de tu fiesta sorpresa de bienvenida. Habría estado tan bien. Yo le dije que lo nuestro se había acabado. Para siempre. Que ahora que tú ibas a volver tenía que ser así.

—Mm. Gracias, cielo.

—De nada, mi amor. —Sus labios esbozaron una fugaz sonrisa—. Nos pusimos sentimentales. Fue dulce. Nos volvimos idiotas. Yo estaba muy borracha. Él no. Tenía que conducir. Volvíamos a casa y le dije que iba a hacerle una mamada de despedida; con pasión, le bajé la cremallera y se la hice.

—Gran error.

—A mí me lo vas a contar. Sin querer, moví la palanca con el hombro; Robbie intentó apartarme para recuperar el control del coche, nos desviamos y de pronto se oyó un gran estruendo y recuerdo que el mundo empezó a dar vueltas. Pensé: «Voy a morir». Fue una reacción desapasionada, tal y como lo recuerdo. No tenía miedo. Y he olvidado todo lo demás.

Olía a plástico quemado. Era el cigarrillo: se estaba quemando el filtro. Laura parecía no darse cuenta.

—¿Qué estás haciendo aquí, Laura?

—¿Es que una mujer no puede venir a ver a su marido?

—Estás muerta. Esta tarde he asistido a tu funeral.

—Sí. —Dejó de hablar y se quedó con la mirada perdida. Sombra se levantó y fue hacia ella. Le quitó la colilla encendida de las manos y la tiró por la ventana.

—¿Y bien?

Los ojos de Laura buscaron los suyos.

—No sé mucho más de lo que sabía cuando estaba viva. La mayoría de las cosas que ahora sé y que no sabía entonces no puedo explicarlas con palabras.

—Normalmente, la gente que se muere se queda en su tumba —dijo Sombra.

—¿Ah, sí? ¿Estás seguro, cachorrito? Yo también lo pensaba. Pero ahora no estoy tan segura. Puede ser.

Laura se levantó de la cama y se fue hacia la ventana. Su rostro, a la luz del cartel luminoso, era tan hermoso como siempre. El rostro de la mujer por la que había ido a la cárcel.

A Sombra le dolía el corazón como si alguien se lo estuviera estrujando con la mano.

—¿Laura...?

Ella no le miró.

—Te estás metiendo en un buen lío, Sombra. La vas a cagar, si no tienes a alguien que vele por ti. Yo lo haré. Y gracias por el regalo.

—¿Qué regalo?

Metió la mano en el bolsillo de la blusa y sacó la moneda de oro que Sombra había lanzado a la fosa unas horas antes. Aún estaba manchada de tierra.

—A lo mejor le pongo una cadena. Es un detalle muy bonito.

—De nada.

Laura se volvió y lo miró con unos ojos que parecían verlo y no verlo a la vez.

—Creo que hay varios aspectos de nuestro matrimonio que debemos revisar.

—Cariño, estás muerta.

—Obviamente, ese es uno de ellos. —Hizo una pausa—. Bueno, ahora tengo que marcharme. Será mejor así.

Y con toda naturalidad se volvió, le puso las manos sobre los hombros y se puso de puntillas para darle un beso de despedida, del mismo modo que había hecho siempre.

Él se agachó con torpeza para besarla en la mejilla, pero ella se giró en ese mismo instante y lo besó en los labios. Su aliento desprendía un sutil aroma a naftalina.

Laura introdujo su lengua en la boca de Sombra. Estaba fría, seca, y sabía a tabaco y a bilis. Si a Sombra le quedaba aún alguna duda sobre si su mujer estaba viva o muerta, se disipó en ese momento.

Se apartó de ella.

—Te quiero. Velaré por ti. —Se dirigió hacia la puerta de la habitación. Sombra notaba un sabor extraño en la boca—. Duerme un poco, cachorrito. Y no te metas en líos.

Abrió la puerta. La luz fría del pasillo no resultaba muy favorecedora: ahora Laura parecía muerta, aunque el efecto era el mismo en los vivos.

—Podrías haberme pedido que me quedara a pasar la noche —dijo con aquella voz glacial.

—Creo que no podría.

—Algún día, cielo. Antes de que todo esto acabe. Podrás.

Laura le dio la espalda y se fue andando por el pasillo.

Sombra se asomó por la puerta. El portero de noche seguía leyendo su novela de John Grisham, y apenas alzó la vista cuando ella pasó por delante. Laura tenía una espesa capa de barro del cementerio pegada a los zapatos. De pronto se desvaneció.

Sombra exhaló lentamente. Su corazón latía de forma arrítmica. Cruzó el pasillo y llamó a la puerta de Wednesday. Justo en ese momento tuvo una sensación de lo más extraña: unas alas negras lo zarandeaban, como si un cuervo enorme atravesara su cuerpo para salir al pasillo y al mundo que había más allá.

Wednesday abrió la puerta. Llevaba una toalla blanca del motel alrededor de la cintura, y nada más.

—¿Qué coño quieres? —preguntó.

—Hay algo que deberías saber —dijo Sombra—. Puede que fuera un sueño, pero no lo ha sido, o a lo mejor he inhalado el humo de la piel de sapo sintética que fumaba el crío gordo, o simplemente me estoy volviendo loco…

—Sí, sí. Venga, escúpelo ya. Estaba en mitad de algo.

Sombra echó un vistazo a la habitación. Vio que había alguien en la cama, observándole. Tiró de la sábana para cubrir sus pechos pequeños.

Cabello rubio claro, un rostro con algo de roedor: la recepcionista del motel. Bajó el tono de voz.

—Acabo de ver a mi mujer. Ha estado en mi habitación.

—¿Un fantasma? ¿Me estás diciendo que has visto un fantasma?

—No. No era un fantasma. Era corpórea. Era ella. Está muerta, de eso no hay duda, pero no era un fantasma. La toqué. Me besó.

—Entiendo. —Wednesday miró a la mujer de la cama—. Vuelvo enseguida, querida.

Cruzaron el pasillo y entraron en la habitación de Sombra. Wednesday encendió las luces. Miró la colilla que había en el cenicero. Se rascó el pecho. Tenía los pezones oscuros, como los de un anciano, y el pelo del pecho gris. Una cicatriz blanca recorría uno de sus costados. Olisqueó el aire y se encogió de hombros.

—Bueno —dijo—. Así que se te ha aparecido tu mujer. ¿Estás asustado?

—Un poco.

—Haces bien. Los muertos siempre me dan ganas de gritar. ¿Algo más?

—Estoy listo para marcharme de Eagle Point. La madre de Laura puede ocuparse del apartamento y de todo lo demás. De todos modos me odia. Por mí podemos irnos cuando quiera.

Wednesday sonrió.

—Esa sí que es una buena noticia. Nos iremos por la mañana. Ahora duerme un poco. Tengo whisky en la habitación, por si necesitas ayuda para dormir. ¿Quieres?

—No, no hace falta.

—Entonces no vuelvas a molestarme. Tengo una noche muy larga por delante.

—¿No piensa dormir? —preguntó Sombra, sonriendo.

—Yo nunca duermo. El sueño está muy sobrevalorado. Una

mala costumbre que intento evitar por todos los medios... y en compañía, si es posible. Mi joven amiga podría perder el interés si tardo mucho en volver.

—Buenas noches —dijo Sombra.

—Exactamente —dijo Wednesday, y cerró la puerta al salir.

Sombra se sentó en la cama. Los aromas del tabaco y del líquido de embalsamar aún flotaban en el aire. Deseaba poder llorar a Laura: le parecía algo más apropiado que preocuparse por ella o, tenía que admitirlo ahora que no estaba presente, asustarse de ella. Estaba de luto. Apagó las luces, se tumbó en la cama y pensó en Laura tal y como era antes de que ingresara en prisión. Recordó su relación cuando eran jóvenes y felices y estúpidos y no podían quitarse las manos de encima.

Hacía mucho tiempo que no lloraba, tanto que pensaba que había olvidado cómo hacerlo. Ni siquiera lloró cuando murió su madre. Pero en ese momento se echó a llorar, violenta y dolorosamente. Echaba de menos a Laura y el tiempo que habían pasado juntos y que ya no volvería jamás.

Por primera vez desde que era niño, Sombra se durmió llorando.

Desembarco en América

813 d.C.

Navegaron sobre el verde mar guiándose por las estrellas y la línea de costa, y cuando la costa no era ya más que un recuerdo y el cielo se nubló y quedó a oscuras navegaron guiados por la fe, encomendándose al Padre de Todos para que les permitiera volver a tierra sanos y salvos una vez más.

Fue un viaje muy duro, tenían los dedos entumecidos y un frío en los huesos que ni tan siquiera el vino podía aliviar. Se levantaban por la mañana con las barbas cubiertas de escarcha y, hasta que el sol los calentaba, parecían ancianos cuya barba hubiera encanecido prematuramente.

Se les caían los dientes y tenían los ojos hundidos en las cuencas cuando recalaron en las verdes tierras del oeste. Los hombres decían: «Estamos lejos, muy lejos de nuestras casas y hogares, lejos de los mares que conocemos y de las tierras que amamos. Aquí, en el confín del mundo, nuestros dioses se olvidarán de nosotros».

Su jefe se subió a lo alto de una gran roca, y se burló de ellos por su falta de fe.

—El Padre de Todos creó el mundo —gritó—. Lo construyó con sus manos a partir de los maltrechos huesos y la carne de Ymir, su abuelo. Colocó los sesos de Ymir en el cielo para que fueran las nubes, y su salobre sangre dio lugar a los mares que hemos cruzado. Si fue él quien creó el mundo, ¿quién sino él iba a haber creado esta tierra? Y si hemos de morir como hombres aquí, ¿no nos abrirá igualmente las puertas de su morada celeste?

Y los hombres lo aclamaron y rieron. Con gran empeño, empezaron a construir un refugio con árboles caídos y barro, rodeado por una pequeña empalizada de troncos afilados, aunque, por lo que sabían, eran los únicos hombres en la nueva tierra.

El día en que finalizaron la construcción se desató una tormenta:

a mediodía, el cielo se oscureció como si fuera de noche, y grandes horcas de llamas blancas desgarraron el cielo, y los truenos retumbaron de tal manera que el ruido era ensordecedor, y el gato que habían traído a bordo como amuleto se escondió tras la nave varada en la playa. La tormenta era tan poderosa y tan fiera que los hombres rieron y se dieron palmadas en la espalda y dijeron: «El Tronador está aquí con nosotros, en esta lejana tierra», y dieron gracias y se alborozaron y bebieron hasta que no pudieron mantenerse en pie.

En la oscuridad cargada de humo de su refugio, aquella misma noche, el bardo les cantó las viejas baladas. Cantó sobre Odín, el Padre de Todos, que se sacrificó con la misma valentía y nobleza con la que otros se sacrificaron por él. Cantó sobre los nueve días que el Padre de Todos estuvo colgado del árbol de la vida, con el costado atravesado por una lanza y sangrando por la herida (llegado este punto, la canción se convertía en un grito desgarrado), y les cantó sobre todas las cosas que el Padre de Todos había aprendido en su agonía: nueve nombres, y nueve runas, y dos veces nueve amuletos. Cuando les habló de la lanza que perforaba el costado de Odín, el bardo gritó de dolor, del mismo modo que había gritado el Padre de Todos en su agonía, y los hombres se estremecieron al imaginar su dolor.

Encontraron al *skraeling* al día siguiente, que precisamente era el día del Padre de Todos. Era un hombre pequeño, con el cabello largo y negro como el ala de un cuervo y la piel roja como la arcilla. Hablaba en una lengua que ninguno de ellos conocía, ni siquiera el bardo, que había navegado a bordo de una nave que había cruzado las columnas de Hércules y sabía hablar la lengua que utilizaban los mercaderes en todo el Mediterráneo. El extraño iba vestido con pieles y plumas, y llevaba pequeños huesos trenzados en su larga melena.

Lo llevaron hasta su campamento, y le ofrecieron carne asada para comer y una bebida fuerte para saciar su sed. Se rieron a carcajadas cuando el hombre empezó a tambalearse y a cantar, moviendo la cabeza como si no fuera capaz de sujetarla, y eso con menos de un cuerno de hidromiel. Le ofrecieron más bebida, y al poco tiempo ya estaba tirado bajo la mesa con la cabeza escondida bajo el brazo.

Entonces lo cogieron, un hombre por cada hombro, un hombre por cada pierna, lo llevaron a la altura de los hombros, haciéndole entre los cuatro hombres un caballo de ocho patas, en procesión hasta un fresno de la colina desde el que se divisaba la bahía, y allí le pusieron una soga alrededor del cuello y lo colgaron al viento, a modo de tributo al Padre de Todos y Señor de la Horca. El viento mecía el cadáver del *skraeling*, con el rostro amoratado, la lengua fuera, los ojos desorbitados y el pene lo bastante duro como para colgar un casco de cuero, mientras los hombres vitoreaban y gritaban y reían, orgullosos de su sacrificio a los cielos.

Y al día siguiente, cuando dos grandes cuervos se posaron sobre el cadáver del *skraeling*, uno en cada hombro, y comenzaron a picotearle las mejillas y los ojos, los hombres supieron que su sacrificio había sido aceptado.

Fue un invierno largo, y tenían hambre, pero les animaba pensar que, cuando llegara la primavera, enviarían la nave de vuelta a las tierras del norte, y traería nuevos colonos, y mujeres. A medida que el tiempo se fue haciendo más frío y los días más cortos, algunos de los hombres se pusieron a buscar la aldea del *skraeling* con la esperanza de encontrar allí comida y mujeres. No encontraron nada, salvo los lugares donde habían ardido hogueras, pequeños campamentos abandonados.

Un día, en mitad del invierno, cuando el sol estaba tan lejano y tan frío como una moneda de plata sin brillo, vieron que alguien se había llevado los restos del cadáver del *skraeling*. Esa misma tarde comenzó a nevar, copos inmensos que caían lentamente.

Los hombres de las tierras del norte cerraron las puertas de su campamento y se resguardaron tras su empalizada de madera.

Una partida de guerreros *skraeling* cayó sobre ellos aquella noche: quinientos hombres contra treinta. Escalaron la empalizada y, en los siete días que siguieron, fueron matando uno a uno a los treinta hombres, de treinta maneras distintas. Y los marineros fueron olvidados, por la historia y por su pueblo.

Derribaron la empalizada y quemaron la aldea. Volcaron su nave, la arrastraron sobre los guijarros de la playa y la quemaron también, con la esperanza de que aquellos pálidos desconocidos no tuvieran más que un barco, y de que al quemarlo se aseguraban de que ningún otro hombre del norte llegara a sus costas.

Pasaron más de cien años hasta que Leif *el Afortunado*, hijo de Erik *el Rojo*, redescubrió aquella tierra, a la que llamó Vineland. Sus dioses ya lo estaban esperando cuando llegó: Tyr, manco; Odín *el Gris*, dios de la horca, y Thor, dios del trueno.

Estaban allí.

Lo estaban esperando.

Capítulo cuatro

Let the Midnight Special
Shine its light on me.
Let the Midnight Special
Shine its ever-lovin' light on me.[2]
(Que el (tren) especial de medianoche / me ilumine con su luz.
/ Que el especial de medianoche
/ me ilumine con su siempre amorosa luz.)
The Midnight Special, canción tradicional

Sombra y Wednesday desayunaron en el Country Kitchen que había enfrente del motel. Eran las ocho de la mañana, y el día había amanecido húmedo y frío.

—¿Sigues pensando que ya estás listo para marcharte de Eagle Point? —preguntó Wednesday en la barra de desayunos—. Porque si es así tengo que hacer unas cuantas llamadas. Hoy es viernes, y el viernes es un día libre. Un día femenino.[3] Mañana es sábado. Hay mucho que hacer en sábado.

—Estoy listo —respondió Sombra—. Nada me retiene aquí.

Wednesday llenó su plato con distintos tipos de carne. Sombra cogió un poco de melón, un *bagel* y un paquete de queso cremoso. Se sentaron a una mesa.

—Menudo sueño has tenido esta noche —dijo Wednesday.

—Sí —dijo Sombra—. Menudo.

Las huellas embarradas de Laura en la moqueta del motel fueron lo primero que vio al levantarse; el rastro empezaba en su habitación, seguía por el vestíbulo y llegaba hasta la calle.

3. Wednesday alude a la etimología de *Friday* (viernes) que, en inglés, proviene de *Frĩgedæg* (día de Frigg, esposa de Odín). *(N. de la T.)*

—Y dime, ¿por qué te llaman Sombra?

Sombra se encogió de hombros.

—No es más que un nombre —respondió.

Tras el cristal del establecimiento, lo que antes había estado cubierto por una capa de niebla parecía ahora un dibujo a lápiz realizado en una amplia gama de grises y con alguna pincelada de rojo eléctrico o de blanco puro aquí y allá.

—¿Cómo perdió ese ojo? —preguntó Sombra.

Wednesday engulló varios trozos de beicon de un solo bocado, masticó y se limpió la grasa de los labios con el dorso de la mano.

—No lo he perdido. Sé exactamente dónde está.

—¿Y cuál es el plan?

Wednesday parecía pensativo. Comió varias lonchas de jamón de color rosa intenso, se quitó un trozo de carne de la barba y lo dejó en el plato.

—El plan es el siguiente: el sábado por la noche, que como ya he dicho es mañana, vamos a reunirnos con una serie de personas destacadas en sus respectivos campos; no permitas que su actitud te intimide. Nos reuniremos en uno de los lugares más importantes de todo el país. Después los agasajaremos con una buena comida. En total, calculo que serán unas treinta o cuarenta personas. Puede que más. Necesito su colaboración para el proyecto que tengo entre manos.

—¿Y dónde está el lugar más importante del país?

—Uno de ellos, chaval, he dicho uno de ellos. Las opiniones están divididas, y con razón. He mandado avisar a mis colegas. Haremos una escala técnica en Chicago, donde tengo que recoger un dinero. Para recibirlos de la forma en que preciso hacerlo, necesitaré más efectivo del que llevo encima. Luego seguiremos hasta Madison.

—Entiendo.

—No, no lo entiendes. Pero todo quedará claro cuando llegue el momento.

Wednesday pagó la cuenta, salieron del establecimiento y cruzaron la calle en dirección al aparcamiento del motel. Wednesday le lanzó a Sombra las llaves del coche.

Cogieron la autopista y salieron de la ciudad.

—¿Echarás de menos esto? —preguntó Wednesday. Estaba buscando algo en una carpeta llena de mapas.

—¿La ciudad? No. Demasiados recuerdos de Laura. En realidad nunca tuve una vida aquí. De niño no permanecía demasiado tiempo en un mismo lugar, y llegué aquí con veintitantos años. Así que para mí no es más que la ciudad donde vivía Laura.

—Pues esperemos que se quede aquí —apostilló Wednesday.

—Fue un sueño —replicó Sombra—. ¿Lo ha olvidado?

—Eso es bueno. Una actitud muy saludable. ¿Te la follaste anoche?

Sombra respiró hondo antes de responder.

—Eso no es asunto suyo. Pero no.

—¿Te hubiera gustado?

Sombra no dijo nada. Siguió conduciendo en dirección norte, hacia Chicago. Wednesday se rio entre dientes y se puso a estudiar los mapas, desplegándolos y volviendo a plegarlos, tomando notas en un bloc amarillo con un bolígrafo grande de plata.

Finalmente dio por concluida la tarea. Guardó el bolígrafo y dejó la carpeta en el asiento trasero.

—Lo mejor de los estados a los que nos dirigimos —dijo Wednesday—, Minnesota, Wisconsin y aledaños, es que tienen el tipo de mujeres que me gustaban cuando era más joven. Pálidas y de ojos azules, con un cabello tan rubio que casi parece blanco, labios del color del vino y pechos grandes y turgentes surcados de venas, como un buen queso.

—¿Solo cuando era joven? —inquirió Sombra—. Anoche me dio la impresión de que lo estaba pasando muy bien.

—Sí —replicó Wednesday, sonriendo—. ¿Quieres saber el secreto de mi éxito?

—¿Paga usted bien?

—No es tan sórdido. No, el secreto es el encanto. Ni más ni menos.

—Encanto, ¿eh? Bueno, como se suele decir, se tiene o no se tiene.

—Es algo que se puede aprender —dijo Wednesday.

—Vale. ¿Adónde vamos?

—Tenemos que hablar con un viejo amigo mío. Es una de las personas que asistirán a la reunión. Es un anciano ya. Nos espera para cenar.

Continuaron su viaje en dirección noroeste, hacia Chicago.

—Todo esto de Laura —dijo Sombra, rompiendo el silencio—, ¿es culpa suya? ¿Fue usted quien lo provocó?

—No —respondió Wednesday.

—Le pregunto lo que me preguntó el chaval de la limusina: si así fuera, ¿me lo diría?

—Estoy tan desconcertado como tú.

Sombra sintonizó una emisora de viejos éxitos y escuchó las canciones que estaban de moda antes de que él naciera. Bob Dylan cantaba algo sobre la cercanía de una lluvia torrencial, y Sombra se preguntó si aquel chaparrón habría caído ya, o era algo que estaba aún por venir. La carretera estaba completamente despejada y los cristales de hielo adheridos al asfalto brillaban como diamantes bajo el sol de la mañana.

Fue cantando para sí un buen trecho.

Chicago fue surgiendo paulatinamente, como una migraña. Al principio era todo campo, luego, casi sin darse cuenta, las distantes poblaciones fueron dando paso a las urbanizaciones residenciales, hasta que estas desembocaron en la ciudad.

Aparcaron frente a un edificio no muy alto de arenisca negra. La acera estaba limpia de nieve. Se fueron hacia el portal y Wednesday presionó el botón de arriba del portero automático. No ocurrió nada. Volvió a apretarlo. Entonces comenzó a pulsar al azar otros botones, a ver si contestaba algún vecino, pero no hubo respuesta tampoco.

—Está muerto —dijo una mujer vieja y demacrada que salía del portal—. Llamamos al portero, le preguntamos cuándo va a arreglar, cuando va a arreglar calefacción, pero no se ocupa, en invierno se va a Arizona por los problemas de pecho.

Tenía un acento muy marcado, como de Europa del Este, pensó Sombra.

Wednesday hizo una reverencia.

—Zorya, querida, no encuentro palabras que hagan justicia a tu belleza. Estás radiante. Por ti no pasan los años.

La anciana lo fulminó con la mirada.

—No quiere verte. Yo tampoco. Tú malas noticias.

—Eso es porque no vengo a menos que sea importante.

La mujer lo miró con desdén. Llevaba una bolsa de malla vacía, vestía un viejo abrigo rojo, abotonado hasta la barbilla, y, sobre el cabello gris, un sombrero de terciopelo verde con un aspecto entre maceta y rebanada de pan.

Miró a Sombra con suspicacia.

—¿Quién es el grandullón? —le preguntó a Wednesday—. ¿Otro de tus asesinos?

—Eres muy injusta conmigo, querida. Este caballero se llama Sombra. Trabaja para mí, sí, pero también defiende tus intereses. Sombra, permite que te presente a la adorable señorita Zorya Vechernyaya.

—Encantado de conocerla.

Con un gesto pajaril, la mujer alzó la cabeza y lo miró con atención.

—Sombra —murmuró—. Buen nombre. Cuando las sombras sean largas, habrá llegado mi hora. Y tú eres la sombra larga. —Lo miró de arriba a abajo y sonrió—. Puedes besar mi mano.

Sombra se inclinó y besó su delgada mano. Llevaba una enorme sortija de ámbar en el dedo corazón.

—Buen chico. Voy a hacer la compra. Soy la única que trae algo de dinero a casa. Las otras dos no ganan nada diciendo la buenaventura. Eso les pasa porque siempre dicen la verdad, y no es la verdad lo que la gente quiere oír. Es mala, y preocupa a la gente, así que no vuelven. Pero yo sé mentir, les digo lo que quieren oír. Solo les digo cosas buenas. Por eso soy la que trae el pan a casa. ¿Os quedaréis a cenar?

—Eso espero —contestó Wednesday.

—Entonces es mejor que me des dinero para que compre más comida. Soy orgullosa, pero no idiota. Las otras son más orgullosas que yo, y él es el más orgulloso de todos. Así que dame dinero y no le digáis que me lo habéis dado.

Wednesday abrió su cartera y metió la mano. Sacó un billete de veinte. Zorya Vechernyaya se lo arrancó de los dedos y se quedó esperando. Wednesday sacó otro billete de veinte y se lo dio.

—Está bien. Os vamos a preparar una cena digna de un príncipe. Una cena como la que le prepararíamos a nuestro propio padre. Ya podéis subir, es el último piso. Zorya Utrennyaya está despierta, pero nuestra otra hermana sigue durmiendo, así que no hagáis demasiado ruido.

Sombra y Wednesday subieron por la sombría escalera. El rellano que había dos pisos más arriba estaba prácticamente lleno de bolsas de basura negras y olía a verdura podrida.

—¿Son gitanos? —preguntó Sombra.

—¿Zorya y su familia? Qué va. No son gitanos. Son rusos. Eslavos, creo.

—Pero ella dice la buenaventura.

—Mucha gente lo hace. Incluso yo he hecho mis pinitos. —Wednesday jadeaba cuando llegaron al último tramo de escaleras—. Estoy en baja forma.

En el rellano donde la escalera acababa no había más que una puerta pintada de rojo con una mirilla. Wednesday llamó. No hubo respuesta. Volvió a llamar, esta vez más fuerte.

—¡Ya va! ¡Ya va! ¡No estoy sordo!

Oyeron que alguien abría el cerrojo y ponía la cadena. La puerta se abrió una rendija.

—¿Quién es? —Era la voz de un hombre, vieja y enronquecida por el tabaco.

—Un viejo amigo, Czernobog. Vengo con un colega.

La puerta se abrió todo lo que permitía la cadena. Sombra distinguió en la penumbra un rostro grisáceo que los miraba con atención.

—¿Qué quieres, Grimnir?

—En principio, tan solo disfrutar del placer de tu compañía. Y tengo cierta información que me gustaría compartir contigo. ¿Cómo es esa expresión?... Ah, sí: quizás aprendas algo que te resulte útil.

La puerta se abrió de par en par. El hombre llevaba puesto un deslucido albornoz, era más bien bajo, tenía el cabello de color gris acero y unas facciones marcadas. Llevaba pantalones grises de raya diplomática, que tenían brillos de lo viejos que eran, y zapatillas de andar por casa. Entre sus dedos de punta cuadrada había un cigarrillo sin filtro, y fumaba protegiendo la brasa con la mano, como un preso, pensó Sombra, o un soldado. Le tendió su mano izquierda a Wednesday.

—Entonces bienvenido, Grimnir.

—Ahora me llaman Wednesday —le explicó mientras le estrechaba la mano.

Los labios del anciano esbozaron una delgada sonrisa; un destello de dientes amarillos.

—Sí. Qué gracioso. ¿Y este?

—Es mi socio. Sombra, te presento al señor Czernobog.

—Encantado —dijo Czernobog, estrechando la mano izquierda de Sombra. Tenía las manos ásperas y llenas de callos, y las yemas de los dedos tan amarillas como si las hubiera metido en yodo.

—¿Cómo está usted, señor Czernobog?

—Viejo. Me duelen las tripas, me duele la espalda y me rompo el pecho tosiendo por las mañanas.

—¿Qué hacéis ahí en la puerta? —preguntó la voz de una mujer. Sombra miró por encima del hombro de Czernobog a la anciana que estaba detrás de él. Era más pequeña y menuda que su hermana, pero tenía el cabello largo y dorado—. Soy Zorya Utrennyaya. No os quedéis en la puerta. Entrad, pasad a la sala de estar, al fondo; os llevaré el café. Venga, venga, al fondo.

Entraron en el piso, que olía a col hervida, a caja de gato y a cigarrillos sin filtro de importación. Cruzaron el minúsculo recibidor y pasaron por delante de varias puertas cerradas hasta llegar a la sala de estar que había al fondo del pasillo, donde les invitaron a sentarse en un inmenso y viejo sofá de crin, molestando con su presencia a un viejo gato gris que se desperezó, se puso en pie y se fue andando, muy tieso, hasta el otro extremo del sofá, donde se tumbó y los observó uno por uno con cautela, cerró un ojo y volvió a dormirse. Czernobog se sentó en una butaca enfrente de ellos.

Zorya Utrennyaya cogió un cenicero vacío y lo dejó junto al anciano.

—¿Cómo queréis el café? —preguntó a sus invitados—. Aquí lo tomamos negro como la noche, y dulce como el pecado.

—Así estará bien, señora —respondió Sombra. Miró por la ventana, hacia los edificios del otro lado de la calle.

Zorya Utrennyaya se fue. Czernobog se quedó mirándola.

—Es una buena mujer —dijo—, no como sus hermanas. Una de ellas es una arpía; la otra no hace más que dormir.

Colocó el pie sobre una mesa de café baja y larga, con un tablero de ajedrez en el centro y con la superficie llena de quemaduras de cigarrillo y cercos de tazas.

—¿Es su esposa? —preguntó Sombra.

—No es la esposa de nadie. —El viejo se quedó en silencio un momento mientras se miraba las rugosas manos—. No. Somos todos familia. Vinimos aquí juntos, hace mucho tiempo.

Czernobog extrajo un paquete de cigarrillos sin filtro de un bolsillo de su albornoz. Sombra no reconoció la marca. Wednesday sacó un fino mechero de oro y le encendió el cigarrillo.

—Primero estuvimos en Nueva York —explicó Czernobog—. Todos nuestros compatriotas van a Nueva York. Luego vinimos aquí, a Chicago. Las cosas se pusieron muy mal. En mi antigua patria, prácticamente se habían olvidado de mí. Aquí solo soy un mal recuerdo del que nadie quiere acordarse. ¿Sabes lo que hice cuando llegué a Chicago?

—No —respondió Sombra.

—Encontré trabajo en el negocio de la carne, en el matadero. Res subía por la rampa y yo era un golpeador. ¿Sabes por qué nos llaman golpeadores? Porque cogemos el mazo y matamos res de un golpe. ¡Bam! Hay que tener mucha fuerza en brazos, ¿sabes? Luego otro operario encadena res, la levanta y entonces rajan la garganta. Desangran antes de cortarle la cabeza. Pero nosotros éramos los más fuertes, los golpeadores. —Se alzó la manga y flexionó el brazo para mostrar los músculos que aún podían verse bajo su avejentada piel—. Pero no es solo cosa de fuerza. También tenía su técnica. El golpe. Si no lo hacías bien res se quedaba simplemente aturdida o cabreada. Luego, en los años cincuenta, nos cambiaron el mazo por pistola neumática. La ponías en la cabeza, ¡bam! ¡bam! Y tú piensas: cualquiera puede matar. Ni mucho menos.

El viejo hizo como si estuviera disparando un perno de metal a la cabeza de una vaca.

—Hay que tener pericia —remató, y sonrió al recordarlo, mostrando un diente del color del hierro.

—No les aburras con tus batallitas del matadero.

Zorya Utrennyaya traía el café en una bandeja de madera roja. Era un líquido tan oscuro que parecía casi negro, y venía servido en unas tacitas de brillante esmalte. Repartió las tazas y se sentó junto a Czernobog.

—Zorya Vechernyaya ha salido a hacer compra —les explicó—. No tardará en volver.

—Nos hemos cruzado con ella abajo —dijo Sombra—. Dice que lee la buenaventura.

—Sí —le confirmó su hermana—. Al anochecer, entre dos luces, ese es el momento para las mentiras. Yo no soy buena mentirosa, por eso soy una adivina pobre. Y nuestra hermana, Zorya Polunochnaya, no puede decir mentiras.

El café estaba todavía más dulce y más cargado de lo que Sombra esperaba.

Sombra se disculpó y pidió permiso para usar el baño —una habitación poco más grande que un armario, abarrotada, de cuyas paredes colgaban varias fotografías enmarcadas y con manchas marrones—. Eran las primeras horas de la tarde, pero ya empezaba a anochecer. Oyó voces que provenían del pasillo. Se lavó las manos con agua helada y un trozo de jabón rosa con un aroma nauseabundo.

Czernobog estaba en el pasillo cuando salió Sombra.

—¡Tú traes problemas! —gritaba—. ¡Nada más que problemas! ¡No voy escucharte! ¡Lárgate de mi casa!

Wednesday seguía sentado en el sofá, sorbiendo su café, acariciando al gato gris. Zorya Utrennyaya estaba de pie sobre la delgada alfombra, retorciendo su larga melena dorada entre los dedos de una mano.

—¿Algún problema? —preguntó Sombra.

—¡Él es el problema! —gritó Czernobog—. ¡Él! ¡Dile que por nada del mundo voy a ayudarle! ¡Quiero que se vaya! ¡Quiero que salga de aquí! ¡Los dos, fuera!

—Por favor —dijo Zorya Utrennyaya—. Baja la voz, por favor; vas a despertar a Zorya Polunochnaya.

—¡Eres igual como él, quieres que me sume a su locura! —gritó Czernobog. Parecía como si estuviera al borde de las lágrimas. La ceniza de su cigarrillo cayó sobre la raída moqueta del pasillo.

Wednesday se levantó y fue hacia Czernobog. Le puso la mano en el hombro.

—Mira —dijo, en tono conciliador—. En primer lugar, no es una locura: es la única manera. En segundo lugar, va a estar allí todo el mundo. Supongo que no querrás perdértelo, ¿no?

—Sabes quién soy. Sabes lo que han hecho estas manos. Es mi hermano a quien tú quieres, no a mí. Y él ya no está.

Una de las puertas del pasillo se abrió, y una somnolienta voz femenina preguntó:

—¿Qué pasa?

—Nada, hermana —respondió Zorya Utrennyaya—. Vuelve a dormir. —Y volviéndose hacia Czernobog, le reprendió—. ¿Lo ves? ¿Ves qué has conseguido con tanto grito? Vuelve ahí dentro y siéntate. ¡Que te sientes!

Czernobog hizo ademán de protestar; pero no tenía ánimo para seguir discutiendo. De repente, parecía frágil: frágil y solo. Los tres hombres volvieron a la vetusta sala de estar. Había un cerco marrón de nicotina en las paredes que acababa a unos treinta centímetros del techo, como la marca que deja el agua en una bañera vieja.

—No tiene que ser para ti —le dijo Wednesday a Czernobog, como si no hubiera pasado nada—. Si es para tu hermano, también es para ti. Es una ventaja que vosotros, los dualistas, tenéis sobre el resto de nosotros, ¿eh?

Czernobog no dijo nada.

—Y hablando de Bielebog, ¿has tenido noticias de él últimamente?

Czernobog negó con la cabeza. Respondió con la mirada fija en la raída moqueta.

—Ninguno de nosotros sabe nada de él. A mí casi me han olvidado ya, aunque todavía se acuerdan un poco, aquí y en nuestra antigua patria. —Alzó la vista y miró a Sombra—. ¿Tienes algún hermano?

—No —respondió Sombra—. No, que yo sepa.

—Yo tengo uno. Gente dice que, si nos ponen juntos, parecemos misma persona. Cuando estábamos jóvenes, su cabello estaba muy rubio, muy claro, y gente decía que él era el bueno. Y mi cabello estaba muy oscuro, más que el tuyo todavía, y gente decía que yo era el canalla. Yo soy el malo. Y ahora pasa el tiempo y mi cabello está gris. El suyo también, creo, está gris. Y si nos miras ahora no sabrías quién tenía cabello claro y quién oscuro.

—¿Estabais muy unidos?

—¿Unidos? —repitió Czernobog—. No, no estábamos unidos. ¿Cómo íbamos a estarlo? Nos interesaban cosas muy distintas.

Se oyó un ruido al final del pasillo y entró Zorya Vechernyaya.

—Cenamos en una hora —dijo, y luego se fue.

Czernobog suspiró.

—Cree que es buena cocinera. Cuando era pequeña, teníamos criados que cocinaban. Ahora no hay criados. No hay nada.

—Nada no —lo interrumpió Wednesday—. Nunca nada.

—Tú calla. No pienso escucharte —replicó Czernobog. Volviéndose hacia Sombra, le preguntó—: ¿Juegas a las damas?

—Sí.

—Bien. Entonces jugarás conmigo —dijo. Cogió de la repisa de la chimenea la caja de madera donde guardaba las fichas y la volcó sobre la mesa—. Yo jugaré con las negras.

Wednesday le dio un toque en el brazo a Sombra.

—No tienes por qué hacerlo.

—No importa. Me apetece —respondió Sombra.

Wednesday se encogió de hombros y cogió un ejemplar antiguo del *Reader's Digest* de un montón de revistas amarillentas que había apiladas en el alféizar de la ventana. Los dedos marrones de Czernobog terminaron de colocar las fichas en sus correspondientes casillas, y comenzó la partida.

En los días posteriores, Sombra se encontraría a menudo recordando aquella partida. Algunas noches soñaba con ella. Sus fichas redondas y planas eran del color de la madera vieja y sucia, supuestamente blancas. Las de Czernobog eran de un negro desvaído y sin brillo. Sombra abrió el juego. En sus sueños, no entablaban conversación alguna mientras jugaban, tan solo se oía el *clic* de las fichas al ponerlas sobre el tablero, o el susurro de la madera al deslizarse a la casilla contigua sobre la madera del tablero.

En los primeros seis movimientos, se limitaron a movilizar las piezas delanteras para ocupar el centro del tablero, dejando intactas las filas de atrás. Hacían pausas entre movimientos, pausas largas como las del ajedrez, mientras cada uno observaba y meditaba las jugadas.

Sombra había jugado a las damas en la cárcel: le ayudaba a matar el tiempo. También jugaba al ajedrez, pero no iba con su carácter: no le gustaba tener que planear de antemano la táctica. Prefería escoger el movimiento perfecto en cada momento. Con esa estrategia se podía ganar a las damas, a veces.

Se oyó un *clic* cuando Czernobog cogió una ficha negra y la hizo saltar por encima de una de las blancas de Sombra, para colocarla en la casilla siguiente. El viejo cogió la ficha blanca y la dejó sobre la mesa, junto al tablero.

—Uno a cero. Has perdido —le espetó Czernobog—. Se acabó la partida.

—No —respondió Sombra—. Aún queda mucha partida por delante.

—Entonces, ¿quieres que nos apostemos algo? ¿Una apuesta simbólica, para hacerlo más interesante?

—No —respondió Wednesday sin levantar la vista de la columna que estaba leyendo, «Humor en uniforme»—. Nada de apuestas.

—No estoy jugando contigo, vejestorio. Juego con él. ¿Quiere usted apostar, señor Sombra?

—¿Qué era eso que estaban discutiendo antes? —preguntó Sombra.

Czernobog alzó una ceja.

—Tu jefe quiere que vaya con él. Para ayudarlo con una de sus estupideces. Antes prefiero morirme.

—¿Quiere usted apostar? De acuerdo. Si gano, se viene con nosotros.

El viejo frunció los labios.

—Quizá —dijo—. Pero solo si cumples tu parte cuando pierdas.

—¿Y de qué se trata?

Czernobog no cambió la expresión.

—Si gano yo, te reviento la cabeza con el mazo. Primero te pones de rodillas, luego te golpeo para que no puedas volver a levantarte.

Sombra miró la cara del viejo tratando de descifrar su expresión. No hablaba en broma, de eso estaba seguro: en su rostro había hambre de algo, de dolor, o de muerte, o quizá de represalia.

Wednesday cerró el *Reader's Digest*.

—Esto ya es ridículo —dijo—. Fue un error venir aquí. Sombra, nos vamos.

El gato gris se despertó, se levantó y de un salto se plantó en la mesa, junto al tablero de las damas. Se quedó mirando las fichas, luego dio un salto al suelo y, con la cola bien alta, se marchó indignado.

—No —respondió Sombra. No tenía miedo de morir. Al fin y al cabo, tampoco tenía nada por lo que vivir—. Está bien. Acepto. Si gana la partida tendrá una sola oportunidad para reventarme la cabeza con su mazo.

Y movió una ficha blanca a una casilla que estaba en el borde del tablero.

No dijeron nada más, pero Wednesday no volvió a coger el *Reader's Digest*. Siguió la partida con el ojo de cristal y con el bueno, con una expresión que no transmitía nada.

Czernobog le comió otra ficha a Sombra, que, a su vez, le comió dos a Czernobog. Por el pasillo llegaban aromas de guisos que no conocía. Pese a que no todos los aromas resultaban precisamente apetitosos, Sombra se percató de repente de que tenía mucha hambre.

Los dos hombres movieron sus fichas, blancas y negras, por turnos. Se produjo un rápido intercambio de piezas y coronaron un par de damas: al no estar obligadas a moverse solo hacia delante y de casilla en casilla, las damas podían moverse hacia delante o hacia atrás, lo que las hacía el doble de peligrosas. Habían llegado a la última fila y podían ir a donde quisieran. Czernobog tenía tres damas, Sombra tenía dos.

El viejo movía una de las damas por todo el tablero para eliminar las fichas de Sombra, y con las otras dos mantenía inmovilizado a su contrincante.

Entonces Czernobog logró coronar una cuarta dama, con la que fue a por las dos damas de Sombra, y, con gesto impasible, se comió ambas. Y ahí se acabó todo.

—Bueno —dijo Czernobog—. Ahora ya puedo reventarte la cabeza. Y tú te pondrás de rodillas sin rechistar. Allá vamos.

Czernobog alargó su vieja mano y le dio a Sombra unas palmaditas en el brazo.

—Aún falta un poco para que la cena esté lista —dijo Sombra—. ¿Quiere que juguemos otra partida? ¿Con las mismas condiciones?

Czernobog encendió otro cigarrillo con una cerilla de cocina.

—¿Mismas condiciones? ¿Cómo quieres que te mate dos veces?

—Ahora mismo solo tiene un golpe, eso es todo. Usted mismo me ha dicho que no es solo cuestión de fuerza, sino también de habilidad. De esta manera, si gana esta partida, podrá golpearme dos veces.

Czernobog lo fulminó con la mirada.

—Un golpe, no hace falta más, un solo golpe. En eso consiste. —Se golpeó el antebrazo derecho con la mano, mientras se desprendía la ceniza del cigarrillo que sostenía en la mano izquierda.

—Hace ya mucho tiempo. Si ha perdido usted práctica, igual me libro con un simple moratón. ¿Cuándo fue la última vez que usó usted el mazo en el matadero? ¿Treinta años? ¿Cuarenta?

Czernobog no dijo nada. Su boca cerrada era como una raja gris en mitad de la cara. Tamborileó rítmicamente con los dedos sobre la mesa. A continuación, volvió a colocar las veinticuatro fichas en sus respectivas casillas.

—Tú empiezas —dijo—. Juegas con las claras otra vez. Yo con las oscuras.

Sombra movió ficha y Czernobog movió una de las suyas. Sombra pensó que seguramente su contrincante utilizaría la misma estrategia que en la primera partida, la que acababa de ganar, y que ese era precisamente su punto débil.

Esta vez, Sombra optó por una estrategia más audaz. Aprovechaba cualquier oportunidad, por pequeña que fuera, y movía sin pensar, sin pararse a reflexionar. Y esta vez sonreía mientras jugaba; y cuando Czernobog movía una de sus fichas, sonreía todavía más.

Poco después, Czernobog empezó a mover estrellando las fichas contra el tablero de madera con tal fuerza que las demás temblaban en sus casillas negras.

—Toma —dijo Czernobog, comiéndose bruscamente una de las piezas de Sombra—. Toma. ¿Qué tienes que decir a eso?

Sombra no dijo nada: se limitó a sonreír y a saltar sobre la pieza que acababa de mover Czernobog, y luego sobre otra, y otra más, y una cuarta, barriendo del centro del tablero todas las fichas negras. Cogió una ficha blanca del montón que tenía al lado y coronó.

Después de aquello, todo fue coser y cantar: unos cuantos movimientos más y se acabó la partida.

—¿Al mejor de tres? —le propuso Sombra.

Czernobog se quedó mirándolo fijamente, con aquellos ojos grises como dagas de acero. Y de pronto, se echó a reír y le dio unas palmaditas en el hombro.

—¡Me caes bien! —exclamó—. Los tienes bien puestos.

En ese mismo momento, Zorya Utrennyaya se asomó por la puerta para decirles que la cena ya estaba lista, y que ya era hora de recoger el tablero para poner la mesa.

—No tenemos comedor —dijo—, lo siento. Comemos aquí.

Dejó varias fuentes sobre la mesa. Dio a cada uno una bandejita pintada con unos cubiertos deslustrados para que se la pusieran en el regazo.

Zorya Vechernyaya cogió cinco cuencos de madera y puso en cada uno de ellos una patata hervida y sin pelar, luego les sirvió una generosa ración de un *borscht* escandalosamente rojo, le añadió una cucharada de crema agria y repartió los cuencos.

—Pensaba que seríamos seis —dijo Sombra.

—Zorya Polunochnaya sigue durmiendo —dijo Zorya Vechernyaya—. Le guardamos la comida en la nevera. Ya comerá cuando despierte.

El *borscht* tenía demasiado vinagre, sabía a remolacha encurtida. La patata hervida era muy harinosa.

El siguiente plato era un correoso estofado de carne con una guarnición de verduras que Sombra no supo identificar, pues estaban tan pasadas que, por mucho que uno usara la imaginación, parecían cualquier cosa menos verduras.

Luego había hojas de repollo rellenas de carne picada y arroz, unas hojas tan duras que casi resultaba imposible cortarlas sin que la carne y el arroz acabaran desperdigados por la moqueta. Sombra prefirió extenderlo por el plato.

—Hemos jugado a las damas —dijo Czernobog, sirviéndose un poco más de estofado—. El joven y yo. Él ha ganado una partida, yo he ganado otra. Como él ha ganado una, yo he aceptado acompañarles para ayudarlos con su absurdo plan. Y como yo he ganado otra, cuando todo esto acabe, puedo matar al joven de un mazazo.

Las dos Zorya asintieron con solemnidad.

—Una lástima —le dijo Zorya Vechernyaya—. Si te hubiera leído la buenaventura te habría dicho que tendrías una vida larga y feliz, y que tendrías muchos hijos.

—Por eso eres una buena adivina —dijo Zorya Utrennyaya. Parecía medio dormida, como si le costara mucho mantenerse despierta hasta tan tarde—. Mientes mejor que nadie.

Fue una larga comida y, al terminar, Sombra seguía teniendo hambre. La comida de la cárcel era mala, pero era mejor que aquella.

—Buena comida —dijo Wednesday, que había rebañado su plato con evidente satisfacción—. Muchas gracias, señoras. Y ahora, temo que debo pedirles que nos recomienden un buen hotel por esta zona.

Zorya Vechernyaya puso cara de sentirse ofendida al oir aquello.

—¿Por qué habríais de ir a un hotel? —preguntó—. ¿Acaso no somos vuestros amigos?

—No querría causaros más molestias… —dijo Wednesday.

—No es ninguna molestia —dijo Zorya Utrennyaya, jugueteando con su insólito cabello dorado, y bostezó.

—Tú puedes dormir en la habitación de Bielebog —dijo Zorya Vechernyaya señalando a Wednesday—. Está vacía. Y a ti, jovencito, te prepararé la cama en el sofá. Estarás más cómodo que en un lecho de plumas. Te lo juro.

—Es muy amable por tu parte —dijo Wednesday—. Aceptamos.

—Y me pagáis lo mismo que pagaríais por una habitación de hotel —exclamó Zorya Vechernyaya, ladeando la cabeza en un gesto de triunfo—. Cien dólares.

—Treinta —replicó Wednesday.

—Cincuenta.

—Treinta y cinco.

—Cuarenta y cinco.

—Cuarenta.

—Está bien. Cuarenta y cinco dólares.

Zorya Vechernyaya estiró el brazo y estrechó la mano de Wednesday. A continuación, se puso a recoger la mesa. Zorya Utrennyaya bostezó de tal manera que Sombra temió que se le fuera a dislocar la mandíbula. Anunció que se iba a acostar o se quedaría dormida encima de la tarta, y les dio las buenas noches a todos.

Sombra ayudó a Zorya Vechernyaya a llevar los platos y las bandejas a la minúscula cocina. Para su sorpresa, había un lavavajillas viejo bajo el fregadero, así que fue metiendo los platos dentro. Zorya Vechernyaya lo miró por encima del hombro, chasqueó la lengua en señal de desaprobación y sacó los cuencos de madera en los que habían tomado el *borscht*.

—Esos, en el fregadero —le dijo.

—Lo siento.

—No pasa nada. Ahora vuelve a la salita, tenemos tarta.

La tarta —que era de manzana— la habían comprado en una tienda y después la habían calentado en el horno, y estaba francamente buena. La comieron con un poco de helado y, a continuación, Zorya Vechernyaya los hizo salir de la habitación y se puso a prepararle a Sombra una estupenda cama en el sofá.

Wednesday habló con Sombra mientras esperaban en el pasillo.

—Eso que has hecho antes, lo de la partida de damas.

—¿Sí?

—Ha estado muy bien. Ha sido muy, muy estúpido por tu parte, pero ha estado bien. Que duermas a gusto.

Sombra se cepilló los dientes y se lavó la cara con la gélida agua del minúsculo cuarto de baño; luego volvió a la sala de estar, apagó la luz y se quedó dormido antes de que su cabeza tocara la almohada.

Sombra tuvo un sueño lleno de explosiones: iba conduciendo un camión por un campo de minas, y las bombas explotaban a ambos lados del vehículo. El parabrisas se hizo añicos y notó un cálido hilo de sangre corriéndole por la cara.

Alguien le estaba disparando.

Una bala le perforó el pulmón, otra le destrozó la columna, otra le dio en el hombro. Sintió cada una de las balas. Cayó sobre el volante.

La última explosión acabó en oscuridad.

«Debo de estar soñando —pensó Sombra, solo en la oscuridad—. Creo que acabo de morirme.» Recordó que de niño había oído, y había llegado a creer, que si te morías en sueños te morías también en la vida real. Pero no se sentía muerto. Abrió los ojos a ver qué pasaba.

Había una mujer en la pequeña sala de estar, de pie junto a la ventana, dándole la espalda. Su corazón dejó de latir por un segundo y preguntó:

—¿Laura?

La mujer se volvió, bañada por la luz de la luna.

—Perdona. No quería despertarte —le dijo, con un leve acento de la Europa del Este—. Me voy.

—No, no pasa nada. No me has despertado. He tenido un sueño.

—Sí. Llorabas y gemías. Parte de mí quería despertarte, pero luego he pensado: «no, mejor lo dejo».

A la luz de la luna, su cabello era claro e incoloro. Llevaba un fino camisón blanco de algodón, con un cuello alto de encaje y un dobladillo que arrastraba por el suelo. Sombra se sentó, completamente espabilado.

—Eres Zorya Polu... —vaciló—. La hermana que estaba durmiendo.

—Soy Zorya Polunochnaya, sí. Y tú te llamas Sombra, ¿no? Es lo que me dijo Zorya Vechernyaya cuando me desperté.

—Sí. ¿Qué mirabas, ahí afuera?

La mujer lo miró y le hizo un gesto para que se acercara a mirar por la ventana. Se volvió de espaldas mientras él se ponía los vaqueros. Sombra fue hacia la ventana. Le pareció un camino largo para una habitación tan pequeña.

No podía calcular la edad de la mujer. Tenía la piel tersa, los ojos oscuros y de largas pestañas, y su cabello era blanco y le llegaba hasta la cintura. La luz de la luna convertía los colores en meros fantasmas de sí mismos. Era más alta que sus hermanas.

Señaló el cielo de la noche.

—Miraba eso —dijo, señalando la Osa Mayor—. ¿La ves?

—*Ursa Major* —dijo Sombra—. La Osa Mayor.

—Es una forma de verlo. Pero no la forma en que se mira en el lugar de donde yo vengo. Voy al tejado a sentarme un rato. ¿Quieres venir?

—Supongo que sí —respondió Sombra.

—Está bien.

Abrió la ventana y, descalza, salió a la escalera de incendios. Una gélida ráfaga de viento entró en la habitación. Sombra tenía una sensación extraña, pero no sabía lo que era; vaciló un momento y, a continuación, se puso el jersey, los calcetines y los zapatos y la siguió por la herrumbrosa escalera de incendios. Ella lo estaba esperando. El aliento de Sombra se convertía en vapor al contacto con aquel aire glacial. Observó los pies descalzos de la mujer subiendo por los helados escalones metálicos, y la siguió hasta el tejado.

Soplaba un viento muy frío que hacía que el camisón se pegara al cuerpo de la mujer, y Sombra se percató con cierta incomodidad de que Zorya Polunochnaya no llevaba nada debajo.

—¿No tienes frío? —le preguntó al llegar al final de la escalera de incendios, y una ráfaga de aire se llevó sus palabras.

—¿Perdón?

Se inclinó para escuchar mejor. Tenía un aliento dulce.

—Te preguntaba si no tienes frío.

Como respuesta, levantó un dedo para que esperase. Pasó con agilidad por encima del muro lateral para salir a la azotea. Sombra pasó también por encima del muro, con cierta torpeza, y la siguió por la azotea hasta la sombra del depósito de agua. Allí les esperaba un banco de madera, donde ella tomó asiento y Sombra se sentó a su lado.

El depósito de agua los resguardaba del viento, algo que Sombra agradeció enormemente.

—No —dijo ella—. No tengo frío. Esta hora es mi hora: me siento tan cómoda en la noche como un pez en aguas profundas.

—Debe de gustarte la noche —dijo Sombra, que acto seguido deseó haber dicho algo más inteligente, más profundo.

—Mis hermanas tienen su propia hora. Zorya Utrennyaya es del amanecer. En nuestra antigua patria, se levantaba para abrir las puertas y dejar que nuestro padre condujera su... hum, he olvidado la palabra, ¿como un coche, pero con caballos?

—¿Carro?

—Su carro. Nuestro padre salía con él todos los días. Y Zorya Vechernyaya le abría las puertas al anochecer, cuando volvía con nosotras.

—¿Y tú?

La mujer hizo una pausa. Tenía los labios carnosos, pero muy pálidos.

—Yo nunca veía a nuestro padre. Estaba durmiendo.

—¿Padeces alguna enfermedad?

No respondió. Si se encogió de hombros, el movimiento fue imperceptible.

—Bueno, querías saber qué miraba.

—La Osa Mayor.

La mujer alzó un brazo para señalarla, y el viento empujó el camisón contra su cuerpo. Sus pezones, y la carne de gallina alrededor de la areola, se transparentaron por un instante, oscuros bajo el blanco algodón. Sombra se estremeció.

—El Carro de Odín, lo llaman. Y la Osa Mayor. En el lugar de donde venimos creemos que es una, una cosa, una, no un dios, pero como un dios, algo malo, encadenado por esas estrellas. Si escapa, lo devorará todo. Y hay tres hermanas que deben vigilar el cielo, durante todo el día y toda la noche. Si escapa eso que las estrellas tienen encadenado, el mundo se acabará. ¡Puf! Así de fácil.

—¿Y la gente cree eso de verdad?

—Antes. Hace mucho tiempo.

—¿Y miras a ver si puedes ver el monstruo que hay en las estrellas?

—Algo así. Sí.

Sombra sonrió. De no ser por el frío, habría creído que estaba soñando. Todo parecía exactamente como un sueño.

—¿Puedo preguntar cuántos años tienes? Tus hermanas parecen mucho mayores.

Ella asintió con la cabeza.

—Soy la más joven. Zorya Utrennyaya nació por la mañana, Zorya Vechernyaya nació por la tarde y yo nací a medianoche. Soy la hermana de medianoche: Zorya Polunochnaya. ¿Estás casado?

—Mi mujer está muerta. Murió la semana pasada en un accidente de coche. Ayer se celebró su funeral.

—Lo siento.

—Vino a verme ayer por la noche. —No le resultó difícil decirlo en la oscuridad y a la luz de la luna; no parecía tan inconcebible como a la luz del día.

—¿Le preguntaste qué quería?

—No. No lo hice.

—Tal vez deberías hacerlo. Es lo más inteligente que se les puede preguntar a los muertos. A veces te lo dicen. Zorya Vechernyaya me ha contado que has jugado a las damas con Czernobog.

—Sí. Se ha ganado el derecho a golpearme el cráneo con un mazo.

—En los viejos tiempos, subían a la gente a las cimas de las montañas. A los lugares altos. Y eran golpeados en la nuca con una roca. Por Czernobog.

Sombra miró a su alrededor. No, estaban solos en la azotea.

Zorya Polunochnaya se echó a reír.

—No está aquí, bobo. Tú también le has ganado una partida. Puede que no te golpee hasta que haya pasado todo esto. Dijo que no lo haría. Y lo sabrás de antemano. Como las vacas a las que mataba: siempre lo sabían de antemano. Si no, ¿qué sentido tendría?

—Me siento como si estuviera en un mundo con su propio sentido de la lógica. Como cuando estás en un sueño, y sabes que hay normas que no debes infringir, aunque no sepas lo que significan. No tengo ni idea de qué estamos hablando, ni de qué es lo que ha pasado hoy; en realidad no entiendo prácticamente nada de lo que ha sucedido desde que salí de la cárcel. Simplemente me dejo llevar, ¿lo entiendes?

—Lo entiendo —dijo ella, y le cogió la mano con la suya, gélida—. Una vez te concedieron protección, pero ya la has perdido. La regalaste. Tuviste el sol en tus manos. Y eso es exactamente la vida. Todo cuanto puedo ofrecerte es una protección mucho más débil. La hija, no el padre. Pero todo ayuda. ¿Qué me dices?

El viento helado agitaba sus blancos cabellos en torno a su cara, y Sombra supo que había llegado el momento de volver adentro.

—¿Tengo que pelear contigo? ¿O jugar a las damas? —preguntó.

—Ni tan siquiera tienes que besarme —le respondió—. Tan solo tienes que coger la luna.

—¿Cómo?

—Coge la luna.

—No lo entiendo.

—Mira —dijo Zorya Polunochnaya. Levantó la mano izquierda y la mantuvo delante de la luna, de forma que parecía que la estaba cogiendo con el dedo índice y el pulgar. Luego, con un rápido movimiento, la arrancó. Por un momento, Sombra tuvo la impresión de que había robado la luna del cielo, pero luego vio que seguía brillando, y Zorya Polunochnaya abrió la mano para mostrarle un dólar de plata con la efigie de la Libertad sujeta entre el dedo índice y el pulgar.

—Una ejecución muy elegante —dijo Sombra—. No te he visto esconderla. Y no sé cómo has hecho la última parte.

—No la tenía escondida —replicó ella—. La he cogido. Y ahora te la doy a ti, para que la guardes. Toma. Y esta no la regales.

Se la puso en la mano derecha y le cerró el puño. La moneda estaba fría. Zorya Polunochnaya se inclinó hacia delante, le cerró los ojos con los dedos y le besó, con suavidad, ambos párpados.

Sombra se despertó en el sofá, completamente vestido. Un fino rayo de sol se colaba por la ventana, haciendo bailar las motas de polvo en el aire.

Se levantó y fue hacia la ventana. La habitación parecía mucho más pequeña a la luz del día.

La extraña sensación que había tenido la noche anterior cobró sentido cuando miró por la ventana. No había escalera de incendios en la ventana, ni balcón, ni herrumbrosos escalones de metal.

No obstante, en la palma de su mano, reluciente como el día que lo acuñaron, tenía un dólar de plata de 1922 con la efigie de la Libertad.

—Ah. Ya estás despierto —dijo Wednesday, asomándose por la puerta—. Estupendo. ¿Quieres café? Vamos a robar un banco.

El desembarco en Estados Unidos

1721

Lo que hay que tener presente para entender la historia de Estados Unidos *—escribió el señor Ibis en su diario con tapas de cuero—*, es que es ficticia, algo tan simple como un boceto a carboncillo que hasta los niños, o los que se aburren con facilidad, pueden entender. En su mayor parte está todavía sin investigar, sin imaginar, sin meditar; es la representación de la cosa y no la cosa en sí. Es una gran ficción *—se detuvo un momento para entintar la pluma y organizar sus pensamientos—* que Estados Unidos fuera una nación fundada por peregrinos, anhelantes de libertad para creer en lo que quisieran, que vinieron a las Américas, se dispersaron, se reprodujeron y llenaron la tierra vacía.

En verdad, las colonias americanas eran tanto un vertedero como un lugar de huida, un lugar para olvidar. En un tiempo en el que en Londres te podían ahorcar del Árbol Triple de Tyburn por robar doce peniques, las Américas se convirtieron en un símbolo de clemencia, de segunda oportunidad. Pero las condiciones de la deportación eran tales que, para algunos, resultaba más fácil saltar desde el árbol sin hojas y bailar sobre la nada hasta que se acababa el baile. Deportación era el nombre que le daban: por cinco años, por diez, o de por vida. Esa era la sentencia.

Los deportados se vendían a un capitán, que los llevaba en su barco, hacinados como si fueran esclavos, hasta las colonias o las Indias Occidentales; al desembarcar, el capitán los vendía como criados a sueldo de gente que recuperaba su inversión haciéndoles trabajar a destajo hasta el fin de su contrato. Pero al menos no estaban en una cárcel inglesa esperando a que los ahorcaran (pues en aquellos tiempos las cárceles eran el lugar donde permanecían los prisioneros hasta que los liberaban, los deportaban o los ahorcaban: no cumplían sentencia por un determinado periodo de tiempo), y tenían la libertad para sacar el máximo provecho de aquel nuevo mundo. También eran libres de sobornar a un capitán para que los devolvieran a Inglaterra antes de que hubiera concluido el tiempo estipulado de la deportación. Algunos lo hacían. Y si las autoridades los pillaban regresando antes de tiempo (si un viejo enemigo, o un viejo amigo con alguna cuenta pendiente, los veía y los denunciaba), los ahorcaban sin pestañear.

Me viene a la memoria —*escribió tras una breve pausa, que aprovechó para rellenar el tintero de su escritorio con una botella de tinta negra que guardaba en el armario y entintar la pluma de nuevo*— la vida de Essie Tregowan, que vino de una fría aldea situada en lo alto de un acantilado en Cornualles, en el suroeste de Inglaterra, donde residía su familia desde tiempos inmemoriales. Su padre era pescador, y se rumoreaba que hacía naufragar a los barcos (algunos colgaban sus lámparas en lugares peligrosos de la costa cuando arreciaban las tormentas, para atraer a los barcos hacia las rocas y poder quedarse así con las mercancías que llevaban a bordo). La madre de Essie trabajaba como cocinera en la casa del señor, y a la edad de doce años, la niña empezó a trabajar allí como ayudante de cocina. Era una cría muy menuda, con grandes ojos castaños y el cabello también castaño; no muy trabajadora, solía escabullirse a escuchar historias y cuentos siempre que hubiera alguien dispuesto a contar alguno: cuentos de *piskies* y *spriggans*, de los perros negros de los páramos y de las mujeres foca del Canal. Y aunque el señor de la casa se reía de aquellas cosas, los que trabajaban en la cocina ponían todas las noches en un plato de porcelana la leche más cremosa de la casa y la dejaban en la puerta de la cocina para los *piskies*.

Pasaron los años, y Essie dejó de ser una niña menuda: su cuerpo se redondeó y se contoneaba al andar como las olas del verde mar, sus ojos sonreían y llevaba su castaña melena alborotada y rizada. Los hermosos ojos de Essie se fijaron en Bartholomew, un joven de dieciocho años hijo del señor, recién llegado de Rugby. Una noche fue hasta el mojón que señalaba el límite del bosque y dejó sobre él un trozo de pan, que Bartholomew había dejado a medias, envuelto en un mechón de su propio cabello. A la mañana siguiente, Bartholomew habló con ella y la miró satisfecho, con aquellos ojos tan peligrosamente azules como el cielo cuando se avecina tormenta, mientras ella limpiaba la chimenea de su habitación.

«Tenía unos ojos peligrosos», dijo Essie Tregowan.

Poco tiempo después, Bartholomew se fue a Oxford y, cuando el embarazo de Essie se hizo evidente, la despidieron. Pero el bebé nació muerto y, por deferencia hacia su madre, que era una excelente cocinera, la esposa del señor logró persuadirle para que le devolviera a Essie su antiguo puesto.

Sin embargo, el amor de Essie por Bartholomew se había convertido en odio hacia su familia y, en menos de un año, escogió como nuevo pretendiente a un hombre de la aldea vecina, uno con muy mala reputación que respondía al nombre de Josiah Horner. Una noche, mientras la familia dormía, Essie se levantó y abrió la puerta lateral para dejar entrar a su amante. Josiah desvalijó la casa mientras todos dormían.

Todos los sirvientes de la casa quedaron inmediatamente bajo sospecha, puesto que era evidente que habían abierto la puerta al ladrón (la esposa del señor recordaba haber cerrado personalmente), y que tenía que ser alguien que supiera dónde se guardaba la cubertería de plata y en qué cajón tenía el señor sus monedas y pagarés. No obstante, Essie, que lo negó todo rotundamente, no fue culpada hasta que atraparon a Josiah Horner en una quincallería de Exeter tratando de negociar uno de los pagarés. El señor lo identificó como suyo, y Horner y Essie fueron llevados ante la justicia.

Horner fue juzgado por el tribunal del condado, y fue «extinguido», según se decía coloquialmente en la época, con no poca crueldad, pero el juez se apiadó de Essie, bien fuera por su edad o por su hermoso cabello castaño, y la condenó a siete años de deportación. Debía partir a bordo de un barco llamado *Neptune*, comandado por un tal capitán Clarke. Y de este modo, Essie llegó a las Carolinas; durante la travesía llegó a un pacto con el mismísimo capitán y lo convenció de que la llevara de vuelta a Inglaterra, como su esposa, a vivir con su madre en Londres, donde nadie la conocía. El viaje de regreso, que emprendieron después de cambiar el contingente humano por algodón y tabaco, fue un periodo tranquilo y feliz para el capitán y su nueva esposa, que parecían dos tortolitos, incapaces de quitarse las manos de encima o intercambiando regalitos y expresiones de cariño todo el tiempo.

Cuando llegaron a Londres, el capitán Clarke instaló a Essie con su madre, que la trató en todo momento como a una más de la familia. Ocho semanas más tarde, el *Neptune* se hizo a la mar de nuevo, y la joven y bonita esposa de cabello castaño despidió a su marido desde el muelle. Luego volvió a casa de su suegra, donde, aprovechando la ausencia de la anciana, robó una pieza de seda, varias monedas de oro y un bote de plata en el que la anciana guardaba los botones y, tras empaquetarlo todo, desapareció en los bajos fondos de Londres.

En los dos años siguientes, Essie se convirtió en una consumada ladrona, que escondía en sus amplias faldas una multitud de pecados (principalmente piezas de seda y encaje), y vivió su vida al máximo. Agradecía haber podido escapar durante sus vicisitudes a todas las criaturas de las que le habían hablado de niña, a los *piskies* (cuya influencia, estaba segura, llegaba hasta Londres), y todas las noches ponía un cuenco de madera lleno de leche en el alféizar de la ventana, ignorando las burlas de sus amigos. Finalmente, ella fue la última en reír, pues sus amistades fueron cayendo enfermos de viruela o de gonorrea mientras que Essie tenía una salud de hierro.

Le faltaba un año para cumplir los veinte cuando el destino le asestó un duro golpe: estaba en la taberna Crossed Forks, al lado de la calle Fleet, en Bell Yard, cuando vio entrar a un hombre joven, recién salido de la universidad, que se sentó cerca de la chimenea. «¡Ajá! Un pichón listo para ser desplumado», pensó Essie, y se sentó a su lado, y empezó a decirle lo apuesto que era, y a acariciarle una rodilla mientras, con la otra mano, intentaba robarle el reloj de bolsillo. Entonces, el joven la miró directamente a los ojos y el corazón de Essie dio un vuelco al ver aquellos peligrosos ojos, azules como un cielo de verano antes de la tormenta, y al oír de nuevo su nombre de los labios del amo Bartholomew.

La llevaron a la prisión de Newgate y la acusaron de volver antes de cumplir el periodo de deportación. Tras ser declarada culpable, a nadie le sorprendió que Essie alegara estar embarazada para eludir la condena, aunque a las matronas de la ciudad, encargadas de comprobar esa clase de alegatos (que normalmente resultaban ser espurios), sí les sorprendió verse obligadas a admitir que Essie estaba en estado; sin embargo, ella se negó a revelar la identidad del padre.

Una vez más, su sentencia de muerte fue conmutada por una pena de deportación, esta vez de por vida.

En esta ocasión la embarcaron en el *Sea-Maiden*. Había doscientos deportados a bordo, hacinados en la bodega como si fueran cerdos camino del mercado. La disentería y la fiebre campaban a sus anchas por el barco; apenas había sitio donde sentarse, y mucho menos aún para tumbarse. Una mujer murió al dar a luz al fondo de la bodega y, como la gente estaba demasiado apretada como para poder sacar el cadáver, madre e hijo fueron arrojados al gris y encabritado mar por un ojo de buey. Essie estaba de ocho meses y parecía un milagro que su embarazo siguiera adelante, pero logró llevarlo a término.

Durante el resto de su vida, tuvo pesadillas sobre el tiempo que pasó en aquella bodega, y se despertaba gritando con el sabor y el hedor de la bodega en la garganta.

El *Sea-Maiden* atracó finalmente en Norfolk, Virginia, y Essie fue vendida al propietario de una «pequeña plantación», un productor de tabaco llamado John Richardson cuya esposa había fallecido a consecuencia de una infección una semana después de dar a luz a su hija, por lo que necesitaba un ama de cría y una criada que se hiciera cargo de todas las tareas de su pequeña granja.

De este modo el hijo de Essie, bautizado con el nombre de Anthony en recuerdo, según ella explicó, de su difunto esposo y padre del niño (sabiendo que no había nadie que pudiera decir lo contrario, y quizá por algún Anthony que hubiera conocido en el pasado), se crio a los pechos de Essie junto con Phyllida Richardson. Como la hija del amo era siempre la primera en comer esta creció fuerte y sana, mientras que el hijo de Essie, que se alimentaba de lo que dejaba la niña, creció siendo un niño débil y enfermizo.

Y además de la leche, los niños crecieron bebiendo de los cuentos de Essie sobre los *knockers* y los *blue-caps* que viven en las minas; sobre Bucca, el espíritu más burlón de la tierra, mucho más peligroso que los pelirrojos *piskies* de nariz respingona, a quienes los pescadores ofrecían su primera captura dejándoles el pez en la playa, o en el campo, en el tiempo de cosecha, un pan recién horneado, para asegurarse una buena cosecha al año siguiente; les habló de los hombres manzano, viejos manzanos que hablaban cuando querían a los que había que aplacar ofreciéndoles la primera sidra de la cosecha, que se vertía sobre sus raíces al final de cada año, para asegurarse una buena cosecha al año siguiente. Les recitaba también, con su melifluo acento de Cornualles, una antigua poesía sobre los árboles con los que debían tener cuidado:

El olmo se lamenta
Y el roble odia,
Pero el sauce camina
Si viajas tarde.

Les contaba todas estas cosas, y ellos las creían, porque ella las creía.

La hacienda prosperaba y, cada noche, Essie Tregowan dejaba un plato de porcelana lleno de leche en la puerta de atrás, para los *piskies*. Pasados ocho meses, John Richardson llamó suavemente a la puerta de la habitación de Essie y solicitó la clase de favores que las mujeres conceden a los hombres. Essie le dijo lo sorprendida y dolida que estaba, una pobre viuda y una sirvienta convicta sin más derechos que una esclava, prostituyéndose con un hombre por el que sentía tanto respeto. Una sirvienta convicta no podía casarse, por lo que no podía concebir cómo era capaz de atormentar de esa manera a una pobre deportada, y sus ojos de color castaño se llenaron de lágrimas, de tal forma que Richardson se encontró pidiéndole disculpas y, a resultas de todo ello, acabó hincado de rodillas, en el mismo pasillo, en aquella calurosa noche de verano, para proponerle a Essie Tregowan que dieran por finalizado su contrato y le concediera su mano. Ella aceptó su propuesta, pero dejando claro que no dormiría con él hasta que todo fuera legal, tras lo cual se trasladó de la pequeña habitación del ático al dormitorio principal, en la parte noble; y, aunque algunos de los amigos de Richardson y sus esposas empezaron a negarle el saludo cuando se lo cruzaban por la calle, eran muchos más los que opinaban que la nueva señora Richardson era una mujer de gran belleza y que Johnnie Richardson había hecho muy bien en casarse con ella.

Ese mismo año, Essie volvió a dar a luz a otro varón, tan rubio como su padre y su medio hermana, y lo llamaron John, como este.

Los tres niños iban a la iglesia los domingos para escuchar al pastor itinerante, y asistían a la modesta escuela local para aprender las letras y los números con otros niños de su misma condición; no obstante, Essie se aseguraba de que conocieran también los misterios de los *piskies*, que eran los misterios más importantes que había: hombres pelirrojos, con indumentaria y ojos tan verdes como un río, de nariz respingona, curiosos, bizcos, capaces de trastornarte, embaucarte y desviarte de tu camino si no llevabas sal en los bolsillos o un poco de pan. Cuando los niños iban a la escuela siempre llevaban un poco de sal en un bolsillo y un poco de pan en el otro, los viejos símbolos de la vida y la tierra, para asegurarse de que volverían a casa sanos y salvos, algo que siempre conseguían.

Los niños crecieron en las verdes colinas de Virginia, se hicieron altos y fuertes (aunque Anthony, su primer hijo, fue siempre el más débil, el más pálido, más propenso a contraer enfermedades y miasmas) y los Richardson eran una familia feliz; Essie amaba a su marido con devoción. Llevaban casados una década cuando John Richardson empezó a sufrir un dolor de muelas tan intenso que le hizo caer del caballo. Lo llevaron al pueblo más cercano, donde le sacaron la muela, pero ya era demasiado tarde: la infección le había envenenado la sangre y murió, con la cara negra y aullando de dolor, y lo enterraron bajo su sauce favorito.

La viuda de Richardson quedó a cargo de la hacienda a la espera de que sus dos hijos alcanzaran la mayoría de edad. Organizaba a los criados y los esclavos, se ocupaba de sacar adelante la plantación de tabaco, y así año tras año; vertía sidra sobre las raíces de los manzanos en Nochevieja, dejaba un pan recién hecho en los campos en la temporada de cosecha, y nunca olvidaba dejar un plato con leche en la puerta de atrás. La hacienda prosperó y la viuda de Richardson se ganó la fama de ser una dura negociadora, pero su cosecha era siempre buena, y nunca daba gato por liebre.

Así las cosas, todo fue bien durante otros diez años; pero después llegó un año malo, pues Anthony, el hijo de Ellie, mató a Johnnie, su medio hermano, en una brutal disputa a cuenta del futuro de la hacienda y del futuro matrimonio de Phyllida. Unos dijeron que Anthony no tenía intención de matar a su hermano, que todo había sido una fatalidad provocada por un mal golpe, y otros dijeron lo contrario. Anthony huyó, dejando que su madre se ocupara de enterrar a su hijo menor junto a su padre. Más tarde, algunos dirían que Anthony había ido a Boston, y otros que se dirigió al sur, a Florida, pero Essie creía que había tomado un barco para regresar a Inglaterra, a fin de enrolarse en el ejército del rey Jorge para luchar contra los rebeldes escoceses. Sin los dos hijos varones, la hacienda se había convertido en un lugar vacío y triste, y Phyllida sufría y se lamentaba como si le hubieran roto el corazón, y nada de lo que su madrastra hiciera o dijera lograba devolverle la sonrisa.

Pero por más que su corazón estuviera roto, necesitaban a un hombre que se hiciera cargo de la hacienda, de manera que Phyllida se casó con Harry Soames, carpintero naval de profesión que se había cansado del mar y soñaba con volver a vivir en tierra firme, en una hacienda como aquella en la que se había criado, en Lincolnshire. Y aunque la de los Richardson era más pequeña, a Harry Soames le pareció más que suficiente. Phyllida y Harry tuvieron cinco hijos, de los que solo sobrevivieron tres.

La viuda de Richardson echaba de menos a Anthony y a John, y también a su difunto esposo, aunque a esas alturas ya no era más que el recuerdo de un hombre justo que la había tratado con cariño. Los hijos de Phyllida iban a ver a Essie para que les contara cuentos, y ella les hablaba del perro negro de las marismas, y de Cabeza Despellejada y Huesos Sangrientos, o de los hombres manzano. Pero esas historias no les interesaban, los niños solo querían oír las historias de Jack: Jack y las judías mágicas, o Jack el Matagigantes, o Jack y su gato y el rey. Essie quería a aquellos niños como si fueran de su propia sangre, aunque a veces los llamaba por los nombres de los que habían muerto tiempo atrás.

Un día de mayo, Essie sacó su silla al huerto de la cocina para coger guisantes y desgranarlos a la luz del sol, pues, pese al sofocante calor de Virginia, el frío le había calado los huesos del mismo modo que la nieve le había calado los cabellos, y siempre agradecía poder calentarse al sol.

Mientras la viuda de Richardson desgranaba los guisantes con sus viejas manos, se puso a pensar en lo mucho que le gustaría volver a caminar una vez más por los páramos y los salobres acantilados de su Cornualles natal, y recordó cuando de niña se sentaba en la playa de guijarros, esperando ver regresar del gris océano el barco de su padre. Sus manos, torpes y con los nudillos azules, abrían las vainas, desgranaban los guisantes en un cuenco de barro y dejaban caer las vainas vacías sobre el delantal que le cubría el regazo. Y entonces le vino a la memoria, por primera vez en muchos años, la vida que tan acertadamente había dejado atrás: la época en que se dedicaba a afanar monederos y a birlar sedas con sus ágiles dedos; y recordó también al alcaide de Newgate, diciéndole que pasarían al menos doce semanas antes de que la llevaran ante el juez, y que podría escapar de la horca si estuviera embarazada, y que era una chica muy bonita; recordó cómo se había vuelto de cara a la pared y se había levantado las faldas con valentía, odiándose a sí misma y odiándole a él, pero sabiendo que tenía razón; y recordó también lo que sintió cuando percibió que una nueva vida crecía en su interior, una nueva vida que le serviría para burlar a la muerte durante algún tiempo…

—¿Essie Tregowan? —dijo el desconocido.

La viuda de Richardson alzó la vista y se puso la mano en la frente a modo de visera para proteger sus ojos del luminoso sol de mayo.

—¿Nos conocemos? —preguntó. No le había oído acercarse.

El hombre iba vestido todo de verde: pantalones de tela escocesa en tonos verdes, una chaqueta verde y un abrigo verde oscuro. Tenía el cabello de color zanahoria y una sonrisa torcida. Había algo en aquel hombre que la hacía feliz con solo mirarlo, y también algo que transmitía una sensación de peligro.

—En cierto modo, podría decirse que me conoce —respondió el extraño.

El hombre la miraba con los ojos entornados, y ella le devolvía la mirada con los ojos igualmente entornados, buscando en su cara de luna llena una pista que le revelara su identidad. Parecía tan joven como uno de sus nietos, y sin embargo la había llamado por su antiguo nombre, y hablaba con un acento que recordaba de su infancia, de las rocas y de los páramos de su hogar.

—¿Es usted de Cornualles? —preguntó ella.

—En efecto, soy de Cornualles —respondió el pelirrojo—. O más bien lo era, pero ahora estoy aquí, en el Nuevo Mundo, donde nadie saca un vaso de cerveza o de leche para un hombre honesto, o un pan en el tiempo de cosecha.

La anciana sujetó el cuenco de guisantes que tenía en el regazo.

—Si eres quien yo creo que eres —dijo—, no tengo nada en tu contra.

En el interior de la casa, Phyllida discutía con el ama de llaves.

—Yo tampoco tengo nada contra ti —dijo el pelirrojo con un dejo de tristeza—, aunque fuiste tú quien me trajo hasta aquí, tú y unos cuantos como tú, a esta tierra en la que no hay tiempo para la magia, ni lugar para los *piskies* y criaturas similares.

—Me has sacado de más de un aprieto —dijo ella.

—También te he metido en más de uno —replicó el extraño con los ojos entornados—. Somos como el viento. Soplamos en ambas direcciones.

Essie asintió con la cabeza.

—¿Quieres cogerme de la mano, Essie Tregowan? —preguntó, alargando su mano. Estaba llena de pecas y, aunque Essie estaba perdiendo vista, pudo distinguir en el dorso de la mano todos y cada uno de los anaranjados pelos, que brillaban como el oro al sol de la tarde. Se mordió los labios y, a continuación, algo temerosa, le tendió su sarmentosa mano.

Aún estaba caliente cuando la encontraron, aunque la vida había abandonado su cuerpo y solo había desgranado la mitad de los guisantes.

Capítulo cinco

Madam Life's a piece in bloom
Death goes dogging everywhere;
She's the tenant of the room,
He's the ruffian on the stair.
(La vida es una mujer en flor,
la muerte acecha en todas partes:
una es la inquilina de la habitación,
la otra el villano que acecha en la escalera.)
W.E. Henley, *Madam Life's a piece in bloom*

Zorya Utrennyaya era la única que estaba despierta para despedirlos aquella mañana de sábado. Aceptó los cuarenta dólares de Wednesday e insistió en darle un recibo, que escribió con su curvilínea caligrafía en el dorso de un caducado vale descuento de un refresco. A la luz de la mañana parecía una muñeca, con la cara maquillada con gran esmero y la dorada melena recogida en un moño en lo alto de la cabeza.

Wednesday le besó la mano.

—Gracias por tu hospitalidad, querida. Tú y tus adorables hermanas seguís tan radiantes como el cielo mismo.

—Eres un viejo malvado —le dijo ella, agitando el dedo índice. Luego lo abrazó—. Cuídate. No me gustaría enterarme de que te has ido para siempre.

—Eso me afligiría tanto como a ti, querida.

La vieja le estrechó la mano a Sombra.

—Zorya Polunochnaya te tiene en muy alta estima —dijo ella—. Yo también.

—Gracias —respondió Sombra—. Y gracias por la cena.

La mujer enarcó una ceja.

—¿Te gustó? Tienes que volver.

Wednesday y Sombra bajaron por las escaleras. Sombra se metió las manos en los bolsillos de la chaqueta. El dólar de plata estaba frío, y era más grande y más pesado que cualquier moneda de las que había usado hasta el momento. Se lo escondió en la palma y dejó la mano colgando de forma natural, luego estiró la mano y la moneda se deslizó hacia los dedos. Esta encajaba de forma natural entre su dedo índice y el meñique, casi sin necesidad de apretar.

—Qué soltura —dijo Wednesday.

—Todavía estoy aprendiendo —replicó Sombra—. Domino la técnica bastante bien. Lo difícil es desviar la atención de la gente hacia la otra mano.

—¿En serio?

—Sí. Lo llaman distracción.

Sombra deslizó el dedo corazón y el anular bajo la moneda, para pasarla hacia atrás, pero no la sujetó bien y se le escapó, aunque estuvo a punto de conseguirlo. La moneda cayó con un tintineo metálico y bajó rebotando medio tramo de escaleras. Wednesday se agachó y la recogió.

—No puedes darte el lujo de ser descuidado con los regalos que te hacen —dijo Wednesday—. Una cosa así hay que guardarla como oro en paño. No vayas tirándola por ahí.

Examinó la moneda, primero la cruz y luego la cara.

—Ah, la señora Libertad. Es bella, ¿verdad?

Le lanzó la moneda a Sombra, que la cogió en el aire, la hizo desaparecer —fingiendo que la cogía con la mano izquierda mientras la sujetaba con la derecha—, y simuló guardársela en el bolsillo con la mano izquierda. La moneda estaba en la palma de su mano derecha, perfectamente visible. Era reconfortante sentirla en la mano.

—Señora Libertad. Como muchos de los dioses que los estadounidenses tanto aprecian, una extranjera. En este caso, una mujer francesa, aunque, por respeto a las sensibilidades americanas, los franceses cubrieron los magníficos pechos de la estatua que regalaron a la ciudad de Nueva York. Libertad —continuó Wednesday, arrugando la nariz al ver el condón usado que habían dejado tirado en el rellano, y apartándolo con desagrado de un puntapié—. Alguien podría resbalar con eso y partirse el cuello —murmuró, interrumpiendo su discurso—. Como una piel de plátano, solo que con mal gusto y cierta ironía.

Abrió la puerta y se dieron de bruces con la luz del sol.

—La Libertad —bramó Wednesday— es una ramera con la que hay que acostarse sobre un colchón de cadáveres.

—¿En serio?

—Era una cita —respondió Wednesday—. Estaba citando a un francés. Eso es lo que conmemoran con esa estatua en el puerto de Nueva York: a una zorra a la que le gustaba que se la follasen sobre los desperdicios del volquete que transportaba a los que iban a ser guillotinados. Ya puedes levantar la antorcha tanto como quieras, querida, que todavía tienes ratas en el vestido y semen frío corriendo por tus piernas.

Abrió el coche y le indicó a Sombra que se sentara en el asiento del copiloto.

—Yo creo que es bella —dijo Sombra, mirando de cerca la moneda. El argentino rostro de la Libertad le recordaba un poco a Zorya Polunochnaya.

—Esa —dijo Wednesday, mientras arrancaba el coche— es la eterna locura del hombre. Siempre buscando la dulce carne, sin percatarse de que no es más que una bonita cubierta para los huesos. Comida para los gusanos. De noche, te frotas contra comida de gusanos. Y no lo digo para ofender.

Sombra nunca había visto a Wednesday tan comunicativo. Su nuevo jefe, decidió, alternaba fases de extroversión con periodos de intenso silencio.

—¿Entonces no eres americano? —preguntó Sombra.

—No hay nadie que sea americano —respondió Wednesday—. No de pura cepa. Es mi opinión. —Miró su reloj—. Aún faltan muchas horas para que cierren los bancos. Y a propósito, anoche hiciste un buen trabajo con Czernobog. Habría acabado convenciéndolo para que viniese con nosotros, pero tú has conseguido que lo haga con un entusiasmo que yo no habría sabido despertar en él.

—Únicamente lo hace porque luego podrá matarme.

—No necesariamente. Como muy astutamente señalaste, es viejo, y puede que el golpe de gracia te deje solo paralizado de por vida, por así decirlo. Inválido sin remedio. Todavía hay lugar para la esperanza, aun en el caso de que el señor Czernobog sobreviva a las dificultades que están por venir.

—¿Y existe alguna duda al respecto? —preguntó Sombra a la manera de Wednesday, e inmediatamente se odió por ello.

—Claro que sí, joder —respondió Wednesday. Detuvo el coche en el aparcamiento de un banco—. Este es el banco que voy a atracar. No cierran hasta dentro de unas horas. Entremos a saludar.

Le hizo un gesto a Sombra, que salió del coche de mala gana y entró en el banco con Wednesday. Si el viejo iba a hacer una estupidez, Sombra no entendía qué necesidad tenía de que las cámaras de seguridad lo grabaran a cara descubierta; pero la curiosidad le podía y entró en el banco. Miró al suelo y se rascó la nariz con la mano, haciendo lo posible para mantener oculta la cara.

—¿Los formularios de ingreso, señora? —le preguntó Wednesday a la solitaria cajera.

—Están allí.

—Muy bien. ¿Y si quisiera hacer un depósito nocturno…?

—El formulario es el mismo —explicó ella con una sonrisa—. Y el buzón para los depósitos nocturnos está a la izquierda de la puerta principal, en la pared.

—Muchas gracias.

Wednesday cogió varios formularios de ingreso. Se despidió de la cajera con una sonrisa y salió del banco con Sombra.

Wednesday se detuvo un momento en la acera, mesándose la barba con aire pensativo. Luego fue hasta el cajero automático y el buzón para depósitos nocturnos empotrados en el muro y los inspeccionó. Llevó a Sombra hasta el supermercado que había al otro lado de la calle, y compró una chocolatina para él y una taza de chocolate caliente para Sombra. Había un teléfono público en la pared de la entrada, bajo un tablón lleno de anuncios de habitaciones para alquilar y de cachorros y gatitos que necesitaban ser adoptados. Wednesday anotó el número de teléfono de la cabina. Cruzaron la calle de nuevo.

—Lo que necesitamos —dijo Wednesday, de repente— es nieve. Una nevada de las buenas. Piensa en «nieve», ¿vale?

—¿Eh?

—Concéntrate en esas nubes, esas de allí, al oeste; concéntrate en hacerlas más grandes y oscuras. Piensa en un cielo gris y en vientos del ártico. Piensa en nieve.

—No creo que sirva de nada.

—Tonterías. Al menos tendrás la mente ocupada —respondió Wednesday, abriendo el coche—. Próxima parada, Kinko's. Date prisa.

«Nieve —pensó Sombra en el asiento del acompañante, mientras bebía el chocolate a pequeños sorbos—. Inmensas y vertiginosas bolas de nieve cayendo del cielo, manchas blancas contra un cielo gris plomo, nieve que se posa en tu lengua con el frío del invierno, que te besa la cara con su vacilante tacto antes de congelarte hasta la muerte. Treinta centímetros de nieve como algodón de azúcar, creando un mundo de cuento de hadas, transformándolo todo hasta convertirlo en algo irreconocible y terriblemente hermoso…»

Wednesday le estaba hablando.

—¿Perdón? —dijo Sombra.

—He dicho que ya hemos llegado —repitió Wednesday—. Tú debías de estar muy lejos.

—Estaba pensando en nieve.

En Kinko's, Wednesday fotocopió los formularios de ingreso del banco, y le pidió al vendedor que le imprimiera dos juegos de diez tarjetas profesionales. A Sombra empezaba a dolerle la cabeza, y notaba una sensación extraña entre los omóplatos; se preguntó si habría dormido en una mala postura, si sería un recuerdo que le había dejado el sofá de la noche anterior.

Wednesday se sentó ante un ordenador, escribió una carta y luego, con la ayuda del vendedor, hizo varios carteles de gran tamaño.

«Nieve —pensó Sombra—. En lo alto de la atmósfera, perfectos y microscópicos cristales unidos para formar una diminuta mota de polvo, un encaje único tejido a base de fractales de seis lados. Y a medida que caen, los cristales de nieve se agrupan y forman los copos, cubriendo la ciudad de Chicago en la plenitud de su blancura, centímetro a centímetro...»

—Toma —dijo Wednesday, pasándole una taza de café de Kinko's, con un grumo de nata en polvo flotando en la superficie—. Creo que ya hay suficiente, ¿no?

—¿Suficiente qué?

—Suficiente nieve. No pretendemos inmovilizar la ciudad entera, ¿no?

El cielo se había vuelto gris como un buque de guerra. Estaba a punto de nevar, sí.

—No he sido yo, ¿verdad? —dijo Sombra—. Quiero decir, yo no... ¿O sí?

—Bébete el café —replicó Wednesday—. Es una porquería, pero te aliviará el dolor de cabeza. Buen trabajo.

Wednesday pagó al dependiente de Kinko's y cogió sus carteles, cartas y tarjetas. Abrió el maletero del coche, guardó los papeles en un maletín metálico negro, como los que llevan los guardas para transportar el dinero de las nóminas, y cerró el maletero. Le pasó una tarjeta a Sombra.

—¿Quién es A. Haddock, director de seguridad de A1 Seguridad? —preguntó Sombra.

—Tú.

—¿A. Haddock?

—Sí.

—¿Qué significa la A.?

—Alfredo, Alphonse, Augustine, Ambrose... Lo dejo a tu criterio.

—Ah, comprendo.

—Yo soy James O'Gorman —le dijo Wednesday—. Jimmy para los amigos. ¿Ves? También tengo una tarjeta.

Volvieron al coche. Wednesday le dijo:

—Si puedes concentrarte en ser «A. Haddock» tan bien como lo has hecho con «nieve», conseguiremos un montón de dinero contante y sonante y esta noche podremos invitar a mis amigos a un buen banquete.

—¿Y si esta noche estamos en la cárcel?

—En ese caso, mis amigos tendrán que arreglárselas sin nosotros.

—No pienso volver a la cárcel.

—Y no volverás.

—Creía que habíamos acordado que no haría nada ilegal.

—No vas a hacer nada ilegal. Posiblemente tendrás que hacer de cómplice, participar en una pequeña conspiración, tras lo cual recibirás dinero robado; pero confía en mí, saldrás de esto oliendo como una rosa.

—¿Y eso será antes o después de que ese anciano culturista eslavo me reviente el cráneo de un mazazo?

—Está perdiendo vista —le tranquilizó Wednesday—. Lo más probable es que no llegue ni a rozarte. Bueno, aún es pronto. Después de todo, los sábados cierran a mediodía. ¿Aprovechamos para comer?

—Sí —respondió Sombra—. Me muero de hambre.

—Conozco el sitio perfecto —dijo Wednesday.

Mientras conducía, Wednesday fue tarareando una alegre melodía que Sombra no pudo identificar. Empezaron a caer copos de nieve, tal y como Sombra los había imaginado, y se sintió extrañamente orgulloso. Racionalmente sabía que no había tenido nada que ver con aquella nevada, del mismo modo que sabía que el dólar de plata que llevaba en el bolsillo no era, ni había sido nunca, la luna. Pero aun así...

Se detuvieron ante un gran edificio que parecía una nave industrial. Un cartel anunciaba que el bufet libre costaba 4,99 dólares.

—Me encanta este sitio —dijo Wednesday.

—¿La comida es buena?

—No especialmente —respondió Wednesday—, pero el ambiente es impagable.

Una vez terminaron de comer —Sombra se decantó por el pollo frito, que estaba muy bueno—, descubrió que el ambiente que tanto le gustaba a su jefe tenía que ver con el negocio que ocupaba el fondo de la nave: era, según la pancarta colgada de pared a pared, un decomiso donde se vendían artículos provenientes de bancarrotas y liquidaciones de stocks.

Wednesday se fue al coche y volvió con un maletín en la mano, y con el maletín y todo se fue al lavabo. Sombra imaginaba que no tardaría mucho en averiguar lo que Wednesday se traía entre manos, tanto si quería como si no, de forma que se puso a pasear por el decomiso: había cajas de café «para uso exclusivo con filtros de aerolíneas», muñecos de las Tortugas Ninja y de Xena, muñecas del harén de la Princesa Guerrera, ositos de peluche que tocaban melodías patrióticas en el xilofón cuando los encendían, más ositos de peluche que tocaban villancicos, latas de carne en conserva, botas de goma, relojes de pulsera de Bill Clinton, pequeños árboles de Navidad artificiales, saleros y pimenteros con formas de animales, de partes del cuerpo, de frutas y de monjas y, el favorito de Sombra, un kit para hacer un muñeco de nieve al que «solo hay que añadirle una zanahoria de verdad», con sus ojos de carbón de plástico, su mazorca de maíz para hacer la pipa y un sombrero.

Sombra se puso a pensar en cómo se podía hacer el truco de arrancar la luna del cielo y convertirla en un dólar de plata, y en cómo era posible que una mujer decidiera levantarse de su tumba y atravesar toda la ciudad para hablar con él.

—¿No es un lugar maravilloso? —preguntó Wednesday al salir del lavabo de caballeros. Aún tenía las manos mojadas y se las estaba secando con un pañuelo—. No quedan toallitas de papel.

Se había cambiado de ropa. Ahora llevaba una chaqueta de color azul oscuro con unos pantalones a juego, una corbata azul de punto, un grueso jersey azul, una camisa blanca y zapatos negros. Parecía un guardia de seguridad, y Sombra se lo dijo.

—¿Qué puedo decir a eso, jovencito —dijo Wednesday, cogiendo una caja de peces de acuario de plástico («¡Estos nunca se morirán y no tendrá que darles de comer!»)—, aparte de felicitarte por tu perspicacia? ¿Qué te parece Arthur Haddock? Arthur es un buen nombre.

—Demasiado prosaico.

—Bueno, ya se te ocurrirá algo. Venga. Volvamos a la ciudad.

Llegaremos justo a tiempo para nuestro atraco al banco, y luego gastaré un poco de dinero.

—La mayoría de gente —dijo Sombra— se limitaría a sacarlo del cajero automático.

—Curiosamente, eso es más o menos lo que tenía pensado hacer.

Wednesday dejó el coche en el aparcamiento del supermercado que había enfrente del banco. Del maletero del coche sacó el maletín de metal, una carpeta de clip y un par de esposas. Se colocó una manilla en la muñeca izquierda y enganchó la otra al asa del maletín. Seguía nevando. Se puso una gorra azul con visera y una insignia con velcro en el bolsillo de la chaqueta en las que se podía leer «A1 SEGURIDAD». Puso los formularios de ingreso en la carpeta y echó los hombros hacia adelante. Parecía un policía retirado, y daba la impresión de que le había salido barriga de repente.

—Vale —dijo—. Compra algo en el supermercado y luego quédate cerca del teléfono. Si alguien te pregunta, estás esperando una llamada de tu novia, que ha tenido una avería con el coche.

—¿Y por qué me llama precisamente a ese teléfono?

—¿Cómo coño vas a saberlo?

Wednesday se puso unas descoloridas orejeras rosas. Cerró el maletero. La nieve se posaba en la gorra azul y las orejeras.

—¿Qué tal estoy?

—Ridículo.

—¿Ridículo?

—Un poco absurdo, quizá.

—Mm. Absurdo y ridículo. Perfecto.

Wednesday sonrió. Las orejeras le daban un aspecto que resultaba, a un tiempo, reconfortante y divertido y, en último término, adorable. Cruzó la calle a grandes zancadas, y anduvo pegado a los edificios hasta llegar al banco, mientras Sombra entraba en el supermercado y se quedaba observándolo.

Wednesday pegó un gran cartel rojo en el cajero, que indicaba que estaba fuera de servicio. Precintó el buzón para ingresos nocturnos con una cinta roja y pegó un cartel fotocopiado encima. Sombra lo leyó divertido: ESTAMOS TRABAJANDO PARA MEJORAR EL SERVICIO. DISCULPEN LAS MOLESTIAS.

Entonces Wednesday se volvió y se puso de frente a la calle. Daba la impresión de estar aterido de frío y molesto ante una tarea tan ingrata.

Una chica se acercó al cajero a sacar dinero. Wednesday meneó la cabeza y le explicó que estaba fuera de servicio. La chica soltó un improperio, se disculpó y se marchó.

Un coche se detuvo delante del banco y se bajó un hombre que llevaba un saquito gris y una llave. Sombra vio que Wednesday le pedía disculpas, le hacía rellenar uno de los formularios de ingreso que llevaba en la carpeta, comprobaba que estuviera todo correcto, le extendía un meticuloso recibo, luego fingía no saber muy bien qué copia debía entregarle y, por fin, abría su gran maletín metálico y guardaba el saco dentro.

El hombre temblaba de frío en mitad de la nieve, y golpeaba el suelo con los pies para entrar en calor mientras esperaba que el viejo guardia de seguridad acabara con todo el papeleo para poder dejar su recaudación y volver al coche. Cogió el recibo, regresó a la calidez de su vehículo y se marchó.

Wednesday cruzó la calle con el maletín de metal y se compró un café en el supermercado.

—Buenas tardes, joven —dijo con una risita paternal al pasar junto a Sombra—. Hace frío, ¿eh?

Volvió a cruzar la calle y siguió cogiendo las sacas grises y los sobres de la gente que iba a depositar sus ingresos o su recaudación aquella tarde de sábado; un veterano guardia de seguridad con sus divertidas orejeras de color rosa.

Sombra compró algo para leer —*La caza del pavo*, *¡Hola!* y, como la foto de Bigfoot en la portada le pareció entrañable, el *Noticias del mundo*—, y se puso a mirar por la ventana.

—¿Puedo ayudarle en algo? —preguntó un hombre negro de mediana edad con un bigote blanco. Parecía el gerente.

—Gracias, pero no. Estoy esperando una llamada. A mi novia se le ha estropeado el coche.

—Seguro que es la batería —dijo el hombre—. La gente se olvida de que esos aparatos solo funcionan durante tres o cuatro años. Y no es que cuesten una fortuna.

—A mí me lo va a contar.

—Espere aquí un momento —dijo el gerente, y entró en el supermercado.

La nieve hacía que la calle pareciera uno de esos pisapapeles de cristal con escenas nevadas dentro, perfecto en todos los detalles.

Sombra siguió observando, impresionado. Al no poder oír las conversaciones que tenían lugar al otro lado de la calle, se sentía como si estuviera viendo una película muda, todo pantomima y expresión: el viejo guardia de seguridad era rudo, honesto; un poco torpe quizá, pero cargado de buenas intenciones. Todos los que le entregaban su dinero se iban un poco más felices después de haberlo conocido.

Y en ese momento, un coche de policía aparcó delante del banco y a Sombra le dio un vuelco el corazón. Wednesday se tocó la visera a modo de saludo y fue hasta el coche sin ninguna prisa. Saludó a los dos agentes, les estrechó la mano a través de la ventanilla abierta, asintió con la cabeza y se puso a rebuscar por los bolsillos hasta que encontró una tarjeta y una carta y se las dio. Luego dio un sorbo a su café.

Sonó el teléfono. Sombra lo descolgó y se esforzó al máximo por parecer aburrido.

—A1 Seguridad —dijo.

—¿Puedo hablar con A. Haddock? —preguntó el policía que estaba al otro lado de la calle.

—Soy Andy Haddock.

—Sí, señor Haddock, está hablando con la policía. Tiene a un hombre en el banco First Illinois, en la esquina de la calle Market con la Segunda.

—Eh, sí. Correcto. Jimmy O'Gorman. ¿Hay algún problema, agente? ¿Jim se está portando bien? No habrá bebido.

—Ningún problema, señor. Su hombre está perfectamente. Tan solo queríamos asegurarnos de que estaba todo en orden.

—Dígale a Jim que si le vuelvo a pillar bebiendo lo echaré a la calle. ¿Lo entiende? A la calle. A la puta calle. En A1 Seguridad no toleramos esa clase de comportamiento.

—No creo que sea yo quien deba decirle eso, señor. Está haciendo un buen trabajo. Únicamente nos preocupamos porque normalmente este es un trabajo para dos personas. Es arriesgado tener un único guardia no armado a cargo de tanto dinero.

—A mí me lo va a contar usted. O mejor aún, cuénteselo a esos roñosos del First Illinois. Son mis hombres los que se la juegan, agente. Hombres buenos. Hombres como usted. —Sombra empezaba a cogerle el punto a su personaje. Sentía que se iba convirtiendo en Andy Haddock, con un cigarro barato consumiéndose en el cenicero, una montaña de papeleo por despachar aquella tarde de sábado, una casa en Schaumburg y una amante en un pequeño apartamento en Lake Shore Drive—. Parece usted un joven muy despierto, agente...

—Myerson.

—Agente Myerson. Si necesita un trabajito para el fin de semana o decide abandonar el cuerpo por el motivo que sea, no dude en llamarnos. Sería usted un buen fichaje. ¿Tiene mi tarjeta?

—Sí, señor.

—No la pierda —dijo Andy Haddock—. Llámeme.

Los policías se marcharon y Wednesday volvió a su puesto para atender a la pequeña cola de gente que esperaba para entregarle su dinero.

—¿Está bien? —preguntó el gerente, asomando la cabeza por la puerta—. ¿Su novia?

—Era la batería—respondió Sombra—. Ahora solo tengo que esperar.

—Mujeres. Espero que valga la pena esperarla.

La oscuridad del invierno descendió sobre la ciudad, y la tarde fue adquiriendo un tono progresivamente gris según se acercaba la noche. Se encendieron las luces de la calle. La gente continuaba entregando su dinero a Wednesday. De repente, como respondiendo a una señal que Sombra no podía ver, Wednesday se fue hacia el cajero, quitó los carteles y cruzó con cautela la calle cubierta de nieve en dirección al aparcamiento. Sombra esperó un minuto, y luego fue tras él.

Wednesday estaba sentado en el asiento trasero del coche. Tenía abierto el maletín de metal y repartía metódicamente el dinero en ordenados montoncitos.

—Conduce tú —le dijo a Sombra—. Vamos al banco First Illinois de la calle State.

—¿A repetir el número? —preguntó Sombra—. ¿No estará tentando demasiado su suerte?

—En absoluto. Vamos a hacer un ingreso.

Mientras Sombra conducía, Wednesday sacaba a puñados los billetes de las bolsas de ingreso, apartaba los cheques y los justificantes de tarjeta de crédito y sacaba el dinero en efectivo de algunos de los sobres, pero solo de algunos. Volvió a meter todos los billetes en el maletín metálico. Sombra se detuvo cerca de la sucursal, a unos cincuenta metros, para que la cámara de vigilancia no pudiera grabarles. Wednesday se bajó del coche y metió los sobres en el buzón para ingresos nocturnos. A continuación, abrió la caja fuerte nocturna, metió dentro las bolsas grises y la volvió a cerrar.

Subió al coche y se sentó en el asiento del acompañante.

—Tenemos que coger la I-90 —dijo Wednesday—. Sigue las señales hacia el oeste para ir a Madison.

Sombra arrancó el coche y se pusieron en marcha. Wednesday volvió la cabeza para mirar hacia la sucursal.

—Ya está —exclamó alegremente—, esto los confundirá por completo. Pero para llevarte un montón de dinero de verdad hay que hacer esto un domingo a las cuatro y media de la madrugada, que es cuando las discotecas y los bares ingresan la recaudación de la noche del sábado. Si escoges bien la sucursal y das con el tipo adecuado (suelen escoger a tipos grandes y honestos, acompañados a veces por unos cuantos gorilas que no suelen ser muy inteligentes), puedes sacar un cuarto de millón de dólares por una noche de trabajo.

—Si es tan fácil —dijo Sombra—, ¿por qué no lo hace todo el mundo?

—Porque es un trabajo no exento de riesgo, sobre todo a las cuatro y media de la madrugada.

—¿Te refieres a que los polis son más desconfiados a esa hora?

—En absoluto. Pero los gorilas sí. Y las cosas pueden ponerse feas.

Wednesday hojeó un fajo de billetes de cincuenta, añadió unos cuantos billetes de veinte, los sopesó en su mano y se los pasó a Sombra.

—Toma —le dijo—. El sueldo de tu primera semana.

Sombra se lo guardó en el bolsillo sin contarlo.

—¿Así que a esto es a lo que te dedicas? ¿A hacer dinero?

—Rara vez. Solo cuando necesito urgentemente una gran cantidad de dinero en metálico. En general se lo saco a gente que nunca se dará cuenta de que lo he hecho, y que nunca se quejará, y que, en la mayoría de los casos, se prestará de nuevo a lo mismo en cuanto yo vuelva a aparecer.

—Ese tal Sweeney dijo que era usted un estafador.

—Y tenía razón. Pero es la menos importante de mis muchas facetas. Y el asunto para el que menos te necesito, Sombra.

Los copos de nieve se estrellaban contra los faros del coche y el parabrisas según avanzaban en medio de la oscuridad. El efecto era casi hipnótico.

—Este es el único país del mundo —dijo Wednesday, en mitad del silencio— que se preocupa por lo que es.

—¿Qué?

—El resto de países saben lo que son. Nadie busca el corazón de Noruega ni busca el alma de Mozambique. Saben lo que son.

—¿Y...?

—Solo pensaba en voz alta.

—Habrá visitado muchos países, ¿no?

Wednesday no dijo nada. Sombra lo miró de reojo.

—No —respondió Wednesday con un suspiro—. No. Nunca.

Pararon para echar gasolina, y Wednesday fue al lavabo con su chaqueta de guardia de seguridad puesta y su maletín, y salió vestido con un impecable traje claro, zapatos marrones y un abrigo tres cuartos marrón que parecía italiano.

—Y cuando lleguemos a Madison, ¿qué?

—Cogeremos la autopista catorce en dirección oeste, hacia Spring Green. Nos reuniremos con los demás en un lugar llamado la Casa de la Roca. ¿Has estado ahí?

—No —respondió Sombra—. Pero he visto los carteles.

Los carteles de la Casa de la Roca estaban por todos lados en aquella parte del mundo: carteles ambiguos repartidos por todo Illinois, Minnesota y Wisconsin, que probablemente llegaban hasta Iowa, sospechaba Sombra, y anunciaban la existencia de la Casa de la Roca. Sombra los había visto y se había preguntado muchas veces qué sería aquello. ¿Estaba construida la Casa en precario equilibrio sobre la Roca? ¿Qué tenía de interesante la Roca? ¿Y la Casa? Aquellas preguntas habían cruzado fugazmente por su cabeza en más de una ocasión, pero luego las olvidaba. No solía visitar las atracciones que había a pie de carretera.

Pasaron junto a la cúpula del capitolio de Madison, otra escena nevada digna de un pisapapeles; salieron de la interestatal y continuaron el viaje por carreteras comarcales. Tras casi una hora atravesando pueblos con nombres como Tierra Negra, doblaron por un camino particular flanqueado por varias macetas enormes cubiertas de nieve y decoradas con dragones que parecían lagartijas. El aparcamiento, señalado por una fila de árboles, estaba prácticamente vacío.

—No tardarán en cerrar —dijo Wednesday.

—¿Qué es este sitio? —preguntó Sombra, mientras cruzaban el aparcamiento y se dirigían hacia un pequeño y anodino edificio de madera.

—Una atracción turística —respondió Wednesday—. Una de las mejores. Lo que significa que es un lugar de poder.

—¿Perdón?

—Es algo muy sencillo —dijo Wednesday—. En otros países, a lo largo de los años, la gente aprendió a reconocer los sitios de poder. Unas veces se trataba de una formación natural, otras simplemente de un lugar que, de algún modo, se consideraba especial.

Sabían que ahí ocurría algo importante, que había un foco, un canal, una ventana a lo inmanente. Y por eso construían templos o catedrales, o erigían dólmenes, o... bueno, ya me entiendes.

—Pero hay iglesias por todo el país —dijo Sombra.

—En todos los pueblos. A veces en cada manzana. Pero en este contexto son tan relevantes como las clínicas odontológicas. No, en Estados Unidos algunos todavía sienten la llamada del vacío trascendente y responden a ella construyendo una maqueta de un lugar que nunca han visitado con botellas de cerveza, o levantando un gigantesco refugio para murciélagos en una zona del país no frecuentada por los murciélagos. Atracciones turísticas a pie de carretera: la gente se siente atraída por ciertos lugares donde, en otras partes del mundo, reconocerían esa parte de sí mismos que es verdaderamente trascendente, y compran un perrito caliente, se dan un paseo y se sienten satisfechos a un nivel que no son capaces de explicar, y profundamente insatisfechos a un nivel muy por debajo.

—Tiene usted unas teorías de lo más raras.

—Esto no es teoría, joven. A estas alturas ya deberías saberlo.

Solo quedaba una taquilla abierta.

—La venta de entradas termina en media hora —dijo la chica—. Se necesita un mínimo de dos horas para recorrerlo.

Wednesday pagó las entradas en efectivo.

—¿Dónde está la roca? —preguntó Sombra.

—Bajo la casa —respondió Wednesday.

—¿Dónde está la casa?

Wednesday se llevó un dedo a los labios, y siguieron caminando. Más adentro, una pianola tocaba una melodía que pretendía ser el *Bolero* de Ravel. El lugar parecía un picadero de los sesenta geométricamente reconfigurado, con paredes de mampostería, alfombras gruesas y pantallas de lámpara de cristal tintado en forma de champiñón deliciosamente horribles. Al final de una escalera de caracol había otra habitación llena de adornos y cachivaches.

—Dicen que fue construida por el gemelo perverso de Frank Lloyd Wright —le explicó Wednesday—: Frank Lloyd Wrong. —Se rio de su propio chiste.

—Eso lo he visto escrito en una camiseta —dijo Sombra.

Siguieron subiendo y bajando escaleras hasta llegar a una larguísima habitación de cristal que sobresalía como si fuera una aguja bajo la cual, unos metros más abajo, se veía el campo desnudo y en blanco y negro. Sombra se quedó contemplando los remolinos de nieve.

—¿Es esta la casa sobre la roca? —preguntó confuso.

—Más o menos. Es la Sala Infinita; forma parte de la casa, aunque fue añadida posteriormente. Pero no, mi joven amigo, aún no hemos visto ni un ápice de lo que la casa puede ofrecernos.

—Así que, según su teoría, Disneylandia sería el lugar más sagrado de Estados Unidos.

Wednesday frunció el ceño y se mesó la barba.

—Walt Disney compró unos naranjales en mitad de Florida y decidió construir allí una ciudad turística. Ahí no hay magia ninguna, aunque creo que es posible que haya algo de magia en lo que originalmente fue Disneylandia. Quizá tenga cierto poder, aunque avieso, y de difícil acceso. Definitivamente, no hay nada fuera de lo común en Disneylandia. Pero sí hay sitios en Florida que están llenos de auténtica magia. No hay más que tener los ojos bien abiertos. Ah, las sirenas de Weeki Wachee... Sígueme, por aquí.

Se oía música por todos lados: música bastante desagradable y levemente desacompasada. Wednesday sacó un billete de cinco dólares, lo introdujo en una máquina y recibió a cambio un puñado de fichas metálicas de color cobrizo. Le lanzó una a Sombra, que la cogió y, al ver que un niño pequeño lo miraba, la sostuvo entre el índice y el pulgar y la hizo desaparecer. El niño fue corriendo a buscar a su madre, que estaba contemplando uno de los ubicuos muñecos de Papá Noel —¡MÁS DE SEIS MIL EN EXPOSICIÓN!, anunciaban los carteles— y se puso a tirar de las faldas de su abrigo.

Sombra salió afuera un momento con Wednesday, y a continuación comenzaron a seguir los carteles que indicaban la dirección de las Calles del Ayer.

—Hace cuarenta años, Alex Jordan (su cara está en la ficha que tienes en la mano derecha, Sombra) empezó a construir una casa en lo alto de un peñasco, en una parcela que no le pertenecía, y ni siquiera él podría explicarte por qué. La gente venía a ver cómo la construía: algunos por curiosidad, otros simplemente perplejos, y unos cuantos más que no tenían que ver con ninguna de estas dos categorías y que tampoco habrían sabido explicar por qué habían ido hasta allí. Así que hizo lo que cualquier varón americano de su generación habría hecho: empezó a cobrarles, pero no mucho. Cinco centavos, quizá. O veinticinco. Y siguió construyendo y la gente siguió viniendo a verle. Millones de personas pasan por aquí cada año.

»Entonces cogió todas aquellas monedas de cinco y de veinticinco centavos e hizo una cosa aún más grande y extraña. Construyó estos almacenes debajo de la casa y los llenó de cosas para que las viera la gente, y la gente vino a verlas. Millones de personas vienen todos los años.

—¿Por qué?

Pero Wednesday se limitó a sonreír, y se adentraron en la penumbra de las arboladas Calles del Ayer. Un sinfín de muñecas victorianas de porcelana con boquitas de piñón miraban a través de los polvorientos escaparates, como en una vieja película de terror. Adoquines bajo sus pies, la oscuridad de un tejado sobre su cabeza, el martilleo de una música mecánica de fondo. Pasaron junto a una vitrina llena de títeres rotos y una enorme caja de música dorada dentro de una urna de cristal. Pasaron por delante de la consulta del dentista y de la farmacia (¡RECUPERE EL VIGOR! ¡PRUEBE EL CINTURÓN MAGNÉTICO DE O'LEARY!).

Al final de la calle había una gran caja de cristal con un maniquí femenino dentro vestido como una pitonisa gitana.

—Y ahora —gritó Wednesday para que Sombra pudiera oírlo por encima de la música mecánica—, como al inicio de cualquier búsqueda o empresa, es preciso que pidamos consejo a las Nornas. Así que esta Sibila será nuestra Urd, ¿de acuerdo?

Wednesday insertó una ficha de la Casa de la Roca en la ranura. Con unos sincopados movimientos mecánicos, la gitana levantó el brazo y lo bajó. Salió un papel por la ranura.

Wednesday lo cogió, lo leyó, soltó un gruñido, lo dobló y se lo guardó en el bolsillo.

—¿No piensa enseñármelo? Yo le dejaré ver el mío —dijo Sombra.

—La fortuna de un hombre es algo muy personal —le espetó Wednesday—. Yo no te pediría que me dejaras leer la tuya.

Sombra puso su ficha en la ranura. Cogió el papel y lo leyó.

TODO FINAL ES UN NUEVO COMIENZO.
TU NÚMERO DE LA SUERTE NO ES NINGUNO.
TU COLOR DE LA SUERTE ESTÁ MUERTO.
Lema:
DE TAL PALO, TAL ASTILLA.

Sombra hizo una mueca. Dobló el papel y se lo guardó en el bolsillo interior.

Siguieron andando, por un pasillo rojo; pasaron por habitaciones llenas de sillas vacías sobre las que descansaban violines, violas y chelos que tocaban por sí solos, o eso parecía, cuando se les echaba una ficha. Las llaves se pulsaban solas, los címbalos chocaban, las boquillas insuflaban aire comprimido en los clarinetes y los oboes. Sombra observó, con irónico regocijo, que los arcos de algunos instrumentos, tocados por brazos mecánicos, no llegaban a tocar realmente las cuerdas que o bien faltaban, o bien estaban sin tensar. Se preguntaba si todos los sonidos que oía provenían de instrumentos de viento y de percusión, o habría algunos grabados.

Llevaba tanto tiempo caminando que tenía la impresión de haber recorrido varios kilómetros cuando llegaron a una sala llamada el Mikado, una de cuyas paredes estaba decorada con una escena decimonónica de pesadilla pseudooriental en la que unos percusionistas de pobladas cejas tocaban los címbalos y los tambores mientras miraban hacia afuera desde una guarida llena de dragones. En aquel preciso momento estaban torturando majestuosamente la *Danza macabra* de Saint-Saëns.

Czernobog estaba sentado en el banco de la pared situada frente a la máquina del Mikado, y tamborileaba con los dedos al ritmo de la música. Los caramillos sonaban, las campanas repicaban.

Wednesday se sentó a su lado, y Sombra prefirió quedarse de pie. Czernobog estiró el brazo izquierdo, estrechó la mano de Wednesday y luego la de Sombra.

—Bien hallados —dijo. Y luego volvió a reclinarse, como si estuviera disfrutando de la música.

La *Danza macabra* llegó a un final apoteósico y discordante. El hecho de que todos los instrumentos artificiales estuvieran levemente desafinados acentuaba el aire espectral del lugar. Comenzó a sonar una nueva pieza.

—¿Qué tal el robo del banco? —preguntó Czernobog—. ¿Te ha ido bien?

Se puso de pie, resistiéndose a abandonar el Mikado y su estruendosa y desacompasada música.

—Ha sido más fácil que robarle un caramelo a un niño —dijo Wednesday.

—Yo cobro una pensión del matadero—dijo Czernobog—. No pido más.

—No durará para siempre —replicó Wednesday—. Nada es para siempre.

Más pasillos, más máquinas musicales. Sombra se percató de que no estaban siguiendo el itinerario diseñado para los turistas, sino que al parecer seguían una ruta diferente ideada por Wednesday. Estaban bajando por una rampa, y Sombra, confuso, se preguntó si no habrían pasado ya por ahí.

Czernobog lo cogió del brazo.

—Rápido, ven aquí —dijo, y lo llevó hasta una gran caja de cristal colocada contra una de las paredes. Contenía un diorama de un vagabundo dormido en un cementerio, frente a la puerta de una iglesia. EL SUEÑO DE UN BORRACHO, decía la etiqueta, que explicaba que era una máquina del siglo XIX cuyo emplazamiento original había sido una estación de ferrocarril inglesa. La ranura para las monedas había sido modificada para que funcionara con las fichas de la Casa de la Roca.

—Mete el dinero —dijo Czernobog.

—¿Por qué? —preguntó Sombra.

—Tienes que verlo. Yo te lo enseño.

Sombra introdujo la ficha. El borracho del cementerio se llevó la botella a los labios. Una de las lápidas se abrió y dejó al descubierto un cadáver; otra lápida se dio la vuelta, y una calavera sonriente ocupó el lugar de las flores. Un espectro apareció a la derecha de la iglesia, mientras que por la izquierda, algo con un rostro inquietantemente pajaril, afilado, como una pálida pesadilla del Bosco, se deslizó suavemente desde detrás de una lápida para desaparecer entre las sombras. A continuación se abrió la puerta de la iglesia, salió un cura y los fantasmas, espíritus y cadáveres desaparecieron, y solo quedaron el cura y el borracho en el cementerio. El cura bajó la vista y miró al borracho con desdén; luego volvió a entrar en la iglesia, que se cerró tras él, y dejó solo al borracho.

La historia era realmente inquietante. Mucho más inquietante, pensó Sombra, de lo que un juguete de cuerda tiene derecho a ser.

—¿Sabes por qué te lo he enseñado? —le preguntó Czernobog.

—No.

—Así es el mundo. Ese es el mundo real. Está ahí, en esa caja.

Entraron en una sala color sangre llena de viejos órganos de teatro, con unos tubos enormes, y lo que parecían unos enormes tanques de cobre para hacer cerveza, como los que se usan en las fábricas de cerveza.

—¿Adónde vamos? —preguntó Sombra.

—Al tiovivo —respondió Czernobog.

—Pero ya hemos pasado una docena de veces por carteles que indicaban la dirección del tiovivo.

—Él sigue su camino. Viajamos en espiral. A veces, el camino más rápido es el más largo.

A Sombra empezaban a dolerle los pies, y aquella apreciación le pareció de lo más inverosímil.

Una máquina mecánica tocaba *Octopus's Garden* en una sala que tenía muchos pisos, y cuyo centro estaba enteramente ocupado por una réplica de una enorme bestia negra que parecía una ballena, con otra réplica de un bote a tamaño natural en su gigantesca boca de fibra de vidrio. De ahí pasaron al Salón del Viaje, donde vieron el coche cubierto de azulejos, la máquina para asar pollos de Rube Goldberg y herrumbrosos anuncios de Burma Shave en la pared.

Su vida ya es bastante complicada.
Mantenga su barba a raya
con Burma Shave

rezaba uno de ellos, y otro:

Decidió adelantar
Llegando a un tramo en curva
Y solo consiguió dar
Con sus huesos en la tumba
Burma Shave

Ahora se encontraban al final de una rampa, delante de la cual había una heladería. Estaba abierta, pero la chica que limpiaba las mesas parecía tener ganas de cerrar, de forma que pasaron a la pizzería-cafetería, donde solo había un anciano negro vestido con un traje de cuadros y unos guantes amarillo canario. Era un hombre pequeño, de esos que parecen haber encogido con el paso de los años, y se estaba comiendo una enorme copa de helado de varias bolas con una gigantesca taza de café. Un purito se consumía en el cenicero que tenía delante.

—Tres cafés —le dijo Wednesday a Sombra, y se fue al lavabo.

Este fue a por los cafés y regresó junto a Czernobog, que estaba sentado con el anciano negro y fumaba un cigarrillo a escondidas, como si tuviera miedo de que lo pillaran. El otro hombre, que jugueteaba alegremente con su helado, no hacía caso del purito, pero cuando Sombra se acercó lo cogió, le dio una buena calada e hizo dos aros con el humo —primero uno grande, luego otro más pequeño que pasó limpiamente a través del primero—, y sonrió, como si estuviera increíblemente orgulloso de sí mismo.

—Sombra, te presento al señor Nancy —dijo Czernobog.

El viejo se puso en pie y se quitó el guante de la mano derecha para saludarle.

—Encantado de conocerte —dijo con una deslumbrante sonrisa—. Creo que sé quién eres. Trabajas para el cabrón de un solo ojo, ¿no?

El hombre hablaba con un acento nasal que podía hacer pensar en algún dialecto de las Antillas.

—Trabajo para el señor Wednesday, sí —dijo Sombra—. Siéntese, por favor.

Czernobog le dio una calada a su cigarrillo.

—Creo —dijo, con cierta melancolía— que a los de nuestra casta nos gustan tanto los cigarros porque nos recuerdan las ofrendas que se quemaban en nuestro honor, elevando sus plegarias con el humo, esperando nuestra bendición o nuestros favores.

—A mí nunca me ofrecieron nada parecido —dijo Nancy—. Lo máximo a lo que podía aspirar era a un montón de fruta para comer, tal vez una cabra al *curry*, algo lento y frío y alto para beber o una vieja de grandes tetas para hacerme compañía.

Nancy sonrió, mostrando su blanca dentadura, y le guiñó un ojo a Sombra.

—Hoy en día —dijo Czernobog, impertérrito— no tenemos nada.

—Bueno, ya no me ofrecen ni de lejos tanta fruta como antes —dijo el señor Nancy con los ojos brillantes—, pero no hay nada en este mundo que se pueda comparar a una mujer con grandes tetas. Hay hombres que dicen que lo primero que hay que mirar es el culo, pero os aseguro que nada como unas buenas tetas para ponerme como una moto en una fría mañana de invierno.

Nancy se echó a reír; tenía una risa alegre y afable, y Sombra descubrió que, muy a su pesar, el viejo le caía bien.

Wednesday volvió del lavabo y saludó a Nancy con un apretón de manos.

—¿Te apetece comer algo, Sombra? ¿Una porción de pizza? ¿Un sándwich?

—No tengo hambre.

—Te voy a decir una cosa —dijo el señor Nancy—. Hay veces que el tiempo entre dos comidas puede alargarse mucho. Si alguien te ofrece algo de comer, tú lo aceptas. Ya no soy tan joven como antes, pero créeme si te digo que nunca hay que dejar pasar una oportunidad para mear, comer o cerrar los ojos media hora. ¿Me sigues?

—Sí. Pero es que no tengo hambre, de verdad.

—Eres un tipo muy grande —dijo Nancy, con sus ojos color caoba fijos en los grises ojos de Sombra—, pero debo decir que no pareces muy listo. Tengo un hijo, tan idiota como el que compró un idiota en una oferta de dos por el precio de uno, y tú me lo recuerdas mucho.

—Si no le importa, me lo tomaré como un cumplido —replicó Sombra.

—¿Que te diga que eres tan tonto como el que se quedó dormido el día en que se repartieron cerebros?

—Que me compares con un miembro de tu familia.

El señor Nancy apagó su purito y luego se quitó una imaginaria mota de ceniza de sus guantes amarillos.

—Puede que no seas la peor elección que el viejo de un solo ojo podría haber hecho. —Alzó la vista para mirar a Wednesday—. ¿Tienes idea de cuántos vamos a ser esta noche?

—He avisado a todos los que he podido encontrar. Obviamente no todos podrán venir. Y puede que algunos —Wednesday le lanzó a Czernobog una mirada de reproche— no quieran venir. Pero creo que podemos confiar en que seremos varias docenas.

Pasaron por delante de unas armaduras en exposición.

—Falsificación victoriana —dijo Wednesday según pasaban por delante de la vitrina—; falsificación moderna, un yelmo del siglo XII sobre la reproducción de una armadura del XVII, y el guante izquierdo es del XV...

A continuación, Wednesday salió por una puerta de emergencia, y les hizo dar una vuelta alrededor del edificio.

—No puedo andar entrando y saliendo todo el rato —comentó Nancy—; ya no tengo edad y vengo de un clima cálido.

Cruzaron por una pasarela cubierta, volvieron a entrar por otra puerta de emergencia y llegaron a la sala del Tiovivo.

Sonaba música de calíope: un vals de Strauss, conmovedor y ocasionalmente discordante. La pared del lado por el que entraron estaba decorada con antiguos caballos de tiovivo, cientos de ellos; algunos necesitaban una mano de pintura, otros que les quitaran el polvo. Encima había decenas de ángeles alados construidos a partir de maniquíes femeninos como los que se ven en los escaparates; algunos tenían los asexuados pechos al descubierto; otros habían perdido las pelucas y, calvos y ciegos, miraban fijamente al frente, desde la oscuridad.

Y luego estaba el Tiovivo.

Un cartel proclamaba que era el más grande del mundo, decía

cuánto pesaba, cuántos miles de bombillas había en las lámparas de araña que colgaban de él en gótica profusión, e indicaba también que estaba prohibido subirse o montarse en los animales.

¡Y qué animales! Sombra miraba boquiabierto, muy a su pesar, los cientos de criaturas de tamaño natural que giraban sobre la plataforma del tiovivo. Había criaturas reales, imaginarias y variaciones sobre los dos tipos: todas eran diferentes —vio una sirena y un tritón, un centauro y un unicornio, elefantes (uno muy grande, uno muy pequeño), un *bulldog*, una rana y un ave fénix, una cebra, un tigre, una mantícora y un basilisco, unos cisnes que tiraban de un carruaje, un buey blanco, un zorro, dos morsas gemelas, incluso una serpiente de mar, todos ellos pintados de vivos colores y más que reales: giraban sobre la plataforma mientras se sucedían los valses. El tiovivo seguía girando siempre a la misma velocidad.

—¿Para qué sirve? —preguntó Sombra—. Es decir, vale, es el más grande del mundo, tiene cientos de animales, miles de bombillas, y nunca se detiene, pero está prohibido montarse en él.

—No está aquí para que nadie se monte, al menos no cualquiera —respondió Wednesday—. Está aquí para ser admirado. Está aquí para estar.

—Como una rueda de oraciones que gira y gira sin cesar —dijo el señor Nancy—. Para acumular poder.

—¿Y dónde nos vamos a reunir con los demás? —preguntó Sombra—. Creía que había dicho usted que nos reuniríamos con ellos aquí, pero aquí no hay nadie.

Wednesday le dedicó una de sus temibles sonrisas.

—Sombra —dijo—, haces demasiadas preguntas. No te pago por hacer preguntas.

—Lo siento.

—Ahora, ponte aquí y ayúdanos a subir —le ordenó Wednesday, acercándose a la plataforma, justo por donde estaba el cartel con la descripción del tiovivo y la prohibición de subirse en él.

Sombra fue a decir algo, pero se lo pensó mejor y se limitó a ayudarles, uno por uno, a subirse al estribo. Wednesday pesaba una barbaridad; Czernobog subió solo, apoyándose en el hombro de Sombra; Nancy parecía no pesar nada en absoluto. Los tres viejos estaban ya en el estribo del tiovivo y subieron de un salto a la plataforma giratoria.

—¿Y bien? —gruñó Wednesday—. ¿No piensas venir?

Sombra, tras unos instantes de vacilación, y después de echar un vistazo alrededor para asegurarse de que no había ningún empleado de la Casa de la Roca que pudiera verles, se subió al tiovivo más grande del mundo. En ese momento descubrió con no poca sorpresa que infringir las normas subiéndose al tiovivo le preocupaba mucho más de lo que le había preocupado participar aquella tarde en el robo del banco.

Los tres viejos habían elegido ya una montura cada uno. Wednesday se había decidido por un lobo dorado. Czernobog iba montado en un centauro con coraza, cuya cara estaba oculta tras un yelmo de metal. Nancy, riendo alegremente, se subió a lomos de un enorme león rampante, captado por el escultor en pleno rugido. Dio unas palmaditas en el costado del león. El tiovivo giraba majestuosamente al compás de un vals de Strauss.

Wednesday sonreía, Nancy reía con gran alborozo, e incluso Czernobog parecía estar disfrutando. De repente, Sombra sintió como si le hubieran quitado un gran peso de la espalda: tres hombres mayores que se lo estaban pasando en grande montados en el tiovivo más grande del mundo. ¿Y qué si los echaban a todos de allí? ¿Acaso no valía la pena, más que todo el oro del mundo, poder decir que habías montado en el tiovivo más grande del mundo? ¿No merecía la pena haber cabalgado a lomos de aquellos espléndidos monstruos?

Sombra miró un *bulldog*, un tritón, un elefante con la silla dorada y, finalmente, decidió subirse a lomos de una criatura que tenía cabeza de águila y cuerpo de tigre, y se agarró con fuerza.

El ritmo de *El Danubio azul* repiqueteaba y repiqueteaba en su cabeza, las luces de mil bombillas centelleantes creaban un efecto estroboscópico y, por una fracción de segundo, Sombra volvió a ser un niño, y todo cuanto necesitaba para ser feliz era montar en los caballitos: se quedó completamente quieto, a lomos de su águila-tigre en el centro de todo, y el mundo entero giraba a su alrededor.

Se oyó reír, por encima del sonido de la música. Era feliz. Era como si las últimas treinta y seis horas no hubieran existido nunca, como si no hubieran existido aquellos tres años, como si su vida entera se hubiese disuelto en el sueño de un niño montado en un tiovivo del parque Golden Gate de San Francisco, la primera vez que volvió a Estados Unidos, un viaje maratoniano en barco y en coche, con su madre allí de pie, mirándolo con orgullo, mientras él lamía el helado que empezaba a derretirse, agarrándolo con fuerza, con la esperanza de que la música sonara para siempre, de que el tiovivo no frenara jamás, de que el viaje no terminara nunca. Sombra giraba, y giraba, y giraba...

Entonces las luces se apagaron, y Sombra vio a los dioses.

Capítulo seis

Wide open and unguarded stand our gates,
And through them passes a wild motley throng.
Men from Volga and Tartar steppes,
Featureless figures from HoangHo,
Malayan, Scythian, Teuton, Kelt and Slav,
Flying the Old World's poverty and scorn;
These bringing with them unknown gods and rites,
Those tiger passions here to stretch their claws,
In street and alley what strange tongues are these,
Accents of menace to aur ear,
Voices that once the Tower of Babel knew.
(Abiertas de par en par y sin vigía están nuestras puertas,
Y a través de ellas pasa una multitud de bárbaros diversos.
Hombres del Volga y de las estepas tártaras.
Indefinidas figuras del Hoangho,
Malayos, escitas, teutones, celtas y eslavos
Que huyen de la pobreza y el desdén del Viejo Mundo;
Traen con ellos dioses y ritos desconocidos,
Tigres que vienen aquí para poder estirar las zarpas,
En las calles y callejuelas, qué lenguas extrañas son estas,
Acentos que amenazan nuestros oídos,
Voces que un día conocieron la Torre de Babel.)
THOMAS BAILEY ALDRICH, *THE UNGUARDED GATES*, 1882

Sombra iba montado en el tiovivo más grande del mundo, asido a su tigre con cabeza de águila cuando, de repente, las luces blancas y rojas chisporrotearon y parpadearon un instante antes de apagarse del todo. Ahora caía por entre un océano de estrellas, mientras el vals mecánico era sustituido por un ritmo atronador que recordaba al sonido de los platillos o de las olas rompiendo en la playa de algún distante océano.

No había más luz que la de las estrellas, pero lo iluminaba todo con una claridad fría. Bajo su cuerpo, su montura se estiraba, y se volvía blanda, y percibía la calidez del pelo bajo su mano izquierda, y la suavidad de sus plumas bajo la derecha.

—No está mal, ¿eh? —dijo a su espalda una voz, que percibió a un tiempo a través de los oídos y dentro de su cabeza.

Sombra se giró, lentamente, viéndose a sí mismo en imágenes encadenadas según se movía, instantes congelados, capturados en una fracción de segundo, y hasta el más mínimo movimiento tenía una duración infinita. Las imágenes que percibía no tenían ningún sentido: era como ver el mundo a través de los multifacetados ojos de una libélula, pero cada faceta reflejaba algo completamente distinto, y le resultaba imposible combinar las imágenes que veía, o creía ver, en un todo que tuviera sentido.

Miraba al señor Nancy, allá en lo alto, un hombre negro ya mayor, con un bigote estrecho, vestido con su chaqueta a cuadros y sus guantes amarillo limón, montado a lomos de un león de carrusel que subía y bajaba; y, al mismo tiempo, en el mismo espacio, veía una enjoyada araña, tan alta como un caballo, cuyos ojos eran como una nebulosa de esmeraldas y lo observaban con aire jactancioso; y, simultáneamente también, veía a un hombre extraordinariamente alto, con la piel del color de la teca, y tres pares de brazos, tocado con una suave pluma de avestruz, la cara pintada con rayas rojas, montado a lomos de un enfurecido león dorado, agarrado a su cabellera con dos de sus seis manos; y veía también a un joven negro, vestido con harapos, con el pie izquierdo hinchado y lleno de moscas negras; y por último, detrás de todo esto, Sombra veía una diminuta araña marrón, escondida tras una hoja marchita de color ocre.

Sombra veía todas estas cosas, y sabía que todas eran una misma cosa.

—Si no cierras la boca —dijeron las múltiples formas bajo las cuales se manifestaba el señor Nancy—, te vas a tragar algo.

Sombra cerró la boca y tragó con dificultad.

Había una casona de madera en una colina, más o menos a una milla de ellos. Cabalgaban hacia allí, y la arena de la playa enmudecía el sonido de los cascos y pies de sus monturas.

Czernobog cabalgaba a lomos de un centauro. Palmeó el brazo humano de su montura.

—Nada de esto está sucediendo realmente —le dijo a Sombra. Parecía deprimido—. Está todo en tu cabeza. Mejor no lo pienses.

Sombra veía a un inmigrante de la Europa del Este con el cabello gris, una raída gabardina y un diente de color hierro, ciertamente. Pero también veía una cosa negra y rechoncha, más oscura que la oscuridad que los rodeaba, con dos ojos como dos ascuas de carbón; y veía a un príncipe, de larga y sedosa melena, largos bigotes negros, con la cara y las manos ensangrentadas, desnudo salvo por la piel de oso que llevaba al hombro, montado sobre una criatura que era mitad hombre y mitad bestia, con el rostro y el torso tatuados con espirales y remolinos.

—¿Quién eres? —preguntó Sombra—. ¿Qué eres?

Sus monturas avanzaban a lo largo de la playa. Las olas rompían implacables en la orilla.

Wednesday guiaba a su lobo —transformado ahora en una gigantesca bestia de color gris carbón y con los ojos verdes— hacia Sombra. La montura de este lo rehuía, y Sombra le acarició el cuello y le dijo que no tenía nada que temer. El animal sacudió la cola con violencia. Sombra se acordó de que había otro lobo, exactamente igual al que montaba Wednesday, que había estado caminando por las dunas con ellos, pero lo había perdido de vista.

—¿Me conoces, Sombra? —dijo Wednesday. Iba montado en su lobo con la cabeza bien alta. Su ojo derecho brillaba, el izquierdo estaba muerto. Llevaba una capa con una capucha grande, como la de un monje, que ocultaba parcialmente su rostro entre las sombras—. Te dije que te revelaría mis nombres. Bien, pues así es como me llaman. Me llaman Contento en la Guerra, Adusto, Asaltante y Tercero. Soy el Tuerto. Me llaman el Altísimo y El Que Dice la Verdad. Soy Grimnir, y el Encapuchado. Soy el Padre de Todos, y soy Gondlir, el Portador de la Vara. Tengo tantos nombres como vientos hay en el mundo, tantos títulos como formas de morir hay. Mis cuervos se llaman *Huginn* y *Muninn*: pensamiento y memoria; mis lobos, *Freki* y *Geri*; mi caballo es la horca.

Dos cuervos grises cual espectros, como transparentes pieles de pájaro, se fueron a posar en los hombros de Wednesday, hundieron los picos en sus sienes, como si estuvieran paladeando su mente, y levantaron el vuelo de nuevo.

«¿Qué debería creer?», se preguntaba Sombra, y volvió a escuchar aquella voz que parecía salir de lo más hondo del inframundo y que retumbaba en sus oídos:

—Créetelo todo.

—¿Odín? —dijo Sombra, y el viento le arrancó la palabra de los labios.

—¿Odín? —murmuró Wednesday, y ni el estruendo de las olas al romper en la playa llena de calaveras pudo ahogar aquel susurro—. Odín —repitió, saboreando las palabras en su boca—. Odín —reiteró, como un grito de triunfo que resonó de un horizonte a otro. Su nombre se expandió, creció, y lo inundó todo como la sangre que latía en los oídos de Sombra.

Y entonces, como en un sueño, ya no cabalgaban hacia la lejana casona. Estaban allí, y sus monturas estaban amarradas en el establo que había junto a la casa.

La casona era inmensa pero primitiva. El techo era de paja, y los muros, de madera. Una hoguera ardía en el centro de la sala, y el humo irritaba los ojos de Sombra.

—Deberíamos haber hecho esto en mi mente, no en la suya —murmuró el señor Nancy dirigiéndose a Sombra—. Allí hace más calor.

—¿Estamos en su mente?

—Más o menos. Esto es Valaskjalf. Su viejo palacio.

Sombra experimentó un gran alivio al ver que Nancy volvía a ser un anciano con guantes amarillos, aunque su sombra se estremecía y cambiaba a la luz de la hoguera, y las formas que adoptaba no siempre eran del todo humanas.

Había bancos de madera pegados a las paredes y, entre los que estaban sentados en ellos y los que se habían quedado de pie a su lado, habría unas diez personas. Mantenían las distancias entre ellos: eran una mezcla heterogénea que incluía a una mujer de piel oscura y ataviada con un sari rojo que parecía una matrona, varios hombres de negocios con los trajes muy gastados, y algunos más que Sombra no podía distinguir bien porque estaban demasiado cerca del fuego.

—¿Dónde están? —le susurró Wednesday, furioso, a Nancy—. ¿Y bien? ¿Dónde están? Tendría que haber un montón de gente aquí. ¡Varias decenas!

—Fuiste tú el que se ocupó de invitarles —dijo Nancy—. Yo diría que es un milagro que hayas logrado que vengan todos estos. ¿Crees que debería contar una historia, para romper el hielo?

Wednesday meneó la cabeza.

—Ni hablar.

—No parecen muy simpáticos —dijo Nancy—. Una historia es una buena manera de llegar a la gente. Y no tienes un bardo para que les cante.

—Nada de historias —replicó Wednesday—. Ahora no. Más adelante ya tendremos tiempo de contar historias. Pero ahora no.

—Nada de historias. Vale. Me limitaré a romper el hielo.

Y sonriendo con naturalidad, el señor Nancy se acercó a la hoguera.

—Sé lo que estáis pensando todos —dijo—. Estáis pensando; qué hace Compé Anansi dirigiéndose a vosotros, si ha sido el Padre de Todos quien os ha convocado, del mismo modo que me ha convocado a mí. Bueno, a veces la gente necesita que le refresquen la memoria. He mirado a mi alrededor al entrar y he pensado: ¿dónde están los demás? Pero luego pensé: «Aunque nosotros seamos pocos y ellos muchos, nosotros débiles y ellos poderosos, eso no significa necesariamente que estemos perdidos».

»¿Sabéis?, una vez vi al Tigre en la charca: tenía los testículos más grandes que cualquier otro animal, las garras más afiladas que ninguno y dos colmillos largos y afilados como navajas. Le dije:

»—Hermano Tigre, ve a darte un baño; yo cuidaré tus pelotas mientras tanto.

»Estaba muy orgulloso de sus huevos. Así que se metió en la charca para darse un chapuzón, y yo me puse sus huevos, déjandole a cambio mis pelotitas de araña. Y entonces, ¿sabéis lo que hice? Salí por patas de allí.

»No paré hasta llegar a la ciudad más cercana. Y allí vi al Viejo Mono.

»—Estás espléndido, Anansi —me dijo.

»Yo le pregunté:

»—¿Sabes qué es lo que cantan todos en aquella ciudad?

»—¿Qué cantan? —me preguntó.

»—Cantan una canción divertidísima —le dije.

»Y entonces me puse a bailar y a cantar:

Las pelotas del Tigre, sí.
Me comí las pelotas del Tigre
Y ahora nadie podrá pararme jamás
Nadie podrá ponerme contra el gran muro negro
Porque me comí los atributos del Tigre
Me comí las pelotas del Tigre.

»El Viejo Mono se mondaba de risa, se desternillaba, y se puso a cantar «Las pelotas del tigre, me comí las pelotas del tigre», chasqueando los dedos y girando sobre sus pies.

»—Es una canción genial —dijo—, voy a cantársela a todos mis amigos.

»—Hazlo —le dije, y me volví a la charca.

»Allí estaba el Tigre, junto a la charca, paseando arriba y abajo y sacudiendo la cola de un lado a otro, con las orejas y el pelo tiesos, atrapando todo insecto que caía en su enorme boca de dientes de sable, con los ojos llameantes. Era grande, malvado y aterrador pero, colgando entre sus piernas, tenía unos testículos diminutos con el escroto más negro, más pequeño y más arrugado que hayáis visto jamás.

»—¡Eh!, Anansi —dijo al verme—. Se suponía que debías cuidar mis huevos mientras yo me bañaba. Pero cuando he salido del agua, en la orilla no había más que estas dos absurdas pelotitas de araña negras y arrugadas que llevo puestas ahora.

»—He hecho cuanto he podido —le respondí—, pero han sido esos monos. Vinieron y se comieron tus pelotas, y cuando les abronqué me las arrancaron a mí también. Y estaba tan avergonzado que salí corriendo.

»—Eres un mentiroso, Anansi —me dijo el Tigre—. Me voy a comer tu hígado.

»Pero entonces oyó venir a los monos. Un montón de monos que venían saltando alegremente por el camino, chasqueando los dedos y cantando a voz en cuello:

Las pelotas del Tigre, sí.
Me comí las pelotas del Tigre
Y ahora nadie podrá pararme jamás
Nadie podrá ponerme contra el gran muro negro
Porque me comí los atributos del Tigre
Me comí las pelotas del Tigre.

»Y el Tigre rugió, los persiguió hasta la selva, y los monos chillaban como locos y trepaban a las ramas de los árboles. Me rasqué mis nuevas pelotas, que quedaban tan bien colgadas entre mis escuchimizadas piernas, y emprendí el camino de vuelta a mi casa. Todavía hoy, el Tigre sigue persiguiendo a los monos. Así que, no lo olvidéis nunca: que seas pequeño no significa que no tengas poder.

El señor Nancy sonrió, inclinó la cabeza con los brazos extendidos para recibir el aplauso como un auténtico profesional y luego volvió al lado de Sombra y de Czernobog.

—Creí haber dicho que nada de historias —dijo Wednesday.

—¿Y a esto lo llamas tú historia? —dijo Nancy—. Si no he hecho más que aclararme la garganta. Los he preparado para ti. A por ellos.

Wednesday se acercó a la hoguera; era un anciano grande, con un ojo de cristal, vestido con un traje marrón y un viejo abrigo de Armani. Se quedó allí de pie, mirando a los que estaban sentados en los bancos de madera, y estuvo en silencio durante un largo rato. Por fin, se decidió a hablar:

—Ya me conocéis —dijo—. Todos vosotros me conocéis. Algunos no tenéis motivos para amarme, y seguramente no puedo reprochároslo, pero me améis o no, todos me conocéis.

Se armó cierto revuelo entre los que estaban sentados en los bancos.

—Llevo aquí más tiempo que la mayoría de vosotros. Como todos, pensé que podríamos apañárnoslas con lo que tenemos. No es suficiente para que seamos felices, pero sí para ir tirando.

»Pero es posible que ya no dé ni para eso. Se avecina una tormenta, y no es una de las nuestras.

Hizo una pausa. Dio un paso al frente y se cruzó de brazos.

—Cuando la gente vino a América nos trajeron con ellos. Me trajeron a mí, a Loki y a Thor, a Anansi y al Dios León, a los *leprechauns*, a los Cluracans y a las Banshees, a Kubera y a la Madre Nieve, y a Ashtaroth, y también a vosotros. Llegamos aquí en su pensamiento, y echamos raíces. Viajamos con los colonos a las nuevas tierras más allá del océano.

»El país es inmenso. Nuestra gente no tardó en abandonarnos, nos convertimos en un mero recuerdo, en criaturas del Viejo Continente, como si no hubiéramos viajado con ellos hasta el Nuevo Mundo. Nuestros creyentes más devotos pasaron a mejor vida, o simplemente dejaron de creer, y nos abandonaron a nuestra suerte, aterrados y desposeídos, condenados a vivir de los escasos restos de fe que pudiéramos encontrar aquí y allá. Condenados a apañárnoslas como buenamente pudiéramos.

»Y eso es lo que hemos hecho hasta ahora, ir tirando, siempre al margen, intentando pasar desapercibidos.

»Apenas tenemos influencia, afrontémoslo y admitámoslo de una vez. Nos aprovechamos de ellos, les robamos, y así vamos tirando; nos desnudamos, nos prostituimos y bebemos demasiado; ponemos gasolina y robamos; engañamos y existimos en las grietas que hay en los márgenes de la sociedad. Somos viejos dioses en este nuevo mundo sin dioses.

Wednesday hizo una pausa. Miró uno por uno a los que le escuchaban, con la seriedad de un hombre de Estado. Todos le miraban impasibles, sus rostros parecían máscaras completamente inescrutables. Wednesday se aclaró la voz y escupió, con fuerza, en el fuego de la hoguera. Las llamas se avivaron e iluminaron el interior del palacio.

—Ahora, como todos vosotros habréis podido comprobar ya, están apareciendo nuevos dioses en América, que se aferran a nuevas formas de fe: dioses de tarjeta de crédito y de autopista, de Internet y del teléfono, de la radio, del hospital y de la televisión, dioses del plástico, de los buscas y del neón. Dioses orgullosos, criaturas necias y gordas, felices de ser tan novedosos y estar adquiriendo tanta importancia.

»Saben de nuestra existencia, y nos temen, y también nos odian —continuó Odín—. Os engañáis si pensáis lo contrario. Nos destruirán si pueden. Ha llegado el momento de aunar nuestras fuerzas. Ha llegado el momento de actuar.

La anciana del sari rojo caminó hacia la hoguera. Tenía en la frente una pequeña piedra preciosa de color azul oscuro.

—¿Y para esta tontería nos has convocado aquí? —dijo. Y entonces soltó un bufido, un bufido que expresaba fastidio y al mismo tiempo ironía. Wednesday frunció el ceño.

—Te he pedido que vinieras aquí, sí. Pero esto no es ninguna tontería, Mamaji; tiene mucho sentido. Hasta un niño podría entenderlo.

—Así que soy una niña, ¿no? —dijo, apuntándole con el dedo—. Yo ya era vieja en Kalighat cuando tú no eras ni un sueño, pedazo de idiota. ¿Soy una niña? Pues seré una niña, porque no veo que haya nada que entender en tu estúpido discurso.

De nuevo, un momento de doble visión: Sombra veía a la anciana con su moreno rostro arrugado por la edad y el enojo, pero por detrás de ella veía también algo muy grande, una mujer desnuda con la piel tan negra como una chaqueta de cuero recién estrenada, y la lengua y los labios tan rojos como la sangre arterial. Llevaba calaveras alrededor del cuello, y sus múltiples manos empuñaban cuchillos, espadas y cabezas cortadas.

—No he dicho que seas una niña, Mamaji —dijo Wednesday en tono conciliador—. Pero es evidente…

—Lo único evidente aquí —dijo la vieja, apuntándole con el dedo (como si detrás de ella, a través de ella y por encima de ella, un dedo negro con una garra afilada apuntara también)— son tus ansias de gloria. Hemos vivido en paz en este país durante mucho tiempo. A unos nos va mejor que a otros, estoy de acuerdo. A mí me va bien. Allá en la India, hay otra representación de mí a la que le va mucho mejor, pero qué le vamos a hacer. No soy envidiosa. He visto ascender a los nuevos, y también les he visto caer en desgracia.

Mamaji dejó caer la mano a un lado. Sombra vio que los demás la observaban, con expresiones diversas en los ojos, de respeto, diversión, vergüenza.

—Hasta hace nada, aquí todavía adoraban a las vías del tren. Y ahora los dioses de hierro están tan olvidados como los buscadores de esmeraldas…

—Ve al grano, Mamaji —dijo Wednesday.

—¿Al grano? —Mamaji resopló. Las comisuras de sus labios se curvaron hacia abajo—. Yo, que obviamente no soy más que una niña, digo que debemos esperar. Que es mejor que no hagamos nada. No sabemos si quieren hacernos daño.

—¿Y seguirás recomendando que esperemos cuando vengan una noche y te maten, o te secuestren?

Todo su rostro —labios, cejas y nariz— formaba una expresión que era a un tiempo despectiva e irónica.

—Si intentan algo así —dijo—, les va a costar mucho encontrarme, y matarme todavía más.

Un hombre rechoncho que estaba sentado en el banco, detrás de ella, carraspeó para llamar la atención de los demás y dijo, con voz atronadora:

—Padre de Todos, mi gente está a gusto. Sacamos el mayor provecho posible de lo que tenemos. Si esta guerra tuya se vuelve contra nosotros, podríamos perderlo todo.

—Ya lo habéis perdido todo —dijo Wednesday—. Os estoy ofreciendo la oportunidad de recuperar una parte.

Cuando hablaba Wednesday, las llamas se avivaban, iluminando los rostros de la audiencia.

«No me lo creo —pensó Sombra—. No creo nada de todo esto. A lo mejor es que sigo teniendo quince años. Mi madre sigue viva y ni siquiera he conocido a Laura todavía. Todo lo que ha ocurrido hasta el momento no es más que un sueño muy vívido.» Pero aquella explicación tampoco terminaba de convencerle. La única herramienta que tenemos para creer son nuestros sentidos: son los instrumentos que utilizamos para percibir el mundo: la vista, el tacto, la memoria. Si nuestros sentidos nos mienten, no podemos fiarnos de nada. Incluso si no creemos, no podemos viajar en otra dirección que no sea el camino que nos indican nuestros sentidos; y debemos llegar hasta el final de ese camino.

La hoguera se extinguió, y se hizo la oscuridad en Valaskjalf, el palacio de Odín.

—¿Y ahora qué? —susurró Sombra.

—Ahora volvemos a la sala del carrusel —murmuró el señor Nancy—, y el viejo de un solo ojo nos invitará a cenar a todos, untará algunas manos, besará a unos cuantos bebés y nadie volverá a pronunciar la palabra que empieza por «d».

—¿La palabra que empieza por «d»?

—Dioses. ¿Dónde estabas tú el día en que repartieron los cerebros, chaval?

—Alguien estaba contando una historia sobre un tigre al que le robaron las pelotas, y me quedé para saber cómo terminaba.

El señor Nancy soltó una risita.

—Pero no se ha resuelto nada. Nadie se ha comprometido a nada.

—Se los está trabajando poco a poco. Los irá convenciendo uno por uno. Ya verás, al final entrarán en razón.

Sombra notó que un viento se había levantado de repente, alborotándole el pelo, acariciándole el rostro y tirando de él.

Ahora estaban en la sala del carrusel más grande del mundo, escuchando *El vals del emperador*.

Había un grupo de gente, que por su aspecto parecían turistas, hablando con Wednesday al otro lado de la sala, junto a la pared donde estaban expuestos los caballitos de madera: el número de personas era el mismo que el de las sombras que había visto en el palacio de Wednesday.

—Por aquí —dijo Wednesday, con voz atronadora, y los llevó hacia la única salida, que parecía la boca de un monstruo gigante, con los dientes afilados y listos para hacerlos picadillo. Se movía entre ellos como si fuera un político, con zalamerías, animoso, sonriendo, discrepando con cortesía, conciliando posturas.

—¿Era de verdad? —preguntó Sombra.

—¿Si era verdad qué, cabeza de chorlito? —preguntó el señor Nancy.

—El palacio, la hoguera, las pelotas del tigre, lo de montarnos en el tiovivo.

—¿Qué dices? Está prohibido montar en el carrusel. ¿No has visto los carteles? Tú calladito.

La boca del monstruo conducía a la sala del Órgano, y eso desconcertó a Sombra: ¿no habían pasado ya por allí? No resultó menos extraño la segunda vez. Wednesday les condujo por unas escaleras, pasaron por una representación a tamaño natural de los cuatro jinetes del Apocalipsis que colgaban del techo y siguieron las señales hasta la salida más cercana.

Sombra y Nancy iban los últimos. No tardaron en salir al exterior de la Casa de la Roca, pasaron por delante de la tienda y se dirigieron hacia el aparcamiento.

—Qué pena que no hayamos podido hacer el recorrido hasta el final —dijo el señor Nancy—. Me hubiera gustado ver la orquesta artificial más grande del mundo entero.

—Yo la he visto —dijo Czernobog—. No es para tanto.

El restaurante era una gigantesca estructura que parecía un establo, y estaba a diez minutos en coche. Wednesday les había dicho a sus invitados que esa noche la cena corría de su cuenta, y lo había organizado todo para poder llevar a los que no disponían de transporte propio.

Sombra se preguntaba cómo habían llegado a la Casa de la Roca si no disponían de transporte propio, y cómo iban a regresar a sus casas, pero no dijo nada. Le pareció lo más sensato.

Sombra tenía el coche lleno de gente a la que había que llevar hasta el restaurante: la mujer del sari rojo iba sentada delante, a su lado. En el asiento trasero iban dos hombres: un joven de aspecto peculiar cuyo nombre no había entendido bien, algo como Elvis, y otro hombre, con traje oscuro, que Sombra no recordaba haber visto antes.

Le había ayudado a subir al coche, le había abierto y cerrado la puerta, y aun así no recordaba absolutamente nada de él. Se giró y observó con atención su rostro, su cabello, su ropa, para asegurarse de que lo reconocería si volvía a verlo otra vez, y luego miró de nuevo al frente para arrancar el coche, y entonces se percató de que había vuelto a olvidar cómo era. Había algo en él que denotaba riqueza, pero eso era todo cuanto recordaba.

«Estoy cansado», pensó Sombra. Desvió la vista hacia la derecha y miró con disimulo a la mujer india. Se fijó en la gargantilla de diminutas calaveras de plata que rodeaba su cuello, en la pulsera con colgantes de cabezas y manos que tintineaban cuando ella se movía. Llevaba una piedra preciosa de color azul oscuro en la frente. Olía a especias, a cardamomo, a nuez moscada y a flores. Tenía el cabello entrecano, y sonrió al ver que la miraba.

—Puede llamarme Mamaji —dijo.

—Yo me llamo Sombra, Mamaji.

—¿Y qué piensa de los planes de su jefe, señor Sombra?

Redujo para dejar pasar a un enorme camión negro que les salpicó de barro al adelantarles.

—Yo no le pregunto, y él no me cuenta nada —dijo.

—Si le digo la verdad, creo que intenta quemar su último cartucho. Quiere que nos vayamos envueltos en un halo de gloria. Eso es lo que quiere. Y somos tan viejos, o tan estúpidos, que hasta es posible que algunos le digan que sí.

—No me pagan por preguntar, Mamaji —dijo Sombra. La alegre risa de la mujer inundó el interior del coche.

El hombre del asiento trasero —no el joven de aspecto peculiar, sino el otro— dijo algo, y Sombra le respondió, pero al cabo de unos instantes ya no recordaba nada.

El joven de aspecto peculiar no había dicho una palabra, pero en ese momento empezó a tararear algo, una canción melódica y en tonos bajos que hacía que el interior del coche vibrara, traqueteara y zumbara.

El joven de aspecto peculiar era de estatura media, pero su cuerpo tenía una forma extraña. Sombra había oído hablar de hombres que tenían el pecho como un tonel, pero hasta ese momento no había logrado hacerse una idea de qué aspecto tendrían. Aquel era un hombre con el pecho como un tonel, y tenía las piernas, sí, gruesas como el tronco de un árbol, y las manos exactamente igual que un codillo de cerdo. Llevaba una parka negra con capucha, varios jerséis, un mono con peto y, contrastando con las frías temperaturas y la ropa que llevaba puesta, un par de bambas blancas, que por el tamaño y la forma casi parecían cajas de zapatos. Tenía los dedos como salchichas, con yemas planas y cuadradas.

—Le gusta tararear, ¿eh? —dijo Sombra, desde el asiento del conductor.

—Perdón —se disculpó el joven de aspecto peculiar, con voz muy, muy profunda, algo avergonzado. Dejó de tararear.

—No, si me gusta —dijo Sombra—. No pare.

El joven de aspecto peculiar vaciló un momento, y a continuación volvió a tararear con aquella voz profunda y reverberante. Esta vez intercaló algunas palabras.

—Abajo abajo abajo —cantó, con una voz tan profunda que las ventanas temblaron—, abajo abajo abajo, abajo abajo, abajo abajo.

Había luces de Navidad cubriendo los aleros de las casas y de los edificios por los que pasaban. La gama abarcaba desde discretas luces doradas intermitentes hasta gigantescos despliegues de muñecos de nieve, osos de peluche y estrellas multicolor.

Sombra llegó al restaurante, dejó a los pasajeros en la puerta principal y después volvió a meterse en el coche. Pensaba dejarlo al fondo del aparcamiento. Quería estar solo un momento y darse un corto paseo hasta el restaurante, a ver si el frío le ayudaba a aclarar las ideas.

Aparcó al lado de un camión negro. Se preguntó si sería el mismo que los había adelantado un rato antes.

Cerró la puerta del coche y se quedó de pie en el aparcamiento; hacía tanto frío que su aliento se condensaba al contacto con el aire.

Dentro del restaurante, Sombra podía imaginarse a Wednesday sentando ya a todos los invitados alrededor de una gran mesa, preparando el terreno. Se preguntaba si sería verdad que había llevado a Kali sentada a su lado en el coche, y a quiénes habría llevado en el asiento de atrás…

—Hey, tío, ¿no tendrás una cerilla? —dijo una voz que a Sombra le resultaba medio familiar.

Al volverse para disculparse y decir que no, el cañón de una pistola le golpeó encima del ojo izquierdo, y empezó a caer. Extendió un brazo para amortiguar la caída. Alguien le introdujo algo blando en la boca para evitar que gritara y lo fijó a su cara con cinta adhesiva; los movimientos del desconocido eran hábiles y naturales, como los de un carnicero destripando un pollo.

Sombra intentó gritar para avisar a Wednesday, para avisarlos a todos, pero de su boca no salían más que sonidos amortiguados.

—Los demás objetivos están dentro —dijo la voz medio familiar—. ¿Todo el mundo está en su puesto?

Se oyó una voz entrecortada y casi inaudible que provenía de una radio.

—¡Vamos dentro y los cogemos a todos!

—¿Y qué hacemos con el grandullón? —preguntó otra voz.

—Empaquetadlo y lleváoslo de aquí —dijo la primera voz.

Cubrieron la cabeza de Sombra con una especie de bolsa, le ataron las muñecas y los tobillos con cinta aislante, lo metieron en la parte trasera de un camión y se lo llevaron de allí.

No había ventanas en la minúscula habitación donde habían encerrado a Sombra. Había una silla de plástico, una mesa plegable y ligera y un cubo con tapa que hacía las veces de váter. Había también una trozo de espuma amarilla de un metro ochenta de largo en el suelo, y una fina manta con una mancha marrón en el centro que debía de llevar mucho tiempo allí; de sangre, mierda o comida; Sombra no lo sabía y tampoco tenía mayor interés en saberlo. Había una bombilla desnuda tras una rejilla de metal en lo alto de la habitación, pero Sombra no podía encontrar el interruptor. La luz permanecía encendida todo el tiempo. Tampoco la puerta tenía picaporte por ese lado.

Tenía hambre.

Lo primero que hizo cuando los secuestradores lo encerraron en aquella habitación, y después de que le arrancaran la cinta que le tapaba la boca y le desataran las manos y los pies, fue inspeccionar meticulosamente la habitación. Golpeó las paredes, y el ruido que se produjo era sordo y metálico. Había una rejilla de ventilación en lo alto. La puerta estaba cerrada a cal y canto.

Un hilillo de sangre manaba de su ceja izquierda. Le dolía la cabeza.

El suelo no estaba enmoquetado. Lo golpeó. Era del mismo metal que las paredes.

Levantó la tapa del cubo, hizo pis y volvió a taparlo. Según su reloj solo habían pasado cuatro horas desde el ataque en el restaurante.

Se habían quedado con su cartera, pero le habían dejado las monedas.

Se sentó en la silla, frente a la mesa plegable. Esta estaba cubierta por un tapete verde con una quemadura de cigarrillo. Sombra se puso a practicar el truco de hacer que las monedas pasaran a través de la mesa. Luego cogió dos monedas de veinticinco centavos y se inventó un truco para pasar el rato.

Se escondió una de las monedas en la mano derecha y se puso la otra en la izquierda, bien a la vista, entre el dedo índice y el pulgar. Entonces hizo como si cogiera la de la mano izquierda, mientras que, en realidad, la dejaba caer de nuevo en la misma mano. Abrió la mano derecha para mostrar la moneda que había permanecido allí todo el rato.

El practicar con las monedas tenía la virtud de requerir de toda su atención; o, más bien, de que no podía hacerlo si estaba enfadado o molesto, así que el mero hecho de practicar un truco, aunque fuera un simple ejercicio sin objetivo alguno —había tenido que hacer un gran esfuerzo y un gran alarde de habilidad para fingir que había hecho pasar una moneda de una mano a otra, algo que en realidad no requiere mucha técnica—, sirvió para calmarle, aclararle las ideas y neutralizar el miedo y la confusión.

Empezó a hacer un truco todavía más inútil: transformar medio dólar en un penique con solo una mano, pero con dos monedas de veinticinco centavos. El truco consistía en esconder y mostrar alternativamente cada una de las monedas en las distintas fases: empezó con una de las de veinticinco a la vista, sujeta entre las yemas de dos dedos, y con la otra escondida tras el pulgar. Se llevó la mano a la boca y sopló sobre la moneda mientras deslizaba la que estaba a la vista hasta la yema del tercer dedo y la hacía desaparecer por detrás a la manera clásica; al mismo tiempo, sacaba la moneda oculta tras el pulgar con los dos primeros dedos y la mostraba. Lo que el espectador veía era que se ponía una moneda en la mano, se la llevaba a la altura de la boca, soplaba y la volvía a bajar, enseñando la misma moneda todo el tiempo.

Lo repitió una y otra vez.

Se preguntaba si lo iban a matar, la mano le tembló un poco y una de las monedas cayó sobre el sucio tapete verde.

Entonces, como ya no podía concentrarse, se guardó las monedas, sacó el dólar de plata que le había regalado Zorya Polunochnaya, se agarró a él con fuerza y esperó.

A las tres de la mañana, según su reloj, los secuestradores volvieron para interrogarle. Dos hombres con trajes oscuros, de cabello oscuro y relucientes zapatos negros. Dos secretas. Uno de ellos tenía la mandíbula cuadrada, los hombros anchos, el cabello abundante; parecía el capitán del equipo de fútbol del instituto, con las uñas todas mordidas; el otro tenía entradas, las uñas impecables y llevaba unas gafas redondas de montura plateada. Pese a que no se parecían en nada, Sombra estaba convencido de que en cierto modo, en cuanto a su estructura celular probablemente, eran idénticos. Se quedaron de pie a ambos lados de la mesa, observándole.

—¿Cuánto tiempo lleva trabajando para Cargo, caballero? —preguntó uno.

—No sé qué es eso de Cargo —dijo Sombra.

—Se hace llamar Wednesday, Grimm, Padre de Todos, el Viejo. Le han visto con él.

—Llevo tres días trabajando para él.

—No nos mienta —dijo el secreta de las gafas.

—De acuerdo —dijo Sombra—. No les mentiré. Pero es que llevo tres días trabajando para él.

El secreta de mandíbula cuadrada le cogió una oreja y se la retorció. La apretó con fuerza mientras se la retorcía. Le hacía mucho daño.

—Le hemos dicho que no nos mienta, caballero —dijo sin alzar la voz. Le soltó la oreja.

Sombra se percató de que ambos hombres tenían un bulto en el costado que indicaba que llevaban una pistola bajo la chaqueta, así que no se defendió. Se imaginó que estaba de nuevo en la cárcel. «Cumple tu condena —pensó—. No les cuentes nada que no sepan ya. No preguntes.»

—Esa gente con la que se mezcla usted es peligrosa —dijo el secreta de las gafas—. Si declarase como testigo, estaría haciendo algo bueno por su país.

El hombre le sonrió amablemente. «Soy el poli bueno», decía su sonrisa.

—Entiendo —dijo Sombra.

—Y si no quiere ayudarnos —dijo el de la mandíbula cuadrada—, podrá comprobar cómo somos cuando nos enfadamos.

Dicho esto, le dio un puñetazo en el estómago. Aquello no era tortura, pensó Sombra, solo un aviso: «Soy el poli malo». El dolor que sentía le provocaba arcadas.

—Me gustaría complacerles —dijo Sombra en cuanto pudo hablar.

—Lo único que le pedimos es que colabore.

—¿Puedo preguntar...? —dijo Sombra, pero se interrumpió bruscamente («No preguntes», pensó, aunque era demasiado tarde; ya había empezado a formular la pregunta)—. ¿Puedo preguntar con quién voy a colaborar?

—¿Quiere que le demos nuestros nombres? —preguntó el de la mandíbula cuadrada—. Debe de haber perdido el juicio.

—No, no le falta razón —dijo el de las gafas—. Así le resultará más fácil contarnos lo que sabe.

Miró a Sombra y le sonrió como si fuera un actor anunciando un dentífrico.

—Hola, soy el señor Piedra y mi colega es el señor Madera.

—En realidad —dijo Sombra—, quería saber a qué agencia del gobierno pertenecen, ¿a la CIA?, ¿al FBI?

Piedra meneó la cabeza.

—Uf. Las cosas ya no son tan sencillas como antes. Es mucho más complicado que todo eso.

—El sector privado —dijo Madera—, el sector público. Ya sabe. Hoy en día está todo relacionado.

—Pero le puedo asegurar —dijo Piedra con otra de sus sonrisas— que somos los buenos. ¿Tiene hambre?

Se metió la mano en el bolsillo de la chaqueta y sacó una barrita de Snickers.

—Tome, un regalo.

—Gracias —dijo Sombra. Le quitó el envoltorio y se la comió.

—Supongo que querrá algo de beber para acompañar. ¿Café? ¿Cerveza?

—Agua, por favor —dijo Sombra.

Piedra se dirigió hacia la puerta y llamó con los nudillos. Le dijo algo al guardia que había al otro lado, que asintió con la cabeza y volvió al cabo de un rato con un vaso de poliestireno lleno de agua.

—La CIA —dijo Madera. Meneó la cabeza, con aire pesaroso—. ¡Qué gente! Eh, Piedra, me sé un chiste nuevo de la CIA. A ver: ¿cómo podemos estar seguros de que la CIA no tuvo nada que ver con el asesinato de Kennedy?

—No lo sé —respondió Piedra—. ¿Cómo podemos estar seguros?

—Está muerto, ¿no? —dijo Madera.

Ambos se echaron a reír.

—¿Mejor ahora, señor? —preguntó Piedra.

—Supongo.

—¿Pues por qué no nos cuenta qué ha sucedido esta noche?

—Hemos estado haciendo turismo. Fuimos a la Casa de la Roca, luego salimos a cenar. Y el resto ya lo saben.

Piedra dejó escapar un hondo suspiro. Madera meneó la cabeza, como si lo hubiera decepcionado, y dio una patada en la rótula a Sombra. El dolor era insoportable. Entonces Madera le apretó suavemente la espalda con el puño, justo a la altura de uno de los riñones, y lo giró, y el dolor que le produjo fue todavía más intenso que el de la rodilla.

«Soy más grande que cualquiera de los dos —pensó—. Puedo con ellos.» Pero iban armados; aunque lograra matarlos o reducirlos, seguiría allí encerrado con ellos. Pero tendría una pistola. Dos pistolas. («No.»)

Madera estaba evitando tocarle la cara. No dejaba marcas, nada permanente: se limitaba a golpearle con los puños o los pies en el torso y las rodillas. Le dolía, y Sombra apretaba con fuerza el dólar de plata en la palma de su mano, esperando a que todo terminara.

Después de un buen rato dejaron de golpearle.

—Nos vemos en un par de horas —dijo Piedra—. ¿Sabe?, a Madera no le ha gustado nada tener que hacerlo. Somos hombres razonables. Como le decía, somos los buenos. Es usted el que está en el bando equivocado. Mientras tanto, ¿por qué no intenta dormir un poco?

—Es mejor que empiece a tomarnos en serio —dijo Madera.

—Mi compañero tiene razón —añadió Piedra—. Piénselo.

La puerta se cerró tras ellos dando un portazo. Sombra se preguntaba si apagarían la luz, pero no lo hicieron, y la bombilla continuó brillando en mitad de la habitación como un ojo frío. Se arrastró por el suelo hasta la colchoneta de espuma amarilla, se echó encima, se tapó con la delgada manta y cerró los ojos. Dejó la mente en blanco y se aferró a los sueños.

Pasó el tiempo.

Volvía a tener quince años, su madre estaba muriendo y trataba de decirle algo muy importante, pero no podía entenderla. Se movió en sueños, y una punzada de dolor lo despertó.

Sombra temblaba bajo la delgada manta. Se tapó los ojos con el brazo derecho para eludir la luz de la bombilla. Se preguntaba si Wednesday y los demás seguirían en libertad, o si estarían vivos, al menos. Esperaba que así fuera.

El dólar de plata seguía estando frío en su mano izquierda. Podía sentirlo ahí, igual que lo había sentido mientras recibía la paliza. Se preguntó inútilmente por qué no se habría calentado al contacto con su mano. Ya medio dormido, y un poco delirante, la moneda, la idea de la Libertad, la luna y Zorya Polunochnaya de alguna manera se entrelazaron para formar un rayo de plateada luz que tenía su origen en lo más alto del cielo y, montado en él, Sombra huyó del dolor y del miedo y, por fin, volvió a soñar…

Oyó un ruido procedente de un lugar remoto, pero ya era tarde para pensar en eso: estaba en el mundo de los sueños.

Solo un pensamiento: esperaba que no fuera alguien que venía a despertarle para seguir pegándole o gritándole. Entonces, se percató con alivio de que realmente estaba dormido, y ya no tenía frío.

Alguien en alguna parte pedía auxilio a gritos, en el sueño o fuera de él.

Sombra se dio la vuelta en el colchón de espuma, y al cambiar de postura descubrió nuevos puntos de dolor.

Alguien le zarandeaba por el hombro.

Quería pedirles que no le despertaran, que le dejaran dormir, que le dejaran en paz, pero no consiguió articular más que un gruñido.

—Cachorrito —dijo Laura—. Tienes que despertarte. Despierta, cielo.

Y por un momento se sintió aliviado. Había tenido un sueño muy extraño: cárceles, presos y dioses venidos a menos, y ahora Laura le estaba despertando para recordarle que ya era hora de ir a trabajar, y que a lo mejor le daba tiempo de tomarse un café con ella y darle un beso, o algo más; alargó la mano para tocarla.

Su piel estaba fría como el hielo, y pegajosa.

Sombra abrió los ojos.

—¿De dónde sale toda esta sangre? —preguntó.

—De otra gente —dijo ella—. No es mía, yo estoy rellena de formaldehído, mezclado con glicerina y lanolina.

—¿Qué otra gente? —preguntó.

—Los guardas —respondió ella—. No pasa nada. Los he matado. Será mejor que te pongas en marcha. No creo que hayan tenido tiempo de activar la alarma. Coge un abrigo de ahí fuera, o te congelarás.

—¿Los has matado?

Ella se encogió de hombros y esbozó una media sonrisa, algo incómoda. Tenía las manos como si hubiera estado pintando con los dedos, una composición en distintos tonos de rojo, y salpicaduras en la cara y en la ropa (el mismo traje azul con el que la habían enterrado). Eso le hizo pensar en Jackson Pollock, porque le resultaba menos problemático pensar en Jackson Pollock que aceptar la alternativa.

—Es más fácil matar a alguien cuando ya estás muerto —le explicó—. Quiero decir, que tampoco es para tanto. Ya no tienes tantos prejuicios.

—Para mí sigue siendo importante —dijo Sombra.

—¿Quieres quedarte hasta que venga el relevo de la mañana? —preguntó ella—. Tú mismo. Pensaba que querrías salir de aquí.

—Pensarán que lo he hecho yo —dijo él, algo aturdido.

—Tal vez —dijo ella—. Ponte un abrigo, cariño. Te vas a congelar.

Salió al pasillo. Al fondo estaba el cuarto de la guardia, donde había cuatro cadáveres: tres guardas y el hombre que se hacía llamar Piedra. A su amigo no se le veía por ninguna parte. Por el rastro de sangre en el suelo, Sombra dedujo que dos de los hombres habían sido arrastrados hasta el cuarto de la guardia y, una vez allí, los habían dejado tirados en el suelo.

El abrigo de Sombra estaba colgado en el perchero. Su cartera seguía en el bolsillo interior, y parecía intacta. Laura abrió un par de cajas de cartón repletas de chocolatinas.

Los guardas, ahora que podía verlos bien, llevaban uniformes de camuflaje oscuros, pero ninguna insignia oficial, nada que indicara para quién trabajaban. Habrían podido pasar por cazadores de fin de semana vestidos para la ocasión.

Laura alargó su gélida mano y cogió la de Sombra. Llevaba la moneda de oro que él le había regalado colgada del cuello, con una cadena dorada.

—Te queda muy bien —dijo él.

—Gracias —contestó ella, sonriendo con coquetería.

—¿Y qué hay de los otros? ¿Wednesday y los demás? ¿Dónde están?

Laura le pasó un puñado de chocolatinas y Sombra se las guardó en los bolsillos.

—Aquí no hay nadie más. Un montón de celdas vacías, y una en la que estabas tú. Ah, y uno de los hombres se había metido en esa celda de allí para hacerse una paja con una revista. Se llevó un susto de muerte.

—¿Has matado a un hombre mientras se la estaba pelando?

Laura se encogió de hombros.

—Pues... sí —dijo incómoda—. Me preocupaba que te estuvieran haciendo daño. Alguien tiene que cuidarte, y te dije que lo haría, ¿no? Pues hala, toma esto.

Laura le dio una serie de productos químicos para calentar los pies y las manos que venían dentro de unas bolsitas finas; al romper el precinto se calentaban a una temperatura ligeramente superior a la del cuerpo, y se mantenían calientes durante unas horas. Sombra se las guardó en el bolsillo.

—Cuidarme, sí —murmuró—, claro.

Laura le acarició la ceja izquierda con el dedo.

—Estás herido —dijo.

—Estoy bien.

Sombra abrió una puerta metálica, lentamente. Había un desnivel de poco más de un metro que salvó de un salto. El suelo parecía cubierto de gravilla. Agarró a Laura por la cintura, la cogió en brazos, como había hecho tantas veces, con naturalidad, sin pensárselo ni un segundo...

La luna salió de detrás de una espesa nube. Estaba baja en el horizonte, a punto de ocultarse, pero la luz que arrojaba sobre la nieve le bastaba para poder ver.

Una vez fuera, Sombra vio que había estado encerrado en un vagón pintado de negro de un largo tren de mercancías, aparcado o abandonado en una vía muerta en mitad del bosque. Los vagones se sucedían hasta donde alcanzaba la vista, y continuaban entre los árboles y más allá. Un tren, claro. Tendría que haberse dado cuenta.

—¿Cómo coño me has encontrado aquí? —le preguntó a su difunta esposa.

Ella meneó la cabeza lentamente, con una sonrisa.

—Brillas como un faro en medio de la oscuridad —le dijo—. No ha sido tan difícil. Ahora tienes que marcharte. Vete. Lárgate lo más lejos y lo más rápido que puedas. Mientras no uses tus tarjetas de crédito estarás a salvo.

—¿Y adónde voy?

Laura se pasó la mano por su enmarañado cabello y se lo apartó de los ojos.

—La carretera está por allí —le respondió—. Haz lo que puedas. Roba un coche si tienes que hacerlo. Ve hacia el sur.

—Laura —dijo, y vaciló un momento—. ¿Tú sabes de qué va todo esto? ¿Sabes quién es esa gente? ¿A quién has matado?

—Mmm, sí —dijo—. Creo que sí.

—Te debo una —dijo Sombra—. De no ser por ti, todavía estaría ahí dentro. Y no creo que los planes que tuvieran para mí fueran precisamente buenos.

—No —dijo ella—. No lo creo.

Se alejaron de los vacíos vagones del tren. Sombra pensó en otros trenes de mercancías que había visto, vagones metálicos sin ventanas que recorrían kilómetros y kilómetros silbando en mitad de la noche. Cerró los dedos en torno al dólar de plata que tenía en el bolsillo y se acordó de Zorya Polunochnaya, y de cómo lo había mirado en aquella azotea a la luz de la luna. «¿Le preguntaste qué quería?... Es lo más inteligente que se les puede preguntar a los muertos. A veces te lo dicen.»

—Laura... ¿qué quieres? —le preguntó.

—¿De verdad quieres saberlo?

—Sí, por favor.

Laura lo miró con sus inertes ojos azules.

—Quiero estar viva otra vez —dijo—. No como ahora, sino viva de verdad. Quiero sentir de nuevo los latidos de mi corazón. Quiero sentir la sangre fluyendo por mis venas, caliente y salada, y auténtica. Es curioso, normalmente no reparas en ello, en la sangre que fluye por tus venas, pero créeme, cuando deje de hacerlo, te darás cuenta. —Se frotó los ojos y se manchó la cara con la sangre que tenía en las manos—. Mira, no sé por qué me ha tenido que pasar esto a mí, pero es duro. ¿Sabes por qué los muertos solo salen por la noche, cachorrito? Porque es más fácil parecer real en la oscuridad. Y yo no quiero parecer real. Quiero estar viva.

—No entiendo qué es lo que quieres que haga.

—Haz que vuelva a estar viva, cielo. Encontrarás un modo de hacerlo. Sé que lo harás.

—Vale —dijo Sombra—. Lo intentaré. Y si lo logro, ¿cómo hago para encontrarte?

Pero ella se había ido ya, y la única señal que quedaba en el bosque para indicarle dónde estaba el este era el leve resplandor gris del cielo y, en el crudo viento de diciembre, el ulular de la última ave nocturna o el canto de la primera del amanecer.

Sombra volvió la cara hacia el sur y echó a andar.

Capítulo siete

Puesto que los dioses hindúes son «inmortales» únicamente
en un sentido muy específico —dado que nacen y mueren—,
experimentan la mayor parte de los grandes dilemas del ser
humano, y a menudo se distinguen de los mortales
únicamente por ciertos detalles sin importancia...
y se diferencian aún menos de los demonios. Sin embargo,
los hindúes los consideran una clase aparte y única por
definición; su valor simbólico no es comparable al que
pudiera tener cualquier ser humano, por más «arquetípica»
que sea su trayectoria vital. Son actores que interpretan
papeles que solo son reales para nosotros; son las máscaras
tras las cuales contemplamos nuestros propios rostros.
WENDY DONIGER O'FLAHERTY. INTRODUCCIÓN A *MITOS HINDÚES*

Sombra llevaba caminando hacia el sur, o lo que él esperaba que fuera aproximadamente la dirección del sur, varias horas ya, por un estrecho camino sin señalizar que atravesaba los bosques de lo que imaginaba debía de ser el sur de Wisconsin. En un momento dado, vio venir por la carretera varios *jeeps*, con los faros encendidos, y se escondió tras unos árboles hasta que pasaron de largo. La niebla matinal le llegaba a la cintura. Los coches eran negros.

Cuando treinta minutos más tarde oyó el ruido lejano de unos helicópteros que venían del oeste, abandonó el camino y se adentró en el bosque. Había dos helicópteros, y Sombra se agazapó en un hueco debajo de un árbol caído y esperó a que pasaran de largo. Según se alejaban, echó un vistazo a su alrededor y miró hacia arriba para contemplar fugazmente el invernal cielo gris. Le satisfizo observar que los helicópteros estaban pintados de color negro mate. Esperó bajo aquel árbol hasta que dejó de oír el ruido.

Bajo los árboles, la nieve en polvo crujía bajo sus pies. Se alegraba de tener aquellos productos químicos para calentar las manos y los pies, que evitaban que sus extremidades se congelaran. Pero, aun así, estaba entumecido: entumecido el corazón, entumecida la mente, entumecida el alma. Y aquel entumecimiento, pensó, venía de muy lejos y duraba ya mucho.

«¿Qué es lo que quiero?», se preguntó. No fue capaz de responderse, de modo que siguió caminando, un pie tras otro, a través del bosque. Los árboles le resultaban familiares, en algunos momentos el paisaje le producía una clara sensación de *déjà-vu*. ¿Estaría caminando en círculos? Podía seguir caminando y caminando y caminando hasta que se le acabaran los calentadores y las chocolatinas y luego sentarse y no volver a levantarse jamás.

Llegó hasta un riachuelo grande, de esos que la gente del lugar suele llamar arroyos, y decidió seguirlo. Los riachuelos van a parar a un río, y todos los ríos desembocan en el Misisipi, así que si continuaba caminando, o robaba una barca o se construía una balsa, en algún momento llegaría a Nueva Orleans, donde la temperatura era mucho más agradable, una idea que en ese momento le parecía tan atractiva como inalcanzable.

No hubo más helicópteros. Tenía la sensación de que los que había visto antes habían ido a limpiar la escabechina del mercancías, no a buscarle a él, porque en ese caso habrían dado la vuelta; habrían soltado a los perros y se oirían sirenas y toda la parafernalia propia de una persecución. Pero no había nada de eso.

¿Qué era lo que quería de verdad? Que no lo atraparan. Que no lo acusaran a él de las muertes de aquellos hombres del tren. Podía imaginárselo perfectamente: «No fui yo, fue mi difunta esposa». Y se imaginaba las caras de los agentes de la ley al oír su declaración. Y luego se pondrían a discutir si estaba loco o no mientras lo llevaban a la silla...

Se preguntó si existiría la pena de muerte en Wisconsin. Daba igual. Quería entender lo que estaba pasando y averiguar cómo iba a acabar. Finalmente, con una triste sonrisa, se dio cuenta de que lo que realmente deseaba era que todo volviera a la normalidad. Quería no haber estado nunca en la cárcel para que Laura siguiera viva, para que nada de todo aquello hubiera sucedido.

«Me temo que eso ya no tiene solución —pensó para sus adentros, con la áspera voz de Wednesday, y asintió con la cabeza—. Ya no tiene solución. Has quemado todos los puentes. Así que sigue caminando. Cumple tu condena...»

A lo lejos, un pájaro carpintero picoteaba un leño podrido.

Sombra se percató de que alguien le estaba observando: un puñado de cardenales rojos le miraron desde las ramas de un saúco sin hojas, y luego continuaron picoteando las bayas. Eran exactamente como en las ilustraciones del calendario de Aves Canoras de Norteamérica. El canto de los pájaros le fue acompañando un rato mientras seguía el curso del arroyo, hasta que finalmente dejó de oírlos.

Había un cervatillo muerto en un claro al pie de una colina, y un pájaro negro del tamaño de un perro pequeño le picoteaba las entrañas con su largo pico, arrancando pedazos de carne roja del cadáver. El animal ya no tenía ojos, pero la cabeza permanecía intacta, y en su grupa se apreciaban las manchas blancas propias de los ciervos más jóvenes. Sombra se preguntó cómo habría muerto.

El pájaro negro inclinó la cabeza a un lado y le habló, con una voz que recordaba al chasquido de dos piedras al chocarlas:

—Tú, hombre sombra.

—Yo soy Sombra —respondió él. El pájaro dio un salto hasta la grupa del cervatillo, alzó la cabeza y se atusó las plumas del cuello y de la coronilla. Era enorme, y sus ojos eran como dos cuentas negras. Había algo que intimidaba en un pájaro de ese tamaño, visto tan de cerca.

—Dice que te verá en Kay-ro —dijo el cuervo. Sombra se preguntaba cuál de los cuervos de Odín sería: *Huginn* o *Muninn*, memoria o pensamiento.

—¿Kay-ro? —preguntó.

—En Egipto.

—¿Y cómo voy hasta Egipto?

—Sigue el Misisipi. Hacia el sur. Encuentra al Chacal.

—Mira —dijo Sombra—, no quiero que parezca que soy... Dios, mira... —Hizo una pausa.

Sombra ordenó sus ideas. Tenía frío, y estaba en mitad de un bosque hablando con un pájaro negro que se estaba merendando a *Bambi* sin miramiento alguno.

—Bien. Lo que intento decir es que no quiero misterios.

—Misterios —repitió, solícito, el pájaro.

—Lo que quiero son explicaciones. Un chacal en Kayro. Eso no me sirve de nada. Parece una frase de una película de espías de serie B.

—Chacal. Amigo. *Tok*. Kay-ro.

—Eso ya lo has dicho. Me vendría bien un poco más de información.

El pájaro volvió la cabeza y arrancó otro sanguinolento trozo de carne cruda del costillar del cervatillo. Acto seguido, alzó el vuelo y desapareció entre los árboles, con el trozo de carne colgando del pico como si fuera un largo y ensangrentado gusano.

—¡Eh! ¿Puedes al menos llevarme hasta una carretera de verdad? —gritó Sombra.

El cuervo volaba alto y cada vez más lejos. Sombra miró el cadáver del cervatillo. Decidió que si fuera un auténtico hombre de monte le sacaría una buena tajada y lo asaría en la hoguera. Pero en lugar de eso, se sentó en el tronco de un árbol caído, se comió una chocolatina y asumió que no era ni mucho menos un hombre de monte.

El cuervo graznó desde el límite del claro.

—¿Quieres que te siga? —preguntó Sombra—. ¿Te enteras o no?

El pájaro graznó de nuevo, con impaciencia. Sombra fue hacia él. El animal esperó hasta que estuvo cerca, aleteó con fuerza y voló hasta otro árbol, desviándose un poco hacia la izquierda del camino por el que había seguido Sombra hasta que vio los helicópteros.

—¡Eh! —dijo Sombra—. *Huginn* o *Muninn*, o como te llames.

El pájaro se volvió, inclinó a un lado la cabeza con suspicacia y se lo quedó mirando fijamente con sus brillantes ojillos.

—Di «*Nevermore*», como en el poema de Poe —dijo Sombra.

—Que te den —replicó el cuervo.

Continuaron avanzando juntos por el bosque, sin que el cuervo dijera nada más; este iba delante, volando de árbol en árbol, y Sombra intentaba seguirlo avanzando a grandes zancadas por la maleza.

El cielo tenía un tono gris y uniforme. Era casi mediodía.

En media hora llegaron a una carretera asfaltada a las afueras de una ciudad, y el cuervo dio la vuelta y se adentró volando en el bosque. Sombra divisó un letrero de la hamburguesería Culvers y, justo al lado de él, una gasolinera. Entró en el restaurante, que estaba desierto. Tras el mostrador había un joven amable con la cabeza rapada, y Sombra pidió dos hamburguesas con patatas fritas. A continuación se fue al lavabo para asearse un poco. Estaba hecho un asco. Hizo inventario de lo que llevaba en los bolsillos: unas cuantas monedas, incluyendo el dólar de plata de la Libertad, un cepillo y pasta de dientes de viaje, tres chocolatinas, cinco bolsitas de calentadores químicos, una cartera (que no contenía nada más que su permiso de conducir y una tarjeta de crédito, aunque no sabía si habría alcanzado ya su límite) y, en el bolsillo interior del abrigo, mil dólares en billetes de cincuenta y de veinte, su parte por el trabajito del banco del día anterior. Se lavó la cara y las manos con agua caliente, se echó el pelo para atrás con las manos mojadas, volvió al restaurante, se comió las hamburguesas, las patatas y se tomó un café.

Volvió al mostrador.

—¿Quiere natillas heladas? —le preguntó el amable joven.

—No, no, gracias. ¿Hay por aquí cerca algún lugar donde pueda alquilar un coche? El mío me ha dejado tirado en la carretera.

El joven se rascó su rapada cabeza.

—No por aquí cerca, señor. Si se ha estropeado puede llamar al teléfono de ayuda en carretera. O pedirles a los de la gasolinera de al lado que lo remolquen.

—Buena idea —dijo Sombra—. Gracias.

Cruzó el aparcamiento de Culvers hasta la gasolinera, la nieve comenzaba a derretirse. Compró chocolatinas, palitos de cecina y más calentadores químicos para pies y manos.

—¿Hay algún sitio por aquí donde pueda alquilar un coche? —le preguntó a la cajera. Era espantosamente gorda, llevaba gafas y se la veía encantada de tener a alguien con quien hablar.

—Déjeme pensar —dijo—. Esto está un poco apartado. Para ese tipo de cosas la gente suele ir a Madison. ¿Adónde va?

—Kay-ro —dijo—, dondequiera que esté.

—Yo sé dónde está —dijo—. Páseme ese mapa que está en el expositor.

Sombra le pasó un mapa de Illinois envuelto en una funda de plástico. La cajera lo desplegó y luego señaló con aire triunfante el rincón más al sur del estado.

—Aquí lo tiene.

—¿Cairo?

—Así es cómo se pronuncia el que está en Egipto. Pero el del Pequeño Egipto se llama Kay-ro. También tienen una Tebas allí. Precisamente mi cuñada es de Tebas. Le pregunté por la de Egipto y me miró como si me faltara un tornillo.

La risa de la mujer era como el sonido de un desagüe.

—¿Y también tienen pirámides?

La ciudad estaba a más de setecientos kilómetros, casi en línea recta hacia el sur.

—No que yo sepa. Lo llaman Pequeño Egipto porque hace tiempo, unos cien o ciento cincuenta años, se declaró una hambruna en esa región. Las cosechas se echaron a perder, en todas partes menos allí. Así que todo el mundo iba allí a comprar comida, como en la Biblia. José y el Sueño del Abrigo en Tecnicolor. A Egipto que vamos, tachán.

—Si estuviera en mi lugar y tuviera que ir allí, ¿cómo lo haría? —preguntó Sombra.

—En coche.

—Mi coche me ha dejado tirado a unos cuantos kilómetros de aquí. Era una mierda de coche, y perdone la expresión —dijo Sombra.

—M D C —dijo ella—. ¡Uff! Así es como los llama mi cuñado. Se dedica a comprar y vender coches a pequeña escala. Me llama, y me dice: «Mattie, acabo de vender otro M D C». A lo mejor le interesa su viejo coche. Aunque sea para venderlo como chatarra.

—Es de mi jefe —dijo Sombra, y le sorprendió la naturalidad y la fluidez de sus mentiras—. Tengo que llamarle para que pase a buscarme. —De repente se le ocurrió una idea—. ¿Su cuñado está por aquí?

—Está en Muscoda. Diez minutos al sur. Justo al otro lado del río. ¿Por qué?

—Bueno, ¿cree que podría venderme un M D C por... quinientos o seiscientos dólares?

La cajera le sonrió con dulzura.

—Señor, no tiene ni un solo coche en ese solar que no pueda comprar con el depósito lleno por quinientos dólares. Pero no le diga que se lo he dicho yo.

—¿Podría llamarle? —preguntó Sombra.

—Ya lo había pensado. —Cogió el teléfono—. ¿Cariño? Soy Mattie. Vente para acá ahora mismo. Hay alguien que quiere comprarte un coche.

La mierda de coche que escogió fue un Chevy Nova de 1983, que compró, con el depósito lleno, por cuatrocientos cincuenta dólares. Tenía más de 800.000 kilómetros, y olía un poco a burbon, a tabaco y había otro olor más dominante que a Sombra le recordaba al del plátano. No hubiera sabido decir de qué color era, pues estaba muy sucio y cubierto de nieve. Con todo, de todos los coches que tenía el cuñado de Mattie en aquel solar era el único que parecía en condiciones de aguantar un viaje de ochocientos kilómetros.

Le pagó en efectivo, y el cuñado de Mattie no le preguntó ni su nombre ni su número de la seguridad social; únicamente se limitó a coger el dinero.

Sombra condujo hacia el oeste, luego hacia el sur, con quinientos cincuenta dólares en el bolsillo y sin coger la interestatal. La mierda de coche tenía radio, pero no se oía nada cuando la encendió. Una señal le anunció que acababa de salir de Wisconsin y estaba entrando en Illinois. Pasó por una mina a cielo abierto, y las azuladas luces de arco brillaron en la penumbra de aquel día de mediados de invierno.

Paró y comió en un lugar llamado Mom's que estaba ya a punto de cerrar la cocina. La comida no estuvo mal.

En cada una de las ciudades por las que pasó había otro cartel encima del que indicaba que estaba entrando en Nuestra Ciudad (720 habitantes). El cartel extra anunciaba que el equipo local infantil había quedado en tercer puesto en la clasificación interestatal de las cien millas, o que en la ciudad vivían las semifinalistas del campeonato juvenil de lucha.

Iba dando cabezadas mientras conducía, sintiendo que se agotaba por momentos. Se saltó un semáforo, y a punto estuvo de que una mujer en un Dodge lo sacara de la carretera. Nada más llegar a campo abierto, se desvió por un camino vacío al lado de la carretera y aparcó junto a un campo de rastrojos salpicado de nieve por el que se paseaban en fila unos orondos y negros pavos salvajes, como una procesión de plañideras; apagó el motor, se tumbó en el asiento de atrás y se durmió.

Oscuridad; y una sensación de estar cayendo, igual que si se hubiera caído en una madriguera, como Alicia. Siguió bajando en medio de la oscuridad durante cien años. Al pasar veía rostros, que surgían de la negrura, pero los rostros se hacían pedazos y desaparecían antes de que pudiera tocarlos...

De repente, y sin transición, ya no caía. Ahora estaba dentro de una cueva, y ya no estaba solo. Sombra se encontró mirando unos ojos que le resultaban familiares: unos enormes y acuosos ojos negros. Parpadearon.

Bajo tierra: sí. Recordaba ese lugar. La peste a vaca húmeda. Una hoguera se reflejaba en las paredes húmedas de la cueva, iluminando la cabeza de búfalo, el cuerpo de hombre, la piel de color ladrillo.

—¿Es que no podéis dejarme en paz? —preguntó Sombra—. Solo quiero dormir.

El hombre búfalo asintió lentamente con la cabeza. Sus labios no se movieron, pero Sombra oyó una voz dentro de su cabeza:

—¿Adónde vas, Sombra?

—A Cairo.

—¿Por qué?

—¿Y a qué otro sitio voy a ir? Wednesday quiere que vaya allí. Bebí de su hidromiel.

En el sueño de Sombra, con el poder de la lógica onírica, la obligación parecía indiscutible: él bebió del hidromiel de Wednesday tres veces y con eso selló el pacto. ¿Qué otra opción tenía?

El hombre con cabeza de búfalo metió la mano en el fuego y removió las brasas para avivar la hoguera.

—La tormenta está en camino —dijo. Tenía las manos manchadas de ceniza y se las limpió en su lampiño pecho, dejándolo lleno de rayas negras.

—Siempre me decís lo mismo. ¿Puedo hacerte una pregunta?

Hubo un silencio. Una mosca se posó en la peluda frente del hombre búfalo, que la espantó con la mano.

—Pregunta.

—¿Es verdad todo esto? ¿Son dioses de verdad? Es todo tan... —se interrumpió y añadió— ... inverosímil.

No era exactamente la palabra que buscaba, pero no se le ocurrió una mejor.

—¿Qué son los dioses? —le preguntó el hombre búfalo.

—No lo sé —dijo Sombra.

Se oía un tamborileo continuo y sordo. Sombra esperó a que el hombre búfalo dijera algo más, a que le explicara qué eran los dioses, a que le explicara la confusa pesadilla en que se había convertido su vida. Tenía frío. La hoguera se había apagado.

Tap, tap, tap.

Sombra abrió los ojos y, todavía adormilado, se incorporó. Estaba congelado, y por la ventanilla vio que el cielo había adquirido esa intensa luminosidad púrpura que precede al anochecer.

Tap, tap. Alguien dijo: «¡Eh, señor!», y Sombra giró la cabeza. Ese alguien estaba de pie junto al coche, apenas una sombra contra el cielo del anochecer. Sombra alargó la mano y bajó la ventanilla unos centímetros. Bostezó unas cuantas veces y dijo:

—Hola.

—¿Está usted bien? ¿Está enfermo? ¿Ha estado bebiendo? —era una voz aguda, como la de una mujer o un niño.

—Estoy bien —dijo Sombra—. Un momento.

Abrió la puerta y se bajó del coche, aprovechando la ocasión para estirar sus doloridas piernas y el cuello. Luego se frotó las manos para activar la circulación de la sangre y entrar en calor.

—¡Jo! Eres muy grande.

—Eso me han dicho —dijo Sombra—. ¿Quién eres?

—Me llamo Sam —dijo la voz.

—¿Sam chico o Sam chica?

—Sam chica. Antes me llamaban Sammi con «i», y yo dibujaba una cara sonriente encima de la «i», pero luego me harté porque resulta que a todo el mundo le dio por hacer lo mismo, así que dejé de hacerlo.

—Vale, Sam. Vete hacia allí y vigila la carretera.

—¿Por qué? ¿Eres un psicópata asesino o algo así?

—No —dijo Sombra—, tengo que hacer pis y me gustaría tener un poquito de intimidad.

—Ah, vale, ya entiendo. No te preocupes. No sabes cómo te entiendo. Ni siquiera puedo hacer pis si hay alguien en la cabina de al lado. El síndrome de la vejiga vergonzosa.

—Ya, por favor.

La chica se fue hasta el otro extremo del coche, y Sombra se adentró un poco en el campo, se bajó la cremallera de los vaqueros y orinó en un poste durante un buen rato. Volvió al coche. Se había hecho de noche.

—¿Sigues ahí? —preguntó.

—Sí —dijo la chica—. Debes de tener una vejiga del tamaño del lago Erie. Creo que en el tiempo que has tardado han surgido y caído varios imperios. Te he estado oyendo todo el rato.

—Gracias. ¿Querías algo?

—Bueno, quería ver si estabas bien. Quiero decir que si hubieras estado muerto o algo así habría llamado a la policía. Pero como he visto que las ventanas estaban un poco empañadas, he pensado, bueno, seguramente estará vivo.

—¿Vives por aquí cerca?

—No, vengo haciendo dedo desde Madison.

—Eso es peligroso.

—Llevo haciéndolo cinco veces al año desde hace tres, y todavía sigo viva. ¿Hacia dónde vas?

—Voy a Cairo.

—Gracias —dijo—. Yo voy a El Paso. Voy a pasar las vacaciones con mi tía.

—No puedo llevarte tan lejos —dijo Sombra.

—No El Paso, Tejas. El otro, el que está en Illinois. Está solo a unas horas de aquí, hacia el sur. ¿Sabes dónde estamos ahora mismo?

—No —dijo Sombra—. No tengo la menor idea. ¿En algún punto de la autopista 52?

—Estamos cerca de Perú —dijo Sam—. Pero no el de Perú, el de Illinois. Déjame que te huela, agáchate.

Sombra se agachó y la chica le olisqueó la cara.

—Vale, no hueles a alcohol, puedes conducir. Vámonos.

—¿Qué te hace pensar que voy a llevarte?

—Que soy una damisela en apuros —dijo ella—. Y tú eres un caballero en lo que sea. En un coche muy sucio. ¿Sabes que alguien ha escrito «¡Lávame!» en la luna trasera?

Sombra se subió al coche y abrió la puerta del copiloto. La luz que se enciende cuando la puerta del conductor está abierta no funcionaba.

—No —dijo él—, no lo sabía.

La chica se subió al coche.

—He sido yo —dijo—. Lo escribí cuando todavía había suficiente luz para ver.

Sombra arrancó el coche, encendió los faros y volvió a la carretera.

—A la izquierda —dijo Sam, solícita.

Sombra giró a la izquierda y siguió conduciendo. Pasados unos minutos, la calefacción empezó a funcionar, y un reconfortante calor inundó el coche.

—Todavía no has dicho nada —dijo Sam—. Di algo.

—¿Eres humana? —preguntó Sombra—. ¿Un ser humano de carne y hueso, nacido de un hombre y una mujer, que vive y respira?

—Claro —respondió ella.

—Vale, solo quería asegurarme. ¿Qué quieres que diga?

—Pues, ahora mismo, algo que me tranquilice. De repente me ha asaltado esa sensación de «¡Oh mierda, me he subido al coche que no debía con un pirado».

—Sí —dijo—, conozco esa sensación. ¿Qué podría decir para tranquilizarte?

—Basta con que me digas que no eres un fugitivo, ni un asesino en serie, ni nada por el estilo.

Sombra reflexionó un momento.

—La verdad es que no soy nada de eso.

—Pero te lo has pensado, ¿a que sí?

—Cumplí mi condena. Nunca he matado a nadie.

—¡Ah!

Llegaron a una pequeña ciudad, iluminada por las farolas y las luces de Navidad, y Sombra miró fugazmente hacia su derecha. La chica llevaba el negro cabello corto y enmarañado, y tenía un rostro que resultaba atractivo, desde el punto de vista de Sombra algo masculino: sus rasgos podrían haber sido esculpidos en una roca. Ella le estaba mirando.

—¿Por qué estuviste en la cárcel?

—Herí de gravedad a dos personas. Estaba muy enfadado.

—¿Se lo merecían?

Sombra recapacitó unos instantes.

—Eso pensé en aquel momento.

—¿Lo volverías a hacer?

—No, ni hablar. Perdí tres años de mi vida allí dentro.

—Mmm, ¿tienes sangre india?

—No que yo sepa.

—Pues pareces un poco indio.

—Siento decepcionarte.

—No pasa nada. ¿Tienes hambre?

Sombra asintió con la cabeza.

—No me importaría nada comer algo.

—Conozco un buen sitio; está ahí, pasadas esas luces. La comida es buena. Y no es caro.

Sombra dejó el coche en el aparcamiento. No se molestó en cerrarlo, pero se guardó la llave en el bolsillo. Sacó unas monedas para comprar el periódico.

—¿Puedes permitirte comer aquí? —preguntó.

—Sí —dijo ella, alzando la barbilla—, puedo pagarme lo mío.

Sombra asintió.

—Te diré lo que vamos a hacer. Lo echamos a cara o cruz —dijo—. Si sale cara, me invitas tú; si sale cruz, te invito yo.

—Antes déjame ver la moneda —dijo ella, suspicaz—. Un tío mío tenía una moneda con dos caras.

La chica inspeccionó la moneda y comprobó con satisfacción que era una moneda normal y corriente. Sombra se la colocó en el dedo gordo con la cara hacia arriba, y la lanzó al aire de manera que parecía que estaba dando vueltas, luego la cazó y se la puso sobre el dorso de la mano izquierda, destapándola con la derecha para que ella pudiera verla.

—Cara —dijo ella, contenta—. Tú invitas.

—Bueno —dijo él—. No se puede ganar siempre.

Sombra pidió empanada de carne, y Sam lasaña. Sombra hojeó el periódico para ver si había alguna noticia relacionada con la muerte de aquellos hombres del tren. Nada. La única noticia interesante era la que estaba en portada: una plaga de cuervos estaba infestando la ciudad. Los granjeros de la zona querían colgar cuervos muertos en edificios públicos por toda la localidad para espantar a los demás; los ornitólogos decían que no serviría de nada, que los cuervos vivos se limitarían a comerse a los muertos. Pero los granjeros eran implacables. «Cuando vean los cadáveres de sus amigos —decía el portavoz— sabrán que aquí no son bienvenidos.»

La comida era buena, y las raciones extraordinariamente generosas, demasiado para una sola persona.

—¿Y qué hay en Cairo? —preguntó Sam con la boca llena.

—Ni idea. Recibí un mensaje de mi jefe en el que me decía que tenía que ir allí.

—¿A qué te dedicas?

—Soy el chico de los recados.

La chica sonrió.

—Bueno —dijo—, no eres de la mafia; no tienes pinta y además conduces una mierda de coche. Y a todo esto, ¿por qué tu coche huele a plátano?

Sombra se encogió de hombros y continuó comiendo. Ella entornó los ojos.

—A lo mejor eres un traficante de plátanos —dijo—. Todavía no me has preguntado a qué me dedico.

—Me imagino que serás estudiante.

—Universidad de Wisconsin-Madison.

—Donde sin duda estudiarás historia del arte, feminismo, y seguramente esculpirás figuras de bronce. Y probablemente trabajas en una cafetería para poder pagar el alquiler.

La chica dejó el tenedor, con las aletas de la nariz dilatadas y los ojos exorbitados.

—¿Cómo coño has hecho eso?

—¿El qué? Ahora tú tendrías que decirme: «no, en realidad estudio filología románica y ornitología».

—¿Me estás diciendo que has acertado por casualidad, o algo así?

—¿Y qué si no?

La chica lo miró con aire sombrío.

—Eres un tipo muy curioso, señor... No sé cómo te llamas.

—Me llaman Sombra —dijo.

La chica torció la boca, como si estuviera comiendo algo que no le gustara. Dejó de hablar, bajó la cabeza y se terminó la lasaña.

—¿Sabes por qué lo llaman Egipto? —preguntó Sombra una vez ella terminó de comer.

—¿La zona de Cairo? Sí. Está en el delta de los ríos Ohio y Misisipi. Igual que El Cairo, en Egipto, que está en el delta del Nilo.

—Tiene sentido.

La chica se apoyó en el respaldo, pidió café y una tarta de chocolate y se atusó su negro cabello.

—¿Estás casado, señor Sombra? —dijo. Vaciló un momento—. ¡Vaya! Acabo de hacer otra pregunta inoportuna, ¿no?

—La enterraron el jueves —dijo, eligiendo las palabras con sumo cuidado—. Se mató en un accidente de tráfico.

—¡Oh, Dios mío! Lo siento.

—Yo también.

Un silencio incómodo.

—Mi medio hermana perdió a su hijo, mi sobrino, a finales del año pasado. Es duro.

—Sí lo es. ¿De qué murió?

Sam dio un sorbo al café.

—No lo sabemos. En realidad, ni siquiera sabemos si está muerto. Simplemente se esfumó. Pero tenía solo trece años. Fue a mediados del pasado invierno. Mi hermana estaba destrozada.

—¿Y no dejó ninguna pista? —Parecía como un policía de la televisión. Lo intentó de nuevo—. ¿Sospecharon de alguien?

Aquello sonaba todavía peor.

—Sospecharon del gilipollas de mi cuñado, su padre, que no tenía la custodia. Y que era lo bastante gilipollas como para llevárselo. Probablemente lo hizo. Pero todo esto pasó en un pueblecito de Northwoods, un lugar precioso y encantador donde nadie cierra nunca con llave. —Suspiró y meneó la cabeza. Cogió la taza de café con ambas manos, lo miró y cambió de tema—. ¿Cómo adivinaste que hago esculturas de bronce?

—Pura suerte. Lo dije por decir algo.

—¿Seguro que no tienes sangre india?

—Que yo sepa, no. Pero es posible. No llegué a conocer a mi padre. Pero si tuviera ascendencia india, mi madre me lo habría dicho. Supongo.

Otra vez la mueca burlona. Sam dejó la tarta de chocolate a medias: el trozo era como la mitad de su cabeza. Empujó el plato hacia Sombra.

—¿Quieres?

Él sonrió y dijo:

—Claro —y se la terminó.

La camarera les trajo la cuenta y Sombra pagó.

—Gracias —dijo Sam.

Estaba refrescando. El coche se caló un par de veces antes de arrancar. Sombra regresó a la carretera y continuó hacia el sur.

—¿Has leído alguna vez a un tal Herodoto? —preguntó.

—¿Qué?

—Herodoto. ¿Has leído alguna vez su *Historia*?

—¿Sabes? —dijo Sam, adormilada—, no lo entiendo. No entiendo tu manera de hablar, ni las palabras que utilizas, ni nada. A veces pareces un niño grande y, de repente, me lees el pensamiento, y a continuación me encuentro hablando contigo de Herodoto. Pues no, no he leído a Herodoto. He oído hablar de él. En la radio, quizá. ¿No es ese al que llaman el padre de las mentiras?

—Creía que ese era el demonio.

—Sí, a él también. Pero hablaban de que Herodoto decía que había hormigas gigantes y grifos que custodiaban las minas de oro; en realidad se lo inventaba todo.

—No creo. Él escribió lo que le habían contado. Es como si se hubiese limitado a ponerlo por escrito. Y son unas historias fantásticas, llenas de detalles curiosos; por ejemplo, ¿sabías que en Egipto, si una joven especialmente hermosa o la esposa de un señor o lo que fuera se moría, no la embalsamaban hasta pasados tres días? Dejaban que su cuerpo se descompusiera al sol.

—¿Por qué? No, espera. Vale, creo que sé por qué. Pero es asqueroso.

—Y también hay muchas batallas, y cosas de la vida cotidiana. Y luego están los dioses. Un tipo vuelve para informar del resultado de la batalla, corre y corre y ve a Pan en un claro. Y este le dice: «Diles que erijan un templo en mi honor aquí». El tipo dice, vale, y sigue corriendo. Cuando llega a su destino informa sobre la batalla, y luego dice: «Ah, por cierto, Pan quiere que le construyamos un templo». Eran muy prácticos, ¿sabes?

—O sea, que hay historias en las que aparecen dioses. ¿Qué intentas decirme? ¿Que estos tipos tenían alucinaciones?

—No —dijo Sombra—. No es eso.

La chica se mordió un padrastro.

—Leí un libro buenísimo sobre el cerebro —dijo—. Era de mi compañera de cuarto, y lo llevaba a todas partes. Contaba que, hace cinco mil años, los lóbulos cerebrales se fusionaron, y antes de eso la gente pensaba que cuando hablaba el lóbulo derecho era la voz de un dios que les decía lo que tenían que hacer. ¡Pero está todo en el cerebro!

—Me gusta más mi teoría —dijo Sombra.

—¿Cuál es tu teoría?

—Que por aquel entonces la gente se tropezaba de vez en cuando con los dioses.

—¡Ah!

Silencio: solo el traqueteo del coche, el ruido del motor, el murmullo del amortiguador, que sonaba como si se fuera a romper.

—¿Crees que siguen ahí?

—¿Dónde?

—En Grecia, en Egipto, en las islas, en esa clase de sitios. ¿Crees que si vas a donde vivía esa gente podrías ver a los dioses?

—Puede. Pero no creo que la gente supiera a quién estaban viendo en realidad.

—Me apuesto lo que quieras a que es como lo de los extraterrestres —dijo Sam—. Hoy en día la gente ve extraterrestres, en aquella época veían dioses. A lo mejor los alienígenas provienen del hemisferio derecho del cerebro.

—Dudo mucho que los dioses se dedicaran a introducirles sondas rectales —dijo Sombra—. Y no mutilaban al ganado por sí mismos. Tenían a gente que lo hacía en su lugar.

Sam se echó a reír. Continuaron el viaje en silencio unos minutos y luego dijo:

—¡Eh! Eso me recuerda una historia que me gusta mucho, la estudiamos en el primer curso de historia comparada de las religiones. ¿Te la cuento?

—Claro —dijo Sombra.

—De acuerdo. Es una sobre Odín, el dios escandinavo. Había un rey vikingo que iba en un barco vikingo (te estoy hablando de la época de los vikingos, claro). Un día el viento dejó de soplar y el barco no podía navegar, de modo que el rey decidió ofrecer a uno de sus hombres como sacrificio en honor a Odín, a cambio de que hiciera soplar el viento para que pudieran llegar hasta la costa. Así ocurrió. Una vez en tierra, tenían que decidir quién sería sacrificado, y lo echaron a suertes. Le tocó al rey. Pero a este no le gustaba la idea, así que finalmente decidieron que harían como si lo ahorcaran pero sin hacerle daño. Cogieron los intestinos de un becerro y se los pusieron alrededor del cuello, atando el otro extremo a una delgada rama. Cogieron una caña en lugar de una lanza, le pincharon con ella en el costado, y dijeron: «Ya está, ya te hemos ahorcado, Odín ya tiene su sacrificio».

Una curva en la carretera: Otra Ciudad (300 habitantes), campeón infantil de patinaje, un gigantesco tanatorio a cada lado de la carretera. Pero ¿cuántos tanatorios se necesitan en una población de trescientos habitantes?..., pensó Sombra.

—Pero nada más pronunciar el nombre de Odín, la caña se transforma en una lanza y se clava en el costado del rey, los intestinos de becerro se convierten en una gruesa soga, la delgada rama se convierte en una rama fuerte y robusta, el árbol crece y la tierra se hunde bajo los pies del rey, que queda allí colgado hasta la muerte con una herida en el costado mientras su cara se va volviendo negra. Fin de la historia. Los dioses de los blancos son unos auténticos cabrones, señor Sombra.

—Sí —asintió él—. ¿Tú no eres blanca?

—Soy *cherokee* —dijo ella.

—¿De pura cepa?

—No, mestiza. Mi madre era blanca. Mi padre, un auténtico indio de las reservas. Vino por aquí, se casó con mi madre, me tuvieron a mí, y cuando se separaron volvió a Oklahoma.

—¿Volvió a la reserva?

—No. Pidió un préstamo y abrió una especie de Taco Bell llamado Taco Bill's. Le va bien. No me tiene demasiado cariño. Dice que soy una mestiza.

—Lo siento.

—Es un imbécil. Estoy orgullosa de mi sangre india. La matrícula me sale más barata. Y qué demonios, probablemente me servirá también para encontrar un trabajo en el futuro, si no consigo vivir de mis esculturas.

—Es un consuelo —dijo Sombra.

Se detuvo en El Paso, Illinois (2.500 habitantes) para dejar a Sam en una casa muy humilde a las afueras de la ciudad. En el jardín delantero había un enorme reno hecho con alambre, adornado con lucecitas de colores.

—¿Quieres entrar? —preguntó—. Mi tía te preparará un café.

—No —dijo—. Tengo que seguir viaje.

La chica le sonrió, y de repente, por primera vez, parecía vulnerable. Le dio una palmada en el brazo.

—Estás como una puta cabra. Pero molas.

—Creo que es eso que llaman la condición humana —dijo Sombra—. Gracias por la compañía.

—No hay de qué —dijo ella—. Si ves algún dios en la carretera hacia Cairo, no olvides saludarle de mi parte.

Salió del coche y se fue hacia la puerta de la casa. Llamó al timbre y esperó a que abrieran, sin volverse a mirar. Sombra esperó hasta ver que abrían la puerta y Sam entraba en la casa sana y salva; entonces pisó el acelerador y volvió a la carretera. Pasó por Normal, por Bloomington y por Lawndale.

A las once de la noche Sombra empezó a temblar. Estaba llegando a Middletown. Decidió que necesitaba dormir, o al menos dejar de conducir. Aparcó delante de un motel, pagó treinta y cinco dólares, en efectivo y por adelantado, por una habitación en la planta baja, y se fue al baño. Una triste cucaracha yacía boca arriba en mitad del suelo de baldosas. Sombra cogió una toalla y limpió el interior de la bañera, luego abrió el grifo. Se quitó la ropa y la dejó encima de la cama. Los cardenales que tenía en el torso eran oscuros y vívidos. Se sentó en la bañera, y vio cómo el agua cambiaba de color. Luego, todavía desnudo, lavó los calcetines, los calzoncillos y la camiseta en el lavabo, escurrió las prendas y las colgó en la cuerda extensible que iba de lado a lado de la bañera. Dejó la cucaracha donde la encontró, por respeto a los muertos.

Se metió en la cama y se planteó la posibilidad de ver una película porno, pero necesitaba una tarjeta de crédito para efectuar el pago. De todas maneras, no estaba muy seguro de que ver a otras personas disfrutando del sexo mientras que él no tenía con quien pudiera hacerle sentir mejor. Puso la tele para sentirse acompañado, y la programó para que se apagara de forma automática al cabo de cuarenta y cinco minutos, tiempo más que suficiente para coger el sueño. Faltaba un cuarto de hora para la medianoche.

La imagen se veía borrosa, y los colores se mezclaban en la pantalla. Fue zapeando por la desoladora programación nocturna, incapaz de concentrarse en nada. Alguien estaba haciendo una demostración con un cacharro que servía para cocinar y que podía sustituir a una docena de otros utensilios de cocina, pero Sombra no tenía ni necesitaba ninguno de ellos. *Clic.* Un señor trajeado anunciaba que había llegado ya el final de los tiempos y que Jesús —palabra que pronunciada por aquel hombre parecía tener cuatro o cinco sílabas— haría que el negocio de Sombra prosperara si le enviaba un donativo. *Clic.* El final de un episodio de *MASH.* y el principio de uno de *El show de Dick van Dyke.*

Sombra llevaba años sin ver un episodio de *El show de Dick van Dyke,* pero el mundo en blanco y negro de 1965 que retrataba tenía algo que resultaba reconfortante. Dejó el mando a distancia junto a la cama y apagó la luz de la mesilla de noche. Se quedó viendo el programa, se le fueron cerrando los ojos y fue consciente de que había algo extraño. No había visto muchos episodios de ese programa, así que no le sorprendió encontrarse con uno que no recordaba haber visto. Lo que le parecía extraño era el tono del mismo.

A todos los compañeros les preocupa que Rob esté bebiendo demasiado: falta mucho al trabajo. Van a su casa: se ha encerrado en su habitación y tienen que convencerlo para que salga. Está completamente borracho, pero resulta divertido. Sus amigas, interpretadas por Morey Amsterdam y Rose Marie, se marchan tras algunos gags ingeniosos. Entonces, la mujer de Rob le regaña, y él la golpea, con fuerza, en la cara. Ella se queda sentada en el suelo y se echa a llorar, no con el famoso lamento de Mary Tyler Moore, sino con unos entrecortados sollozos de impotencia, abrazando su propio cuerpo y susurrando: «No me pegues, por favor; haré lo que sea, pero no me pegues más».

—¿Qué coño es esto? —dijo Sombra en voz alta.

La imagen se fue y la nieve invadió la pantalla. Cuando volvió la señal, *El show de Dick Van Dyke* se había convertido, de manera inexplicable, en *Te quiero, Lucy*. Lucy está intentando convencer a Ricky para que le deje cambiar su antiguo frigorífico por uno nuevo. Sin embargo, cuando él se va, ella se sienta en el sofá, con las piernas cruzadas y las manos sobre el regazo, y, mirando al frente desde el pasado en blanco y negro, dice:

—Sombra, tenemos que hablar.

Sombra no dice nada. Lucy abre el bolso y saca un cigarrillo, que enciende con un caro encendedor de plata.

—Te estoy hablando a ti. ¿Y bien?

—Esto es una locura —dice Sombra.

—Y el resto de tu vida es completamente normal, ¿no? Dame un respiro, joder.

—Sí, claro. Que Lucille Ball me hable desde la televisión es, con diferencia, lo más raro que me ha pasado hasta el momento.

—No soy Lucille Ball, soy Lucy Ricardo. ¿Y sabes qué? Ni siquiera soy ella. Simplemente es la forma más sencilla de hacerme visible, dado el contexto. Eso es todo.

Lucy se revolvió en el sofá, como si no terminara de encontrar la postura.

—¿Quién eres? —preguntó Sombra.

—Vale —dijo ella—. Buena pregunta. Soy la caja tonta. Soy la televisión. Soy el ojo que todo lo ve y el mundo del rayo catódico. Soy el pequeño santuario que las familias adoran.

—¿Eres el televisor? ¿O alguien dentro de la televisión?

—El televisor solo es el altar. Yo soy el destinatario de los sacrificios.

—¿Y qué es lo que sacrifican? —preguntó Sombra.

—Su tiempo, principalmente —dijo Lucy—. Algunas veces unos a otros.

Alzó dos dedos a modo de pistola y sopló. Entonces guiñó el ojo, uno de los clásicos guiños de *Te quiero, Lucy*.

—¿Eres un dios? —inquirió Sombra.

Lucy sonrió con ironía y le dio una calada al cigarrillo con aire de mujer fatal.

—Podría decirse así.

—Un saludo de parte de Sam —dijo entonces Sombra.

—¿Qué? ¿Quién es Sam? ¿De qué hablas?

Sombra miró su reloj. Eran las 0:25.

—No importa. Y bien, Lucy en la Televisión, ¿de qué tenemos que hablar? Parece que últimamente todo el mundo tiene que hablar conmigo. Y la cosa suele acabar con que alguien me pega.

La cámara se acercó para sacar un primer plano: Lucy parecía preocupada, tenía los labios fruncidos.

—Odio eso. No me gustó que esa gente te pegara, Sombra. Yo nunca lo haría, cariño. No, yo quiero ofrecerte un trabajo.

—¿De qué?

—Trabajarías para mí. Me he enterado de los problemas que tuviste con el numerito de los secretas, y me impresionó el modo en que lo resolviste. Eficaz, sensato, eficiente. ¿Quién iba a pensar que eras capaz de algo así? Están muy cabreados.

—¿En serio?

—Te subestimaron, cielo. Un error que no pienso cometer. Te quiero a mi lado. —Se levantó del sofá y caminó hacia la cámara—. Míralo de este modo, Sombra: somos el futuro. Nosotros somos centros comerciales, tus amigos son ferias cutres de carretera. Qué coño, nosotros somos centros comerciales *online*, mientras que tus amigos se colocan junto a la autopista con una carretilla para vender productos caseros. No, ni siquiera son vendedores ambulantes; son charlatanes, gente que arregla corsés de ballena. Nosotros somos el hoy y el mañana. Tus amigos no son ya ni el ayer.

El discurso le resultaba extrañamente familiar. Sombra le preguntó:

—¿Conoces a un chaval gordo que va en limusina?

Lucy extendió las manos y puso los ojos en blanco en un gesto cómico, el clásico gesto de Lucy Ricardo desentendiéndose de algún desastre.

—¿El informático? ¿Has conocido al informático? Es un buen chico. Es uno de los nuestros. Lo que pasa es que es algo torpe con la gente que no conoce. Cuando trabajes para nosotros, verás lo asombroso que es.

—¿Y si no quiero trabajar para ti, Te Quiero Lucy?

Alguien llamó a la puerta del apartamento de Lucy, y se oyó la voz en *off* de Ricky preguntándole por qué tardaba tanto; tenían que estar en el club en la próxima escena. Un destello de indignación perturbó fugazmente el cómico rostro de Lucy.

—Joder —exclamó—. Escucha, no sé lo que te pagan esos carcamales, pero puedo ofrecerte el doble. El triple. Cien veces más. Te paguen lo que te paguen, yo puedo pagarte mucho más.

Entonces le sonrió con esa sonrisa perfecta y pícara de Lucy Ricardo.

—Dime, cariño, ¿qué quieres? —Empezó a desabrocharse la blusa— ¡Eh!, ¿nunca has querido ver las tetas de Lucy?

La pantalla se volvió negra. Habían transcurrido ya los cuarenta y cinco minutos y la tele se apagó sola. Sombra miró su reloj: eran las doce y media.

—La verdad es que no —dijo Sombra.

Se dio la vuelta y cerró los ojos. De pronto pensó que si prefería a Wednesday, al señor Nancy y compañía frente a sus oponentes, era por una sencilla razón: puede que fueran cutres, sucios y que su comida fuera repugnante, pero al menos no hablaban a base de tópicos.

Y prefería mil veces una atracción de carretera —por cutre, hortera o triste que fuese—, a un centro comercial.

La mañana le sorprendió de nuevo en la carretera, atravesando un paisaje marrón suavemente ondulado de hierba invernal y árboles desnudos. Las últimas nieves habían desaparecido. Llenó el depósito del coche de mierda en la ciudad natal de la campeona juvenil de trescientos metros lisos y, esperando que la suciedad no fuera lo único que mantenía todas las piezas unidas, llevó el coche al túnel de lavado de la gasolinera. Le sorprendió descubrir que el coche era, una vez limpio, y contra todo pronóstico, de color blanco, y apenas tenía manchas de óxido. Siguió conduciendo.

El cielo era de un azul imposible, y el humo blanco que salía de las chimeneas de las fábricas se veía inmóvil en el aire, como en una fotografía.

En algún momento se encontró con que estaba llegando al este de Saint Louis. Intentó evitarlo pero acabó yendo hacia lo que parecía el barrio chino de un polígono industrial. Había vehículos de dieciocho ruedas y camiones enormes aparcados a las puertas de edificios que parecían almacenes temporales pero decían ser CLUBES NOCTURNOS ABIERTOS 24 HORAS, y uno en particular se preciaba de tener EL MEJOR *PEAP SHOW* DE LA CIUDAD. Sombra meneó la cabeza y siguió conduciendo. A Laura le encantaba bailar, vestida o desnuda (y en varias noches memorables, viajando de un estado a otro) y él disfrutaba contemplándola.

Paró en una ciudad llamada Red Bud para comer un sándwich y beberse una Coca-Cola.

Pasó por un valle lleno de excavadoras amarillas, tractores y orugas que ya solo servían para chatarra. Se preguntaba si sería el cementerio de las excavadoras, el lugar a donde iban a parar cuando morían.

Pasó por un salón Pop-a-Top, y por Chester («la ciudad natal de Popeye»). Se fijó en que las casas tenían cada vez más columnas en la fachada principal; que hasta las casas más pequeñas y humildes tenían sus columnas blancas, como si fueran mansiones. Atravesó un gran río lleno de fango y soltó una carcajada al ver que, según el letrero, se llamaba Gran Río Fangoso. Vio tres árboles sin hojas cubiertos por una capa de *kudzu* marrón que los hacía retorcerse y adoptar extrañas formas, casi humanas: podrían haber pasado por brujas, tres viejas encorvadas dispuestas a leerle el futuro.

Continuó conduciendo en paralelo al Misisipi. Sombra nunca había visto el Nilo, pero el deslumbrante sol de la tarde que ardía sobre el turbio río le recordó la fangosa extensión del río africano: pero no del Nilo tal y como es ahora, sino como era hace mucho tiempo, atravesando como una arteria las marismas de papiros, hogar de cobras, chacales y vacas salvajes...

Una señal en la carretera señalaba la dirección de Tebas.

La vía tenía una elevación de unos tres metros y medio, de modo que estaba conduciendo por encima de las ciénagas. Bandadas de pájaros volaban de un lado a otro, como puntos negros sobre el azul del cielo, moviéndose en una especie de frenesí browniano.

Un poco más avanzada la tarde el sol empezó a descender, tiñéndolo todo con una mágica luz dorada, una luz cálida y densa, que le daba al paisaje un aspecto sobrenatural e hiperrealista, y con esa luz Sombra pasó por delante de la señal que indicaba que estaba entrando en el histórico Cairo. Pasó por debajo de un puente y fue a parar a la pequeña ciudad portuaria. El imponente edificio del tribunal de justicia de Cairo y las todavía más imponentes oficinas de la aduana parecían gigantescas galletas recién horneadas, bañadas por el dorado sirope de la luz crepuscular.

Aparcó el coche en una callejuela lateral y caminó hasta el malecón que había en una de las márgenes del río, sin saber muy bien si lo que estaba contemplando era el río Ohio o el Misisipi. Un gatito marrón olisqueaba los cubos de basura de la parte trasera de un edificio, pero la luz hacía que hasta la basura pareciera mágica. Una solitaria gaviota planeaba por la orilla del río, girando una de las alas para corregir el vuelo.

Sombra se percató de que no estaba solo. Una niña, con unas bambas viejas y un masculino jersey de lana gris que le servía de vestido, lo miraba desde el malecón, a unos tres metros de distancia, con la seriedad propia de una persona de seis años. Tenía el cabello negro, largo y lacio; su piel era del mismo tono marrón que el río.

Sombra le sonrió. La niña le miraba fijamente, con aire desafiante.

Se oyó un chillido y unos maullidos que provenían de la orilla, y el gatito marrón salió disparado de un cubo de basura volcado, perseguido por un perro negro de largo hocico. El gato logró refugiarse bajo un coche.

—¡Eh! —le dijo Sombra a la niña—. ¿Has visto alguna vez polvos invisibles?

La niña vaciló un momento. Luego negó con la cabeza.

—Muy bien. Pues mira esto. —Sombra sacó una moneda de veinticinco centavos con la mano izquierda, la sujetó, moviéndola de un lado a otro, e hizo como si se la pasara a la mano derecha; la cerró muy fuerte y extendió el brazo hacia delante—. Ahora solo tengo que coger un poco de polvo invisible del bolsillo... —al meter la mano izquierda en el bolsillo de la chaqueta, dejó caer dentro la moneda—, y espolvorearlo sobre la mano donde tengo la moneda... —hizo un gesto con los dedos como si espolvoreara algo de verdad—, y mira: ahora la moneda también es invisible.

Sombra abrió la mano derecha vacía y, con cara de asombro, le mostró la mano izquierda, también vacía.

La niña pequeña continuaba mirándole fijamente.

Sombra se encogió de hombros, volvió a meter las manos en los bolsillos y cogió la moneda de veinticinco centavos con una mano, y un billete de cinco dólares doblado con la otra. Iba a hacer como si los cogiera del aire para darle los cinco pavos a la niña: parecía necesitarlos.

—¡Eh! —dijo—. Parece que tenemos público.

El perro negro y el gatito marrón le contemplaban también, uno a cada lado de la niña, mirándolo fijamente. El perro lo miraba con sus enormes orejas enhiestas, lo que le daba a su expresión de alerta un aire muy cómico. Un hombre muy alto, con gafas de montura dorada, caminaba hacia ellos por el malecón, mirando a un lado y a otro como si buscara algo. Sombra se preguntó si sería el dueño del perro.

—¿Qué te ha parecido? —le preguntó Sombra al perro, en un intento de ganarse a la niña—. Ha estado bien, ¿eh?

El negro perro se lamió el hocico. Y entonces le habló, con voz ronca y áspera:

—Una vez vi a Harry Houdini y, créeme, no eres Houdini.

La niña miró a los animales, alzó la vista para mirar a Sombra y salió corriendo como alma que lleva el diablo. Los dos animales la contemplaron mientras se alejaba. El hombre alto llegó donde estaba el perro. Se agachó y le acarició las enhiestas y puntiagudas orejas.

—Venga —el hombre de las gafas doradas hablaba al perro—, era un simple truco con monedas. Tampoco es que intentara llevar a cabo una fuga bajo el agua.

—Todavía no —dijo el perro—, pero lo intentará.

La luz dorada había desaparecido y se había impuesto el gris del crepúsculo.

Sombra dejó caer la moneda y el billete doblado de nuevo en el bolsillo.

—Vale —dijo—. ¿Quién de vosotros es Chacal?

—Usa los ojos —dijo el perro negro con su largo hocico—. Ven conmigo.

Echó a andar tranquilamente por la acera, junto al hombre de las gafas doradas y, tras un instante de vacilación, Sombra fue tras ellos. Al gato no se lo veía por ninguna parte. Llegaron a un inmenso edificio antiguo en una calle llena de edificios condenados.

El cartel de la puerta rezaba: IBIS Y JACQUEL, FUNERARIA. EMPRESA FAMILIAR DESDE 1863.

—Soy el señor Ibis —dijo el hombre de las gafas doradas—. Creo que debería invitarle a cenar. Me temo que aquí mi amigo tiene trabajo pendiente.

En algún lugar de Estados Unidos

Nueva York intimida a Salim, por eso coge el maletín de muestras con ambas manos, apretándolo contra su pecho. Tiene miedo de los negros, del modo en que le miran, y también de los judíos, que van vestidos de negro y llevan sombrero y barba y unos tirabuzones característicos a ambos lados de la cara, y de muchos otros que no puede identificar; tiene miedo de la multitud de gente que abarrota las calles, gente de todo tipo y condición, que se agolpan en las aceras al salir de aquellos altísimos y mugrientos edificios; le asusta el bullicio del tráfico, e incluso el aire, que desprende un olor que es a un tiempo sucio y dulzón, y que no tiene nada que ver con el aire de Omán.

Salim lleva en Nueva York, Estados Unidos, una semana. Todos los días visita dos, quizá tres, oficinas diferentes, abre su maleta de muestras y les enseña sus baratijas de reluciente cobre: anillos, botellas y diminutas linternas eléctricas, miniaturas del Empire State, de la Estatua de la Libertad y de la torre Eiffel; todas las noches le manda un fax a su cuñado, Fuad, que vive en Muscat, contándole que no le han hecho ningún pedido, o, si el día ha sido bueno, que ha recibido varios (pero Salim es dolorosamente consciente de que no basta siquiera para cubrir su billete de avión ni la cuenta del hotel).

Por razones que a Salim se le escapan, los socios de su cuñado le han reservado habitación en el hotel Paramount, en la calle Cuarenta y Seis. Él lo encuentra caótico, claustrofóbico, caro, extraño.

Fuad es el marido de la hermana de Salim. No es un hombre rico, pero es copropietario de una modesta fábrica de bisutería que produce artículos de cobre: broches, anillos, pulseras y miniaturas. Toda la producción se exporta a otros países árabes, a Europa o a Estados Unidos.

Salim lleva seis meses trabajando para su cuñado. Fuad le intimida un poco. El tono de sus faxes es cada vez más hostil. Por las tardes, Salim se queda en su habitación leyendo el Corán, diciéndose que todo aquello acabará pronto, que su estancia en ese mundo extraño es limitada y finita.

Su cuñado le dio mil dólares para cubrir los gastos que pudiera ocasionarle el viaje, y el dinero, que le pareció una barbaridad la primera vez que lo vio, se está esfumando tan deprisa que Salim ya no da crédito. Nada más llegar, por miedo a que lo tomaran por un árabe menesteroso, daba propinas a todo el mundo, siempre tenía un dólar de más para dar a quien encontrara; más tarde decidió que se estaban aprovechando de él, que quizás incluso se reían de él, y dejó de dar propinas.

En su primer y último viaje en metro se perdió, y no pudo llegar a una cita que tenía concertada; ahora coge taxis solo cuando es imprescindible, pero en general va andando a todas partes. Va dando tumbos por oficinas con la calefacción demasiado fuerte, con las mejillas adormecidas por el frío que hace en el exterior, sudando bajo el abrigo, con los zapatos empapados por la nieve; y cuando sopla el viento por las avenidas (que van de norte a sur, del mismo modo que las calles van de oeste a este, tan sencillo que Salim siempre sabe dónde está la Meca) siente en la cara un frío tan intenso que le duele como una bofetada.

Nunca come en el hotel (pues, aunque los socios de Fuad corren con los gastos de alojamiento, la comida la paga él de su bolsillo); compra comida en los puestos de falafel y en pequeñas tiendas de alimentación; al principio la subía a la habitación oculta bajo el abrigo hasta que se percató de que a nadie le importaba. Y sin embargo sigue sintiéndose extraño cuando sube con las bolsas de comida en el mal iluminado ascensor (siempre tiene que agacharse y entornar los ojos para encontrar el botón que tiene que apretar para subir a su piso) hasta la pequeña habitación que ocupa.

Salim está disgustado. El tono del fax que le esperaba esta mañana era seco, y estaba trufado de reproches, severidad y desaprobación: estaba decepcionando a su hermana, a Fuad, a los socios de Fuad, al sultán de Omán y a todo el mundo árabe en general. Si no era capaz de conseguir los pedidos, Fuad se vería liberado de la obligación de darle trabajo. Dependían de él. El hotel era demasiado caro. ¿Qué estaba haciendo Salim con su dinero, vivir como un sultán en Estados Unidos? Salim leyó el fax en su habitación (siempre hacía un calor asfixiante, pero la noche anterior había dejado la ventana abierta y ahora hacía mucho frío) y se quedó allí sentado un buen rato, con el rostro petrificado en una expresión de profundo sufrimiento.

Más tarde se va al centro, agarrando la maleta de muestras como si estuviera llena de diamantes y rubíes, caminando penosamente y muerto de frío manzana tras manzana hasta que, en la esquina de la Diecinueve con Broadway, llega a un edificio no muy alto con una lavandería en la planta baja, y sube por las escaleras hasta el cuarto piso, donde está la sede de Importaciones Panglobal.

El lugar es bastante cutre, pero él sabe que prácticamente la mitad de los adornos y suvenirs que Estados Unidos importa del Lejano Oriente llegan a través de Panglobal. Un pedido de verdad, un pedido importante, de Panglobal podría rentabilizar el viaje de Salim, podría marcar la diferencia entre el fracaso y el éxito, de modo que se sienta en una incómoda silla de madera en la sala de espera, con el maletín en su regazo y la vista fija en la mujer de mediana edad con el cabello teñido de un rojo chillón que está sentada tras el escritorio, sonándose la nariz una y otra vez. Se suena y luego se limpia, y finalmente tira el Kleenex a la papelera.

Salim ha llegado a las 10:30, media hora antes de su cita. Ahora está ahí sentado, congestionado y tiritando, preguntándose si no estará incubando una gripe. El tiempo pasa muy despacio.

Mira su reloj. Luego se aclara la garganta. La mujer del escritorio le lanza una mirada hostil.

—¿Algún problema? —pregunta. Suena más bien como: ¿Algún *probleba*?

—Son las 11:45 —dice Salim.

La mujer mira el reloj de la pared:

—¿Y cuál es el *probleba*?

—Me citaron a las once —dice Salim con una sonrisa conciliadora.

—El señor Blanding sabe que está usted aquí —dice ella en tono recriminatorio. *El seyor Bladdid sabe que está usted aquí.*

Salim coge de la mesa un ejemplar atrasado del *New York Post*. Habla el inglés con fluidez pero le cuesta leerlo, y va descifrando el artículo como quien intenta resolver un crucigrama. Sigue esperando; es un joven rellenito con ojos de cachorro herido, que van de su reloj al periódico y del periódico al reloj de la pared.

A las 12:30 varios hombres salen del despacho. Hablan muy alto, muy deprisa y con un marcado acento americano. Uno de ellos, un hombre grande y barrigón, lleva un puro, sin encender, en la boca. Al salir mira a Salim. Le dice a la mujer del escritorio que pruebe a tomar zumo de limón y cinc, un remedio que según su hermana es mano de santo. La mujer le asegura que seguirá su consejo y le entrega varios sobres. El tipo los guarda en el bolsillo y sale al vestíbulo con los demás. El sonido de sus risas se va perdiendo por las escaleras.

Es la una en punto. La mujer del escritorio abre un cajón y saca una bolsa de papel de estraza, de la que saca varios sándwiches, una manzana y una chocolatina. También saca una botellita de plástico de zumo de naranja natural.

—Perdone —dice Salim—, ¿le importaría llamar al señor Blanding y decirle que todavía sigo esperando?

Ella lo mira como si le sorprendiera verle todavía allí, como si no hubieran estado frente a frente durante las dos últimas horas y media.

—Ha salido a comer —dice ella. *Ha salido a cober.*

Salim sabe, se lo dicen sus tripas, que Blanding era el hombre del puro sin encender.

—¿Cuándo volverá?

Ella se encoge de hombros y le pega un mordisco al sándwich.

—Tiene el resto del día ocupado. No tiene un solo hueco —dice ella. *Tiede el resto del día ocupado. Do tiede ud solo hueco.*

—Entonces, ¿me recibirá cuando vuelva? —pregunta Salim.

Ella se encoge de hombros y se suena la nariz.

Salim tiene hambre, cada vez más, y se siente frustrado e impotente.

A las tres en punto la mujer le mira y le dice:

—*Ya do creo que vuelva a la oficida.*

—¿Perdón?

—*El seyod Bladdid. Do creo que vuelva esta tarde.*

—¿Puede darme cita para mañana?

Se limpia la nariz.

—*Llabe por teléfodo. Las citas siebpre por teléfodo.*

—Ya veo —dice Salim.

Y entonces sonríe: en Estados Unidos, le había repetido muchas veces Fuad antes de salir de Muscat, un vendedor sin una buena sonrisa está desnudo.

—Llamaré mañana —dice.

Coge su maletín de muestras y baja las muchas escaleras hasta la calle, donde la lluvia helada se está transformando en aguanieve. Salim piensa en el largo camino de vuelta al hotel, en el frío, en lo que pesa el maletín, y entonces se acerca al bordillo de la acera y llama a todos los taxis amarillos que pasan por allí, lleven la luz de arriba encendida o no, pero todos pasan de largo.

Uno de ellos acelera al pasar y una de las ruedas pasa por un bache lleno de agua, poniéndole los pantalones y el abrigo perdidos de barro. Por un instante, se plantea la posibilidad de arrojarse bajo las ruedas de un coche, pero luego llega a la conclusión de que su cuñado sufriría más por la suerte que pudiera correr el maletín de muestras que por la que pudiera correr él, y que la única que sufriría por él sería su querida hermana, la mujer de Fuad (los padres de Salim nunca se han sentido muy orgullosos de él, y sus encuentros románticos han sido siempre, por fuerza, breves y relativamente anónimos); además, duda de que alguno de los coches vaya lo suficientemente rápido como para acabar con su vida.

Un desvencijado taxi amarillo se detiene a su lado y, encantado de poder cambiar la deriva de sus pensamientos, Salim se sube.

La tapicería del asiento de atrás está parcheada con cinta aislante gris; la mampara de plexiglás está entreabierta y llena de carteles que le indican que está prohibido fumar, o le informan de las tarifas para ir a los diferentes aeropuertos. La voz grabada de alguien famoso que no conoce le recuerda que debe abrocharse el cinturón de seguridad.

—Al hotel Paramount, por favor —dice Salim.

El taxista gruñe, y arranca para incorporarse al tráfico. Va sin afeitar, lleva un jersey grueso de color arena y gafas de sol negras de plástico. El tiempo es gris, y empieza a caer la noche: Salim se pregunta si el hombre tiene algún problema en los ojos. Los limpiaparabrisas transforman el panorama en un cuadro abstracto en tonos grises con difuminados puntos de luz.

Un camión salido de no se sabe dónde se coloca delante de ellos, y el taxista suelta una blasfemia en árabe, algo relacionado con las barbas del Profeta.

Salim mira el nombre en la licencia, pero a esa distancia no puede leerla.

—¿Cuánto tiempo lleva conduciendo el taxi, amigo? —le pregunta en árabe.

—Diez años —responde el taxista en la misma lengua—. ¿De dónde es usted?

—De Muscat —dice Salim—. En Omán.

—De Omán. Yo estuve en Omán hace mucho tiempo. ¿Ha oído hablar de la ciudad de Ubar? —le pregunta el taxista.

—Por supuesto que sí. La Ciudad Perdida de las Torres. La encontraron en el desierto hace cinco, diez años, no lo recuerdo con exactitud. ¿Formaba parte de la expedición arqueológica?

—Algo parecido. Era una ciudad estupenda —dice el taxista—. Casi todas las noches había allí acampadas tres o cuatro mil personas: todos los viajeros paraban en Ubar, había música, el vino corría como agua y el agua también corría, razón por la cual existía la ciudad.

—Eso tengo entendido —dice Salim—. Y desapareció hace, ¿cuánto? ¿Mil años? ¿Dos mil?

El taxista no dice nada. Están parados en un semáforo en rojo. Cambia a verde, pero el taxista no arranca a pesar de la inmediata protesta de cientos de bocinas. No sin cierto reparo, Salim toca el hombro del taxista metiendo la mano por el agujero de la mampara. El tipo da un respingo, pisa a fondo el acelerador y atraviesan el cruce.

—Jodermierdajoder —dice en inglés.

—Debe de estar muy cansado, amigo —dice Salim.

—Llevo conduciendo este taxi dejado de la mano de Alá treinta horas —dice el conductor—. Es demasiado. Hoy solo he dormido cinco horas y ayer estuve catorce al volante. Andamos escasos de compañeros antes de Navidad.

—Espero que al menos haya ganado mucho dinero —dice Salim.

El conductor suspira.

—No crea. Esta mañana he llevado a un hombre desde la Cincuenta y Uno hasta el aeropuerto de Newark. Al llegar salió corriendo hacia la terminal, y lo perdí. He palmado cincuenta dólares y, encima, a la vuelta he tenido que pagar los peajes de mi bolsillo.

Salim asiente con la cabeza.

—Yo me he pasado todo el día esperando a que me reciba un hombre que no ha querido recibirme. Mi cuñado me odia. Llevo una semana en Estados Unidos y no he hecho otra cosa que comerme mi dinero. No vendo nada.

—¿Qué vende usted?

—Chorradas —dice Salim—. Fruslerías, baratijas sin valor y suvenirs. Gilipolleces baratas, tontas y feas.

El taxista gira el volante a la derecha, rodea algo y sigue conduciendo. Salim se pregunta cómo se las arregla para ver con la lluvia, casi de noche y con esas gafas de sol tan oscuras.

—¿Intenta vender chorradas?

—Sí —dice Salim, contento y a la vez horrorizado por haber dicho la verdad acerca de los productos de su cuñado.

—¿Y no se las quieren comprar?

—No.

—Qué raro. Mire todas esas tiendas, no venden otra cosa.

Salim sonríe, nervioso.

Un camión bloquea la calle delante de ellos; un policía con el rostro congestionado gesticula, grita y les señala la calle más cercana.

—Subiremos por la Octava avenida —dice el taxista.

Se desvían por la calle que les ha indicado el policía, donde el tráfico está completamente detenido. Se oye una cacofonía de bocinas, pero los coches no se mueven.

El taxista se bambolea en el asiento. La mandíbula empieza a caerle sobre el pecho una, dos, tres veces. Entonces empieza a roncar, suavemente. Salim alarga la mano para despertarle, esperando no meter la pata. Al sacudirle por el hombro, el conductor se mueve, y la mano de Salim roza la cara del hombre, haciendo que las gafas de sol caigan en su regazo.

El taxista abre los ojos, coge las gafas de sol y vuelve a ponérselas, pero ya es demasiado tarde. Salim le ha visto los ojos.

El coche avanza lentamente bajo la lluvia. La cifra del taxímetro sigue aumentando.

—¿Va a matarme? —pregunta Salim.

El taxista tiene los labios apretados. Salim se mira la cara en el espejo retrovisor.

—No —dice el taxista.

El coche se detiene de nuevo. La lluvia tamborilea sobre el techo del taxi.

Salim empieza a hablar.

—Mi abuela juraba que había visto un *ifrit* o, quizás un *marid*, una noche, en los confines del desierto. Le dijimos que no era más que una tormenta de arena, una ráfaga de viento, pero ella decía que no, que le había visto la cara y los ojos y que, al igual que los de usted, ardían en llamas.

El conductor sonríe, pero sus ojos quedan ocultos tras las gafas de sol, y Salim no puede ver si hay algo de humor en esa sonrisa o no.

—Las abuelas también vinieron aquí —dice.

—¿Hay muchos *jinn* en Nueva York? —pregunta Salim.

—No, no somos muchos.

—Por un lado están los ángeles; por otro los hombres, que Alá creó a partir de la arcilla, y luego están las criaturas del fuego, los *jinn* —dice Salim.

—Aquí la gente no sabe nada de nosotros —dice el conductor—.

Creen que concedemos deseos. ¿Cree usted que si pudiera conceder deseos estaría conduciendo un taxi?

—No entiendo.

El taxista parece deprimido. Salim mira la cara del *ifrit* reflejada en el espejo retrovisor, pendiente de sus oscuros labios.

—Creen que concedemos deseos. ¿Por qué lo creen? Duermo en una hedionda habitación en Brooklyn. Llevo en este taxi a cualquier pirado que tenga dinero para pagarme la carrera, e incluso a algunos que no lo tienen. Les llevo a donde tienen que ir, y a veces hasta me dan propina. De vez en cuando me pagan. —Le empezó a temblar el labio inferior. Parecía muy nervioso—. Uno de esos pirados se cagó en el asiento trasero una vez. Tuve que limpiarlo antes de volver a sacar el taxi. ¿Cómo pudo hacerlo? Tuve que limpiar la mierda fresca del asiento. ¿Está bien eso?

Salim alarga una mano y da unos golpecitos en el hombro del *ifrit*. Siente la solidez de su cuerpo bajo el jersey de lana. La criatura levanta una mano del volante y la posa sobre la mano de Salim durante un instante.

Salim piensa entonces en el desierto: una tormenta de rojizas arenas barre sus pensamientos, y las rojas sedas de las tiendas que rodeaban la ciudad perdida de Ubar se ahuecan y flamean al viento.

Van subiendo por la Octava avenida.

—Los viejos creen. No mean en los agujeros, porque el Profeta les dijo que los *jinn* viven en agujeros. Saben que los ángeles nos lanzan estrellas flamígeras cuando intentamos escuchar sus conversaciones. Pero incluso para los viejos, cuando vienen a este país, nosotros estamos muy, muy lejos. Cuando vivía allí no tenía que conducir un taxi.

—Lo siento —dice Salim.

—Corren malos tiempos —dice el taxista—. Se avecina una tormenta. Me asusta. Haría lo que fuera por escapar.

Ninguno de los dos vuelve a abrir la boca el resto del trayecto hasta el hotel.

Cuando Salim sale del taxi le da al *ifrit* un billete de veinte dólares, y le dice que se quede con la vuelta. Entonces, en un repentino alarde de valor, le dice el número de la habitación en que se aloja. El taxista no responde. Una joven se sube al taxi, que se aleja bajo el frío y la lluvia.

Seis de la tarde. Salim todavía no ha escrito el fax para su cuñado. Sale a la calle, se compra un kebab y patatas fritas para cenar. Solo ha sido una semana, pero nota que está cogiendo peso, que cada vez está más gordo, más fofo en este país de Nueva York.

Cuando vuelve al hotel se sorprende al ver al taxista en el vestíbulo, con la manos hundidas en los bolsillos. Mira un expositor con postales en blanco y negro. Al ver a Salim, le sonríe con cierta timidez.

—He llamado a su habitación —dice—, pero no contestaba nadie. He pensado que podía esperarle.

Salim también sonríe, y le toca el brazo.

—Ya estoy aquí —dice.

Entran juntos en el mal iluminado ascensor y suben al quinto piso cogidos de la mano. El *ifrit* le pregunta a Salim si puede pasar un momento al baño.

—Me siento muy sucio —dice.

Salim asiente con la cabeza. Se sienta en la cama, que llena la mayor parte de la pequeña habitación blanca, y oye el ruido de la ducha. Salim se quita los zapatos, los calcetines y el resto de la ropa.

El taxista sale de la ducha, mojado, con una toalla a la cintura. No lleva puestas las gafas de sol, y en la penumbra de la habitación sus ojos arden con llamas de color escarlata.

Salim parpadea para contener las lágrimas.

—Ojalá pudiera ver lo que yo veo —dice.

—No concedo deseos —susurra el *ifrit* mientras se quita la toalla y empuja a Salim hacia la cama, con suavidad pero de manera irresistible.

Pasa una hora o más antes de que el *ifrit* se corra, entre espasmos y gemidos, en la boca de Salim. En ese tiempo, Salim se ha corrido ya dos veces. El semen del *jinn* tiene un sabor extraño, ardiente, y abrasa la garganta de Salim.

Salim va al baño y se lava la boca. Cuando vuelve a la habitación el taxista se ha quedado dormido en la blanca cama, roncando apaciblemente. Salim se mete en la cama con él y se acurruca junto al *ifrit*, imaginando el desierto en su piel.

Empieza a quedarse dormido cuando cae en la cuenta de que todavía no le ha escrito el fax a Fuad, y se siente culpable. En lo más profundo de su ser se siente vacío y solo: estira el brazo, coloca su mano sobre el hinchado pene del *ifrit* y, reconfortado, se queda dormido.

Se despiertan en mitad de la noche, se buscan, y hacen el amor otra vez. En un momento dado, Salim se percata de que está llorando, y de que el *ifrit* le besa las lágrimas con sus ardientes labios.

—¿Cómo te llamas? —le pregunta Salim al taxista.

—Hay un nombre en mi permiso de conducir, pero no es el mío —dice el *ifrit*.

Más tarde, Salim no podría recordar dónde terminó el sexo y comenzaron los sueños.

Cuando se despierta, con el frío sol colándose por la ventana en la blanca habitación, Salim está solo.

Además, no tarda en descubrir que su maletín de muestras ha desaparecido: todas las botellas, los anillos, las linternas y los suvenirs de cobre han desaparecido, junto con el maletín, y también su maleta, su cartera, su pasaporte y su billete de vuelta a Omán.

Encuentra unos vaqueros, la camiseta y el grueso jersey de lana tirados en el suelo. Debajo de ellos hay un permiso de conducir a nombre de Ibrahim bin Irem, una licencia de taxi con el mismo nombre y un juego de llaves con una dirección escrita en inglés en un trozo de papel. Las fotos del permiso y de la licencia no se parecen mucho a Salim pero, al fin y al cabo, tampoco se parecen demasiado al *ifrit*.

Suena el teléfono: llaman de recepción para recordarle que se ha cumplido ya el periodo de reserva, y que debe abandonar la habitación a la mayor brevedad posible para que puedan arreglarla y dejarla preparada para recibir al próximo cliente.

—No concedo deseos —dice Salim, paladeando las palabras en su boca.

Mientras se viste, se siente extrañamente mareado.

Nueva York tiene un trazado muy sencillo: las avenidas van de norte a sur, las calles de oeste a este. No será tan difícil, se dice a sí mismo.

Tira las llaves del coche al aire y las coge al vuelo. A continuación, se pone las gafas de sol de plástico negro que encuentra en uno de los bolsillos, y abandona el hotel para ir a buscar su taxi.

Capítulo ocho

He said the dead had souls, but when I asked him
How could that be —I thought the dead were souls,
He broke my trance. Don't that make you suspicious
That there's something the dead are keeping back?
Yes, there's something the dead are keeping back.
(Me dijo que los muertos tenían alma, pero cuando le pregunté
cómo podía ser —yo pensaba que los muertos eran almas—,
él me sacó del trance. ¿No te hace eso sospechar
que hay algo que los muertos no nos revelan?
Sí, hay algo que los muertos no nos revelan.)
ROBERT FROST, «*TWO WITCHES*»

La semana antes de Navidad suele ser tranquila para las funerarias, según descubrió Sombra durante la cena. El señor Ibis se lo explicó:

—Los que padecen una enfermedad desde hace tiempo resisten para ver una última Navidad —dijo el señor Ibis—, o incluso un último Año Nuevo; mientras que los otros, los que sufren aún más viendo la alegría y la felicidad de los que les rodean, no han sucumbido aún ante el último pase de *¡Qué bello es vivir!* y siguen esperando a que caiga la gota que colma el vaso, o quizá sería más apropiado decir: la copa de champán.

Y Jacquel hizo un ruidito, mitad risa, mitad bufido, que parecía indicar que se trataba de un chiste que hacía a menudo y del que se sentía especialmente orgulloso.

Ibis y Jacquel era una funeraria pequeña, de carácter familiar: una de las últimas funerarias realmente independientes de la zona, según el señor Ibis.

—En el sector comercial la gente suele decantarse por las marcas que se distribuyen a escala nacional —dijo.

El señor Ibis hablaba con explicaciones; su tono serio y suave le recordaba a Sombra a un profesor universitario que solía ir al Muscle Farm y no era capaz de mantener una conversación normal: hablaba siempre como si estuviera dando una conferencia, explicando, exponiendo. Sombra se había dado cuenta a los pocos minutos de conocer al señor Ibis de que lo que se esperaba de él en las conversaciones con el director de la funeraria era que interviniera lo menos posible. Estaban en un pequeño restaurante, a dos manzanas de la funeraria Ibis y Jacquel. Sombra pidió un desayuno completo para cenar —que venía con tortillas de maíz— mientras que el señor Ibis picoteaba de una porción de bizcocho.

—Y esto es así porque, en mi opinión, a la gente le gusta saber de antemano lo que está consumiendo. De ahí el éxito de McDonald's, Wal-Mart, F. W. Woolworth (Dios lo tenga en su gloria): marcas consolidadas que se pueden encontrar por todo el país. Estés donde estés, el producto que obtienes es, con pequeñas variaciones locales, el mismo.

»Sin embargo, en el campo de las funerarias, las cosas son, por fuerza, diferentes. Tienes que sentir que estás recibiendo un servicio personalizado, familiar, de alguien con auténtica vocación. Quieres atención personalizada para ti y para ese ser tan querido en un momento especialmente difícil. Deseas vivir tu duelo en un entorno familiar, no a escala nacional. Pero en todas las ramas de la industria (y la muerte es una industria, mi joven amigo, no se llame a engaño) uno hace dinero trabajando a gran escala, comprando al por mayor, centralizando las operaciones. Puede que suene feo, pero es la verdad. El problema es que la gente no quiere que sus seres más queridos viajen en un furgón refrigerado hasta un antiguo almacén reformado donde puede haber veinte, cincuenta o cien cadáveres más. No, señor. La gente prefiere pensar que los llevan a una empresa familiar, donde serán tratados con respeto por alguien que se llevará la mano al sombrero si se los cruza por la calle.

El señor Ibis llevaba sombrero. Era un sobrio tocado marrón, que hacía juego con su sobria chaqueta marrón y su sobrio rostro moreno, con aquellas gafitas de montura dorada sobre su nariz. Sombra pensaba en el señor Ibis como en un señor bajito; por eso, cuando estaba de pie a su lado, siempre le sorprendía comprobar que medía más de un metro ochenta, aunque tenía cierta tendencia a encorvarse.

—Así que cuando llegan las grandes empresas, compran el nombre de la empresa familiar, pagan a los directores de la funeraria para que se queden, crean una apariencia de diversidad. Pero es tan solo la punta de la lápida. En realidad, son tan locales como Burger King. Pero nosotros somos realmente independientes, y tenemos nuestros motivos. Nos encargamos personalmente del embalsamamiento, y somos los mejores del estado, aunque no lo sepa nadie más que nosotros. Sin embargo, no realizamos incineraciones. Podríamos ganar más dinero si tuviéramos nuestro propio crematorio, pero esa no es nuestra especialidad. Mi socio suele decir que si el Señor te ha otorgado un don, una habilidad, tienes la obligación de utilizarlo lo mejor que puedas. ¿No estás de acuerdo?

—Me parece bien —dijo Sombra.

—El Señor le dio a mi socio dominio sobre los muertos, del mismo modo que a mí me dio el don de la elocuencia. Algo maravilloso, las palabras. Escribo libros de cuentos, ¿sabes? Pero no tengo aspiraciones literarias, lo hago para divertirme. Relatos de vidas ajenas. —El señor Ibis hizo una pausa. Para cuando Sombra se percató de que debería haberle pedido que le dejara leer alguno, ya había pasado el momento—. En cualquier caso, lo que les ofrecemos aquí es continuidad: desde hace casi doscientos años siempre ha habido un Ibis y un Jacquel en la empresa. Aunque no siempre hemos sido directores de funeraria. Antes éramos embalsamadores y, antes de eso, enterradores.

—¿Y antes?

—Bueno —dijo el señor Ibis, sonriendo con cierta petulancia—, para eso hay que remontarse muy atrás en el tiempo. Por supuesto, no fue hasta después de la guerra civil cuando encontramos nuestro hueco en el mercado. Entonces fue cuando abrimos una funeraria para la gente de color que vivía en la región. Antes nadie nos veía como gente de color; éramos más bien extranjeros, exóticos, morenos, pero no de color. Una vez finalizada la guerra, al poco tiempo, nadie podía recordar ya los tiempos en los que no se nos consideraba negros. Mi socio siempre ha tenido la piel más oscura que yo. Fue una transición fácil. En definitiva eres lo que los demás creen que eres. Se me hacer raro cuando la gente habla de afroamericanos. Me hace pensar en la gente que ha nacido en Punt, Ofir o Nubia. Nosotros nunca nos hemos considerado africanos; éramos nativos del Nilo.

—¿Así que son ustedes egipcios? —preguntó Sombra.

El señor Ibis estiró hacia arriba su labio inferior y meneó la cabeza a un lado y a otro, como si tuviera un muelle, sopesando los pros y los contras, contemplando ambos puntos de vista.

—Pues sí y no. Egipcios para mí son los que viven actualmente en Egipto. Los que construyeron sus ciudades sobre nuestros cementerios y palacios. ¿Se parecen a mí?

Sombra se encogió de hombros. Había conocido a muchos negros que se parecían al señor Ibis. Y también había conocido a muchos blancos tan bronceados que se parecían al señor Ibis.

—¿Cómo está ese bizcocho? —preguntó la camarera mientras les servía más café.

—El mejor que he probado —respondió el señor Ibis—. Felicita a tu madre de mi parte.

—Lo haré —dijo, y se marchó.

—Es mejor no interesarse por la salud de nadie cuando uno dirige una funeraria. Pueden pensar que lo haces por interés comercial —dijo el señor Ibis en un tono más bajo—. ¿Vamos a ver si ya está preparada tu habitación?

Su aliento formaba pequeñas nubes en el aire nocturno. Las luces de Navidad parpadeaban en los escaparates de las tiendas por las que pasaban.

—Eres muy amable por darme alojamiento —dijo Sombra—. Te lo agradezco.

—Le debemos a tu jefe unos cuantos favores. Y Dios sabe que tenemos sitio de sobra. Es una casa grande y antigua. Antes éramos más, ahora solo quedamos tres. No supone ninguna molestia.

—¿Tienes idea de cuánto tiempo tendré que estar aquí?

El señor Ibis negó con la cabeza.

—No me dijo nada, pero estamos encantados de tenerte aquí, y podemos darte trabajo. Si no eres demasiado impresionable y tratas a los muertos con respeto, claro.

—Bueno —preguntó Sombra—, ¿y qué hacéis vosotros en Cairo? ¿Fue por el nombre de la ciudad o algo así?

—No, nada de eso. De hecho la región se llama así por nosotros, aunque casi nadie lo sabe. Antiguamente fue un enclave comercial.

—¿Cuando la conquista del Oeste?

—Puedes llamarlo así —dijo Ibis—. ¡Buenas noches, señorita Simmons! ¡Y feliz Navidad a usted también! Los que me trajeron aquí vinieron por el Misisipi hace mucho tiempo.

Sombra se paró en mitad de la calle, con los ojos desorbitados.

—¿Intentas decirme que los antiguos egipcios vinieron aquí para comerciar hace cinco mil años?

El señor Ibis no dijo nada, pero se rio a carcajadas. Entonces dijo:

—Tres mil quinientos treinta años. Año arriba, año abajo.

—Vale —dijo Sombra—. Te creo, supongo. ¿Qué comercializaban?

—Poca cosa —dijo el señor Ibis—. Pieles de animales, comida, cobre de las minas de la península que hay más arriba. En general fue una decepción. El esfuerzo no valió la pena. Se quedaron el tiempo suficiente para creer en nosotros, para ofrecernos algunos sacrificios y para que unos cuantos comerciantes murieran a causa de las fiebres y fueran enterrados aquí, dejándonos atrás. —Se paró bruscamente en mitad de la acera y dio la vuelta lentamente con los brazos extendidos—. Este país ha sido como la estación Grand Central de Nueva York durante diez mil años o más. Y tú dirás: ¿y qué hay de Colón?

—Claro —dijo Sombra, solícito—. ¿Qué pasa con él?

—Colón hizo lo que la gente venía haciendo desde hacía miles de años. No era nada especial llegar a América. He escrito algunas historias sobre esto, a ratos perdidos. —Echaron a andar de nuevo.

—¿Historias verídicas?

—Hasta cierto punto, sí. Ya te dejaré leer alguna, si quieres. Todo está ahí, cualquiera puede verlo con sus propios ojos. Personalmente (y esta es la opinión de alguien que está suscrito a la revista *Scientific American*), me da mucha pena cuando los estudiosos encuentran otro cráneo que les confunde, algo que perteneció a una persona que identifican de forma errónea, o cuando encuentran estatuas o artefactos que les llevan por el camino equivocado; porque ellos conciben lo inusual, pero no lo imposible, y precisamente por eso siento lástima por ellos, porque si algo resulta ser imposible ya no es susceptible de ser creído, sea verdad o no.

»Me explico: descubren un cráneo que demuestra que los ainu, los aborígenes del Japón, estuvieron en América hace nueve mil años. Luego descubren otro que demuestra que había polinesios en California unos dos mil años más tarde. Y todos los científicos se devanan los sesos intentando averiguar quién desciende de quién, y se equivocan por completo. Solo Dios sabe qué pasará si alguna vez descubren los túneles de emergencia de los hopi. Entonces si que se va a liar una buena, ya verás.

»¿Quieres saber si los irlandeses vinieron a América en la alta edad media? Por supuesto que sí, y los galeses y los vikingos, mientras que los africanos de la costa oeste (lo que más tarde se conocería como la costa de los esclavos o Costa de Marfil) comerciaban con América del Sur, y los chinos visitaron Oregón un par de veces: ellos lo llamaban Fu Sang. Los vascos establecieron sus caladeros secretos y sagrados junto a las costas de Terranova hace mil doscientos años.

»Ahora imagino que me dirás: «Pero, señor Ibis, eran pueblos primitivos; no tenían radio ni suplementos vitamínicos ni aviones».

Sombra no había dicho nada y ni tan siquiera pensaba hacerlo, pero tenía la sensación de que era lo que se esperaba de él y dijo:

—¿Y acaso no lo eran?

Las últimas hojas muertas del otoño crujían bajo las suelas de sus zapatos, heladas por el frío del invierno.

—El error está en creer que el hombre no había realizado travesías tan largas por mar antes de la época de Colón. Ya en lugares como Nueva Zelanda o Tahití o en innumerables islas del Pacifico se habían asentado pueblos cuya habilidad en el arte de la navegación habría dejado en ridículo al mismísimo Cristóbal Colón; y la riqueza de África provenía del comercio, principalmente con Oriente, con India y China. Mi pueblo, los habitantes del Nilo, descubrieron mucho antes que con una embarcación hecha de cañas se podía dar la vuelta al mundo si se disponía de la paciencia necesaria y de una buena provisión de agua dulce. De modo que ya lo ves, el principal inconveniente para venir a América en la antigüedad era que aquí no había mucho con qué comerciar, y que estaba demasiado lejos de todo.

Habían llegado a una casa inmensa, construida al estilo conocido como reina Ana. Sombra se preguntaba quién sería la reina Ana, y por qué le gustaban tanto las casas al estilo familia Addams. Era el único edificio en toda la manzana que no tenía las ventanas tapiadas. Atravesaron la verja y dieron la vuelta a la casa para entrar por la parte de atrás.

Entraron por unas gigantescas puertas de doble hoja que el señor Ibis abrió con una de las llaves que tenía en su llavero, y se encontraron en una habitación grande y fría ocupada por dos personas: un hombre muy alto, de piel oscura, con un enorme escalpelo metálico en la mano, y una chica muerta de apenas veinte años, tendida sobre un mueble largo de porcelana que parecía una mezcla de fregadero y mesa.

Había varias fotografías de la chica en un tablón de corcho en la pared, sobre el cadáver. En una de ellas se la veía sonriendo en una foto del instituto. En otra, posaba junto a otras tres chicas; iban vestidas como para el baile de graduación, y la muerta llevaba su negro cabello recogido en un complicado moño.

Ahora su cuerpo frío y sin vida descansaba sobre la porcelana, con el pelo suelto alrededor de los hombros con restos de sangre seca pegados.

—Este es mi socio, el señor Jacquel —dijo Ibis.

—Ya nos conocemos —dijo Jacquel—. Perdona que no te estreche la mano.

Sombra miró a la chica tendida sobre la mesa.

—¿Qué le pasó? —preguntó.

—No sabía escoger a sus novios —dijo Jacquel.

—No es mortal de necesidad —dijo el señor Ibis con un suspiro—, pero esta vez lo fue. Él estaba borracho, llevaba una navaja, y ella le contó que creía estar embarazada. Él no creyó que el niño fuera suyo.

—La apuñaló… —dijo el señor Jacquel, y se puso a contar. Se oyó un *clic* cuando pisó el interruptor del suelo para encender un pequeño dictáfono situado en una mesa cercana—, cinco veces. Presenta tres heridas por arma blanca en la parte anterior izquierda de la caja torácica. La primera se encuentra entre el cuarto y quinto espacio intercostal en el borde vertebral del seno izquierdo, 2,2 centímetros de longitud; la segunda y la tercera se hallan en la parte inferior izquierda del mediastino, penetran el sexto espacio intercostal, superpuestas, y miden tres centímetros. Herida de dos centímetros de longitud en la parte superior anterior izquierda del pecho en el segundo espacio intercostal, y otra de cinco centímetros de longitud y una profundidad máxima de 1,6 centímetros en el deltoides izquierdo anteromedial, una cuchillada. Todas las heridas del pecho son punzantes. No se aprecian otras lesiones externas.

Dejó de apretar el interruptor. Sombra vio un pequeño micrófono que colgaba de un cable sobre la mesa de embalsamar.

—¿Eres también el forense? —preguntó Sombra.

—El forense es un cargo político aquí —dijo Ibis—. Se limita a darle una patada al cadáver. Si no se la devuelve, firma el certificado de defunción. Jacquel es lo que llaman un prosector. Trabaja para el médico forense del condado. Realiza autopsias y guarda muestras de tejidos para los análisis. Ya ha fotografiado las heridas.

Jacquel los ignoraba. Cogió un escalpelo grande y realizó unas profundas incisiones en forma de «v» que empezaban en las clavículas y convergían al final del esternón, y después la «v» se transformó en una «y» con otra incisión en línea recta que iba desde el esternón hasta el pubis. Cogió lo que parecía un pequeño y pesado taladro de cromo con una hoja redonda del tamaño de un medallón en el extremo. Lo encendió y cortó las costillas a ambos lados del esternón.

La joven se abrió como si fuera un bolso.

De repente Sombra percibió un suave pero penetrante olor acre, como de carne.

—Pensaba que olería peor —dijo Sombra.

—La muerte es muy reciente —dijo Jacquel—. Y no le perforaron los intestinos, así que no huele a mierda.

Sombra se encontró desviando la mirada, no por repulsión, tal como había esperado, sino por el extraño deseo de respetar la intimidad de la chica. Resultaría difícil estar más desnudo que esta cosa abierta sobre la mesa.

Jacquel sacó los intestinos, brillantes y largos como una serpiente dentro del vientre, por debajo del estómago y en el interior de la pelvis. Los examinó palpándolos con detenimiento, centímetro a centímetro; los describió como «normales» dirigiéndose al micrófono, y los dejó en un cubo que había en el suelo. Succionó toda la sangre del pecho con una bomba, y midió su volumen. A continuación, examinó el interior del pecho. Volvió a hablar al micrófono:

—Presenta tres laceraciones en el pericardio, que se encuentra lleno de sangre coagulada y licuada. —Cogió el corazón, lo cortó por arriba, le dio la vuelta en la palma de su mano y lo examinó. Accionó el interruptor con el pie y dijo—: Hay dos laceraciones en el miocardio; una laceración de un centímetro y medio en el ventrículo derecho y una de 1,8 centímetros que penetra el ventrículo izquierdo.

Jacquel extrajo los pulmones. El izquierdo había sido apuñalado y estaba prácticamente colapsado. Pesó el corazón y los pulmones, y fotografió las heridas. De cada pulmón recogió una muestra de tejido, que guardó dentro de un bote.

—Formaldehído —susurró amablemente el señor Ibis.

Jacquel continuó hablándole al micrófono, describiendo lo que hacía, lo que veía, mientras extraía el hígado, el estómago, el bazo, el páncreas, ambos riñones, el útero y los ovarios.

Pesó cada uno de los órganos, los describió como normales y no dañados. De cada uno de ellos cogió una muestra y la guardó en un bote con formaldehído.

Del corazón, del hígado y de uno de los riñones extrajo una muestra adicional que masticó, despacio, haciéndola durar, comiendo mientras trabajaba.

De algún modo, a Sombra le pareció que lo que aquel hombre hacía estaba bien: era algo respetuoso, en absoluto obsceno.

—¿Así que quieres quedarte aquí una temporada? —dijo Jacquel mientras masticaba un trozo del corazón de la chica.

—Si no os importa —dijo Sombra.

—Claro que no —dijo el señor Ibis—. No hay ningún motivo

por el que no puedas quedarte y sí muchos para que te quedes. Estarás bajo nuestra protección mientras estés aquí.

—Espero que no te importe dormir bajo el mismo techo que los muertos —dijo Jacquel.

Sombra pensó en el roce de los labios de Laura, amargos y fríos.

—No —dijo—. Mientras sigan muertos, al menos.

Jacquel se volvió y lo miró con sus oscuros ojos marrones, tan inquisitivos y fríos como los de un perro del desierto.

—Aquí permanecen muertos —fue todo lo que dijo.

—Me parece —dijo Sombra—, me parece que los muertos vuelven a la vida con bastante facilidad.

—En absoluto —dijo Ibis—. Incluso los zombis se hacen a partir de los vivos, ¿sabes? Una pizca de polvo por aquí, unos cánticos por allá, un empujoncito, y ya tienes un zombi. Viven, pero creen que están muertos. Pero para devolver la vida a un muerto de verdad, en su propio cuerpo, hace falta poder. —Vaciló un momento y continuó—: En el viejo continente, en la antigüedad, resultaba más fácil.

—Podías unir el *ka* de un hombre a su cuerpo durante cinco mil años —dijo Jacquel—. Unirlo o apartarlo. Pero de eso hace mucho tiempo.

Cogió todos los órganos que había extraído y los devolvió, con sumo respeto, a la cavidad corporal. Colocó los intestinos y el esternón en su sitio y tiró de la piel para cubrirlos. A continuación, cogió una gruesa aguja e hilo y, con diestras y rápidas puntadas, unió la piel como si estuviera cosiendo una pelota de béisbol: el cadáver dejó de ser un pedazo de carne para convertirse de nuevo en una chica.

—Necesito una cerveza —dijo Jacquel.

Se quitó los guantes de goma y los tiró a la papelera. Luego tiró en un cesto la bata de color marrón oscuro. Entonces cogió una bandeja de cartón donde había ido colocando los botes que contenían las muestras de tejidos, pedacitos de carne rojos, marrones y morados.

—¿Vienes?

Subieron hasta la cocina por la escalera de atrás. Era marrón y blanca, una habitación sobria y respetable que parecía haber sido decorada por última vez en 1920. Había una gigantesca nevera Kelvinator que traqueteaba contra la pared. Jacquel abrió la puerta de la Kelvinator, puso los botes de plástico donde había guardado las muestras del bazo, del riñón, del hígado y del corazón. Sacó tres botellitas marrones. Ibis abrió un armario con puerta de cristal y sacó tres vasos de tubo. A continuación le hizo un gesto a Sombra para invitarle a que se sentara a la mesa de la cocina.

Ibis sirvió las cervezas y le pasó un vaso a Sombra y otro a Jacquel. Era una estupenda cerveza, amarga y tostada.

—Buena cerveza —dijo Sombra.

—La elaboramos nosotros mismos —dijo Ibis—. En la antigüedad eran las mujeres las que se encargaban de su elaboración. Eran mejores cerveceras que nosotros. Pero ahora ya solo quedamos tres. Yo, él y ella —dijo, señalando a la gatita marrón que dormía en su cesta en un rincón de la cocina—. Éramos más, al principio. Pero Set se fue de exploración hace, ¿cuánto?, ¿doscientos años? Puede ser, sí. Recibimos una postal suya desde San Francisco en 1905 o 1906. Desde entonces, nada. Y el pobre Horus...

Ibis dejó la frase sin terminar y meneó la cabeza.

—Todavía lo veo de vez en cuando —dijo Jacquel—. Cuando voy a recoger un cadáver.

Ibis dio un trago a su cerveza.

—Trabajaré para pagar mi estancia mientras esté aquí —dijo Sombra—. No tenéis más que decirme lo que queréis que haga.

—Te encontraremos algo que hacer —le dijo Jacquel.

La gatita marrón abrió los ojos y se levantó. Caminó por el suelo de la cocina y presionó con su cabeza la bota de Sombra. Este alargó la mano izquierda y le rascó la frente y detrás de las orejas. Ella se arqueó gozosa y, a continuación, saltó a su regazo, se apretó contra su pecho y tocó con su fría nariz la nariz de Sombra. Se acurrucó en su regazo y volvió a quedarse dormida. Sombra se puso a acariciarla: tenía el pelo muy suave, y ella estaba a gusto y calentita en su regazo: se comportaba como si estuviera en el lugar más seguro del mundo, y eso le reconfortaba.

La cerveza se le subió un poco a la cabeza.

—Tu habitación está al final de las escaleras, al lado del baño —dijo Jacquel—. La ropa de trabajo está colgada en el armario, ya la verás. Pero querrás asearte y afeitarte antes, imagino.

Sí quería. Se duchó en la bañera de hierro fundido y se afeitó, muy nervioso, con una navaja de afeitar que le había prestado Jacquel. Estaba obscenamente afilada y tenía el mango de madreperla; Sombra sospechó que normalmente la utilizaban para afeitar a los muertos por última vez. Era la primera vez que se afeitaba a navaja, pero no se cortó. Se enjuagó la espuma de afeitar, y se contempló desnudo en el espejo del baño, lleno de motitas negras. Estaba lleno de magulladuras: moratones recientes en el pecho y los brazos que se superponían con los que Sweeney *el Loco* le había dejado. Contempló el cabello húmedo y aquellos ojos de color gris oscuro que le miraban desde el espejo con desconfianza, miró las marcas en su piel color café.

Y entonces, como si alguien le estuviera sujetando la mano, levantó la navaja y se apoyó la hoja contra la garganta.

«Sería una salida —pensó—. Una salida fácil. Si hay alguien capaz de entenderlo, alguien que pueda limpiarlo todo y hacer lo que haya que hacer, son esos dos tipos que están en la cocina bebiendo cerveza. No más preocupaciones, no más Laura, no más misterios y conspiraciones, no más pesadillas. Solo paz y tranquilidad y descanso eterno. Un corte limpio, de oreja a oreja. Bastará con eso.»

Se quedó allí de pie, con la navaja en el cuello. Una gotita de sangre brotó del punto en que la cuchilla tocaba la piel. Ni siquiera se había dado cuenta de que se había cortado. «¿Ves? —se dijo, y casi podía escuchar el susurro de sus propias palabras—. No hay dolor. Demasiado afilada para que duela. Me habré ido sin ni siquiera enterarme.»

En ese momento, la puerta del baño se abrió tan solo unos pocos centímetros, lo suficiente para que la gatita marrón asomara la cabeza por la puerta y le dijera: «¿Mrr?», mirándole con curiosidad.

—¡Eh! —le dijo a la gata—. Pensaba que había cerrado con llave.

Guardó la navaja cortacuellos, la dejó en el lavabo y se secó el cortecito con un poco de papel higiénico. A continuación se puso una toalla alrededor de la cintura y volvió al dormitorio.

Su habitación, como la cocina, parecía haber sido decorada en los años veinte: había una palangana y un aguamanil al lado de la cómoda y del espejo. Olía a cerrado, como si hiciera tiempo que no la ventilaran, y cuando tocó las sábanas vio que estaban húmedas.

Alguien le había dejado algo de ropa encima de la cama: un traje negro, una camisa blanca, una corbata negra, ropa interior blanca y calcetines negros. Los zapatos negros estaban sobre la raída alfombra persa, junto a la cama.

Se vistió. La ropa era de buena calidad, aunque no parecía nueva. Se preguntó a quién habría pertenecido. ¿Llevaba los calcetines de un muerto? ¿Se estaría calzando los zapatos de un muerto? Se vistió y se miró en el espejo. Le sentaban como un guante: no le quedaba estrecha, y las mangas no eran demasiado cortas, como le solía suceder. Se colocó frente al espejo para hacerse el nudo de la corbata y esta vez le pareció que su reflejo le sonreía con aire burlón.

Ahora le parecía inconcebible que hubiera estado a punto de cortarse el cuello. Su reflejo continuaba sonriéndole mientras se hacía el nudo de la corbata.

—¡Eh! —le dijo—. ¿Sabes algo que yo no sepa?

Se sintió como un auténtico idiota.

La puerta se abrió con un chirrido y la gata se coló en la habitación y se subió al alféizar de la ventana.

—¡Eh! —le dijo a la gata—. He cerrado esa puerta. Sé que la he cerrado.

La gata lo miró con interés. Sus ojos eran de color amarillo oscuro, como el ámbar. Dio un salto del alféizar a la cama, donde se hizo un ovillo y se volvió a dormir, un círculo de gato sobre la vieja colcha.

Sombra dejó la puerta abierta, para que pudiera salir la gata y de paso se ventilara un poco la habitación, y bajó a la cocina. Las escaleras crujían bajo sus pies, protestando por el peso, como si lo único que quisieran fuera que las dejaran en paz.

—Caramba, te queda perfecto —dijo Jacquel. Le esperaba al pie de la escalera, vestido con un traje negro muy similar al de Sombra—. ¿Has conducido alguna vez un coche fúnebre?

—No.

—Siempre hay una primera vez —dijo Jacquel—. Está aparcado ahí delante.

Había muerto una anciana. Se llamaba Lila Goodchild. Siguiendo las instrucciones del señor Jacquel, Sombra subió la camilla de aluminio por una angosta escalera hasta la habitación y la desplegó junto a la cama. Cogió una bolsa de plástico azul translúcida, la extendió en la cama junto al cadáver de la mujer y abrió la cremallera. La anciana llevaba puestos un camisón rosa y una bata de guata. Sombra la cogió en brazos y envolvió su cuerpo frágil y liviano en una manta antes de meterla en la bolsa. Subió la cremallera y la puso sobre la camilla. Mientras Sombra se ocupaba del cadáver, Jacquel hablaba con un hombre muy anciano, el viudo de Lila Goodchild. O mejor dicho, Jacquel escuchaba mientras el hombre hablaba. Mientras Sombra metía el cadáver de la señora Goodchild en la bolsa, el hombre le contaba a Jacquel lo desagradecidos que habían sido sus hijos y también sus nietos, aunque eso no era culpa suya, sino de sus padres, de tal palo tal astilla, y le dijo que estaba convencido de que él los habría educado mucho mejor.

Sombra y Jacquel arrastraron la camilla hasta la angosta escalera. El anciano los seguía sin dejar de hablar, principalmente de dinero, de codicia y de ingratitud. Llevaba unas pantuflas en los pies.

Sombra cargó con el extremo más pesado de la camilla escaleras abajo, salieron a la calle y llevó la camilla rodando sobre la acera helada hasta el coche fúnebre. Abrió la puerta trasera del vehículo. Sombra vaciló, y Jacquel le dijo:

—Solo tienes que empujarla. Las patas se pliegan solas.

La empujó, las patas se plegaron, las ruedas giraron y la camilla se deslizó prácticamente sola hacia el interior del coche. Jacquel le enseñó cómo se ponían los cinturones para asegurarla, y Sombra cerró la puerta mientras Jacquel escuchaba al hombre que había estado casado con Lila Goodchild. El viejo parecía inmune al frío, con sus pantuflas y su albornoz en mitad de la acera en pleno invierno, y le decía a Jacquel que sus hijos eran unos buitres, peores que buitres carroñeros, esperando quedarse con lo poco que Lila y él habían podido ahorrar. Le contó también cómo se habían escapado juntos a Saint Louis, a Memphis, a Miami, y cómo finalmente habían ido a parar a Cairo, y lo aliviado que se sentía de que su mujer no se hubiera muerto en una residencia de ancianos, y el miedo que había pasado pensando que podía acabar así.

Acompañaron al viejo a su casa, por las escaleras, hasta su habitación. En un rincón del dormitorio que había compartido la pareja había una televisión encendida. Al pasar por delante, Sombra se percató de que el locutor del telediario le sonreía y le guiñaba un ojo. Tras asegurarse de que nadie podía verle le hizo una peineta.

—No tienen dinero —dijo Jacquel, una vez en el coche—. Vendrá a ver a Ibis mañana. Elegirá el funeral más barato. Supongo que sus amigos intentarán convencerle de que haga las cosas como Dios manda y lo celebre en el salón principal, pero él no querrá. No tiene dinero. Por aquí la gente no anda sobrada. De todas maneras, le quedan seis meses de vida. Un año como mucho.

Se veían caer los copos de nieve a la luz de los faros. La nieve venía del sur. Sombra preguntó;

—¿Está enfermo?

—No es eso. Las mujeres suelen vivir más que los hombres. Estos, los que son como él, no siguen vivos mucho tiempo una vez fallecen sus mujeres. Ya lo verás, ahora empezará a deambular por la casa y se dará cuenta de todas las cosas que se van con ella. Se sentirá cada vez más cansado, se irá abandonando y, finalmente, tirará la toalla y se morirá. Se lo llevará una neumonía, un cáncer o simplemente un paro cardíaco. Cuando eres viejo ya no tienes fuerza para luchar. Entonces te mueres.

Sombra se quedó pensativo.

—Eh, Jacquel, ¿puedo preguntarte una cosa?

—¿Sí?

—¿Crees en el alma? —No era exactamente lo que quería preguntar, y le sorprendió oír esas palabras de sus propios labios. Pretendía ser algo menos directo, pero no encontró una manera menos franca de plantear la pregunta.

—Depende. En mis tiempos, todo estaba perfectamente claro. Cuando morías te ponías a la cola, y tenías que responder de tus actos, buenos y malos, y, si los malos pesaban más que una pluma, tu corazón y tu alma se entregaban a Ammet, el Devorador de Almas.

—Debió de comerse a mucha gente.

—No tantos como piensas. Aquella pluma se hizo *ex profeso*, y pesaba mucho. Había que ser realmente malvado para que la balanza se inclinara de tu lado. Para ahí, en la gasolinera. Vamos a echar gasolina.

En la calle reinaba el silencio típico de las primeras nieves.

—Vamos a tener unas Navidades blancas —dijo Sombra mientras llenaba el depósito.

—Sí. Mierda. Ese chico era un hijo de virgen con mucha suerte —espetó Jacquel.

—¿Jesucristo?

—Un tipo muy afortunado. Podía caer en una fosa séptica y salir oliendo a rosas. ¡Joder! Y ni siquiera es su cumpleaños, ¿lo sabías? Se adjudicó el de Mitra. ¿Has conocido ya a Mitra? Lleva una gorra roja. Un buen chico.

—No, me parece que no.

—Bueno... Nunca he visto a Mitra por aquí. Era hijo de militar. Es posible que regresara a Oriente Medio, a descansar, pero supongo que a estas alturas ya se habrá ido. A veces pasa; un día todo soldado del imperio tiene que ducharse con la sangre del toro expiatorio y al día siguiente ni siquiera se acuerdan de tu cumpleaños.

Los limpiaparabrisas apartaban la nieve a un lado, amontonando los copos y creando remolinos de cristalino hielo.

El semáforo se puso en ámbar unos instantes y luego cambió a rojo, y Sombra pisó el freno. El coche fúnebre coleó y patinó sobre el desierto asfalto antes de detenerse.

La luz cambió a verde. Sombra conducía a dieciséis kilómetros por hora, que parecía la velocidad más adecuada para circular por las heladas carreteras. Estaba encantado de poder ir en segunda: supuso que el coche fúnebre circularía normalmente a esa velocidad, provocando embotellamientos.

—Muy bien —dijo Jacquel—. Pues sí, a Jesús no le va nada mal por aquí. Pero conocí a un tipo que dijo haberlo visto haciendo dedo en una carretera de Afganistán y que nadie le recogía. Todo depende de en qué lugar estés.

—Creo que se avecina una tormenta de verdad —dijo Sombra. Estaba hablando del tiempo.

Sin embargo, al responderle, Jacquel no hablaba precisamente del tiempo.

—Míranos a Ibis y a mí. Dentro de unos años tendremos que echar el cierre. Tenemos ahorros suficientes para aguantar las vacas flacas, pero llevamos ya mucho tiempo así, y cada año que pasa vienen más flacas. Horus está loco, como una puta cabra; se pasa el día como un halcón, come animales que han muerto atropellados, ¿qué clase de vida es esa? Ya has visto a Bast. Y eso que estamos en mejor forma que la mayoría. Al menos conservamos algo de fe para ir tirando. La mayoría de esos idiotas no tienen ni eso. Es como el negocio de las pompas fúnebres: las grandes empresas se harán un día con él, nos guste o no, porque son más grandes, más eficientes y porque ellos sí trabajan. No sirve de nada luchar, porque ya perdimos esa batalla cuando llegamos a estas verdes tierras hace cien, mil o diez mil años. Llegamos aquí, y a América no le importó ni lo más mínimo que hubiéramos llegado. Así que o nos compran, o seguimos adelante, o carretera y manta. O sea, que sí. Se avecina tormenta.

Sombra entró en la calle donde todas las casas, menos una, estaban muertas, con las puertas y las ventanas tapiadas.

—Entra por el callejón de atrás —dijo Jacquel.

Entró marcha atrás con el coche fúnebre prácticamente hasta la puerta de doble hoja de la parte trasera de la casa. Ibis se bajó del coche y abrió las puertas de atrás, y Sombra soltó los cinturones de la camilla y la sacó. Las patas con ruedas salieron en cuanto pasaron del parachoques. Llevó la camilla hasta la mesa de autopsias. Cogió a Lila Goodchild en brazos como si fuera un bebé dormido, y la dejó con sumo cuidado sobre la mesa en la gélida morgue, como si temiera despertarla.

—Tenemos una tabla para pasarla de la camilla a la mesa —dijo Jacquel—. No tienes que llevarla en brazos.

—No pasa nada —dijo Sombra. Su voz empezaba a sonar como la de Jacquel—. Soy un tipo grande. No me importa.

De niño, Sombra había sido muy pequeño para su edad, todo codos y rodillas. La única fotografía suya de crío que a Laura le gustó lo suficiente como para enmarcarla mostraba a un chaval con expresión solemne, cabello rebelde y ojos oscuros, de pie junto a una mesa repleta de galletas y pasteles. Sombra creía recordar que le habían hecho esa foto en una fiesta de Navidad de la embajada, porque iba de punta en blanco y llevaba pajarita; parecía un muñeco. Contemplaba con expresión solemne el mundo de adultos que le rodeaba.

Sombra y su madre se habían mudado de casa muchas veces, primero por toda Europa, de embajada en embajada, donde ella trabajaba en el departamento de asuntos exteriores transcribiendo y enviando telegramas clasificados a todo el mundo, y después, cuando tenía ocho años, por Estados Unidos, donde su madre, que caía enferma demasiado a menudo como para conservar un trabajo fijo, se trasladaba continuamente de una ciudad a otra, un año aquí y otro allá, aceptando trabajos temporales en las épocas en que se encontraba mejor. Nunca se quedaron en ningún sitio el tiempo suficiente como para que Sombra hiciera amigos, para que se sintiera en casa, para que se relajara. Y era un niño muy pequeño…

Pero creció muy rápido. En la primavera del año que cumplió los trece, los otros niños se metían con él y le empujaban a meterse en peleas que sabían que tenían ganadas de antemano, de las que Sombra salía corriendo, furioso y a menudo llorando, para irse al baño de chicos a limpiarse el barro o la sangre de la cara antes de que alguien pudiera verle de esa guisa. Y entonces llegó el verano, el largo y mágico verano del año que cumplió los trece, que dedicó a mantenerse alejado de los niños más grandes, a nadar en la piscina pública y a leer libros de la biblioteca en la piscina. Cuando empezó el verano apenas si sabía nadar. A finales de agosto nadaba a crol con soltura, un largo tras otro, se tiraba desde el trampolín más alto y, con tanto sol y tanta agua, adquirió un intenso bronceado. En septiembre volvió al colegio y se dio cuenta de que los chicos que le habían hecho la vida imposible todo ese tiempo eran pequeños y débiles, y de que ya no podían amenazarle. A los dos que lo intentaron les enseñó buenos modales aplicándoles un procedimiento rápido, implacable y doloroso y, de este modo, Sombra descubrió que se había reinventado a sí mismo: ya no volvería a ser ese niño callado que intenta quedarse al margen de todo para que no se metan con él. Ahora era demasiado grande, demasiado obvio. A finales de ese año formaba parte del equipo de natación y del de halterofilia, y el entrenador intentaba convencerle para que entrara también en el equipo de triatlón. Le gustaba ser grande y fuerte. Le proporcionaba una identidad. Había sido un chaval tímido y silencioso, un ratón de biblioteca, y lo había pasado muy mal; ahora era un tío grande y tonto, y lo único que se esperaba de él era que fuera capaz de trasladar un sofá a la habitación de al lado a pulso y sin ayuda.

Hasta que llegó Laura, claro.

El señor Ibis había preparado la cena: arroz y verduras hervidas para él y el señor Jacquel.

—Yo no como carne —le explicó—, y Jacquel come toda la carne que necesita mientras trabaja.

Junto al cubierto de Sombra había una caja de cartón con trozos de pollo del KFC y un botellín de cerveza.

Había más pollo del que Sombra podía comer, así que compartió las sobras con la gata, después de retirar la piel y el crujiente rebozado y desmenuzar la carne con los dedos.

—Había un tipo en la cárcel llamado Jackson —dijo Sombra mientras comía— que trabajaba en la biblioteca. Me contó que cambiaron el nombre de Kentucky Fried Chicken por KFC porque lo que venden ya no es pollo. Es una cosa mutante modificada genéticamente, como un ciempiés gigante sin cabeza, todo muslos, pechugas y alas. Los alimentan a través de tubos. El tipo me dijo que el gobierno les había prohibido que emplearan la palabra «pollo».

El señor Ibis arqueó las cejas.

—¿Crees que es verdad?

—No. Mi compañero de celda, Low Key, decía que le habían cambiado el nombre porque los fritos ya no están bien vistos. A lo mejor querían que la gente pensara que el pollo se cocinaba solo.

Después de cenar Jacquel se disculpó y bajó al depósito de cadáveres. Ibis se fue a escribir al estudio. Sombra se quedó en la cocina un rato más, dándole de comer a la gata trocitos de pechuga y bebiéndose tranquilamente la cerveza. Cuando el pollo y la cerveza se acabaron, lavó los platos y los cubiertos, los puso a secar en el escurridor y se fue a su habitación.

Se dio un baño en la bañera con patas en forma de garras y se lavó los dientes con su cepillo de viaje. Al día siguiente, decidió, se compraría uno nuevo.

Al llegar a la habitación vio que la gatita marrón se había quedado dormida una vez más a los pies de la cama, dibujando una media luna con su peludo cuerpecillo. En el segundo cajón del tocador encontró varios pijamas de algodón a rayas. Parecía que tuvieran setenta años pero olían a limpio, así que sacó uno y se lo puso y, como le había sucedido con el traje negro, parecía hecho a su medida.

Había unos cuantos ejemplares del *Reader's Digest* apilados en la mesilla de noche, ninguno con fecha posterior a marzo de 1960. Jackson, el tipo de la biblioteca —el mismo que le había jurado que la historia de los pollos mutantes del Kentucky Fried Chicken era cierta, y que le había contado la historia de los trenes de mercancías negros que el gobierno empleaba para trasladar a los presos políticos a los campos de concentración secretos que había en California, que cruzaban el país al amparo de la noche— le había contado también que la CIA utilizaba las oficinas del *Reader's Digest* como tapadera de las que tenía por todo el mundo. Según él, todas las corresponsalías que la revista tenía repartidas por el mundo eran en realidad oficinas de la CIA.

«Me sé un chiste nuevo de la CIA —pensó Sombra, recordando la voz del difunto señor Madera—. ¿Cómo podemos estar seguros de que la CIA no tuvo nada que ver con el asesinato de Kennedy?»

Sombra abrió la ventana unos centímetros, lo suficiente para que entrara un poco de aire fresco, y para que la gata pudiera salir al balcón.

Encendió la lámpara de la mesilla, se metió en la cama y leyó un rato. Solo quería distraerse un poco, sacarse de la cabeza todo lo que había ocurrido en los últimos días, así que eligió los artículos más aburridos de los números más aburridos del *Reader's Digest*. Se le empezaron a cerrar los ojos en mitad de un artículo titulado: «Soy el páncreas de Joe». Apenas tuvo tiempo de apagar la luz de la mesilla y apoyar la cabeza en la almohada antes de quedarse profundamente dormido.

Nunca más pudo recuperar las secuencias y detalles de aquel sueño: los intentos de recordarlo no dieron más resultado que un conjunto de imágenes oscuras, subexpuestas en el cuarto oscuro de su mente. Había una chica. La había conocido en alguna parte y ahora estaban juntos, cruzando un puente. Este iba de una orilla a otra de un pequeño lago, en medio de una ciudad. El viento ondulaba la superficie del agua, levantando olas con la cresta blanca que a Sombra le parecían manos diminutas que intentaban alcanzarle.

—Baja —dijo la mujer. Llevaba una falda de leopardo que se subía y se agitaba con el viento, y la carne que asomaba por encima de los calcetines y por debajo de la falda era cremosa y suave, y en su sueño, en el puente, ante Dios y el mundo entero, Sombra se arrodilló frente a ella, hundió la cabeza en su entrepierna y bebió de la intoxicante esencia de la selvática mujer. Se percató, en sueños, de que tenía una erección real, una cosa monstruosa, rígida, palpitante, tan dolorosa en su dureza como las erecciones que tenía de niño, cuando irrumpió la pubertad sin que él tuviese ni idea de lo que eran aquellas repentinas rigideces, sabiendo únicamente que lo asustaban.

Apartó la cabeza y miró hacia arriba, pero no podía verle la cara. Su boca buscaba la de ella y sentía el suave roce de sus labios en los suyos, y agarraba sus pechos con las manos, que inmediatamente empezaron a deslizarse por su piel suave como la seda, presionando con los dedos para apartar el pelo que cubría su cintura, y descendiendo hacia su maravillosa hendidura, que, húmeda y cálida, se abría para él como una flor.

La mujer ronroneaba de gozo mientras bajaba la mano para agarrarle el pene y apretarlo. Apartó las sábanas y se puso encima de ella, le separó los muslos con sus manos, introduciendo una de ellas entre sus piernas hacia el punto en el que una embestida, un mágico empujón....

De repente, estaba otra vez en su antigua celda con ella, besándola con pasión. La mujer lo abrazaba con fuerza, con brazos y piernas, para que el no pudiera salir aunque quisiera.

Nunca había besado unos labios tan suaves. Jamás habría imaginado que pudiera haber unos labios tan suaves en el mundo. Su lengua, sin embargo, era áspera como el papel de lija.

—¿Quién eres? —preguntó.

Ella no contestó; se limitó a empujarle para que se tendiera sobre la espalda y, con un ágil movimiento, se puso a horcajadas sobre él y empezó a montarle. No, a montarle no: a insinuarse contra él con movimientos suaves y ondulantes, cada uno más vigoroso que el anterior, golpes, sacudidas, ritmos que rompían contra su mente y su cuerpo como las olas del lago que rompían en la orilla. Tenía las uñas afiladas como agujas y le perforaban el costado, hurgando en la herida, pero no sentía dolor, solo placer; todo se trasmutaba como por arte de magia en momentos de absoluto placer.

Luchaba por encontrarse a sí mismo, por poder hablar; su cabeza estaba ahora llena de dunas y de vientos del desierto.

—¿Quién eres? —preguntó de nuevo, casi sin aliento.

Ella lo miró con sus ojos de color ámbar oscuro, luego bajó la cabeza y le besó con tal pasión y tal entrega que allí, en el puente sobre el lago, en la celda, en la cama de la funeraria de Cairo, estuvo a punto de correrse. Se dejó llevar por esa sensación del mismo modo que una cometa se deja llevar por un huracán, deseando que no lo llevara demasiado alto, deseando no explotar, y que aquello nunca acabara. Trató de recuperar el control. Tenía que advertirle.

—Mi mujer, Laura, te matará.

—A mí no —dijo ella.

Algo absurdo brotó espontáneamente en algún lugar de su cabeza: en la Edad Media se decía que si una mujer se ponía encima durante el coito concebía a un obispo. De ahí la frase: vamos a por el obispo...

Quería saber su nombre, pero no se atrevía a preguntarle por tercera vez, y ella se apretaba contra su pecho de tal modo que él notaba perfectamente los erectos pezones de la mujer en la piel. Ella lo exprimía, de algún modo lo exprimía allí abajo muy dentro, y esta vez no podía dejarse llevar, esta vez era ella la que lo dominaba, agarrándole, dándole vueltas, revolcándolo por la cama, y él se arqueaba, penetrándola tan hondo como podía imaginar, como si, en cierto modo, los dos formaran parte de una misma criatura, saboreando, bebiendo, agarrando, deseando...

—Déjate llevar —dijo ella, y su voz era gutural como el ronroneo de un gato—. Dámelo. Déjate llevar.

Y él se corrió, entre espasmos; su mente se licuó y luego se fue sublimando lentamente de un estado al siguiente.

En algún lugar allí dentro, al final, respiró hondo; una bocanada de aire fresco recorrió un largo camino hasta llegar a sus pulmones, y en ese preciso instante se dio cuenta de que había estado conteniendo la respiración durante mucho tiempo. Tres años, por lo menos. Puede que incluso más.

—Ahora descansa —dijo ella, y besó sus párpados con aquellos labios tan suaves—. Suéltalo. Suéltalo todo.

Se quedó dormido; cayó en un sopor profundo y reparador, sin sueños; se sumergió en él hasta el fondo y lo abrazó.

La luz era extraña. Eran —miró su reloj— las siete menos cuarto de la mañana, y todavía no había amanecido pero la habitación estaba sumida en una penumbra de color azul claro. Se levantó de la cama. Estaba seguro de que se había puesto el pijama antes de acostarse, pero ahora estaba desnudo, y tenía frío. Fue hasta la ventana y la cerró.

Aquella noche había pasado una tormenta de nieve: habían caído unos quince centímetros, quizá más. El rincón de la ciudad que Sombra podía divisar desde su ventana, sucio y decrépito, se había transformado en algo limpio y diferente: aquellas casas ya no estaban abandonadas y olvidadas, eran elegantes edificios congelados. Las calles habían desaparecido por completo, enterradas bajo un manto de nieve blanca.

Una idea le rondaba la cabeza. Algo sobre la fugacidad. Parpadeó un instante y se fue.

Veía tan bien como a plena luz del día.

En el espejo, Sombra notó algo extraño. Se acercó más y se contempló, desconcertado. Todos los moratones habían desaparecido. Se palpó el costado, presionando con fuerza, buscando alguno de aquellos intensos dolores que daban testimonio de que había conocido al señor Madera y al señor Piedra, buscando los moratones ya verdosos que Sweeney *el Loco* le había regalado, y no encontró nada. Tenía la cara limpia y sin señales. Sus costados, sin embargo, y su espalda (se giró para comprobarlo) estaban llenos de arañazos que parecían marcas de garras.

Entonces no lo había soñado. No del todo.

Sombra abrió los cajones y se puso lo primero que encontró: un par de Levi's viejos, una camisa, un grueso jersey azul y un abrigo negro de enterrador que encontró colgado en el armario que había al fondo de la habitación.

Se calzó sus viejos zapatos.

Toda la casa dormía. Bajó sigilosamente, intentando que las tablas del suelo no crujieran, salió al exterior (por la puerta principal, no por la del depósito de cadáveres, no aquella mañana, no si no era estrictamente necesario) y caminó por la nieve, hollando profundamente la nieve virgen. Había más claridad fuera de lo que parecía desde dentro de la casa, y la nieve reflejaba la luz del cielo.

Después de caminar quince minutos llegó a un puente con un cartel enorme a un lado que anunciaba que estaba abandonando el histórico Cairo. Había un hombre bajo el puente, alto y desgarbado, fumando un cigarrillo y tiritando sin cesar. Sombra creyó reconocerlo, pero la luz reflejada en la nieve le jugaba malas pasadas, y se acercó un poco más para asegurarse. El hombre llevaba una cazadora vaquera parcheada y una gorra de béisbol.

Una vez debajo del puente, en la oscuridad del invierno, ya estaba lo bastante cerca para ver la mancha morada que tenía alrededor del ojo. Le dijo:

—Buenos días, Sweeney *el Loco*.

Todo estaba en silencio. Ni siquiera los coches perturbaban el silencio de las nieves.

—¿Hola, qué tal? —dijo Sweeney *el Loco*. No alzó la vista. El cigarrillo estaba liado a mano.

—Si sigues merodeando por los puentes, Sweeney —le dijo Sombra—, la gente pensará que eres un *troll*.

Esta vez Sweeney *el Loco* alzó la vista. Sombra pudo distinguir el blanco de sus ojos alrededor del iris. El tipo parecía asustado.

—Te estaba buscando —le dijo—. Tienes que ayudarme, tío. Esta vez la he cagado pero bien.

Le dio una calada al cigarrillo y lo apartó de sus labios. El papel se le quedó pegado al labio inferior, el cigarrillo se desbarató y el tabaco se desparramó sobre su barba color jengibre y la pechera de su mugrienta camiseta. Sweeney se lo sacudió, espasmódicamente, con sus ennegrecidas manos, como si fuera un insecto peligroso.

—Me estoy quedando sin recursos —dijo Sombra—. Pero ¿por qué no me dices lo que necesitas? ¿Quieres que te traiga un café?

Sweeney negó con la cabeza. Sacó una petaca y papel de fumar del bolsillo de su cazadora vaquera y empezó a liarse otro cigarrillo. Se le erizaba la barba y movía la boca mientras lo liaba, pero no dijo una sola palabra. Lamió el adhesivo del papel de fumar y lo alisó entre los dedos para cerrarlo. El resultado presentaba un parecido más que remoto con un cigarrillo auténtico. Entonces dijo:

—No soy un *troll*, mierda. Esos cabrones sí que son chungos.

—Ya sé que no eres un *troll*, Sweeney —dijo Sombra con suavidad, confiando en que no sonará demasiado paternalista—. ¿Cómo puedo ayudarte?

Sweeney *el Loco* abrió su mechero Zippo, y el primer centímetro de cigarrillo ardió e inmediatamente se convirtió en ceniza.

—¿Recuerdas que te enseñé cómo sacar una moneda de la nada? ¿Lo recuerdas?

—Sí —dijo Sombra. Visualizó mentalmente la moneda de oro, la vio caer en el ataúd de Laura, la vio brillar colgada de su cuello.

—Cogiste la moneda equivocada, amigo.

Un coche se aproximó al puente y los deslumbró con los faros. Redujo la velocidad al pasar por su lado, paró y una de las ventanillas se bajó.

—¿Todo en orden, caballeros?

—De maravilla, gracias, agente —dijo Sombra—. Estamos dando un paseo matutino.

—De acuerdo —dijo el policía. Dio la impresión de que no se creía que todo estuviera bien. Se quedó esperando. Sombra pasó una mano por los hombros de Sweeney *el Loco* y se lo llevó hacia las afueras de la ciudad, lejos del coche de policía. Oyó el zumbido del elevalunas, pero el coche se quedó donde estaba.

Sombra caminaba. Sweeney *el Loco* también, y de vez en cuando se tambaleaba. Pasaron junto a un cartel que rezaba: CIUDAD FUTURA. Sombra imaginó una ciudad llena de chapiteles y torres de Frank R. Paul, resplandecientes y de suaves colores primarios, coches voladores con carlingas en forma de burbuja yendo y viniendo de una torre a otra como rutilantes abejas. Eso era la Ciudad Futura, y por alguna razón, Sombra dudaba de que se fuera a construir en Cairo.

El coche de policía pasó lentamente a su lado, y luego dio la vuelta y volvió a la ciudad, acelerando por la carretera nevada.

—Y ahora, ¿por qué no me cuentas qué te preocupa? —dijo Sombra.

—Hice lo que él me dijo. Hice exactamente lo que él me dijo, pero te di la moneda equivocada. No era esa la que tenía que darte. Esa es para la realeza, ¿entiendes? Ni siquiera debería haber podido cogerla. Es la moneda que le daría al mismísimo rey de América, y no a un mindundi como tú o como yo. Y ahora estoy con el agua al cuello. Devuélveme la moneda, tío. Si me la devuelves, no volverás a verme; te lo juro por el puto Bran, ¿vale? Te lo juro por todos los años que he pasado en los putos árboles.

—¿Hiciste lo que te dijo quién, Sweeney?

—Grimnir. El tipo al que tú llamas Wednesday. ¿Sabes quién es? ¿Quién es en realidad?

—Sí. Creo que sí.

Había una mirada de pánico en los dementes ojos azules del irlandés.

—No era nada malo. Nada que pudieras… nada malo. Solo me dijo que estuviera en el bar y provocara una pelea contigo. Me dijo que solo quería saber de qué pasta estabas hecho.

—¿Te pidió que hicieras algo más?

Sweeney se estremeció y se movió con nerviosismo. De entrada, Sombra pensó que era por el frío, pero luego supo que había visto antes esa forma de tiritar y estremecerse. En la cárcel: eran las convulsiones propias de un yonqui. Sweeney tenía el mono, y Sombra habría apostado lo que fuera a que era mono de heroína. ¿Un *leprechaun* yonqui? Sweeney *el Loco* le quitó la brasa al cigarrillo con los dedos, la tiró al suelo y se guardó el resto amarillento en el bolsillo. Se frotó las sucias manos y se echó el aliento para calentarse un poco. Su voz era como un lamento:

—Mira, solo quiero que me devuelvas la puta moneda. Te daré otra igual de buena. Qué coño, te daré un cargamento entero.

Se quitó la mugrienta gorra de béisbol; entonces, con la mano derecha, dio un golpe al aire y sacó una enorme moneda de oro. La echó en su gorra. A continuación sacó otra de su propio aliento condensado en el aire, y luego otra, y fue sacando monedas del aire hasta que tuvo la gorra tan llena que ya no podía sostenerla con una sola mano.

Le ofreció a Sombra la gorra repleta de oro.

—Aquí tienes —dijo—. Quédatelas y devuélveme la moneda que te di.

Sombra miró la gorra, preguntándose cuánto valdría su contenido en total.

—¿Y dónde voy a gastar estas monedas, Sweeney? —preguntó Sombra—. ¿Conoces muchos sitios donde cambien oro por dinero?

Por un momento creyó que el irlandés le iba a pegar, pero ese instante pasó y el irlandés se quedó allí plantado, sujetando la gorra con las dos manos como Oliver Twist. Entonces sus ojos se llenaron de lágrimas que empezaron a rodar por sus mejillas. Cogió la gorra y volvió a ponérsela —vacía ya, salvo por la grasienta cinta para el sudor— sobre su ralo cabello.

—Tienes que hacerlo, tío —le decía—. ¿No te enseñé yo cómo hacerlo? Te enseñé a sacar monedas del tesoro. Te enseñé dónde estaba escondido. El tesoro del sol. Solo te pido que me devuelvas esa moneda. No era mía.

—Ya no la tengo.

Sweeney *el Loco* dejó de llorar y sus mejillas se encendieron.

—Tú, tú, maldito... —dijo, pero las palabras le fallaron, y su boca se abría y se cerraba sin emitir sonido alguno.

—Te estoy diciendo la verdad —dijo Sombra—. Lo siento. Si la tuviera te la devolvería. Pero se la di a otra persona.

Sweeney posó sus mugrientas manos sobre los hombros de Sombra, y lo miró fijamente con sus ojos azul claro. Las lágrimas habían dejado surcos en la sucia cara de Sweeney.

—Mierda —dijo. A Sombra le llegaba el olor a tabaco y a sudor de whisky y cerveza—. Estás diciendo la verdad, cabrón. Se la diste a alguien porque sí, porque te dio la gana. Me cago en tus ojos oscuros, se la diste a alguien.

—Lo siento.

Sombra rememoró el ruido sordo que había hecho la moneda al caer en el ataúd de Laura.

—Lo sientas o no, estoy acabado, estoy jodido. —Estaba llorando otra vez, y un moco transparente asomaba por su nariz. Sus palabras empezaron a disolverse en sílabas, sin llegar a cuajar en una palabra—. Bah-bah-bah-bah-bah. Muh-muh-muh-muh-muh.

Se limpió con la manga la nariz y los ojos, dejando su rostro lleno de churretes y extendiéndose el moco por la barba y el bigote.

Sombra le apretó el antebrazo a Sweeney en un forzado gesto de solidaridad masculina, como queriendo decir: «estoy aquí».

—Desearía no haber nacido —dijo Sweeney *el Loco* un rato después. Alzó la vista—. El tipo al que se la diste, ¿me la devolvería?

—Es una mujer. Y no sé dónde está. Pero no, no creo que te la diera.

Sweeney suspiró con tristeza.

—Cuando era joven conocí a una mujer, bajo las estrellas, que me dejó sobarle las tetas y me leyó el futuro. Me dijo que acabaría destrozado y abandonado al oeste del amanecer, y que una baratija de una mujer muerta sellaría mi destino. Yo me reí, me serví más vino de cebada y seguí sobándole las tetas un poco más, y besé sus preciosos labios. Aquellos sí que fueron buenos tiempos (el primero de aquellos grises monjes no había llegado aún a nuestra tierra, ni siquiera habían surcado el verde mar hacia el oeste). Y ahora —se interrumpió en mitad de la frase, se volvió hacia Sombra, lo miró fijamente y, en tono de reproche, dijo—: No deberías fiarte de él.

—¿De quién?

—De Wednesday. No te fíes de él.

—No tengo por qué hacerlo. Solo trabajo para él.

—¿Te acuerdas de cómo hacerlo?

—¿El qué?

Sombra tenía la impresión de estar hablando con una docena de personas diferentes. El autoproclamado *leprechaun* parloteaba y saltaba de personaje en personaje, de tema en tema, como si las pocas neuronas que le quedaban estuvieran en combustión, ardiendo, y se estuvieran extinguiendo para siempre.

—Las monedas, tío. Las monedas. Te lo enseñé. ¿No te acuerdas?

El irlandés alzó dos dedos a la altura de su cara, los miró fijamente y se sacó una moneda de la boca. Se la tiró a Sombra, que alargó la mano para cogerla, pero se quedó con la mano vacía.

Sweeney cruzó la carretera tambaleándose. Ya había amanecido y todo era blanco y gris. Sombra fue tras él. Sweeney caminaba a grandes zancadas, como si fuera a caerse todo el tiempo y sus piernas estuvieran ahí para evitarlo, proporcionándole el impulso necesario para dar la siguiente zancada. Cuando llegaron al puente, se apoyó en los ladrillos con una mano, se volvió y dijo:

—¿Tienes unos cuantos pavos? No necesito mucho, lo justo para comprar un billete que me saque de aquí. Con veinte dólares me apaño. ¿Tienes un billete de veinte? ¿Un mísero billete de veinte?

—¿Adónde vas a ir con solo veinte dólares para el autobús? —preguntó Sombra.

—Fuera de aquí —contestó Sweeney—. Con eso podré huir antes de que estalle la tormenta. Huir de un mundo en el que los opiáceos se han convertido en la religión de las masas. Huir de… —y se interrumpió, se limpió la nariz con el dorso de la mano y esta en la manga.

Sombra se sacó del bolsillo un billete de veinte y se lo dio.

—Toma.

Sweeney lo arrugó y se lo guardó bien en el bolsillo de su cazadora vaquera llena de lamparones, bajo un parche en el que se veían dos buitres posados en una rama muerta y una frase que apenas se podía leer: ¡PACIENCIA, POR LOS COJONES! ¡VOY A MATAR A ALGUIEN!

Sweeney asintió con la cabeza.

—Esto me servirá para llegar a donde quiero ir —dijo él.

Se apoyó contra la pared de ladrillo y rebuscó por los bolsillos hasta encontrar el cigarrillo que había dejado a medias. Lo encendió con cuidado, para no quemarse los dedos o la barba.

—Te voy a decir una cosa —dijo, como si no hubiera pronunciado palabra en todo el día—. Caminas por el patio de la horca, tienes una soga al cuello y un cuervo en cada hombro, esperando para arrancarte los ojos, y el árbol de la horca tiene unas raíces muy profundas, pues va desde el cielo hasta el infierno, y nuestro mundo no es más que la rama de la que pende la soga. —Sweeney se paró—. Descansaré aquí un rato —dijo, poniéndose en cuclillas, con la espalda apoyada contra el negro muro de ladrillos.

—Buena suerte —le deseó Sombra.

—Qué coño, estoy jodido —replicó Sweeney *el Loco*—. De todos modos, gracias.

Sombra caminó de vuelta a la ciudad. Eran las ocho de la mañana y Cairo despertaba como una bestia fatigada. Se volvió para mirar hacia el puente y vio la pálida cara de Sweeney, cubierta de lágrimas y churretes, siguiéndole con la mirada.

Fue la última vez que Sombra vio a Sweeney *el Loco* con vida.

Y

Los breves días invernales que precedían a la Navidad eran como breves intervalos de luz en la oscuridad del invierno, y pasaron volando en la casa de los muertos.

Era 23 de diciembre, y Jacquel e Ibis celebraban el velatorio de Lila Goodchild. Un grupo de bulliciosas mujeres llenaron la cocina de tarrinas, cazuelas, sartenes y fiambreras. La difunta yacía en su ataúd en el salón principal de la funeraria, rodeada de flores de invernadero. Habían puesto una mesa en el extremo opuesto de la habitación; había ensalada de col, alubias, tortitas de maíz fritas, pollo, costillas y judías de careta. A media tarde la casa estaba llena de gente llorando y riendo, dándole la mano al pastor, y todo fue discretamente organizado y supervisado por los sobriamente ataviados señores Jacquel e Ibis. El entierro se celebraría a la mañana siguiente.

Cuando sonó el teléfono del recibidor (un aparato negro y de baquelita, con un dial como Dios manda en el centro), el señor Jacquel fue a atender la llamada. Luego cogió a Sombra en un aparte.

—Era la policía —dijo—. ¿Puedes hacer una recogida?

—Claro.

—Sé discreto. Es aquí. —Anotó la dirección en un trozo de papel y se lo pasó a Sombra, que leyó la dirección, escrita con una pulcra caligrafía, dobló el papel y se lo guardó en el bolsillo—. Habrá un coche de policía —añadió Jacquel.

Sombra se fue a la parte trasera y sacó el coche fúnebre. Tanto el señor Ibis como el señor Jacquel, por separado, habían hecho hincapié en que, en realidad, el coche fúnebre solo debía utilizarse para los funerales, y que para la recogida de cadáveres solían utilizar una furgoneta. Pero esta estaba en el taller, llevaba allí tres semanas ya, de modo que le rogaron que tuviera mucho cuidado con el coche. Sombra se puso en marcha, conduciendo con sumo cuidado. Las quitanieves habían limpiado ya las calles, pero le gustaba conducir despacio. Parecía lo más adecuado cuando uno manejaba un coche fúnebre, aunque ya no recordaba cuándo había sido la última vez que había visto uno de esos por la calle. «La muerte ha desaparecido de las calles de Estados Unidos —pensó Sombra—; ahora está restringida a las habitaciones de hospital y las ambulancias. No debemos inquietar a los vivos.» El señor Ibis le había contado que en algunos hospitales trasladan a los muertos en la parte inferior de una camilla cubierta con una sábana y aparentemente vacía, y los muertos siguen su camino de forma clandestina.

Había un coche patrulla azul oscuro aparcado en una calle lateral, y Sombra aparcó el coche fúnebre justo detrás. Dentro del vehículo policial había dos agentes que bebían café en sendos vasos termo. Tenían el motor encendido para combatir el frío. Sombra dio unos golpecitos en la ventanilla.

—¿Sí?

—Soy de la funeraria —dijo Sombra.

—Estamos esperando al médico forense —explicó el policía.

Sombra se preguntó si sería el mismo agente con el que había hablado cuando estaba bajo el puente. El policía, que era negro, se bajó del coche, dejando a su compañero en el asiento del conductor, y acompañó a Sombra hasta un contenedor. Sweeney *el Loco* estaba sentado en la nieve al lado del contenedor. Tenía una botella verde vacía en el regazo y la cara, la gorra de béisbol y los hombros cubiertos de nieve y hielo. No parpadeó.

—Un borracho muerto —dijo el policía.

—Eso parece.

—No toque nada aún. El forense llegará en cualquier momento. Para mí que el tipo bebió hasta quedar inconsciente y el culo se le quedó congelado.

—Sí —dijo Sombra—. Desde luego, eso es lo que parece.

Se agachó y miró la botella que Sweeney tenía en el regazo: whisky irlandés Jameson, un billete de veinte dólares para huir. Llegó un pequeño Nissan verde del que salió un hombre de mediana edad con aspecto abrumado, cabello rubio ceniza y bigote. Palpó el cuello del muerto. «Le da una patada al muerto —recordó Sombra—, y si no se la devuelve…»

—Está muerto —dijo el médico—. ¿Algún documento que lo identifique?

—Es un John Doe. Es el nombre que damos a los muertos que no podemos identificar —respondió el policía.

El médico miró a Sombra.

—¿Trabaja para Jacquel e Ibis? —preguntó.

—Sí —dijo Sombra.

—Dígale a Jacquel que le tome las huellas dactilares, un molde de la dentadura y fotos para poder identificarlo. No es necesario que le haga la autopsia. Bastará con una muestra de sangre para practicarle una prueba de tóxicos. ¿Se acordará de todo? ¿Prefiere que se lo anote?

—No —dijo Sombra—. No hace falta. Me acordaré.

El hombre arrugó fugazmente el ceño, sacó una tarjeta de visita de la cartera, garabateó algo y se la dio a Sombra.

—Dele esto a Jacquel. —Y dirigiéndose a todos en general—: Felices Pascuas.

El forense se marchó por donde había venido, y los policías se quedaron con la botella vacía.

Sombra firmó un recibo por John Doe y lo puso en la camilla. El cadáver estaba bastante rígido, y él no podía tumbarlo. Se puso a manipular la camilla y descubrió que podía levantar uno de los extremos. Ató el cadáver de John Doe, sentado, a la camilla y lo metió en la parte trasera del coche, mirando hacia delante. Bien podía disfrutar del paseo. Corrió las cortinas de atrás y puso rumbo a la funeraria.

Se detuvo ante un semáforo en rojo —el mismo en el que había patinado unas noches antes— y Sombra escuchó una voz muy ronca:

—Quiero un velatorio en toda regla, con todo lo mejor, bellas plañideras vestidas de luto y hombres valientes lamentando mi pérdida y contando anécdotas de mis días heroicos.

—Estás muerto, Sweeney —dijo Sombra—. Y cuando uno está muerto tiene que conformarse con lo que le den.

—Sí, debería —suspiró.

Ocupaba la parte trasera del coche fúnebre. El dejo quejumbroso de yonqui se había esfumado, y su tono ahora era neutro y resignado, como si las palabras se emitieran desde algún punto muy, muy lejano; palabras muertas emitidas en una frecuencia muerta.

El semáforo se puso en verde y Sombra presionó suavemente el acelerador.

—Pero aun así prepárame un velatorio esta noche —dijo Sweeney *el Loco*—. Ponme un cubierto a la mesa y homenajéame con una velada alcohólica. Tú me mataste, Sombra. Es lo menos que puedes hacer por mí.

—Yo no te maté, Sweeney —dijo Sombra. «Solo veinte dólares», pensó, «lo justo para comprar un billete que me saque de aquí»—. Fue el alcohol, y el frío, lo que te mató, no yo.

No obtuvo respuesta, y el silencio lo acompañó el resto del trayecto. Tras aparcar en la parte de atrás, Sombra sacó la camilla del coche y la llevó hasta el depósito de cadáveres. Cogió el cuerpo de Sweeney *el Loco* en brazos y lo dejó sobre la mesa de autopsias como si fuera un trozo de ternera.

Cubrió al John Doe con una sábana y lo dejó allí, con toda la documentación al lado. Según subía por la escalera de servicio le pareció oír una voz, queda y amortiguada, como si hubiera una radio encendida en alguna de las habitaciones, que decía:

—¿Y por qué me iban a matar a mí el alcohol o el frío, siendo un *leprechaun*? No, fuiste tú quien me mató al perder el pequeño sol de oro, Sombra; tú firmaste mi sentencia de muerte, y eso es tan cierto como que el agua moja, que los días son largos y que los amigos siempre acaban por decepcionarte.

Sombra quería replicarle a Sweeney *el Loco* que había mucho resentimiento en su filosofía, pero imaginaba que ese resentimiento procedía precisamente del hecho de estar muerto.

Subió a la zona noble, donde un grupo de mujeres de mediana edad se dedicaba a tapar con papel film platos de comida y a poner las tapas a las fiambreras con restos de patatas fritas y macarrones con queso ya fríos.

El señor Goodchild, viudo de la difunta, tenía al señor Ibis arrinconado contra la pared, mientras le decía que sabía que ninguno de sus hijos vendría a presentar sus respetos a su madre.

—La manzana no cae lejos del árbol —le decía a todo el que quisiera escucharle—. La manzana no cae lejos del árbol.

Esa tarde Sombra puso un cubierto más en la mesa, un vaso para cada uno y una botella de Jameson Gold en el centro. Era el whisky irlandés más caro que tenían en la tienda de licores. Después de comer (una fuente grande de sobras que les habían dejado aquellas mujeres) Sombra sirvió una generosa ración de whisky en cada vaso —uno para él, uno para Ibis, uno para Jacquel y otro para Sweeney *el Loco*.

—Y qué más da que esté sentado en la camilla allí abajo —dijo Sombra mientras servía—, esperando a que lo entierren en una fosa común. Esta noche brindaremos a su salud y lo velaremos como él quería.

Sombra alzó su vaso mirando hacia el sitio vacío que había en la mesa.

—Solo vi a Sweeney *el Loco* dos veces mientras estuvo vivo —dijo—. La primera vez pensé que era un capullo integral poseído por el demonio. La segunda que era un fracasado, y le di dinero, que utilizó para suicidarse. Me enseñó un truco de monedas que ya no recuerdo cómo se hace, me dejó unos cuantos moratones y aseguraba ser un *leprechaun*. Descansa en paz, Sweeney *el Loco*.

Dio un trago a su whisky, y dejó que el sabor ahumado se evaporara en su boca. Los otros dos bebieron tras alzar sus vasos en un brindis en dirección al sitio vacío.

El señor Ibis sacó una libreta del bolsillo interior de su chaqueta.

Pasó las hojas hasta encontrar la página que buscaba y leyó una versión resumida de la vida de Sweeney *el Loco*.

Según el señor Ibis, Sweeney había empezado como guardián de una roca sagrada situada en un pequeño claro de un bosque irlandés, hace más de tres mil años. El señor Ibis habló de sus amores, sus enemistades, la locura de la que emanaba su poder («todavía se cuenta una versión posterior del cuento, aunque la naturaleza sagrada, y la antigüedad de la mayor parte de los versos, se ha perdido con el tiempo»), la devoción y adoración que sentía por su tierra natal, que se fue transformando paulatinamente en un comedido respeto y, finalmente, en una simple diversión. Les contó la historia de la chica de Bantry que llegó al Nuevo Mundo trayendo consigo la fe en el *leprechaun* Sweeney *el Loco*; ¿acaso no lo había visto una noche, junto al estanque, y él le había sonreído y la había llamado por su verdadero nombre? Ella había llegado al Nuevo Mundo como polizón, en la bodega de un barco cuyos pasajeros habían visto cómo sus patatas se transformaban en un líquido negro y viscoso en el suelo, y habían visto morir de hambre a amigos y familiares, que soñaban con la tierra de la abundancia. La chica de la bahía de Bantry soñaba, más concretamente, con una ciudad en la que una chica pudiera ganar el dinero suficiente para traerse a su familia al Nuevo Mundo. Muchos de los irlandeses que emigraron a América se consideraban católicos, por más que no conocieran el catecismo, por más que su conocimiento de la religión no llegara más allá de la *Bean Sidhe*, la *banshee*, el espíritu que gime tras las paredes para anunciar una muerte inminente en la familia, y santa Brígida, que mucho antes era Brigid y tenía dos hermanas (todas ellas se llamaban Brigid, y eran la misma mujer); y las leyendas de Finn, de Oisín, de Conan *el Calvo*, e incluso de los *leprechauns*, la gente pequeña (una denominación cargada de ironía, ya que los *leprechauns* fueron en su día los más altos de entre los habitantes de los túmulos)...

Todo esto y más les contó el señor Ibis aquella noche en la cocina. La sombra que proyectaba en la pared era alargada y recordaba a un pájaro y, mientras corría el whisky, Sombra imaginaba que era la cabeza de una gigantesca ave acuática, de pico largo y curvado. A mitad del segundo vaso, el propio Sweeney empezó a añadir detalles e irrelevancias al relato del señor Ibis («... y menuda chica era, tenía los pechos color crema y salpicados de pecas, con los pezones de un rosa rojizo que recordaba el color del sol cuando sale después de llover a cántaros toda la mañana, justo antes de dar paso a una noche espléndida...»), y después Sweeney trató de explicar, con ambas manos, la historia de los dioses de Irlanda, oleada tras oleada, procedentes de la Galia y de España y de todos los rincones del planeta, y cómo, cada vez que llegaba una nueva oleada, transformaban a los anteriores en *trolls* y hadas y toda clase de seres feéricos hasta que llegó la Santa Madre Iglesia y todos los dioses de Irlanda sin excepción fueron transformados en hadas, santos o reyes muertos sin ni siquiera pedir la venia...

El señor Ibis limpió sus gafas de montura dorada y explicó —pronunciando con mayor claridad y precisión de lo habitual, de lo que Sombra dedujo que estaba borracho (sus palabras y el sudor que perlaba su frente pese a que la casa estaba helada eran los únicos indicios que confirmaban su sospecha)—, meneando la mano con el índice extendido, que él era un artista y que sus relatos no debían entenderse como meros constructos literales sino como recreaciones imaginativas, más verídicas que la propia verdad. Sweeney *el Loco* dijo:

—Te voy a enseñar yo una recreación imaginativa: mi puño recreándose imaginativamente con tu puta cara para empezar.

El señor Jacquel le enseñó los dientes y gruñó como un perro enorme que no busca pelea pero siempre está dispuesto a zanjarla arrancándote la garganta de cuajo. Sweeney captó el mensaje, se sentó y se sirvió otro vaso de whisky.

—¿Has conseguido recordar cómo se hace el truco de la moneda que te enseñé? —le preguntó a Sombra con una amplia sonrisa.

—No.

—Intenta adivinarlo —dijo Sweeney *el Loco* con los labios amoratados y sus ojos azules nublados—, y te diré si te vas acercando.

—No hay que esconderla en la palma de la mano, ¿verdad? —preguntó Sombra.

—No.

—¿Requiere algún artilugio? ¿Algo que te colocas bajo la manga o en alguna otra parte y dispara la moneda para que tú la cojas? ¿O una moneda que va sujeta por un alambre y te permite pasarla de la palma al dorso?

—No, tampoco es eso. ¿Alguien más quiere whisky?

—He leído en un libro que hay una manera de hacer el truco del Sueño del Avaro cubriendo la mano con una capa de látex y haciendo un bolsillo del mismo color que la piel para guardar las monedas.

—Es un velatorio muy triste para el gran Sweeney, que voló por toda Irlanda como un pájaro y comió berros en su locura, estar muerto y que nadie, salvo un pájaro, un perro y un idiota, lo vele. No, no es un saquito.

—Bueno, pues me estoy quedando sin ideas —dijo Sombra—. Me imagino que simplemente las sacas de la nada.

Esta última frase pretendía ser un sarcasmo pero entonces vio la cara de Sweeney.

—Eso es —dijo—. La sacas de la nada. Bueno, no exactamente de la nada. Pero te estás acercando. Las sacas del tesoro.

—El tesoro —dijo Sombra, que empezaba a recordar—. Claro.

—Solo tienes que concentrarte en él y ya es tuyo, puedes coger todas las monedas que quieras. El tesoro del sol. Está ahí cuando sale el arcoíris. Está ahí cuando se produce un eclipse o se desencadena una tormenta.

Y le enseñó a Sombra cómo se hacía.

Esta vez, Sombra lo entendió.

Sombra tenía un espantoso dolor de cabeza, y su lengua era como una tira matamoscas y tenía el mismo sabor. La luz de la mañana le hacía daño a los ojos. Se había quedado dormido con la cabeza apoyada en la mesa de la cocina. Seguía vestido, aunque en algún momento se había quitado la corbata negra.

Bajó las escaleras hasta el depósito de cadáveres y sintió un gran alivio al comprobar que John Doe seguía encima de la mesa de autopsias, aunque tampoco le sorprendió. Le quitó la botella vacía de Jameson Gold al cadáver, todavía rígido por el *rigor mortis*, y la tiró. Oyó que alguien se movía en el piso de arriba.

Cuando subió, encontró al señor Wednesday sentado a la mesa de la cocina. Se estaba comiendo los restos de una ensalada de patata de una fiambrera con una cuchara de plástico. Vestía un traje gris marengo, una corbata del mismo tono y una camisa blanca: el sol de la mañana se reflejaba en su alfiler de corbata en forma de árbol. Sonrió al ver a Sombra.

—Hombre, Sombra, me alegro de ver que ya estás levantado. Parecía que fueras a dormir para siempre.

—Sweeney *el Loco* está muerto —dijo Sombra.

—Eso me han dicho —dijo Wednesday—. Una gran pérdida. Aunque a todos nos llega la hora.

Hizo como si tirara de una cuerda imaginaria, a la altura de la oreja, inclinó el cuello hacia un lado, sacó la lengua y abrió mucho los ojos. La pantomima resultaba bastante inquietante. Luego soltó la cuerda y le dedicó una de sus extrañas sonrisas.

—¿Quieres ensalada de patatas?

—No. —Sombra echó un vistazo rápido a la cocina y al vestíbulo—. ¿Sabes dónde están Ibis y Jacquel?

—Pues sí. Están enterrando a la señora Lila Goodchild. Seguramente les habría gustado que les ayudaras pero les pedí que no te despertaran. Te espera un largo camino.

—¿Nos vamos?

—Dentro de una hora.

—Debería despedirme.

—Las despedidas están sobrevaloradas. Volverás a verlos antes de que todo termine, no me cabe la menor duda.

Por primera vez desde aquella primera noche, observó Sombra, la gatita marrón dormía hecha un ovillo en su cesta. Abrió sus hastiados ojos de color ámbar y se lo quedó mirando mientras se marchaba.

Y de este modo Sombra abandonó la casa de los muertos. El hielo cubría los arbustos ennegrecidos y los árboles como una funda protectora, como si los hubieran transformado en sueños. El camino estaba helado y resbaladizo.

Wednesday fue directo hacia el Chevy Nova blanco de Sombra, aparcado frente a la casa. Hacía poco que lo había lavado, y la matrícula de Wisconsin había sido sustituida por una de Minnesota. El equipaje de Wednesday estaba ya en el asiento trasero. Este abrió el coche con un duplicado de la llave que Sombra tenía en el bolsillo.

—Conduciré yo —dijo Wednesday—. Hasta dentro de una hora no estarás en condiciones de nada.

Se dirigieron hacia el norte, con el Misisipi a su izquierda, un ancho río de plata bajo el cielo gris. Sombra vio, posado en la rama de un árbol grisáceo y sin hojas junto a la carretera, un inmenso halcón marrón y blanco que les observaba con ojos dementes según se acercaban a él, para después alzar el vuelo y elevarse poco a poco, describiendo grandes círculos en el aire.

Sombra se percató de que su estancia en la casa de los muertos había sido solo un pequeño paréntesis; ahora empezaba a tener la sensación de que aquello le había sucedido a otra persona, mucho tiempo atrás.

SEGUNDA PARTE

Mi Ainsel

Capítulo nueve

Por no hablar de las míticas criaturas de los escombros...
WEMLY COPE, *A POLICEMAN 'S LOT*

Aquella tarde, según dejaban atrás Illinois, Sombra le planteó a Wednesday la primera pregunta. Vio el cartel de BIENVENIDOS A WISCONSIN y le soltó:

—¿Quiénes eran esos tipos que me secuestraron en el aparcamiento? ¿El señor Madera y el señor Piedra? ¿Quiénes eran?

Los faros del coche iluminaban el paisaje invernal. Wednesday le había anunciado que no circularían por autopistas porque no sabía de parte de quién estaban, así que Sombra iba conduciendo por carreteras secundarias. No le importaba. Ni siquiera estaba seguro de que Wednesday estuviera loco.

El viejo gruñó.

—Simples espías. Miembros de la oposición. Los malos.

—Me parece —dijo Sombra— que ellos creen que son los buenos.

—Pues claro que sí. En toda guerra hay dos bandos, y ambos creen tener la razón de su parte. Los más peligrosos son los que hacen lo que hacen única y exclusivamente porque creen que es, sin duda alguna, lo que hay que hacer. Eso es precisamente lo que los hace peligrosos.

—¿Y tú? —preguntó Sombra—. ¿Por qué haces lo que estás haciendo?

—Porque quiero —dijo Wednesday, con una sonrisa—. Así que no tienes de qué preocuparte.

—¿Cómo os escapasteis? Porque os escapasteis todos, ¿no? —preguntó Sombra.

—Sí —dijo Wednesday—. Aunque por los pelos. Si no se hubieran parado para cogerte a ti, probablemente nos habrían pillado a todos. Pero sirvió para que muchos de los que no terminaban de decidirse llegaran a la conclusión de que a lo mejor no estoy tan loco.

—¿Y cómo salisteis?

Wednesday meneó la cabeza.

—No te pago para que hagas preguntas —le dijo—. Te lo he dicho muchas veces.

Sombra se encogió de hombros.

Hicieron noche en el motel Súper 8, al sur de La Crosse.

El día de Navidad lo pasaron en la carretera, viajando en dirección nordeste. Dejaron atrás las extensiones agrícolas para internarse en una zona de pinares. Las ciudades parecían haber quedado muy atrás.

Pararon a comer más bien tarde, en un restaurante familiar al norte del centro de Wisconsin. Sombra se comió sin mucho entusiasmo una ración de pavo seco, con una salsa de arándanos excesivamente dulzona, patatas asadas que parecían de madera y guisantes de lata de color verde chillón. Por el modo en que lo atacó, y por cómo se relamía, parecía que Wednesday lo estaba disfrutando. A medida que avanzaba la comida, se fue volviendo más extrovertido: hablaba, gastaba bromas y, en cuanto se le ponía a tiro, tonteaba con la camarera, una chica rubia y delgada que tenía toda la pinta de no haber acabado el instituto.

—Perdona, querida, ¿te importaría traerme otra taza de ese delicioso chocolate caliente? Y confío en que no me consideres demasiado atrevido si te digo lo bien que te sienta ese vestido que llevas. Alegre, a la par que elegante.

La camarera, que llevaba una vistosa falda roja y verde rematada por una tira de espumillón plateado, se rio, se puso colorada, sonrió satisfecha y fue a buscar lo que Wednesday le había pedido.

—Atractiva —dijo Wednesday, con aire pensativo, mirando a la chica—. Favorecedora.

Sombra sabía que no se refería a la falda. Wednesday engulló el último trozo de pavo, se limpió la barba con la servilleta y apartó el plato.

—¡Ahhh! ¡Qué bueno! —Miró a su alrededor. Sonaba de fondo una cinta de villancicos: el tamborilero no tenía nada que ofrecer, *porropo-po-pom, ropopom-pom, ropopom-pom.*

—Puede que algunas cosas cambien —dijo Wednesday, de repente—. Las personas sin embargo… las personas no cambian. Algunos timos nunca pasan de moda, otros no soportan bien el paso del tiempo y los cambios. Mi timo preferido ya no es práctico. Sin embargo, es curioso la cantidad de sablazos que se mantienen siempre vigentes: el del prisionero español, el de la estampita, el del anillo de oro (que es una variante del de la estampita pero con un anillo de oro), el del violinista…

—Nunca he oído hablar del timo del violinista —dijo Sombra—. Los otros sí me suenan. Mi antiguo compañero de celda me contó que hacía el de la estampita. Era un timador.

—¡Ah! —dijo Wednesday, con el ojo izquierdo brillante—. El timo del violinista era francamente bonito. Juega con la codicia y la avaricia de las personas, como todos los grandes timos. También se puede estafar a las personas honradas, pero cuesta más. En su versión más clásica hacen falta dos timadores. Estamos en un hotel, en una pensión o en un restaurante caro, y cenando allí encontramos a un hombre con mala pinta, mala pinta pero elegante, no completamente arruinado pero sí venido a menos. Pongamos que se llama Abraham. Cuando llega el momento de pagar la cuenta (nada excesivo, entre unos cincuenta o setenta y cinco dólares), ¡qué bochorno! ¿Dónde está su cartera? Dios mío, debe de haberla olvidado en casa de un amigo, no muy lejos de allí. ¡Irá a buscarla y volverá inmediatamente! «Pero acepte esto en prenda, caballero —dice Abraham—, quédese con mi violín». Como verá, es bastante viejo, pero es mi único medio de vida. —La sonrisa de Wednesday cuando vio acercarse a la camarera era enorme y depredadora—. ¡Ah! El chocolate. Y me lo trae mi ángel de Navidad. Dime, querida, ¿te importaría traerme un poco más de este delicioso pan cuando puedas?

La camarera —¿cuántos años podía tener? ¿dieciséis, diecisiete?, pensó Sombra— miraba al suelo con las mejillas coloradas. Le sirvió el chocolate con manos temblorosas y se fue a la otra punta del comedor, junto al expositor giratorio donde estaban las tartas, y se quedó observando a Wednesday. Después se fue a la cocina para ir a buscar el pan.

—Bueno, sigamos. Guarda en su funda el violín, a todas luces viejo y quizás algo deteriorado, y Abraham, temporalmente insolvente, se va a buscar su cartera. Pero un caballero muy bien vestido, que acaba de terminar de cenar, ha estado observando el intercambio, y se acerca al dueño.

»—¿Le importaría que examinara el violín que el honesto Abraham ha dejado en prenda?

»—Por supuesto que no.

»El dueño le entrega el violín, y el caballero (pongamos que se llama Barrington) se queda con la boca abierta, pero se percata de que se está delatando y la cierra, examina el violín con sumo respeto, como si le hubieran concedido la oportunidad de tocar una reliquia sagrada.

»—Caramba, es... tiene que ser... No, no puede ser... pero, sí... ¡Santo cielo! ¡Es realmente increíble!

»Señala la firma del lutier en una pegatina amarillenta dentro del violín. Pero lo hubiera reconocido igual, dice, por el color del barniz, por la forma, por la voluta. En ese momento Barrington saca de su bolsillo una elegante tarjeta de visita que le acredita como experto en instrumentos musicales antiguos y raros.

»—¿Así que es un violín valioso? —pregunta el dueño.

»—Y tanto —replica Barrington, que sigue admirándolo con arrobo—. Si no me equivoco, vale más de cien mil dólares. Yo estaría dispuesto a pagar cincuenta, no, setenta y cinco mil dólares, y al contado, por una pieza tan exquisita. Tengo un cliente en la costa oeste que me lo compraría mañana mismo, visto y no visto; solo tengo que ponerle un telegrama y pagará lo que le pida. —Mira su reloj y se muestra consternado—. Mi tren. Si no me doy prisa lo perderé. Caballero, ¿sería usted tan amable de darle mi tarjeta al dueño de este valiosísimo instrumento cuando regrese? Caramba, qué tarde. Tengo que marcharme ya.

»Barrington se marcha apresuradamente, porque sabe que el tren y el tiempo no esperan a nadie.

»El dueño del restaurante examina el violín. La curiosidad y la codicia empiezan a mezclarse en sus venas, y un plan le ronda por la cabeza. Pero el tiempo pasa, y Abraham no vuelve. Ya es tarde, y por la puerta, pobre pero orgulloso, aparece Abraham, el violinista, con la cartera en la mano, una cartera que ha conocido mejores tiempos, una cartera que en sus mejores momentos no ha contenido más de cien dólares. Saca el dinero para pagar la cuenta y le pide al dueño que le devuelva el violín.

»El dueño pone el violín sobre la barra, y Abraham lo coge como si fuera un bebé.

»—Dígame una cosa —dice el dueño, con la elegante tarjeta del hombre que está dispuesto a pagar cincuenta mil dólares por el violín quemándole en el bolsillo—, ¿cuánto puede costar un violín como éste? Mi sobrina siempre ha querido aprender a tocar el violín, y cumple años dentro de unos días.

»—¿Vender mi violín? No podría. Lo tengo desde hace veinte años, he tocado con él por todo el país. Y para serle sincero, me costó unos quinientos dólares cuando lo compré.

»El dueño se contiene para no sonreír.

»—¿Quinientos dólares? ¿Y si le ofrezco mil dólares, aquí y ahora?

»El violinista lo mira encantado, luego alicaído y le dice:

»—Pero soy violinista, señor; no sé hacer otra cosa. Este violín me conoce y me quiere, y mis dedos lo conocen tan bien que podría tocarlo con los ojos vendados. ¿Dónde voy a encontrar otro que suene así de bien? Mil dólares es una cantidad más que respetable, pero este es mi medio de vida. No lo cambiaré por mil dólares, ni por cinco mil.

»El dueño del restaurante ve que su beneficio se reduce, pero el negocio es el negocio, y para ganar dinero primero hay que invertir.

»—Ocho mil dólares. No vale tanto, pero me he encaprichado de él y, además, quiero mucho a mi sobrina y me gusta mimarla.

»A Abraham se le llenan los ojos de lágrimas ante la idea de perder su querido violín, pero ¿cómo puede decir que no a ocho mil dólares? Y más cuando el dueño se acerca a la caja registradora y saca no ocho mil, sino nueve mil dólares, contantes y sonantes, listos para ser guardados en el raído bolsillo del violinista.

»—Es usted un buen hombre —le dice al dueño—. ¡Es usted un santo! Pero debe jurarme que cuidará de él.

»Y no sin reticencia, le entrega su violín.

—Pero, ¿qué pasaría si el dueño le da la tarjeta de Barrington y le dice a Abraham que ese es su día de suerte? —le pregunta Sombra.

—Entonces habríamos perdido el dinero de las dos cenas —contestó Wednesday. Rebañó la salsa que quedaba en el plato con un trozo de pan, y se lo comió relamiéndose de gusto.

—A ver si lo he entendido bien —dice Sombra—. Abraham se va, nueve mil dólares más rico, y se reúne con Barrington en el aparcamiento de la estación de trenes. Se reparten el dinero, se suben al Ford Modelo A de Barrington y parten para otra ciudad. Y supongo que en el maletero llevarán un cajón entero de violines de cien dólares.

—Para mí es una cuestión de pundonor no pagar nunca más de cinco dólares —dijo Wednesday. Se volvió hacia la camarera, que esperaba a su lado—. Bueno, querida, deléitanos con tu descripción de los suntuosos postres que ofrecéis en este día, el día del nacimiento de nuestro Señor.

Se quedó mirándola lascivamente como si ella no pudiera ofrecerle bocado más exquisito que un pedacito de sí misma. Sombra estaba francamente incómodo: era como ver a un lobo acechando a un cervatillo demasiado joven para saber que, si no echa a correr en ese mismo momento, acabará en algún lejano claro, con una bandada de cuervos dispuestos a rebañar la carne de sus huesos.

La chica se sonrojó de nuevo y les dijo que podían elegir entre tarta de manzana *à la mode* («o sea, con una bola de helado de vainilla»), bizcocho de Navidad, bizcocho de Navidad *à la mode* o pudin rojo y verde. Wednesday la miró fijamente a los ojos y le dijo que probaría el bizcocho de Navidad *à la mode*. Sombra pasó.

—Y, continuando con los timos —prosiguió Wednesday—, este

del violín tiene trescientos años o más. Y si eliges bien al primo, mañana mismo podrías hacerlo en cualquier parte de Estados Unidos.

—Me pareció entender que tu timo preferido ya no era práctico —dijo Sombra.

—Eso he dicho, sí. Sin embargo, este no es mi favorito. Mi favorito era uno llamado el timo del obispo. Lo tenía todo: emoción, subterfugio, portabilidad, sorpresa. De vez en cuando pienso que quizá con algún cambio podría… —Reflexionó unos instantes y meneó la cabeza— No. Ha perdido vigencia. Imagínate que estamos, vamos a ver, en 1920, en una ciudad más o menos grande, como Chicago, Nueva York o Filadelfia. Estamos en una joyería. Un hombre vestido de clérigo (pero no un clérigo cualquiera, sino un obispo, con su púrpura y todo) entra y coge un collar, una maravillosa y espléndida creación de diamantes y perlas, y lo paga con doce billetes de cien dólares nuevecitos.

»Hay una mancha de tinta verde en el primer billete y el dueño de la tienda, disculpándose pero con tono firme, manda el fajo de billetes al banco de la esquina para que los comprueben. Al cabo de unos minutos, el dependiente de la tienda vuelve con el dinero. En el banco le han dicho que ninguno es falso. El dueño vuelve a disculparse y el obispo, que es un caballero refinado, le dice que se hace cargo, que el mundo está lleno de gente sin escrúpulos, que qué se puede uno esperar cuando la inmoralidad y la lascivia campan a sus anchas por todo el mundo, y que las mujeres que han perdido la vergüenza, y el mundo del hampa ha salido de las alcantarillas y se ha instalado en las pantallas de los cines. Guardan el collar en una caja, y el propietario de la joyería intenta no pensar en por qué un obispo de la iglesia querría gastarse doce mil dólares en un collar, ni en por qué lo paga en efectivo.

»El obispo se despide cordialmente y, nada más salir a la calle, alguien le planta una manaza en el hombro.

»—Vaya, vaya, Soapy, ¿ya hemos vuelto a las andadas?

»Un policía con una cara de irlandés que tira para atrás le obliga a entrar de nuevo en la joyería.

»—Perdone la molestia, ¿le ha comprado algo este hombre? —pregunta el policía.

»—Por supuesto que no —protesta el obispo—. Dígaselo.

»—Pues sí —dice el joyero—, acabo de venderle un collar de perlas y diamantes, y lo ha pagado en efectivo.

»—¿Le importaría mostrarme los billetes, caballero? —pregunta el policía.

»El joyero saca los billetes de cien de la caja registradora y se los entrega al policía, que los observa al trasluz y menea la cabeza.

»—Ay, Soapy, Soapy, ¡esta vez te han quedado casi perfectos! ¡Eres un artista, no me cabe duda!

»El obispo sonríe con orgullo.

»—No tiene usted ninguna prueba en mi contra —dice—, y en el banco han confirmado que son de curso legal. Son auténticos.

»—Seguro que lo eran —admite el policía—, pero dudo que los del banco sepan que Soapy Sylvester está en la ciudad, ni que hayan oído hablar de las magníficas falsificaciones que has puesto en circulación en Denver y Saint Louis.

»Dicho esto, mete la mano en el bolsillo del obispo y saca el collar.

»—Un collar valorado en mil doscientos dólares a cambio de unos papeles que no valen ni cincuenta céntimos, entre el papel y la tinta —dice el policía, que en el fondo es un filósofo—. Y además te haces pasar por un hombre de Dios. Debería darte vergüenza.

»Le pone las esposas al obispo, que evidentemente no es tal, y se lo lleva detenido, no sin antes entregarle al joyero un recibo por el collar y los mil doscientos dólares falsos. Después de todo, son pruebas de cargo.

—¿Los billetes eran falsos de verdad? —pregunta Sombra.

—¡Claro que no! Billetes nuevos, recién sacados del banco, pero dos de ellos fueron marcados con una mancha de tinta verde para hacerlos más interesantes.

Sombra dio un sorbo al café. Era peor que el de la cárcel.

—Así que el policía no era un policía de verdad. ¿Y el collar?

—Una prueba —dijo Wednesday. Desenroscó la tapa del salero y puso un montoncito de sal sobre la mesa—. Pero el joyero se queda con el recibo, algo que le permitirá recuperar el collar en cuanto Soapy sea juzgado. El policía felicita al joyero por ser un buen ciudadano y este, pensando ya en la magnífica historia que podrá contarles a sus amigos del club la noche siguiente, mira con orgullo cómo el agente detiene al presunto obispo con mil doscientos dólares en un bolsillo y un collar de perlas y diamantes valorado en mil doscientos dólares en el otro, y se lo lleva a una comisaría donde jamás verán el pelo a ninguno de los dos.

La camarera había vuelto para retirar los platos.

—Dime, querida —dijo Wednesday—, ¿estás casada?

Ella negó con la cabeza.

—Increíble que una joven tan encantadora siga soltera y sin compromiso.

Wednesday dibujó con el dedo en la sal, simples garabatos que parecían runas. La camarera permaneció impasible a su lado, y Sombra pensó que, más que un cervatillo, parecía un conejito petrificado de miedo ante los faros de un camión de dieciocho ruedas.

Wednesday bajó tanto el tono de voz que Sombra, sentado frente a él en la mesa, apenas podía oírle.

—¿A qué hora sales de trabajar?

—A las nueve —respondió la chica, y tragó saliva—. A las nueve y media, como muy tarde.

—¿Y cuál es el mejor motel de la zona?

—Hay un Motel 6 —dijo ella—. No está mal.

Wednesday le rozó fugazmente el dorso de la mano con la yema de los dedos, dejando granitos de sal en su piel. Ella no hizo ademán de quitárselos.

—Para nosotros —continuó, en un susurro apenas audible—, será el palacio del placer.

La camarera lo miró. Se mordió sus finos labios, vaciló un instante, y finalmente asintió y se fue a la cocina.

—Por favor —dijo Sombra—. Casi podría considerarse estupro.

—Nunca me han preocupado demasiado los asuntos legales —le dijo Wednesday—. No mientras pueda conseguir lo que quiero. Las noches son largas y frías, a veces. Y la necesito, no como un fin, sino para espabilarme un poquito. Incluso el rey David sabía que solo existe una manera de calentar la sangre de un cuerpo viejo: buscarse a una virgen. Llámame por la mañana.

Sombra se preguntó si la chica del turno de noche del hotel de Eagle Point sería virgen.

—¿No te preocupan las enfermedades venéreas? —le preguntó—. ¿Qué pasa si la dejas preñada? ¿Y si tiene un hermano?

—No —dijo Wednesday—. No me preocupan las enfermedades. No las cojo. La gente como yo procura evitarlas. Lamentablemente, en la mayor parte de los casos las personas como yo disparamos balas de fogueo, así que el riesgo de embarazo es mínimo. En los viejos tiempos sí era habitual. Hoy en día es posible, pero tan improbable que es casi inimaginable. Así que no hay de qué preocuparse. Y muchas chicas tienen hermanos, y padres. Algunas, incluso maridos. No es asunto mío. Nueve de cada diez veces me marcho de la ciudad antes de que nadie se entere.

—Entonces, ¿hacemos noche aquí?

Wednesday se frotó la barbilla.

—Yo me quedaré en el Motel 6 —dijo. Se metió la mano en el bolsillo del abrigo y sacó una llave de color bronce con un llavero en el que había una etiqueta con una dirección: Calle Northridge 502, apartamento 3—. En cuanto a ti, tienes un apartamento esperándote, en una ciudad lejos de aquí.

Wednesday cerró los ojos un momento. Al cabo de unos segundos volvió a abrirlos: eran grises, brillantes y un poco dispares.

—El coche de línea llegará en veinte minutos. La parada está en la gasolinera. Aquí tienes tu billete —dijo, sacando un billete doblado que le pasó por encima de la mesa. Sombra lo cogió y se quedó mirándolo.

—¿Quién es Mike Ainsel? —preguntó. Era el nombre que figuraba en el billete.

—Eres tú. Feliz Navidad.

—¿Y dónde está Lakeside?

—Será tu hogar durante los próximos meses. Y ahora, como las cosas buenas vienen de tres en tres... —Sacó de su bolsillo un paquetito envuelto en papel de regalo y se lo pasó. Lo dejó junto a la botella de kétchup con trozos de salsa seca en la tapa. Sombra no hizo ademán de cogerlo.

—¿Y bien?

Reticente, Sombra rompió el papel de regalo rojo y vio que se trataba de una cartera de piel de color beis, algo gastada por el uso. Evidentemente la cartera pertenecía a otra persona. Dentro de ella había un carné de conducir con la fotografía de Sombra a nombre de Michael Ainsel y una dirección de Milwaukee, una MasterCard a nombre de M. Ainsel y veinte billetes de cincuenta dólares nuevecitos. Sombra cerró la cartera, y se la guardó en el bolsillo interior.

—Gracias —dijo.

—Piensa que es la extra de Navidad. Ahora deja que te acompañe al autobús. Te diré adiós con la mano mientras partes hacia el norte a lomos del perro gris.[4]

Salieron del restaurante. Sombra no podía creer lo mucho que había bajado la temperatura en las últimas horas. Hacía demasiado frío para que nevara. Un frío implacable. Iba a ser un invierno muy crudo.

—¡Eh, Wednesday! Los dos timos que me contabas antes, el del violín y el del obispo y el policía... —hizo una pausa para darle forma a la idea, para concentrarse en lo que quería preguntar.

—¿Qué?

—En ambos casos se necesitaban dos timadores, uno a cada lado. ¿Tenías compañero?

4. Wednesday se refiere al nombre de la empresa que fleta los autobuses: «Greyhound». (*N. de la T.*)

El aliento de Sombra formaba nubes. Se juró a sí mismo que cuando llegara a Lakeside se gastaría parte de la extra de Navidad en el abrigo más grueso y calentito que encontrara.

—Sí —dijo Wednesday—. Sí, tenía compañero. Un aprendiz. Pero, lamentablemente, esos días quedaron atrás. Ahí está la gasolinera y allí, a menos que ahora me falle la vista, viene el autobús. —Puso el intermitente antes de girar para entrar en el aparcamiento—. La dirección está en la llave. Si alguien pregunta, soy tu tío, y respondo al curioso nombre de Emerson Borson. Instálate a tus anchas en Lakeside, mi querido sobrino Ainsel. Pasaré a buscarte dentro de una semana. Volveremos a irnos de viaje. Veremos a la gente que tengo que ver. Mientras tanto, no llames la atención y trata de no meterte en líos.

—¿Y mi coche? —dijo Sombra.

—Te lo cuidaré. Pásatelo bien en Lakeside —dijo Wednesday. Le tendió la mano, y Sombra la estrechó. Estaba fría como la de un muerto.

—¡Dios mío! —dijo Sombra—. Estás helado.

—Pues cuanto antes me vaya al Motel 6 y le haga el salto del tigre a esa mocita tan *sexy* del restaurante, mejor —dijo, sacando la otra mano para darle un apretón en el hombro.

Sombra tuvo un vertiginoso momento de doble visión: por un lado, veía a un hombre de aspecto gris que le apretaba el hombro, pero veía también algo más: muchos inviernos, cientos y cientos de inviernos, y un hombre gris con un sombrero de ala ancha que caminaba de asentamiento en asentamiento, apoyado en un báculo, mirando el fuego de la chimenea a través de las ventanas, contemplando la felicidad y la bulliciosa vida que nunca podría alcanzar, que jamás ha experimentado...

—Vete —dijo Wednesday con un gruñido—. Todo va bien, todo va perfectamente, y seguirá yendo bien.

Sombra le mostró el billete a la conductora del autobús.

—Vaya día para viajar, ¿eh? —dijo ella. Y luego añadió, con pesarosa satisfacción—: Feliz Navidad.

El vehículo iba prácticamente vacío.

—¿Cuándo llegaremos a Lakeside? —preguntó Sombra.

—Dentro de dos horas. Puede que un poco más —dijo la conductora—. Dicen que viene una ola de frío.

Pulsó un interruptor y las puertas se cerraron con un ruido mecánico.

Sombra fue hasta la mitad del autobús, reclinó el asiento hasta el tope y se puso a pensar. Entre el movimiento y el calor empezó a entrarle sueño, y, sin darse cuenta de que se estaba quedando dormido, se durmió.

En la tierra y bajo la tierra. Las marcas de la pared eran rojas como la arcilla húmeda: huellas de manos, de dedos y, aquí y allá, crudas representaciones de animales, personas y pájaros.

La hoguera continuaba encendida y el hombre búfalo seguía sentado al otro lado de ella, mirando fijamente a Sombra con sus inmensos ojos, oscuros como pozos de negro cieno. Los labios del búfalo, cubiertos de pelo, no se movían al hablar:

—Y bien, Sombra, ¿crees ahora?

—No lo sé —dijo Sombra. Se percató de que sus labios tampoco se movían. Conversaban sin necesidad de hablar—. ¿Eres real?

—Cree —dijo el hombre búfalo.

—Eres… —Sombra vaciló un instante antes de preguntar—, ¿tú también eres un dios?

El hombre búfalo metió una mano en la hoguera y sacó un tizón ardiendo que sujetó en el centro. Llamas azules y amarillas lamían su roja mano, pero no le quemaban.

—Esta no es tierra de dioses —dijo. Pero ya no era el hombre búfalo quien le hablaba, supo inmediatamente Sombra dentro del sueño: era el fuego, el crepitar y el ardor de la llama en sí lo que le hablaba en aquel lugar oscuro y subterráneo.

—Esta tierra la trajo un buceador desde las profundidades del océano —dijo el fuego—. Fue tejida por una araña con su propia sustancia. Fue cagada por un cuervo. Es el cuerpo de un padre caído, cuyos huesos son las montañas y cuyos ojos son los lagos.

—Es la tierra de los sueños y el fuego —dijo la llama.

El hombre búfalo volvió a dejar el tizón dentro de la hoguera.

—¿Por qué me cuentas todo esto? No soy importante. No soy nadie. Yo era un buen entrenador, un ratero lamentable y quizá no tan buen marido como pensaba… —dijo Sombra y, a continuación, le preguntó—: ¿Cómo puedo ayudar a Laura? Ella quiere volver a estar viva. Le dije que la ayudaría. Se lo debo.

El hombre búfalo no dijo nada. Señaló hacia arriba, con la palma de la mano manchada de hollín mirando hacia Sombra y el índice señalando el techo de la cueva. Sombra siguió con los ojos la dirección del dedo. Un delgado rayo de luz invernal se colaba por un diminuto agujero arriba del todo.

—¿Por ahí? —preguntó, con la esperanza de conseguir respuesta a una de sus preguntas—. ¿Se supone que tengo que salir por ahí?

Entonces el sueño lo llevó, la idea se transformó en hecho y Sombra quedó aplastado entre la roca y la tierra. Era como un topo, intentando abrirse camino; como un tejón, trepando por la tierra; como una marmota, apartando la tierra de su camino; como un oso; pero la tierra era demasiado dura, demasiado densa, y le costaba respirar, y al poco tiempo ya no podía avanzar más, ni excavar, ni trepar, y entonces supo que iba a morir en algún lugar en las profundidades del mundo.

Su propia fuerza no era suficiente. Sus esfuerzos eran cada vez más débiles. Sabía que aunque su cuerpo viajara caliente en un autobús que atravesaba los bosques helados si dejaba de respirar aquí, bajo tierra, dejaría de respirar también allí, incluso ahora que su respiración era entrecortada.

Luchó, empujó, cada vez más débil, desperdiciando en cada movimiento un aire precioso. Estaba atrapado: no podía seguir avanzando y no podía volver por donde había venido.

—Ahora negocia —dijo una voz dentro de su cabeza. Puede que fuera su propia voz. No estaba seguro.

—¿Y con qué voy a negociar? —preguntó Sombra—. No tengo nada.

Podía sentir el sabor de la arcilla, espesa y arenosa, en su boca; podía percibir el regusto mineral de las rocas que lo rodeaban.

Y entonces dijo:

—Excepto yo mismo. Me tengo a mí mismo, ¿no?

Parecía como si todo lo que tenía a su alrededor estuviera aguantando la respiración: no solo él, sino la totalidad de aquel mundo subterráneo, cada gusano, cada grieta, cada caverna; todos ellos contenían la respiración.

—Me ofrezco a mí mismo —dijo.

La respuesta fue inmediata. Las rocas y la tierra que le rodeaban empezaron a empujarle, con tal fuerza que le exprimieron hasta la última gota de aire que tenía en los pulmones. La presión se transformó en dolor, presionándole por todos lados, y sintió que lo hacían papilla, como un helecho transformándose en carbón. Alcanzó el cénit del dolor y se quedó allí colgado, en lo más alto, consciente de que no podría soportarlo más, de que nadie podría soportar más, y en ese mismo momento el espasmo aflojó y Sombra pudo volver a respirar. La luz que estaba más arriba de su cabeza se hizo mayor.

Estaba siendo empujado hacia la superficie.

Cuando llegó la siguiente contracción, Sombra intentó aprovecharla para darse impulso. Esta vez notó cómo lo empujaban hacia arriba; la presión de la tierra lo empujaba hacia afuera, propulsándolo, llevándolo más cerca de la luz. Y luego se tomó un momento para respirar.

Las contracciones lo impulsaban y lo zarandeaban, y eran cada vez más fuertes, más dolorosas.

Atravesaba la tierra rodando y retorciéndose; ya tenía la cara contra la abertura, una grieta en la roca no mucho más grande que su mano, a través de la cual entraba una luz gris y mortecina, y aire, bendito aire.

El dolor, tras la última y espantosa contracción, era inconcebible; se sintió exprimido, aplastado y embutido en aquella grieta entre las rocas que no cedía ni un milímetro; tenía los huesos destrozados, su carne empezaba a convertirse en una masa informe, como el cuerpo de una serpiente, y cuando su deshecha cabeza y su boca atravesaron por fin el agujero empezó a gritar, de dolor y de miedo.

Mientras chillaba se preguntó si allá, en el mundo real, estaría gritando también, si lo estaría haciendo en sueños en la oscuridad del autobús.

Y al terminar aquella última contracción, Sombra se encontró tirado en el suelo, agarrado a la roja arcilla, aliviado al ver que el dolor había cesado y podía volver a respirar, a llenarse los pulmones con el cálido aire del atardecer.

Logró incorporarse y se quedó sentado, se limpió la tierra de la cara con la mano y levantó la vista hacia el cielo. Estaba atardeciendo, un largo crepúsculo de color púrpura, y empezaban a salir las estrellas, una por una, las estrellas más brillantes y más vivas que había visto o imaginado en toda su vida.

—No tardarán en caer —dijo la crepitante voz de la llama, a su espalda—. No tardarán en caer y la gente de las estrellas conocerá a los terrícolas. De su encuentro nacerán héroes, y hombres que matarán monstruos y que aportarán nuevos conocimientos, pero ninguno de ellos será un dios. Este no es un buen lugar para los dioses.

Una ráfaga de aire, de una frialdad insospechada, le acarició la cara. Fue como si lo sumergieran en agua helada. Oyó la voz de la conductora anunciando que estaban en Pinewood, y que si alguien quería fumarse un cigarrillo o salir a estirar las piernas tenían diez minutos antes de continuar viaje.

Sombra salió a trompicones del autobús. Estaban aparcados en otra gasolinera rural, prácticamente idéntica a la primera. La conductora estaba ayudando a un par de adolescentes a meter su equipaje en el maletero del autobús.

—¡Eh! —dijo la conductora al ver a Sombra—. Usted va hasta Lakeside, ¿no?

Sombra asintió, medio dormido.

—¡Caramba! Esa sí que es una ciudad fantástica —dijo la mujer—. A veces pienso que si tuviera que mudarme a algún sitio sería a Lakeside. Es la ciudad más bonita que he visto en mi vida. ¿Lleva mucho tiempo viviendo allí?

—Es la primera vez que voy.

—Tómese una empanada en Mabel's a mi salud, ¿me oye?

Sombra decidió no pedir más detalles.

—Dígame una cosa —dijo Sombra—, ¿he hablado en sueños?

—Si lo ha hecho, no he oído nada. —Miró su reloj—. Todo el mundo al autobús. Ya le avisaré cuando lleguemos a Lakeside.

Las dos chicas que habían subido en Pinewood —Sombra calculó que ninguna de las dos tendría más de catorce años— estaban sentadas justo delante de él. Eran amigas, decidió Sombra tras escuchar su conversación sin poder evitarlo, no hermanas. Una de ellas no sabía prácticamente nada de sexo, pero sabía mucho de animales; debía de trabajar como voluntaria o había pasado un tiempo en algún refugio para animales. La otra, por su parte, no mostraba mayor interés por los animales, pero conocía todos los chismes que circulaban por Internet o se comentaban en los programas matinales, y creía saberlo casi todo sobre la sexualidad humana. Sombra escuchaba con una fascinación que oscilaba entre el horror y la diversión a la que se tenía por una experta en los hábitos y costumbres humanos porque era capaz de describir con todo detalle cómo se usaba el Alka-Seltzer para mejorar el sexo oral.

Las escuchó a las dos —a la que le gustaban los animales, y a la que sabía por qué el Alka-Seltzer aumentaba el placer que sentías al hacer una felación más incluso que las pastillas mentoladas— mientras intercambiaban cotilleos sobre la actual Miss Lakeside, que se había ganado la corona, y todo el mundo lo sabía, tonteando con los miembros del jurado.

Sombra intentó desconectar, ignorar todo ruido excepto el de la carretera, y solo de vez en cuando se colaban fragmentos aislados de conversación.

—Pues *Goldie* es un perro muy bueno, un *retriever* de pura raza. Si mi padre dijera que sí... Siempre que me ve mueve el rabo.

—Es Navidad, tiene que dejarme usar la moto de nieve.

—Puedes escribir tu nombre con la lengua en su... ya sabes.

—Echo de menos a Sandy.

—Sí, yo también la echo de menos.

—Dicen que esta noche van a caer quince centímetros, pero se lo inventan todo y nadie les dice nada...

Los frenos del autobús chirriaron y la conductora gritó:

—¡Lakeside!

Las puertas se abrieron de golpe. Sombra siguió a las niñas hasta el aparcamiento de un videoclub y un salón de bronceado que hacía las veces de estación de autobuses, imaginó. El aire era terriblemente frío pero refrescante, y consiguió espabilarle. Se quedó contemplando las luces de la ciudad al sur y al oeste, y la pálida extensión de un lago helado al este.

Las chicas estaban de pie en el aparcamiento, golpeando los pies contra el suelo y soplándose las manos con adolescente dramatismo. Una de ellas, la más joven, miró a Sombra con disimulo, y sonrió incómoda al darse cuenta de que la había pillado.

—Feliz Navidad —dijo Sombra. Fue lo menos comprometido que se le ocurrió.

—Sí —dijo la otra chica, que parecía un año mayor que la otra, poco más o menos—, feliz Navidad a usted también.

Tenía el cabello de color zanahoria y la nariz respingona y llena de cientos de miles de pecas.

—Una bonita ciudad —dijo Sombra.

—A nosotras nos gusta —dijo la más joven. Era la chica a la que le gustaban los animales. Le sonrió con timidez, dejando entrever una ortodoncia con gomas azules.

—Se parece usted a alguien —le dijo, muy seria—, ¿es usted el hermano o el hijo de alguien?

—Pareces boba, Alison —replicó su amiga—. Todo el mundo es el hijo o el hermano de alguien.

—No era eso lo que quería decir —dijo Alison. Los faros les alumbraron durante un cegador instante. Tras estos había una ranchera con una madre al volante que se llevó a las chicas con sus equipajes en un abrir y cerrar de ojos, dejando a Sombra solo en el aparcamiento.

—Joven, ¿puedo ayudarle en algo? —El anciano estaba cerrando el videoclub. Se guardó las llaves en el bolsillo—. No abrimos el día de Navidad —le comentó animadamente—, pero he bajado porque sabía que venía el autobús, para asegurarme de que todo está en orden. Jamás me perdonaría que alguien se quedara aquí tirado el día de Navidad.

Estaba lo suficientemente cerca como para que Sombra pudiera verle la cara: vieja pero satisfecha, se notaba que había probado los tragos más amargos de la vida, pero que al final le habían sabido a whisky, y del bueno.

—¿Podría darme el número de la compañía de taxis? —dijo Sombra.

—Podría —dijo el hombre, dubitativo—, pero a estas horas Tom ya se habrá acostado, e incluso si lograra levantarlo no le serviría de nada. Esta tarde lo he visto en The Buck Stops Here [5] y estaba bastante alegre. Muy, muy alegre. ¿Adónde quiere ir?

Sombra le enseñó la dirección escrita en el llavero.

—Bueno, eso queda a unos diez, quizá veinte minutos a pie, pasado el puente. Pero no hace ninguna gracia cruzarlo con este frío, y el camino siempre parece más largo cuando uno no lo conoce... ¿No lo ha pensado nunca? La primera vez se hace eterno, pero después, cuando lo conoces, parece que no tardas nada.

—Sí —dijo Sombra—. Nunca me había parado a pensarlo, pero supongo que es cierto.

El hombre asintió con la cabeza. Su cara se resquebrajó en una sonrisa.

—Qué demonios, es Navidad. Cogeré a *Tessie* y le acercaré yo mismo.

—¿*Tessie?* —preguntó Sombra, y luego añadió—. Quiero decir, gracias.

—De nada.

Sombra siguió al anciano hasta la carretera, donde había aparcado un gigantesco descapotable biplaza. Un gánster de los años veinte se habría sentido orgulloso de conducir un coche como ese, con estribos y todo. A la luz de las farolas parecía de un color oscuro, que lo mismo podía ser rojo que verde.

—Este es *Tessie* —dijo el anciano— . ¿A que es precioso?

Le dio un golpecito de propietario orgulloso donde la capota se curvaba sobre la rueda delantera derecha.

—¿De qué marca es? —preguntó Sombra.

—Es un Wendt Phoenix. La Wendt se hundió en el 31 y, aunque la marca la compró Chrysler, ya no fabricaron más. Harvey Wendt, el fundador de la empresa, nació aquí. Se mudó a California y se suicidó en 1941, o en el 42. Una gran tragedia.

El coche olía a cuero y a humo de cigarrillo, pero no era un olor reciente, más bien parecía como si se hubieran fumado allí tantos ci-

5. The Buck Stops Here: el nombre del bar es una expresión idiomática que se utiliza para indicar que uno asume sus propias responsabilidades. (N. de la T.)

garrillos y puros a lo largo de los años que el olor hubiera quedado impregnado en la tapicería del coche. El hombre puso la llave en el contacto y *Tessie* arrancó a la primera.

—Mañana —le dijo a Sombra— lo llevaré al garaje. Lo cubriré con una funda y allí se quedará hasta la primavera. A decir verdad, no debería haberlo sacado hoy, con toda esta nieve.

—¿No va bien en la nieve?

—Perfectamente. Es por la sal que echan en la carretera para deshacer el hielo. Oxida estas maravillas antiguas más rápido de lo que imagina. ¿Quiere que le lleve directamente, o prefiere un paseo turístico por la ciudad a la luz de la luna?

—No quisiera causarle ninguna molestia...

—No es molestia. Cuando llegue a mi edad, se dará cuenta de lo difícil que es pegar ojo. Últimamente me puedo dar con un canto en los dientes si consigo dormir cinco horas; me despierto y no paro de darle vueltas a la cabeza. Pero ¿qué modales tengo? Me llamo Hinzelmann. Le diría que me llamara Richie, pero por aquí todo el mundo me llama Hinzelmann, a secas. Le estrecharía la mano, pero necesito las dos para conducir a mi *Tessie*. Sabe cuándo no le presto suficiente atención.

—Mike Ainsel —se presentó Sombra—. Encantado de conocerle, Hinzelmann.

—Pues iremos rodeando el lago. Es un bonito paseo —dijo Hinzelmann.

La calle principal, que era donde estaban en ese momento, era muy bonita incluso de noche, y tenía un aire anticuado en el mejor sentido de la palabra, como si durante los últimos cien años los habitantes hubieran estado cuidándola y no tuvieran prisa en renunciar a ningún elemento que fuera de su gusto.

Hinzelmann le señaló los dos restaurantes de la ciudad cuando pasaron por delante (uno alemán y otro que describió como «griego, noruego, un poco de todo, y un *popover*, panecillo ligero, con cada plato»); le señaló la panadería y la biblioteca («A mi modo de ver, una ciudad sin biblioteca no es una ciudad. Puede que se llame a sí misma ciudad, pero si no tiene una biblioteca no merece tal nombre»). Redujo la velocidad al pasar por delante de la biblioteca para que Sombra pudiera verla bien. Unas antiguas lámparas de gas parpadeaban sobre la puerta; Hinzelmann se las señaló con orgullo.

—Fue construida en torno a 1870 por John Henning, un magnate maderero de la zona. Quería que se llamara Biblioteca Henning Memorial, pero después de su muerte todo el mundo empezó a llamarla la biblioteca de Lakeside, y supongo que seguirá llamándose así hasta el final de los tiempos. ¿No le parece una maravilla?

Estaba tan orgulloso de ella como si la hubiera construido él mismo. A Sombra el edificio le recordaba a un castillo, y así se lo hizo saber.

—No le falta razón —dijo Hinzelmann—. Con sus torrecillas y todo. Henning quería que tuviera ese aspecto por fuera. En el interior todavía se conservan las estanterías originales de madera de pino. Miriam Shultz quiere tirar todo el interior para modernizarlo, pero el edificio forma parte del patrimonio histórico de la ciudad, así que no puede hacer absolutamente nada.

Siguieron conduciendo por la orilla sur del lago. La ciudad estaba construida en torno a este, situado a unos nueve metros por debajo del nivel de la carretera. Sombra veía las placas de hielo blanco que restaban brillo a la superficie del lago y, aquí y allá, en las zonas que no estaban heladas, el agua reflejaba las luces de la ciudad.

—Parece que se está congelando —dijo Sombra.

—Lleva un mes helado ya —dijo Hinzelmann—. Las zonas mate son nieve acumulada, y las brillantes, hielo. Se heló justo después de Acción de Gracias en una noche de mucho frío; parecía de cristal. ¿Le gusta pescar en el hielo, señor Ainsel?

—Nunca lo he intentado.

—Es lo mejor que un hombre puede hacer. No por los peces que uno pueda capturar, sino por la paz interior con la que vuelves a casa al final del día.

—Lo recordaré. —Sombra miró con detenimiento el lago a través de la ventanilla de *Tessie*—. ¿Ya se puede caminar sobre él?

—Se puede caminar. Y también se puede cruzar en coche, pero no me arriesgaría aún. Ha hecho frío seis semanas —dijo Hinzelmann—. Pero también aquí hay que dejar que las cosas se hielen y se endurezcan, aunque en el norte de Wisconsin sucede más rápido que en cualquier otro lugar. Un día salí a cazar (ciervos, le estoy hablando de hace treinta o cuarenta años) y le disparé a uno, pero erré el tiro y salió corriendo hacia el bosque (estaba en la orilla norte del lago, cerca de donde vive usted, Mike). Era el ciervo más bonito que había visto en mi vida, de doce puntas, tan grande como un potro; no le miento. Antes era más joven y decidido que ahora y, aunque aquel año las primeras nieves habían caído antes de Halloween, era el día de Acción de Gracias y el suelo estaba cubierto de nieve, y se distinguían perfectamente las huellas del ciervo. Me pareció que nuestro amigo se dirigía hacia el lago presa del pánico.

»Bueno, solo un completo imbécil intentaría perseguir a un ciervo, así que allí iba yo, como un imbécil, corriendo tras él, y allí estaba el animal, en el lago, sumergido unos veinte o veinticinco centímetros en el agua, mirándome. En ese preciso instante, el sol se escondió tras una nube, y el frío era espantoso (la temperatura descendió como treinta grados en diez minutos, le juro que es verdad). El pobre venado intentó salir corriendo, pero no pudo moverse. El lago se había congelado y estaba atrapado.

»Me acerqué muy despacio. Vi que quería echar a correr, pero estaba atrapado en el hielo y sabía que eso no iba a suceder. Y en ese momento me di cuenta de que no podía disparar a un ser indefenso y atrapado. ¿Qué tipo de hombre sería si lo hubiera hecho? Así que cogí mi rifle y disparé al aire.

»El ruido y el susto bastaron para que el ciervo saltara, intentando huir de su propio pellejo, y, al ver que no podía porque sus patas estaban atrapadas en el hielo, eso fue exactamente lo que hizo. Se dejó el pellejo y la cornamenta en el hielo, y corrió hacia el bosque, rosa como un ratón recién nacido y temblando de pies a cabeza.

»Me sentí fatal por el pobre ciervo y convencí al Círculo de Amigas del Punto de Lakeside para que le hicieran algo que lo abrigara durante el invierno. Le hicieron un traje de lana de una pieza, para que no muriera congelado. Pero fuimos nosotros los últimos en reír, porque el traje era de color naranja brillante para que ningún cazador se atreviese a dispararle. Por aquí, los cazadores van de naranja durante la temporada de caza —añadió a modo de explicación—. Y si cree que algo de lo que le he contado es mentira, puedo probarlo. Todavía tengo la cornamenta en la pared de mi habitación de trofeos.

Sombra se rio, y el viejo sonrió satisfecho. Pararon delante de un edificio de ladrillo con una gran terraza de madera, adornada con doradas luces de Navidad que parpadeaban como si quisieran darle la bienvenida.

—Este es el 502 —dijo Hinzelmann—. El apartamento 3 debe de estar en el último piso, por el otro lado, el que da al lago. Adelante, Mike.

—Gracias, señor Hinzelmann. ¿Le puedo dar algo por la gasolina?

—Llámeme Hinzelmann, a secas. Y no me debe ni un centavo. Feliz Navidad de mi parte y de parte de *Tessie*.

—¿Está seguro de que no le debo nada?

El hombre se rascó la barbilla.

—Te diré lo que vamos a hacer —dijo—. La semana que viene pasaré para venderle unas papeletas. Para la rifa benéfica. Pero de momento, jovencito, es mejor que se vaya usted a dormir.

Sombra sonrió.

—Feliz Navidad, Hinzelmann —dijo.

El anciano le estrechó la mano, tenía los nudillos enrojecidos. Al estrecharla, Sombra pensó que estaba tan fuerte y encallecida como la rama de un roble.

—Tenga cuidado al subir, el camino estará resbaladizo. Veo su puerta desde aquí, en ese lado; ¿la ve? Esperaré en el coche hasta verlo entrar sano y salvo. Hágame una señal con la mano cuando esté allí y me iré.

Dejó el coche en ralentí hasta que Sombra llegó al piso de arriba y abrió de par en par la puerta del apartamento. Sombra le levantó el pulgar al anciano del Wendt —«*Tessie*», pensó, y la idea de que alguien le pusiera nombre a su coche le hizo sonreír una vez más—. Hinzelmann y *Tessie* dieron la vuelta y regresaron a la ciudad atravesando el puente.

Sombra cerró la puerta principal. La habitación estaba helada. Olía a gente que se había ido a vivir otra vida, y a lo que habían comido y soñado. Encontró el termostato y lo subió a 20 grados. Entró en la minúscula cocina, miró los cajones y abrió la nevera de color aguacate, pero estaba vacía. No era de extrañar. Al menos el interior de la nevera olía a limpio y no a humedad.

Junto a la cocina había un pequeño dormitorio con un colchón y un cuarto de baño más pequeño todavía, que prácticamente consistía en un plato de ducha. Había una colilla en el retrete, y debía de llevar tanto tiempo allí que había teñido el agua de marrón. Sombra tiró de la cadena.

Encontró sábanas y mantas en un armario, e hizo la cama. Se quitó los zapatos, la cazadora, el reloj y se metió en la cama completamente vestido, preguntándose cuánto tardaría en entrar en calor.

Las luces estaban apagadas y reinaba un silencio casi absoluto, salvo por el zumbido de la nevera y una radio encendida en algún otro lugar del edificio. Tumbado en la oscuridad, se preguntó si podría conciliar el sueño después de la siesta que se había echado en el autobús, y si el hambre, el frío, la cama nueva y la locura de aquellas últimas semanas se conjurarían para mantenerle despierto esa noche.

En el silencio de la noche oyó un ruido sordo, como un disparo. Una rama, pensó, o el hielo. Afuera estaba cayendo una buena helada.

Se preguntó cuánto tiempo tardaría Wednesday en pasar a buscarlo. ¿Un día? ¿Una semana? En cualquier caso, sabía que tenía que mantenerse ocupado. Decidió que volvería a entrenar, y a practicar sus juegos de manos con monedas para adquirir soltura. («Practica todos tus trucos —le susurró una voz dentro de su cabeza, una voz que no era la suya—, todos menos el que te enseñó el pobre Sweeney, muerto a causa de la hipotermia y del olvido y de la sensación de no ser útil ya. Ese truco no. ¡Oh, ese no!»)

Pero aquella ciudad era un buen lugar. Lo presentía.

Se puso a pensar en el sueño, si es que había sido un sueño lo que había tenido la primera noche en Cairo. Pensó en Zorya... ¿Cómo coño se llamaba? La hermana de la medianoche. Y luego pensó en Laura...

Era como si pensar en ella abriera una ventana en su mente. Podía verla. De algún modo podía.

Ella estaba en Eagle Point, en el jardín trasero de la enorme casa de su madre.

Estaba allí, con el frío que ya no sentía, o que sentía todo el tiempo, en el jardín de la casa que su madre había comprado en 1989 con el dinero del seguro de vida del padre de Laura, Harvey McCabe, cuando este falleció de un ataque al corazón mientras hacía fuerza sentado en el retrete. Contemplaba el interior de la casa con las manos pegadas al cristal, sin que su aliento se condensara al contacto con el frío, y observaba a su madre, a su hermana y a los hijos de su hermana y su marido, que vivían en Texas pero habían vuelto a casa para pasar la Navidad. Afuera, en la oscuridad, era donde estaba Laura, que no podía evitar mirar.

Sombra notó que las lágrimas le escocían en los ojos, y se dio la vuelta.

«Wednesday», pensó, y con solo un pensamiento se abrió una ventana y se encontró observando, desde un rincón de una habitación del Motel 6, a dos personas que se revolcaban en la semioscuridad.

Se sentía como un *voyeur*, intentó borrar sus pensamientos y deseó que volvieran. Podía imaginar unas gigantescas alas negras volando hacia él en mitad de la noche; podía ver el lago que se extendía allá abajo mientras soplaba un viento del Ártico, que insuflaba su helado aliento a toda la región, transformando en sólido todo lo líquido, como dedos fisgones cien veces más fríos que los de cualquier cadáver.

Sombra respiraba tranquilo ahora, ya no tenía frío. Oyó que el viento arreciaba, aullando en torno a la casa, y por un instante creyó oír voces en el viento.

Si tenía que estar en alguna parte, bien podía ser allí, pensó, y se quedó dormido.

Mientras tanto, una conversación

Dingdong.

—¿Señorita Cuervo?

—Sí.

—¿Es usted Samantha Cuervo Negro?

—Sí.

—¿Le importaría que le hiciéramos unas preguntas?

—Pues sí. La verdad es que sí me importa.

—No hay razón para ponerse así, señorita.

—¿Son ustedes policías? ¿Quiénes son?

—Me llamo Ciudad. Y aquí mi colega es el señor Carretera. Estamos investigando la desaparición de dos de nuestros socios.

—¿Cómo se llamaban?

—¿Perdone?

—Dígame sus nombres. Quiero saber cómo se llamaban sus socios. Díganme sus nombres y quizá pueda ayudarles.

—Muy bien. Se trata del señor Piedra y el señor Madera. ¿Tendría la amabilidad de contestar ahora a nuestras preguntas?

—¿Qué pasa, que ustedes ven cosas y se ponen nombres, no? «¡Oh! Usted será el señor Acera y él el señor Alfombra, saluden al señor Avión.»

—Muy graciosa, señorita. Primera pregunta: ¿ha visto usted a este hombre? Aquí tiene. Puede coger la fotografía.

—¡Vaya! De frente y de perfil, con números abajo... y grande. Pero es mono. ¿Qué ha hecho?

—Estuvo involucrado en el robo de una sucursal bancaria en una pequeña ciudad, era el conductor, hace algunos años. Sus dos compinches decidieron quedarse con todo el botín y pasar de él, así que se enfadó y fue a por ellos. Estuvo a punto de matarlos con sus propias manos. El estado hizo un pacto con los dos: testificaron en su contra a cambio de una sentencia condicional, pero a Sombra le cayeron seis años, de los cuales cumplió tres. Si quiere que le diga la verdad, creo que a esta clase de gente habría que encerrarla y tirar la llave.

—Es la primera vez que oigo a alguien decir eso en la vida real. Al menos en voz alta.

—¿Decir qué, señorita Cuervo?

—«Botín.» No es una palabra de uso frecuente. Quizás en el cine sí, pero no en la vida real.

—Esto no es una película, señorita Cuervo.

—Cuervo Negro. Es señorita Cuervo Negro. Mis amigos me llaman Sam.

—Muy bien, Sam. Ahora dime si conoces a este hombre…

—Pero ustedes no son mis amigos. Diríjanse a mí como señorita Cuervo Negro.

—Escúcheme bien, señorita repipi…

—Tranquilo, señor Carretera. Aquí Sam… perdón, quiero decir, la señorita Cuervo Negro quiere ayudarnos. Es una ciudadana respetuosa con la ley.

—Señorita, sabemos que usted ayudó a Sombra. Se les ha visto juntos en un Chevy Nova blanco. La recogió en la carretera. La invitó a cenar. ¿Dijo algo que pueda ayudarnos en la investigación? Dos de nuestros mejores hombres han desaparecido.

—Nunca he visto a este hombre.

—Sí que lo ha visto. Por favor no cometa el error de pensar que somos estúpidos. No lo somos.

—Hum. Conozco a un montón de gente. Quizá lo conocí y ya me he olvidado.

—Señorita, le aseguro que le conviene colaborar.

—O de lo contrario… ¿no tendrán más remedio que presentarme a sus amigos el señor Empulguera y el señor Pentotal?

—Señorita, se lo está poniendo usted muy difícil.

—Vaya. Lo siento mucho. ¿Alguna cosa más? Porque voy a decirles adiós y a cerrar la puerta y me imagino que ustedes se subirán al señor Coche y se marcharán.

—Tomamos nota de su falta de cooperación, señorita.

—Muy bien, adiós.

Clic.

—Sam, ¿quién llamaba a la puerta?

—Nadie importante.

Capítulo diez

I'll tell you all my secrets
But I lie about my past
So send me off to bed forevermore
(Te contaré todos mis secretos.
Pero miento sobre mi pasado.
Así que mándame a dormir para siempre jamás)
TOM WAITS, *TANGO TILL THEY 'RE SORE*

Toda una vida en tinieblas, rodeado de mugre: eso fue lo que soñó Sombra la primera noche que pasó en Lakeside. Era la vida de un niño, lejana en el tiempo y en el espacio, en un país al otro lado del océano, en las tierras del Sol naciente. Pero en aquella vida no había amaneceres, solo opacidad a lo largo del día y ceguera nocturna.

Nadie le hablaba. Oía voces humanas que venían de fuera, pero no entendía el habla humana mejor de lo que entendía el ulular de los búhos o el aullido de los perros.

Recordaba, o creía recordar, que una noche, mucho tiempo atrás, una mujer adulta había entrado, con sigilo, y no lo había abofeteado ni le había dado de comer, sino que lo había levantado hasta su pecho y lo había abrazado. Olía bien. Le había arrullado. Calientes gotas de agua se habían deslizado desde el rostro de la mujer hasta el suyo. Había sentido miedo y gimió asustado.

Ella lo dejó sobre la paja, apresuradamente, y salió de la cabaña, cerrando la puerta tras de sí.

Recordaba ese momento, y lo guardaba como oro en paño, del mismo modo que recordaba la dulzura del corazón de una col, el ácido sabor de las ciruelas, la textura crujiente de las manzanas o la deliciosa untuosidad del pescado asado.

Ahora veía las caras a la luz de la hoguera, que lo miraban mientras lo sacaban por primera y única vez de la cabaña. De modo que ese era el aspecto que tenían las personas. Criado en la oscuridad, nunca había visto un rostro. Todo era muy nuevo. Y muy extraño. La luz de la hoguera hacía que le dolieran los ojos. Le pusieron la soga alrededor del cuello para llevarlo hasta el hueco que había entre las dos hogueras, donde el hombre le estaba esperando.

Cuando se alzó el primer cuchillo a la luz de la hoguera, qué entusiasmo despertó entre la multitud, y el niño de la oscuridad empezó a reír con ellos, franca y libremente.

Entonces cayó la hoja.

Sombra abrió los ojos y se percató de que tenía hambre y frío, y de que estaba en un apartamento en el que una capa de hielo enturbiaba por dentro el cristal de la ventana. Su propio aliento congelado, pensó. Se levantó de la cama y se alegró de no tener que vestirse. Rascó la ventana con un dedo al pasar, sintió que el hielo se fundía bajo la uña.

Intentó recordar lo que acababa de soñar, pero solo logró evocar una sensación de tristeza y de oscuridad.

Se calzó. Imaginó que podría acercarse al centro de la ciudad dando un paseo, y cruzar el puente que atravesaba la orilla norte del lago, si es que había interiorizado bien la geografía de la ciudad. Se puso su ligera cazadora, recordando que se había prometido a sí mismo comprarse un buen abrigo, abrió la puerta del apartamento y salió a la terraza de madera. El frío le dejó sin aliento: inspiró y sintió que todos los pelos de la nariz se le congelaban hasta quedarse rígidos. La terraza le ofrecía una buena vista del lago, irregulares retazos grises rodeados de una extensión blanca.

Se preguntó qué temperatura habría. La ola de frío había llegado ya, eso era seguro. Debían de estar en torno a los cero grados, y el paseo no iba a ser nada agradable, pero estaba seguro de que podría llegar a la ciudad sin demasiados problemas. ¿Qué le había dicho Hinzelmann anoche...? ¿Diez minutos a pie? Sombra era un hombre corpulento. Si andaba a paso ligero se mantendría caliente.

Salió hacia el sur en dirección al puente.

Enseguida empezó a toser, con una tos seca y leve, a medida que el aire frío y áspero le alcanzaba los pulmones. Al poco le dolían las orejas, la cara, los labios, y más tarde los pies. Metió las manos desnudas en los bolsillos de la chaqueta, y cerró los puños buscando un poco de calor. Se encontró recordando los increíbles relatos de Low

Key Lyesmith sobre los inviernos en Minnesota, en especial uno en el que un cazador se subía a un árbol huyendo de un oso durante una fuerte helada. El hombre se sacaba la minga y meaba un chorro arqueado, amarillo y humeante que se congelaba antes de llegar al suelo, y se escapaba deslizándose por el chorro de orina congelada dura como una piedra. Sonrió al recordarlo y tosió de nuevo.

Un paso y otro y otro más. Miró hacia atrás. El edificio del que había partido no estaba tan lejos como esperaba.

Aquel paseo era un error, decidió. Pero estaba a tres o cuatro minutos del apartamento, y ya podía divisar el puente sobre el lago. Tanto sentido tenía continuar como volver (y, si volvía, ¿qué iba a hacer? ¿Llamar a un taxi desde el teléfono cortado? ¿Esperar a la primavera? En el apartamento no había comida, se recordó).

Siguió caminando, revisando a la baja sus estimaciones sobre la temperatura a medida que iba andando. ¿Diez bajo cero? ¿Veinte? Quizá cuarenta, ese extraño punto del termómetro en el que los grados centígrados y los grados Fahrenheit dicen lo mismo. Probablemente no hacía tanto frío. Pero el viento daba esa sensación térmica, y ahora soplaba con fuerza y de forma ininterrumpida sobre el lago, procedente del Ártico y a través de Canadá.

Recordó con envidia los calentadores químicos para manos y pies que se había llevado del tren. Deseó poder tener uno en ese momento.

Calculó que habría caminado otros diez minutos más, pero el puente no parecía mucho más cerca que antes. Tenía demasiado frío como para tiritar. Le dolían los ojos. Aquel frío no era normal: era de ciencia ficción. Era una historia ambientada en la cara oculta de Mercurio, de la época en que se pensaba que Mercurio tenía una cara oculta. Se encontraba en algún lugar del rocoso Plutón, donde el sol no es más que otra estrella, si acaso un poco más brillante que las demás. Aquel sitio, pensó Sombra, era casi idéntico a uno de esos lugares en los que el aire se trae en cubos y se sirve como si fuera cerveza.

Los coches que ocasionalmente pasaban a su lado parecían irreales: naves espaciales, pequeños y congelados envoltorios metálicos con cristales, ocupados por personas que iban mejor abrigadas que él. Un antiguo villancico que a su madre le encantaba, *Walking in a Winter Wonderland* (*Caminando por un paraíso invernal*), le empezó a rondar por la cabeza; Sombra la tarareó con los labios cerrados y se puso a caminar al compás.

Había perdido por completo la sensibilidad en los pies. Se miró los zapatos de cuero negro, los calcetines finos de algodón y empezó a pensar seriamente que corría peligro de que se le congelaran de verdad.

No era ninguna broma. Ya había traspasado el límite de la imprudencia y estaba adentrándose en el territorio «Dios esta vez sí que la he cagado bien cagada». Le hubiese dado igual ir envuelto en una red o en un vestido de encaje: el viento lo atravesaba todo, le helaba los huesos hasta el mismo tuétano, le helaba las pestañas, le helaba la zona cálida justo debajo de los testículos, que empezaban a retraerse hacia la cavidad pélvica.

«Tú sigue andando —se decía—. Sigue andando. Ya pararás a respirar bien hondo cuando llegues a casa.» Una canción de los Beatles empezó a sonar en su cabeza, y siguió caminando al compás de la misma. Fue al llegar al estribillo cuando se dio cuenta de que estaba tarareando *Help* (*Ayuda*).

Ya casi estaba en el puente. Todavía tenía que cruzarlo, y después aún le quedaban otros diez minutos de paseo hasta las tiendas que había al oeste del lago, quizás algo más...

Un coche pasó de largo, frenó, dio marcha atrás en medio de una nube de humo y se paró a su lado. Bajaron una ventanilla, y el vapor neblinoso que salía del interior del vehículo se mezcló con el humo del tubo de escape, formando alrededor del coche una nube que parecía el aliento de un dragón.

—¿Todo bien por ahí? —preguntó un policía que iba dentro del coche.

El primer e instintivo impulso de Sombra fue contestar: «Sí, agente, todo está perfectamente bien, no pasa nada. Circule. Aquí no hay nada que ver». Pero ya era demasiado tarde para eso y empezó a decir: «Creo que me estoy congelando. Me dirigía a Lakeside para comprar algo de ropa y comida, pero me temo que queda más lejos de lo que pensaba». O eso era lo que tenía en la cabeza, pero al llegar a ese punto se percató de que la única palabra que había logrado articular era:

—C-congelado. —También había emitido algún otro sonido ininteligible, así que añadió—: P-perdón. M-mucho frío.

El policía abrió la puerta trasera del coche.

—Haga el favor de subir a ver si entra en calor, ¿de acuerdo?

Sombra subió agradecido, y se sentó en el asiento trasero mientras se frotaba las manos, tratando de no preocuparse por si se le habían congelado los dedos de los pies. El policía volvió al asiento del conductor. Sombra lo miró a través de la rejilla metálica. Intentó no pensar en la última vez que había estado sentado en la parte trasera de un coche de policía, ignorar el hecho de que no hubiera manillas en las puertas de atrás, y concentrarse únicamente en devolverles la vida a sus manos. Le dolía la cara, le dolían los enrojecidos dedos y ahora además, con el calor, empezaba a sentir dolor en los dedos de los pies. Pero a fin de cuentas, pensó Sombra, que le dolieran era buena señal.

El policía arrancó y siguió adelante.

—Me va usted a perdonar —le dijo, sin volverse a mirarle, pero alzando un poco la voz—, pero lo que ha hecho es una estupidez como un piano. ¿Es que no se ha enterado usted de las alertas meteorológicas? Estamos a treinta bajo cero. Y solo Dios sabe cuál es la sensación térmica con este viento, de sesenta o setenta bajo cero, aunque imagino que a esa temperatura la sensación térmica es lo de menos.

—Gracias —dijo Sombra—. Gracias por parar. No sabe cuánto se lo agradezco.

—Esta mañana una mujer de Rhinelander salió en bata y zapatillas para poner alpiste a sus pájaros y se congeló, literalmente: se quedó pegada a la acera. La tienen en cuidados intensivos. Escuché la noticia en la radio esta mañana. Usted es nuevo en la ciudad. —Era casi una pregunta, pero el policía conocía de sobra la respuesta.

—Llegué anoche en el autocar. Imaginé que podría acercarme hoy a la ciudad para comprar ropa de abrigo, algo de comida y un coche, pero no me esperaba que hiciera este frío.

—Sí —dijo el policía—, a mí también me ha cogido por sorpresa. Estaba demasiado ocupado preocupándome por el calentamiento global. Me llamo Chad Mulligan. Soy el jefe de policía de Lakeside.

—Mike Ainsel.

—Encantado, Mike. ¿Ya te encuentras mejor?

—Un poco mejor, sí.

—¿Adónde quieres que te lleve primero?

Sombra acercó las manos a la rejilla de la calefacción, pero el calor le hizo daño en los dedos, así que las retiró. Cada cosa a su tiempo.

—Me basta con que me acerque al centro de la ciudad, si no es molestia.

—Ni hablar. Mientras no pretendas que te haga de conductor para atracar un banco, no tengo inconveniente en llevarte a donde sea. Imagina que soy el comité de bienvenida a la ciudad.

—¿Por dónde sugiere que empecemos?

—Llegaste anoche, ¿no?

—Así es.

—¿Ya has desayunado?

—Todavía no.

—Bueno, entonces me parece que vamos a empezar por ahí.

Ya habían pasado el puente y entraban en la ciudad por el lado noroeste.

—Esta es la calle principal —dijo Mulligan, y después de cruzar la calle y girar a la derecha añadió—: Y esta es la plaza.

Incluso en invierno la plaza era impresionante, pero Sombra sabía que el lugar estaba pensado para ser admirado en verano: debía de ser un estallido de color, con amapolas, lirios y todo tipo de flores, y el grupo de abedules de la esquina debía de ser como un cenador en tonos verdes y plateados. Ahora no había color, aunque había cierta belleza en su desnudez, con el quiosco de música vacío, la fuente cerrada, el ayuntamiento de arenisca con los tejados cubiertos por la blanca nieve.

—... y esto de aquí —concluyó Chad Mulligan, deteniendo el coche frente a un edificio antiguo con fachada de cristal situado en el lado oeste de la plaza— es Mabel's.

Se bajó del coche y le abrió la puerta a Sombra. Agacharon la cabeza para protegerse del frío y del viento, y se apresuraron a cruzar la acera hasta el cálido establecimiento, que olía a pan recién hecho, a pasteles, a sopa y a beicon.

El local estaba prácticamente vacío. Mulligan se sentó a una mesa y Sombra se sentó frente a él. Sospechaba que el agente se había ofrecido a ayudarle para tomarle el pulso al forastero. Pero también podía ser que el jefe de policía fuese tan solo lo que aparentaba: un tipo amable con ganas de ayudar, una buena persona.

Una camarera se acercó rápidamente a la mesa. No era gorda, pero sí grande, una mujer corpulenta de unos sesenta años, pelirroja de bote.

—Hola, Chad, ¿quieres una taza de chocolate mientras decides lo que vas a comer? —Les tendió dos cartas.

—Pero sin nata por encima. Mabel me conoce perfectamente —le comentó a Sombra—. Y tú, ¿qué vas a tomar?

—Un chocolate caliente me vendría de maravilla —dijo Sombra—. Y si viene con nata, mejor que mejor.

—Buena elección —comentó Mabel—. Tú di que sí, cielo; qué sería de la vida sin algo de riesgo. ¿No piensas presentarnos, Chad? ¿Es tu nuevo ayudante?

—Todavía no —respondió Chad Mulligan, mostrando fugazmente su blanca dentadura—. Es Mike Ainsel. Llegó a Lakeside anoche. Y ahora, si me perdonáis.

Chad se levantó, se dirigió al fondo del local y entró por una puerta con un cartel que rezaba POINTERS. Al lado había otra en la que decía SETTERS.

—Eres el nuevo, el del apartamento de arriba de Northridge Road. Lo que antes era la casa de Pilsen. Eso es —dijo, en tono jovial—, ahora ya sé quién eres. Hinzelmann ha pasado esta mañana a por su empanada matutina y me lo ha contado todo sobre ti. ¿Pensáis tomar solo el chocolate o queréis echarle un ojo a la carta de desayunos?

—Yo quiero desayunar —dijo Sombra—. ¿Qué me recomienda?

—Todo esta muy bueno —dijo Mabel—. Lo preparo yo misma. Pero mis empanadillas tienen muy buena fama y me salen francamente buenas. Además, llenan mucho y ayudan a espabilar. Son mi especialidad.

Sombra no había probado nunca las empanadillas, pero dijo que le parecía bien y, al cabo de unos minutos, Mabel volvió con un plato donde había algo que parecía una tarta doblada por la mitad. La parte inferior estaba envuelta en una servilleta de papel. Sombra la cogió por el lado de la servilleta y la mordió: estaba caliente y llevaba un relleno de carne, patata, zanahoria y cebolla.

—Es la primera vez que me como una empanadilla y está francamente buena.

—Son típicas de la PS —le explicó Mabel—. No es fácil encontrarlas al sur de Ironwood. Pero aquí las trajeron unos hombres de Cornualles que vinieron para trabajar en las minas de hierro.

—¿Pe, ese?

—Península Superior. PS. Es ese trocito de Michigan que se prolonga hacia el nordeste.

El jefe de policía volvió a la mesa. Cogió la taza de chocolate y sorbió un poco.

—Mabel, ¿ya estás obligando a este joven tan simpático a que se coma una de tus empanadillas?

—Está muy buena —dijo Sombra. Y lo estaba, un relleno delicioso envuelto en una masa caliente.

—Van directamente a la barriga —repuso Chad Mulligan, dándose palmaditas en su propia tripa—. Quedas avisado. Muy bien. Me dijiste que necesitabas un coche, ¿no?

Sin la parka, resultó ser un hombre larguirucho con una barriga redonda en forma de manzana. Parecía competente y muy profesional; de hecho, tenía más pinta de ingeniero que de policía. Sombra asintió con la cabeza, tenía la boca llena.

—Bien, he hecho algunas llamadas. Justin Liebowitz vende su *jeep* y pide cuatro mil dólares por él, aunque aceptará tres mil. Los Gunther llevan ocho meses intentando vender su Toyota 4Runner; es feo de cojones, pero a estas alturas es probable que estén dispuestos a pagarte ellos a ti porque se lo saques de la entrada. Si no te importa que sea horrible, seguro que te lo dejan a precio de ganga. He llamado desde el teléfono del lavabo de caballeros y le he dejado un recado a Missy Gunther en la inmobiliaria Lakeside, pero todavía no había llegado; probablemente estaba en la peluquería.

Sombra seguía pensando que la empanadilla estaba deliciosa mientras daba buena cuenta de ella. Era increíblemente contundente. «Comida de la que se pega al riñón», habría dicho su madre.

—Muy bien —dijo el jefe de policía mientras se limpiaba de los labios la espuma del chocolate—. Imagino que la siguiente parada será la tienda de Henning. Allí podrás comprar ropa de invierno en condiciones, de ahí podemos dar el salto al Delicatessen de Dave para que puedas aprovisionar la despensa y luego te dejaré en la inmobiliaria. Si puedes ofrecerles mil dólares contantes y sonantes por el coche estarán encantados; si no, con quinientos en cuatro meses se darán por satisfechos. El coche es feo, ya te lo he dicho, pero si el hijo no lo hubiera pintado de color violeta valdría diez mil, y es un buen coche, justo lo que necesitas para moverte por ahí este invierno, te lo digo yo.

—Es muy amable por su parte —dijo Sombra— pero ¿no debería estar por ahí atrapando delincuentes, en lugar de ir ayudando a los recién llegados? No me estoy quejando, usted ya me entiende.

Mabel se echó a reír.

—Eso mismo le decimos todos.

Mulligan se encogió de hombros.

—Esta es una ciudad tranquila —respondió sencillamente—. No hay muchos problemas. Siempre te encuentras a alguien que se salta los límites de velocidad dentro de la ciudad, lo cual tampoco está mal, porque son las multas las que pagan mi sueldo. Los viernes y sábados por la noche puedes encontrarte con algún imbécil que empina el codo y le pega a su pareja, cosa que sucede en ambos sentidos, créeme, tanto hombres como mujeres. Pero en general es un sitio muy tranquilo. Me llaman cuando alguien se ha dejado las llaves dentro del coche, o cuando hay perros que ladran. Y todos los años pillan a un par de chavales del instituto fumando hierba detrás de las gradas. El mayor caso policial que hemos vivido en cinco años fue cuando Dan Schwartz se emborrachó y disparó contra su propia caravana. De allí salió echando chispas por la calle principal, en su silla de ruedas, agitando su maldita escopeta, gritando que dispararía a cualquiera que tratase de interponerse en su camino y que nadie podría evitar que se metiese en la autopista interestatal. Creo que pretendía ir a Washington a matar al presidente. Todavía me río cuando pienso en Dan bajando por la interestatal en aquella silla, que tenía una gigantesca pegatina detrás que decía MI DELINCUENTE JUVENIL SE ESTÁ FOLLANDO A TU ESTUDIANTE MODELO. ¿Te acuerdas, Mabel?

La mujer asintió con los labios fruncidos. Al parecer, no encontraba la historia tan graciosa como Mulligan.

—¿Y qué hizo usted? —preguntó Sombra.

—Hablé con él, me dio la escopeta y durmió la mona en el calabozo. Dan no es un mal tipo, solo estaba cabreado y borracho.

Sombra pagó su desayuno y, pese a las protestas no muy enérgicas de Mulligan, los dos chocolates.

La tienda de Henning era un edificio del tamaño de un almacén en la parte sur de la ciudad. Vendían de todo, desde tractores hasta juguetes (los juguetes y los adornos de Navidad ya estaban de rebajas). La tienda estaba muy animada por las compras de después de Navidad. Sombra reconoció a la más joven de las niñas que iban sentadas delante de él en el autobús. Iba detrás de sus padres. La saludó y ella le devolvió una sonrisa indecisa. Sombra se preguntó sin demasiado interés qué aspecto tendría dentro de diez años.

Probablemente sería tan guapa como la chica de la caja, quien escaneó sus compras con una ruidosa pistola que, probablemente, podría escanear hasta un tractor si a alguien se le ocurría llevárselo puesto.

—¿Diez pares de calzoncillos largos? —preguntó—. ¿Los coleccionas o qué? —La chica parecía una aspirante a estrella de cine.

Sombra se sintió como si volviera a tener catorce años, torpe e incapaz de decir una palabra. De hecho, no dijo nada mientras ella pasaba por el lector las botas de montaña, los guantes, los jerseis y el plumífero.

No se atrevió a usar la tarjeta de crédito que le había dado Wednesday, y menos con el jefe Mulligan acompañándolo solícitamente, así que lo pagó todo al contado. Se llevó las bolsas al lavabo de caballeros y salió vistiendo varias de las prendas que acababa de comprar.

—Tienes buen aspecto, grandullón —dijo Mulligan.

—Al menos ya no tengo frío.

Ya en el aparcamiento, aunque el viento era tan frío que le quemaba la cara, pudo comprobar que el resto de su cuerpo iba calentito. Aceptando el ofrecimiento de Mulligan, dejó las bolsas en la parte de atrás del coche y ocupó el asiento del pasajero.

—Bueno, ¿a qué te dedicas, Ainsel? Un tipo tan grande como tú... ¿Cuál es tu profesión? ¿Piensas ejercerla aquí, en Lakeside?

El corazón de Sombra se aceleró, pero su voz se mantuvo firme.

—Trabajo para mi tío. Compra y vende cosas por todo el país. Yo me encargo de transportar las mercancías más pesadas.

—¿Paga bien?

—Soy de la familia. Sabe que no le voy a estafar, y así voy aprendiendo un poco de qué va el negocio. Por lo menos hasta que sepa qué es exactamente lo que quiero hacer.

Hablaba con convicción, las mentiras le salían con una fluidez asombrosa. En ese mismo momento lo supo absolutamente todo sobre Mike Ainsel, y le gustaba Mike Ainsel. Este no tenía los problemas que tenía Sombra. Ainsel nunca había estado casado, y nunca le habían interrogado el señor Madera y el señor Piedra en un tren de mercancías. A Mike Ainsel no le hablaba la televisión («¿Quieres ver las tetas de Lucy?», dijo una voz en su cabeza). Tampoco tenía pesadillas, ni creía que se avecinaba una tormenta.

En la tienda Delicatessen de Dave llenó la cesta solo con lo indispensable: leche, huevos, pan, manzanas, queso y galletas. Solo un poco de comida. Ya haría una compra de verdad más adelante. Mientras Sombra iba de un lado a otro, Chad Mulligan saludaba a la gente y les presentaba al nuevo vecino.

—Este es Mike Ainsel, ha alquilado el apartamento que quedaba libre en la antigua casa de Pilsen. Ahí arriba, en la parte de atrás.

Sombra dejó de intentar recordar los nombres. Se limitaba a estrechar manos y a sonreír sudando un poco; con el calor de la tienda le resultaba incómodo ir tan abrigado.

Chad Mulligan llevó a Sombra hasta la inmobiliaria Lakeside, al otro lado de la calle. Missy Gunther, recién peinada y apestando a laca, no necesitaba presentación; ella ya sabía perfectamente quién era Mike Ainsel.

—El señor Borson, tan amable, su tío Emerson, qué hombre tan simpático, estuvo aquí hace unas... ¿qué?, ¿seis?, ¿ocho semanas?, y alquiló el apartamento de arriba en la antigua casa de Pilsen. La vista allí ¿no es como para morirse? Bueno, cariño, espera a la primavera, porque tenemos una suerte; hay tantos lagos por esta zona que en verano se llenan de algas y se quedan de un verde brillante que le ponen a una mala del estómago, pero nuestro lago, bueno, ya verás el Cuatro de Julio, si casi se puede beber.

»El señor Borson pagó un año entero de alquiler por adelantado. En cuanto al Toyota 4Runner, no me puedo creer que Chad Mulligan todavía se acuerde; claro que me encantaría deshacerme de él. A decir verdad, ya me había resignado a dárselo a Hinzelmann como chatarra y me conformaba con no tener que pagar el impuesto, pero no porque el coche sea en absoluto una chatarra, no, nada de eso; era el coche de mi hijo antes de que se fuese a estudiar a Green Bay y, bueno, un día se le ocurrió pintarlo de violeta, je, je. Espero que le guste el violeta, eso es lo único que puedo decir; claro que si no le gusta lo entenderé perfectamente…

El jefe Mulligan pidió que lo disculparan hacia la mitad de esta letanía.

—Parece que me necesitan en comisaría. Encantado de conocerte, Mike.

Trasladó las bolsas de Sombra a la parte de atrás del monovolumen de Missy Gunther.

Missy llevó a Sombra hasta su casa, en cuya entrada había un envejecido todoterreno. La nieve había teñido la mitad del coche de un blanco deslumbrante, mientras que el resto estaba pintado en una especie de violeta absurdo que solo alguien muy fumado muy a menudo podría encontrar quizá remotamente atractivo.

No obstante, el coche arrancó a la primera, y la calefacción funcionaba, aunque le costó unos diez minutos con el motor encendido y la calefacción a tope conseguir que el interior del coche pasase de frío insoportable a solo fresco. Mientras el vehículo se calentaba, Missy Gunther llevó a Sombra a su cocina.

—Perdone el desorden, pero los niños dejan los juguetes por todas partes después de Navidades y yo no quiero desilusionarlos… ¿Le apetece un poco de pavo que sobró de la cena? El año pasado asamos una oca, pero este año hemos optado por un gran pavo. Por lo menos un café, solo me llevará un minuto poner la cafetera…

Sombra cogió un coche de juguete rojo del asiento que había debajo de una ventana y se sentó, mientras Missy Gunther le preguntaba si había tenido ocasión de conocer a sus vecinos y él confesaba que no.

Había, le informó mientras el café iba cayendo gota a gota, otros cuatro vecinos en el edificio. En tiempos, los Pilsen vivían en el apartamento de abajo y alquilaban los dos de arriba, pero ahora vivían allí un par de chicos, el señor Holz y el señor Neiman, que de hecho eran pareja

—«Pareja», señor Ainsel, cielo santo; aquí hay gente de todo tipo, del mismo modo que en el bosque hay diversas especies de árboles, aunque este tipo de gente acaba mudándose a Madison o a Twin Cities, pero, a decir verdad, a nadie le importa lo más mínimo. Se han ido a cayo Hueso a pasar el invierno, volverán en abril, ya los conocerá entonces. Lo que ocurre es que Lakeside es una buena ciudad. Y en el apartamento de al lado del suyo vive Marguerite Olsen con su hijo, una mujer encantadora, realmente encantadora, sí señor, aunque ha tenido una vida muy dura, pero a pesar de todo es tan dulce como la miel, y trabaja para el *Lakeside News*, que no es que sea el periódico más interesante del mundo, pero en realidad creo que la mayor parte de la gente lo prefiere así.

»Ay —dijo mientras le servía el café—, ojalá pueda ver la ciudad en verano o a finales de primavera, cuando los lilos, los manzanos y los cerezos estén en flor. Para mí no hay belleza que se les pueda comparar, nada parecido en ningún lugar del mundo.

Sombra le entregó una fianza de quinientos dólares, se subió al coche y dio marcha atrás para sacarlo del jardín delantero de la casa. Missy Gunther dio unos golpecitos en la ventanilla.

—Esto es para usted, casi se me olvida. —Le entregó un sobre de color beis—. Es una especie de broma. Las mandamos imprimir hace unos años. No hace falta que lo mire ahora.

Sombra le dio las gracias y, con mucho cuidado, puso rumbo a la ciudad. Tomó la carretera que rodeaba el lago. Le gustaría poder verlo en primavera o verano u otoño; debía de ser muy bonito, de eso no cabía duda.

Diez minutos más tarde ya estaba en casa.

Aparcó en la calle y subió los escalones exteriores hasta su frío apartamento. Sacó la compra de las bolsas, guardó la comida en los armarios y en el frigorífico, y después abrió el sobre que le había dado Missy Gunther.

Dentro había un pasaporte. Tenía las tapas azules, plastificadas y dentro proclamaba que Michael Ainsel, escrito con la cuidadosa caligrafía de Missy Gunther, era ciudadano de Lakeside. En la página siguiente había un mapa de la ciudad. El resto eran vales de descuento de distintos establecimientos locales.

—Creo que me va a gustar estar aquí —dijo Sombra en voz alta, mirando el lago congelado a través de la escarcha de la ventana—. Si es que alguna vez sube la temperatura.

Se oyó un golpe en la puerta principal hacia las dos de la tarde. Sombra había estado jugando con una moneda, pasándosela de una mano a la otra sin que se notara. Tenía las manos tan frías y tan torpes que la moneda se le caía sobre la mesa una y otra vez, y la llamada hizo que se le volviese a caer.

Fue a abrir la puerta.

Tuvo un momento de pánico cuando vio a un hombre con una braga negra que le cubría la mitad inferior de la cara. Era el tipo de braga que usan para asustar a sus víctimas los ladrones de banco en las series de televisión o los asesinos en serie en las películas de serie B. También llevaba un gorro negro de lana.

No obstante, el tipo era más bajo y más menudo que Sombra, y no parecía que fuera armado. Además, llevaba un chaquetón escocés de vivos colores, algo que los asesinos en serie suelen evitar.

—*Oi jiselban* —dijo el visitante.

—¿Cómo?

El hombre se bajó la braga y dejó al descubierto el alegre rostro de Hinzelmann.

—Decía que soy Hinzelmann. La verdad es que no sé qué hacíamos antes de que inventasen estas bragas. Bueno, sí que me acuerdo. Llevábamos pasamontañas de punto muy prieto que cubrían toda la cara, bufandas y no quieras ni saber qué más. Pero hay que ver las cosas que inventan ahora. Puede que sea un viejo, pero no seré yo quien eche pestes del progreso.

Mientras acababa de hablar, le pasó a Sombra un cesto repleto de quesos de la región, de botellas, botes y varias barritas de embutido que según la etiqueta eran de venado.

—Feliz día después de Navidad —dijo nada más entrar. Tenía la nariz, las orejas y las mejillas rojas como tomates, pese a la braga—. Me han dicho que ya has probado las empanadillas de Mabel. Te he traído algunas cosas más.

—Muy amable, gracias.

—De gracias nada, que me pienso pegar a ti la semana que viene con vistas a la rifa. Es una iniciativa de la Cámara de Comercio, que yo presido. El año pasado conseguimos casi diecisiete mil dólares para la sección de pediatría del hospital de Lakeside.

—¿Y por qué no me apunta ya?

—Es que no empiezo hasta que el cacharro está en el hielo. —Miró hacia el lago a través de la ventana—. Hace frío ahí fuera. Debe de haber caído la temperatura unos cincuenta grados esta noche.

—El frío se nos ha echado encima de golpe, sí.

—En los viejos tiempos la gente solía rezar por que cayera una helada como esta —le explicó—. Me lo contaba mi padre.

—¿Rezaban para que hiciese este tiempo? —le interrumpió Sombra.

—Sí, claro, era la única garantía de supervivencia para los colonos en aquella época. No había suficiente comida para todos y no podías bajarte a la tienda de Dave a llenar el carro sin más, no señor. Por eso mi abuelo tuvo una idea: cuando hacía un día de frío como este cogía a la abuela y a los niños, mi tío, mi tía y mi padre, que era el más pequeño, a la criada, a los jornaleros y se los llevaba al arroyo. Allí les daba un poco de ron con hierbas, una bebida que preparaba siguiendo una receta que se había traído del viejo continente, y les echaba agua del río por encima. Se congelaban en un momento, claro, se quedaban tiesos y azules como un polo. Los cargaba hasta una zanja que habían abierto antes y habían acolchado con paja y los amontonaba uno a uno como troncos de leña; rellenaba los huecos con paja y después tapaba la zanja con un par de maderos para protegerlos de las alimañas. Por aquel entonces había lobos, osos y toda clase de fieras por aquí, pero ningún *hodag*, criaturas míticas que se dice habitan en los bosques de Wisconsin. Eso de los *hodags* son habladurías y nunca intentaría aprovecharme de tu buena fe contándote cuentos chinos, no señor. El caso es que mi abuelo tapaba la zanja con troncos de modo que la siguiente nevada la cubriese por completo, y solo quedara a la vista la bandera que plantaba al lado para poder localizar después la zanja.

»De este modo, mi abuelo podía pasar el invierno tranquilo y sin tener que preocuparse por si se le acababa la comida o el combustible. Cuando veía que ya se acercaba definitivamente la primavera iba hasta la bandera, retiraba la nieve, apartaba los maderos, los llevaba a casa uno a uno y los ponía frente a la chimenea para que se descongelasen. A nadie le importaba, excepto a uno de los jornaleros, que perdió media oreja porque una familia de ratones se dedicó a roérserla una vez que mi abuelo no colocó bien los tablones. Claro que aquellos sí que eran inviernos de verdad. Entonces sí se podían hacer esas cosas. Porque con estos inviernos de chichinabo que tenemos ahora casi no hace falta ni abrigarse.

—¿No? —Sombra interpretaba el papel de hombre serio y formal, y disfrutaba como un enano.

—No desde el invierno del 49, y tú eres demasiado joven para recordarlo. Eso sí que eran inviernos. Veo que te has comprado un coche.

—Sí. ¿Qué le parece?

—La verdad es que nunca me ha gustado el chico de los Gunther. Tenía un río con truchas en el bosque, detrás de mi finca, bastante más allá; bueno, son terrenos de la ciudad, pero había puesto algunas piedras en el río y me había montado unos estanques donde a las truchas les gustaba vivir, y así también podía hacerme con unos buenos ejemplares... Una de ellas debía de medir unos setenta y cinco centímetros, y ese crío de los Gunther, un hijo de mala madre, me desmontó a patadas los estanques y me amenazó con denunciarme a los forestales. Ahora está en Green Bay, pero volverá pronto. Si hubiese algo de justicia en el mundo se habría largado como un fugitivo de invierno, pero qué va; claro, ese se queda ahí pegado como un arrancamoños a un jersey de lana. —Empezó a sacar lo que había traído en la cesta de bienvenida y a dejarlo sobre la encimera—. Esta es la mermelada de manzanas silvestres de Katherine Powdermaker. Lleva regalándome un tarro cada Navidad desde antes de que tú nacieras, y lo triste del asunto es que nunca he abierto ni uno. Los tengo todos en el sótano, unos cuarenta o cincuenta. A lo mejor un día abro uno y descubro que me gusta. Pero mientras tanto, este es para ti. Puede que te guste.

Sombra guardó el frasco en el frigorífico, junto con el resto de cosas que le había traído Hinzelmann.

—¿Qué es esto? —preguntó, alzando una botella larga sin etiquetar llena de una sustancia oleosa y de color verde.

—Aceite de oliva. Tiene ese aspecto por el frío. Pero no te preocupes, está perfectamente bien para cocinar.

—Vale. ¿Qué es un fugitivo de invierno?

—Hum. —El viejo se subió el gorro por encima de las orejas, se rascó la sien con el índice enrojecido—. Bueno, no es un fenómeno exclusivo de Lakeside; esta es una buena ciudad, mejor que muchas, pero no perfecta. A veces, cuando llega el invierno, hay chicos que se vuelven un poco majaretas, cuando hace tanto frío que no se puede ni salir de casa y la nieve está tan seca que no puedes ni hacer bolas de nieve porque se desmoronan entre las manos.

—¿Se escapan de casa?

El viejo asintió con preocupación.

—Yo creo que la culpa la tiene la televisión, que está todo el día enseñando a los chicos cosas que nunca podrán tener, como en *Dallas*, *Dinastía*, *Sensación de vivir*, *Hawaii Cinco-0* y todas esas tonterías. Yo no tengo televisión desde el otoño del 83, solo un aparato en blanco y negro que guardo en un armario por si viene alguien de fuera y hay algún partido importante.

—¿Quiere tomar algo, Hinzelmann?

—Café no, que me da acidez. Solo agua. —Meneó la cabeza—. Por aquí el problema más grave es la pobreza. No como la pobreza que hubo durante la Depresión, sino más in... ¿cómo es esta palabra? ¿sabes lo que digo? La palabra significa que algo va como trepando por una pared, igual que una cucaracha.

—¿Insidiosa?

—Sí, eso, insidiosa. La industria maderera está muerta. Las minas también. Los turistas no suben más allá de Dells, excepto un puñado de cazadores y algunos chicos que vienen a acampar en los lagos, pero no se gastan el dinero en las ciudades.

—Pero Lakeside parece una ciudad bastante próspera.

Los ojos azules del viejo parpadearon.

—Y nuestro trabajo nos cuesta; créeme, mucho trabajo. Luego, la ciudad es buena y todo el trabajo que la gente hace aquí no cae en saco roto. No es que mi familia no fuese pobre cuando éramos niños. Pregúntame cómo de pobres éramos cuando yo era niño.

Sombra puso su cara de hombre cabal y preguntó:

—¿Cómo de pobres eran cuando usted era niño, señor Hinzelmann?

—Hinzelmann, a secas, Mike. Éramos tan pobres que no nos podíamos permitir ni encender fuego. En Nochevieja mi padre chupaba un caramelo de menta y los niños nos poníamos alrededor con las manos extendidas para calentarnos con su aliento.

Sombra resopló. Hinzelmann se puso la braga y el grueso chaquetón escocés, sacó las llaves del coche del bolsillo y, por último, se puso sus enormes guantes.

—Si te aburres mucho por aquí, no tienes más que bajar a la tienda y preguntar por mí. Te enseñaré mi colección de moscas hechas a mano. Te aburrirás tanto que volver aquí te parecerá una liberación.

Su voz sonaba amortiguada, pero aún podía entenderle.

—Lo haré —contestó Sombra con una sonrisa—. ¿Cómo está *Tessie*?

—Hibernando. Volverá a salir en primavera. Cuídese, señor Ainsel.

Y dicho esto, se marchó cerrando la puerta tras de sí.

El apartamento se estaba quedando helado.

Sombra se puso el abrigo y los guantes y se calzó las botas. Apenas podía ver a través de los cristales de las ventanas, porque el hielo de la parte de dentro convertía las vistas del lago en un cuadro abstracto.

Su aliento formaba nubecitas en el aire.

Salió del apartamento a la terraza de madera y llamó a la puerta de al lado. Oyó la voz de una mujer que le gritaba a alguien que por Dios se callase de una vez y bajase el volumen de la televisión. Debía de estar hablando con un niño, porque los adultos no suelen gritar así a otros adultos. La puerta se abrió y una mujer con el cabello muy largo y muy negro se quedó mirándolo con cautela.

—¿Sí?

—Buenos días, señora. Me llamo Mike Ainsel y soy su vecino de al lado.

Su expresión no se alteró ni lo más mínimo.

—¿Sí?

—Mire, mi piso está congelado. Sale algo de calor de la chimenea, pero la habitación no se calienta, ni siquiera un poco.

Lo miró de arriba abajo, y entonces un esbozo de sonrisa apareció en las comisuras de los labios de la mujer y dijo:

—Pues pase usted, que si no también se va a escapar el calor de aquí.

Sombra entró en el apartamento. El suelo estaba sembrado de juguetes de plástico de todos los colores. Había papel de regalo hecho jirones amontonado junto a una pared. Un niño pequeño miraba a escasos centímetros del televisor *Hércules* de Disney, una escena en la que un sátiro trotaba y gritaba por toda la pantalla. Sombra se puso de espaldas al aparato.

—Bien —le empezó a explicar la mujer—, esto es lo que tiene que hacer. En primer lugar selle las ventanas; puede comprar el burlete en la tienda de Henning. Lo pega en el marco de las ventanas, y si quiere esmerarse, le pasa el secador y ya no se despega en todo el invierno. Así evita que el calor se escape por las ventanas. Además, cómprese un par de estufas. La caldera del edificio es vieja y cuando hace frío de verdad no sirve de mucho. Últimamente hemos tenido inviernos bastante suaves, supongo que deberíamos estar agradecidos. —Le tendió la mano—. Marguerite Olsen.

—Encantado de conocerla —dijo Sombra. Se quitó un guante y le estrechó la mano—. Siempre había creído que los Olsen eran más bien rubios.

—Mi exmarido era muy rubio. Rubio y de piel rosada. No se ponía moreno ni a punta de pistola.

—Missy Gunther me ha dicho que escribe en el periódico local.

—Missy Gunther le cuenta todo a todo el mundo. No sé ni para qué queremos un periódico teniendo a Missy. —Asintió con la cabeza—. Sí, escribo alguna crónica de vez en cuando, pero la mayoría las escribe el redactor. Yo hago la columna de naturaleza, la de jardinería, la de opinión de los domingos y la página de Ssociedad, que cuenta hasta los más ínfimos detalles, por ejemplo quién sale a cenar con quién en setenta kilómetros a la redonda.

Ella lo miró con sus ojos negros y Sombra tuvo una sensación de *déjà vu*. «Yo he estado aquí antes —pensó—. No, me recuerda a alguien.»

—Bien, pues ahora ya sabe cómo calentar el piso.

—Gracias. Cuando lo haya hecho espero que usted y el niño pasen a hacerme una visita.

—Se llama Leon —le dijo—. Por cierto, encantada, señor…

—Ainsel. Mike Ainsel.

—¿De dónde viene ese nombre, Ainsel?

Sombra no tenía ni idea.

—No lo sé. Me temo que nunca he prestado mucha atención a la historia familiar.

—¿Noruego, tal vez?

—Nunca hemos sido una familia muy unida —se excusó, pero entonces se acordó del tío Emerson Borson y añadió—. Por ese lado, al menos.

Cuando llegó el señor Wednesday, Sombra ya había colocado el burlete en todas las ventanas, tenía una estufa en la habitación principal y otra en el dormitorio. Casi resultaba acogedor.

—¿Qué coño es esa mierda lila que conduces ahora? —le preguntó, a modo de saludo.

—Bueno, tú te llevaste mi mierda blanca. Y, por cierto, ¿dónde está?

—La vendí en Duluth. Cualquier precaución es poca. No te preocupes, ya te daré tu parte cuando se acabe todo esto.

—¿Se puede saber qué hago aquí? Me refiero a Lakeside, no al mundo en general.

Wednesday sonrió, con una de esas sonrisas que le sacaban de quicio.

—Estás aquí porque es el último sitio al que vendrían a buscarte. Aquí estás fuera de la circulación.

—¿Vendrían? ¿Te refieres a los malos?

—Exactamente. Me temo que la Casa de la Roca es ahora un lugar prohibido. Todo es más difícil, pero nos las apañaremos. De momento tendremos que contentarnos con dar patadas al suelo para entrar en calor, agitar banderitas y pasear hasta que empiece la acción (que será un poco más tarde de lo que nos esperábamos). Creo que no podrá ser hasta la primavera. Hasta entonces, nada importante puede suceder.

—¿Por qué?

—Porque puede que se pasen la vida hablando de micromilisegundos y mundos virtuales y cambios de paradigma y lo que les dé la gana, pero al fin y al cabo viven en este planeta y siguen sujetos a los ciclos del año. Estos son meses muertos. Una victoria en esos meses es una victoria muerta.

—No entiendo nada de lo que estás diciendo —contestó Sombra, pero no era del todo verdad: tenía una vaga idea y esperaba no estar en lo cierto.

—Va a ser un invierno muy duro y tú y yo tenemos que aprovechar el tiempo lo mejor posible. Debemos reunir a nuestras tropas y escoger el campo de batalla.

—De acuerdo. —Sombra sabía que Wednesday le decía la verdad, o al menos parte de ella. La guerra estaba a punto de empezar. No: en realidad ya había empezado. Era la batalla lo que estaba a punto de empezar—. Sweeney *el Loco* dijo que estaba trabajando para ti cuando nos lo encontramos aquella primera noche. Me lo contó antes de morir.

—¿Y tú crees que hubiese contratado a un tipo que no pudo ni ganarte en la pelea del bar? Pero no te preocupes, que ya me has demostrado de sobra que hice bien en confiar en ti. ¿Has estado alguna vez en Las Vegas?

—¿Las Vegas, en Nevada?

—Exactamente.

—No.

—Nos vamos allí desde Madison esta noche, en un vuelo chárter que organiza un caballero para jugadores de categoría. Le he convencido de que debíamos ir en él.

—¿Nunca te cansas de mentir? —dijo Sombra. Formuló la pregunta con delicadeza, como por curiosidad.

—Jamás. En cualquier caso, no he mentido. Es mucho lo que nos jugamos. No creo que tardemos más de un par de horas en llegar a Madison, las carreteras están despejadas. Así que cierra la puerta y apaga las estufas, no vaya a ser que se queme la casa en tu ausencia.

—¿A quién vamos a ver en Las Vegas?

Wednesday se lo dijo.

Sombra apagó las estufas, metió algo de ropa en una bolsa de viaje y se volvió para preguntar:

—Mira, me siento un poco tonto; ya sé que me acabas de decir a quién vamos a ver, pero… no sé. Se me ha ido completamente de la cabeza. No me acuerdo. ¿Quién era?

Wednesday se lo repitió una vez más.

Esta vez Sombra estuvo a punto de pillarlo. Tenía el nombre ahí, en la punta del cerebro. Deseó haber prestado más atención a lo que Wednesday le había dicho. Lo dejó por imposible.

—¿Quién conduce? —preguntó.

—Tú.

Salieron de la casa, bajaron las escaleras de madera y fueron por el helado sendero hasta donde estaba aparcada la limusina negra. Sombra se sentó al volante.

Cuando entras en un casino lo primero que hacen es asaltarte con todo tipo de invitaciones —la clase de invitaciones que solo un hombre de hielo, sin corazón, descerebrado y extrañamente falto de avaricia podría declinar—. Escucha: a las ráfagas como de ametralladora de las monedas de plata que caen a chorros por la ranura de una tragaperras y se desbordan sobre alfombras con monogramas, sigue el estruendo de la sirena de otra tragaperras; el tintineo y el fragor de las máquinas queda absorbido por la inmensidad de la sala, y se convierte en un agradable murmullo de fondo en el momento en que se llega a las mesas de cartas, donde los distantes sonidos no tienen ya más objeto que el de mantener la adrenalina fluyendo por las venas de los jugadores.

Los casinos tienen un secreto, un secreto que guardan celosamente como oro en paño, el más sagrado de sus misterios. La mayor parte de la gente no juega para ganar dinero, aunque eso es lo que se anuncia, se vende, se proclama y se sueña. Eso es solo una mentira fácil que permite que los jugadores se engañen a sí mismos y crucen sus puertas, siempre abiertas y acogedoras.

El secreto es este: la gente juega para perder dinero. Van al casino por ese momento que les hace sentir vivos, para girar la ruleta, volver con las cartas y perderse a sí mismos, con las monedas, en las tragaperras. Quieren saber que son importantes. Por mucho que alardeen de las noches en que ganaron, del dinero que se llevaron del casino, en el fondo, lo que atesoran en secreto son las veces que perdieron. Es una especie de sacrificio.

El dinero fluye por el casino como una corriente ininterrumpida de verde y plata que pasa de mano a mano, de jugador a crupier, a cajero, a dirección, a seguridad, y acaba en el sanctasanctórum, la tesorería. Y es precisamente aquí, en la tesorería de este casino, donde vienes a descansar; aquí, en el lugar donde los billetes se clasifican, se amontonan, se catalogan, en un espacio que poco a poco empieza a resultar superfluo, ya que la mayor parte del dinero que fluye por el casino es imaginario: una secuencia de señales eléctricas que se encienden y se apagan, secuencias que fluyen a través de las líneas telefónicas.

En la tesorería hay tres hombres que cuentan dinero bajo la vítrea mirada de las cámaras que están a la vista y la insectil mirada de las diminutas cámaras que no pueden ver. En el transcurso de un solo turno, cada uno de estos hombres contará más dinero del que suman los sueldos de toda su vida. Cada uno de ellos, cuando duerme, sueña que cuenta dinero, sueña con fajos de billetes, con fajas para los billetes, con números que ascienden inevitablemente, que se clasifican y se pierden. Cada uno de esos tres hombres se ha preguntado alguna vez, no menos de una vez por semana, cómo eludir los sistemas de seguridad del casino y escapar con todo el dinero que pueda transportar y, con reticencia, todos ellos han repasado el sueño y lo han encontrado inviable, de modo que se conforman con su cheque habitual, evitando así la doble amenaza de una temporada en la cárcel y una tumba anónima.

Y aquí, en el sanctasanctórum, hay tres hombres que cuentan el dinero, y hay guardias de seguridad que observan, traen el dinero y se lo llevan; y luego hay otra persona más. Lleva un impecable traje gris marengo, tiene el cabello oscuro, va perfectamente afeitado y su rostro, su aspecto en general, son, en todos los sentidos, imposibles de recordar. Los demás hombres no han reparado jamás en su presencia o, si lo han hecho, lo han olvidado al instante.

Al terminar el turno se abren las puertas, y el hombre del traje gris marengo abandona la sala y camina, acompañado por los guardias de seguridad, por los pasillos, el ruido de sus pisadas amortiguado por las alfombras con el monograma del casino. El dinero, en cajas de seguridad, se transporta hasta un patio interior, donde se carga en camiones blindados. A primera hora de la mañana, cuando se abre la puerta de la rampa para dejar que el camión blindado salga a las calles de Las Vegas, el hombre del traje gris marengo sale por la puerta, sin que nadie se percate, caminando tranquilamente.

No se detiene siquiera a mirar la imitación de Nueva York que tiene a su izquierda.

Las Vegas se ha convertido en una ciudad de ensueño pintada por un niño: aquí, un castillo de cuento; allí, una pirámide negra flanqueada por sendas esfinges que resplandece en la oscuridad con una luz blanca, como una baliza de aterrizaje para ovnis; y, por todas partes, oráculos de neón y pantallas que anuncian la felicidad y la buena fortuna, a los cantantes, humoristas y magos de la casa o de próxima aparición, y luces que parpadean y llaman. Cada hora hay un volcán que entra en erupción con un impresionante despliegue de fuego y de luz. Cada hora un barco pirata hunde un buque de guerra.

El hombre del traje gris marengo deambula tranquilamente por la acera, sintiendo el flujo de dinero que recorre la ciudad. En verano, las calles son como un horno, y las puertas de todas las tiendas por las que pasa insuflan en el sofocante calor aire frío proveniente de los aparatos de aire acondicionado que le enfría el sudor de la frente. Ahora, en el invierno desértico hace un frío seco, cosa que le agrada. Lo que le atrae de esta ciudad en medio del desierto es la rapidez del movimiento, el modo en que el dinero pasa de mano en mano: es como una descarga de adrenalina, un colocón, y, como un adicto, se echa a la calle.

Un taxi lo sigue lentamente por la calle, a cierta distancia. No repara en él, no se le ocurre reparar en él: resulta tan extraño que alguien repare en su persona que la idea de que le puedan estar siguiendo le resulta casi inconcebible.

Son las cuatro de la mañana, y se siente atraído por un hotel con casino que lleva treinta años pasado de moda, pero sigue funcionando hasta que mañana o dentro de seis meses lo derriben y construyan en su lugar un palacio del placer, y sea olvidado para siempre. Nadie lo conoce, nadie lo recuerda; el bar de la entrada es hortera y tranquilo, en el aire flota el humo azulado y añejo del tabaco y alguien está a punto de dejarse varios millones de dólares jugando al póquer en un reservado del piso de arriba. El hombre del traje gris se instala en el bar, varios pisos debajo de donde tiene lugar la partida, y la camarera lo ignora. Suena una versión para hilo musical de Why Can't He Be You? *de forma casi subliminal. Cinco imitadores de Elvis Presley, cada uno de ellos con un mono de distinto color, siguen la redifusión nocturna de un partido de fútbol americano en la televisión instalada en el bar.*

Un hombre grande con un traje gris claro se sienta a la mesa del hombre del traje gris marengo, y esta vez la camarera sí repara en él; es demasiado delgada para ser guapa, demasiado anoréxica para trabajar en el Luxor o en el Tropicana, y es evidente que cuenta los minutos que le quedan para terminar su turno. Se acerca a la mesa y sonríe. Él le devuelve una amplia sonrisa.

—Esta noche estás preciosa, querida, un regalo para estos viejos ojos. —La camarera, oliéndose una buena propina, le sonríe abiertamente. El hombre del traje gris claro pide un Jack Daniel's para él y un Laphroaig con agua para el hombre del traje gris marengo que tiene delante.

—¿Sabías que el verso más sublime en la historia de este país lo recitó Canada Bill Jones en 1853, en Baton Rouge, mientras lo desplumaban en una partida amañada? —pregunta el hombre del traje claro cuando llega su bebida—. George Devol, que al igual que Canada Bill no dejaba pasar la oportunidad de desplumar a un primo cuando se presentaba la ocasión, lo llevó aparte un momento y le preguntó si no se había dado cuenta de que la partida estaba amañada. Canada Bill suspiró, se encogió de hombros, y contestó «Ya lo veo, pero no hay otra partida en toda la ciudad». Y continuó jugando.

Unos ojos oscuros miran con desconfianza al hombre del traje gris claro. El hombre del traje gris marengo le responde algo. El del traje claro, que tiene una barba pelirroja y entrecana, niega con la cabeza.

—Mira —dice—, siento lo de Wisconsin. Pero conseguí poneros a todos a salvo, ¿no? Nadie salió herido.

El hombre del traje oscuro bebe a sorbos su Laphroaig con agua, paladeando su sabor cenagoso, ese regusto como a cadáver en la ciénaga del whisky. Contesta:

—No lo sé. Las cosas están yendo más rápido de lo que esperaba. Todos están bastante cabreados con el chico que contraté para que me hiciera los recados. Lo he dejado fuera, esperando en el taxi. ¿Sigo contando contigo?

El hombre del traje oscuro responde. El de la barba menea la cabeza.

—Hace doscientos años que nadie la ve. Si no está muerta, se ha borrado del mapa.

Comentan algo más.

—Mira —dice el hombre de la barba, apurando su Jack Daniel's—, tú sigue conmigo, solo tienes que estar ahí cuando te nece-

sitemos y yo me ocuparé de ti. ¿Qué es lo que quieres? ¿Soma? Te puedo conseguir una botella de Soma. Del bueno.

El hombre del traje oscuro lo mira. Después, con cierta reticencia, asiente y hace un comentario.

—Pues claro que lo sé —dice el hombre de la barba con una sonrisa que parece un cuchillo—. ¿Qué esperabas? Pero míralo de esta manera: es la única partida que hay en la ciudad.

El hombre de la barba alarga una de sus manazas y estrecha la pulcra mano del otro. Después se va.

La escuálida camarera se acerca a la mesa, desconcertada: ahora solo hay un hombre a la mesa de la esquina, un tipo elegante, con el cabello oscuro y un traje color gris marengo.

—¿Está todo bien? —le pregunta—. ¿Su amigo piensa volver?

El hombre de cabello oscuro suspira, y le dice que su amigo no volverá y que, por lo tanto, no se le pagará por su tiempo o sus molestias. Pero, al ver el dolor en sus ojos, se apiada de ella, examina los hilos dorados en su mente, observa la matriz, sigue el dinero hasta llegar a un nodo, y le dice que si va a la puerta del Treasure Island a las seis en punto de la mañana, media hora después de que acabe su turno, conocerá a un oncólogo de Denver que acabará de ganar cuarenta mil dólares a los dados y que necesitará una mentora, una compañera, alguien que le ayude a gastarse todo ese dinero en veinticuatro horas, antes de coger el avión y volverse a casa.

Las palabras se esfuman de la mente de la camarera, pero la dejan satisfecha. Suspira y se percata de que los tipos del rincón le han hecho un «simpa» y ni siquiera le han dejado propina; en ese momento decide que, en lugar de irse directamente a casa, se pasará por el Treasure Island cuando acabe el turno; pero, si le preguntaras el porqué, no sabría qué contestarte.

—¿Quién era el tipo al que has ido a ver? —preguntó Sombra mientras volvían a las aglomeraciones de Las Vegas. Había máquinas tragaperras en el aeropuerto e, incluso a esas horas de la mañana, la gente seguía echándoles monedas. Sombra se preguntó si habría gente que no llegaría a salir del aeropuerto, personas que se bajaban del avión, se dirigían a la terminal y se quedaban allí, atrapadas por las imágenes cambiantes y las luces en movimiento; gente que se quedaba en el aeropuerto hasta que metían en la máquina su último centavo, para después darse la vuelta, subirse al avión y marcharse a casa.

Imaginó que habría sucedido más de una vez. Al fin y al cabo, en Las Vegas debía de haber sucedido casi todo, en un momento u otro. Y Estados Unidos era un país tan condenadamente grande y con tantos habitantes que debía de haber gente para todo.

Entonces se percató de que se había distraído justo en el momento en que Wednesday le explicaba quién era el hombre del traje oscuro al que habían seguido en el taxi, y no se había enterado.

—Está con nosotros —le dijo Wednesday—. Pero me va a costar una botella de Soma.

—¿Qué es el Soma?

—Es una bebida.

Subieron al avión, que iba vacío, salvo por ellos y tres altos ejecutivos que querían estar en Chicago a primera hora del siguiente día laborable.

Wednesday se puso cómodo y se pidió un Jack Daniel's.

—Las personas como yo vemos a las personas como tú... —Vaciló un instante—. Es como lo de las abejas y la miel. Cada abeja produce solo una pequeña, minúscula gota de miel. Hacen falta miles, quizá millones de abejas trabajando todas juntas para elaborar el tarro de miel que pones en tu mesa a la hora del desayuno. Bien, ahora imagínate que no pudieras comer nada más que miel. Así son las cosas para la gente como yo... Nos alimentamos de fe, de plegarias, de amor. Hace falta que mucha gente crea en nosotros, siquiera un poquito, para que podamos sobrevivir.

—Y el Soma es...

—Siguiendo con la analogía, es un licor de miel. Hidromiel. —Se echó a reír—. Es una bebida. Un concentrado de oraciones y de fe, destiladas en aguardiente.

Estaban sobrevolando Nebraska cuando les sirvieron el insulso desayuno típico de los aviones. Sombra dijo:

—Mi mujer.

—La que murió.

—Laura. No quiere estar muerta. Me lo dijo después de rescatarme de los tipos del tren.

—Un acto digno de una buena esposa. Liberarte de un infame confinamiento y asesinar a los que pensaban hacerte daño. Cuídala bien, sobrino Ainsel.

—Desea estar viva de verdad. No ser una muerta viviente, o lo que demonios sea ahora. Quiere volver a estar viva. ¿Podemos hacer eso? ¿Es factible?

Wednesday guardó silencio durante tanto tiempo que Sombra

empezó a pensar que quizá no había oído la pregunta, o que a lo mejor se había quedado dormido con los ojos abiertos. Pero finalmente habló, sin volverse a mirarle.

—Conozco un hechizo que cura el dolor y la enfermedad, y que alivia los corazones dolientes.

»Conozco un hechizo que cura las heridas con solo tocarlas.

»Conozco un hechizo que desarma al enemigo.

»Conozco otro hechizo que puede liberarme de mis cadenas y ataduras.

»Y un quinto hechizo: con él puedo atrapar al vuelo una bala sin que me hiera.

Hablaba en voz baja, y en tono apremiante. Había abandonado el tono autoritario, y aquella inquietante sonrisa. Susurraba como si recitara las palabras de un ritual religioso, como si estuviera contándole algo oscuro y doloroso.

—El sexto: cualquier maleficio en mi contra se volverá contra quien lo haya formulado.

»El séptimo hechizo: puedo apagar un fuego con solo mirarlo.

»El octavo: si un hombre me odia, puedo ganarme su amistad.

»El noveno: puedo cantarle al viento para que duerma y apaciguar una tempestad el tiempo suficiente para que un barco pueda regresar a puerto.

»Estos fueron los primeros nueve hechizos que aprendí. Durante nueve noches permanecí desnudo colgado de un árbol, con el costado traspasado por una lanza. Estuve colgado a merced del frío viento, y del ardiente también, sin comida, sin agua; me sacrifiqué a mí mismo, y los mundos se abrieron ante mí.

»El décimo conjuro que aprendí sirve para disipar a las brujas, haciendo que un torbellino las arrastre por los cielos para que no puedan volver a encontrar la puerta de su propia casa.

»El undécimo: si lo canto en el fragor de la batalla puede hacer que los soldados atraviesen la turba sanos y salvos, y llevarlos hasta la seguridad de sus hogares.

»Conozco un duodécimo encantamiento: si veo a un ahorcado puedo descolgarlo y hacer que nos susurre todo lo que recuerda.

»El decimotercero: si rocío con agua la cabeza de un niño, este no entrará nunca en batalla.

»El decimocuarto: conozco los nombres de todos los dioses. Todos y cada uno de ellos.

»El decimoquinto: sueño con el poder, con la gloria y con la sabiduría, y puedo hacer que la gente crea en mis sueños.

Hablaba tan bajo que Sombra tuvo que aguzar el oído para poder entenderle por encima del ruido de los motores del avión.

—Conozco un decimosexto encantamiento: si necesito amor, puedo cambiar la mente y el corazón de cualquier mujer.

»Hay un decimoséptimo, por el cual ninguna mujer que yo desee podrá desear a otro.

»Y aún conozco un decimoctavo hechizo, el hechizo más poderoso de todos, y que no puedo revelarle a nadie, porque un secreto que nadie conoce, salvo tú, es el secreto más poderoso que pueda existir.

Wednesday suspiró y dejó de hablar.

A Sombra se le había puesto la piel de gallina. Era como si se hubiese abierto una puerta a otro lugar, a un lugar varios mundos más allá con hombres ahorcados balanceándose al viento en cada encrucijada y brujas chillando en el cielo nocturno.

—Laura —fue todo cuanto pudo decir.

Wednesday volvió la cabeza, y miró fijamente a los ojos gris pálido de Sombra.

—No puedo hacer que vuelva a la vida —le dijo—. Ni siquiera sé por qué no está todo lo muerta que debería estar.

—Creo que fui yo —replicó Sombra—. Es culpa mía. —Wesnesday alzó una ceja—. Sweeney *el Loco* me regaló una moneda de oro cuando me enseñó cómo se hacía el truco aquel. Según me dijo más tarde, me había dado la moneda equivocada. Lo que me dio era mucho más poderoso de lo que él creía. Yo se la pasé a Laura.

Wednesday gruñó, apoyó la barbilla en el pecho y frunció el ceño. Después se recostó en el asiento.

—Pudo ser eso —le dijo—. Y no, no puedo ayudarte. Lo que hagas en tu tiempo libre no es cosa mía, naturalmente.

—¿Qué? —dijo Sombra—. ¿Qué significa eso?

—Significa que no puedo evitar que vayas por ahí cazando piedras de águila y aves del trueno. Aunque preferiría mil veces que te quedases tranquilamente recluido en Lakeside, sin que nadie te viera y, espero, sin que nadie se acuerde de ti. Cuando las cosas se pongan realmente feas vamos a necesitar todas las manos.

Su aspecto se tornó muy viejo mientras pronunciaba aquellas palabras, y frágil; su piel parecía casi transparente y, por debajo, la carne tenía un tono grisáceo.

Sombra deseó, con todas sus fuerzas, alargar la mano y ponerla sobre la grisácea mano de Wednesday. Quería decirle que todo iba a salir bien; no era la sensación que tenía, pero sabía que era eso lo que tenía que decir. Ahí afuera había hombres que viajaban en trenes negros. Había un chaval gordo en una limusina y había gente en la televisión que no les quería bien.

No se atrevió a tocar a Wednesday. No le dijo nada.

Más adelante se preguntaría si aquello habría podido cambiar algo, si aquel gesto habría servido de algo, si habría podido evitar en alguna medida el mal que estaba por llegar. Se dijo a sí mismo que no habría cambiado nada. Sabía que no habría cambiado nada. Y aun así, *a posteriori* le habría gustado haber tomado, siquiera por un instante, durante aquel lento viaje de vuelta a casa, la mano de Wednesday.

Las escasas horas de luz de aquel día de invierno tocaban a su fin cuando Wednesday dejó a Sombra frente a su apartamento. El intenso frío que sintió al abrir la puerta del coche le pareció aun más inverosímil viniendo de Las Vegas.

—No te metas en líos —le dijo Wednesday—. Mantén la cabeza debajo del ala. No hagas olas.

—¿Todo al mismo tiempo?

—No te hagas el listillo conmigo, chico. En Lakeside puedes pasar desapercibido. He tenido que pedir un gran favor para poder traerte aquí sano y salvo. Si estuvieras en una ciudad podrían olfatear tu rastro en cuestión de minutos.

—Me quedaré aquí quieto y no me meteré en líos —dijo de corazón. Llevaba toda la vida metido en líos y estaba deseando alejarse de todo aquello—. ¿Cuándo volverás?

—Pronto —respondió Wednesday y, poniendo en marcha el motor del Lincoln, subió la ventanilla y desapareció en la gélida noche.

Capítulo once

Tres pueden guardar un secreto,
si dos de ellos están muertos.
BENJAMIN FRANKLIN,
ALMANAQUE DEL POBRE RICHARD

Pasaron tres fríos días. El termómetro no había alcanzado los cero grados en ningún momento, ni siquiera a mediodía. Sombra se preguntaba cómo habían podido sobrevivir en ese clima cuando todavía no existían ni la electricidad, ni las mascarillas térmicas, ni la ropa interior térmica, cuando viajar no era tan fácil como ahora.

Había bajado a la tienda de Henning —videoclub, salón de bronceado, cebos y aparejos de pesca—, y Hinzelmann le había enseñado su colección de cebos hechos a mano. Resultaron más interesantes de lo que había esperado: coloridas falsificaciones de vida, hechas a base de plumas e hilo, con un anzuelo oculto en el interior de cada una de ellas.

—¿En serio? —preguntó Hinzelmann.

—En serio.

—Bueno —le dijo el anciano—, no siempre sobrevivían, a veces morían. Las chimeneas agujereadas, las estufas y las cocinas económicas mal ventiladas mataban a tanta gente como el frío. Pero eran tiempos difíciles; se pasaban el verano y el otoño almacenando comida y leña para el invierno. Lo peor de todo era la locura. He oído por la radio que tiene que ver con la luz del sol, que escasea en invierno. Mi padre decía que la gente perdía la cabeza, y lo llamaban locura de invierno. En Lakeside siempre lo hemos llevado bien, pero en algunas de las poblaciones vecinas sí lo han tenido más difícil. Cuando yo era niño, la gente decía que si tu criada no te mataba antes de febrero era porque no tenía agallas.

»Los libros de cuentos eran entonces un bien muy apreciado;

cualquier material de lectura era como un tesoro, incluso antes de que la ciudad tuviera biblioteca. Una vez, mi abuelo recibió un libro de su hermano, que vivía en Baviera. Todos los alemanes de la ciudad se reunían en el ayuntamiento para que se lo leyese en voz alta, y luego los finlandeses, los irlandeses y todos los demás les pedían a los alemanes que les contasen los relatos.

»A treinta kilómetros hacia el sur, en Jibway, un invierno encontraron a una mujer que andaba como Dios la trajo al mundo con un bebé muerto acurrucado contra su pecho, y no dejaba que nadie se lo quitase. —Meneó la cabeza con aire pensativo y cerró la caja de cebos—. Mal asunto. ¿Quieres un carné del videoclub? Acabarán por abrir un Blockbuster aquí y tendremos que echar el cierre, pero de momento tenemos una buena selección.

Sombra le recordó a Hinzelmann que no tenía ni televisión ni vídeo. Le gustaba su compañía: sus recuerdos, sus historias absurdas y la sonrisa de duende del viejo. Aunque seguramente su relación con él se volvería algo incómoda si Sombra le confesara que la televisión le resultaba muy inquietante desde que había empezado a hablarle.

Hinzelmann rebuscó en un cajón y sacó una caja de latón que tenía toda la pinta de haber sido una caja de bombones o galletas de Navidad: un Papá Noel con una bandeja llena de botellas de Coca-Cola sonreía desde la tapa. Destapó la caja y sacó una libreta y unos tacos de papeletas en blanco.

—¿Cuántas quieres que te apunte?

—¿Cuántas qué?

—Papeletas para el cacharro. Lo pondremos en el hielo hoy, así que ya hemos empezado a vender papeletas. Cada una vale cinco dólares, cinco por cuarenta y diez por setenta y cinco. Con cada papeleta compras cinco minutos. Claro que no puedo garantizarte que se vaya a hundir en tus cinco minutos, pero el que más se acerque puede ganar quinientos dólares y, si se hunde en el transcurso de tus cinco minutos, te llevas mil. Cuanto antes compres la papeleta, más posibilidades tendrás de elegir. ¿Quieres ver el folleto de información?

—Claro.

Hinzelmann le pasó una fotocopia. El cacharro era un coche viejo al que le habían quitado el motor y el depósito, que se aparcaba en el lago helado durante el invierno. Al llegar la primavera, el lago empezaría a deshelarse y, cuando las capas de hielo fueran demasiado finas para soportar el peso del coche, este se hundiría. La vez en que el cacharro tardó menos en hundirse en el lago fue un 27 de febrero

(«En el invierno de 1998. Pero es que aquello no fue invierno ni fue nada.») y la vez en que tardó más fue un primero de mayo («El de 1950. Aquel año llegamos a pensar que para que acabara el invierno tendríamos que clavarle una estaca en el corazón.»). Al parecer, lo más habitual era que el cacharro se hundiera a principios de abril, normalmente a media tarde.

Las tardes de abril ya estaban todas vendidas, tachadas en la libreta pautada de Hinzelmann. Sombra compró veinticinco minutos de la mañana del 23 de marzo, desde las 9:00 hasta las 9:25. Le dio cuarenta dólares a Hinzelmann.

—Ojalá todos los habitantes de la ciudad fueran tan fáciles de convencer como tú.

—Es un modo de agradecerte que me llevases en coche la primera noche que pasé aquí.

—No, Mike —dijo Hinzelmann—. Es para los niños.

Por un momento se puso serio, sin rastro de aquella expresión de duende travieso en su arrugado rostro.

—Pásate esta tarde, podrías echarnos una mano para empujar el cacharro hasta el centro del lago.

Le dio seis papeletas azules, cada una de las cuales llevaba escritas la fecha y la hora con la anticuada caligrafía de Hinzelmann, y a continuación anotó los detalles en su libreta.

—Hinzelmann, ¿has oído hablar alguna vez de las piedras de águila?

—¿Al norte de Rhinelander? No, calla, eso es el río Águila. Creo que no.

—¿Y de aves del trueno?

—Bueno, había una tienda de marcos que se llamaba así en la calle Quinta, pero hace tiempo que cerró. No estoy siendo de mucha ayuda, ¿no?

—Pues no.

—Se me ocurre una cosa, ¿por qué no te pasas por la biblioteca? Son buena gente, aunque puede que esta semana anden un poco distraídos con lo del mercadillo de libros. Te enseñé dónde está, ¿no?

Sombra asintió y se despidió de Hinzelmann. ¿Cómo no se le había ocurrido antes lo de la biblioteca? Se subió al 4Runner lila, bajó por la calle principal, rodeó el lago hasta el punto más al sur y llegó hasta el edificio que parecía un castillo y albergaba la biblioteca municipal. Entró. Había un cartel con una flecha que señalaba hacia el sótano: MERCADILLO DE LIBROS. La biblioteca propiamente dicha estaba en la planta baja. Se sacudió la nieve de las botas y entró.

Una mujer de aspecto severo con los labios fruncidos y pintados de rojo le preguntó sin demasiada amabilidad si podía ayudarle.

—Supongo que necesito un carné de la biblioteca —dijo—. Y quiero empaparme de todo lo que pueda encontrar sobre las aves del trueno.

La mujer le dio un impreso para que lo rellenara, y luego le dijo que tardarían una semana en tener listo su carné. Sombra se preguntó si necesitarían ese tiempo para asegurarse de que no tenía cuentas pendientes con otras bibliotecas de Estados Unidos.

En la cárcel había conocido a un tipo que cumplía condena por haber robado libros de la biblioteca.

—Me parece un poco excesivo —le había dicho Sombra al tipo cuando le contó por qué estaba allí.

—Robé libros por un valor total de medio millón de dólares —había respondido el hombre, con orgullo. Se llamaba Gary McGuire—. La mayoría eran libros raros y antiguos que estaban en bibliotecas y universidades. Me pillaron con un trastero de alquiler lleno de libros desde el suelo hasta el techo. Cerraron el caso en un abrir y cerrar de ojos.

—¿Y por qué te los llevaste? —le había preguntado Sombra.

—Porque quería tenerlos.

—Dios Santo. Medio millón de dólares en libros.

Gary le había sonreído y, bajando el tono de voz, le había confesado:

—Eso era lo que había en el trastero que encontraron. Pero nunca encontraron el garaje de San Clemente en el que guardo lo que realmente vale la pena.

Gary había muerto en la cárcel. En la enfermería dijeron que se estaba haciendo el enfermo, pero aquella pequeña indisposición terminó en un apéndice reventado. Ahora, en la biblioteca de Lakeside, Sombra se encontró pensando en un garaje de San Clemente lleno de cajas con toda suerte de extraños y maravillosos libros raros pudriéndose en su interior, deteriorándose en la oscuridad y carcomidos por el moho y los insectos, esperando a alguien que ya nunca podría liberarlos.

La sección de religión y tradiciones de los indios americanos ocupaba un único estante en lo que parecía una torrecilla del castillo. Sombra sacó varios libros y se sentó junto a la ventana. En pocos minutos ya sabía que las aves del trueno eran unos pájaros míticos gigantescos que vivían en las cumbres de las montañas, que atraían el rayo y batían las alas para producir el trueno. Algunas tribus, según pudo leer, creían que las aves del trueno habían creado el mundo. La siguiente media hora de lectura no le proporcionó ninguna otra información, y no encontró referencia alguna sobre las piedras de águila en los índices de los libros.

Sombra estaba devolviendo el último de los libros a la estantería cuando se percató de que alguien le estaba observando. Una persona seria de corta estatura le espiaba desde el otro lado de las macizas estanterías. Cuando se volvió para mirar, la cara había desaparecido. Dio la espalda al muchacho, y al mirar a su alrededor pudo comprobar que seguían observándole.

Llevaba el dólar de plata en el bolsillo. Lo sacó y lo cogió con la mano derecha, asegurándose de que el chico podía verlo. Lo escondió con los dedos en la palma de la mano izquierda, mostró ambas manos vacías, se llevó la mano izquierda a la boca, tosió y dejó que la moneda cayese de su mano izquierda a la derecha.

El niño lo miró con los ojos como platos y salió corriendo, pero volvió al cabo de unos instantes arrastrando a una seria Marguerite Olsen, que miraba a Sombra con desconfianza.

—Hola, señor Ainsel. Leon dice que estaba usted haciéndole un truco de magia.

—Solo un poco de prestidigitación, señora.

—Pues no lo haga.

—Lo siento. Solo intentaba entretenerle.

Marguerite Olsen meneó la cabeza, muy seria. Déjalo. Y Sombra lo dejó.

—Todavía no le he agradecido los consejos que me dio para calentar la casa. Ahora se está francamente bien.

—Me alegro —dijo, pero la expresión de su rostro seguía siendo glacial.

—Es una biblioteca muy bonita —dijo Sombra.

—Es un edificio muy bonito. Pero esta ciudad necesita algo más práctico y menos bonito. ¿Va usted a pasarse por el mercadillo?

—No tenía pensado hacerlo.

—Pues debería. Es por una buena causa. Es un modo de recaudar fondos para comprar más libros, liberar algo de espacio en las estanterías y comprar algunos ordenadores para la sección infantil. Pero cuanto antes construyan una biblioteca nueva, mejor.

—Entonces me pasaré a echar un vistazo.

—Entonces no tiene más que salir al vestíbulo y bajar a la planta de abajo. Me alegro de verle, señor Ainsel.

—Puede llamarme Mike.

La mujer no le respondió, cogió a Leon de la mano y se lo llevó a la sección infantil.

—Pero, mamá —le oyó decir a Leon—, no era *pristigitación*. En serio. He visto cómo desaparecía y luego salía de su nariz. ¡Lo he visto!

Un retrato al óleo de Abraham Lincoln lo miraba desde la pared. Sombra bajó por la escalera de mármol y roble hasta el sótano de la biblioteca y entró en una gran sala llena de mesas, sobre las cuales había libros de todo tipo colocados sin orden ni concierto: libros en rústica y de tapas duras, ficción y no ficción, revistas y enciclopedias, todos mezclados en las mesas, unos con los lomos hacia arriba y otros no.

Sombra fue hasta el fondo de la sala, donde había una mesa con libros encuadernados en piel que parecían antiguos con la signatura de la biblioteca pintada en blanco en el lomo.

—Es la primera persona que veo en ese rincón en lo que va de día —le dijo el hombre que estaba sentado junto a una pila de cajas vacías, unas bolsas y una cajita metálica abierta—. A la mayoría solo le interesan las novelas de misterio, los libros para niños y las novelas rosas de Harlequin. Ya sabe, Jenny Kerton, Danielle Steel y todas esas cosas.

Él estaba leyendo *El asesinato de Rogelio Ackroyd,* de Agatha Christie.

—Todos los libros de las mesas valen cincuenta centavos, o también puede llevarse tres por un dólar.

Sombra le dio las gracias y continuó mirando. Encontró un ejemplar de la *Historia* de Herodoto encuadernado en piel algo deteriorado. Le recordó al ejemplar de bolsillo que había dejado en la cárcel. Había otro titulado *Ilusionismo desconcertante de salón,* en el que seguramente habría algún truco con monedas. Cogió los dos libros y fue a pagarlos.

—Llévese uno más, le costará lo mismo —le aconsejó el hombre—. Si se lleva otro nos hará un favor, necesitamos más espacio en las estanterías.

Sombra volvió a los libros encuadernados en piel. Decidió llevarse el libro que tuviera menos posibilidades de ser comprado, pero no sabía si inclinarse por *Enfermedades comunes del tracto urinario con ilustraciones explicadas por un médico* o por las *Actas del Ayuntamiento de Lakeside 1872-1884*. Echó un vistazo a las ilustraciones del libro de medicina y supuso que algún adolescente de la ciudad podría utilizarlo para dar asco a sus amigos. Llevó las *Actas* al hombre de la puerta, que le cobró un dólar, y metió los libros en una bolsa de papel de estraza del Delicatessen de Dave.

Sombra abandonó la biblioteca. Mientras rodeaba el lago hasta la orilla norte, pudo disfrutar de la vista. Estaba tan despejado que incluso podía ver el edificio de apartamentos al otro lado del puente, que a esa distancia parecía una caja de cartón. Había varios hombres en el hielo, cerca del puente; eran cuatro o cinco, y estaban empujando un coche verde oscuro hacia el centro del lago blanco.

—Veintitrés de marzo —le dijo al lago, en voz baja—. Entre las 9:00 y las 9:25 de la mañana.

Se preguntó si el lago o el cacharro podrían oírle, y si le harían caso, suponiendo que pudieran oírle. Lo dudaba. En el mundo de Sombra, la suerte, la buena suerte, era algo que acompañaba a otra gente, nunca a él.

El viento le azotó la cara con dureza.

El agente Chad Mulligan le estaba esperando a la puerta de su apartamento cuando llegó. El corazón de Sombra se aceleró al ver el coche de policía, pero se tranquilizó un poco cuando vio que el agente estaba ocupado con el papeleo en el asiento del conductor.

Caminó hacia el coche con la bolsa de libros en la mano. Mulligan bajó la ventanilla.

—¿El mercadillo de la biblioteca?

—Sí.

—Compré una caja entera de novelas de Robert Ludlum hace dos o tres años. Y sigo teniendo intención de leerlas. A mi primo le apasiona. Supongo que si alguna vez me abandonan en una isla desierta y tengo a mano la caja, podré ponerme al día con la lectura.

—¿Hay algo que pueda hacer por usted, jefe?

—Nada en absoluto, amigo. Solo he pasado a ver qué tal te iba. ¿Recuerdas el proverbio chino que dice que si salvas la vida de un hombre, eres responsable de ella? Bueno, no voy a decir que te salvé la vida la semana pasada, pero pensé que debía pasarme a ver qué tal. ¿Cómo se porta el gunthermóvil violeta?

—Bien —dijo Sombra—. Va bien. Funciona estupendamente.

—Me alegra oírlo.

—Acabo de ver a mi vecina en la biblioteca. La señorita Olsen. Me preguntaba…

—¿Qué se le ha metido en el culo y se le ha podrido allí?

—Es una manera de decirlo.

—Es una larga historia. Si te apetece subir y darte una vuelta conmigo, te la cuento.

Sombra se lo pensó un momento.

—Vale —dijo.

Subió al coche y ocupó el asiento del pasajero. Mulligan se dirigió hacia el norte de la ciudad. Al cabo de unos minutos, apagó las luces y aparcó junto a la carretera.

—Darren Olsen conoció a Marge en la Universidad de Wisconsin, en Stevens Point, y se la trajo a Lakeside. Ella se había licenciado en periodismo. Él estaba estudiando turismo, o algo así. Cuando llegaron aquí, nos quedamos con la boca abierta. Estamos hablando de hace trece o catorce años. Era tan guapa... con ese pelo tan negro... —Se interrumpió un momento—. Darren dirigía el motel América de Camden, a unos treinta kilómetros al oeste de aquí. Pero al parecer nadie paraba en Camden y el motel acabó cerrando. Tenían dos hijos. Por aquel entonces Sandy tenía once años. Y el pequeño (Leon, creo) era un bebé.

»Darren Olsen no era lo que se dice un valiente. Fue un buen jugador de fútbol americano en el instituto, pero eso fue lo más cerca del éxito que llegó. El caso es que no tuvo valor para contarle a Margie que se había quedado sin trabajo. Así que, durante un mes, o puede que dos, siguió saliendo temprano de casa y volviendo por la noche, quejándose del día tan duro que había tenido en el motel.

—¿Y qué hacía?

—Mmm. No sabría decirte. Supongo que subía a Ironwood o bajaba hasta Green Bay. Me imagino que empezó a buscar trabajo. Pero enseguida empezó a beber, a fumar porros y, seguramente, a tirarse a alguna que otra pilingui para darse una alegría de vez en cuando. Es posible que empezara a jugar. Lo único que sé seguro es que se fundió su cuenta conjunta en unas diez semanas. Solo era cuestión de tiempo que Margie se diera cuenta de todo y... ¡allá vamos!

Puso en marcha el coche, encendió la sirena y las luces y le dio un susto de muerte a un tipo pequeño que conducía un coche con matrícula de Iowa y acababa de bajar la colina a más de cien kilómetros por hora.

Una vez hubo multado al listillo de Iowa, Mulligan retomó la historia.

—¿Por dónde iba? Ya me acuerdo. El caso es que Margie lo echó de casa y pidió el divorcio. El proceso se convirtió en una guerra sin cuartel por la custodia. Así es cómo lo dicen en la revista *People*: guerra sin cuartel por la custodia. Finalmente se la concedieron a ella. A Darren le otorgaron derechos de visita y poco más. Bien, por aquel entonces Leon era muy pequeño. Sandy era un poco mayor, un buen chico, de esos niños que adoran a su padre. No toleraba que Margie hablase mal de él. Perdieron la casa (tenían una bonita casa en Daniels Road). Ella se mudó al apartamento y él se fue de la ciudad. Volvía de vez en cuando para amargarle la vida a todo el mundo.

»La cosa siguió así durante algunos años. Darren volvía, se gastaba un dineral con los niños y dejaba a Margie hecha un mar de lágrimas. La mayoría empezamos a desear que no volviese nunca más. Sus padres se habían trasladado a Florida al jubilarse, decían que no podían soportar otro invierno en Wisconsin. Así que el año pasado vino, y dijo que quería llevarse a los niños a pasar las Navidades en Florida. Margie dijo que ni hablar y le soltó que se perdiera por ahí. Las cosas se pusieron bastante feas. Llegó un punto en el que tuve que intervenir. Pelea doméstica. Cuando llegué, Darren estaba en el jardín delantero gritando toda clase de barbaridades, los niños intentando contenerle, y Margie llorando.

»Le advertí a Darren de que se estaba ganando una noche entre rejas. Por un momento pensé que me iba a pegar, pero estaba lo bastante sobrio como para no cometer ese error. Me lo llevé al cámping que hay al sur de la ciudad y le dije que hiciera el favor de comportarse, que ya le había hecho a Margie bastante daño... Al día siguiente se marchó de la ciudad.

»Dos semanas más tarde, Sandy desapareció. No subió al autobús del colegio. Le había dicho a su mejor amigo que iba a ver pronto a su padre, que Darren le iba a traer un regalo especial para compensarle por no haber podido llevarle a pasar las Navidades en Florida. Nadie lo ha vuelto a ver. Los secuestros por parte del progenitor que no tiene la custodia son los peores. Es muy difícil encontrar a un crío que no quiere que le encuentren, ¿entiendes?

Sombra dijo que lo entendía. Y entendió también otra cosa: Chad Mulligan estaba enamorado de Marguerite Olsen. Se preguntó si sería consciente de lo mucho que se le notaba.

Mulligan volvió a salir, con las luces puestas, y paró a unos adolescentes por ir a más de noventa. No les multó, solo les enseñó «lo que era el temor de Dios».

Aquella noche, Sombra se sentó a la mesa de la cocina intentando encontrar el modo de transformar un dólar de plata en un penique. Era un truco que había encontrado en *Ilusionismo desconcertante de salón*, pero las instrucciones eran exasperantes, inútiles y muy vagas. Cada dos por tres tropezaba con frases como «entonces haga desaparecer el penique de la manera habitual». Sombra se preguntaba cuál sería «la manera habitual» en ese contexto. ¿Escondiéndolo bajo la manga? ¿Gritando: «¡Oh, Dios mío, miren... un león gigante!» y dejándolo caer en el bolsillo de la chaqueta aprovechando la distracción?

Lanzó el dólar de plata al aire, lo recogió y, recordando la luna y la mujer que se la había dado, intentó repetir el truco. Parecía que no funcionaba. Entró en el baño, lo intentó frente al espejo y confirmó sus sospechas. El truco, tal y como estaba escrito, no funcionaba. Suspiró, dejó caer las monedas en el bolsillo y se sentó en el sofá. Se echó una manta barata sobre las piernas y abrió las *Actas del Ayuntamiento de Lakeside 1872-1884*. El tipo de letra, a dos columnas, era tan pequeño que apenas se podía leer. Hojeó el libro, mirando las reproducciones de fotografías de la época, los retratos de las personas que habían formado parte del ayuntamiento: largas patillas que se prolongaban hasta el bigote, pipas de barro, sombreros viejos y relucientes sombreros sobre rostros que, en muchos casos, le resultaban extrañamente familiares. No le sorprendió ver que el corpulento secretario del ayuntamiento en 1882 era un tal Patrick Mulligan: afeitado y con diez kilos menos habría sido el vivo retrato de Chad Mulligan, su... ¿tataratataranieto? ¿Estaría el abuelo pionero de Hinzelmann en las fotos? No parecía que hubiese ocupado ningún cargo. Le parecía recordar haber visto el nombre de Hinzelmann en alguna parte, mientras pasaba de foto en foto, pero no pudo encontrarla al volver atrás, y aquella letra tan pequeña le hacía polvo los ojos.

Dejó el libro sobre su pecho y se percató de que estaba dando cabezadas. Sería una estupidez quedarse dormido en el sofá, decidió con seriedad. El dormitorio estaba al lado. Por otro lado, este y la cama seguirían en el mismo sitio dentro de cinco minutos y, de todos modos, no pensaba quedarse dormido, solo necesitaba cerrar los ojos un momentito...

La oscuridad rugía.

Estaba en una llanura abierta. A su lado se hallaba el lugar del que había emergido antes, el agujero por el que la tierra lo había expulsado. Las estrellas seguían cayendo del cielo y cada estrella que tocaba la tierra roja se convertía en un ser humano. Los hombres tenían el cabello largo y negro y los pómulos marcados. Todas las mujeres eran como Marguerite Olsen. Era la gente de las estrellas.

Todos lo miraban con sus ojos oscuros y orgullosos.

—Habladme de las aves del trueno —les dijo Sombra—. Por favor. No es por mí, es por mi mujer.

Uno por uno le dieron la espalda y, a medida que dejaba de ver sus rostros, desaparecían, se fundían con el paisaje. Pero la última, que tenía el cabello de color gris oscuro con un mechón blanco, señaló algo antes de volverse, señaló el cielo de color vino.

—Pregúntales tú mismo —le dijo. Un relámpago estival iluminó por un instante el paisaje de un lado a otro del horizonte.

Cerca de él había unas rocas muy altas, unos peñascos de arenisca acabados en punta y en forma de aguja, y Sombra comenzó a escalar el más cercano. Tenía el color del marfil antiguo. Se agarró a un saliente, que se desprendió entre sus manos. «Es un hueso», pensó. «No es piedra. Es un hueso viejo y reseco.»

Pero era un sueño, y en los sueños, a veces, no tienes elección: o bien no hay decisiones que tomar, o bien las decisiones están tomadas mucho antes de empezar a soñar. Sombra continuó escalando. Le dolían las manos. El hueso reventaba, se desprendía y se fragmentaba bajo sus pies descalzos, provocándole dolorosos cortes. El viento tiraba de él, y se aferraba a la roca, y continuaba escalando por la torre.

Se percató de que la roca estaba compuesta de una sola clase de hueso, repetido una y otra vez. Era un hueso seco y de forma esférica. Por un instante imaginó que podían ser viejas cáscaras amarillentas, o el huevo de un pájaro gigantesco. Pero otro relámpago le reveló otra cosa: tenían agujeros en lugar de ojos, y dientes, que sonreían sin alegría ninguna.

En alguna parte cantaban los pájaros. La lluvia le salpicaba el rostro.

Estaba a más de cien metros del suelo, agarrado a la pared de la torre de cráneos, mientras los truenos iluminaban las alas de los sombríos pájaros que volaban en círculos alrededor de la torre —gigantescas aves negras que parecían cóndores, con una especie de collar blanco—. Eran muy grandes, gráciles, aterradoras, y el batir de sus alas restallaba en el cielo nocturno como un trueno.

Volaban en círculos alrededor de la torre.

«Deben de medir cinco, seis metros con las alas extendidas», pensó Sombra.

Entonces el primer pájaro planeó hacia él; rayos azulados chisporroteaban en sus alas. Se agazapó en una grieta entre los cráneos, las cuencas vacías lo miraban, unos dientes marfileños le sonreían, pero continuó escalando, subiendo por la montaña de calaveras, de-

jándose la piel en cada arista, ascendiendo sobrecogido por la repulsión y el terror.

Otro pájaro se acercó a él y le clavó una garra en el brazo.

Alargó la mano y trató de arrancarle una pluma del ala. Si se presentaba ante su tribu sin una pluma de ave del trueno sería una deshonra, nunca lo considerarían un hombre, pero el pájaro se apartó, y no pudo arrancarle ni una sola pluma. El ave del trueno lo liberó y ascendió con el viento. Sombra siguió trepando.

«Debe de haber por lo menos mil calaveras —pensó Sombra—. Un millón de ellas. Y no todas son humanas.» Por fin llegó a lo alto de la torre. Los gigantescos pájaros, las aves del trueno, empezaron a rodearle, planeando sobre las ráfagas de viento con sutiles movimientos de sus alas.

Oyó una voz, la voz del hombre búfalo, que lo llamaba a través del viento y le decía a quién pertenecían las calaveras…

La torre empezó a desmoronarse, y el pájaro más grande, cuyos ojos eran como deslumbrantes rayos blancos y azules, se lanzó en picado hacia él en medio de un estruendo ensordecedor, y Sombra empezó a caer, dando tumbos por la torre de cráneos…

El timbre del teléfono lo despertó. Sombra ni siquiera sabía que tenía línea. Atontado y tembloroso, lo descolgó.

—¡Qué coño…! —le gritó Wednesday, enfadado como nunca lo había oído Sombra—. ¿A qué coño crees que estás jugando, joder?

—Estaba dormido —contestó, atontado.

—¿De qué coño sirve que te haya escondido en Lakeside, si tú vas y montas un jaleo que podría despertar a un muerto?

—Estaba soñando con aves del trueno… —le explicó Sombra—. Y había una torre. Un montón de calaveras…

En aquel momento le parecía muy importante contar aquel sueño.

—Ya sé lo que estabas soñando. Todo el mundo sabe lo que estabas soñando. Por todos los santos, ¿qué sentido tiene que te escondas, si tú vas pregonándolo a los cuatro vientos?

Sombra no dijo nada.

Al otro lado del teléfono hubo un silencio.

—Llegaré por la mañana —le dijo. Parecía que su cólera se había aplacado—. Nos vamos a San Francisco. Lo de las flores en el pelo es opcional.

La comunicación se cortó.

Sombra dejó el teléfono en la alfombra y se sentó con la espalda rígida. Eran las seis de la mañana y aún no había amanecido. Se levantó del sofá tiritando. Podía escuchar el ulular del viento atravesando el lago helado. Y oyó también un llanto cercano, justo al otro lado de la pared. Estaba seguro de que era Marguerite Olsen, que lloraba sin hacer ruido, tan inconsolablemente que partía el corazón.

Sombra entró en el baño a hacer pis, se fue al dormitorio y cerró la puerta; no quería oír el llanto de la mujer. Afuera, el viento gemía como si llorara también la pérdida de un hijo, y ya no pudo dormir más aquella noche.

La temperatura en San Francisco en el mes de enero era excesivamente cálida, lo suficiente como para que a Sombra le escociese la nuca por el sudor. Wednesday llevaba un traje azul oscuro y unas gafas de montura dorada que le daban el aspecto de un abogado de los que salen por televisión.

Iban caminando por la calle Haight. Los vagabundos, los chaperos y los mendigos los miraban pasar, pero nadie se les acercó a pedir limosna con un vaso de plástico, ni les pidió nada en absoluto.

Wednesday apretaba las mandíbulas. Sombra se había percatado inmediatamente de que aún estaba enfadado, y no hizo preguntas cuando el Lincoln negro pasó a buscarle aquella mañana. Tampoco hablaron en el trayecto hasta el aeropuerto. Se había sentido aliviado al ver que Wednesday iba en primera y él en la parte de atrás.

Era ya media tarde. A Sombra, que no había estado en San Francisco desde que era niño, y que no había vuelto a verlo más que en las películas, le sorprendió que siguiera resultándole tan familiar; aquellas coloridas e inconfundibles casas de madera, las empinadas cuestas hacían de ella un lugar único.

—Cuesta creer que esté en el mismo país que Lakeside —comentó.

Wednesday lo miró con hostilidad.

—No lo está —replicó—. San Francisco y Lakeside no están en el mismo país más que Nueva Orleans y Nueva York o Miami y Mineápolis.

—¿En serio? —dijo Sombra, tímidamente.

—Ya te digo. Pueden compartir ciertos significantes culturales (el dinero, un gobierno federal, el espectáculo); evidentemente, forman parte del mismo continente, pero los únicos elementos sobre los que se basa la ilusión de que pertenecen a una misma nación son el dólar, el programa de Jay Leno y McDonald's. —Estaban llegando a un parque al final de la calle—. Sé amable con la mujer que vamos a ver. Pero no demasiado.

—No te preocupes.

Caminaron por el césped.

Una chica de unos catorce años, con el cabello teñido de verde, naranja y rosa, se quedó mirándolos cuando pasaron por delante. Estaba sentada al lado de un perro, un chucho que llevaba atado con una cuerda. La chica parecía aún más hambrienta que el animal. El perro les ladró y meneó el rabo.

Sombra le dio un billete a la chica. Ella lo miró cómo si no supiese muy bien qué era.

—Para que le compres algo de comida al perro —dijo Sombra. La chica asintió con una sonrisa.

—Te voy a ser sincero —dijo Wednesday—. Tienes que tener mucho cuidado con la mujer que vamos a visitar. Podría encapricharse de ti, y eso sería un desastre.

—¿Es tu novia o algo así?

—Ni por todos los juguetes de plástico de la China —contestó Wednesday en tono agradable. Parecía que se le había pasado el enfado, o quizás había decidido ahorrarlo con vistas al futuro. Sombra sospechaba que la cólera era el motor de Wednesday.

Había una mujer sentada en la hierba, bajo un árbol, con un mantel de papel extendido a sus pies y varias tarteras repartidas por él.

Era... No era gorda, ni mucho menos; la palabra más adecuada para describirla era una que Sombra nunca había tenido ocasión de utilizar: era curvilínea. Su cabello era tan rubio que parecía blanco, una de esas melenas de color rubio platino que solían llevar las actrices de otros tiempos, llevaba los labios pintados de carmín, y su edad podía estar entre los veinticinco y los cincuenta años.

Cuando llegaron a su encuentro estaba escogiendo un huevo relleno de una de las tarteras. Alzó la vista al ver llegar a Wednesday, dejó el huevo que había escogido y se limpió los dedos.

—Hola, viejo farsante —lo saludó con una sonrisa. Wednesday inclinó la cabeza, cogió su mano y se la llevó a los labios.

—Tienes un aspecto divino.

—¿Y qué otro podría tener? —preguntó con dulzura—. De todos modos, eres un embustero. Lo de Nueva Orleans fue un error imperdonable; engordé, ¿cuánto, quince kilos? Supe que tenía que marcharme cuando empecé a andar como un pato. Ahora, mis muslos se rozan al andar, ¿te lo puedes creer? —Esto último iba dirigido a Sombra, que no tenía ni idea de qué responder y sintió que un rubor intenso le inundaba el rostro. La mujer rio con deleite—. ¡Se ha puesto colorado! Qué detalle, Wednesday; me has traído a un chico que se pone colorado. ¡Qué maravilla! ¿Cómo se llama?

—Este es Sombra —dijo Wednesday. Parecía disfrutar viendo a Sombra incómodo—. Sombra, saluda a Pascua.

Él profirió algo que se podía interpretar como un «hola», y la mujer le sonrió de nuevo. Sombra se sintió como si le apuntaran con un foco, una de esas potentes luces que usan los furtivos para desorientar a los ciervos antes de dispararles. Podía sentir el aroma de su perfume sin necesidad de acercarse, una embriagadora mezcla de jazmín y madreselva, de una leche dulce y piel de mujer.

—Bien, ¿qué tal te va? —preguntó Wednesday.

Pascua se rio a carcajadas, alborozada; todo su cuerpo rebosaba alegría. ¿Cómo podía no gustarte alguien que se reía de esa forma?

—No me puedo quejar. ¿Y tú qué tal, viejo lobo?

—Tenía la esperanza de poder contar con tu ayuda.

—Pierdes el tiempo.

—Deberías escucharme antes de mandarme a paseo.

—No serviría de nada. No te molestes. —Miró a Sombra—. Por favor siéntate y come lo que quieras. Toma un plato, llénalo hasta los topes. Todo está muy bueno. Hay huevos, pollo asado, pollo con *curry*, ensalada de pollo, y en este de aquí hay conejo, el conejo frío es una delicia, y en ese cuenco de allí, liebre estofada. Bueno, mejor te sirvo yo. —Cogió un plato de plástico, le sirvió un poco de todo y se lo pasó. Después miró a Wednesday—. ¿Tú piensas comer?

—Estoy a tu disposición.

—Estás tan lleno de mierda que no sé cómo no se te ponen los ojos marrones —le pasó un plato vacío—. Sírvete tú mismo.

El sol vespertino transformaba sus cabellos en un aura platino.

—Sombra —le dijo mientras masticaba con deleite un muslo de pollo—, es un nombre bonito. ¿Por qué te llaman Sombra?

Sombra se humedeció los labios con la lengua.

—Cuando era niño, vivíamos mi madre y yo… Éramos, quiero decir, ella era secretaria en distintas embajadas de Estados Unidos, y nos pasábamos la vida trasladándonos de una ciudad a otra por todo el norte de Europa. Después enfermó, tuvo que pedir la jubilación anticipada y volvimos a América. Me costaba relacionarme con los demás niños, así que me pegaba a algún adulto y lo seguía, sin decir palabra. Supongo que solo necesitaba compañía. No lo sé. Era un crío.

—Has crecido mucho.

—Sí, he crecido bastante.

Pascua se volvió hacia Wednesday, que estaba sirviéndose algo que parecía sopa fría de quingombó.

—¿Es este el chico que tiene a todo el mundo soliviantado?

—¿Te has enterado?

—Es que tengo el oído muy fino —le respondió. Y después se dirigió a Sombra—. No te cruces en su camino. Hay demasiadas sociedades secretas pululando por ahí, y no entienden de amor y de lealtad. Ya sean comerciales, independientes o gubernamentales, viajan todas en el mismo barco. Algunas son bastante incompetentes, pero también las hay muy peligrosas. Eh, viejo lobo, el otro día me contaron un chiste que te va gustar. ¿Cómo sabes que la CIA no tuvo nada que ver con el asesinato de Kennedy?

—Ya lo he oído.

—Qué pena. —Volvió a centrar su atención en Sombra—. Pero los espías, aquellos tipos con los que tropezaste, son otra cosa. Existen porque todos saben que deben existir.

Apuró un vaso de algo que parecía vino blanco, y se puso de pie.

—Sombra es un buen nombre —dijo—. Quiero un café *mocaccino*. Vamos.

Pascua echó a andar.

—¿Y qué pasa con la comida? —preguntó Wednesday—. No puedes dejarla aquí, sin más.

Ella le sonrió, y señaló a la chica que estaba sentada junto al perro. Después extendió los brazos como si quisiera abarcar el parque Haight y el mundo entero.

—Deja que sirva para alimentarlos —dijo, y siguió andando, con Wednesday y Sombra pegados a sus talones—. Recuerda —le dijo al viejo sin dejar de caminar—: yo soy rica. Me va de cine. ¿Por qué debería ayudarte?

—Porque eres una de los nuestros. Estás tan olvidada y tan falta de amor como nosotros. Me parece que está bastante claro de qué lado deberías estar.

Llegaron a una cafetería con terraza y entraron. Solo había una camarera, que llevaba un aro en la ceja como para indicar a qué casta pertenecía, y una mujer tras la barra que hacía café. La camarera se acercó con una sonrisa automática, los sentó y anotó su pedido.

Pascua posó su esbelta mano sobre el dorso de la ancha y grisácea mano de Wednesday.

—Ya te lo he dicho: a mí me va muy bien. Los días de mi festividad todavía se celebran con huevos y conejos, con dulces y con carne, que representan el renacimiento y la cópula. Todavía llevan flores en sus sombreros y se las regalan unos a otros. Y lo hacen en mi nombre. Cada año hay más gente que se une a la celebración. Y lo hacen en mi nombre, viejo lobo.

—¿Y tú engordas y prosperas gracias a su adoración y su amor? —preguntó fríamente.

—Mira que eres capullo —de pronto, su voz denotaba un profundo cansancio. Probó su *mocaccino*.

—Es un asunto muy serio, querida. No te voy a discutir que millones y millones de ellos se hacen regalos en tu nombre, y que siguen practicando todos los ritos de tu festividad, incluso lo de ir a buscar huevos escondidos. Pero ¿cuántos de ellos saben quién eres? Eh, perdone, señorita —Wednesday se dirigía a la camarera.

—¿Le traigo otro *espresso*?

—No, querida. Pero quizá puedas ayudarnos a zanjar una cuestión que no terminamos de aclarar. Mi amiga y yo no nos ponemos de acuerdo sobre el significado de la palabra «Pascua». ¿Tú lo sabes?

La chica lo miró como si de la boca de Wednesday salieran sapos verdes en lugar de palabras.

—Yo de cristianismo no tengo ni idea. Soy pagana.

La mujer de la barra dijo:

—Creo que viene del latín, significa «Cristo resucitado» o algo así.

—¿En serio? —exclamó Wednesday.

—Sí, claro —replicó la mujer—. En inglés decimos «Easter». Como el Sol, que renace por el este cada mañana.

—El hijo que renace. Claro, parece una deducción lógica. —La mujer sonrió y volvió a su molinillo de café. Wednesday alzó la vista hacia la camarera—. Creo que ahora sí me tomaré ese café, si no te importa. Y dime, como pagana, ¿a quién veneras?

—¿Venerar?

—Eso es. Me imagino que las opciones deben de ser muy diversas. ¿Ante quién te arrodillas? ¿A quién rezas al amanecer y al atardecer?

Los labios de la camarera cambiaron de forma varias veces sin articular palabra alguna hasta que finalmente respondió:

—Al principio femenino. Tiene que ver con la autoafirmación y eso.

—Efectivamente. Y este principio femenino tuyo, ¿tiene algún nombre?

—Es la diosa que todas llevamos dentro —dijo la chica del aro en la ceja, con las mejillas encendidas—. No hace falta llamarla de ninguna manera.

—Ah —dijo Wednesday, con una gran sonrisa de mono—. ¿Así que organizáis bacanales desenfrenadas en su honor? ¿Bebéis vino de sangre a la luz de la luna llena, rodeadas de velas rojas en candelabros de plata? ¿Os adentráis desnudas en la espuma del mar, elevando extáticos cánticos a vuestra diosa sin nombre mientras las olas acarician vuestras piernas y vuestros muslos como las lenguas de un millar de leopardos?

—Usted se está riendo de mí —dijo la chica—. No hacemos todas esas tonterías de las que habla.

La camerera respiró hondo. Sombra intuyó que estaba contando hasta diez.

—¿Más café? ¿Quiere otro *mocaccino*, señora? —Su sonrisa parecía tan falsa como la que les había dedicado al principio.

Todos dijeron que no con la cabeza, y la camarera se volvió para atender a otros clientes.

—Ahí lo tienes —dijo Wednesday—. Una de esos que «carecen de fe y nunca se divertirán», Chesterton. Pagana, desde luego. Y bien, Pascua, querida, ¿quieres que salgamos a la calle y repitamos el experimento? ¿Quieres que averigüemos cuántos americanos saben que la palabra «*Easter*» deriva del nombre de la diosa Ostara? Vamos a ver... ya lo tengo. Preguntaremos a cien personas. Por cada uno que conozca el verdadero origen de la palabra, puedes cortarme un dedo, primero de las manos y luego de los pies; y, por cada veinte que no lo sepan, me regalas una noche de amor. Y juegas con ventaja, que al fin y al cabo estamos en San Francisco. Aquí hay impíos, paganos y fieles de la Wicca por todas partes.

Sus ojos verdes miraban a Wednesday. Sombra decidió que tenían el color de una hoja en primavera con el sol brillando a través de ella. Pascua no dijo nada.

—Podríamos probarlo —continuó Wednesday—. Aunque seguro que acabo con mis veinte dedos intactos, y pasando cinco noches en la cama contigo. Así que no me digas que te adoran y que celebran tu festividad. Vocalizan tu nombre, pero no significa nada para ellos. Absolutamente nada.

Los ojos de ella se llenaron de lágrimas.

—Ya lo sé —dijo con un hilo de voz—. No soy idiota.

—No —replicó Wednesday—, no lo eres.

«Se le ha ido la mano», pensó Sombra.

Wednesday bajó la mirada, avergonzado.

—Lo siento —dijo Wednesday, y Sombra percibió que su sinceridad era genuina—. Te necesitamos. Necesitamos tu energía. Necesitamos tu poder. ¿Lucharás a nuestro lado cuando llegue la tormenta?

Ella vaciló un instante. Llevaba una cadena de nomeolvides tatuada en la muñeca izquierda.

—Sí —dijo, al cabo de unos segundos—, supongo que sí.

Wednesday se besó un dedo y acarició con él la mejilla de Pascua. A continuación, llamó a la camarera y pagó los cafés. Contó los billetes cuidadosamente, los dobló con el tique y se los entregó.

Cuando se marchaba, Sombra le avisó:

—¡Señorita! Disculpe, creo que se le ha caído esto —dijo, recogiendo del suelo un billete de diez dólares.

—No —dijo la camarera, mirando los billetes que llevaba en la mano.

—Lo he visto caer —insistió Sombra en tono cortés—. Debería contarlos.

Ella contó el dinero y con una mirada de incredulidad exclamó:

—¡Vaya! Tiene razón, lo siento.

La camarera cogió el billete de diez dólares de la mano de Sombra y se marchó.

Pascua salió hasta el paseo con ellos. Comenzaba a atardecer. Le hizo un gesto con la cabeza a Wednesday, tocó la mano de Sombra y le preguntó:

—¿Qué soñaste anoche?

—Aves del trueno —dijo Sombra—. Y una montaña de calaveras.

Pascua asintió con la cabeza.

—¿Y sabes a quién pertenecían esas calaveras?

—Había una voz en el sueño, y me lo explicó.

Pascua asintió y quedó a la espera.

—Me dijo que eran mías. Antiguas calaveras mías. Había miles y miles de ellas.

Pascua miró a Wednesday.

—Yo diría que es un guardián —le dijo.

La mujer les dedicó una espléndida sonrisa. Luego, le dio unas palmaditas en el brazo a Sombra y se alejó por el paseo. Este se quedó mirándola, intentando —sin éxito— no pensar en sus muslos rozándose entre sí al caminar.

En el taxi de camino al aeropuerto Wednesday le interpeló:

—¿A qué coño venía lo de los diez dólares?

—Le pagaste de menos. Y si la caja no cuadra se lo descuentan del sueldo.

—¿Y a ti qué coño te importa? —Su ira parecía real.

Sombra reflexionó un instante antes de contestar:

—Bueno, no me gustaría que alguien me hiciera una cosa así. Ella no había hecho nada malo.

—¿No? —Wednesday se quedó un momento con la mirada perdida—. A los siete años encerró a un gatito en un armario, estuvo oyéndole maullar durante días, y cuando por fin dejó de maullar lo metió en una caja de zapatos y lo enterró en el jardín. Quería enterrar algo. Tiene la costumbre de robar por sistema en los lugares en los que trabaja. Pequeñas cantidades, de forma habitual. El año pasado fue a visitar a su abuela a la residencia en la que vive. Se llevó un reloj de oro antiguo que la señora tenía en la mesilla de noche, y después estuvo merodeando por diversas habitaciones, sustrayendo pequeñas cantidades de dinero y objetos personales de los otoñales internos en sus años dorados. Cuando llegó a casa no sabía qué hacer con lo que había robado, le preocupaba que pudieran ir tras ella, y acabó tirándolo todo excepto el dinero.

—Ya lo pillo.

—Además padece gonorrea asintomática —añadió Wednesday—. Sospecha que puede estar infectada pero no hace nada al respecto. Cuando su último novio le acusó de habérsela pasado se hizo la ofendida y se negó a volverlo a ver.

—No hace falta que sigas —dijo Sombra—. Ya he cogido la idea. Puedes hacer esto con cualquiera, ¿no? Contarme sus miserias.

—Claro —dijo Wednesday—, todo el mundo hace cosas malas. Se creen que sus pecados son originales, pero la mayor parte de ellos son mezquinos y repetitivos.

—¿Y eso justifica que le robes diez pavos?

Wednesday pagó el taxi, los dos entraron en el aeropuerto y se dirigieron hacia la puerta de embarque. Todavía no habían empezado a embarcar.

—¿Qué otra cosa puedo hacer? Ya no sacrifican carneros o toros en mi honor. No me envían las almas de asesinos o esclavos, ahorcados y picoteados por los cuervos. Ellos me crearon y ahora me han olvidado. Solo me tomo una pequeña revancha. ¿Acaso no es justo?

—Mi madre solía decir que «la vida no es justa».

—Normal —dijo Wednesday—. Son frases típicas de madre, como esa de: «¿Y si todos tus amigos se tiran por la ventana, tú te tiras también?».

—Le birlaste diez dólares a esa chica. Yo le regalé otros diez —respondió con obstinación—. Era lo justo y por eso lo hice.

Una voz anunció que ya podían empezar a embarcar. Wednesday se puso en pie.

—Ojalá siempre que tengas que tomar una decisión lo veas así de claro. —Una vez más, parecía totalmente sincero.

«Es verdad lo que dicen —pensó Sombra—. Si eres capaz de fingir la sinceridad, tienes el éxito asegurado.»

La ola de frío ya empezaba a remitir cuando Wednesday dejó a Sombra en su apartamento, a altas horas de la madrugada. En Lakeside seguía haciendo un frío escandaloso, pero ya no resultaba inconcebible. Cuando atravesaron la ciudad, el cartel electrónico que había en el lateral del banco M&I marcaba «3:30 A. M.» y «-20°».

Eran las nueve y media de la mañana cuando el jefe de policía Chad Mulligan llamó a la puerta del apartamento y le preguntó a Sombra si conocía a una chica llamada Alison McGovern.

—Creo que no —respondió, todavía somnoliento.

—Esta es su foto —dijo Mulligan. Era una foto del instituto. Sombra la reconoció inmediatamente: era la chica con la ortodoncia de gomas azules, la que había estado escuchando la lección de su amiga sobre los usos orales del Alka-Seltzer.

—Ah, sí. Ya sé quién es. Venía en el autobús que me trajo a la ciudad.

—¿Dónde estuvo ayer, señor Ainsel?

Sombra sintió que el mundo empezaba a darle vueltas. Sabía que no tenía ninguna razón para sentirse culpable («Estás violando la condicional al vivir bajo una falsa identidad —le susurró una voz dentro de su cabeza—. ¿Te parece poco?»)

—En San Francisco —respondió—, en California. Tenía que ayudar a mi tío a transportar una cama con dosel.

—¿Puedes demostrarlo? ¿El resguardo del billete? ¿Algo de ese tipo?

—Claro. —Tenía sus dos tarjetas de embarque en el bolsillo de atrás y las sacó—. ¿Qué ha pasado?

Chad Mulligan examinó las tarjetas.

—Alison McGovern ha desaparecido. Colaboraba con la Sociedad Humanitaria de Lakeside, dando de comer a los animales y paseando perros. Iba unas horas al terminar las clases. Le encantaban los animales. Dolly Knopf, que dirige la Sociedad Humanitaria, la acercaba todas las noches a su casa después de cerrar. Ayer no vio a Alison por allí.

—Ha desaparecido…

—Sí. Sus padres nos llamaron anoche. La muy tonta solía hacer dedo para ir a la sociedad. Está en la comarcal oeste, bastante aislada. Sus padres ya le habían dicho que no lo hiciera, pero este no es un lugar peligroso… Ni siquiera cerramos con llave las casas. Qué les vas a decir a los niños. Bueno, mira la foto otra vez.

Alison McGovern sonreía. En la foto, las gomas de la ortodoncia eran rojas, no azules.

—¿Puedes garantizarme que no la has raptado, violado, asesinado ni nada parecido?

—Estaba en San Francisco. Y yo no haría una cosa así, joder.

—Ya me lo imaginaba. ¿Te importa echarnos una mano con la búsqueda?

—¿Yo?

—Sí, tú. Esta mañana ha venido la policía con los perros, pero no han encontrado nada —suspiró—. Dios, Mike. Solo espero que aparezca en Twin Cities con algún novio fumado.

—¿Crees que es una posibilidad?

—Podría ser. ¿Quieres unirte a la partida de búsqueda?

Sombra recordó que había visto a la chica en la tienda de Henning, su tímida sonrisa con las gomas azules, y se acordó también de que había pensado en lo guapa que sería dentro de unos años.

—Voy contigo.

Había dos docenas de hombres y mujeres esperando en el vestíbulo del cuartel de bomberos. Sombra reconoció a Hinzelmann y varios rostros más que le resultaban familiares. Había agentes de policía, vestidos con su uniforme azul, y varios hombres y mujeres del departamento del *sheriff* del condado de Lumber, con sus uniformes marrones.

Chad Mulligan les explicó qué ropa llevaba puesta Alison en el momento de la desaparición (un mono de nieve rojo, guantes verdes y un gorro de lana azul bajo la capucha del mono). Después, dividió a los voluntarios en grupos de tres. Sombra, Hinzelmann y un hombre llamado Brogan formaban uno de ellos. Les recordó que no tendrían muchas horas de luz, y les advirtió de que si encontraban el cadáver de Alison, Dios no lo quisiera, no debían tocar absolutamente nada, solo pedir refuerzos por radio; pero que, si la encontraban viva, debían mantenerla caliente hasta que llegasen los refuerzos.

Los dejaron en la comarcal W.

Hinzelmann, Brogan y Sombra caminaban por la orilla de un riachuelo helado. A cada grupo se le había entregado un pequeño *walkie-talkie* antes de partir.

Había nubes bajas, y todo estaba teñido de gris. No había vuelto a nevar en las últimas treinta y seis horas. Las huellas destacaban en la brillante superficie de la nieve.

Brogan tenía el aspecto de un coronel retirado, por su bigote fino y sus sienes plateadas. Era él quien los guiaba, y le explicó a Sombra que era un director de instituto jubilado.

—Pedí la jubilación anticipada cuando comprendí que ya no me iba a hacer más joven. Aún doy algunas clases, organizo los juegos de la escuela, que de todas formas son lo mejor del curso, y, por lo demás, me dedico a cazar y paso demasiado tiempo en la cabaña que tengo en Pike Lake —dijo mientras salían—. Por un lado, espero que la encontremos, pero preferiría que la encontraran otros. ¿Me entendéis?

Sombra lo entendía perfectamente.

No hablaron demasiado. Se limitaron a caminar, buscando un mono de nieve rojo, unos guantes verdes, un gorro azul o un cadáver blanco. De vez en cuando Brogan, que era el que llevaba el *walkie*, se ponía en contacto con Chad Mulligan.

A la hora del almuerzo se sentaron junto con el resto de la partida en un autobús escolar requisado a comerse unos perritos calientes y tomarse un caldo. Alguien avistó un ratonero de cola roja en un árbol sin hojas, y otro dijo que más bien parecía un halcón, pero el pájaro se alejó volando y se terminó la discusión.

Hinzelmann les relató una historia sobre su abuelo, que había querido tocar la trompeta durante una ola de frío, pero allí junto al granero, donde su abuelo había ido a practicar, hacía tanto frío que no consiguió que sonara siquiera.

—Luego, al entrar en la casa, dejó la trompeta junto a la estufa para que se deshelase. Y esa noche, cuando toda la familia estaba ya en la cama, de repente las notas congeladas empezaron a salir de la trompeta. Mi abuela se asustó tanto que casi le dio un ataque.

La tarde se les hizo eterna, infructuosa y deprimente. La luz del día iba desapareciendo lentamente, las distancias se juntaban, el paisaje se iba tiñendo de una luz añil y el viento era tan frío que les quemaba la cara. Cuando ya no hubo luz para continuar, Mulligan los llamó para suspender la búsqueda por esa tarde, y pasaron a recogerlos para llevarlos de vuelta al cuartel de bomberos.

En la manzana siguiente a la del cuartel estaba la taberna The Buck Stops Here, y allí acabaron la mayor parte de los voluntarios. Estaban exhaustos y desanimados, y hablaban del águila calva que habían visto volar en círculos, del frío que habían pasado, de que probablemente Alison aparecería en un par de días sin saber lo preocupados que los había tenido.

—Espero que no se haga una idea equivocada de la ciudad por esto —le dijo Brogan—. Es un sitio muy tranquilo.

—Lakeside —añadió una mujer esbelta cuyo nombre Sombra ya no recordaba, si es que los habían presentado— es la mejor ciudad de los Northwoods. ¿Sabe cuántos parados hay en Lakeside?

—No —respondió Sombra.

—Menos de veinte, y hay más de cinco mil personas viviendo aquí o en los alrededores. Puede que no seamos ricos, pero todos tenemos trabajo. No es como las ciudades mineras del noreste, que en su mayoría son ciudades fantasma. También había ciudades ganaderas, pero el desplome de los precios de la leche o la bajada del precio del cerdo acabaron con ellas. ¿Sabe cuál es la mayor causa de muerte no natural entre los granjeros del Medio Oeste?

—¿El suicidio? —aventuró Sombra.

La mujer parecía casi decepcionada.

—Sí. Exacto, se matan. —Meneó la cabeza, y continuó—: Por aquí hay demasiadas ciudades que viven solo de los cazadores y los turistas, ciudades que se limitan a coger su dinero, mandarlos de vuelta a casa con sus trofeos y llenos de picaduras de mosquito. Después están las ciudades que crecen en torno a una determinada empresa, donde todo va de cine hasta que Wal-Mart cambia de lugar su centro de distribución o 3M deja de fabricar cajas para CD o lo que sea y de la noche a la mañana resulta que hay mil tipos que no pueden pagar la hipoteca. Perdone, no me he quedado con su nombre.

—Ainsel —dijo Sombra—. Mike Ainsel.

La cerveza que estaba bebiendo era de una marca local, elaborada con agua de manantial. Era francamente buena.

—Yo soy Callie Knopf, la hermana de Dolly. —Aún tenía el rostro enrojecido por el frío—. Lo que digo es que en Lakeside tenemos suerte. Aquí hay un poco de todo: ganadería, industria ligera, turismo, artesanía. Y buenas escuelas.

Sombra la miraba desconcertado. Había algo vacío en el fondo de sus palabras. Era como si estuviese escuchando a un vendedor, a un buen vendedor, de esos que creen en su producto, pero que intentan asegurarse por todos los medios de que vuelvas a casa con todos los cepillos o todos los tomos de la enciclopedia. Quizás ella percibió algo en su rostro, porque dijo:

—Lo siento, pero es que cuando algo te encanta, no puedes dejar de hablar de ello. ¿A qué se dedica, señor Ainsel?

—Al transporte de mercancías pesadas —respondió Sombra—. Mi tío se dedica a la compraventa de antigüedades por todo el país. Le ayudo a transportar los artículos pesados, de gran tamaño. Sin que se hagan añicos. Es un buen trabajo, pero un tanto irregular.

—Al menos le da la oportunidad de viajar —comentó Brogan—. ¿Y se dedica a eso en exclusiva, o tiene algún otro trabajo?

—¿Lleva encima ocho monedas de veinticinco centavos? —preguntó Sombra. Brogan rebuscó entre sus monedas. Encontró cinco de veinticinco, se las pasó a Sombra por encima de la mesa. Callie Knopf le dio otras tres.

Sombra colocó las monedas en dos filas de cuatro. Entonces, con un rápido pase de mano, hizo como si pasara la mitad de las monedas a través de la mesa de madera, soltándolas con la mano izquierda y recogiéndolas con la derecha. Después cogió las ocho monedas con la mano derecha y un vaso de agua vacío con la izquierda, cubrió el vaso con una servilleta e hizo que las monedas fueran desapareciendo una por una de su mano derecha para aterrizar a través de la servilleta en el interior del vaso con un sonoro repiqueteo. Finalmente, abrió la mano derecha para demostrar que estaba vacía, y retiró la servilleta para que se viesen las monedas en el vaso.

Devolvió las monedas —tres a Callie y cinco a Brogan—, volvió a coger una de las de Brogan y dejó cuatro en su mano. Sopló la moneda, que se transformó en un penique, y se la devolvió a Brogan, que se quedó pasmado al comprobar que seguía teniendo cinco monedas de veinticinco en la mano.

—Eres un Houdini —rio Hinzelmann con deleite—. Eso es lo que eres.

—Solo soy un aficionado —puntualizó Sombra—. Todavía tengo mucho que aprender.

Con todo, sintió un poquito de orgullo. Era la primera vez que actuaba frente a un público adulto.

Paró en el supermercado de camino a casa para comprar un cartón de leche. La chica pelirroja de la caja le resultaba familiar y tenía los ojos enrojecidos por el llanto. Su rostro era una enorme peca.

—Te conozco, eres… —Estuvo a punto de decir «la chica del Alka-Seltzer», pero se mordió la lengua y dijo—. Eres la amiga de Alison, la del autobús. Espero que ella esté bien.

La chica sollozó y asintió con la cabeza.

—Yo también.

Se sonó la nariz con un pañuelo de papel y se lo guardó en la manga.

Llevaba una chapa que decía: «¡Hola, soy SOPHIE! ¡Pregúntame cómo puedes perder diez kilos en 30 días!»

—Me he pasado todo el día buscándola, pero no ha habido suerte.

Sophie asintió, conteniendo las lágrimas. Agitó el cartón de leche frente al escáner, que les cantó el precio con un pitido. Sombra le dio dos dólares.

—Me largo de esta puta ciudad —dijo la chica, en un arrebato, con voz ahogada—. Me voy a vivir a Ashland con mi madre. Alison ha desaparecido. Sandy Olsen desapareció el año pasado. Jo Ming el anterior. ¿Y si el año que viene soy yo?

—Pensaba que a Sandy Olsen se lo había llevado su padre.

—Sí —respondió con amargura—, seguro que sí. Y Jo Ming se fue a California, y Sarah Lindquist se perdió en una excursión y nunca la encontraron. Me da igual. Yo me voy a Ashland.

Respiró hondo y retuvo el aire un instante. Después le sonrió, y no fue una sonrisa insincera. Fue la sonrisa de alguien que sabe que su trabajo consiste en sonreír al darle el cambio a un cliente, y cuando le entregó a Sombra su tique le deseó que tuviese un buen día. A continuación, se puso a atender a la mujer que iba detrás de él, con el carrito lleno hasta los topes.

Sombra cogió su leche y se subió al coche, pasó por delante de la gasolinera y del cacharro en el hielo, cruzó el puente y llegó a casa.

Desembarco en los Estados Unidos

1778

«Había una joven y su tío la vendió», escribió el señor Ibis con su esmerada caligrafía.

Esa es la historia; el resto son meros detalles.

Hay historias que son verídicas, en las que el relato de cada individuo es único y trágico, y lo peor de la tragedia es que ya la conocemos, y no podemos permitirnos el lujo de sentirla en profundidad. Fabricamos una concha en torno a ella igual que hacen las ostras con un molesto grano de arena, que cubren con capas de nácar para poder asimilarlo. Y de este modo andamos por la vida, un día sí y otro también, inmunes al dolor y a la pérdida ajenos. Si llegara a tocarnos nos convertiría en tullidos o en santos; pero la mayor parte de las veces no llega a tocarnos. No podemos permitirnos ese lujo.

Esta noche, durante la cena, reflexionen un momento si pueden: hay niños que se mueren de hambre, tantos que la cifra resulta casi inconcebible, una cifra tan alta que podemos perdonar un error de un millón arriba o abajo. Puede que les resulte incómodo reflexionar sobre ello mientras comen, o puede que no, pero, en cualquier caso, seguirán comiendo.

Hay ciertos relatos a los que no podemos abrir nuestro corazón, porque si lo hiciéramos nos provocarían un hondísimo dolor. Tomemos el ejemplo de un buen hombre, bueno conforme a sus principios y a los ojos de sus amigos: es fiel y sincero con su mujer, adora a sus hijos y los colma de atenciones, se preocupa por su país, es muy puntilloso con su trabajo, y lo hace lo mejor que puede. Por eso, con eficacia y de buena fe, se dedica a exterminar judíos: aprecia la música que suena por el campo para amansarlos, y les aconseja que no olviden sus números de identidad mientras son conducidos a las duchas; mucha gente, les dice, olvida su número y después se lleva la ropa cambiada al salir. Esto calma a los judíos: habrá vida después de la ducha, se convencen. Y se equivocan. Nuestro hombre supervisa al detalle el traslado de los cadáveres a los hornos y, si de algo se siente culpable, es de permitir que el exterminio de esos indeseables le afecte. Si fuera un hombre realmente bueno, se dice, se sentiría feliz de haber librado a la tierra de una plaga.

Dejémoslo; duele demasiado. Nos resulta demasiado cercano y duele mucho.

«Había una joven y su tío la vendió.» Dicho de esta forma, parece muy simple.

«Ningún hombre es una isla», proclamaba Donne, y se equivocaba. Si no fuésemos islas estaríamos perdidos, ahogados en las tragedias ajenas. Estamos aislados (y no olvidemos que la palabra aislado significa literalmente «hecho una isla») de las tragedias ajenas, por nuestra naturaleza insular y por el esquema repetitivo de las historias. Conocemos el esquema, y este no cambia. Hubo un ser humano que nació, vivió y, de una forma u otra, murió. Ya está. Los detalles se pueden rellenar de acuerdo con la propia experiencia. Es tan poco original como cualquier otra historia, y tan única como cualquier otra vida. Las vidas son copos de nieve: únicos en los detalles, forman modelos que ya hemos visto antes, pero parecen idénticos como los guisantes de una misma vaina (¿y habéis visto alguna vez los guisantes dentro de su vaina? Quiero decir, ¿os habéis fijado bien? Después de observarlos minuciosamente unos instantes, no hay confusión posible porque no hay uno que sea exactamente igual a otro).

Necesitamos relatos individuales. Sin individuos solo vemos cifras: mil muertos, cien mil muertos, «las bajas podrían ascender a un millón». A través de las historias individuales, las estadísticas se convierten en personas —pero incluso eso es mentira, porque las personas continúan sufriendo en cifras que en sí mismas son aburridas y carecen de significado—. Mira la tripa hinchada de ese niño, las moscas que se arrastran por el rabillo de sus ojos y sus escuálidas extremidades: ¿sería más fácil para ti si conocieses su nombre, su edad, sus sueños, sus miedos? ¿Si pudieras ver su interior? Y de ser así, ¿no estaríamos discriminando a su hermana, que yace a su lado en el mismo polvo abrasador, deformada y con el abdomen distendido como la grotesca caricatura de un niño? Y aun entonces, si llegáramos a sentir su dolor, ¿serían más importantes para nosotros que otros mil niños afectados por la misma hambre, otras mil tiernas vidas que pronto serán pasto de las moscas y de sus también famélicas larvas?

Trazamos nuestras fronteras alrededor de estos momentos de dolor, y permanecemos en nuestras islas, donde no pueden herirnos. Los cubrimos con una capa suave, segura y nacarada que hace que resbalen, como una perla, sobre nuestras almas sin llegar a dañarlas.

La ficción nos permite deslizarnos al interior de esas otras cabezas, de esos otros lugares, y mirar a través de los ojos del otro. En el relato nos detenemos justo antes de morir, o morimos de forma vicaria y sin sufrir daño alguno, y en el mundo que está fuera del relato pasamos la página o cerramos el libro, y continuamos con nuestra vida.

Una vida, que es, como cualquier otra, diferente de cualquier otra.

Y la verdad desnuda es esta: «Había una joven y su tío la vendió».

Y esto es lo que se decía en el lugar de donde procedía la joven: ningún hombre puede estar seguro de quién es el padre de un niño, pero de quién es su madre, ah, sobre eso no cabe la menor duda. El linaje y la propiedad venían determinados por la línea materna, pero el poder permanecía en manos de los varones: ellos ostentaban la propiedad absoluta de los hijos de su hermana.

Hubo una guerra en aquel lugar, una guerra a pequeña escala, apenas una escaramuza entre los hombres de dos aldeas rivales. Prácticamente no fue más que una disputa. Una aldea la ganó y la otra la perdió.

La vida como una mercancía, los seres humanos como una propiedad. Hacía miles de años que la esclavitud formaba parte de la vida en aquel lugar. Los esclavistas árabes habían destruido el último de los grandes reinos del África oriental, mientras que las naciones del África occidental se habían destruido unas a otras.

No había nada de indecoroso o inusual en el hecho de que el tío vendiese a los mellizos, aunque los mellizos y los gemelos eran considerados criaturas mágicas, y su tío los temía, hasta tal punto que no les dijo que los iba a vender para que no pudieran herir su sombra y matarlo. Tenían doce años. Ella se llamaba Wututu, como el pájaro mensajero; él se llamaba Agasu, que era el nombre de un antiguo rey ya fallecido. Eran unos niños sanos y, como eran mellizos, hembra y varón, les habían hablado mucho de los dioses y, como eran mellizos, escucharon con atención lo que les contaban, y lo tenían muy presente.

Su tío era un hombre gordo y perezoso. De haber tenido más cabezas de ganado, probablemente habría vendido un rebaño en lugar de a los niños, pero no las tenía. Vendió a los mellizos. Esto es lo único que necesitamos saber de él: no volverá a aparecer en este relato. Seguiremos a los mellizos.

Les hicieron marchar, en compañía de otros esclavos capturados o vendidos en la guerra, una veintena de kilómetros hasta un pequeño puesto fronterizo. Allí los vendieron, y a los mellizos, junto con otros trece esclavos, los compró un grupo de seis hombres con lanzas y cuchillos que los hicieron caminar hacia el oeste, hasta llegar al mar, y una vez allí, recorrieron todavía un buen trecho a lo largo de la costa. Eran en total quince esclavos, con las manos atadas holgadamente y sujetos unos a otros por el cuello.

Wututu le preguntó a su hermano Agasu qué sería de ellos.

—No lo sé —le respondió él. Agasu era un niño de sonrisa fácil: tenía unos bonitos dientes blancos y los mostraba al reír, haciendo feliz a su hermana con su alegría. Pero ahora no sonreía. Se hacía el fuerte por su hermana, con la cabeza bien alta, los hombros hacia atrás, tan orgulloso, tan fiero y tan cómico como un cachorro con el pelo del lomo erizado.

El hombre que iba detrás de Wututu, que tenía las mejillas llenas de cicatrices, les dijo:

—Nos venderán a los demonios blancos, que nos llevarán a su casa al otro lado del agua.

—¿Y qué harán con nosotros, una vez allí? —inquirió Wututu.

El hombre no dijo nada.

—¿No me vas a responder? —insistió Wututu. Agasu intentó prevenirla mirando por encima de su hombro. No les estaba permitido hablar o cantar mientras caminaban.

—Es posible que se nos coman —dijo el hombre—. Eso es lo que me han contado. Por eso necesitan tantos esclavos, porque siempre tienen hambre.

Wututu empezó a llorar mientras caminaba.

—No llores, hermana mía —le dijo Agasu—. A ti no te comerán. Yo te protegeré. Nuestros dioses te protegerán.

Pero Wututu continuaba llorando, caminando con el corazón abrumado, sintiendo el dolor, la rabia y el miedo como solo un niño puede sentirlos: de forma abrumadora y descarnada. Se sentía incapaz de decirle a Agasu que lo que temía no era que los diablos blancos se la comieran a ella. Sobreviviría, estaba segura de ello. Lloraba porque temía que se comiesen a su hermano, y no estaba segura de poder protegerlo.

Llegaron a un enclave comercial, y allí los retuvieron durante diez días. En la mañana del décimo, los sacaron de la cabaña donde los habían tenido recluidos (que los últimos días había estado abarrotada, pues habían llegado más hombres desde muy lejos, y habían traído con ellos a sus propios esclavos). Los hicieron caminar hasta el puerto, y Wututu vio el barco en el que iban a meterlos.

Lo primero que pensó fue que el barco era enorme, pero después pensó que era demasiado pequeño para que cupiesen todos dentro. Flotaba suavemente sobre el agua. El bote iba y venía, transportando a los prisioneros al barco, donde los marineros les ponían los grilletes y los distribuían por las cubiertas inferiores. Algunos marineros tenían la piel roja como el ladrillo o morena, extrañas narices puntiagudas y barbas que les hacían parecer bestias. Muchos marineros eran como su propia gente, como los hombres que la habían llevado por la costa. Separaron a los hombres de las mujeres y de los niños, y los obligaron a colocarse en diferentes lugares de la cubierta de los esclavos. Había demasiados para el tamaño del barco, por lo que encadenaron a otra docena de hombres al raso en la cubierta, bajo las hamacas de la tripulación.

A Wututu la pusieron en el grupo de los niños, no en el de las mujeres, por lo que no estaba encadenada, solo encerrada. Agasu fue obligado a ir con el grupo de los hombres, encadenados, hacinados como sardinas en lata. Bajo la cubierta, pese a que la tripulación la había limpiado después de la última travesía, el hedor era insoportable. Había quedado impregnado en la madera: el olor del miedo, de la bilis, de la diarrea, de la muerte, de la fiebre, de la locura, del odio. Wututu se sentó con los otros niños en la claustrofóbica bodega. Sentía el sudor de los que estaban a su lado. Una ola lanzó contra ella a un niño pequeño, que se disculpó en una lengua que Wututu no reconoció. Intentó sonreírle en la semioscuridad.

El barco zarpó, y comenzó a avanzar pesadamente por el agua.

Wututu se preguntaba cómo sería el lugar del que venían los hombres blancos (aunque ninguno de ellos era completamente blanco: la brisa del mar y el sol habían curtido su piel y la habían vuelto oscura). ¿Acaso sufrían una escasez tal de alimentos que necesitaban ir hasta su tierra a buscar personas para comérselas? ¿O es que ella iba a convertirse en un manjar especial para personas que ya habían consumido tantos que solo la carne de piel negra podía hacerles salivar?

El segundo día fuera del puerto tropezaron con una borrasca, no muy fuerte, pero que sacudió y golpeó las bodegas hasta que el olor del vómito se unió a la mezcla de orina, heces líquidas y sudor frío. La lluvia caía a raudales desde los respiraderos del techo de la bodega.

A la semana de viaje, perdida de vista la costa, liberaron a los esclavos de sus grilletes. Se les advirtió de que cualquier desobediencia, cualquier problema, sería castigado con una dureza inimaginable.

Por la mañana les dieron alubias y galletas, y un trago de zumo de lima avinagrado por cabeza, pero el zumo era tan agrio que se les retorcía el semblante y les hacía toser, y algunos incluso gemían cuando les obligaban a beberlo. No podían escupirlo, porque si los pillaban escupiendo les azotaban.

Por la noche les dieron carne en salazón. Tenía un sabor desagradable y una pátina irisada en la superficie grisácea. Eso era al principio del viaje; a medida que pasaban los días, la carne fue adquiriendo un aspecto aún peor.

Cuando podían, Wututu y Agasu se acurrucaban juntos y hablaban de su madre, de su hogar y de sus amigos. A veces Wututu le contaba a Agasu los cuentos que solía contarles su madre, como los de Elegba, el más pícaro de los dioses, que era los ojos y los oídos de Mawu en el mundo, le llevaba mensajes y volvía con sus respuestas.

Al anochecer, para disipar la monotonía del viaje, los marineros hacían que los esclavos cantaran y bailaran para ellos las danzas de sus respectivos lugares de origen.

Wututu tuvo mucha suerte de que la pusieran con los niños. A estos simplemente los amontonaban y los ignoraban; las mujeres no siempre tenían tanta suerte. En algunos barcos esclavistas la tripulación violaba repetida y continuamente a las mujeres, como una especie de incentivo extra para los marineros. Aquel no era uno de esos barcos, lo cual no significa que no hubiera violaciones.

Cien hombres, mujeres y niños perecieron en el transcurso de aquel viaje y fueron arrojados por la borda. Algunos de los que tiraban no estaban muertos aún, pero las gélidas aguas verdes del océano aliviaban sus fiebres para después ahogarlos, mientras agitaban desesperadamente los brazos y las piernas.

Wututu y Agasu viajaban en un barco holandés, pero ellos no lo sabían; lo mismo podía haber sido británico, portugués, español o francés.

Los marineros negros, cuya piel era aún más oscura que la de Wututu, les decían a los cautivos adónde tenían que ir, qué tenían que hacer, cuándo debían bailar. Una mañana Wututu sorprendió a uno de los guardas negros mirándola fijamente. Mientras comía, el hombre se acercó a ella y se la quedó mirando, sin decir nada.

—¿Por qué hacéis esto? —preguntó Wututu—. ¿Por qué servís a los demonios blancos?

El hombre sonrió como si la pregunta fuese lo más gracioso que hubiera oído en su vida. Después se inclinó, de modo que sus labios casi rozaron la oreja de Wututu, y la calidez de su aliento en la oreja le provocó una repulsión repentina.

—Si fueras un poco mayor —le dijo—, te haría gritar de alegría con mi pene. Quizá lo haga esta noche. Ya he visto lo bien que bailas.

Ella lo miró con sus ojos castaños y le respondió, sin parpadear, incluso sonriendo:

—Si me lo metes ahí abajo, te morderé con los dientes que tengo ahí abajo. Soy una bruja, y tengo unos dientes muy afilados ahí abajo.

Disfrutó viendo cómo cambiaba la expresión de su cara. El marinero no le dijo nada más y se marchó.

Las palabras habían salido de su boca, pero no eran suyas: no las había pensado ni construido ella. «No», se dijo, eran las palabras de Elegba, el granuja. Mawu había creado el mundo y después, gracias a los engaños de Elegba, había perdido el interés por él. Había sido Elegba el astuto, el de la erección de hierro, quien había hablado a través de ella, quien la había poseído por un instante. Aquella noche, antes de quedarse dormida, le dio las gracias a Elegba.

Varios cautivos se negaron a comer. Los azotaron hasta que empezaron a meterse comida en la boca y a tragar, pero con tal dureza que dos de los hombres murieron por culpa de la paliza. Después, nadie más volvió a intentar obtener la libertad por la vía del ayuno. Un hombre y una mujer intentaron matarse saltando por la borda. La mujer lo logró. Al hombre lo rescataron, lo ataron a un mástil y lo azotaron durante buena parte del día, hasta dejarle la espalda en carne viva, y lo dejaron allí atado hasta que el día dio paso a la noche. No le dieron nada de comer, y tampoco le dejaron nada para beber, excepto su propia orina. Al tercer día ya deliraba y tenía la cabeza hinchada y blanda, como un melón pasado. Cuando dejó de delirar lo arrojaron por la borda. Además, durante los cinco días posteriores al intento de fuga, volvieron a ponerles a los cautivos sus grilletes y sus cadenas.

Era un viaje largo y duro para los cautivos, pero tampoco era agradable para la tripulación, pese a que habían aprendido a endurecer el alma y se engañaban a sí mismos fingiendo que eran como granjeros transportando su ganado hasta el mercado.

Llegaron a Bridgetown, Barbados, en un bonito y cálido día. Los cautivos fueron trasladados a tierra firme en botes bajos que enviaban desde el muelle, y conducidos hasta la plaza del mercado donde, a fuerza de gritos y palos, los ordenaron en filas. Sonó un silbato, y la plaza se llenó de hombres de rostro enrojecido que hurgaban, daban codazos, gritaban, inspeccionaban, llamaban, valoraban y refunfuñaban.

En ese momento separaron a Wututu y Agasu. Todo sucedió muy deprisa: un hombre corpulento obligó a Agasu a abrir la boca, le miró los dientes, palpó los músculos de sus brazos, asintió y otros dos hombres se lo llevaron en volandas. No se resistió. Únicamente miró a Wututu y le gritó:

—Sé fuerte.

Ella asintió, y entonces las lágrimas enturbiaron su mirada, y gimió. Juntos eran mellizos, mágicos, poderosos. Separados no eran más que dos niños afligidos.

No volvió a verlo, salvo una vez, y no mientras duró su vida.

Esto es lo que le ocurrió a Agasu. Primero lo llevaron a una plantación de especias, en la que le azotaban diariamente por lo que hacía y por lo que no hacía; le enseñaron algunos rudimentos de inglés y le pusieron el sobrenombre de Jack Tinta, por lo oscuro de su piel. Un día se escapó, pero salieron a buscarlo con los perros y lo trajeron de vuelta, y le cortaron un dedo del pie con un cincel, para darle una lección que no olvidara jamás. Habría ayunado hasta la muerte, pero cuando se negó a comer le rompieron los dientes y le forzaron a comer gachas hasta que no le quedó más remedio que tragar o ahogarse.

Incluso por aquel entonces preferían a los esclavos nacidos en cautividad a los que venían de África. Los esclavos que habían nacido libres intentaban huir, o morir, y en ambos casos los beneficios menguaban.

Cuando Jack Tinta cumplió dieciséis años lo vendieron, junto con varios esclavos más, a una plantación de caña de azúcar en la isla de Saint Domingue. Le llamaron Jacinto, el corpulento esclavo de los dientes rotos. Allí conoció a una anciana de su misma aldea —había trabajado como esclava doméstica hasta que los dedos se le habían vuelto demasiado nudosos y artríticos— que le dijo que los blancos separaban intencionadamente a los cautivos que provenían de las mismas ciudades y pueblos, para evitar insurrecciones y revueltas. No les gustaba que los esclavos hablaran entre sí en su lengua materna.

Jacinto aprendió algo de francés, y le iniciaron en las enseñanzas de la Iglesia católica. Se pasaba los días cortando caña de azúcar desde antes del amanecer hasta después de la puesta del sol.

Tuvo varios hijos. De madrugada, iba con el resto de los esclavos a los bosques, aunque estaba prohibido, para bailar la Calinda y cantarle a Damballa-Wedo, el dios serpiente, que tenía la forma de una serpiente negra. Cantaba en honor a Elegba, Ogu, Shango, Zaka y muchos otros, todos los dioses que los cautivos habían llevado consigo a la isla, en su mente y en lo más hondo de sus corazones.

Los esclavos de las plantaciones de caña de Saint Domingue raras veces vivían más de una década. El tiempo libre que se les concedía —dos horas durante el abrasador mediodía, y cinco en la oscuridad de la noche (de once a cuatro)— era el único tiempo del que disponían para cultivar su propia comida (puesto que sus amos no les daban de comer; solo les cedían pequeñas parcelas de tierra para que pudieran cultivarlas). Este tiempo era también el tiempo para dormir y soñar. Aun así, aprovechaban ese tiempo para reunirse y danzar, cantar y adorar a sus dioses. El suelo de Saint Domingue era muy fértil y los dioses de Dahomey, del Congo y del Níger arraigaron profundamente en él y crecieron suntuosos, inmensos y profundos, prometiendo la libertad a todos aquellos que los adorasen por las noches en las arboledas.

Jacinto tenía veinticinco años cuando una araña le mordió en el dorso de la mano derecha. La mordedura se infectó y la carne de la mano se le gangrenó: al poco tiempo, la gangrena se le había extendido por todo el brazo, que se hinchó y se puso morado, y empezó a apestar.

Le dieron ron para que bebiera, y calentaron la hoja de un machete al fuego hasta que se puso incandescente. Le cortaron el brazo a la altura del hombro con una sierra, y le cauterizaron la herida con la hoja ardiente. Tuvo fiebre durante una semana. Después volvió al trabajo.

El esclavo manco al que llamaban Jacinto tomó parte en la revuelta de esclavos de 1791.

El propio Elegba tomó posesión de Jacinto en la arboleda, cabalgándolo como el hombre blanco cabalga a lomos de un caballo, y habló por su boca. Él apenas recordaba qué había dicho, pero los que estaban a su lado le contaron que les había prometido liberarlos de su cautiverio. Él solo recordaba su erección, potente y dolorosa; y recordaba también haber alzado ambas manos —la que tenía y la que había perdido— en dirección a la Luna.

Sacrificaron un cerdo, y los hombres y mujeres de aquella plantación bebieron su sangre aún caliente, comprometiéndose así unos con otros para formar una hermandad. Juraron ser un ejército libertador, hicieron votos a todos los dioses de las diversas tierras de las que habían sido arrancados como botín.

—Si morimos en la guerra contra los blancos —se decían unos a otros—, renaceremos en África, en nuestros hogares, en nuestras propias tribus.

Había otro Jacinto en el alzamiento, de modo que a Agasu empezaron a llamarle el Gran Manco. Combatía, rezaba, hacía sacrificios, planeaba. Vio morir a muchos de sus amigos y amantes, pero continuó luchando.

La guerra duró doce años, fue una lucha enloquecedora y sangrienta contra los dueños de las plantaciones, contra las tropas venidas de Francia. Combatieron, continuaron luchando y, por increíble que parezca, acabaron ganando.

El 1 de enero de 1804 se declaró la independencia de Saint Domingue, que pronto sería conocida en todo el mundo como la República de Haití. El Gran Manco no vivió para verlo. Había muerto en agosto de 1802, traspasado por la bayoneta de un soldado francés.

En el preciso momento de la muerte del Gran Manco (al que antes se conocía por el nombre de Jacinto, y antes de eso como Jack Tinta, y que en su corazón fue siempre Agasu), su hermana, a quien él había conocido como Wututu, que se había llamado Mary en su primera plantación de las Carolinas, y Daisy cuando se convirtió en esclava doméstica, y Sukey cuando la vendieron río abajo a la familia Lavere en Nueva Orleans, sintió la fría hoja de la bayoneta entre sus costillas y comenzó a gritar y a llorar de manera inconsolable. Sus hijas gemelas se despertaron y empezaron a chillar. Eran de color café con leche, sus recién nacidas, no como los hijos negros que había parido en la plantación cuando ella misma era casi una cría —hijos a los que no veía desde que tenían quince y diez años respectivamente—. Su hija mediana llevaba muerta un año cuando vendieron a Wututu y tuvo que abandonarlos.

A Sukey la habían azotado muchas veces desde su desembarco en el Nuevo Mundo; una vez le echaron sal en las heridas, en otra ocasión la azotaron de forma tan brutal y durante tanto tiempo que no pudo sentarse ni dejar que nada le rozase la espalda en varios días. La habían violado multitud de veces cuando era más joven: hombres negros a los que se había ordenado compartir su catre de madera, y también hombres blancos. La habían encadenado. Sin embargo, nunca había derramado una lágrima. Desde que la separaran de su hermano solo había llorado una vez. Fue en Carolina del Norte, cuando vio que la comida de los esclavos niños se servía en los mismos abrevaderos que la de los perros, y que sus hijos se peleaban con los perros por las sobras. Un día vio cómo esto sucedía —ya lo había visto antes, a diario en aquella plantación, y volvería a verlo muchas veces antes de salir de allí—, pero aquel día lo vio y le partió el alma.

Durante un tiempo había sido guapa. Después, los años de penurias le pasaron factura y perdió su belleza. Su cara estaba llena de surcos, y sus ojos castaños albergaban demasiado dolor.

Once años antes, cuando tenía veinticinco, su brazo derecho se había marchitado. Ninguno de los hombres blancos supo a qué podía deberse. Parecía que la carne se fundiese en los huesos, y el brazo se le quedó inútil, un puro hueso cubierto de piel que apenas podía mover. Después de esto pasó a ser una esclava doméstica.

La familia Casterton, dueña de la plantación, estaba impresionada con sus habilidades para llevar la casa y la cocina, pero a la señora Casterton aquel brazo marchito le resultaba perturbador y acabaron vendiéndola a la familia Lavere, que estaba pasando un año fuera de Luisiana: el señor Lavere era un hombre gordo y alegre que andaba buscando una cocinera y criada para todo tipo de tareas, y el brazo marchito de la esclava Daisy no le provocaba ni la más mínima repulsión. Cuando un año después volvieron a Luisiana, la esclava Sukey se fue con ellos.

En Nueva Orleans las mujeres, y también los hombres, acudían a ella para comprar curas, filtros de amor y pequeños amuletos. Acudían a ella los negros, por supuesto, pero también muchos blancos. La familia Lavere hacía la vista gorda. Quizá porque creían que les daba cierto prestigio tener una esclava temida y respetada. De cualquier modo, se negaban a venderle su libertad.

Sukey iba a la laguna bien entrada la noche, y allí bailaba la Calinda y la Bamboula. Al igual que en Saint Domingue y en su tierra natal, en la laguna se bailaba bajo la protección de una serpiente negra, pero los dioses de su tierra y de otras naciones africanas no poseían aquí a las personas del mismo modo que habían poseído a su hermano y a la gente de Saint Domingue. No obstante, ella los invocaba, llamándolos por sus nombres para implorar sus favores.

Escuchaba cuando la gente blanca hablaba de lo que llamaban la revuelta de Saint Domingue y de cómo estaba abocada al fracaso —«¡Imaginaos! ¡Una tierra dominada por caníbales!»—, y más tarde observó que habían dejado de hablar de ello.

Al poco tiempo le dio la impresión de que actuaban como si

nunca hubiese existido un lugar llamado Saint Domingue y, en cuanto a Haití, ni siquiera mencionaban aquella palabra. Era como si todo Estados Unidos hubiese decidido que, con solo desearlo, como por un acto de fe, podían borrar del mapa una isla caribeña de proporciones considerables.

Una generación entera de Laveres creció bajo la atenta mirada de Sukey. El benjamín, que no sabía decir «Sukey» cuando era pequeño, la llamaba Mamá Zuzú, y con ese nombre se quedó. Corría el año 1821, y Sukey ya pasaba de los cincuenta, aunque parecía mucho mayor.

Conocía más secretos que la vieja Santé Dedé, que vendía dulces frente al Cabildo; más que Marie Saloppé, que se llamaba a sí misma la reina del vudú: ambas eran mujeres de color libres, mientras que Mamá Zuzú era una esclava, y moriría como esclava, o al menos eso era lo que decía su amo.

La joven que vino a verla para averiguar qué había sido de su marido se hacía llamar la Viuda París. Tenía unos senos prominentes, era joven y orgullosa. Por sus venas corría sangre africana, europea e india. Su piel era rojiza, y su cabello de un negro brillante. Sus ojos eran negros y altaneros. Creía que su marido, Jacques París, podía haber muerto. Era un mulato cuarterón, según los cálculos de la época, el bastardo de una familia orgullosa venida a menos, una de las muchas que huyeron de Saint Domingue, y había nacido libre, al igual que su espectacular mujer.

—¿Mi Jacques está muerto? —le preguntó la Viuda París. Era una peluquera que iba de casa en casa peinando a las mujeres elegantes de Nueva Orleans para sus sofisticados compromisos sociales.

Mamá Zuzú consultó los huesos, y meneó la cabeza.

—Está con una mujer blanca, en algún lugar al norte de aquí —le dijo—. Una mujer blanca de cabello dorado. Está vivo.

No era magia. Todo el mundo en Nueva Orleans sabía con quién había huido Jacques París, y el color del cabello de la dama también.

A Mamá Zuzú le sorprendió que la Viuda París no supiese todavía que su Jacques le metía todas las noches su pequeño pito de cuarterón a una chica de piel rosada en Colfax. O al menos las noches que no estaba demasiado borracho para poder usarlo en algo más productivo que mear. Aunque a lo mejor lo sabía. Quizás había acudido a ella por otra razón.

La Viuda París iba a ver a la vieja esclava una o dos veces por semana. Un mes más tarde empezó a traerle regalos: lazos para el pelo, un bizcocho de semillas, un gallo negro.

—Mamá Zuzú —dijo la joven—, ya es hora de que me enseñes lo que sabes.

—Sí —le respondió Mamá Zuzú, sabiendo lo que pretendía. Además, la Viuda París le había confesado que había nacido con los pies palmeados, señal de que era una gemela que había matado a su hermano en el vientre materno. ¿Qué otra cosa podía hacer Mamá Zuzú?

Enseñó a la joven que dos nueces moscadas colgadas del cuello del paciente hasta que se rompa la cuerda curan los soplos en el corazón, mientras que un pichón que no ha volado nunca, abierto en canal y colocado sobre la cabeza del paciente, hace bajar la fiebre. Le enseñó cómo se prepara una bolsa de deseos: una bolsita de cuero con trece peniques, nueve semillas de algodón y las cerdas de un puerco negro; y cómo frotar la bolsa para que los deseos se hagan realidad.

La Viuda París aprendía todo lo que Mamá Zuzú le enseñaba. Sin embargo, en realidad no le interesaban los dioses. Sus intereses tenían más que ver con los aspectos prácticos. Le encantaba aprender cosas como que bañando en miel una rana viva y colocándola en la entrada de un hormiguero, después de que las hormigas hayan dejado los huesos blancos y limpios, se pueden examinar atentamente y encontrar dos, uno plano en forma de corazón y el otro con una especie de gancho: el hueso del gancho debe prenderse en la ropa del hombre cuyo amor se desea conseguir, y el hueso en forma de corazón hay que guardarlo en lugar seguro (pues si lo pierdes, tu amante se volverá contra ti como un perro rabioso). Era un remedio infalible para conseguir que el hombre que amaba te correspondiera.

Aprendió que el polvo de serpiente seca, mezclado con los polvos de tocador de un enemigo, produce ceguera, y que se puede provocar el ahogamiento de una enemiga cogiendo una prenda de su ropa interior, volviéndola del revés y enterrándola bajo un ladrillo a medianoche.

Mamá Zuzú le enseñó a la Viuda París la Raíz Mágica del Mundo, las grandes y pequeñas raíces de Juan el Conquistador, la sangre de dragón, la valeriana y la hierba de cinco dedos. Le enseñó a preparar té para hacer que alguien se consuma, agua para que te cortejen y agua de Shingo.

Todo esto y mucho más le enseñó Mamá Zuzú a la Viuda París. No obstante, no fue lo que se dice un placer para la anciana. Ella se esforzaba en enseñarle las verdades ocultas, el conocimiento profundo; le habló de Elegba, de Mawu, de Aido-Hwedo, la serpiente vudú y todos los demás, pero a la Viuda París (ahora os diré su verdadero nombre, con el que se haría famosa después: era Marie Laveau, pero no la Marie Laveau de la que sin duda habréis oído hablar; esa era su madre, y acabó convirtiéndose en la Viuda Glapion), a la viuda París, decía, no le interesaban lo más mínimo los dioses de la remota tierra. Si Saint Domingue había sido una tierra negra y fértil para que los dioses africanos prosperasen en ella, esta otra tierra, de maíz y melones, de cangrejos y algodón, era completamente estéril.

—No quiere aprender —se quejaba Mamá Zuzú a Clémentine, su confidente, que hacía la colada de muchas de las casas del barrio, y lavaba las cortinas y las colchas. Clémentine tenía marcas de quemaduras en las mejillas, y uno de sus hijos había muerto escaldado al volcarse un barreño de cobre.

—Entonces no le enseñes —dice Clémentine.

—Le enseño, pero no entiende qué es lo valioso, lo único que ve es lo que puede hacer con ello. Le entrego un diamante, pero a ella solo le importan los cristales vistosos. Le ofrezco media botella del mejor vino y ella bebe el agua del río. Le doy codorniz y ella solo desea comerse una rata.

—¿Y por qué insistes?

Mama Zuzú se encoge de hombros, lo que hace que su brazo marchito tiemble.

No puede responder. Podría decir que le enseña porque es su forma de dar gracias por estar viva, y así es: ha visto morir a demasiados. Podría decir que sueña con que un día los esclavos se rebelarán, como lo hicieron (aunque fueron derrotados) en LaPlace, pero en el fondo de su alma sabe que sin los dioses africanos nunca podrán vencer a sus captores blancos, y nunca regresarán a su tierra natal.

Cuando se despertó aquella fatídica noche casi veinte años atrás, y sintió el frío acero entre sus costillas, la vida de Mamá Zuzú llegó a su fin. Ahora era una persona que no vivía, que solo odiaba. Si le hubieran preguntado de dónde nacía aquel odio, no habría podido hablar de una niña de doce años en un hediondo barco: había dejado aquel recuerdo muy atrás —demasiados latigazos y palizas, demasiadas noches encadenada, demasiadas separaciones y demasiado dolor—. Sin embargo, podría hablar de su hijo y de cómo el amo le había cortado el pulgar cuando descubrió que el niño sabía leer y escribir. Podría hablar de su hija, que con doce años ya estaba embarazada de un vigilante, y de cómo habían cavado un hoyo en la tierra roja para que su hija embarazada pudiera tumbarse y ser azotada hasta dejarle la espalda en carne viva. Y pese al hoyo que tan cuidadosamente habían cavado, su hija perdió al niño y la vida un domingo por la mañana, cuando los blancos estaban en la iglesia…

Demasiado dolor.

—Adóralos —le dijo Mamá Zuzú a la joven Viuda París en la laguna, una hora después de la medianoche. Ambas estaban desnudas hasta la cintura, sudando por la humedad de la noche, con la pálida luz de la luna reflejada en su piel.

El marido de la Viuda París, Jacques (cuya muerte se produjo tres años después en extrañas circunstancias), le había hablado a Marie de los dioses de Saint Domingue, pero a ella no le importaban. El poder provenía de los rituales, no de los dioses.

Mamá Zuzú y Marie París cantaban, estampaban los pies contra el suelo y plañían en la charca. Cantaban en honor a las serpientes negras, las mujeres de color libre y la esclava del brazo marchito.

—No se trata solo de que tú prosperes y tus enemigos encuentren la ruina. Es algo más —le dijo Mamá Zuzú.

Muchas de las palabras de los rituales, palabras que antes conocía y que su hermano también había conocido, se habían borrado ya de su memoria. Le dice a la hermosa Marie Laveau que las palabras no importan, que solo importan los ritmos y las melodías, y allí, cantando y chapoteando sobre las serpientes negras, en la charca, tiene una visión extraña. Ve el ritmo de las canciones, el de la Calinda, el de la Bamboula y todos los otros ritmos del África ecuatorial extendiéndose poco a poco por aquella tierra de medianoche hasta que todo el país se estremece y baila los ritmos de los viejos dioses cuyo reino ella tuvo que abandonar. Pero aun así, de algún modo comprende, en la charca, que no será suficiente.

Se vuelve hacia la hermosa Marie Laveau y se ve a sí misma a través de sus ojos, una mujer de piel negra, con la cara surcada de arrugas, un brazo esquelético colgando sin vida, los ojos de quien ha visto a sus hijos pelearse con los perros por la comida. Se vio a sí misma, y por primera vez supo la repulsión y el temor que inspiraba en la joven.

Entonces se echó a reír, se agachó y agarró con su mano buena una serpiente negra tan larga como un árbol joven y tan gruesa como una sirga.

—Mira —le dijo—. Esta será nuestro vudú.

Dejó caer la serpiente en un cesto que llevaba la mulata Marie.

Después, a la luz de la luna, la segunda vista se adueñó de ella por última vez, y vio a su hermano Agasu, pero ya no como el niño de doce años del que se había separado tanto tiempo atrás en el mercado de Bridgeport, sino como un hombre gigantesco, calvo, que al sonreír mostraba sus mellados dientes, con la espalda marcada por profundas cicatrices. Con una mano empuñaba un machete. Su brazo derecho era apenas un muñón.

Ella alargó su mano izquierda, la buena.

—Quédate, quédate un momento —susurró—. Enseguida estoy ahí. Pronto estaré a tu lado.

Y Marie París pensó que la anciana hablaba con ella.

Capítulo doce

Estados Unidos ha invertido su religión y su moral en valores contantes y sonantes. Se ha instalado en la inalcanzable posición de una nación que ha sido bendecida por el simple hecho de que merece serlo; y sus hijos, sean cuales sean sus otras preferencias teológicas, se adhieren sin reservas a este credo nacional.

AGNES REPPLIER, *TIMES AND TENDENCIES*

Sombra conducía en dirección oeste, atravesando Wisconsin y Minnesota, con rumbo a Dakota del Norte, donde las montañas nevadas parecían gigantescos búfalos dormidos, y por los cristales del coche no veían más que nada, una nada inmensa que les acompañaba kilómetro tras kilómetro. Después, se desviaron hacia el sur, hacia Dakota del Sur, camino de la reserva.

Wednesday había cambiado la limusina, al volante de la cual Sombra había disfrutado mucho, por una destartalada caravana Winnebago, que olía, entre otras cosas, a gato macho, y al volante del cual Sombra no disfrutaba lo más mínimo.

Pasaron la primera indicación del monte Rushmore, para el que aún faltaban cien kilómetros largos, y Wednesday gruñó:

—Ahora resulta que eso es un lugar sagrado.

Sombra creía que Wednesday iba dormido.

—Los indios ya lo consideraban un lugar sagrado —replicó.

—Y lo es —dijo Wednesday—. Es el estilo americano: la gente necesita una excusa para acudir a un lugar a rendir culto. Ahora ya no pueden ir a ver una montaña sin más. Por eso tiene que venir el señor Gutzon Borglum y tallar las caras de los presidentes. Una vez talladas, ya tienen la excusa perfecta, y la gente viene en masa hasta aquí para contemplar en persona algo que ya han visto mil veces en las postales.

—Hace tiempo conocí a un tipo. Uno que iba al gimnasio a hacer pesas, hace años. Me contó que los indios *dakota* escalan la montaña y forman cadenas humanas que llegan hasta el borde de los rostros, desafiando a la muerte, solo para que el último tío de la cadena pueda mear en la nariz del presidente.

Wednesday soltó una risotada.

—¡Genial! ¡Fantástico! ¿Y el blanco de su ira es un presidente en concreto o les vale cualquiera?

Sombra se encogió de hombros.

—Eso no me lo dijo.

Los kilómetros desaparecían bajo las ruedas de la Winnebago. Sombra se imaginaba que era el paisaje de Norteamérica el que se movía a una velocidad constante de cien kilómetros por hora mientras él estaba quieto. Una niebla invernal difuminaba los contornos de las cosas.

Ya era mediodía en su segundo día de viaje, y casi habían llegado a su destino. Sombra, que llevaba un rato pensativo, comentó:

—Una chica de Lakeside desapareció la semana pasada. Cuando estábamos en San Francisco.

—¿Mm? —Wednesday no parecía especialmente interesado.

—Una niña llamada Alison McGovern. No es la primera que desaparece. Ha habido varias desapariciones más. Se marchan en invierno.

Wednesday frunció el ceño.

—Una tragedia, ¿verdad? Esas caritas en los cartones de leche (aunque no puedo recordar cuándo fue la última vez que vi la cara de un niño en un cartón de leche), y en los muros de las áreas de descanso de las autopistas. «¿Me has visto?», preguntan. Una pregunta con una profunda carga existencial en el mejor de los casos. «¿Me has visto?» Coge la próxima salida.

A Sombra le pareció oír un helicóptero, pero las nubes eran demasiado bajas y no se veía nada.

—¿Por qué escogiste Lakeside? —preguntó Sombra.

—Ya te lo he dicho. Es un lugar agradable, tranquilo y muy discreto. Allí estás lejos de todo, fuera del radar.

—Pero ¿por qué?

—Porque sí. Ahora vete a la izquierda.

Sombra giró a la izquierda.

—Algo va mal —dijo Wednesday—. Joder. Me cago en todo lo cagable. Frena, pero no te pares.

—¿Y si te explicas un poco mejor?

—Problemas. ¿Conoces algún camino alternativo?

—La verdad es que no. Es la primera vez que vengo a Dakota del Sur —dijo Sombra—. Y tampoco sé adónde vamos.

Al otro lado de la colina se vio un destello rojo, difuminado por la neblina.

—Un control —dijo Wesnesday. Metió la mano hasta el fondo de de un bolsillo de su chaqueta, y después en el otro, buscando algo.

—No puedo pararme y dar media vuelta. Si fuéramos en un *jeep* me saldría de la carretera, pero con la Winnebago acabaríamos volcando.

—No, no podemos volver. Están detrás, también —dijo Wednesday—. Reduce a quince o veinte kilómetros por hora.

Sombra miró el retrovisor. Tenían unos faros detrás, a poco más de un kilómetro.

—¿Lo tienes claro?

Wednesday soltó un bufido.

—Tan claro como que un huevo es un huevo, como dijo un criador de pavos la primera vez que vio nacer una tortuga. ¡Eureka! —exclamó, sacando un pedacito de tiza blanca del fondo de un bolsillo.

Empezó a trazar marcas por todo el salpicadero de la caravana, como si estuviese resolviendo un problema de álgebra; o, quizá, pensó Sombra, como un vagabundo escribiendo un largo mensaje para otros vagabundos en el código de los vagabundos: «Aquí perro agresivo, ciudad peligrosa, mujer simpática, cárcel buena para pasar la noche…».

—Vale —dijo Wednesday—. Ahora sube a cincuenta. Y no bajes.

Uno de los coches que tenían detrás encendió las luces, puso la sirena en marcha y se aproximó a ellos.

—No frenes —insistió Wednasday—. Solo quieren que vayamos más despacio antes de llegar al control.

Ras. Ras. Ras.

Estaban ya en lo alto de la colina. El control estaba a menos de quinientos metros. Había doce coches atravesados en la carretera, varios coches de policía a los lados, y unas cuantas furgonetas negras.

—Ya está —dijo Wednesday, guardándose la tiza. El salpicadero de la Winnebago estaba lleno de garabatos que parecían runas.

El coche que llevaba la sirena estaba justo detrás de ellos. Había reducido la velocidad para ponerse a su altura, y alguien gritó por la megafonía:

—¡Alto!

Sombra miró a Wednesday.

—Gira a la derecha —le dijo este—. Sal de la carretera.

—No puedo hacerlo con esto. Volcaremos.

—No volcaremos. Gira a la derecha. ¡Ya!

Sombra dio un volantazo a la derecha, y la Winnebago empezó a dar tumbos. Por un momento pensó que tenía razón y que la caravana iba a volcar, pero después el paisaje que se veía a través del parabrisas se desvaneció y titiló, como una imagen reflejada en un lago cristalino cuando el viento roza la superficie, y las Dakotas se estiraron y desaparecieron.

Las nubes, la niebla, la nieve y la luz del día habían desaparecido. Ahora había estrellas en el cielo, como arpones de luz inmóviles, arponeando el cielo nocturno.

—Aparca aquí —dio Wednesday—. Seguiremos a pie.

Sombra apagó el motor. Fue hasta la parte de atrás de la Winnebago, se puso el abrigo, las botas y los guantes. Después se bajó de la caravana.

—Muy bien —dijo—. Vamos allá.

Wednesday lo miró con sorna y algo más; irritación, quizá. U orgullo.

—¿Por qué no te rebelas? —le preguntó Wednesday— ¿Por qué no exclamas que esto es imposible? ¿Por qué coño haces lo que te digo sin más y te lo tomas todo con esa calma?

—Porque no me pagas para que te haga preguntas —respondió Sombra. Y, percatándose sobre la marcha de que esa era la verdadera razón, añadió—: Y además, desde lo de Laura, ya nada me sorprende, la verdad.

—¿Desde que volvió de entre los muertos?

—Desde que supe que se estaba tirando a Robbie. Eso me dolió. Todo lo demás me resbala. ¿Hacia dónde vamos?

Wednesday señaló con el dedo, y echaron a andar. Caminaban sobre un suelo de roca, volcánica y resbaladiza, con destellos cristalinos aquí y allá. Corría un aire fresco, pero no invernal. Bajaron de lado y de mala manera por la colina. Llegaron hasta una especie de sendero, y lo siguieron. Sombra se asomó para ver qué había al pie de la colina, y se dio cuenta de que lo que estaba viendo era imposible.

—¿Qué coño es eso? —preguntó, pero Wednesday se llevó un dedo a los labios y meneó la cabeza enérgicamente. Silencio.

Parecía una araña mecánica de metal azul con destellos de led, y era del tamaño de un tractor. Estaba justo al pie de la colina. Detrás de ella se veían unos huesos y, junto a cada hueso, una llama no más grande que la de una vela.

Wednesday le indicó por gestos que se mantuviese a distancia de aquellos objetos. Sombra se apartó a un lado —un error en un camino tan resbaladizo—, se torció el tobillo y cayó rodando por el terraplén. Se agarró a una roca al caer, pero resultó ser obsidiana y le desgarró el guante de cuero como si fuese de papel.

Acabó al pie de la colina, entre la araña mecánica y los huesos.

Apoyó una mano para levantarse, y se percató de que estaba tocando algo con la palma de la mano, algo que parecía un fémur y de pronto estaba...

... de pie, a plena luz del día, fumándose un cigarrillo y mirando el reloj. Había coches a su alrededor, algunos vacíos y otros no. Deseó no haberse tomado la última taza de café, porque ahora se estaba haciendo pis, y empezaba a sentirse muy incómodo.

Uno de los policías locales se dirigió hacia él, un hombre corpulento con el mostacho escarchado. Ya no recordaba su nombre.

—No sé cómo hemos podido perderlos —le dice el agente, en tono de disculpa y atónito.

—Sería una ilusión óptica —responde—. Suele pasar cuando el tiempo está así de raro. La neblina. Ha sido un espejismo. Iban conduciendo por otra carretera y nos pareció que venían por esta.

El agente parece decepcionado:

—Vaya. Yo creí que era un expediente X o algo así...

—Siento desilusionarte.

De vez en cuando sufre de hemorroides y ahora mismo le pica el culo, señal de que está a punto de salirle una. Quiere volver a la central. Ojalá hubiera un árbol por allí: ya no aguanta más. Tira el cigarrillo y lo pisa.

El policía local se dirige a uno de los coches patrulla y le comenta algo al conductor. Ambos menean la cabeza.

Se pregunta si no sería mejor apretar los dientes, imaginar que está en Maui sin nadie alrededor, y ponerse a mear en la rueda trasera del coche sin más. Pero es incapaz de mear si hay gente alrededor, y piensa que a lo mejor puede aguantar un poco más, pero de pronto recuerda un recorte de prensa que alguien colgó en el tablón de anuncios de su fraternidad, treinta años antes: hablaba de un anciano que había hecho un largo viaje en un autobús con el servicio estropeado, y el hombre había intentado aguantar y al llegar a su destino le habían tenido que sondar para que pudiera volver a mear...

Pero es ridículo. Él no es un anciano. Cumple los cincuenta en abril, y tiene la fontanería en perfectas condiciones. Todo funciona como la seda.

Saca el teléfono, manipula el menú hasta que encuentra el número registrado como «lavandería», que tanta gracia le hizo cuando lo tecleó; era un homenaje a la serie *El agente de CIPOL*. Mientras lo mira se da cuenta de que no viene de ahí, eso era «sastre», venía de *El superagente 86*, y se siente extraño y un poco avergonzado, incluso después de tantos años, por no haber entendido de niño que era una serie cómica, y haber deseado con todas sus fuerzas un zapatófono...

Una voz de mujer responde al teléfono.

—¿Sí?

—Soy el señor Ciudad, páseme con el señor Mundo.

—Un momento, por favor.

Escucha el silencio. Ciudad cruza las piernas, tira del cinturón para que no le apriete la barriga —«tengo que perder los cinco kilos que he ganado»— y, sobre todo, la vejiga. Después, una voz le saluda muy educadamente.

—Diga, señor Ciudad.

—Los hemos perdido —informa Ciudad. Siente una punzada de frustración en la boca del estómago: eran esos cabrones, los hijos de la gran puta que se cargaron a Madi y a Piedra, me cago en Dios. Buena gente. Buena gente, sí señor. Está loco por tirarse a la señora Madera, pero sabe que la muerte de Madera está demasiado reciente como para intentar nada, así que de momento se limita a invitarla a cenar una semana sí y otra no, una inversión de futuro, y ella le agradece mucho el detalle...

—¿Cómo?

—No lo sé. Pusimos un control en la carretera, y no podían ir a ninguna parte, pero allí se han ido.

—Otro de los pequeños misterios de la vida. No te preocupes. ¿Has tranquilizado a los de la policía local?

—Les he dicho que ha sido una ilusión óptica.

—¿Y se lo han tragado?

—Probablemente.

Había algo en la voz del señor Mundo que le resultaba muy familiar. Un pensamiento bastante raro, teniendo en cuenta que hacía ya dos años que era su superior directo; hablaba con él todos los días, cómo no iba a resultarle familiar su voz.

—Ya deben de estar lejos.

—¿Enviamos a alguien a la reserva para interceptarlos allí?

—No vale la pena. Demasiado lío jurisdiccional, y el número de hilos que puedo mover en una sola mañana es limitado. Tenemos tiempo de sobra. Tú vuelve aquí. Yo estoy hasta arriba con la reunión de planificación.

—¿Problemas?

—Es un concurso para ver quién la tiene más grande. Yo he propuesto que nos reunamos aquí. Los friquis quieren que sea en Austin, o como mucho en San José; los actores dicen que en Hollywood y los intangibles en Wall Street. Todos lo quieren a la puerta de su casa. Y ninguno cede.

—¿Quiere que haga algo?

—Todavía no. Primero voy a enseñarles los dientes a unos y a darles palmaditas en la espalda a otros. En fin, lo de siempre, ya sabes.

—Sí señor.

—Sigue así, Ciudad.

La comunicación se corta.

Ciudad piensa que debería haber movilizado una unidad del SWAT para acabar con la puñetera Winnebago, o haber colocado minas terrestres en la carretera o una puta bomba atómica bien situada; eso les habría dejado muy clarito a esos cabrones que iban en serio. Era lo que le había dicho un día el señor Mundo: «Estamos escribiendo el futuro en letras de fuego», y el señor Ciudad piensa que si no mea ya mismo va a perder un riñón; le va a reventar, como solía decir su padre en los viajes largos, cuando Ciudad era un niño e iban por la interestatal, y el padre decía «tengo las muelas encharcadas». Todavía podía oír su voz, con aquel marcado acento del norte: «Voy a tener que parar para echar un pis, que tengo ya las muelas encharcadas»...

... y fue en ese momento cuando Sombra sintió que una mano abría su propia mano, forzando sus dedos uno por uno, para que dejase caer el fémur al que estaba aferrado. Ya no tenía ganas de orinar; esa era otra persona. Estaba de pie bajo las estrellas en una planicie de roca vítrea, y el hueso estaba en el suelo con los demás huesos.

Wednesday le volvió a indicar que guardase silencio. A continuación, echó a andar y Sombra lo siguió.

Se oyó un chirrido que procedía de la araña mecánica, y Wednesday se paró en seco. Sombra se detuvo también, y esperó a su lado. Unas luces verdes se encendieron en los laterales del armatoste. Sombra intentó no hacer ruido al respirar.

Pensó en lo que acababa de sucederle. Había sido como mirar a través de una ventana el interior de la mente de otra persona. Y entonces se acordó: «Al que le resultaba familiar la voz del señor Mundo era a mí. Era un pensamiento mío, no del señor Ciudad. Por eso parecía todo tan raro». Intentó identificar mentalmente la voz, clasificarla en su categoría correspondiente, pero no lo logró.

«Ya me acordaré —pensó—. Tarde o temprano me acordaré.»

Las luces verdes se volvieron azules, luego rojas, después el color rojo se fue apagando, y la araña volvió a sentarse sobre sus patas metálicas. Wednesday reanudó la marcha, una figura solitaria bajo las estrellas, con un sombrero de ala ancha, un raído abrigo oscuro ondeando al viento de ninguna parte y su cayado marcando el paso sobre el suelo de roca vítrea.

Cuando la araña no era ya más que un destello distante, en un punto lejano de la llanura, bajo la luz de las estrellas, Wednesday anunció:

—Creo que ahora ya podemos hablar.

—Pero ¿dónde estamos?

—Entre bambalinas.

—¿Cómo?

—Es como si estuviéramos entre bambalinas. Como en un teatro. Yo nos he sacado de entre el público y ahora estamos andando por detrás del escenario. Es un atajo.

—Cuando cogí ese hueso, estuve en la mente de un tipo llamado Ciudad. Es uno de los malos. Nos odia.

—Sí.

—Su jefe se llama señor Mundo. Me recuerda a alguien, pero no sé a quién. Yo estaba mirando el interior de la cabeza de Ciudad, ¿o estaba dentro? No estoy seguro.

—¿Saben adónde vamos?

—Creo que han cancelado la persecución, de momento. No querían seguirnos hasta la reserva.

—¿Vamos a una reserva?

—Puede ser.

Wednesday descansó un instante sobre su vara, y luego continuó.

—¿Qué era esa especie de araña?

—Una manifestación de la matriz. Un motor de búsqueda.

—¿Son peligrosos?

—Si quieres cumplir mis años, ponte siempre en lo peor.

Sombra sonrió.

—¿Y de cuántos años estamos hablando?

—Los mismos que tiene mi lengua —dijo Wednesday—. Y algunos meses más que mis dientes.

—Juegas con las cartas tan cerca del pecho que ni siquiera estoy seguro de que sean cartas.

Wednesday solo gruñó.

Las colinas que encontraban eran cada vez más difíciles de subir.

Sombra empezó a notar que le dolía de cabeza. Había algo insufrible en la luz de las estrellas, algo que latía al ritmo de su pulso en las sienes y en el pecho. Al pie de la siguiente colina tropezó, abrió la boca para decir algo y, sin previo aviso, vomitó.

Wednesday rebuscó en un bolsillo interior y sacó una petaca pequeña.

—Bebe un sorbo —le dijo—. Pero solo uno.

El líquido era agrio, y se evaporaba en su boca como un buen brandi, aunque no sabía a alcohol. Wednesday le quitó el frasco y se lo guardó.

—Al público no le sienta muy bien andar entre bambalinas, por eso te encuentras mal. Habrá que apretar el paso para sacarte de aquí cuanto antes.

Aceleraron el paso. Wednesday con dificultad pero seguro, y Sombra tropezando de tanto en tanto, pese a que se sentía mejor después de haber bebido aquello, que le había dejado en la boca un sabor en el que se mezclaban la piel de naranja, el aceite de romero, la menta y el clavo.

Wednesday lo cogió por el brazo.

—Allí —le indicó, señalando dos lomas idénticas de roca vítrea helada a su izquierda—. Pasaremos entre esos dos montículos. No te separes de mí.

Al pasar, Sombra se dio de bruces con el aire frío y la cegadora luz del día al mismo tiempo. Se paró, cerró los ojos, algo mareado y deslumbrado, y, después, haciendo visera con la mano, volvió a abrirlos.

Se encontraban a medio camino de una loma. La niebla había desaparecido, lucía el sol y hacía frío, y el cielo estaba completamente azul. Al pie de la colina había un camino de grava y, circulando por él, una furgoneta roja que parecía un coche de juguete. Olía a leña quemada, y el olor provenía de un edificio cercano que parecía una caravana que alguien hubiera dejado tirada allí treinta años antes. La casa estaba llena de parches, remiendos y, en algunos lugares, incluso añadidos: Sombra estaba seguro de que la chimenea de acero galvanizado, de la cual provenía el olor a leña quemada, no formaba parte de la estructura original.

Al llegar a la puerta, esta se abrió y un hombre de mediana edad con la piel oscura, ojos penetrantes y la boca como una puñalada los miró de arriba abajo.

—¡Vaya! Ya me han dicho que había dos blancos que venían a verme, dos blancos en una Winnebago. También me han dicho que se habían perdido, pero los blancos siempre se pierden cuando no les ponen sus señales. Y míralos, animalicos, ahí en la puerta. ¿Sabéis que estáis en terreno *lakota*?

El hombre tenía el cabello largo y gris.

—¿Desde cuándo eres tú *lakota*, viejo farsante? —replicó Wednesday, que ahora llevaba un abrigo y un gorro con orejeras. A Sombra ya le parecía bastante improbable que hace apenas unos instantes, bajo las estrellas, fuera vestido con un sombrero de ala ancha y un abrigo raído—. Bueno, Whiskey Jack, me muero de hambre, y aquí mi amigo acaba de echar el desayuno. ¿No nos invitas a entrar?

Whiskey Jack se rascó una axila. Llevaba unos vaqueros y una camiseta de ropa interior del mismo gris que su pelo. Calzaba unos mocasines indios, y parecía no sentir el frío.

—Se está bien aquí. Entrad, hombres blancos que han perdido su Winnebago.

Dentro de la caravana el aire olía también a humo de leña, y había otro hombre sentado a la mesa. Llevaba unos zahones de ante llenos de manchas y estaba descalzo. Tenía la piel del color de una corteza de árbol.

Wednesday parecía encantado.

—Vaya, al final nuestro retraso ha sido providencial: Whiskey Jack y Apple Johnny. Dos pájaros de un solo tiro.

El tipo de la mesa, Apple Johnny, miró fijamente a Wednesday, y a continuación se llevó una mano al paquete, lo agarró y respondió:

—Te has vuelto a equivocar. Acabo de comprobarlo y sigo teniendo mis dos balas, justo donde tienen que estar. —Miró a Sombra y alzó la mano con la palma hacia arriba—. Soy Johnny Chapman. No te creas nada de lo que tu jefe te diga sobre mí. Es un gilipollas; siempre lo ha sido y siempre lo será. Algunas personas son gilipollas y punto, no hay más que rascar.

—Mike Ainsel —se presentó Sombra.

Chapman se acarició su incipiente barba.

—Ainsel —repitió—. Eso no es un nombre. Pero servirá en caso de necesidad. ¿Cómo te llaman?

—Sombra.

—Entonces te llamaré Sombra. Eh, Whiskey Jack —pero lo que pronunciaba no era «Whiskey Jack», advirtió Sombra; tenía demasiadas sílabas—, ¿cómo va esa comida?

Whiskey Jack cogió una cuchara de madera y levantó la tapa de una olla de hierro negro, que borboteaba en el fogón de la estufa de leña.

—Lista para comer.

Cogió cuatro cuencos de plástico, sirvió el contenido de la olla en ellos y los dejó sobre la mesa. Después abrió la puerta, salió afuera y sacó una jarra de plástico de un montículo de nieve. La llevó a la caravana, sirvió cuatro vasos de un líquido turbio y amarillento, y los colocó junto a los cuencos. Por último sacó cuatro cucharas y se sentó a la mesa con los demás.

Wednesday levantó su vaso con reticencia.

—Parece pis —dijo.

—¿Aún bebes esa porquería? —preguntó Whiskey Jack—. Los blancos estáis locos. Esto es mucho mejor —luego, dirigiéndose a Sombra—. El estofado es de pavo salvaje. Y el licor de manzana lo ha traído John.

—En realidad es sidra suave —aclaró John Chapman—. Nunca me han gustado los licores fuertes. Hacen que la gente se vuelva loca.

El estofado estaba delicioso, y la sidra también era muy buena. Sombra se obligó a comer despacio, masticando la comida sin engullirla, pero tenía más hambre de la que creía. Se sirvió un segundo cuenco de estofado y otro vaso de sidra.

—Según radio macuto, has estado hablando con todo tipo de gente y ofreciéndoles todo tipo de cosas. Dicen que estás llamando a las armas a los viejos camaradas —dijo John Chapman. Sombra y Whiskey Jack estaban fregando y guardando los restos del estofado en fiambreras. Este último los sacó a los ventisqueros que había junto a la puerta, y puso una caja de leche encima para poder encontrarlos después.

—Creo que es un justo y sensato resumen de los acontecimientos —respondió Wednesday.

—Vencerán ellos —afirmó Whiskey Jack, con indiferencia—. Ya han ganado. Y tú ya has perdido. Igual que mi gente contra el hombre blanco. Ganaron ellos. Y cuando perdían, firmaban un tratado. Luego rompieron los tratados. Y volvieron a ganar. No pienso volver a luchar por otra causa perdida.

—A mí no me mires —dijo John Chapman—, porque incluso si luchara por ti, cosa que no voy a hacer, no te serviría de nada. Esos cabrones sarnosos con rabo de rata no me quieren y se han olvidado por completo de mí.

Se interrumpió un momento. Luego continuó.

—Paul Bunyan. —Meneó la cabeza lentamente y repitió—: Paul Bunyan.

Sombra nunca había oído unas palabras tan inocuas proferidas de forma tan acusadora.

—¿Paul Bunyan? —preguntó—. Pero ¿qué hizo?

—Ocupar sitio en la mente —respondió Whiskey Jack. Le gorroneó un cigarro a Wednesday y los dos se pusieron a fumar.

—Es como esos idiotas que parece que creen que a los colibríes les preocupa el sobrepeso o la caries dental, o a lo mejor solo quieren ahorrarles a los pájaros los peligros del azúcar —explicaba Wednesday—, y por eso rellenan sus comederos con sacarina. Los colibríes vienen y se la beben. Y después se mueren, porque por mucho que coman su comida no contiene calorías. Igual que Paul Bunyan. Nadie contó nunca cuentos de Paul Bunyan. Nadie creyó nunca en Paul Bunyan. Salió tambaleándose de una agencia de publicidad de Nueva York en 1910 y sació el hambre de mitos de la nación con calorías vacías.[6]

—A mí me gusta Paul Bunyan —dijo Whiskey Jack—. Me subí a los rápidos en el Hall of America hace unos años. Puedes ver al viejo Paul Bunyan allá en lo alto justo antes de caer al agua. ¡Chof! Yo no tengo nada contra él. No me importa que nunca haya existido, eso quiere decir que nunca taló un árbol. Aunque tampoco es como si los hubiera plantado. Plantarlos es mejor.

—Parece un trabalenguas —dijo Johnny Chapman.

Wednesday hizo un anillo de humo, que se quedó suspendido en el aire como en los dibujos de la Warner, y se disipó poco a poco formando volutas y curvas.

—Joder, Whiskey Jack, sabes que no se trata de eso.

—No voy a ayudarte —insistió Whiskey Jack—. Cuando te peguen la patada en el culo, vienes y, si todavía estoy aquí, te invitaré a comer otra vez. La mejor comida es la del otoño.

—Las demás alternativas son peores —dijo Wednesday.

—No tienes ni idea de cuáles son las alternativas —replicó Whiskey Jack.

Después miró a Sombra.

—Tú estás de caza —le dijo, con la voz enronquecida por el tabaco. Y su voz resonó por la caravana, inundada por el humo de la estufa y de los cigarrillos.

—Estoy trabajando —dijo Sombra.

Whiskey Jack negó con la cabeza.

—Pero también estás buscando algo —dijo—. Tienes una deuda que quieres saldar.

Sombra pensó en los labios azules de Laura y en la sangre de sus manos, y asintió.

—Escúchame. El primero en llegar fue el Zorro, que era her-

6. Paul Bunyan: leñador legendario creado por el periodista James MacGillivray y utilizado más tarde como reclamo publicitario por una empresa maderera. (*N. de la T.*)

mano del Lobo. El Zorro dijo que la gente viviría para siempre y, si morían, no sería por mucho tiempo. El Lobo dijo «no, la gente morirá, debe morir, todo lo que vive debe morir, de lo contrario se extenderán por todo el mundo y lo colonizarán, y se comerán todos los salmones y los caribúes y los búfalos, y todas las calabazas y el maíz.» Un día el Lobo murió, y le dijo al Zorro: «Deprisa, deprisa, devuélveme a la vida». Pero Zorro respondió: «No, los muertos deben permanecer muertos». Tú me convenciste. Y se lo dijo entre lágrimas. Pero lo había dicho, y ya no había vuelta atrás. Ahora el Lobo reina en el mundo de los muertos y el Zorro vive eternamente bajo el sol y la luna, y todavía llora la muerte de su hermano.

—Si no pensáis entrar en el juego, no entréis —dijo Wednesday—. Nosotros seguiremos adelante.

El rostro de Whiskey Jack permaneció impasible.

—Estoy hablando con este joven —dijo—. Tú eres un caso perdido, pero él no.

Se volvió hacia Sombra.

—¿Sabes que no puedes venir aquí a verme si yo no lo deseo?

Sombra descubrió que sí lo sabía.

—Sí.

—Cuéntame tu sueño —le dijo Whiskey Jack.

—Estaba subiendo por una torre de calaveras. Había unas aves gigantescas volando alrededor. Tenían rayos en las alas. Me atacaban. La torre se desplomó.

—Todo el mundo sueña —dijo Wednesday—. ¿Nos vamos ya?

—No todo el mundo sueña con las Wakinyau, las aves del trueno —dijo Whiskey Jack—. El eco del sueño llegó hasta aquí.

—¿No te lo acabo de decir? —dijo Wednesday.

—Hay una bandada de aves del trueno en Virginia Occidental —terció Chapman sin mayor énfasis—, al menos un par de hembras y un viejo gallo. También hay una pareja criando por allí, en lo que antes llamaban el estado de Franklin, aunque el viejo Ben nunca consiguió su estado, ahí, entre Kentucky y Tennessee. Claro que nunca ha habido demasiados, ni en sus buenos tiempos.

Whiskey Jack alargó una mano del color de la arcilla, y tocó la cara de Sombra, con suavidad. Los iris de sus ojos eran de color marrón claro, con el borde más oscuro, y, en contraste con el resto de la cara, resultaban muy luminosos.

—Sí, es verdad —dijo—. Si cazaras un ave del trueno podrías traer de vuelta a tu mujer. Pero su lugar está con el Lobo, en la tierra de los muertos, no aquí en la tierra.

—¿Y cómo sabes eso?

Los labios de Whiskey Jack no se movieron.

—¿Qué te dijo el búfalo?

—Que creyese.

—Buen consejo. ¿Piensas seguirlo?

—Más o menos. Supongo.

Hablaban sin palabras, sin boca, sin sonidos. Sombra se preguntó si a los otros dos hombres que había en la habitación les parecería que estaban de pie, sin moverse, el tiempo que dura un latido o incluso una fracción de latido.

—Cuando encuentres tu tribu, vuelve a verme —le dijo Whiskey Jack—. Puedo ayudarte.

—Lo haré.

Whiskey Jack bajó la mano. Después se volvió hacia Wednesday.

—¿Vas a ir a buscar tu *Ho-Chunk*?

—¿Mi qué?

—*Ho-Chunk*, así es como los indios Winnebago se llaman a sí mismos.

Wednesday meneó la cabeza.

—Es demasiado arriesgado. Recuperarlo puede ser problemático. Estarán buscándolo.

—¿Es robado?

Wednesday se hizo el ofendido.

—De eso nada. Tengo los papeles en la guantera.

—¿Y las llaves?

—Las tengo yo —dijo Sombra.

—Mi sobrino, Harry Bluejay, tiene un Buick del 81. ¿Por qué no me das las llaves de vuestra caravana? Podéis llevaros su coche.

Wednesday se enfadó.

—¿Qué clase de trato es ese?

Whiskey Jack se encogió de hombros.

—¿Sabes lo difícil que va a ser traer la caravana desde el lugar en que la abandonaste? Te estoy haciendo un favor. Lo tomas o lo dejas. A mí me da lo mismo —dijo, y cerró su boca de puñalada.

Wednesday parecía furioso, pero la furia se convirtió en arrepentimiento y dijo:

—Sombra, dale a este tío las llaves de la Winnebago.

Sombra se las entregó.

—Johnny —dijo Whiskey Jack—, ¿te importaría llevar a estos dos donde Harry Bluejay? Dile que yo les he dicho que pueden llevarse su coche.

—Será un placer.

John se levantó y se fue hacia la puerta; cogió un saquito de yute que había al lado, abrió la puerta y salió. Sombra y Wednesday se fueron con él. Whiskey Jack se despidió en la puerta:

—Eh, Wednesday, no vuelvas por aquí. No eres bienvenido.

Wednesday alzó su dedo corazón.

—Súbete aquí y pedalea —respondió en tono amable.

Bajaron andando por la nieve, abriéndose paso entre ventisqueros. Chapman iba al frente, con los pies descalzos enrojecidos en contacto directo con la quebradiza superficie de la nieve.

—¿No tienes frío? —preguntó Sombra.

—Mi mujer era una *choctaw*.

—¿Y te enseñó alguna fórmula mística para no sentir el frío?

—No. Pensaba que estaba loco —dijo Chapman—. Me decía: «Johnny, ¿qué te cuesta ponerte unas botas?».

La pendiente de la colina se hizo más escarpada y tuvieron que dejar de hablar. Los tres iban tropezando y resbalándose por la nieve, usando los troncos de los abedules que crecían en la colina para mantener el equilibrio y no caerse. Cuando el desnivel se suavizó, Chapman continuó hablando.

—Ella ya está muerta, claro. Supongo que cuando murió me volví un poco majara. Pero eso le puede pasar a cualquiera. A ti, sin ir más lejos. —Le dio a Sombra una palmada en el brazo—. Por Cristo y por Josafat, eres un tío grande.

—Eso me han dicho.

Siguieron descendiendo penosamente por la colina media hora más, hasta que llegaron a la carretera de grava que la rodeaba, y continuaron por ella en dirección al grupo de casas que habían visto desde lo alto.

Un coche frenó y se detuvo. La mujer que lo conducía se estiró, bajó la ventanilla del lado del pasajero, y preguntó:

—¿Queréis que os lleve, chicos?

—Es usted muy gentil, señora —respondió Wednesday—. Buscamos al señor Harry Bluejay.

—Estará en la sala recreativa —dijo la mujer. Debía de tener cuarenta y tantos años, calculó Sombra—. Subid.

Subieron. Wednesday se sentó delante, John Chapman y Sombra se subieron detrás. Las piernas de este eran demasiado largas para el asiento trasero, pero hizo lo que pudo. El coche dio una sacudida hacia delante y empezó a bajar por la carretera de grava.

—¿De dónde venís?

—Hemos venido a visitar a un amigo —respondió Wednesday.

—Vive en la colina, allí atrás —añadió Sombra.

—¿Qué colina?

Sombra miró hacia atrás por la sucia luna trasera del coche. Pero allí ya no había ninguna colina; solo nubes sobre la planicie.

—Whiskey Jack —dijo.

—Ah, por aquí lo llamamos Inktomi. Creo que es el mismo tipo. Mi abuelo me contaba historias sobre él, aunque las mejores eran un poco subidas de tono. —El coche cogió un bache y la mujer soltó un improperio—. ¿Vais bien ahí atrás?

—Sí, señora —respondió Johnny Chapman, que iba aferrado al asiento de atrás con las dos manos.

—Carreteras de reserva —comentó la mujer—. Uno acaba por acostumbrarse.

—¿Todas son así? —preguntó Sombra.

—Más o menos. Por aquí, sí. Y no vayas a preguntar qué hacemos con el dinero de los casinos, porque, ¿quién en su sano juicio vendría hasta aquí solo para ir a un casino?

—Lo siento.

—No lo sientas. —Cambió de marcha y la palanca gimió—. ¿Sabes que apenas quedan blancos por aquí? Sales y no ves más que ciudades fantasma. ¿Cómo los vas a retener en una granja después de haber visto cómo es el resto del mundo en la pantalla de su televisor? De todas formas, a nadie le merece la pena seguir cultivando estas tierras tan pobres. Nos quitaron nuestras tierras, se instalaron en ellas y ahora se marchan. Se van al sur, o al oeste. A lo mejor, si esperamos a que la mayoría se vaya a Nueva York, Miami o Los Ángeles, podemos recuperar todo el Medio Oeste sin una sola batalla.

—Buena suerte —dijo Sombra.

Encontraron a Harry Bluejay en la sala recreativa, en la mesa de billar, haciendo unos tiros con efecto para impresionar a un grupo de chicas. Llevaba un arrendajo azul tatuado en el dorso de la mano derecha, y varios pírcings en la oreja derecha.

—*Ho hoka*, Harry Bluejay —le saludó John Chapman.

—Que te den, pirado descalzo y espectral —replicó Harry Bluejay—. Es verte y se me ponen los pelos como escarpias.

Había varios ancianos al fondo de la sala; algunos jugaban a las cartas, otros charlaban. También había otros más jóvenes, de la edad de Harry Bluejay, esperando su turno para la mesa de billar. Era una mesa de gran tamaño, y tenía un siete en el paño que había sido reparado con cinta aislante plateada.

—Te traigo un mensaje de tu tío —dijo Chapman sin inmutarse—. Dice que les des tu coche a estos dos.

Debía de haber unas treinta o cuarenta personas en la sala, y todos ellos miraban fijamente sus cartas, sus pies o sus uñas, fingiendo que no prestaban atención.

—No es mi tío.

El humo del tabaco flotaba por toda la sala como un cirro. Chapman sonrió abiertamente, mostrando la dentadura más espantosa que Sombra había visto en una boca humana.

—¿Y por qué no se lo cuentas a tu tío? Dice que tú eres la única razón por la que sigue entre los *lakota*.

—Whiskey Jack dice muchas cosas —respondió Harry Bluejay, con aire petulante, pero él tampoco decía «Whiskey Jack». Sonaba casi igual, pero no del todo: «*Wisakedjack* —pensó Sombra—. Eso es lo que dicen. No Whiskey Jack.»

—Sí, y una de las cosas que dice es que cambiemos nuestra Winnebago por tu Buick —dijo Sombra.

—No veo ninguna Winnebago.

—Te la traerá él —aseguró John Chapman—. Sabes que lo hará.

Harry Bluejay intentó un nuevo tiro con efecto y falló. No tenía el pulso lo suficientemente firme.

—No soy el sobrino de ese viejo zorro —replicó Harry Bluejay—. Y preferiría que no fuera diciendo eso por ahí.

—Mejor un zorro vivo que un lobo muerto —apuntó Wednesday, con una voz tan profunda que parecía un rugido—. Y ahora, ¿nos vas a vender tu coche?

Harry Bluejay tembló, de manera ostensible y violenta.

—Claro, claro, solo era una broma. Me encanta gastar bromas. —Dejó el taco apoyado en la mesa y cogió una cazadora gruesa de entre un montón de cazadoras similares colgadas de un perchero junto a la puerta—. Dejadme que saque mis cosas del coche primero.

Continuó lanzando miradas a Wednesday, como si temiese que fuera a explotar.

El coche de Harry Bluejay estaba aparcado a unos cien metros. Según caminaban hacia él, pasaron por delante de una iglesia católica bien encalada, y un hombre de cabello rubio con alzacuellos los miró desde la puerta. Fumaba un cigarro como si lo hiciera por obligación.

—¡Buenos días, padre! —le saludó Johnny Chapman, pero el tipo del alzacuellos no respondió; aplastó el cigarrillo con el talón, recogió la colilla, la tiró en la papelera que había al lado de la puerta y entró.

—Te dije que no le dieras esos panfletos la última vez que viniste por aquí —dijo Harry Bluejay.

—Es él quien está en un error, no yo —replicó Chapman—. Y si hubiera leído el Swedenborg que le dejé, lo sabría. Iluminaría su vida.

El coche de Harry Bluejay no tenía retrovisores, y las llantas estaban completamente lisas: una goma negra y sedosa. Harry Bluejay les advirtió de que el coche consumía mucho, pero les dijo que mientras continuasen llenando el depósito, les llevaría hasta el fin del mundo, a no ser que se parase antes.

Harry llenó una bolsa de basura negra con la mierda del coche, que entre otras cosas incluía varias botellas de cerveza barata con tapón de rosca a medias, una china de hachís envuelta en papel de aluminio mal escondida en el cenicero del coche, una cola de mofeta, dos docenas de cintas de *country* y un ejemplar manoseado y amarillento de *Forastero en tierra extraña*.

—Siento haberte tocado los cojones antes —le dijo Harry Bluejay a Wednesday, pasándole las llaves del coche—. ¿Sabes cuándo me darán la Winnebago?

—Pregúntaselo a tu tío —rugió Wednesday—. Él es el puto vendedor de coches usados.

—Wisakedjak no es mi tío —protestó Harry, y cogió su bolsa de basura negra, se fue a la casa más cercana y cerró la puerta tras de sí.

Dejaron a Johnny Chapman en Sioux Falls, frente a una tienda de alimentación macrobiótica.

Wednesday no abrió la boca durante el viaje. Iba rumiando.

En un restaurante familiar a las afueras de Saint Paul, Sombra cogió un periódico que alguien había dejado allí. Lo miró, lo volvió a ojear y se lo enseñó a Wednesday.

—Mira.

Este suspiró, y miró el periódico con una expresión de dolor en el rostro, como si el mero gesto de inclinar la cabeza le provocara un intenso dolor.

—Me complace sobremanera que el conflicto de los controladores aéreos se haya resuelto sin recurrir a la huelga.

—Eso no —dijo Sombra—. Mira, es catorce de febrero.

—Feliz San Valentín.

—Vamos a ver, salimos el… veinte o veintiuno de enero, ¿no? No he prestado atención a las fechas, pero era la tercera semana de enero. Hemos pasado tres días en carretera, en total. ¿Cómo puede ser catorce de febrero?

—Porque estuvimos caminando casi un mes —dijo Wednesday—. Por aquel yermo, entre bambalinas.

—Pedazo de atajo —dijo Sombra.

Wednesday apartó el periódico.

—Ese Johnny Appleseed, siempre dando el coñazo con Paul Bunyan. En la vida real Johnny Chapman era dueño de catorce huertos de manzanas. Cultivaba cientos de hectáreas. Avanzaba al tiempo que la frontera del oeste, pero no hay ni una sola historia sobre él que contenga una palabra de verdad, salvo que una vez se trastornó un poco. Pero da igual. Como decían los periodistas de antes: si la verdad no es lo suficientemente grande, escribe la leyenda. Este país necesita sus propias leyendas. Pero incluso las propias leyendas ya no lo creen.

—Tú te das cuenta.

—Pero yo ya soy pasado. ¿A quién coño le importo?

—Eres un dios —dijo Sombra, con suavidad.

Wednesday lo miró con dureza. Parecía estar a punto de decir algo, pero se recostó en su asiento, miró la carta y no dijo más que:

—¿Y?

—Ser un dios no está nada mal.

—¿Tú crees? —replicó Wednesday, y esta vez fue Sombra quien desvió la mirada.

En una gasolinera a cuarenta kilómetros de Lakeside, en la pared del baño, Sombra vio una fotocopia de un cartel: una foto en blanco y negro de Alison McGovern y, escrita a mano encima de la foto, la pregunta «¿Me has visto?». Era la misma fotografía del anuario: una chica que sonríe confiada, con una ortodoncia con gomas en los dientes superiores, y que quiere trabajar con animales cuando sea mayor. «¿Me has visto?»

Sombra compró una chocolatina, una botella de agua y un ejemplar del *Lakeside News*. El artículo en portada era de Marguerite Olsen, nuestra reportera en Lakeside, y mostraba una fotografía de un chico y un hombre mayor, en el lago helado, junto a una cabaña para pescar en el hielo. Sostenían entre los dos un pez enorme y sonreían. «Padre e hijo baten el récord local de pesca de lucios. Lea el artículo completo en páginas interiores.»

Wednesday iba al volante.

—Léeme cualquier cosa medianamente interesante que encuentres en el periódico.

Sombra miró con atención, pasó las páginas despacio, pero no encontró nada.

Wednesday lo dejó en la entrada de su apartamento. Un gato de color humo lo miraba desde el camino, pero se escapó corriendo en cuanto se agachó para acariciarlo.

Sombra se paró un momento en la terraza de madera de su apartamento y miró al lago, donde se veían cabañas de pesca verdes y marrones aquí y allá. Muchas de ellas tenían coches aparcados al lado. Cerca del puente descansaba sobre el hielo el viejo cacharro verde, igual que en la foto del periódico.

—Veintitrés de marzo —le exhortó Sombra—. En torno a las nueve y cuarto de la mañana. Venga, tú puedes.

—Ni hablar —exclamó una voz femenina—, tres de abril a las seis de la tarde. Así la luz del sol calentará el hielo.

Sombra sonrió. Marguerite Olsen llevaba un traje de esquí. Estaba en el otro extremo de la terraza, rellenando el comedero de los pájaros con trocitos de manteca.

—He leído su artículo en el *Lakeside News* sobre el récord local de pesca de lucios.

—¿Emocionante, eh?

—Bueno, más bien pedagógico.

—Ya pensaba que no iba a volver con nosotros. Ha estado fuera una temporadita, ¿no?

—Mi tío me necesitaba y se nos ha ido el tiempo volando.

Marguerite colocó el último pedazo de manteca, y empezó a llenar una red con semillas de cardo que traía en una jarra de plástico. Varios jilgueros, con su abrigo pardo de invierno, gorjeaban impacientes en un abeto cercano.

—No he visto nada en el periódico sobre Alison McGovern.

—No ha habido novedades. Sigue desaparecida. Corrió el rumor de que alguien la había visto en Detroit, pero resultó ser una falsa alarma.

—Pobre chica.

Marguerite Olsen volvió a enroscar la tapa de la jarra.

—Espero que esté muerta —dijo, muy realista.

Sombra se sorprendió.

—¿Por qué?

—Porque las alternativas son peores.

Los jilgueros saltaban frenéticamente de rama en rama en el abeto, esperando impacientes a que se marcharan.

«No estás pensando en Alison —se dijo Sombra—. Estás pensando en tu hijo. Estás pensando en Sandy.»

Recordó que alguien había dicho que echaba de menos a Sandy. ¿Quién había sido?

—Un placer charlar contigo.

—Sí, lo mismo digo.

Febrero pasó en una sucesión de días cortos y grises. Algunos días nevaba, pero la mayoría, no. El tiempo empezó a ser más cálido e incluso, en los días buenos, el termómetro subía por encima del cero. Sombra se recluyó en el apartamento hasta que empezó a sentirse como en una celda, y entonces, en los días en que Wednesday no lo necesitaba, empezó a dar largos paseos.

Pasaba la mayor parte del día caminando, largas caminatas fuera de la ciudad. Paseaba, solo, hasta la reserva natural que había al noroeste, o a los campos de maíz y los pastos del sur. Seguía la ruta verde del condado de Lumber, o las antiguas vías del tren y las carreteras secundarias. En un par de ocasiones incluso bordeó el lago helado, de norte a sur. De vez en cuando se cruzaba con algún vecino, o algún turista de invierno, o gente que había salido a correr, y les saludaba con la mano. Pero la mayor parte del tiempo no se cruzaba con nadie, solo cuervos y pinzones, y, en alguna que otra ocasión, con algún halcón dándose un banquete con una zarigüeya o un mapache atropellados. En una única y memorable ocasión vio un águila cazando un pez plateado en mitad del río White Pine, cuyas aguas estaban heladas en los bordes, pero aún fluían raudas en el centro. El pez se revolvía entre las garras del águila, cintilando al sol del mediodía; Sombra se lo imaginó liberándose, surcando el cielo a nado, y sonrió.

Descubrió que mientras paseaba no tenía que pensar, y eso era exactamente lo que buscaba; cuando se ponía a pensar, su mente se trasladaba a lugares que escapaban a su control, lugares que le hacían sentir incómodo. Era preferible quedarse exhausto. Cuando estaba exhausto, sus pensamientos no le llevaban hacia Laura, ni hacia sus extraños sueños, ni hacia las cosas que podían y no podían ser. Al volver a casa después de una caminata, se dormía sin problemas y sin sueños.

Se tropezó con el jefe Mulligan en la barbería de George, en la plaza de la ciudad. Sombra siempre afrontaba con gran ilusión los cortes de pelo, pero nunca llegaban a la altura de sus expectativas. Después de pasar por la peluquería su aspecto era más o menos el mismo, solo que con el pelo un poco más corto. Chad, sentado en la silla contigua a la de Sombra, parecía sorprendentemente preocupado por su apariencia. Cuando acabaron de cortarle el pelo, se miró muy serio en el espejo, con la misma cara que cuando ponía una multa.

—Le queda bien —dijo Sombra.

—¿Pensarías lo mismo si fueses una mujer?

—Supongo.

Fueron juntos a Mabel's al otro lado de la plaza y pidieron un par de chocolates a la taza.

—Oye, Mike, ¿no has pensado nunca en unirte a las fuerzas del orden?

Sombra se encogió de hombros.

—No, la verdad es que no —respondió Sombra—. Creo que hay que estudiar mucho para eso.

Chad negó con la cabeza.

—¿Sabes en qué consiste la mayor parte del trabajo de un policía en un sitio como este? En mantener la calma. Pasa algo, alguien viene gritándote, chillando como un poseso, tú solo tienes que ser capaz de decir que estás seguro de que todo ha sido un error y de que podrás arreglarlo si se apartan y te dejan hacer tu trabajo. Solo tienes que ser capaz de decirlo con convicción.

—¿Y después lo solucionas?

—La mayor parte de las veces se resuelve cuando les pones las esposas. Pero sí, tratas de solucionarlo. Si necesitas trabajo, dímelo; estamos contratando gente, y tú eres el tipo de persona que buscamos.

—Lo tendré en cuenta, por si lo de mi tío no va bien.

Se bebieron el chocolate a sorbos, y Mulligan dijo:

—Dime una cosa, Mike, ¿qué harías si tuvieras una prima? Una especie de viuda. ¿Y si empezara a llamarte?

—A llamarte, ¿cómo?

—Por teléfono. Conferencia. Vive fuera del estado —se sonrojó—. La vi el año pasado en una boda familiar, en Oregón. Por aquel entonces estaba casada; bueno, quiero decir que su marido aún vivía, y como ella es de la familia... No una prima de sangre, sino bastante lejana.

—¿Sientes algo por ella?

Se ruborizó.

—No lo sé.

—Bueno, entonces digámoslo de otro modo. ¿Ella siente algo por ti?

—Bien, algo me dijo por teléfono. Es una mujer muy guapa.

—Y entonces... ¿qué piensas hacer al respecto?

—Podría decirle que se viniese, ¿no? Me ha dado a entender que le gustaría venir por aquí unos días.

—Ambos sois adultos. Yo creo que estaría bien.

Chad asintió, y se ruborizó, y volvió a asentir.

El teléfono del apartamento de Sombra estaba muerto, en silencio. Pensó en darlo de alta, pero no se le ocurría a quién podía querer llamar. Una noche, ya tarde, lo cogió y se puso a escuchar, y estaba seguro de haber oído el viento y una conversación distante entre un grupo de personas que hablaban en voz tan baja que no podía entender lo que decían. Dijo: «¿Oiga? ¿Hay alguien ahí?», pero no recibió respuesta alguna, solo un silencio repentino y el sonido de una risa lejana, tan leve que ni siquiera estaba seguro de que su imaginación no le hubiera jugado una mala pasada.

Sombra hizo más viajes con Wednesday en las semanas posteriores.

Esperó en la cocina de una casa de campo en Rhode Island, y escuchó mientras Wednesday se sentaba en un dormitorio a oscuras y discutía con una mujer que no quería salir de la cama, ni permitía que Wednesday o Sombra viesen su rostro. En el frigorífico había una bolsa de plástico llena de grillos y otra con cadáveres de ratones recién nacidos.

En un club de *rock* de Seattle, Sombra vio a Wednesday saludar a gritos, para hacerse oír por encima del ruido que armaba la banda, a una chica con el cabello corto y rojo, con tatuajes azules en forma de espiral. Aquella conversación debió de ser fructífera, porque Wednesday salió sonriendo de oreja a oreja.

Cinco días más tarde, Sombra esperaba en un coche de alquiler cuando Wednesday salió, con el ceño fruncido, del vestíbulo de un edificio de oficinas en Dallas. Cuando subió al coche, cerró dando un portazo y se quedó allí sentado, en silencio, con la cara roja de ira.

—Dale —dijo—. Putos albaneses. Qué se habrán creído.

Tres días más tarde cogieron un avión para ir a Boulder, donde disfrutaron de un agradable almuerzo con cinco jóvenes japonesas. Fue una comida llena de cortesías y formalidades, de la que Sombra salió sin tener muy claro si habían llegado a algún acuerdo o decidido algo. Wednesday, sin embargo, parecía bastante satisfecho.

Sombra empezaba a tener morriña de Lakeside. Era un lugar tan lleno de paz, tan acogedor, que le había cogido cariño.

Cada mañana, cuando no salía de viaje con Wednesday, cogía el coche, cruzaba el puente y se dirigía a la plaza. Se compraba dos empanadillas en Mabel's; una de ellas se la comía allí, acompañada de un café. Si había algún periódico por allí se lo leía, aunque no le interesaba lo suficiente como para comprarse uno.

La segunda empanadilla se la guardaba, envuelta en una bolsa de papel, para comérsela al mediodía.

Una mañana estaba leyendo el *USA Today* cuando Mabel le dijo:

—Oye, Mike, ¿adónde vas hoy?

El cielo era de un azul pálido. El relente había dejado los árboles cubiertos de escarcha.

—No lo sé —respondió Sombra—. Puede que me de un paseo por la pista forestal.

Le rellenó la taza de café.

—¿Nunca has ido hacia el este por la comarcal Q? Es una zona muy bonita. Es esa carretera pequeña que sale de enfrente de la tienda de alfombras de la avenida Veinte.

—No, no he ido nunca.

—Pues es un sitio muy bonito.

Era realmente bonito. Sombra dejó el coche a la salida de la ciudad, y caminó por el arcén. Era una carretera secundaria que serpenteaba por entre las colinas que había al este de la ciudad. Estaban cubiertas de arces sin hojas, abedules blancos, oscuros abetos y pinos. No había sendero, y Sombra tuvo que caminar por el asfalto de la carretera, apartándose a un lado cuando oía venir un coche.

En un momento dado, un gato pequeño y oscuro decidió acompañarle en su paseo. Era de color gris, y tenía las patas delanteras blancas. Sombra se acercó. El gato no salió corriendo.

—Hola, gato —dijo Sombra.

El animal inclinó la cabeza, y lo miró con sus ojos de color esmeralda. A continuación soltó un bufido, pero no a él, sino a algo que había al lado de la carretera, algo que Sombra no podía ver.

—Tranquilo.

El gato salió corriendo, cruzó la carretera y desapareció por un campo sembrado de maíz sin cosechar.

Pasada la siguiente curva de la carretera, Sombra se topó con un minúsculo cementerio. Las lápidas estaban deterioradas, aunque en algunas había ramos de flores frescas. No había ninguna tapia que delimitase el cementerio, ninguna valla, solo unas moreras bajas, plantadas en el perímetro, y dobladas por el peso del hielo y los años. Sombra pasó sobre el hielo y la nieve derretida apilados al borde de la carretera. Había dos pilares que señalaban la entrada del cementerio, pero no había puerta. Entró por entre los dos pilares.

Vagó por el cementerio, mirando las lápidas. No había ninguna inscripción posterior a 1969. Limpió la nieve de un ángel de granito macizo, y se apoyó contra él.

Sacó la empanadilla que llevaba en el bolsillo. Rompió la parte superior: una leve nube de vapor se elevó en el aire invernal. Olía francamente bien. Le hincó el diente.

Oyó un murmullo a sus espaldas. Por un momento pensó que sería el gato, pero después olió el perfume y, por debajo, el hedor de la podredumbre.

—Por favor, no me mires —le pidió ella, desde atrás.

—Hola, Laura.

Había cierta inseguridad en su voz, pensó Sombra; quizás, incluso, cierto temor.

—Hola, cachorrito.

Partió un trozo de empanadilla.

—¿Quieres un poco?

Ella estaba de pie justo detrás de él.

—No —respondió ella—. Cómetela tú. Yo ya no como.

Se comió la empanadilla. Estaba buena.

—Quiero verte —dijo Sombra.

—No te va a gustar.

—Por favor.

Ella caminó alrededor del ángel de piedra. Sombra la miró, a la luz del día. Había algo distinto, pero también algo que permanecía igual. Sus ojos no habían cambiado, ni el tímido optimismo de su sonrisa. Y era muy evidente que estaba completamente muerta. Sombra se terminó la empanadilla. Se levantó, vació las migas de la bolsa de papel, la dobló y se la guardó en el bolsillo.

De algún modo, después del tiempo que había pasado en la funeraria de Cairo, le resultaba más fácil estar con ella. No sabía qué decirle.

La mano fría de Laura buscó la suya, y la apretó con suavidad. Era muy consciente de los latidos de su corazón. Tenía miedo, pero lo que le asustaba era la normalidad del momento. Se sentía tan a gusto con ella a su lado que hubiera deseado permanecer allí para siempre.

—Te echo de menos —admitió.

—Estoy aquí.

—Es cuando más te echo de menos. Cuando estás conmigo. Cuando no estás, eres solo un fantasma del pasado o un sueño de otra vida; entonces es más fácil.

Ella le apretó los dedos.

—¿Y bien? —dijo Sombra— ¿Qué tal la muerte?

—Difícil —dijo ella—. No se acaba nunca.

Laura apoyó la cabeza en su hombro, y eso le desarmó.

—¿Te apetece que demos un paseo? —le preguntó Sombra.

—Claro.

Le sonrió, con una sonrisa torcida y nerviosa en su muerto rostro.

Salieron del cementerio y volvieron a la carretera, en dirección a la ciudad, cogidos de la mano.

—¿Dónde has estado? —preguntó ella.

—Aquí. La mayor parte del tiempo.

—Después de Navidad te perdí el rastro. A veces sabía dónde estabas, durante algunas horas, o unos pocos días. Te sentía en todas partes. Después volvías a perderte.

—He estado aquí, en Lakeside —dijo Sombra—. No es muy grande, y es un sitio agradable.

—Oh.

Ya no llevaba el traje azul con el que la habían enterrado. Llevaba varios jerséis, una falda larga oscura y unas botas altas color burdeos. Sombra hizo un comentario sobre ellas.

Laura agachó la cabeza. Sonrió.

—¿No son geniales? Las encontré en esa zapatería tan grande de Chicago.

—Bueno, ¿y cómo es que has decidido venir desde Chicago?

—Hace mucho que no voy por Chicago, cachorrito. Me dirigía al sur. Me molestaba el frío. Parecerá una tontería, pero seguramente tiene que ver con estar muerta. Ya no sientes el frío como tal. Sientes como una especie de vacío, y supongo que cuando estás muerta lo único que temes ya es el vacío. Pensaba ir a Texas. Había planeado pasar el invierno en Galveston. Creo recordar que cuando era niña pasábamos el invierno en Galveston.

—No creo —dijo Sombra—. Es la primera vez que lo mencionas.

—¿No? Entonces quizás era otra persona. No lo sé. Recuerdo las gaviotas; les echaba pan, había cientos de ellas, todo el cielo cubierto de gaviotas que batían las alas y cazaban el pan al vuelo. —Hizo una pausa—. Si no era yo, debía de ser otra persona.

Un coche apareció por una curva. El conductor les saludó con la mano. Sombra le devolvió el saludo. Parecía maravillosamente normal que estuviera dando un paseo con su mujer.

—Esto es muy agradable —dijo Laura, como si le estuviese leyendo el pensamiento.

—Sí.

—Me alegro de que a ti también te lo parezca. Cuando llegó la llamada tuve que volver corriendo. Ya casi estaba en Texas.

—¿La llamada?

Laura alzó la vista para mirarle. La moneda de oro que llevaba alrededor del cuello lanzó un destello.

—Sentí como una llamada —le explicó—. Me puse a pensar en ti, en que estaría mucho mejor contigo que en Galveston. Era hambre.

—¿Entonces supiste que estaba aquí?

—Sí —se interrumpió. Frunció el ceño, y se mordió suavemente el azulado labio inferior. Inclinó la cabeza a un lado, y continuó—: Sí, lo supe de repente. Pensé que me estabas llamando, pero no eras tú, ¿verdad?

—No.

—No querías verme.

—No es eso —vaciló—. No, no quería verte. Me duele demasiado.

La nieve crujía bajo sus pies y brillaba como los diamantes a la luz del sol.

—Debe de ser difícil —dijo Laura—. Estando muerta.

—¿Quieres decir que te resulta difícil estar muerta? Mira, todavía estoy buscando la manera de traerte de vuelta, como es debido. Creo que voy por buen camino...

—No es eso. Quiero decir, te lo agradezco y espero que puedas conseguirlo. He metido mucho la pata... —meneó la cabeza—. Pero me refería a tí.

—Yo estoy vivo —dijo Sombra—. No estoy muerto, ¿lo recuerdas?

—No estás muerto, pero tampoco estoy muy segura de que estés vivo. En el fondo, no.

«No es esta la conversación que deberíamos tener —pensó Sombra—. Esta no es forma de hacer las cosas.»

—Te quiero —dijo ella, desapasionadamente—. Eres mi cachorrito. Pero cuando estás muerto de verdad ves las cosas más claras. Es como si no hubiese nadie ahí dentro, ¿entiendes? Eres como un vacío en forma de hombre grande y fuerte. —Frunció el ceño—. Incluso cuando estábamos juntos. Me encantaba estar contigo porque me adorabas, y habrías hecho cualquier cosa por mí. Pero a veces entraba en una habitación y parecía como si no hubiera nadie allí. Encendía la luz, la apagaba y me daba cuenta de que estabas allí, sentado, solo; no estabas leyendo, ni viendo la tele; no hacías nada de nada.

Lo abrazó, como para quitarle hierro a sus palabras, y añadió:

—Lo mejor de Robbie es que él sí que era alguien. A veces era un gilipollas, y podía ser un desastre, y le encantaba tener espejos a nuestro alrededor cuando hacíamos el amor para poder verse follándome, pero estaba vivo, cachorrito. Quería cosas. Llenaba el espacio. —Se interrumpió un instante, lo miró, e inclinó la cabeza hacia un lado—. Lo siento. ¿He herido tus sentimientos?

No podía confiar en que su voz no le traicionara, así que se limitó a menear la cabeza.

—Bien —dijo ella—. Me alegro.

Se estaban acercando al área de descanso donde había dejado el coche. Sombra sentía que debía decir algo: «Te quiero», o «por favor no te vayas», o «lo siento». La clase de cosas que se dicen cuando una conversación se desliza, sin previo aviso, hacia terreno pantanoso. Pero no fue capaz.

—Yo no estoy muerto.

—Puede que no —replicó Laura—. Pero ¿estás seguro de estar vivo?

—Mírame.

—Esa no es una respuesta —le dijo su difunta esposa—. Cuando lo estés, lo sabrás.

—Y ahora, ¿qué?

—Bueno —dijo ella—, ya te he visto. Me vuelvo al sur.

—¿Vuelves a Texas?

—A cualquier sitio cálido. No me importa cuál.

—Yo tengo que quedarme aquí —dijo Sombra—. Hasta que mi jefe me reclame.

—Eso no es vivir —dijo Laura. Suspiró; a continuación, sonrió con aquella sonrisa que siempre lo desarmaba, por muchas veces que la hubiera visto. Cada vez que le sonreía era como si le sonriera por primera vez.

—¿Volveré a verte?

Laura alzó la vista y dejó de sonreír.

—Supongo que sí —dijo—. Tarde o temprano. Tú y yo no hemos terminado aún, ¿verdad?

—No. No hemos terminado.

Quiso rodearla con el brazo, pero ella meneó la cabeza y se apartó. Se sentó al borde de una mesa de pícnic cubierta de nieve, y se quedó mirándolo mientras el coche se alejaba.

Interludio

La guerra había comenzado y nadie se había percatado. La tormenta se cernía sobre ellos y nadie lo sabía.

Vivimos rodeados de guerras, y el mundo exterior no ha ganado en sabiduría: la guerra contra el crimen, la guerra contra la pobreza, la guerra contra las drogas. Esta era mucho más modesta, y más grande, y más selectiva, pero tan real como cualquier otra.

En Manhattan, la caída de una viga dejó una calle cortada durante dos días. Mató a dos transeúntes, a un taxista árabe y a su pasajero.

En Denver, un camionero fue hallado muerto en su casa. El arma del crimen, un martillo de carpintero con el mango de goma, se encontró junto al cadáver de la víctima. Su cara estaba intacta, pero tenía la nuca completamente destrozada, y había unas palabras escritas con pintalabios marrón en un alfabeto extranjero en el espejo del baño.

En una oficina postal de Phoenix, Arizona, un hombre se volvió loco y disparó a Terry *el Troll* Evensen, un tipo torpe que sufría de obesidad mórbida y vivía solo en una caravana. Disparó también a otras personas que había en la oficina, pero solo mató a Evensen. El autor de los disparos —que en un principio se creyó que podía ser un funcionario de correos descontento— no ha sido atrapado ni identificado.

—Francamente —declaró el supervisor de Terry *el Troll* Evensen en el informativo nocturno—, si me hubieran dicho que alguien de la oficina se iba a volver loco, habría apostado por el Troll. Es un buen trabajador, pero es un tipo muy raro. Quiero decir que nunca se sabe, ¿no?

Aquella entrevista se omitió cuando volvieron a dar la noticia unas horas más tarde.

En Montana, encontraron muerta a toda una comunidad de anacoretas. Los periodistas especularon con la posibilidad de que se tratara de un suicidio colectivo, pero poco después se informó de que la causa de la muerte había sido la intoxicación por anhídrido carbónico proveniente de una estufa vieja.

En el vestíbulo de una marisquería de Atlanta destrozaron un acuario lleno de langostas.

En el cementerio de cayo Hueso profanaron una cripta.

Un tren de pasajeros chocó contra un camión de la UPS en Idaho, a resultas de lo cual murió el conductor del camión. Ninguno de los pasajeros sufrió heridas de consideración.

Entonces todavía era una guerra fría, de mentira, nada que se pudiese ganar o perder.

El viento agitaba las ramas del árbol. Las chispas escapaban de la hoguera. La tormenta se acercaba.

La reina de Saba, mitad demonio, se decía, por parte de padre, bruja, sabia y reina, que gobernó Saba cuando esta era la tierra más próspera del mundo, cuando sus especias, gemas y maderas perfumadas se transportaban en barco y a lomos de los camellos hasta los confines de la tierra, que fue adorada ya en vida, venerada como diosa viviente por los más sabios monarcas, está ahora en una acera de Sunset Boulevard a las dos de la mañana, contemplando el tráfico con la mirada perdida, como una novia de plástico prostituyéndose sobre una tarta de boda negra con luces de neón. Se mueve como si la acera y la noche fueran suyas.

Cuando alguien la mira directamente, mueve los labios, como si hablase consigo misma. Cuando pasan hombres en coche, busca su mirada y les sonríe. Ignora a los que pasan a su lado por la acera (a veces pasa; la gente pasea por todas partes, incluso en el oeste de Hollywood); los ignora, pone todo su empeño en fingir que no están ahí.

Ha sido una noche muy larga.

Ha sido una semana muy larga, como largos han sido los últimos cuatro mil años.

Puede presumir de no deberle nada a nadie. Las demás chicas tienen chulos, adicciones, hijos, gente que se lleva lo que ganan. Ella no.

Ya no hay nada sagrado en su profesión. Ya no.

Hace una semana que las lluvias llegaron a Los Ángeles, y han convertido las calles en terreno abonado para los accidentes, han transformado en barro las laderas de las colinas, provocando así la caída de las casas que están en lo alto, y lo han arrastrado todo hacia los desagües y las alcantarillas, ahogando a los vagabundos que acampaban sobre el cemento del canal. Cuando llegan las lluvias a Los Ángeles siempre pillan a la gente por sorpresa.

Bilquis lleva toda la semana dentro de casa. Como no puede salir a hacer la calle, se ha acurrucado en su cama en una habitación del color del hígado crudo, escuchando el repiqueteo de la lluvia en la caja metálica del aire acondicionado de la ventana y poniendo anuncios de contacto en Internet. Ha dejado sus invitaciones en buscamigasadultas.com, LA-escorts.com y chicasconclaseenhollywood.com y se ha creado una cuenta anónima de correo electrónico. Se sentía orgullosa de llevar su negocio a los nuevos territorios, pero sigue nerviosa; lleva mucho tiempo evitando dejar un rastro de papel. Nunca ha puesto ni un anuncio pequeñito en las últimas páginas del *LA Weekly*; prefiere elegir personalmente a sus clientes, confiando en la vista, el olfato y el tacto para elegir a los que sabrán venerarla como ella requiere, a los que se dejarán hacer hasta el final…

Mientras está de pie en la esquina de la calle, estremeciéndose (porque las lluvias de finales de febrero ya han cesado, pero no el frío que las acompaña), cae en la cuenta de que tiene una adicción tan peligrosa como la de las putas que se dejan pegar o las que están enganchadas al *crack*, y eso la inquieta, y sus labios vuelven a ponerse en movimiento. Si pudieras acercarte lo suficiente a sus labios de color rojo rubí podrías oírle decir:

—Me alzaré ahora y vagaré por las calles de la ciudad, y por las anchas avenidas buscaré a mi amado. —Eso es lo que susurra, y también—: Pertenezco a mi amado y mi amado me pertenece. Me dijo que soy alta como una palmera, y que mis pechos son como racimos de uva. Dijo que volvería a mí. Y yo pertenezco a mi amado y él suspira solo por mí.

Bilquis espera que la interrupción de las lluvias traiga de vuelta a los clientes. La mayor parte del año camina arriba y abajo de las tres mismas manzanas en Sunset, disfrutando de las frescas noches de Los Ángeles. Una vez al mes paga a un hombre llamado Sabbah, un agente del departamento de policía de Los Ángeles que ha sustituido al agente al que pagaba antes, que desapareció sin más. Su nombre era Jerry LeBec y su desaparición, un misterio para el departamento de policía de Los Ángeles. Se había obsesionado con Bilquis y había empezado a seguirla a pie. Una tarde, se despertó sobresaltada por un ruido, abrió la puerta de su apartamento y se encontró a Jerry LeBec vestido de paisano, de rodillas sobre la raída moqueta, balanceándose, con la cabeza inclinada, esperando a que saliera. El ruido que la había despertado era el que hacía su cabeza al chocar contra la puerta mientras se balanceaba sobre las rodillas.

Le acarició el pelo y le dijo que entrase, y un rato más tarde metió su ropa en una bolsa de basura y la tiró al contenedor de un hotel a varias manzanas de distancia. Puso su pistola y su cartera en una bolsa de supermercado, las cubrió de posos de café y restos de comida, dobló la parte superior de la bolsa y la depositó en la papelera de una parada de autobús.

No se quedó ningún recuerdo.

Un relámpago distante ilumina el anaranjado cielo por el oeste, en algún lugar lejos de la costa, y Bilquis sabe que pronto comenzará a llover. Suspira. No quiere que la pille un aguacero. Decide volver a su apartamento, darse un baño, depilarse las piernas —le parece que se pasa la vida depilándose las piernas—, e irse a dormir.

—De noche en mi cama busco a aquel que mi alma anhela —susurra—. Deja que me bese con los besos de su boca. Mi amado me pertenece y yo le pertenezco a él.

Echa a andar por una calle lateral que sube por la colina hasta el lugar donde ha aparcado el coche.

Unos focos la siguen, disminuyendo la velocidad según se acercan a ella; Bilquis se da la vuelta y sonríe. La sonrisa se le congela en el rostro al ver que el coche es una limusina grande y blanca. Los tipos que van en grandes limusinas siempre quieren montárselo en ellas, y no en la intimidad del santuario de Bilquis. De todas formas, puede ser una buena inversión. Algo a largo plazo.

Una ventanilla tintada se baja y Bilquis se acerca a la limusina sonriendo.

—Hola, cariño —dice—. ¿Buscas algo?

—Que me quieran con ternura —responde una voz desde el asiento trasero de la limusina.

Ella escudriña el interior desde la ventanilla abierta: conoce a una chica que se metió en una limusina con cinco jugadores de fútbol americano borrachos como cubas y salió bastante mal parada, pero allí solo hay un tío, por lo que puede ver, y parece un chico joven. No tiene pinta de ser un buen devoto, pero el dinero, la generosa cantidad que le ofrece, también es una energía —*baraka*, como lo llamaban en otros tiempos— que puede venirle bien, y además, por qué no decirlo, no están los tiempos para desperdiciar una ayudita, por pequeña que sea.

—¿Cuánto? —pregunta el hombre de la limusina.

—Depende de lo que quieras y por cuánto tiempo —responde Bilquis—. Y de si te lo puedes permitir.

Por la ventanilla abierta le llega un olor a quemado. Huele como a cables quemados y circuitos sobrecalentados. Le abren la puerta desde dentro.

—Puedo permitirme lo que me dé la gana —contesta el tipo. Ella asoma la cabeza y echa un vistazo al interior de la limusina. No hay nadie más, solo el cliente, un chico de cara rechoncha que no parece tener edad ni para beber. No hay nadie más, de modo que se sube al coche.

—Niño rico, ¿eh?

—Más que rico —replica él, arrastrándose hacia ella por el asiento de cuero. Se mueve con torpeza. Ella le sonríe.

—Mm. Eso me pone, cielo —dice Bilquis—. Debes de ser uno de esos puntocom de los que hablan los periódicos, ¿no?

El tipo se pone hueco, se hincha como un sapo en celo.

—Sí, entre otras cosas. Soy un chico tecnológico.

El coche se pone en marcha.

—Bien —dice el chico—. Dime una cosa, Bilquis; ¿cuánto por una mamada?

—¿Cómo me has llamado?

—Bilquis —repite, y se pone a cantar con una voz que no está hecha para el canto—: «Eres una chica inmaterial en un mundo material».

Hay algo forzado en sus palabras, como si las hubiese estado ensayando frente a un espejo.

Ella deja de sonreír y le cambia el semblante, que se vuelve más sabio, más inquisitivo, más duro.

—¿Qué quieres?

—Ya te lo he dicho. Que me quieran con ternura.

—Te daré lo que quieras.

Tiene que salir de la limusina. Va demasiado deprisa para tirarse en marcha, pero lo hará si las palabras no surten efecto. No sabe qué es lo que pasa, pero le huele mal.

—Lo que quiera, sí —se interrumpe. Se pasa la lengua por los labios—. Quiero un mundo limpio. Quiero ser dueño del mañana. Quiero evolución, devolución y revolución. Quiero llevar a los míos de los márgenes al centro de todo. Vosotros vivís en la clandestinidad, y eso no está nada bien. Nosotros queremos manejar el foco y ser protagonistas. Lleváis tanto tiempo bajo tierra que os habéis quedado ciegos como topos.

—Me llamo Ayesha —dice Bilquis—. No sé de qué me hablas. Hay otra chica en esa esquina que sí se llama Bilquis. Si volvemos a Sunset podrías tenernos a las dos…

—Oh, Bilquis —suspira él, en tono dramático—. La fe tiene sus límites. Y están llegando al límite de lo que nos pueden dar. El vacío de credibilidad.

El chico vuelve a cantar con su voz nasal y poco melodiosa:

—Eres una chica analógica en un mundo digital.

La limusina dobla una esquina a gran velocidad, y él sale despedido del asiento y cae sobre ella. El conductor se oculta tras una luna tintada. De pronto, le da por pensar que nadie conduce el coche, que la limusina blanca callejea por Beverly Hills igual que Herbie *el Volante Loco*.

El cliente alarga el brazo y golpea la luna.

El coche reduce la velocidad, y antes de que llegue a pararse Bilquis abre la puerta de un empujón y, a medias lanzándose, a medias cayéndose, aterriza en el asfalto. Está en la ladera de una colina. A su izquierda hay una escarpada cuesta, y a su derecha, un precipicio. Echa a correr carretera abajo.

La limusina se queda ahí, inmóvil.

Empieza a llover, y sus tacones de aguja resbalan y se tuercen. Se los quita de una patada y sigue corriendo, calada hasta los huesos, buscando un lugar por el que salir de la carretera. Está asustada. Tiene poder, es verdad, pero es una magia del deseo, una magia venérea. Eso es lo que la ha mantenido con vida en ese país durante tanto tiempo, pero para todo lo demás se sirve de su agudeza visual y de su mente, de su altura y su presencia.

A su derecha hay un quitamiedos que le llega hasta la rodilla, para evitar que los coches caigan colina abajo, y ahora la lluvia cae por la carretera como un torrente y le empiezan a sangrar las plantas de los pies.

Las luces de Los Ángeles se extienden frente a ella, como el mapa luminoso de un reino imaginario, el reino de los cielos extendido aquí, sobre la tierra, y sabe que lo único que tiene que hacer para salvarse es salir de la carretera.

—Soy negra pero atractiva —susurra a la noche y a la lluvia—. Soy la rosa de Sharon, y el lirio de los valles. Retenedme con ánforas, reconfortadme con manzanas: estoy enferma de amor.

Un rayo verde ilumina el cielo nocturno. Bilquis da un paso en falso, resbala unos metros y se despelleja el codo y la pierna; se está poniendo en pie cuando ve las luces del coche que desciende por la colina hacia ella. Va demasiado deprisa y no sabe si tirarse hacia la derecha, y arriesgarse a chocar contra la ladera, o hacia la izquierda, y arriesgarse a caer por el precipicio. Cruza la carretera, con la idea de pegarse a la tierra mojada y escalar, cuando la limusina blanca se acerca a toda velocidad por la resbaladiza carretera; mierda, viene a más de ciento veinte, casi parece que planee sobre la carretera como un hidroavión, y Bilquis se agarra a un matojo de hierbas y tierra, y está a punto de levantarse y salir de la vía cuando la tierra se desprende y ella cae rodando en mitad de la carretera.

El vehículo la golpea con tal fuerza que el parachoques se deforma y ella sale despedida por los aires como una muñeca de trapo. Aterriza en la carretera detrás de la limusina, el impacto le ha destrozado la cadera y le ha fracturado el cráneo. La fría lluvia corre por su rostro.

Comienza a maldecir a su asesino: lo maldice en silencio, pues ya no puede mover los labios. Lo maldice en la vigilia y el sueño, en la vida y la muerte. Lo maldice como solo alguien que es mitad demonio por parte de padre puede maldecir.

La puerta de un coche se abre. Alguien se acerca a ella.

—«Eras una chica analógica en un mundo digital.» —Y añade—: Putas madonas, sois todas unas putas madonas.

Se marcha.

La puerta del coche se cierra de un golpe.

La limusina da marcha atrás y pasa sobre el cadáver de Bilquis, lentamente, por primera vez; sus huesos crujen bajo las ruedas. Después el vehículo vuelve a bajar la colina para pasar de nuevo por encima de ella.

Cuando por fin desaparece colina abajo, lo único que deja tras de sí es la sucia carne roja de un cuerpo atropellado; a simple vista no se sabe siquiera si es humano, e incluso eso será pronto arrastrado por la lluvia.

Interludio 2

—Hola, Samantha.

—¿Mags? ¿Eres tú?

—¿Quién si no? Leon me ha dicho que ha llamado la tía Sammy mientras estaba en la ducha.

—Hemos estado charlando un buen rato. Es un encanto de niño.

—Sí, creo que a este me lo voy a quedar.

Un silencio incómodo para ambas, en el que apenas se oye más que el ruido de fondo. Después:

—Sammy, ¿qué tal el cole?

—Pues ahora tenemos una semana de vacaciones. La caldera está estropeada. ¿Y tú qué tal por los Northwoods?

—Pues tengo un vecino nuevo. Sabe hacer trucos con monedas. En las cartas al director del *Lakeside News* se ha establecido últimamente un encendido debate sobre la posible recalificación de los terrenos municipales que están junto al viejo cementerio en la orilla sureste del lago y su segura servidora tiene que escribir un enérgico editorial que resuma la posición del periódico sin ofender a nadie y sin dar pistas de cuál es nuestra posición.

—Parece divertido.

—No lo es. La semana pasada desapareció Alison McGovern, la hija mayor de Jilly y Stan McGovern. Creo que no has llegado a conocerla. Es una chica muy simpática. Ha venido un par de veces a cuidar de Leon.

Una boca se abre para decir algo, y se vuelve a cerrar sin haber dicho lo que iba a decir. Se limita a decir:

—Qué horror.

—Sí.

—Y... —cualquier cosa que diga a continuación resultará dolorosa, así que pregunta— ¿es mono?

—¿Quién?

—El vecino.

—Se llama Ainsel, Mike Ainsel. No está mal. Demasiado joven para mí. Un tipo grande, y tiene un aire… ¿cómo se dice? Es una palabra que empieza con «m».

—¿Mezquino? ¿Marica? ¿Magnífico? ¿No será el marido de alguien?

Una risa breve.

—Sí, supongo que tiene pinta de ser el marido de alguien. Quiero decir que, si hay algo en el aspecto de una persona que pueda inducirte a pensar que está casado, sí, lo tiene. Pero la palabra que buscaba es «melancólico». Tiene un aire melancólico.

—¿Y misterioso?

—No especialmente. Cuando se mudó allí parecía un poco desamparado, ni siquiera sabía cómo sellar las ventanas para mantener la casa caliente. Todavía parece que anda un poco perdido, como si no supiera muy bien qué está haciendo aquí. Cuando está, porque de vez en cuando se va, y luego vuelve. De vez en cuando lo veo pasear por ahí. Parece un buen tipo.

—A lo mejor es un ladrón de bancos.

—Ajá. Justo lo que estaba pensando.

—Qué mentirosa. Eso se me ha ocurrido a mí. Oye, Mags, ¿y tú, cómo estás? ¿Estás bien?

—Sí.

—¿De verdad?

—No.

Un largo silencio.

—Voy a subir a verte.

—Sammy, no.

—Cuando pase el fin de semana, antes de que vuelvan a funcionar las calderas y tenga que volver al colegio. Será divertido. Puedo dormir en el sofá. Y también puedes invitar a tu misterioso vecino a cenar una noche.

—Sam, ya estás haciendo de casamentera.

—¿Casamentera, yo? Lo que pasa es que después de esa zorra inmunda de Claudine es posible que empiecen a interesarme los chicos de nuevo. Conocí a un chico encantador haciendo dedo estas Navidades para ir a El Paso.

—¡Sam! Tienes que dejar de hacer autoestop.

—¿Y cómo te crees que voy a ir hasta Lakeside?

—Alison McGovern hacía autoestop. Incluso en una ciudad

como esta, es peligroso. Te mandaré un giro. Así podrás venir en el autobús.

—No pasa nada.

—Sammy…

—Vale, Mags. Si con eso duermes más tranquila, mándame un giro.

—Me quedo mucho más tranquila.

—Bueno, hermana mayor y mandona: dale un abrazo a Leon y dile que la tía Sammy va para allá, y que no se le ocurra volver a esconder los juguetes en su cama.

—Se lo diré, pero no puedo prometer que vaya a hacerte caso. ¿Y qué día vienes?

—Mañana por la noche. No hace falta que vayas a buscarme a la estación. Le pediré a Hinzelmann que me lleve con *Tessie*.

—Demasiado tarde. *Tessie* está hibernando ya. Pero Hinzelmann te acercará de todas formas. Le caes bien. Escuchas sus batallitas.

—Podrías dejar que él te escribiera el editorial. Vamos a ver: «Sobre la recalificación de los terrenos junto al antiguo cementerio, se da la circunstancia de que en el invierno de 1903 mi abuelo le disparó a un ciervo junto al viejo cementerio que está al lado del lago. Se había quedado sin balas, así que utilizó un hueso de las cerezas que mi abuela le había puesto con la comida. Cuando fue a romperle el cuello al ciervo, este salió corriendo como alma que lleva el diablo. Dos años más tarde, andaba mi abuelo por la misma zona cuando vio a un ciervo enorme con un cerezo en flor justo entre las cuernas. El caso es que lo abatió, y mi abuela hizo tantas tartas de cerezas que estuvieron comiendo tarta de cerezas hasta el Cuatro de Julio…»

Y las dos se echaron a reír.

Interludio 3

Jacksonville, Florida, 02:00 h

—Veo por el cartel que ofrecen trabajo.

—Siempre estamos abiertos a nuevas incorporaciones.

—Yo solo podría hacer el turno de noche. ¿Supondría algún problema?

—No tendría por qué. Te voy a dar un formulario para que lo rellenes. ¿Has trabajado antes en una gasolinera?

—No. Pero no creo que sea muy difícil.

—Bueno, no hace falta ser ingeniero aeronáutico, desde luego.

—Soy nuevo aquí. No tengo teléfono todavía. Estoy esperando a que me den de alta la línea.

—A mí me lo va a contar. Te hacen esperar porque saben que pueden. Oiga, señora, espero que no le importe que se lo diga, pero no tiene muy buen aspecto.

—Lo sé, es una enfermedad. Parece peor de lo que es. Nada grave.

—Bueno, déjeme la solicitud. La verdad es que ahora mismo necesitamos a alguien para el turno de noche. Por aquí lo llamamos el turno de los zombis. Así es como acabas sintiéndote cuando haces el turno de noche durante mucho tiempo. Bueno… ¿Larna?

—Laura.

—Laura. Muy bien. En fin, supongo que no te importará tratar con gente rara. Suelen salir de noche.

—A mí me lo va a contar. Sé cómo manejarlos.

Capítulo trece

Hey, old friend.
What do you say, old friend?
Make it okay, old friend.
Give an old friendship a break.
Why so grim? We're going on forever.
You, me, him —too many lives are at stake...
(Eh, viejo amigo. / ¿Qué te cuentas, viejo amigo? / Hagamos las paces, viejo amigo / Dale un respiro a esta vieja amistad. / ¿A qué tanta tristeza? Seremos amigos para siempre. / Tú, yo, él... hay demasiadas vidas en juego.)
STEPHEN SONDHEIM, *OLD FRIENDS*.

Sábado por la mañana. Sombra fue a abrir la puerta.

Era Marguerite Olsen. No entró, se quedó allí a la luz del sol, con expresión grave.

—¿Señor Ainsel...?

—Por favor, llámame Mike.

—Mike, sí. ¿Te apetece venir a cenar esta noche? ¿Sobre las seis? Nada especial, solo espaguetis con albóndigas.

—Desde luego. Me gustan los espaguetis con albóndigas.

—Claro que si tienes otros planes...

—No tengo ninguno.

—A las seis, entonces.

—¿Llevo flores?

—Tú verás. Pero no es más que un gesto de buena vecindad, no un acercamiento romántico —dijo Marguerite, y se marchó cerrando la puerta.

Sombra se dio una ducha. Salió a dar un breve paseo, hasta el puente y vuelta. El sol lucía en lo alto del cielo como una moneda deslustrada, y llegó a casa sudando bajo el abrigo. El termómetro debía de haber subido por encima del cero. Bajó en coche hasta el Delicatessen de Dave y compró una botella de vino que costaba veinte dólares, algo que interpretó como una especie de garantía de calidad. No entendía de vinos, pero imaginó que si valía veinte dólares estaría bueno. Compró un *cabernet* de California, porque una vez había visto una pegatina en un coche, cuando era joven y la gente todavía llevaba pegatinas en los coches, que decía LA VIDA ES UN CABERNET y le había hecho mucha gracia.

Compró también una planta. Toda hojas, nada de flores. Nada ni remotamente romántico.

Compró un cartón de leche, que nunca llegaría a beberse, y algo de fruta variada, que nunca llegaría a comerse.

Después, se acercó a Mabel's y solo se llevó una empanadilla para el almuerzo. A Mabel se le iluminó la cara al verlo.

—¿No te has cruzado con Hinzelmann?

—No sabía que me estuviera buscando.

—Sí, quiere llevarte a pescar en el hielo. Y Chad Mulligan también quería saber si te había visto. Ha venido su prima. En realidad es una prima segunda, lo que antes llamábamos «primas con las que te puedes besar». Es adorable. Te va a encantar.

Mabel metió la empanadilla en una bolsa de papel y dobló el borde para que se mantuviese caliente.

Sombra condujo de vuelta a casa, comiendo con una mano y poniendose perdidos de migas sus pantalones y el suelo del coche. Pasó por delante de la biblioteca de la orilla sur del lago. Con la nieve y el hielo, parecía una ciudad en blanco y negro. La primavera parecía tan lejos que no cabía ni imaginarla: el cacharro seguiría en el hielo para siempre, junto con los refugios para pescar, las furgonetas y las huellas de las motos de nieve.

Llegó a la casa, aparcó y subió por los escalones de madera hasta el apartamento. Los jilgueros y trepadores del comedero apenas le prestaron atención. Entró. Regó la planta, y dudó de si debía meter la botella en el frigorífico o no.

Quedaba mucho tiempo hasta las seis.

Sombra deseó una vez más poder sentarse tranquilamente a ver la televisión. Quería que le entretuviesen, no tener que pensar, solo sentarse y dejar que las luces y el sonido lo envolviesen. «¿Quieres ver las tetas de Lucy?», susurró en su memoria una voz como la de Lucy, y meneó la cabeza aunque nadie podía verlo.

Se percató de que estaba nervioso. Iba a ser su primer contacto social con otra gente —gente normal, no presidiarios, ni dioses, ni héroes culturales, ni sueños— desde que lo arrestaron por primera vez, unos tres años antes. Tendría que entablar conversación como Mike Ainsel.

Miró el reloj. Eran las dos y media. Marguerite Olsen le había dicho que estuviese allí a las seis. ¿Se refería a las seis en punto? ¿Debía llegar con un poco de antelación? ¿Un poco más tarde? Al final, decidió llamar a la puerta contigua a las seis y cinco.

Sonó el teléfono.

—¿Sí? —dijo.

—Esa no es forma de contestar al teléfono —gruñó Wednesday.

—Cuando tenga línea contestaré con educación —replicó Sombra—. ¿Qué puedo hacer por ti?

—No lo sé —respondió Wednesday. Hubo un momento de silencio. Después continuó—: Organizar a los dioses es como intentar poner a un montón de gatos en fila india. No está en su naturaleza, simplemente.

Sombra percibió en la voz de Wednesday un agotamiento mortal que no había percibido nunca.

—¿Qué pasa?

—Es difícil. Muy difícil. No sé si va a funcionar. Igual deberíamos cortarnos el cuello nosotros mismos. Cortarnos el cuello y acabar con todo de una vez.

—No deberías decir eso.

—Sí, tienes razón.

—Si decides cortarte el cuello —dijo Sombra, en un intento de animar a Wednesday—, puede que ni siquiera te duela.

—Dolería. Incluso los dioses sentimos dolor. Si te mueves y actúas en el mundo material, el mundo material también actúa en ti. El dolor duele, del mismo modo que la avaricia embriaga y la lujuria quema. Puede que no seamos fáciles de matar, y te puedo asegurar, tan cierto como que el infierno existe, que no morimos bien, pero podemos morir. Mientras aún somos amados y recordados, otros como nosotros aparecen y ocupan nuestro lugar y entonces todo vuelve a comenzar. Pero si nos olvidan, estamos muertos.

Sombra no sabía qué decir.

—Bueno, ¿desde dónde llamas?

—¿Y a ti qué coño te importa?

—¿Estás borracho?

—Todavía no. Es solo que no puedo dejar de pensar en Thor. No le conoces. Es un tipo grande, como tú. De buen corazón. No tiene muchas luces, pero te regalaría su propia camisa si se la pidieses. Se suicidó. Se metió una pistola en la boca y se saltó la tapa de los sesos en 1932, en Filadelfia. ¿Te parece una muerte digna de un dios?

—Lo siento.

—Tú qué coño vas a sentir, chaval. Se parecía mucho a ti. Grande y tonto.

Wednesday dejó de hablar. Tosió.

—¿Qué pasa? —volvió a preguntar Sombra.

—Se han puesto en contacto.

—¿Quiénes?

—Los del otro bando.

—¿Y?

—Quieren pactar una tregua. Conversaciones de paz. Un rollo de esos de vive y deja vivir.

—Y ahora, ¿qué?

—Ahora voy y me tomo un café de mierda con los modernos en la sede de la logia masónica de Kansas.

—Muy bien. ¿Pasas a recogerme o quedamos en algún sitio?

—Tú te quedas ahí y no armas escándalo. No te metas en ningún lío. ¿Me oyes?

—Pero...

Un chasquido, y la línea se cortó. El teléfono no daba tono, pero al fin y al cabo tampoco lo había dado nunca.

Nada que hacer salvo matar el tiempo. La conversación con Wednesday le había dejado con una sensación de inquietud. Se levantó, con la idea de salir a dar una vuelta, pero apenas había luz ya, así que volvió a sentarse.

Cogió las *Actas del ayuntamiento de Lakeside 1872-1884* y se puso a hojearlas, pasando la vista por la minúscula letra pero sin leerla, y deteniéndose de tanto en tanto si algo le llamaba la atención.

Se enteró de que en julio de 1874 al ayuntamiento le preocupaban los muchos leñadores itinerantes que habían llegado a la ciudad. Se iba a construir un teatro de la ópera en la Tercera con Broadway. Era de esperar que las molestias derivadas de la inundación de Mill Creek desaparecieran una vez que el estanque que abastecía de agua al molino se hubiese convertido en lago. El ayuntamiento había autorizado el pago de setenta dólares al señor Samuel Samuels, y de ochenta y cinco al señor Heikki Salminen, en concepto de indemnización por la expropiación de sus tierras y por los gastos que pudieran haberles generado el trasladar sus respectivos domicilios fuera del área de inundación.

A Sombra no se le habría ocurrido pensar que el lago fuese artificial. ¿Por qué bautizar a la ciudad con el nombre de Lakeside si el dichoso lago había sido hasta entonces apenas un estanque para abastecer de agua al molino? Continuó leyendo, y descubrió que un tal señor Hinzelmann, conocido en Brunswick como Hündemuhlen, fue quien dirigió el proyecto de construcción del lago, y que el ayuntamiento había asignado la cantidad de 370 dólares para realizarlo, y que todo lo que excediera de dicha suma sería cubierto por suscripción popular. Sombra cortó una tira de papel de cocina y la colocó dentro del libro a modo de marcapáginas. Ya imaginaba lo contento que se pondría Hinzelmann al ver la referencia a su abuelo. Se preguntó si el viejo sabía que su familia había tenido un papel fundamental en la construcción del lago. Sombra siguió hojeando el libro en busca de alguna otra referencia al proyecto.

El lago se inauguró con una ceremonia en la primavera de 1876, justo antes del centenario de la ciudad. El ayuntamiento le había dado las gracias formalmente al señor Hinzelmann por su trabajo.

Sombra miró el reloj. Eran las cinco y media. Fue al baño, se afeitó y se peinó. Se cambió de ropa. Al final consumió los últimos quince minutos. Cogió el vino y la planta y se fue hacia la puerta de al lado.

Abrieron en cuanto llamó. Marguerite Olsen parecía casi tan nerviosa como él. Cogió la botella y la planta y le dio las gracias. La televisión estaba encendida con un vídeo de *El Mago de Oz*. Todavía estaba en la parte filmada en blanco y negro, y Dorothy estaba aún en Kansas, sentada en la camioneta del profesor Marvel con los ojos cerrados mientras el viejo farsante fingía leer su mente, y el tornado que iba a alejarla de su vida estaba al caer. Leon estaba sentado frente a la pantalla, jugando con un camión de bomberos. Al ver a Sombra se le iluminó la cara; se levantó y salió corriendo hacia una de las habitaciones del fondo, tropezando con sus propios pies por la emoción, y regresó al cabo de un instante, agitando en la mano una moneda de veinticinco con aire triunfal.

—¡Mira, Mike Ainsel! —gritó. Cerró ambas manos, hizo como si cogiese la moneda con la mano derecha y la abrió completamente— ¡La he hecho desaparecer, Mike Ainsel!

—Sí, señor —dijo Sombra—. Después de cenar, si a tu madre le parece bien, te enseñaré a hacerlo como un auténtico profesional.

—Hazlo ahora, si quieres —dijo Marguerite—. Tenemos que esperar a Samantha. La he mandado a comprar nata agria. No sé por qué tarda tanto.

Como si le hubiera dado el pie para entrar en escena, se oyeron pasos en la terraza de madera, y alguien abrió la puerta empujándola con el hombro. Al principio, Sombra no la reconoció.

—No sabía si querías de la que engorda o de la que sabe a engrudo, así que al final me decidí por la que engorda —dijo Samantha, y entonces Sombra la reconoció: era la chica que había recogido en la carretera cuando iba a Cairo.

—Estupendo —dijo Marguerite—. Sam, este es mi vecino, Mike Ainsel. Mike, esta es Samantha Cuervo Negro, mi hermana.

«No te conozco —pensó Sombra desesperadamente—. No nos hemos visto nunca. Somos dos extraños.» Intentó recordar cómo había pensado en «nieve», aquello le había resultado muy fácil, pero esta era una situación desesperada. Le tendió la mano y dijo:

—Encantado de conocerte.

Ella parpadeó y lo miró a la cara. Tras un momento de desconcierto, sus ojos lo reconocieron y las comisuras de su boca se curvaron en una sonrisa.

—Hola.

—Voy a echarle un ojo a la comida —anunció Marguerite, con la voz tensa de alguien a la que se le suelen quemar las cosas en cuanto se despista siquiera un momento.

Sam se quitó el plumas y el gorro.

—Así que tú eres el vecino melancólico y misterioso. ¿Quién lo habría dicho? —dijo, en voz baja.

—Y tú Sam chica —replicó Sombra—. ¿Podemos hablar de esto más tarde?

—Si prometes explicarme qué está pasando.

—Trato hecho.

Leon tiró de la pernera del pantalón de Sombra.

—¿Me lo enseñas ya? —preguntó, con la moneda en la mano.

—Vale —dijo Sombra—. Pero si te lo enseño, debes recordar que un mago nunca le cuenta a nadie cómo hace sus trucos.

—Lo prometo —respondió Leon, con expresión grave.

Sombra se puso la moneda en la mano izquierda, colocó encima la mano derecha de Leon, que al lado de la suya parecía minúscula, y le enseñó a fingir que la cogía con la mano derecha mientras en realidad seguía en la mano izquierda de Sombra. Luego puso la moneda en la mano izquierda de Leon para que lo hiciera él solo. Tras varios intentos, el niño consiguió dominar el movimiento.

—Ahora ya sabes la mitad del truco —le dijo Sombra—. La otra mitad consiste en esto: centra tu atención en el lugar donde debería estar la moneda. Mira al lugar donde se supone que está. Síguela con la mirada. Si te miras la mano derecha, nadie mirará la izquierda, por muy patoso que seas.

Sam observaba todo esto con la cabeza ligeramente inclinada a un lado, sin decir nada.

—¡A cenar! —los llamó Marguerite, saliendo de la cocina con una humeante fuente de espaguetis—. Leon, ve a lavarte las manos.

Estaba todo muy bueno: el pan de ajo crujiente, la salsa de tomate bien espesa y las albóndigas muy sabrosas. Sombra felicitó a Marguerite.

—Es una vieja receta familiar —le explicó—. De la rama corsa.

—Pensaba que eras de ascendencia india.

—Papá es *cherokee* —dijo Sam—, el padre de la madre de Mag era de Córcega.

Sam era la única persona de la habitación que bebía vino.

—Papá la dejó cuando Mags tenía diez años y se mudó a la otra punta de la ciudad. Seis meses después, nací yo. Mis padres se casaron cuando consiguió el divorcio y creo que durante un tiempo intentaron que funcionara, pero papá se fue cuando yo tenía diez años. Se ve que no logra centrar su atención en nada más de diez años.

—Bueno, ahora ya lleva diez años en Oklahoma —dijo Marguerite.

—La familia de mi madre eran judíos europeos —continuó Sam—, de uno de esos sitios que antes eran comunistas y ahora están sumidos en el caos. Creo que le gustaba la idea de estar casada con un *cherokee*, y freír pan e hígado picado.

Bebió otro sorbo de vino tinto.

—La madre de Sam es una mujer salvaje —dijo Marguerite casi con admiración.

—¿Sabes dónde está ahora? —le preguntó Sam. Sombra movió la cabeza—. En Australia. Conoció a un tío por Internet, vivía en Hobart. Cuando se vieron en persona mi madre descubrió que le daba repelús. Pero Tasmania le encantó, así que decidió quedarse allí, con un grupo de mujeres, para enseñarles la técnica del *batik* y cosas por el estilo. ¿No te parece genial? ¿A su edad?

Sombra asintió y se sirvió más albóndigas. Sam les contó que todos los aborígenes de Tasmania habían sido exterminados por los ingleses, que habían hecho una cadena humana alrededor de la isla y solo habían atrapado a un viejo y a un niño enfermo. Les contó que los tigres de Tasmania, los tilacinos, se habían extinguido por culpa de los granjeros, que temían por sus ovejas, y que los políticos se habían dado cuenta de que había que proteger a los tilacinos en la década de 1930, cuando murió el último ejemplar. Apuró su segunda copa de vino y se sirvió la tercera.

—Bueno, Mike —dijo Sam, con las mejillas encendidas—, háblanos de tu familia. ¿Cómo son los Ainsel? —Sonreía con malicia.

—Somos muy sosos —dijo Sombra—. Ningún Ainsel ha viajado nunca a un lugar tan lejano como Tasmania. Así que vives en Madison y vas al colegio. ¿Cómo es?

—Ya lo sabes, estudio historia del arte, feminismo y hago esculturas en bronce.

—Cuando sea mayor —interrumpió Leon— haré magia. Puf. ¿Me enseñarás, Mike Ainsel?

—Claro —dijo Sombra—. Si a tu madre le parece bien.

Marguerite se encogió de hombros.

—Después de cenar, Mags —dijo Sam—, mientras acuestas a Leon, le pediré a Mike que me lleve al Buck Stops Here y estaremos fuera una hora o así.

Marguerite no se encogió de hombros. Inclinó la cabeza y arqueó una ceja.

—Parece un tipo interesante —dijo Sam—. Y tenemos mucho de qué hablar.

Marguerite miró a Sombra, que estaba muy concentrado en limpiarse una imaginaria mancha de salsa de tomate de la barbilla.

—Bueno, ya sois mayorcitos los dos —dijo, en un tono que sugería que no lo eran o que, aun si lo fueran, no deberían ser considerados como tales.

Después de cenar, Sombra ayudó a Sam a fregar los platos —se encargó de secarlos— y luego le hizo otro truco a Leon. Consistía en contar unos peniques que el niño tenía en la mano: cada vez que Leon la abría y los contaba, había uno menos que la última vez. Cuando llegó al último, le preguntó:

—¿Lo estás agarrando bien fuerte?

Cuando Leon volvió a abrir la mano, el penique se había convertido en una moneda de diez centavos. El niño se fue a la cama medio llorando, diciendo:

—Pero ¿cómo se hace? Mamá, ¿cómo lo ha hecho? Joo...

Sam le pasó el abrigo.

—Andando —le dijo. Tenía las mejillas encendidas por el vino.

Fuera hacía frío.

Sombra pasó por su apartamento para coger las *Actas del ayuntamiento de Lakeside 1872-1884*, las metió en una bolsa de plástico del supermercado y se las llevó. A lo mejor se encontraba con Hinzelmann en el Buck, y quería enseñarle la parte en la que se mencionaba a su abuelo.

Bajaron por el sendero. Sombra abrió la puerta del garaje, y ella se echó a reír.

—No me lo puedo creer —exclamó, al ver el todoterreno—, ¡pero si es el coche de Paul Gunther! Le has comprado el coche a Paul Gunther. ¡No me lo puedo creer!

Sombra le abrió la puerta, dio la vuelta y se subió.

—¿Conoces el coche?

—De cuando estuve aquí hace dos o tres años. Fui yo quien lo convenció para que lo pintara de violeta.

—Vaya —dijo Sombra—. Ahora ya sé a quién echarle la culpa.

Sacó el coche a la calle. Se bajó y cerró la puerta del garaje. Volvió a subirse. Sam lo miró de forma extraña, como si empezara a perder la confianza. Sombra se puso el cinturón de seguridad, y ella le dijo:

—Tengo miedo. Esto ha sido una estupidez, ¿verdad? Subirme al coche de un psicópata asesino.

—La última vez te dejé en casa sana y salva —replicó Sombra.

—Has matado a dos hombres —dijo Sam—. Te buscan los federales. Y ahora resulta que estás viviendo al lado de mi hermana con un nombre falso. ¿O Mike Ainsel es tu verdadero nombre?

—No —contestó Sombra, y suspiró—. No lo es.

Odiaba tener que admitirlo. Era como si estuviese dejando escapar algo muy importante, como si al negarlo abandonara a Mike Ainsel, como si estuviese dejando tirado a un amigo.

—¿Mataste a esos hombres?

—No.

—Vinieron a mi casa y me dijeron que nos habían visto juntos. Y aquel tipo me enseñó fotos tuyas. ¿Cómo se llamaba, señor Sombrero? No. Señor Ciudad. Eso es. Era como en *El fugitivo*. Pero yo les dije que no te había visto.

—Gracias.

—A ver —dijo—. Cuéntame qué está pasando aquí. Guardaré tus secretos si tú guardas los míos.

—No conozco ninguno de los tuyos —dijo Sombra.

—Bueno, sabes que fue idea mía lo de pintar esto de violeta, convirtiendo así a Paul Gunther en el hazmerreír de toda la región hasta el punto de que tuvo que irse de la ciudad. Estábamos un poco fumados —admitió.

—No creo que esto último sea un gran secreto —dijo Sombra—. Seguro que todo Lakeside está al corriente. Este violeta en particular es muy del gusto de los fumetas.

Entonces, Sam le habló en voz muy baja, y muy rápido.

—Si vas a matarme, no me hagas daño, por favor. No debería haber venido contigo. Soy una idiota. Soy muy, muy, muy idiota. Tendría que haber huido o haber llamado a la poli en cuanto te vi. Te puedo identificar. ¡Dios! Qué pedazo de idiota.

Sombra suspiró.

—Nunca he matado a nadie. En serio. Y ahora nos vamos al Buck —le dijo—. O si lo prefieres, doy la vuelta y te llevo a casa. Te invitaré a una copa, si es que de verdad tienes edad para beber, y si no te invitaré a un refresco. Luego te llevaré otra vez con Marguerite, te dejaré en casa sana y salva, y espero que no se te ocurra llamar a la policía.

Cruzaron el puente en completo silencio.

—¿Quién mató a esos hombres? —preguntó Sam.

—Si te lo dijese, no me creerías.

—Sí que te creeré. —Pareció enfadada. Sombra pensó que quizá no había sido tan buena idea llevar vino a la cena. En ese preciso instante la vida no era un *cabernet*, desde luego.

—No es fácil de creer.

—Yo puedo creer cualquier cosa. Tú no tienes ni idea de lo que puedo llegar a creer.

—¿En serio?

—Puedo creer cosas que son verdad y también cosas que no lo son y cosas que nadie sabe si son verdad o mentira. Puedo creer en Papá Noel y en el conejo de Pascua y en Marilyn Monroe y en los Beatles y en Elvis y en *Mister Ed*, el caballo que habla. Mira: creo que las personas son perfectibles, que el conocimiento es infinito, que el mundo está dirigido por cárteles financieros secretos y que los extraterrestres nos visitan con cierta frecuencia, alienígenas buenos que parecen lémures arrugados, y alienígenas malos que mutilan el ganado y quieren apropiarse de nuestra agua y nuestras mujeres. Creo que el futuro es negro y creo que el futuro mola y creo que un día la Mujer Búfalo Blanco regresará y nos dará a todos una patada en el culo. Creo que todos los hombres son solo niños muy grandes con serios problemas de comunicación y que el declive del buen sexo en Estados Unidos comenzó con el declive de los motocines en todos los estados de la Unión. Creo que todos los políticos son unos impresentables sin sentido de la ética y también creo que son mejores que la alternativa. Creo que California se hundirá en el mar cuando se produzca el gran terremoto, mientras que Florida desaparecerá en medio de la locura, los caimanes y los vertidos tóxicos. Creo que los jabones antibacterianos están acabando con nuestras defensas y eso hará que el día menos pensado un catarro común nos borre a todos de la faz de la Tierra, como les sucedía a los marcianos en *La guerra de los mundos*. Creo que los poetas más grandes del pasado siglo fueron Edith Sitwell y Don Marquis, que el jade es esperma de dragón seco, y que hace miles de años, en una vida anterior, yo fui un chamán siberiano manco. Creo que el destino de la humanidad está escrito en las estrellas. Creo que las chuches estaban mucho más ricas cuando era pequeña, que es aerodinámicamente imposible que los abejorros vuelen, que la luz es a un tiempo onda y partícula, que en algún lugar del mundo hay un gato en una caja que está vivo y muerto al mismo tiempo (aunque si no abren nunca esa caja y no le dan de comer acabará estando muerto y muerto), y creo que en el universo hay estrellas miles de millones de años más antiguas que el propio universo. Creo en un dios personal que me cuida y se preocupa por mí y ve todo lo que hago. Creo en un dios impersonal que puso el universo en marcha y luego se fue de farra con sus novias y ni siquiera sabe que existo. Creo en un universo vacío y sin dios de caos causal, en el ruido de fondo y en la suerte pura y ciega. Creo que cualquiera que diga que el sexo está sobrevalorado lo dice porque nunca ha echado un buen polvo. Creo que cualquiera que diga que sabe lo que está pasando también miente en las cosas más simples. Creo en la sinceridad absoluta y en la sensatez de las mentiras piadosas. Creo en el derecho de elección de la mujer, en el derecho a la vida del bebé, en que toda vida humana es sagrada y en que eso no está reñido con la pena de muerte si damos por supuesto que se puede confiar en el sistema judicial, y creo también que solo un imbécil confiaría en el sistema judicial. Creo que la vida es un juego, que la vida es una broma cruel y que la vida es lo que sucede cuando estás vivo y que lo mejor que puedes hacer es tumbarte a la bartola y disfrutarla.

Sam se interrumpió, se había quedado sin aliento.

Sombra estuvo a punto de soltar el volante para aplaudir. Pero se limitó a decir:

—Vale. O sea que, si te cuento lo que he descubierto, no pensarás que soy un pirado.

—Puede —dijo Sam—. Ponme a prueba.

—¿Me creerías si te digo que todos los dioses imaginados por el ser humano siguen entre nosotros hoy en día?

—Puede.

—Y que ahora han surgido nuevos dioses, dioses de los ordenadores y de los teléfonos y todo esto, y todos parecen creer que no hay sitio en el mundo para ambos tipos de deidades. Y que probablemente está a punto de estallar una especie de guerra.

—¿Y fueron esos dioses los que mataron a aquellos dos hombres?

—No, fue mi mujer.

—¿No me dijiste que estaba muerta?

—Lo está.

—¿Los mató antes de morir, entonces?

—Después. No preguntes.

Sam se apartó el pelo de la frente.

Aparcaron en la calle principal, a la puerta del Buck. El cartel de la entrada tenía dibujado un ciervo con cara de sorpresa, de pie sobre las patas traseras y con una jarra de cerveza. Sombra cogió la bolsa con el libro y se bajó del coche.

—¿Y por qué se van a enzarzar en una guerra? —preguntó Sam—. Parece que no tiene mucho sentido. ¿Qué pueden ganar?

—No lo sé —admitió Sombra.

—Resulta más fácil creer en los extraterrestres que en los dioses —dijo Sam—. A lo mejor el señor Ciudad y el señor Mundo eran Hombres de Negro, solo que extraterrestres.

—A lo mejor, entre otras cosas.

Estaban en la acera, justo delante del bar, cuando Sam se detuvo. Miró a Sombra y su aliento flotó en el aire nocturno como una leve nube.

—Solo dime que eres uno de los buenos —le pidió.

—No puedo —dijo Sombra—. Ojalá pudiera. Pero me esfuerzo mucho.

Le miró, y se mordió el labio inferior. Luego asintió.

—Con eso me basta —dijo—. No te voy a delatar. Te dejo que me invites a una cerveza.

Sombra le abrió la puerta, y una explosión de calor y de música les golpeó en plena cara. Entraron.

Sam saludó con la mano a algunos amigos. Sombra saludó con un gesto de la cabeza a media docena de personas cuyas caras —que no sus nombres— recordaba del día en que estuvo buscando a Alison McGovern, o de las mañanas en Mabel's. Chad Mulligan estaba en la barra, rodeando con el brazo los hombros de una pelirroja bajita; la prima segunda, supuso Sombra. Se preguntó qué aspecto tendría, pero le daba la espalda. Chad alzó la mano a modo de saludo cuando lo vio. Sombra le sonrió, y le saludó con la mano. Echó un vistazo a su alrededor buscando a Hinzelmann, pero el viejo no parecía encontrarse allí aquella noche. Avistó una mesa libre en el fondo y fue hacia ella.

Entonces alguien se puso a chillar.

Era un alarido desagradable, desgarrador, el grito histérico de quien ha visto un fantasma, y todo el mundo se quedó callado. Sombra miró a su alrededor, con la seguridad de que estaban asesinando a alguien, y entonces se percató de que todas las miradas estaban clavadas en él. Incluso el gato negro, que se pasaba el día dormido en el alféizar de la ventana, estaba encima de la gramola mirándolo con la cola tiesa y el lomo arqueado.

El tiempo se ralentizó.

—¡Cogedle! —gritó una voz de mujer, al borde de la histeria—. ¡Por el amor de Dios, que alguien lo detenga! ¡No dejéis que se escape! ¡Por favor!

La voz le resultaba familiar.

Nadie se movió. Todos miraban fijamente a Sombra, y él los miraba fijamente a ellos.

Chad Mulligan dio un paso al frente y avanzó por entre la gente. La pelirroja lo seguía con cautela, con los ojos desorbitados, como si estuviese a punto de ponerse a gritar de nuevo. Sombra la conocía. Y tanto que la conocía.

Chad aún llevaba la cerveza en la mano, y la dejó en una mesa cercana.

—Mike.

—Chad.

Audrey Burton estaba justo detrás de Chad Mulligan. Tenía la cara pálida y los ojos llenos de lágrimas. Era ella la que había gritado.

—Sombra —dijo—. Cabrón. Cabrón asesino y perverso.

—¿Estás segura de que conoces a este hombre, cielo? —preguntó Chad. Parecía incómodo. Era evidente que esperaba que todo aquello fuera un simple error, que Audrey lo hubiera confundido con otra persona y que algún día pudieran reírse al recordarlo.

Audrey Burton lo miró con incredulidad.

—¿Estás loco? Trabajó para Robbie durante años. La guarra de su mujer era mi mejor amiga. Le buscan por asesinato. Tuve que responder a muchas preguntas. Está en busca y captura.

Estaba fuera de sí, con la voz trémula por la tensión que le producía el esfuerzo de contener la histeria; lloriqueaba como una actriz de telenovela intentando aspirar al Emmy. «Primas segundas», pensó Sombra, sin dejarse impresionar.

En el bar, todo el mundo seguía callado. Chad Mulligan miró a Sombra.

—Tiene que ser un error. Seguro que enseguida lo aclaramos todo —dijo con mucha sensatez. Luego se dirigió al resto de la parroquia—. No pasa nada. No hay de qué preocuparse. Vamos a aclarar esto. No pasa nada. —Luego, dirigiéndose a Sombra de nuevo—: Vamos fuera, Mike.

Sereno y competente. Sombra estaba impresionado.

—Claro.

Notó que una mano tocaba la suya, y al volverse vio que Sam lo miraba. Le sonrió, intentando tranquilizarla.

Samantha miró a Sombra, y a continuación miró a la gente que los miraba.

—No sé quién eres —le dijo a Audrey Burton—. Pero-eres-una-hija-de-puta.

Se puso de puntillas, tiró de Sombra y le plantó un beso en la boca, apretando los labios durante un instante que a él le pareció eterno pero que, con el reloj en la mano, puede que no durara más de cinco segundos.

Fue un beso extraño, pensó Sombra mientras los labios de Sam se apretaban contra los suyos: no iba dirigido a él. Iba dirigido al resto de la concurrencia del bar, para hacerles saber que ella había tomado partido. Lo besó como quien agita una bandera. Y pese a ello, Sombra estaba seguro de que ni siquiera le gustaba; no en ese sentido.

Sin embargo, una vez había leído un cuento, hacía mucho tiempo, cuando era pequeño: era la historia de un viajero que había resbalado y había caído por un barranco, con tigres hambrientos de carne humana en lo alto y una caída letal a sus pies, pero había conseguido detener la caída a medio camino, aferrándose a la roca con toda su alma. A su lado había una mata de fresas, y una muerte segura tanto hacia arriba como hacia abajo. La pregunta era: ¿Qué hacer? La respuesta: comerse las fresas.

De niño, aquella historia le pareció absurda. Pero ahora la entendía.

Cerró los ojos, se abandonó al beso y no sintió nada salvo los labios de Sam y la suavidad de su piel, dulce como una fresa silvestre.

—Vamos, Mike —dijo Chad Mulligan, con firmeza—. Por favor. Vámonos afuera.

Sam se apartó. Se lamió los labios y sonrió, y su sonrisa casi alcanzó sus ojos.

—No está mal —dijo—. Besas bien para ser un chico. Vale, ya podéis salir a jugar. —A continuación se volvió hacia Audrey Burton—. Pero tú sigues siendo una hija de puta.

Sombra le tiró a Sam las llaves de su coche. Ella las cogió al vuelo, con una sola mano. Sombra atravesó el bar y salió afuera, seguido de Chad Mulligan. Estaba empezando a nevar, y los copos se arremolinaban en torno al letrero luminoso del bar.

—¿Hay algo que quieras contarme? —le preguntó Chad.

—¿Estoy detenido? —preguntó a su vez Sombra.

Audrey los había seguido hasta la acera. Parecía a punto de ponerse a gritar de nuevo. Habló con voz trémula.

—Ha matado a dos hombres, Chad. Los del FBI vinieron a verme. Es un psicópata. Si quieres, te acompaño a la comisaría.

—Usted ya ha causado bastantes problemas, señora —dijo Sombra, con una voz que incluso a él le sonó cansada—. Por favor, váyase.

—Chad, ¿has oído eso? ¡Me ha amenazado! —exclamó Audrey.

—Vuelve dentro, Audrey —dijo Chad Mulligan. Parecía que iba a ponerse a discutir, pero apretó los labios de tal forma que se pusieron blancos, y volvió a entrar en el bar.

—¿Algo que alegar a lo que ha dicho? —le preguntó Chad Mulligan.

—No he matado a nadie en mi vida.

Chad asintió.

—Te creo. Estoy seguro de que podremos aclarar esas acusaciones sin mayor problema. Seguramente no es nada, pero tengo que hacerlo. No me vas a crear problemas, ¿no, Mike?

—Ninguno. Todo esto es un error.

—Exacto —dijo Chad—. Supongo que deberíamos ir a mi oficina y acararlo todo allí.

—¿Estoy detenido?

—No —respondió Chad—. A menos que quieras que te detenga. La idea es que, apelando a tu valor cívico, me acompañes a mi oficina y hagamos lo que haya que hacer para aclarar todo este embrollo.

Chad cacheó a Sombra, y no encontró ningún arma. Subieron al coche de Mulligan. Sombra se subió una vez más a la parte de atrás, separado del jefe Mulligan por unos barrotes metálicos.

«SOS. Mayday. Socorro», pensó. Intentó presionar a Mulligan mentalmente, como había hecho ya en una ocasión con un policía de Chicago. «Es tu viejo amigo Mike Ainsel. Le salvaste la vida. ¿No ves que esto es una estupidez? Déjalo correr.»

—He pensado que lo mejor era sacarte de ahí —dijo Chad—. Solo faltaba que algún bocachancla decidiera que fuiste tú quien mató a Alison McGovern y todo el mundo se uniera al linchamiento.

—Tienes razón.

—¿Estás seguro de que no hay nada que quieras contarme?

—No. No tengo nada que decir.

Permanecieron en silencio durante el resto del trayecto hasta la comisaría de Lakeside. El edificio, le explicó Chad, mientras aparcaba el coche a la puerta, pertenecía en realidad al departamento del *sheriff* del condado. Les cedían algunos despachos a los de la policía local. El condado no tardaría en construir algo más moderno, pero por el momento no quedaba más remedio que conformarse.

Entraron.

—¿Debería pedir un abogado?

—No se te acusa de nada, pero haz lo que quieras —le respondió Mulligan. Pasaron por varias puertas de vaivén—. Siéntate ahí.

Sombra tomó asiento en una silla de madera con quemaduras de cigarrillo en el lateral. Se sentía estúpido y bloqueado. En el tablón de anuncios había un pequeño póster junto a un gran cartel de PROHIBIDO FUMAR. El póster decía: DESAPARECIDA Y EN PELIGRO. La fotografía era de Alison McGovern.

Había una mesa de madera con ejemplares atrasados de *Sports Illustrated* y *Newsweek*. La iluminación era bastante pobre. La pintura de la pared era de color amarillo, pero puede que originalmente fuera blanca.

Diez minutos más tarde, Chad le trajo un vaso de chocolate aguado de la máquina.

—¿Qué llevas en la bolsa? —le preguntó. Y en ese momento Sombra se percató de que todavía llevaba la bolsa de plástico con las *Actas del ayuntamiento de Lakeside*.

—Un libro antiguo —respondió Sombra—. Hay una foto de tu abuelo. O de tu bisabuelo, no estoy seguro.

—¿Sí?

Sombra pasó las páginas hasta encontrar el retrato de la plana mayor del ayuntamiento, y señaló al hombre que aparecía identificado como Mulligan. Chad se rio.

—Esta sí que es buena.

Pasaron los minutos, y las horas, en aquel despacho. Sombra se había leído ya dos números del *Sports Illustrated* y cogió el *Newsweek*. De vez en cuando, Chad venía para ver si Sombra necesitaba ir al baño, o para ofrecerle un bocadillo de jamón y una bolsita de patatas fritas.

—Gracias —dijo Sombra, y los aceptó—. ¿Estoy detenido?

Chad aspiró el aire entre los dientes.

—Pues enseguida saldremos de dudas. Pero parece que Mike Ainsel no es tu nombre oficial. Por otro lado, en este estado puedes utilizar el nombre que te dé la gana, siempre y cuando no lo hagas con intenciones delictivas. No te preocupes.

—¿Puedo hacer una llamada?

—¿Local?

—Conferencia.

—Te saldrá más barato si la cargo en mi tarjeta telefónica; si no, vas a tener que meter diez dólares en monedas de veinticinco en ese trasto que hay a la entrada.

«Claro —pensó Sombra—. Así sabrás a qué número he llamado, y probablemente escucharás mi conversación desde cualquiera de las extensiones.»

—Te lo agradezco —dijo Sombra. Se trasladaron a un despacho vacío, justo al lado del de Chad. Aquel despacho estaba mejor iluminado. El número que Sombra le dictó a Chad era el de una funeraria de Cairo, Illinois. El policía marcó y le pasó el auricular a Sombra.

—Te dejo solo —dijo, y salió de la habitación.

El teléfono sonó varias veces antes de que atendieran la llamada.

—Jacquel e Ibis. ¿En qué puedo ayudarle?

—Hola. Señor Ibis, soy Mike Ainsel. Estuve echándoles una mano estas Navidades.

Hubo un momento de vacilación y después:

—Claro, Mike. ¿Cómo estás?

—No muy bien, señor Ibis. Tengo un problemilla. Me van a detener. He pensado que igual mi tío andaba por ahí o, si no, a lo mejor le puedes hacer llegar el recado.

—Preguntaré por ahí, descuida. Espera un momento, Mike. Hay alguien aquí que quiere hablar contigo.

Le pasaron el teléfono a alguien, y una voz ronca de mujer le saludó:

—Hola, cariño. Te echo de menos.

Estaba seguro de no haber oído nunca esa voz. Pero el caso era que la conocía. Sí, la conocía……

«Déjate llevar —le susurraba la ronca voz en su mente, en un sueño—. Abandónate.»

—¿Quién era esa chica a la que estabas besando? ¿Quieres ponerme celosa?

—Solo somos amigos —replicó Sombra—. Creo que simplemente quería demostrar algo. ¿Cómo has sabido que me ha besado?

—Tengo ojos dondequiera que haya uno de los míos. Cuídate, cariño.

Hubo un instante de silencio, y a continuación el señor Ibis volvió a ponerse al teléfono.

—¿Mike?

—Sí.

—Ahora mismo no puedo localizar a tu tío. Parece que anda liado. Pero voy a ver si le paso el recado a tu tía Nancy. Buena suerte.

Colgó.

Sombra se sentó y esperó a que volviera Chad. Se quedó sentado en el despacho vacío, pensando que ojalá tuviera algo con lo que distraerse. Con cierta reticencia, cogió las *Actas* una vez más, las abrió por la mitad al azar y se puso a leer.

La ordenanza que prohibía escupir en las aceras o en el suelo de los edificios públicos, o tirar al suelo cualquier clase de tabaco, se había presentado y aprobado, por ocho votos a cuatro, en diciembre de 1876.

Lemmi Hautala tenía doce años y «se temía que hubiera huido en un ataque de locura» el 13 de diciembre de 1876. «Se había iniciado su búsqueda inmediatamente, pero las fuertes nevadas habían obligado a cancelar la búsqueda.» El pleno había decidido por unanimidad expresar sus condolencias a la familia Hautala.

El incendio que se declaró en las caballerizas de Olsen la semana siguiente había sido extinguido sin daño alguno ni pérdida de vidas humanas o equinas.

Sombra ojeó las siguientes columnas. No vio que se volviera a mencionar a Lemmi Hautala.

Después, dejándose llevar por un impulso, pasó las páginas hasta el invierno de 1877. Encontró lo que buscaba en un pequeño anexo a las actas de enero: Jessie Lovat, cuya edad no se especificaba, pero sí que era «una niña negra», había desaparecido en la noche del 28 de diciembre. Se creía que podía haber sido «raptada por unos supuestos vendedores ambulantes, que habían huido de la ciudad la semana anterior tras descubrirse que estaban implicados en algunos robos de poca monta. Al parecer, se dirigían hacia Saint Paul». No se enviaron condolencias a la familia Lovat.

Sombra estaba ya ojeando las actas del invierno de 1878 cuando Chad Mulligan llamó a la puerta y entró, con la actitud avergonzada de un niño que vuelve a casa con un informe de mal comportamiento.

—Señor Ainsel —dijo—, Mike. Siento mucho todo esto, de verdad. Personalmente, me caes muy bien. Pero eso no cambia nada, ¿lo entiendes?

Sombra le dijo que lo entendía.

—No tengo elección —continuó Chad—. Tengo que detenerte por violar la condicional.

A continuación, el jefe de policía le leyó a Sombra sus derechos. Cumplimentó unos documentos, le tomó las huellas y lo condujo hasta el calabozo, en la otra punta del edificio.

A un lado de la habitación había un mostrador largo y varias puertas, y en el lado opuesto, dos celdas y otra puerta. Una de las celdas estaba ocupada por un hombre que dormía sobre una cama de cemento, tapado con una fina manta. La otra estaba vacía.

Tras el mostrador había una mujer de aspecto somnoliento con un uniforme marrón, que estaba viendo a Jay Leno en un televisor portátil blanco. Cogió la documentación que le entregó Chad y registró la entrada de Sombra. Chad se quedó un rato resolviendo el papeleo. La mujer salió de detrás del mostrador, cacheó a Sombra, recogió todos sus objetos personales —la cartera, unas monedas, la llave del apartamento, el libro, el reloj— y los dejó sobre el mostrador; a continuación le entregó una bolsa de plástico con ropa de color naranja y le dijo que fuera a cambiarse a la celda que estaba vacía. Podía quedarse con su ropa interior y sus calcetines. Fue a la celda y se puso la ropa naranja y los zuecos de goma. Dentro el olor era nauseabundo. La camiseta naranja llevaba un letrero detrás en grandes letras negras: PRISIÓN DEL CONDADO DE LUMBER.

El retrete metálico de la celda estaba atascado, y lleno hasta el borde de un caldo marrón de heces líquidas y orina añeja con un toque de cerveza.

Sombra salió y entregó su ropa a la mujer, que la introdujo en la misma bolsa que sus objetos personales. Le hizo firmar un recibo. Sombra firmó como Mike Ainsel, aunque empezaba a ver a Mike Ainsel como alguien que había llegado a apreciar en el pasado pero no volvería a ver en el futuro. Antes de entregar la cartera, la revisó.

—Cuídemela bien —le dijo a la mujer—. Toda mi vida está aquí dentro.

La mujer la cogió y le aseguró que no tenía de qué preocuparse. Sombra preguntó a Chad si aquello era cierto y este, que ya estaba terminando con el papeleo, confirmó que Liz decía la verdad, que hasta el momento nunca habían perdido las pertenencias de ningún recluso.

Sombra se había guardado en los calcetines los cuatro billetes de cien dólares que había sustraído de la cartera cuando se estaba cambiando, junto con el dólar de plata que había hecho desaparecer mientras se vaciaba los bolsillos.

—¿Hay algún problema en que me quede con el libro para terminar de leerlo? —preguntó al salir.

—Lo siento, Mike. Las normas son las normas —respondió Chad.

Liz colocó la bolsa con los objetos de Sombra en la habitación de atrás, y Chad anunció que iba a dejarlo en las eficaces manos de la agente Bute. Liz parecía cansada e indiferente. Chad se marchó. Sonó el teléfono y Liz —la agente Bute— contestó.

—Sí —dijo—. Sí. No hay problema. Vale. No hay problema. Muy bien.

Colgó el teléfono e hizo una mueca.

—¿Algún problema?

—Sí. Bueno, no. Más o menos. Mandan a alguien desde Milwaukee para recogerle. A ver, ¿padece usted alguna enfermedad, diabetes, ese tipo de cosas?

—No —respondió Sombra—. Nada en absoluto. ¿Y cuál es el problema?

—Que va a tener que quedarse aquí conmigo otras tres horas. Esa celda de ahí —dijo, señalando el calabozo que estaba junto a la puerta, donde había un hombre dormido— está ocupada. Tengo que vigilarle para que no se suicide. No debería meterle en la misma celda. Tampoco merece la pena trasladarle a la prisión del condado para sacarle dentro de tres horas. Y no querrá usted meterse ahí —señaló la celda vacía en la que se había cambiado de ropa—, porque el retrete está atascado. Huele que apesta, ¿verdad?

—Sí, francamente.

—Es una cuestión de humanidad. Ya están tardando en trasladarnos al edificio nuevo. Seguro que una de las mujeres que encerramos ayer tiró un tampón. Y mira que siempre les digo que no lo hagan, que para eso están las papeleras. Los tampones atascan las cañerías. Cada puto tampón que tiran por el váter le cuesta al condado cien dólares de fontanería. Puedo custodiarle aquí fuera si le pongo las esposas. Si no, tendrá que meterse en la celda. Usted decide.

—No es que me vuelvan loco —dijo—, pero me quedo con las esposas.

Ella cogió un par que llevaba en el cinturón y palpó la semiautomática en su funda, como para recordarle que estaba allí.

—Las manos a la espalda.

Las esposas le apretaban: sus muñecas eran muy grandes. Luego le encadenó también los tobillos y lo sentó en un banco en el otro extremo del mostrador, pegado a la pared.

—Muy bien —dijo—. Si no me molesta, yo no le molestaré a usted.

Giró la televisión para que él también pudiera verla.

—Gracias —dijo Sombra.

—Cuando nos traslademos al edificio nuevo —dijo Liz—, no se darán estas situaciones tan absurdas.

El programa del sábado noche ya se había acabado. Jay y sus invitados se despidieron con una gran sonrisa. Empezó un episodio de *Cheers*. Sombra no seguía la serie; solo había visto uno de los episodios —ese en el que la hija del entrenador va al bar—, pero varias veces. Había llegado a la conclusión de que cuando ves un episodio de una serie que no sigues siempre acabas pillando el mismo aunque hayan pasado años desde la última vez; pensó que seguramente era una especie de ley cósmica.

La agente Liz Bute se recostó en la silla. No estaba dormida, pero tampoco despierta, así que no se dio ni cuenta cuando los de la pandilla de *Cheers* dejaron de hablar y de hacer gags y empezaron a mirar a Sombra.

Diane, la camarera rubia que se las daba de intelectual, fue la primera en hablar:

—Sombra, estábamos muy preocupados por ti. Pensamos que te habías borrado del mapa. Nos alegramos de volver a verte, aun con el *bondage* y ese conjunto naranja.

—Pues digo yo que lo suyo es —pontificó Cliff, el pelma del bar— que te escapes cuando llegue la temporada de caza, que es cuando todo el mundo va vestido de naranja.

Sombra no dijo nada.

—Ah, ya veo, te ha comido la lengua el gato, ¿eh? —interrumpió Diane— Pues qué bien, con lo que nos ha costado dar contigo.

Sombra desvió la mirada. La agente Liz había empezado a roncar levemente. Carla, la camarera bajita, dijo:

—¡Eh, tonto del culo! Interrumpimos esta emisión para enseñarte algo que va a hacer que te mees encima como un niño chico. ¿Estás listo?

La pantalla parpadeó y la imagen fundió a negro. Las palabras EN DIRECTO aparecieron sobreimpresas en blanco en la esquina inferior izquierda. Una débil voz en *off* de mujer anunció:

—Aún no es demasiado tarde para pasarse al bando vencedor. Pero, como es natural, es usted libre de permanecer donde está. En eso consiste ser estadounidense. Ese es el milagro de Estados Unidos. La libertad de culto es también la libertad de elegir el culto equivocado. Del mismo modo que la libertad de expresión te garantiza el derecho a guardar silencio.

En la televisión se veía ahora una escena callejera. La cámara se movía a tirones, como si hubiera sido grabada en mano, al estilo de los documentales.

Un hombre de cabello ralo, bronceado y con expresión levemente avergonzada ocupaba toda la pantalla. Estaba apoyado contra una pared, bebiendo café a sorbos de un vaso de plástico. Miró a la cámara y declaró:

—Hoy en día se abusa de la palabra terrorismo. Pero los verdaderos terroristas se esconden tras expresiones engañosas como «adalides de la libertad», cuando en realidad no son más que vulgares asesinos. Eso no facilita nuestro trabajo, pero al menos sabemos que estamos cambiando el mundo. Estamos dispuestos a arriesgar nuestras vidas para cambiarlo.

Sombra reconoció la voz. Había estado dentro de la mente de aquel hombre una vez. La voz del señor Ciudad sonaba distinta desde dentro —parecía más profunda, más potente—, pero no dejaba lugar a dudas.

Las cámaras se alejaron para mostrar que el señor Ciudad estaba junto a un edificio de ladrillo en alguna calle de Estados Unidos. Encima de la puerta había una escuadra y un compás que enmarcaban la letra «g».

—Todo el mundo a sus puestos —dijo alguien fuera de plano.

—Vamos a ver si funcionan las cámaras del interior —dijo la voz en *off* femenina.

Las palabras EN DIRECTO continuaban parpadeando en la esquina inferior izquierda de la pantalla. La película mostraba ahora el interior de una sala pequeña y mal iluminada. Había dos hombres sentados a una mesa al fondo de la habitación. Uno de ellos estaba de espaldas a la cámara. La cámara hizo un torpe *zoom* para mostrarlos en primer plano. Al principio estaban desenfocados, pero enseguida corrigieron el enfoque. El hombre que estaba de frente a la cámara se levantó y se puso a caminar de un lado a otro, como un oso encadenado. Era Wednesday. Hasta cierto punto, parecía que disfrutaba con la situación. Según corregían el enfoque, empezó a oírse el audio.

El hombre de espaldas a la pantalla decía:

—... os estamos ofreciendo la oportunidad de acabar con todo esto, aquí y ahora, sin más derramamiento de sangre, sin más violencia, si más dolor, sin sacrificar más vidas. ¿No te parece que ahora deberíais ceder un poco?

Wednesday dejó de pasear y se dio la vuelta. Las aletas de su nariz se dilataban y se contraían alternativamente.

—En primer lugar —rugió—, tenéis que entender que me estáis pidiendo que hable por todos nosotros, por todos y cada uno de los individuos que se encuentran en la misma situación que yo por todo el país. Y eso no tiene el más mínimo sentido. Cada uno hará lo que le parezca, y yo en eso no tengo ni voz ni voto. En segundo lugar, ¿por qué demonios voy a creer que mantendréis vuestras promesas?

El hombre que estaba de espaldas a la cámara meneó la cabeza.

—Te estás subestimando —le dijo—. Está claro que vosotros no tenéis líderes. Pero a ti te escuchan todos. Tienen en cuenta tu opinión, señor Cargo. Y en cuanto a tus dudas sobre si mantendremos o no nuestras promesas, ¿qué puedo decir? Estas conversaciones preliminares se están filmando y difundiendo en directo. —Señaló la cámara—. Algunos de los vuestros están viendo ahora mismo nuestra conversación. Otros se enterarán porque se lo contarán personas dignas de su confianza. Otros verán las grabaciones en vídeo. La cámara no miente.

—Todo el mundo miente —replicó Wednesday.

Sombra reconoció la voz de hombre que daba la espalda a la cámara. Era el señor Mundo, el que había hablado con Ciudad por el móvil mientras Sombra estaba dentro de su cabeza.

—¿No crees que vayamos a cumplir nuestras promesas? —le preguntó el señor Mundo.

—Creo que vuestras promesas y juramentos son papel mojado. Pero yo sí que pienso mantener mi palabra.

—Un salvoconducto es un salvoconducto —dijo el señor Mundo—, y acordamos una tregua. Y por cierto, creo que debería informarte de que tu joven protegido vuelve a estar bajo nuestra custodia.

Wednesday resopló.

—No —dijo—, eso no puede ser.

—Estamos buscando la manera de enfrentarnos al futuro cambio de paradigma. No tenemos por qué ser enemigos, ¿no te parece?

Wednesday seguía pareciendo alterado.

—Haré todo lo que este en mi mano... —dijo.

Sombra se percató de que sucedía algo extraño con la imagen de Wednesday en la pantalla. Había un reflejo rojo en su ojo izquierdo, el de cristal. Era como una luz roja, y dejaba una estela fosforescente cuando Wednesday se movía. Él no parecía ser consciente de ello.

—Este es un país grande —dijo Wednesday mientras ordenaba sus pensamientos. Movió la cabeza y el punto rojo se deslizó hasta su mejilla, parecía un puntero láser. Después, volvió a desplazarse hasta su ojo izquierdo—. Hay espacio suficiente...

Se oyó un disparo, amortiguado por los altavoces de la televisión, y el lateral de la cabeza de Wednesday explotó. Su cuerpo se desplomó hacia atrás.

El señor Mundo se puso en pie, siempre de espaldas a la cámara, y salió de plano.

—Vamos a verlo de nuevo, y esta vez a cámara lenta —dijo la voz del locutor, en tono apaciguador.

Las palabras EN DIRECTO desaparecieron y en su lugar apareció sobreimpresionada la palabra REPETICIÓN. El láser rojo volvió a desplazarse, más despacio ahora, hasta el ojo de cristal de Wednesday, y una vez más su cabeza estalló en una nube de sangre. La imagen se quedó congelada.

—Sí, seguimos viviendo en la Tierra Elegida por Dios —dijo el locutor, pronunciando el eslogan final—. Lo único que hace falta saber ahora es: ¿cuáles son esos dioses?

Otra voz —que a Sombra le pareció la del señor Mundo, porque le resultaba igualmente familiar—, anunció:

—Devolvemos la conexión y les dejamos con su programación habitual.

En *Cheers*, el entrenador intentaba convencer a su hija de que era una auténtica belleza, igual que su madre.

Sonó el teléfono, y la agente Liz dio un respingo. Lo cogió:

—Sí. Sí. Vale. Sí. Allí estaré.

Colgó el teléfono, salió de detrás del mostrador e informó a Sombra:

—Lo siento, pero voy a tener que meterle en la celda. No use el váter. Si necesita ir al baño, pulse el timbre que hay al lado de la puerta; yo bajaré lo antes posible y le acompañaré al lavabo y de vuelta a la celda. Los del departamento del *sheriff* de Lafayette llegarán enseguida.

Le quitó las esposas y los grilletes y lo encerró en la celda. Con la puerta cerrada, la peste era aún peor.

Sombra se sentó en la cama de hormigón, sacó el dólar de plata del calcetín y comenzó a moverlo en distintas posiciones, del dedo a la palma, de una mano a otra, con el único objetivo de evitar que pudiese verlo cualquiera que mirase dentro de la celda. Era una manera de matar el tiempo. Estaba entumecido.

De pronto, sintió una profunda nostalgia de Wednesday. Añoraba su confianza, su actitud, su convicción.

Abrió la mano, y miró la efigie en relieve de la estatua de la Libertad. Cerró los dedos sobre la moneda y la apretó con fuerza. Se preguntó si acabaría siendo uno de esos desgraciados que cumplen la perpetua por algo que no han hecho. Si es que lograba llegar tan lejos. Por lo que había visto del señor Mundo y del señor Ciudad, no les costaría nada sacarle del sistema. Igual pensaban hacerle desaparecer en un desafortunado accidente de camino a la próxima prisión. O puede que le dispararan y alegaran que había intentado escapar. No le extrañaría lo más mínimo.

Parecía haber cierto ajetreo al otro lado del cristal. La agente Liz estaba de vuelta. Apretó un botón, se abrió una puerta que Sombra no podía ver y un agente con el uniforme marrón del departamento del *sheriff* entró y se dirigió apresuradamente hacia el mostrador.

Sombra se volvió a guardar la moneda en el calcetín, y la empujó hasta el tobillo.

El nuevo ayudante del *sheriff* le entregó unos papeles, Liz los revisó y los firmó. Llegó Chad Mulligan, le dijo unas palabras al recién llegado, abrió la puerta de la celda y se metió dentro.

—Este olor no hay quien lo aguante.

—A mí me lo vas a contar.

—Bueno. Han venido a recogerte. Parece que eres una cuestión de seguridad nacional. ¿Lo sabías?

—Un buen artículo para la primera plana del *Lakeside News*.

Chad lo miró inexpresivo.

—¿Un artículo para contar que han detenido a un fulano por violar la condicional? Pues menuda noticia.

—¿Así que eso es todo?

—Eso es lo que me han dicho.

Esta vez Sombra puso las manos delante, y Chad le esposó. Le puso los grilletes en los tobillos y unió las esposas de las manos con los grilletes de las piernas.

Sombra pensó: «Me van a sacar. Quizá pueda escaparme. Aunque estoy como para fugarme, con las esposas, los grilletes y esta ropa tan fina y naranja en mitad de la nieve». Y según lo pensaba se daba cuenta de lo estúpido de la idea.

Chad lo acompañó a la oficina. Liz había apagado ya la televisión. El ayudante negro lo miró de arriba abajo.

—Sí que es grande —le comentó a Chad. Liz le pasó al ayudante la bolsa de papel con las pertenencias de Sombra, y le hizo firmar un recibo.

Chad miró a Sombra, y a continuación al ayudante. En voz baja, pero lo suficientemente alta como para que Sombra pudiese oírle, le dijo al ayudante:

—Oiga, solo quiero dejar constancia de que no me gusta cómo están llevando este asunto.

El ayudante asintió. Tenía una voz profunda y cultivada: era la voz de un hombre que lo mismo podía organizar una conferencia de prensa que una masacre.

—Tendrá que ponerlo en conocimiento de las autoridades competentes. Yo me limito a trasladarle.

Chad torció el gesto. Se volvió hacia Sombra.

—Muy bien —dijo Chad—. Salga por esa puerta, y luego al patio.

—¿Cómo?

—Por ahí. Donde está el coche.

Liz abrió las puertas.

—Quiero que me devuelvan el uniforme —le dijo al ayudante—. La última vez que enviamos a un preso a Lafayette no volvimos a ver el uniforme. Y le cuestan un buen dinero al condado.

Condujeron a Sombra hasta el patio, donde esperaba el coche. No era un vehículo del departamento del *sheriff*, sino una limusina negra. Otro ayudante, un tipo blanco de cabello gris y con bigote, estaba de pie junto al coche, fumándose un cigarrillo. Cuando los vio venir, lo aplastó con un pie y le abrió a Sombra la puerta trasera.

Sombra se subió al coche y se sentó como pudo, pues las esposas y los grilletes dificultaban sus movimientos. No había reja entre los asientos delanteros y los traseros.

Los dos ayudantes se subieron delante. El ayudante negro arrancó el coche. Esperaron a que abrieran la puerta del patio.

—Venga, venga —decía el ayudante negro tamborileando con los dedos sobre el volante.

Chad Mulligan llamó a la ventanilla. El agente blanco miró al conductor y después la bajó.

—Esto no está bien —insistió Chad—; solo quería decírselo.

—Tomamos nota de sus comentarios y se los haremos llegar a las autoridades competentes —respondió el conductor.

Se abrieron las puertas al mundo exterior. La nieve continuaba cayendo en remolinos frente a las luces del coche. El conductor pisó el acelerador y salieron al exterior en dirección a la calle principal.

—¿Te has enterado de lo de Wednesday? —preguntó el conductor. Su voz sonaba en ese momento más vieja, diferente y a la vez familiar—. Ha muerto.

—Sí, lo sé —dijo Sombra—. Lo he visto por la tele.

—Esos cabrones —exclamó el agente blanco. Era lo primero que decía, su voz era áspera, con un fuerte acento y, al igual que la del conductor, Sombra la conocía—. Te lo digo yo, son todos una panda de cabrones.

—Gracias por venir a buscarme.

—De nada —contestó el conductor. A la luz de un coche que venía de frente, su rostro parecía aún más viejo. También más pequeño. La última vez que Sombra lo vio llevaba unos guantes de color amarillo limón y una chaqueta de cuadros—. Estábamos en Milwaukee, y cuando Ibis nos llamó salimos zumbando en el coche.

—¿Te creías que íbamos a dejar que te llevasen a la silla eléctrica cuando yo todavía estoy esperando para romperte el cráneo con mi maza? —preguntó el agente blanco con aire melancólico, rebuscando en el bolsillo un paquete de cigarros. Tenía acento de la Europa del Este.

—Dentro de una hora más o menos se descubrirá el pastel —dijo el señor Nancy, que cada vez se parecía más a sí mismo—, cuando pasen a recogerte. Pararemos antes de llegar a la autopista 53 para quitarte los grilletes y que puedas cambiarte de ropa.

Czernobog exhibió la llave de las esposas y sonrió.

—Me gusta el bigote —le dijo Sombra—. Te favorece.

Czernobog se lo acarició con un dedo amarillento.

—Gracias.

—Wednesday —dijo Sombra—. ¿Está muerto de verdad? No es ningún montaje, ¿no?

Se dio cuenta de que hasta ese momento se había aferrado a esa última esperanza, por estúpido que pudiese resultar. Pero la expresión en el rostro de Nancy le dijo todo lo que necesitaba saber, y la esperanza se esfumó.

El desembarco en América

14000 a.C.

Reinaban el frío y la oscuridad cuando la visión vino a ella, porque allá en el norte la luz era una claridad grisácea en mitad del día que llegaba y se iba y regresaba otra vez: un interludio entre dos oscuridades.

No eran una tribu muy grande, según los cánones de la época: nómadas de las llanuras del norte. Tenían un dios que era el cráneo de un mamut, con su piel transformada en un basto manto. Lo llamaban Nunyunnini. Cuando no viajaban descansaba sobre una estructura de madera de la altura de un hombre.

Ella era la sacerdotisa de la tribu, la guardiana de sus secretos, y su nombre era Atsula, la raposa. Atsula caminaba delante de los dos hombres de la tribu que transportaban a su dios sobre dos largos palos, envuelto en pieles de oso para que no pudiera ser visto por ojos profanos, no cuando no estaba consagrado.

Vagaban por la tundra, con sus tiendas. La mejor de ellas estaba confeccionada con piel de caribú, era la tienda sagrada, y estaba ocupada por cuatro personas: Atsula, la sacerdotisa; Gugwei, el más viejo de la tribu; Yanu, el líder de los guerreros, y Kalanu, la exploradora. Ella los convocó allí, el día después de su visión.

Atsula echó un poco de liquen al fuego, después añadió unas hojas secas con su marchita mano izquierda: empezaron a humear, con un humo gris que escocía en los ojos y despedía un olor penetrante y extraño. Después cogió un tazón de madera de la plataforma de madera y se lo pasó a Gugwei. El tazón estaba lleno hasta la mitad de un líquido amarillo oscuro.

Atsula había encontrado las setas *pungh* —que tenían siete motas en el sombrero, y solo una auténtica mujer santa podía encontrar una seta de siete motas—, las había recogido en la oscuridad de una noche sin luna y las había secado sobre una cuerda hecha de cartílago de ciervo.

El día anterior, antes de acostarse, había comido los tres sombreros secos de las setas. Sus sueños habían sido confusos y temibles, llenos de brillantes luces que se movían deprisa, de riscos llenos de luces que apuntaban hacia lo alto cual carámbanos. En mitad de la noche se había despertado, sudando, y con necesidad de hacer aguas menores. Se había puesto en cuclillas sobre el tazón de madera y lo había llenado con su orina. Después, lo había colocado fuera de la tienda, en la nieve, y se había vuelto a dormir.

Al levantarse, extrajo los fragmentos de hielo del tazón de madera, tal como le había enseñado su madre, y reservó un líquido más oscuro, más concentrado.

Ese era el líquido que les dio a beber en la tienda, primero a Gugwei, después a Yanu y a Kalanu. Cada uno de ellos bebió un largo trago del líquido, y Atsula bebió en último lugar. Lo tragó y vertió los restos en el suelo frente a su dios, una libación a Nunyunnini.

Permanecieron sentados en la tienda llena de humo, a la espera de que su dios les hablara. Fuera, en la oscuridad, el viento gemía.

Kalanu, la exploradora, era una mujer que vestía y caminaba como un hombre: incluso había tomado por esposa a Dalani, una doncella de catorce años. Kalanu cerró los ojos con fuerza, se levantó y se acercó al cráneo de mamut. Se echó la capa de piel de mamut sobre los hombros y la colocó de forma que su cabeza quedase en el interior del cráneo de mamut.

—Hay algo maligno en la tierra —dijo Nunyunnini—. Un mal de tal magnitud que si permanecéis aquí, en la tierra de vuestras madres y de las madres de vuestras madres, todos vosotros pereceréis.

Los tres que escuchaban emitieron un gruñido.

—¿Son los cazadores de esclavos? ¿O los grandes lobos? —preguntó Gugwei, que tenía una larga cabellera blanca y el rostro tan arrugado como la grisácea corteza del espino.

—No son cazadores de esclavos —respondió Nunyunnini, vieja piel de piedra—. No son grandes lobos.

—¿Una hambruna, pues? ¿Se acerca una hambruna? —inquirió Gugwei.

Nunyunnini guardó silencio. Kalanu salió del cráneo y esperó junto a los demás.

Gugwei se puso la capa de piel de mamut e introdujo la cabeza dentro del cráneo.

—No es una hambruna como las que habéis conocido hasta ahora —fue la respuesta de Nunyunnini por boca de Gugwei—, aunque vendrá seguido de una hambruna.

—¿Qué es, entonces? —inquirió Yanu—. No tengo miedo. Lucharé contra lo que sea. Tenemos lanzas y piedras. Aun cuando nos atacaran cien poderosos guerreros, saldríamos victoriosos. Los llevaremos hasta las marismas y les abriremos el cráneo a golpe de piedra.

—No tiene forma humana —dijo Nunyunnini con la cascada voz de Gugwei—. Vendrá del cielo, y ni vuestras lanzas ni vuestras piedras podrán protegeros.

—¿Y cómo podemos protegernos? —preguntó Atsula—. He visto llamas en el cielo. He oído un estruendo mayor que diez truenos. He visto bosques arrasados y ríos hirvientes.

—Ay... —gimió Nunyunnini, pero no dijo nada más. Gugwei salió del cráneo inclinándose con dificultad, pues era un hombre de edad avanzada y tenía los brazos hinchados y agarrotados.

Todo estaba en silencio. Atsula echó más hojas al fuego, y el humo hizo que sus ojos se llenasen de lágrimas.

Entonces Yanu fue hasta la cabeza de mamut, se puso el manto sobre sus anchos hombros y metió la cabeza dentro del cráneo. Su voz era atronadora.

—Debéis partir —dijo Nunyunnini—. Debéis viajar en dirección al sol. Allá donde nace el sol hallaréis una nueva tierra, y allí estaréis seguros. Será un largo viaje: la luna crecerá y menguará, morirá y renacerá dos veces, y encontrareis cazadores de esclavos y fieras, pero yo os guiaré y os mantendré a salvo si viajáis hacia levante.

Atsula escupió en el barro del suelo y exclamó:

—No. —Sentía la mirada de su dios fija en ella—. No. Eres un mal dios por pedirnos esto. Moriremos. Moriremos todos, y entonces ¿quién quedará para llevarte de cerro en cerro, para montar tu tienda, para engrasar tus grandes colmillos?

El dios no respondió. Atsula tomó el lugar de Yanu. El rostro de Atsula asomó por entre los amarillentos huesos de mamut.

—Atsula no tiene fe —dijo Nayunnini con la voz de la sacerdotisa—. Atsula morirá antes de que lleguéis a la nueva tierra, pero los demás viviréis. Confiad en mí: hay una tierra en el este no habitada por hombres. Esa tierra será vuestra y de vuestros hijos y de los hijos de vuestros hijos, durante siete generaciones, y hasta siete veces siete. De no ser por la falta de fe de Atsula, habría sido vuestra para siempre. Por la mañana, recoged vuestras tiendas y pertenencias y caminad hacia oriente.

Gugwei, Yanu y Kalanu inclinaron sus cabezas y manifestaron a gritos el poder y la sabiduría de Nunyunnini.

La luna creció y menguó y creció y menguó una vez más. La tribu caminó hacia el este, hacia el amanecer, luchando contra los gélidos vientos que adormecían sus pieles desnudas. Nunyunnini cumplió lo prometido: no perdieron a ningún miembro de la tribu durante el viaje, salvo a una mujer que murió de parto, y las parturientas pertenecen a la luna, no a Nunyunnini.

Cruzaron el puente de tierra.

Kalanu los había dejado con las primeras luces del día para explorar el camino. Ahora el cielo estaba oscuro y Kalanu no había regresado, pero en el cielo nocturno bullían las luces, que se unían, cintilaban, serpenteaban, cambiaban y vibraban; luces blancas, verdes, violetas y rojas. Atsula y su gente ya habían visto las luces del norte otras veces, pero aún les asustaban, y jamás habían visto un despliegue como aquel.

Kalanu regresó, mientras las luces del cielo adoptaban formas diversas y fluían de un lado a otro.

—A veces —le confesó a Atsula— siento que podría abrir los brazos y fundirme con el cielo, sin más.

—Eso es porque eres una exploradora —dijo Atsula, la sacerdotisa—. El día que mueras te fundirás con el cielo y te convertirás en una estrella, para guiarnos igual que nos guiabas en vida.

—Al este hay acantilados de hielo muy escarpados —explicó Kalanu, con su cabello, negro como ala de cuervo, largo como lo llevaría un varón—. Podremos escalarlos, pero nos llevará muchos días.

—Tú nos conducirás hasta allí sanos y salvos —dijo Atsula—. Yo moriré al pie de los acantilados, y ese sacrificio os llevará hasta las nuevas tierras.

Al oeste, en las tierras de las que venían, donde el sol se había puesto horas atrás, se produjo un fogonazo de una perturbadora luz amarilla, más brillante que un relámpago, más luminosa que la luz del día: un estallido de puro brillo que obligó a las gentes que cruzaban el puente de tierra a taparse los ojos y a escupir y a gritar. Los niños prorrumpieron en llanto.

—Esta es la fatalidad contra la que nos previno Nunyunnini —afirmó el viejo Gugwei—. Es un dios sabio y poderoso.

—Es el mejor de los dioses —aseguró Kalanu—. Cuando estemos en nuestra nueva tierra lo colocaremos en un lugar alto, bruñiremos sus colmillos con aceite de pescado y grasa animal y les diremos a nuestros hijos, y a los hijos de nuestros hijos y a los hijos de sus hijos durante siete generaciones, que Nunyunnini es el más poderoso de todos los dioses, y de este modo no será olvidado jamás.

—Los dioses son grandes —dijo Atsula, lentamente, como resumiendo un gran secreto—. Pero el corazón es aún más grande, pues es en nuestros corazones donde los dioses nacen, y el lugar al que deben regresar…

Y nadie sabe cuánto tiempo hubiera podido perseverar en esta blasfemia, de no haber sido interrumpida de una forma que no admitía discusión.

Del oeste llegó un rugido tan estentóreo que les sangraron los oídos. No pudieron oír durante un tiempo, temporalmente ciegos y sordos pero vivos, y conscientes de que habían sido más afortunados que las tribus del oeste.

—Es bueno —dijo Atsula, pero ni siquiera pudo oír estas palabras dentro de su cabeza.

Atsula falleció al pie de los acantilados justo cuando el sol de primavera alcanzaba su cénit. No vivió para ver el Nuevo Mundo, y la tribu entró en aquellas tierras sin sacerdotisa.

Escalaron los acantilados, marcharon hacia el sur y el oeste, hasta llegar a un valle con agua dulce, y ríos rebosantes de plateados peces, y ciervos que no habían visto jamás un ser humano y eran tan mansos que había que escupir y pedir perdón a sus espíritus antes de darles muerte.

Dalani dio a luz a tres hijos, y algunos dijeron que Kalanu había obrado el milagro y podía comportarse como un hombre con su esposa; pero otros dijeron que Gugwei no era tan viejo como para no poder hacer compañía a una joven esposa en ausencia de su marido; y lo cierto es que, tras la muerte de Gugwei, Dalani no tuvo más hijos.

La estación de los hielos llegó y pasó, la gente se dispersó por la nueva tierra, y formaron nuevas tribus y escogieron nuevos tótems: cuervos y zorros y osos y grandes felinos y búfalos, todos ellos animales sagrados que definían la identidad de cada tribu, todos ellos dioses.

Los mamuts de las nuevas tierras eran más grandes, más lentos y más tontos que los de las estepas siberianas, y no había setas *pungh*, con sus siete motas, en la nueva tierra, y Nunyunnini ya no le hablaba a la tribu.

En los días de los nietos de los nietos de Dalani y Kalanu, un grupo de guerreros, miembros de una tribu grande y próspera, que regresaban de una expedición a la caza de esclavos al norte de sus tierras, encontraron el valle de los Primeros Pobladores: mataron a la mayoría de los hombres y capturaron a las mujeres y a muchos de los niños.

Uno de los niños, esperando clemencia, los llevó hasta una cueva en las montañas, donde había el cráneo de un mamut, los andrajosos restos de un manto de piel, un cuenco de madera y la cabeza embalsamada de Atsula, el Oráculo.

Mientras que algunos de los guerreros de la nueva tribu eran partidarios de llevarse con ellos los objetos sagrados, de robar los dioses de los Primeros Pobladores y hacerse así con todo su poder, otros se mostraron reticentes, pues creían que aquello solo les traería mala suerte y la inquina de su propio dios (pertenecían a una de las tribus del cuervo, y los cuervos son dioses celosos).

Así pues, arrojaron los objetos a un profundo barranco y se llevaron a los supervivientes de los Primeros Pobladores en su largo viaje hacia el sur. Y las tribus del cuervo y las del zorro se fueron haciendo cada vez más poderosas en la nueva tierra, y Nunyunnini no tardó en ser condenado al más absoluto de los olvidos.

TERCERA PARTE

El momento de la tormenta

Capítulo catorce

People are in the dark, but they don't know what to do
I had a little lantern, oh but it got blown out too.
I'm reaching out my hand. I hope you are too.
I just want to be in the dark with you.
(La gente está en la oscuridad, no sabe qué hacer
Yo tenía un farolito, oh, pero también se apagó.
Alargo la mano, y espero que tú estés haciendo lo mismo.
Solo quiero estar en la oscuridad contigo.)
GREG BROWN, *IN THE DARK WITH YOU*

Cambiaron de coche a las cinco de la madrugada, en Mineápolis, en el aparcamiento del aeropuerto. Subieron hasta la última planta, donde los coches quedaban aparcados al aire libre.

Sombra se quitó el uniforme naranja, las esposas y los grilletes de los pies, lo metió todo en la bolsa de papel de estraza que había contenido por muy poco tiempo sus objetos personales, la dobló y la tiró a una papelera del aparcamiento. Llevaban diez minutos esperando cuando un joven corpulento salió por una de las puertas del aeropuerto y se dirigió hacia ellos. Iba comiendo patatas fritas del Burger King. Sombra lo reconoció de inmediato: era el tipo que iba sentado en el asiento trasero del coche cuando salieron de la Casa de la Roca, aquel que tarareaba en un tono tan bajo que hizo que el coche vibrara. Ahora lucía una barba con un mechón blanco que no llevaba entonces. Le hacía parecer mayor.

El tipo se limpió la grasa de las manos en la sudadera, y le tendió a Sombra su enorme mano.

—Me he enterado de que el padre de todos ha muerto —dijo—. Pagarán por ello, y lo van a pagar muy caro.

—¿Wednesday era tu padre? —preguntó Sombra.

—Era el padre de todos —respondió el hombre. Su profunda

voz se quebró—. Diles que pueden contar con mi gente. Díselo a todos.

Czernobog se sacó una hebra de tabaco de entre los dientes y la escupió sobre la sucia nieve.

—¿Y cuántos sois? ¿Diez? ¿Veinte?

La barba del hombre corpulento se erizó.

—¿Acaso diez de los nuestros no valen más que cien de los suyos? ¿Quién pelearía contra uno de los míos, en una batalla? Pero somos muchos más, en las afueras de las ciudades. Hay unos cuantos en las montañas. Tenemos gente en las Catskills, y hasta en algunas ciudades de Florida. Mantienen sus hachas bien afiladas. Vendrán si les llamo.

—Llámalos, Elvis —dijo el señor Nancy. Sombra creyó entender que lo llamaba Elvis, pero no estaba del todo seguro. Nancy había cambiado su uniforme de ayudante por una gruesa chaqueta de punto marrón, unos pantalones de pana y unos mocasines marrones—. Llámalos. Es lo que hubiera querido ese viejo cabrón.

—Lo traicionaron. Lo mataron. Yo me reí de Wednesday, pero estaba equivocado. Ninguno de nosotros está a salvo —dijo el joven que podría llamarse Elvis—. Pero puedes contar con nosotros.

Le dio a Sombra unas palmaditas en el hombro que casi lo tumban. Era como si una bola de demolición te diera unas palmaditas en la espalda.

Czernobog había inspeccionado el aparcamiento.

—Perdón por la pregunta, ¿cuál es nuestro nuevo vehículo? —preguntó.

El hombre corpulento lo señaló.

—Está allí —dijo.

—¿Eso? —gruñó Czernobog.

Era una furgoneta Volskwagen de 1970. Tenía una calcomanía de un arco iris en la luna trasera.

—Es un vehículo excelente. Y no esperan que conduzcáis algo como esto. Es lo último que buscarían.

Czernobog dio una vuelta alrededor de la furgoneta. Entonces empezó a toser como si fuera a echar los pulmones por la boca, con una tos de viejo fumador a las cinco de la madrugada. Carraspeó, escupió y se masajeó el pecho con la mano para aliviar el dolor.

—Sí, es lo último que se esperan. ¿Y qué pasará cuando nos pare la policía, buscando a los *hippies* y la droga, eh? No hemos venido para conducir una furgoneta mágica. Se supone que debemos pasar desapercibidos.

El hombre de la barba abrió la puerta del coche.

—Te mirarán a la cara, verán que no sois *hippies* y os dirán adiós. Es el disfraz perfecto. Y es lo único que he podido encontrar con tan poca antelación.

Czernobog parecía estar dispuesto a seguir con la discusión, pero el señor Nancy terció con sutileza.

—Elvis, has venido hasta aquí por nosotros. Te estamos muy agradecidos. Ahora el coche tiene que volver a Chicago.

—Lo dejaremos en Bloomington —dijo el hombre de la barba—. Los lobos se harán cargo de él. No lo pienses más. —Luego, dirigiéndose a Sombra, le dijo—: De nuevo, te acompaño en el sentimiento. Buena suerte. Y si vas a velarlo, cuentas además con toda mi admiración. —Le estrechó la mano con su manaza de jugador de béisbol. Le hizo daño—. Díselo a su cadáver cuando lo veas. Dile que Alviss, hijo de Vindalf, mantendrá viva la fe.

La furgoneta olía a pachulí, a incienso rancio y a tabaco de liar. Había una alfombra de un rosa desvaído pegada al suelo y a las paredes.

—¿Quién era? —preguntó Sombra, cambiando trabajosamente de marcha para bajar la rampa.

—Acaba de decirlo: Alviss, hijo de Vindalf. Es el rey de los enanos. El más grande, poderoso e importante entre los enanos.

—Pero no es un enano —señaló Sombra—. ¿Cuánto mide? ¿Uno setenta? ¿Uno setenta y cinco?

—Lo que lo convierte en un gigante entre los enanos —dijo Czernobog desde atrás—. El enano más alto de Estados Unidos.

—¿Y qué es eso que ha dicho del velatorio? —preguntó Sombra.

Ninguno de los dos respondió. Sombra miró a su derecha. El señor Nancy iba mirando por la ventanilla.

—¿Y bien? Ha dicho algo de un velatorio. Lo habéis oído perfectamente.

—No tendrás que hacerlo —dijo Czernobog, desde el asiento trasero.

—¿Hacer el qué?

—El velatorio. Habla demasiado. Todos los enanos hablan demasiado. Y cantan. Todo el tiempo. Ni siquiera lo pienses; mejor olvídate.

Viajaban hacia el sur, por carreteras secundarias («Tenemos

que asumir que las autopistas están en manos del enemigo. O que son las manos del enemigo por derecho propio», había dicho el señor Nancy). Viajar al sur era como viajar al futuro. Las nieves iban desapareciendo, lentamente, y a la mañana siguiente, cuando llegaron a Kentucky, habían desaparecido por completo. En Kentucky el invierno había acabado ya, y empezaba a llegar la primavera. Sombra empezó a preguntarse si existía alguna regla que lo explicara —quizá por cada cien kilómetros que avanzabas hacia el sur avanzabas un día hacia el futuro.

Se lo habría comentado a sus compañeros de viaje, pero el señor Nancy dormía en el asiento del pasajero y Czernobog roncaba sin cesar en el de atrás.

El tiempo parecía en ese momento un constructo flexible, una ilusión que él mismo imaginaba mientras conducía. Se percató de que empezaba a fijarse con preocupación en los animales y pájaros que veía a su alrededor: veía los cuervos junto a la carretera o en la calzada, picoteando animales atropellados; bandadas de pájaros que revoloteaban por los cielos creando esquemas que casi parecían tener algún sentido; gatos que los miraban desde los jardines y los postes de las vallas.

Czernobog se despertó con un ronquido, y se incorporó lentamente.

—He tenido un sueño raro —dijo—. He soñado que en realidad soy Bielebog. Que ya para siempre el mundo imagina que somos dos, el dios de la luz y el de las tinieblas, pero que somos viejos los dos, y de repente descubro que era solo yo todo el tiempo, concediéndoles mis dones y privándolos de ellos.

Rompió el filtro de un Lucky Strike, se puso el cigarrillo entre los labios y lo encendió.

Sombra bajó la ventanilla.

—¿No te preocupa el cáncer de pulmón? —preguntó.

—Yo soy el cáncer —dijo Czernobog—. No me asusto de mí mismo.

Se echó a reír, y la risa se transformó en un resuello, y el resuello en una tos.

—La gente como nosotros no enferma de cáncer —dijo Nancy—. Ni de arterioesclerosis, ni de parkinson, ni de sífilis. No es tan fácil matarnos.

—A Wednesday lo han matado —replicó Sombra.

Paró a echar gasolina, y luego aparcó al lado de un restaurante para desayunar. Según entraban, el teléfono público de la entrada empezó a sonar. Pasaron por delante pero no lo cogieron, y el aparato dejó de sonar.

Les atendió una viejecita de sonrisa preocupada que estaba sentada leyendo una edición en rústica de *Lo que mi corazón pretendía*, de Jenny Kerton. El teléfono empezó a sonar de nuevo. La mujer suspiró, se dirigió hacia el teléfono, lo cogió y dijo:

—¿Sí? —Se volvió para mirar hacia el comedor—. Sí, creo que sé por quién pregunta. No cuelgue, por favor.

Se fue directa hacia el señor Nancy.

—Es para usted —dijo.

—Gracias —dijo el señor Nancy—. Ahora asegúrese de que las patatas salgan crujientes de verdad. —Se puso al teléfono—. Soy Nancy —dijo—. ¿Y qué le hace pensar que soy lo bastante tonto como para creerle?... Sabré encontrarlo... Sé dónde está... Sí, lo queremos. Ya sabéis que lo queremos. Y también sé que queréis deshaceros de él, así que no me vengas con gilipolleces.

Colgó el teléfono y volvió a la mesa.

—¿Quién era? —preguntó Sombra.

—No me lo ha dicho.

—¿Qué querían?

—Nos ofrecían una tregua hasta que nos entreguen el cadáver.

—Mienten. Quieren engatusarnos para luego matarnos, exactamente igual que hicieron con Wednesday. Es lo que hacía yo —dijo Czernobog y, con sombrío orgullo, añadió—: Promételes lo que sea, pero haz lo que te dé la gana.

—Está en territorio neutral —dijo Nancy—. Neutral del todo.

Czernobog se rio. Su risa era como una bolita de metal dentro de una calavera.

—Eso es lo que yo decía. «Venid a una zona neutral», decía, y luego, amparado en la oscuridad de la noche, salía y los mataba a todos. Aquellos sí que eran buenos tiempos.

El señor Nancy se encogió de hombros. Empezó a engullir sus tostadas patatas fritas y sonrió con satisfacción.

—Mmm. Estas patatas están deliciosas.

—No podemos fiarnos de esa gente —dijo Sombra.

—Escucha, soy mayor que tú, más listo que tú y más guapo que tú —dijo el señor Nancy mientras abría el bote de kétchup y regaba las quemadas patatas—. Puedo tirarme a más tías en una tarde que tú en un año. Bailo como un ángel, peleo como un oso acorralado, soy más astuto que un zorro, canto como un ruiseñor...

—¿Y todo eso nos lleva a...?

Los castaños ojos de Nancy se clavaron en los de Sombra.

—Y necesitan deshacerse del cadáver tanto como nosotros necesitamos recuperarlo.

—No existe ningún lugar neutral —dijo Czernobog.

—Hay uno —dijo el señor Nancy—. El centro.

Czernobog meneó enérgicamente la cabeza.

—No. No querrán reunirse allí con nosotros. Allí no pueden hacernos nada. Y a nosotros tampoco nos conviene reunirnos allí.

—Precisamente por eso han propuesto que la entrega se efectúe en el centro.

Czernobog se quedó reflexionando un momento.

—Puede ser —dijo, tras unos instantes.

—Cuando terminemos de desayunar —dijo Sombra—, conducid vosotros. Necesito dormir un poco.

Determinar cuál es el centro exacto de cualquier cosa puede resultar, en el mejor de los casos, problemático. Con los seres vivos —personas, por ejemplo, o continentes— el problema es una cuestión de intangibilidad: ¿cuál es el centro de un hombre? ¿Dónde está el centro de un sueño? Y en el caso de Estados Unidos, ¿hay que tener en cuenta Alaska a la hora de buscar el centro? ¿Y Hawai?

Cuando empezó el siglo XX se hizo una gran maqueta de cartón de Estados Unidos, de los cuarenta y ocho estados que había entonces, y para encontrar el centro la pusieron sobre un alfiler hasta que encontraron el único punto donde se mantenía en equilibrio.

Difícil de acertar: el centro exacto de Estados Unidos estaba a unos cuantos kilómetros de Líbano, en el condado de Smith, Kansas, en la granja de cerdos de Johnny Grib. En la década de 1930, los habitantes de Líbano quisieron erigir un monumento en mitad de la granja, pero Johnny Grib dijo que no quería que miles de turistas lo pisotearan todo y molestaran a sus cerdos, y sus vecinos pensaron que quizá tenía razón, así que erigieron el monumento al centro geográfico de Estados Unidos tres kilómetros al norte de la ciudad. Construyeron un parque, y un monumento en piedra para colocarlo en el parque, y grabaron una placa para ponerla en el monumento e indicar que aquel era el centro geográfico exacto de Estados Unidos de América. Asfaltaron la carretera que iba desde la ciudad hasta el parque, y, convencidos de que los turistas querrían visitar Líbano en masa, construyeron un motel al lado del monumento. Llevaron hasta allí una capilla prefabricada. Luego esperaron a que llegaran los turistas: toda esa gente que estaba deseando poder contarle a todo el mundo que habían estado en el centro de Estados Unidos, y se maravillaban, y rezaban.

Los turistas no llegaron. Nadie fue a visitarlo.

Ahora es un triste parquecito con una capilla prefabricada no mucho más grande que una cabaña para pescar en el hielo que no serviría ni para celebrar un funeral íntimo, y un motel con ventanas que parecen ojos muertos.

—Razón por la cual —concluyó el señor Nancy, según llegaban a Humansville, Missouri (1.084 habitantes)— el centro exacto de Estados Unidos es un pequeño parque en ruinas, con una iglesia vacía, una pila de piedras y un motel abandonado.

—Una granja de cerdos —dijo Czernobog—. Acabas de decir que el centro exacto de Estados Unidos era una granja de cerdos.

—Lo importante no es cuál es —dijo el señor Nancy—. Lo importante es cuál cree la gente que es. En cualquier caso, es algo imaginario. Por eso es importante. La gente solo lucha por cosas imaginarias.

—¿La gente como yo? —dijo Sombra—. ¿O la gente como tú?

Nancy no dijo nada. Czernobog emitió un sonido que lo mismo podía ser una risa que un ronquido.

Sombra intentó ponerse cómodo en la parte trasera de la furgoneta. Había dormido un poco, pero muy poco. Tenía un mal presentimiento atascado en la boca del estómago. Era peor que el auspicio que había tenido en la cárcel, peor que el que tuvo cuando Laura le habló del atraco. Esta vez era algo muy serio. Le dolía la nuca, se encontraba mal y, de vez en cuando, el miedo se apoderaba de él.

El señor Nancy se detuvo en Humansville y aparcó delante de un supermercado. Entró, y Sombra fue tras él. Czernobog se quedó esperándolos en el aparcamiento, estirando las piernas mientras se fumaba un cigarrillo.

Había un joven rubio, apenas adulto, reponiendo la estantería de los cereales para el desayuno.

—¡Eh! —dijo el señor Nancy.

—¡Eh! —dijo el joven—. Es verdad, ¿no? ¿Lo han matado?

—Sí —confirmó el señor Nancy—. Lo han matado.

El chico colocó unas cuantas cajas de cereales Captain Crunch en la estantería.

—Se creen que pueden aplastarnos como si fuéramos cucarachas —dijo. Tenía acné en una de las mejillas y en la frente, y llevaba un brazalete de plata mate en el antebrazo—. Pero nosotros no nos dejamos aplastar tan fácilmente, ¿verdad?

—No —dijo el señor Nancy—. No nos dejamos.

—Puede contar conmigo, señor —dijo el joven con sus azules ojos en llamas.

—Lo sé, Gwydion —dijo el señor Nancy.

El señor Nancy compró varias botellas de Royal Crown Cola, un paquete de seis rollos de papel higiénico, un paquete de puritos con muy mala pinta, unos cuantos plátanos y unos chicles Doublemint.

—Es un buen chico. Llegó aquí en el siglo XVII. Es galés.

La furgoneta vagó primero hacia el oeste y luego hacia el norte. La primavera empezó a desvanecerse según se acercaban de nuevo al invierno. Kansas tenía el triste tono gris de las solitarias nubes, ventanas vacías y corazones perdidos. Sombra se pasaba el día intentando sintonizar emisoras de radio. Tenía que negociar con el señor Nancy, que solía inclinarse por las tertulias radiofónicas y la música de baile, y con Czernobog, que prefería la música clásica, cuanto más triste mejor, y, para desengrasar, las emisoras evangélicas más radicales. Sombra, por su parte, prefería los viejos éxitos.

Hacia el final de la tarde pararon a petición de Czernobog en las afueras de Cherryvale, Kansas (2.464 habitantes). Czernobog los dirigió hacia un prado en las afueras de la ciudad. Todavía quedaba nieve en las sombras de los árboles, y la hierba tenía un color sucio.

—Esperad aquí —dijo Czernobog.

Caminó solo hasta el centro del prado. Se quedó allí, a merced de los vientos de finales de febrero, un rato. Empezó inclinando la cabeza y luego empezó a gesticular.

—Parece que esté hablando con alguien —dijo Sombra.

—Fantasmas —dijo el señor Nancy—. Sus fieles lo veneraban aquí hace más de cien años. Hacían sacrificios de sangre en su honor, y le ofrecían libaciones. Pasado un tiempo, los habitantes de la ciudad comprendieron por qué muchos de los forasteros que venían a la ciudad no regresaban nunca. Encontraron aquí algunos de los cadáveres.

Czernobog volvió del centro del prado. Su bigote parecía más oscuro ahora, y en su cabello entrecano se veían algunos mechones negros. Sonrió, enseñando su diente de hierro.

—Me siento bien. Ah. Algunas cosas perduran, y la sangre, lo que más.

Caminaron por el prado hasta donde habían aparcado la furgoneta. Czernobog encendió un cigarrillo, pero no tosió.

—Lo hicieron con el martillo —dijo—. Grimnir diría que donde se pongan la horca y la lanza, pero para mí que todo está aquí...

Estiró un dedo amarilleado por la nicotina y lo hundió con fuerza en el centro de la frente de Sombra.

—No hagas eso, por favor —dijo Sombra con mucha educación.

—«*No hagas eso, por favor*» —repitió Czernobog en tono burlón—. Un día sacaré mi martillo y te haré mucho más daño, amigo; ¿ya no te acuerdas?

—Sí —dijo Sombra—, pero, si me vuelves a poner el dedo en la frente, te rompo la mano.

Czernobog gruñó y dijo:

—Deberían darme las gracias los que viven aquí. En este lugar hubo una increíble concentración de poder. Incluso treinta años después de que obligaran a mi gente a esconderse, esta tierra, esta misma tierra, dio a la mejor estrella del celuloide de todos los tiempos. Fue la más grande de todas.

—¿Judy Garland? —preguntó Sombra.

Czernobog meneó la cabeza con brusquedad.

—Está hablando de Louise Brooks —dijo Nancy.

Sombra decidió que sería mejor no preguntar quién era Louise Brooks.

—Vamos a ver si me aclaro —dijo Sombra—. Cuando Wednesday fue a hablar con ellos, habían acordado una tregua.

—Sí.

—Y ahora nos van a devolver el cadáver de Wednesday como si fuera una tregua.

—Sí.

—Y sabemos que me quieren muerto o fuera de su camino.

—Nos quieren a todos muertos —dijo Nancy.

—Lo que no entiendo es por qué pensamos que jugarán limpio esta vez, cuando no lo hicieron con Wednesday.

—Por eso —dijo Czernobog, pronunciando exageradamente cada palabra como si hablara con un niño sordo, extranjero e idiota— hemos quedado en el centro. Es... —frunció el ceño—. ¿Cómo se dice? ¿Lo contrario de sagrado?

—Profano —dijo Sombra, sin pensar.

—No —dijo Czernobog—. Quiero decir cuando un sitio es menos sagrado que cualquier otro. O de una sacralidad negativa. Lugares donde no se pueden construir templos. Lugares a los que la gente no quiere ir y de los que se larga en cuanto puede. Lugares que los dioses no pisan a menos que les obliguen.

—No sé —dijo Sombra—. No creo que exista una palabra para definir esa clase de lugares.

—Todo el territorio de Estados Unidos tiene algo de eso —dijo Czernobog—. Por eso no somos bienvenidos aquí. Pero el centro... el centro es peor. Es como un campo de minas. Allí todos tendremos que andarnos con pies de plomo y no creo que nadie se atreva a romper la tregua.

—Todo eso ya te lo he dicho yo antes —dijo el señor Nancy.

—Vosotros sabréis —dijo Sombra.

Habían llegado ya a la furgoneta. Czernobog le dio unas palmaditas en el brazo a Sombra.

—No te preocupes —dijo, sin mayor entusiasmo—. Nadie va a matarte. Nadie más que yo.

Sombra encontró el centro de Estados Unidos ese mismo día, poco antes de que anocheciera del todo. Estaba en una pequeña colina al noroeste de Líbano. Rodeó el pequeño parque, pasó por delante de la capilla móvil y el monumento de piedra, y cuando vio el motel de una planta al estilo de los años cincuenta en un extremo del parque se le cayó el alma a los pies. Había un inmenso coche negro aparcado delante; un Humvee que parecía un Jeep reflejado en un espejo de feria, tan achatado, absurdo y feo como un coche blindado. No había ninguna luz encendida en el edificio.

Aparcaron al lado del motel y, según aparcaban, un hombre con uniforme y gorra de chófer salió del edificio y los faros de la furgoneta le iluminaron. Se llevó la mano a la gorra para saludarles, se subió al Humvee y se marchó.

—Coche grande, minga pequeña —dijo el señor Nancy.

—¿Creéis que tendrán camas siquiera? —preguntó Sombra—. Hace días que no duermo en una. Parece que vayan a demoler este sitio en cualquier momento.

—Los dueños son unos cazadores de Texas —dijo el señor Nancy—. Vienen una vez al año. Pero no me preguntéis qué es lo que cazan. De no ser por ellos, hace tiempo que lo habrían demolido.

Se bajaron de la furgoneta. Delante del hotel les esperaba una mujer a la que Sombra no reconoció. Iba perfectamente maquillada y peinada. Le recordaba a esas presentadoras de los programas matinales que aparecen sentadas en un estudio que no parece ni por asomo la sala de estar de una casa, sonriendo a cámara.

—Encantada de verlos —dijo ella—. Usted debe de ser Czernobog. He oído hablar mucho de usted. Y usted, Anansi, siempre listo para una nueva trastada, ¿eh? Qué viejo tan simpático. Y usted, usted tiene que ser Sombra. Nos ha tenido de aquí para allá últimamente, ¿eh? —Una mano asió la suya con firmeza y le miró directamente a los ojos—. Soy Comunicación. Encantada de conoceros. Espero que podamos resolver este asunto de la manera más agradable posible.

Las puertas de la entrada principal se abrieron.

—En cierta manera, Toto —dijo el chico gordo que Sombra había visto dentro de una limusina—, tengo la sensación de que ya no estamos en Kansas.

—Estamos en Kansas —dijo el señor Nancy—. Creo que hoy la hemos atravesado de punta a punta. Joder, este país es plano.

—No hay ni luz, ni electricidad ni agua caliente aquí —dijo el chico gordo—. Y sin ánimo de ofender, necesitáis una buena ducha. Oléis como si llevarais una semana metidos en esa furgoneta.

—Creo que ese comentario es del todo innecesario —dijo la mujer con suavidad—. Aquí todos somos amigos. Adelante, les enseñaremos sus habitaciones. Nosotros nos hemos quedado con las cuatro primeras. Su difunto amigo está en la quinta. Todas las demás están vacías, podéis escoger la que queráis. Me temo que no es el Four Seasons, pero qué se le va a hacer.

La mujer les abrió la puerta del vestíbulo. Olía a cerrado, a humedad, a polvo y a podrido.

Había un hombre sentado en el vestíbulo, prácticamente a oscuras.

—¿Tenéis hambre? —preguntó.

—Yo siempre tengo apetito —dijo el señor Nancy.

—El conductor ha ido a por unas hamburguesas. Volverá pronto. —Alzó la vista. Estaba demasiado oscuro para distinguir los rostros pero dijo—: Un tipo grande. Tú eres Sombra, ¿no? ¿El gilipollas que mató a Piedra y a Madera?

—No —dijo Sombra—. No fui yo. Y sé quién eres. —Era verdad, había estado dentro de la cabeza de aquel hombre—. Tú eres Ciudad. ¿Te has acostado ya con la viuda de Madera?

El señor Ciudad se cayó de la silla. En una película habría resultado gracioso; en la vida real fue simplemente una torpeza. Se levantó como un rayo y se dirigió hacia Sombra.

—No empieces nada que no puedas acabar —le dijo Sombra, mirándolo de arriba abajo.

El señor Nancy lo agarró del brazo.

—Es una tregua, ¿recuerdas? —dijo—. Estamos en el centro.

El señor Ciudad se apartó, se inclinó sobre el mostrador y cogió tres llaves.

—Estáis al final del corredor —dijo—. Toma.

Le dio las llaves al señor Nancy y se perdió entre las sombras del pasillo. Oyeron una puerta que se abría, y a continuación un portazo.

Nancy le dio una llave a Sombra y otra a Czernobog.

—¿Habrá una linterna en la furgoneta? —preguntó Sombra.

—No —dijo Nancy—. No es más que oscuridad. No deberías tener miedo de la oscuridad.

—No lo tengo —replicó Sombra—. Lo que me asusta es la gente en la oscuridad.

—La oscuridad es buena —dijo Czernobog. Parecía que no tenía ninguna dificultad para ver en las tinieblas: los llevaba por el pasillo oscuro y metía las llaves en las cerraduras sin titubear—. Estaré en la habitación diez —les dijo, y añadió—: Comunicación. Creo que he oído hablar de ella. ¿No fue la que mató a sus hijos?

—Otra mujer —dijo el señor Nancy—. Mismo trato.

El señor Nancy estaba en la habitación ocho, y Sombra enfrente de los dos, en la nueve. La habitación olía a humedad, a polvo, y estaba desierta. Había un somier con un colchón encima, pero no había sábanas. Por la ventana entraba algo de la luz crepuscular. Sombra se sentó en el colchón, se quitó los zapatos y se estiró cuan largo era. Había conducido demasiado en los últimos días.

Puede que se durmiera.

Iba caminando.

Un viento frío agitaba su ropa. Los diminutos copos de nieve parecían poco más que un polvo cristalino que iba y venía con el viento.

Había árboles sin hojas, era invierno. Tenía unas altas colinas a ambos lados. Era una tarde de invierno: el cielo y la nieve habían adquirido el mismo tono púrpura. Un poco más adelante —con aquella luz era imposible calcular las distancias— se veían las llamas amarillas y anaranjadas de una hoguera.

Un lobo gris caminaba por la nieve delante de él.

Sombra se paró. El lobo también se paró, dio la vuelta y esperó. Uno de sus ojos brilló con un destello verde amarillento. Sombra se encogió de hombros y caminó hacia las llamas, y el lobo anduvo sin prisas delante de él.

La hoguera ardía en medio de un grupo de árboles. Debía de haber por lo menos un centenar de árboles plantados en dos filas. Unas figuras colgaban de las ramas. Al final de las filas había un edificio que parecía una especie de barco volcado. Estaba tallado en madera, plagado de criaturas y rostros de madera —dragones, grifos, trolls y verracos— que bailaban a la caprichosa luz del fuego.

La hoguera estaba tan alta y ardía de tal forma que Sombra apenas podía acercarse. El lobo caminó alrededor de la hoguera sin inmutarse.

Sombra esperó a que apareciera por detrás de la hoguera, pero el que apareció no fue el lobo sino un hombre. Se apoyaba en un largo bastón.

—Estás en Uppsala, en Suecia —dijo el hombre con una voz grave que le resultaba familiar—. Hace unos cien años.

—¿Wednesday? —dijo Sombra.

El hombre que podría ser Wednesday continuó hablando como si Sombra no estuviera allí.

—Al principio todos los años, luego, más adelante, cuando la cosa empezó a decaer, se volvieron más laxos, y cada nueve años venían aquí a hacer sus sacrificios. Un sacrificio de nueves. Todos los días, durante nueve días, colgaban nueve animales en esos árboles. Uno de esos animales era siempre un hombre.

Se alejó de la hoguera y fue hacia los árboles, y Sombra le acompañó. A medida que se acercaba empezó a distinguir las figuras que había colgadas: piernas, ojos, lenguas y cabezas. Sombra meneó la cabeza: ver un toro colgado del cuello era una visión lúgubre y triste y, al mismo tiempo, tan surrealista que resultaba cómica. Sombra pasó por delante de un ciervo, un perro lobo, un oso pardo y un caballo castaño con la crin blanca, poco más grande que un poni. El perro todavía estaba vivo: cada poco tiempo, sus patas se agitaban espasmódicamente y emitía un gañido mientras se balanceaba colgado de la soga.

El hombre al que seguía cogió su largo bastón, que en realidad, descubrió Sombra en ese momento, era una lanza, y atravesó el estómago del perro clavándola hacia abajo como si fuera un cuchillo. Sus vísceras humeantes cayeron sobre la nieve.

—Consagro esta muerte a Odín —dijo el hombre.

—No es más que un gesto —dijo, volviéndose hacia Sombra—. Pero los gestos lo son todo. La muerte de un perro simboliza la muerte de todos los perros. Me entregaron nueve hombres, pero representaban a todos los hombres, toda la sangre, todo el poder. Pero no fue suficiente. Un buen día dejó de correr la sangre. La fe sin sangre no nos lleva tan lejos. Debe correr la sangre.

—Te vi morir —dijo Sombra.

—Entre dioses —dijo la figura, y Sombra supo entonces con toda certeza que se trataba de Wednesday, pues nadie más tenía ese tono áspero, esa alegría tan profundamente cínica en el hablar— no es la muerte lo que importa. Lo importante es la oportunidad de resucitar. Y cuando corre la sangre…

Señaló con un gesto a los animales y las personas que colgaban de los árboles.

Sombra no sabía si le horrorizaban más los seres humanos muertos que había visto al pasar o los animales: al menos los humanos supieron que iban a morir. Los hombres desprendían un penetrante olor a alcohol, lo que permitía deducir que les habían permitido anestesiarse de camino a la horca, mientras que los animales probablemente fueron linchados y colgados vivos, aterrorizados. Los rostros humanos parecían muy jóvenes: ninguno de ellos tenía más de veinte años.

—¿Quién soy? —preguntó Sombra.

—Eres una distracción —dijo el hombre—. Tú fuiste una oportunidad. Le diste a todo este asunto un aire de credibilidad que a mí solo me habría costado mucho darle. Aunque los dos estamos lo bastante comprometidos con la causa como para morir por ella, ¿eh?

—¿Quién eres? —preguntó Sombra.

—Lo más difícil de todo es sobrevivir —dijo el hombre. La hoguera (que según acababa de descubrir Sombra con gran estupor estaba hecha de huesos: costillas, calaveras que les observaban desde las llamas con las cuencas refulgentes lanzando chispas verdes, amarillas y azules en la oscuridad de la noche) ardía de tal forma que despedía un intenso calor—. Tres días en el árbol, tres días en el inframundo, tres días para encontrar el camino de vuelta.

Las llamas ardían y chisporroteaban de forma tan intensa que Sombra no podía mirarlas directamente. Dirigió su mirada hacia las sombras que proyectaban los árboles.

Ya no había fuego, ni nieve. No había árboles, ni cadáveres ahorcados, ni lanza ensangrentada.

Un golpe en la puerta. La luz que entraba ahora por la ventana era la luz de la luna. Sombra se levantó sobresaltado.

—La cena está servida —dijo la voz de Comunicación.

Sombra volvió a calzarse, fue hacia la puerta y salió al pasillo. Alguien había encontrado unas velas y el vestíbulo estaba iluminado con una luz tenue y dorada. El conductor del Humvee entró por una puerta de vaivén con una bandeja de cartón y una bolsa de papel. Llevaba un largo abrigo negro y una gorra de chófer con visera.

—Siento el retraso —dijo, con voz ronca—. He cogido lo mismo para todos: un par de hamburguesas, patatas grandes, Coca-Cola grande y tarta de manzana. Yo cenaré en el coche.

Dejó la bandeja y volvió afuera. El olor de la comida rápida inundó el vestíbulo. Sombra cogió la bolsa de papel y fue pasando la comida, las servilletas y las bolsitas de kétchup.

Cenaron en silencio a la luz de las velas, con el chisporroteo de la cera de fondo.

Sombra se percató de que Ciudad le miraba con odio. Movió la silla un poco para ponerse de espaldas a la pared. Comunicación se comía la hamburguesa con una servilleta cerca de los labios para quitarse las migas.

—Vaya, pues qué bien. Estas hamburguesas están frías —dijo el chico gordo. Todavía llevaba puestas las gafas de sol, algo que a Sombra le pareció absurdo y estúpido, dada la escasa luz de la habitación.

—Lo siento. El hombre ha tenido que darse un buen paseo para comprarlas —dijo Ciudad—. El McDonald's más cercano está en Nebraska.

Se acabaron las hamburguesas prácticamente frías y las patatas frías. El chico gordo mordió su porción de tarta de manzana, y el relleno le chorreó por la barbilla. Este aún estaba caliente, cosa que no esperaba.

—¡Oh! —exclamó. Se limpió con la mano y se chupó los dedos—. ¡Esto quema! Estas tartas de manzana son para ponerles una demanda colectiva.

Sombra se dio cuenta en ese momento de que tenía unas ganas locas de darle un puñetazo. Había querido hacerlo desde que sus matones le dieron aquella paliza en la limusina, tras el funeral de Laura. Sabía que no era buena idea, no era el momento ni el lugar, así que trató de apartarlo de su mente.

—¿Y no podríamos coger el cadáver de Wednesday y largarnos sin más? —preguntó.

—A medianoche —dijeron el señor Nancy y el niño gordo al unísono.

—Estas cosas hay que hacerlas según el protocolo establecido —dijo Czernobog.

—Sí —dijo Sombra—. Pero nadie me explica cuál es ese protocolo. Os pasáis la vida hablando de las malditas reglas, y yo a estas alturas todavía no sé ni a qué juego estáis jugando.

—Es como saltarte la fecha de lanzamiento —dijo Comunicación en tono jovial—. Ya sabes, el día en que se pone algo a la venta.

—Me parece que todo esto es una mierda —dijo Ciudad—. Pero si sus normas les hacen felices, entonces mi agencia es feliz y todo el mundo lo es. —Sorbió ruidosamente su Coca-cola—. Esperemos hasta la medianoche. Vosotros cogéis el cadáver y os largáis. Luego nos despedimos y todos tan amigos. Después podremos continuar con la cacería y exterminaros como ratas que sois.

—¡Eh! —le dijo el chico gordo a Sombra—. Eso me recuerda... Te pedí que le dijeras a tu jefe que ya era historia. ¿Se lo dijiste?

—Lo hice —dijo Sombra—. ¿Y sabes lo que me contestó? Me dijo que le recordara al mocoso, si volvía a cruzarme con él, que el futuro de hoy es el ayer del mañana.

Wednesday no había dicho nunca nada parecido, pero Sombra lo dijo al estilo de Wednesday. Y a esa gente le gustaban las frases lapidarias. Las gafas negras reflejaban las llamas de las velas, parecían ojos.

—Este sitio es una puta cueva —dijo el chico gordo—. No hay electricidad, no hay cobertura. Y si tienes que usar cables para conectarte es que has vuelto a la Edad de Piedra.

El chico sorbió lo que le quedaba de Coca-Cola con la pajita, tiró el vaso en la mesa y se fue por el pasillo.

Sombra alargó el brazo y echó la basura del chico gordo dentro de la bolsa de papel.

—Voy a ver el centro de América —anunció.

Se levantó y salió afuera. El señor Nancy lo siguió. Atravesaron juntos el parquecito sin dirigirse la palabra hasta que llegaron al monumento. Soplaba un viento racheado.

—Vale —dijo—. Y ahora, ¿qué?

Una pálida media luna brillaba en el negro cielo.

—Ahora —dijo Nancy— deberías volver a tu habitación. Cierra con llave e intenta dormir un poco. A medianoche nos entregarán el cadáver. Y luego nos largamos de aquí. El centro no es un sitio seguro para nadie.

—Si tú lo dices.

El señor Nancy le dio una calada a su cigarrillo.

—Esto no debería haber ocurrido —dijo—. Nada de esto tendría que haber pasado. La gente como nosotros es… —movió el cigarrillo como si lo utilizara para buscar la palabra adecuada y lo clavó en un punto en el aire— … muy exclusiva. No alternamos en sociedad. Ni siquiera yo. Ni siquiera Baco. No durante mucho tiempo. Vamos a nuestro aire o formamos pequeños grupos. No trabajamos bien en equipo. Nos gusta que nos adoren, que nos respeten y nos veneren. A mí me gusta que se cuenten historias sobre mí, cuentos que den testimonio de mi astucia. Es un defecto, lo sé, pero es mi forma de ser. Nos gusta ser grandes. Hoy en día, en estos tiempos tan cutres, somos pequeños. Los nuevos dioses van y vienen continuamente. Pero este no es un país que tolere a los dioses por mucho tiempo. Brahma crea, Vishnu preserva, Shiva destruye y Brahma vuelve a tener campo libre para crear de nuevo.

—¿Qué quieres decir? —preguntó Sombra—. ¿Que se ha acabado la guerra? ¿Que la batalla ha terminado?

El señor Nancy gruñó.

—¿Te has vuelto loco? Han matado a Wednesday. Lo han matado y alardean de ello. Lo gritan a los cuatro vientos. Lo han emitido por televisión para que todo el mundo lo vea. No, Sombra: esto no ha hecho más que empezar.

Se inclinó al pie del monumento de piedra, apagó su cigarrillo en el suelo y lo dejó allí, como una ofrenda.

—Antes contabas chistes —dijo Sombra—. Y ahora ya no lo haces.

—La cosa no está para bromas últimamente. Wednesday ha muerto. ¿Vienes adentro?

—Ahora voy.

Nancy se fue hacia el motel. Sombra alargó la mano y tocó el monumento de piedra. Pasó sus grandes dedos por la placa de latón. A continuación se volvió y se fue hacia la capilla blanca, atravesó la puerta abierta y se adentró en la oscuridad. Se sentó en el banco más cercano, cerró los ojos e inclinó la cabeza. Pensó en Laura, en Wednesday y en el hecho de estar vivo.

Oyó un *clic* detrás de él y un ruido de pasos en la arena. Se levantó y dio la vuelta. Había alguien de pie al otro lado de la puerta, una silueta oscura con las estrellas detrás. La luz de la luna se reflejaba en algún elemento metálico.

—¿Vas a dispararme? —preguntó Sombra.

—Dios, me encantaría —dijo el señor Ciudad—. La llevo solo para defenderme. ¿Así que estás rezando? ¿Te han convencido de que los dioses existen? No son dioses.

—No estaba rezando —dijo Sombra—. Solo pensando.

—Para mí que son mutaciones —dijo el señor Ciudad—. Experimentos de la evolución. Un poco de hipnosis, un poco de abracadabra y pueden hacer que la gente se crea cualquier cosa. Tampoco es para tanto. Eso es todo. Al fin y al cabo, mueren igual que los seres humanos.

—Siempre ha sido así —dijo Sombra.

Se levantó y el señor Ciudad retrocedió un paso. Sombra salió de la pequeña capilla, y el señor Ciudad mantuvo las distancias.

—¡Eh! —le llamó Sombra—. ¿Sabe usted quién era Louise Brooks?

—¿Una amiga suya?

—No, era una estrella de cine. Nació al sur de este lugar.

—A lo mejor se cambió el nombre y se hizo famosa como Liz Taylor o Sharon Stone o algo así —sugirió amablemente tras una pausa.

—Puede ser. —Sombra echó a andar hacia el motel. Ciudad le acompañó.

—Tendrías que estar en la cárcel —dijo el señor Ciudad—. Qué coño la cárcel, tendrías que estar en el corredor de la muerte.

—Yo no maté a sus socios —dijo Sombra—. Pero le voy a decir algo que me dijeron hace tiempo, cuando estaba en la cárcel. Algo que nunca he olvidado.

—¿A saber?

—Solo hay un tío en toda la Biblia al que Jesús le prometió personalmente que vería el Paraíso. No fue ni Pedro ni Pablo, ni ninguno de esos. Fue un ladrón convicto al que estaban ejecutando. No te metas con los que están en el corredor de la muerte; quizá saben algo que tú no sabes.

El chófer estaba junto al Humvee.

—Buenas noches —les saludó cuando pasaron a su lado.

—Buenas noches —dijo el señor Ciudad. Y luego, dirigiéndose a Sombra—: A mí personalmente todo esto no me importa un carajo. Yo hago lo que el señor Mundo me dice que haga. Es más fácil así.

Sombra avanzó por el pasillo hasta la habitación nueve. Abrió la puerta y entró.

—Perdón —dijo—, pensaba que esta era mi habitación.

—Y lo es —dijo Comunicación—. Te estaba esperando.

A la luz de la luna pudo distinguir su cabello y su pálido rostro. Estaba sentada en la cama, un poco tensa.

—Me buscaré otra habitación.

—No me quedaré mucho rato —dijo—. Pensé que sería un buen momento para hacerle una oferta.

—Muy bien. Adelante.

—Relájate —dijo, con voz sonriente—. Parece que te hayan metido un palo por el culo. Mira, Wednesday está muerto. No le debes nada a nadie. Únete a nosotros. Es hora de que te unas al equipo ganador. —Sombra no dijo nada—. Podemos hacerte famoso, Sombra. Podemos darte poder sobre lo que la gente cree, dice, viste y sueña. ¿Quieres ser el próximo Cary Grant? Podemos hacer que eso ocurra. Podemos convertirte en los futuros Beatles.

—Creo que me gustabas más cuando te ofrecías a enseñarme las tetas de Lucy —dijo Sombra—. Si es que eras tú.

—¡Ah! —dijo ella.

—Quiero que me devuelvas mi habitación. Buenas noches.

—Y también, por supuesto —dijo sin moverse del sitio, como si no hubiera oído lo que acababa de decir—, podemos hacer todo lo contrario. Podemos ponerte las cosas muy difíciles. Serías un chiste malo toda tu vida, Sombra. O podríamos hacer que fueras recordado como un monstruo. Podríamos hacer que te recordaran para siempre, pero como se recuerda a Manson, a Hitler... ¿Qué te parecería?

—Lo siento, señora, pero estoy algo cansado —dijo Sombra—. Le agradecería mucho que se marchara ya.

—Te he ofrecido el mundo —dijo ella—. Acuérdate cuando estés agonizando en una alcantarilla.

—Lo haré —dijo Sombra.

Se marchó, dejando su perfume impregnado en el aire. Sombra se tumbó en el colchón sin sábanas y pensó en Laura, pero todas las imágenes que le venían a la cabeza —Laura jugando al frisbi, Laura comiéndose un batido a cucharadas, Laura riendo a carcajadas, enseñándole la lencería *sexy* que se había comprado durante un congreso de profesionales del turismo en Anaheim— acababan transformándose en la imagen de Laura chupándole la polla a Robbie mientras un camión los sacaba de la carretera, condenándolos para siempre al olvido. Y luego oía sus palabras, y volvían a dolerle igual que la primera vez.

«No estás muerto —le decía Laura en voz baja, dentro de su cabeza—. Pero tampoco estoy segura de que estés vivo.»

Llamaron a la puerta, Sombra se levantó y abrió. Era el chico gordo.

—Esas hamburguesas —dijo— estaban repugnantes. ¿Te lo puedes creer? A setenta kilómetros del McDonald's más cercano. Jamás hubiera imaginado que pudiera existir un lugar a setenta kilómetros del McDonald's más cercano.

—Este sitio empieza a parecer la estación Grand Central —dijo Sombra—. Vale, supongo que estás aquí para ofrecerme la libertad de Internet si me paso a vuestro bando, ¿eh?

El chico gordo estaba temblando.

—No, tú ya estás muerto —dijo—. Tú eres un puto manuscrito gótico. No podrías ser hipertexto ni queriendo. Yo... yo soy sináptico, y tu sinóptico...

Sombra se percató de que olía raro. Había un tipo en la celda de enfrente que nunca supo cómo se llamaba. Una vez se quitó la ropa en pleno día y se puso a gritar que él había sido enviado para llevarlos, a los inocentes como él, en una nave plateada a un lugar perfecto. Después de aquello, Sombra no había vuelto a verlo. El chico gordo olía como aquel tipo.

—¿Se puede saber a qué has venido?

—Solo quería charlar —dijo el chico gordo. Su voz sonaba como un lloriqueo—. Mi habitación es inquietante, eso es todo. Es muy inquietante. A setenta kilómetros del McDonald's más cercano, ¿te lo puedes creer? Pensé que podía quedarme aquí contigo.

—¿Qué ha sido de tus colegas de la limusina? Los que me pegaron. ¿No sería mejor que te quedaras con ellos?

—Los niños no funcionan aquí. No hay cobertura.

—Queda un rato largo para la medianoche, y más largo aún hasta que amanezca. Creo que lo que necesitas es descansar. Yo, al menos, lo necesito.

El chico gordo se quedó callado un momento, asintió con la cabeza y salió de la habitación.

Sombra cerró la puerta y echó la llave. Volvió a tumbarse en el colchón.

Tras unos pocos segundos empezó a oír un ruido. Tardó unos instantes en descubrir lo que era, luego salió al pasillo. Era el chico gordo, que había vuelto a su habitación. Parecía como si estuviera lanzando algo enorme contra las paredes. Por el sonido, Sombra imaginó que era él el que se estaba dando golpes contra la pared.

«¡Es solo mi imagen!», sollozaba. O quizá decía: «¡Es solo mi carne!». Sombra no estaba seguro

—¡Silencio! —bramó Czernobog desde su habitación, al final del pasillo.

Sombra fue hacia el vestíbulo y salió del motel. Estaba cansado.

El chófer seguía de pie junto al coche, una silueta oscura con una gorra de visera.

—¿No puede dormir? —preguntó.

—No —dijo Sombra.

—¿Un cigarrillo?

—No, gracias.

—¿Le importa si fumo?

—En absoluto.

El conductor tenía un mechero Bic recargable y, cuando lo encendió, Sombra pudo verle por fin la cara, y lo reconoció, y empezó a entenderlo todo.

Conocía ese rostro enjuto. Sabía que, bajo esa gorra, había un cabello de color naranja cortado al rape, como las brasas de una hoguera. Sabía que, cuando el hombre sonriera, le saldrían un montón de arruguitas en las comisuras.

—Tienes buen aspecto, grandullón —dijo el conductor.

—¿Low Key? —Sombra miró con cautela a su antiguo compañero de celda.

Es bueno hacer amigos en la cárcel: te ayudan a soportar la estancia en un lugar deprimente y los momentos de bajón. Pero esa amistad normalmente dura el tiempo que dura tu condena, y encontrarte con uno de esos amigos fuera de la cárcel te provoca sentimientos ambivalentes.

—Dios, Low Key Lyesmith —dijo Sombra, y al oírse a sí mismo pronunciando aquel nombre en voz alta lo comprendió todo—. Loki. «Loki *Lie-Smith*»: Loki, *el Herrero Mentiroso*.

—Eres lento —dijo Loki—, pero al final lo has entendido.

Le dedicó una sonrisa maliciosa, y sus sombríos ojos brillaron como ascuas.

ϒ

Se sentaron en la cama, en la habitación de Sombra, cada uno en un extremo del colchón. Los ruidos procedentes de la habitación del chico gordo habían cesado casi por completo.

—Me mentiste —dijo Sombra.

—Es una de las cosas que mejor sé hacer —dijo Loki—. Pero tuviste suerte de que nos metieran en la misma celda. Sin mí, no habrías sobrevivido al primer año.

—¿No podrías haber salido de allí por tus propios medios?

—Es más fácil cumplir la condena. No entiendes cómo funciona esto de ser un dios. No es magia; no exactamente. Es más bien un problema de concentración. Tiene que ver con ser tú mismo, o más bien con ser como los que creen en ti esperan que seas. Tienes que ser la esencia concentrada y exagerada de ti mismo. Tienes que convertirte en trueno o en la energía de un caballo a galope tendido o en sabiduría. Recibes toda esa fe, y todas esas plegarias, y se convierten en una especie de certeza, en algo que te permite hacerte más grande, más atractivo, sobrehumano. Te cristalizas. —Se interrumpió un momento—. Y entonces un día se olvidan de ti, dejan de creer en ti, dejan de ofrecerte sacrificios y se olvidan, y cuando te quieres dar cuenta no eres más que un vulgar trilero en la esquina de Broadway con la Cuarenta y Tres.

—¿Por qué estabas en mi celda?

—Coincidencia. Nada más y nada menos. Fue la celda que me asignaron. ¿No me crees? Es cierto.

—¿Y ahora eres chófer?

—Entre otras cosas.

—Trabajas de chófer para la oposición.

—Si quieres llamarlos así... Depende del lado en el que estés. Yo prefiero pensar que trabajo para el equipo vencedor.

—Pero Wednesday y tú, los dos erais, ambos sois...

—Dioses del panteón escandinavo. Ambos pertenecemos al panteón escandinavo. ¿Era eso lo que intentabas decir?

—Sí.

—¿Y?

Sombra vaciló.

—Imagino que en algún momento fuisteis amigos.

—No. Nunca fuimos amigos. No lamento que haya muerto. Era un lastre para todos nosotros. Con él fuera de juego, los demás van a tener que afrontar la situación: renovarse o morir, evolucionar o perecer. Yo estoy por la evolución. Él ya no está. La guerra ha terminado.

Sombra lo miró, desconcertado.

—No puedes ser tan estúpido —dijo—. Siempre fuiste un tipo listo. La muerte de Wednesday no va a acabar con nada. De hecho, solo ha servido para que los que no sabían si tirarse a la piscina se decidan a zambullirse de cabeza.

—Mezclar metáforas es una mala costumbre, Sombra.

—Lo que tú digas —dijo Sombra—. Pero eso no quita que sea verdad lo que digo. Joder. Con su muerte consiguió de inmediato lo que llevaba meses intentando conseguir: unirlos a todos. Su muerte les ha dado algo en lo que creer.

—Puede. —Loki se encogió de hombros—. Por lo que yo sé, lo que se creía a este lado es que quitando de en medio la causa del problema se resolvía el problema. Pero tampoco es asunto mío, yo me limito a conducir.

—Dime una cosa —dijo Sombra—: ¿por qué todo el mundo se preocupa por mí? Actúan como si fuera alguien importante. ¿Por qué importa lo que yo haga?

—Eres una inversión —dijo Loki—. Eras importante para nosotros porque lo eras para Wednesday. En cuanto al porqué… no creo que nadie lo sepa. Él sí lo sabía, pero ahora está muerto. Otro pequeño misterio de los muchos que hay en la vida.

—Estoy cansado de tanto misterio.

—¿Sí? Yo creo que son la sal de la vida.

—Así que tú eres el chófer. ¿Los llevas a todos?

—A cualquiera que me necesite —dijo Loki—. Es una manera como otra cualquiera de ganarse la vida.

Alzó la muñeca hasta su cara y pulsó un botón del reloj: la esfera se iluminó con una suave luz azul que se reflejó también en su cara, dándole un aire fantasmagórico.

—Las doce menos cinco. Es la hora —dijo Loki—. Ya es momento de ir encendiendo las velas. Diremos unas palabras en recuerdo del ausente. Cumpliremos con las formalidades habituales. ¿Vienes?

Sombra respiró hondo.

—Voy.

Recorrieron juntos el oscuro pasillo del motel.

—He comprado unas velas para la ocasión, pero luego he visto que aquí había un montón —dijo Loki—. Algunos cabos de velas usadas en las habitaciones y en una caja que hay en un armario.

Creo que no me dejo nada. También tengo una caja de cerillas. Si te pones a encender velas con un mechero, acabas por quemarte.

Llegaron a la habitación número cinco.

—¿Entras? —preguntó Loki.

Sombra no quería entrar en aquella habitación.

—Bueno —dijo.

Entraron.

Loki sacó una caja de cerillas del bolsillo, y despabiló una vela antes de encenderla. El fogonazo hirió los ojos de Sombra. La llama parpadeó pero enseguida prendió. Luego encendió otra. Loki cogió otra cerilla y continuó encendiendo velas: estaban colocadas sobre el alféizar de las ventana, a la cabecera de la cama y en el lavabo que había en un rincón del cuarto. A la luz de las velas pudo ver la habitación.

Habían arrastrado la cama desde la pared hasta el centro, dejando un espacio entre la cama y las paredes. Estaba cubierta por unas sábanas viejas, apolilladas y llenas de manchas, que Loki debía de haber encontrado en alguno de los armarios del motel. Wednesday estaba tendido sobre ellas, completamente quieto.

Iba vestido con el mismo traje claro que vestía cuando le dispararon. La parte derecha de su cara estaba intacta, perfecta, sin manchas de sangre. La parte izquierda estaba destrozada, y el hombro izquierdo y la parte delantera del traje estaban salpicados de manchas oscuras, como un cuadro puntillista. Tenía las manos a los lados. La expresión en aquel rostro destrozado distaba mucho de ser apacible; se le veía herido: herido en el alma, herido en lo más profundo de su ser, lleno de odio, de ira y de locura en estado puro. Pero, en cierto modo, parecía satisfecho.

Sombra se imaginó los hábiles dedos del señor Jacquel eliminando con suavidad el odio y la rabia, reconstruyéndole el rostro con maquillaje y una cera especial, dándole la paz y la dignidad que incluso la muerte le había negado.

Sin embargo, su cuerpo no parecía más pequeño ahora que estaba muerto. No había mermado. Y todavía desprendía un leve aroma a Jack Daniel's.

El viento de las llanuras comenzaba a arreciar: Sombra oía cómo aullaba en torno al viejo motel situado en el centro exacto e imaginario de Estados Unidos. Las velas del alféizar parpadeaban.

Oyó ruido de pasos en el pasillo. Alguien llamó a una puerta y dijo: «Date prisa, por favor. Es la hora», y empezaron a entrar los demás con paso cansino y la cabeza inclinada.

Ciudad fue el primero en llegar, y detrás de él, Comunicación, el señor Nancy y Czernobog. El último en llegar fue el chico gordo: tenía la cara llena de hematomas recientes y movía los labios sin cesar, como si estuviera recitando algo en voz muy baja, pero no emitía sonido alguno. Sombra se dio cuenta en ese momento de que sentía lástima por él.

De manera informal, sin mediar palabra, se distribuyeron alrededor del cuerpo, guardando una distancia de un brazo entre ellos. En la habitación reinaba una atmósfera religiosa, profundamente religiosa, una sensación que Sombra no había experimentado jamás. No se oía nada aparte del aullido del viento y el crepitar de las velas.

—Estamos aquí reunidos, en este lugar sin dios —dijo Loki— para entregar el cadáver de este individuo a aquellos que sabrán darle un final más acorde con sus ritos. Si alguien desea decir algo, que lo haga ahora.

—Yo no —dijo Ciudad—. No tuve trato con él. Y todo esto me hace sentir bastante incómodo.

—Estas acciones tendrán consecuencias —dijo Czernobog—. Lo sabéis, ¿no? Esto no es más que el principio.

El chico gordo se echó a reír con una risa chillona, como de chica.

—Vale, vale. Mensaje recibido —dijo. Y de pronto, se puso a recitar:

Gira que te gira en círculos cada vez más amplios
El halcón no puede oír al halconero;
Todo se desbarata; el centro no aguanta...

Entonces se quedó en blanco, y frunció el ceño.

—Mierda. Antes podía recitarlo entero. —Se masajeó las sienes, hizo una mueca y se quedó callado.

A continuación todos miraron a Sombra. El viento aullaba con fuerza. No sabía qué decir.

—Todo esto es muy triste —dijo—. La mitad de los aquí presentes lo mataron o participaron en su muerte. Ahora nos entregáis su cadáver. Fantástico. Era un viejo cabrón irascible pero bebí su hidromiel y todavía trabajo para él. Eso es todo.

—En un mundo en el que muere gente todos los días —dijo Comunicación—, creo que lo más importante es tener presente que por cada minuto de pena que sentimos por alguien que nos deja hay un minuto de júbilo cuando un bebé llega a este mundo. Ese primer llanto... en fin, es mágico, ¿no? Quizá suene un poco duro, pero la alegría y la pena son como la leche y las galletas. Casi no se puede concebir la una sin la otra. Creo que deberíamos guardar unos minutos de silencio para meditar sobre ello.

—Pues voy a tener que decirlo yo, porque veo que nadie piensa hacerlo —dijo el señor Nancy tras aclararse la garganta—. Estamos en el centro de este país: una tierra que no tiene tiempo para dioses, y menos aún aquí en el centro. Es tierra de nadie, un lugar para la tregua, y nosotros sí respetamos las treguas. No tenemos elección. Así que entregadnos el cadáver de nuestro amigo. Lo aceptamos. Pagaréis por ello: ojo por ojo, diente por diente.

—Lo que tú digas —dijo Ciudad—. Os ahorraréis un montón de tiempo y esfuerzo si volvéis a vuestras respectivas casas y os descerrajáis un tiro en la cabeza. Prescindid de los intermediarios.

—Que te den —dijo Czernobog—. Que te den por saco a ti y a la madre que te parió. Ni siquiera morirás en la batalla. Ningún guerrero saboreará tu sangre. Ningún ser vivo te quitará la vida. Tendrás una muerte blanda y miserable. Morirás con un beso en los labios y una mentira en tu corazón.

—Déjalo ya, vejestorio —dijo Ciudad.

—«Se ha desatado la marea de sangre» —dijo el chico gordo—. Creo que es así como sigue.

El viento aulló.

—Muy bien —dijo Loki—. Es todo vuestro. Ya hemos terminado. Llevaos de aquí al viejo cabrón.

Envolvieron el cadáver en las sábanas del motel, su improvisada mortaja, para que ninguna parte del cuerpo quedara al descubierto y pudieran transportarlo. Los dos viejos se pusieron cada uno en un extremo del cadáver, pero Sombra les dijo:

—Dejadme ver una cosa... —Se agachó, puso los brazos alrededor del cuerpo envuelto en la sábana y se lo echó sobre un hombro. Enderezó las rodillas y se puso de pie con cuidado—. Vale, ya lo tengo. Vamos a ponerlo en la parte trasera del coche.

Czernobog parecía querer discutir, pero cerró la boca. Se chupó el índice y el pulgar y empezó a apagar las velas. Sombra oyó el zumbido de las velas al extinguirse la llama según atravesaba la habitación, cada vez más oscura.

Wednesday pesaba mucho, pero Sombra podía con él si caminaba con paso seguro. No tenía elección. Las palabras de Wednesday resonaban en su cabeza a cada paso que daba, y sentía el sabor agridulce del hidromiel en la garganta. «Ahora trabajas para mí. Me proteges. Me ayudas. Me llevarás de un lugar a otro. De vez en cuando llevarás a cabo algunas pesquisas; tendrás que ir a determinados sitios y hacer preguntas en mi nombre. Y en caso de emergencia, pero solo en caso de emergencia, tendrás que hacer daño a determinadas personas que deben ser castigadas. En el improbable caso de que yo muriera, serás tú quien me vele…»

Un trato era un trato, y este lo llevaba en la sangre y en los huesos.

El señor Nancy le abrió la puerta del vestíbulo del motel y salió corriendo para abrir la de la parte de atrás de la furgoneta. Los otros cuatro ya estaban al lado del Humvee, mirándoles como si estuvieran deseando largarse de allí. Loki se había puesto la gorra de chófer. El fuerte viento agitaba las sábanas y empujaba a Sombra.

Colocó a Wednesday con la mayor delicadeza posible en la parte trasera de la furgoneta.

Alguien le dio unos golpecitos en el hombro. Sombra se dio la vuelta. Era Ciudad, que le ofrecía algo que llevaba en la mano.

—Toma —dijo—, el señor Mundo me pidió que te lo diera.

Era un ojo de cristal. Tenía una fina grieta en el medio, y una diminuta esquirla se había desprendido de la parte de delante.

—Lo encontramos en la sala mientras limpiábamos. Guárdalo, te dará suerte. Dios sabe que vas a necesitarla.

Sombra cerró los dedos sobre el ojo. Deseó poder decirle algo ingenioso e inteligente, pero Ciudad ya estaba subiendo al coche, y a Sombra todavía no le había venido la inspiración.

Czernobog fue el último en salir del motel. Mientras echaba la llave a la puerta, se quedó mirando el Humvee, que arrancó y se alejó por la carretera. Dejó la llave del motel debajo de una piedra que había junto a la puerta principal y meneó la cabeza.

—Tendría que haberme comido su corazón —le dijo a Sombra—. La maldición no es suficiente. Alguien tiene que enseñarle lo que es el respeto.

Czernobog se subió a la furgoneta por la puerta de atrás.

—Pásate al asiento del pasajero —dijo el señor Nancy a Sombra—. Me apetece conducir un rato.

Salieron dirección al este.

Y

El amanecer los sorprendió en Princeton, Missouri. Sombra no había logrado dormirse.

—¿Quieres que te dejemos en algún sitio? —le preguntó Nancy—. Yo en tu lugar me agenciaría un carné de identidad y me largaría a Canadá. O a México.

—Me quedo con vosotros —dijo Sombra—. Es lo que Wednesday habría querido.

—Ya no trabajas para él. Está muerto. Una vez que enterremos su cadáver, serás libre de marcharte.

—¿Y qué voy a hacer?

—Mantenerte al margen, mientras dure la guerra —dijo Nancy. Puso el intermitente y giró a la izquierda.

—Escóndete durante un tiempo —dijo Czernobog—. Y cuando todo esto termine, vuelve a buscarme y te remataré. Con mi maza.

—¿Adónde llevamos el cadáver? —preguntó Sombra.

—A Virginia. Allí hay un árbol —contestó Nancy.

—El árbol del mundo —explicó Czernobog en tono satisfecho y lúgubre—. Teníamos uno donde yo vivía. Pero el nuestro crece hacia el inframundo.

—Lo pondremos a los pies del árbol —dijo Nancy—. Y ahí lo dejaremos. Márchate. Seguimos viaje hacia el sur y entramos en batalla. Hay derramamiento de sangre y muchos mueren. Y el mundo cambia, siquiera un poquito.

—¿No queréis que luche a vuestro lado? Soy bastante fuerte. Podría ser muy útil en una batalla.

Nancy se volvió hacia Sombra con una sonrisa: era la primera sonrisa de verdad que veía en la cara del señor Nancy desde que lo rescató de la cárcel del condado de Lumber.

—La batalla se librará sobre todo en un lugar al que tú no puedes ir, y que no puedes tocar.

—En los corazones y almas de las personas —dijo Czernobog—. Igual que en el tiovivo.

—¿Eh?

—El carrusel —dijo el señor Nancy.

—¡Ah! —dijo Sombra—. Entre bambalinas. Ya lo entiendo. Como aquel desierto de huesos.

El señor Nancy alzó la cabeza.

—Entre bambalinas. Sí. Siempre pienso que no tienes agallas y luego vas y me sorprendes. Eso es, entre bambalinas. Ahí es donde tendrá lugar la auténtica batalla. Todo lo demás serán simples rayos y truenos.

—Contadme cómo será el velatorio —dijo Sombra.

—Alguien tiene que quedarse con el cadáver. Es una tradición. Uno de los nuestros se encargará.

—Él quería que fuera yo.

—No —dijo Czernobog—. Te matará. Una idea mala, muy mala, malísima.

—¿En serio? ¿Velar su cadáver me matará?

—Es lo que pasa cuando se muere el Padre de Todos —dijo el señor Nancy—. Conmigo será diferente. El día que yo muera, lo único que quiero es que me planten en un lugar cálido. Y cuando una mujer hermosa se acerque a la fosa la agarraré del tobillo, como en aquella película.

—No la he visto —dijo Czernobog.

—Claro que la has visto. Es justo al final. Es la película esa del instituto en la que todos los chicos van al baile de graduación.

Czernobog meneó la cabeza.

—*Carrie*, señor Czernobog. Bueno, que alguno de vosotros me cuente lo de la vigilia —dijo Sombra.

—Cuéntaselo tú, yo estoy conduciendo —dijo Nancy.

—Nunca he oído hablar de esa película. Explícalo tú.

—A la persona que vela el cuerpo se la ata al árbol —le explicó Nancy—. Como hicieron con Wednesday. Y los dos deben permanecer allí durante nueve días y nueve noches. Sin comida ni agua, solos los dos. Al final cortan la cuerda, y si sigue con vida... Bueno, a veces ocurre. Así ha de terminar el velatorio de Wednesday —dijo Nancy.

—Puede que Alviss nos envíe a uno de los suyos. Un enano podría sobrevivir.

—Yo lo haré —dijo Sombra.

—No —dijo Nancy.

—Sí —dijo Sombra.

Los dos viejos se quedaron callados.

—¿Por qué? —preguntó Nancy al cabo de unos instantes.

—Porque los seres humanos vivos somos así.

—Estás loco —dijo Czernobog.

—Puede. Pero voy a velar a Wednesday.

Cuando pararon a echar gasolina, Czernobog anunció que estaba mareado y que quería pasarse al asiento del pasajero. A Sombra no le importaba cambiarse. Podría estirarse y dormir un poco.

Siguieron viaje en silencio. Sombra sentía que había hecho algo muy grande y muy extraño, y no sabía a ciencia cierta qué era.

—Eh, Czernobog —dijo el señor Nancy al rato—. ¿Te has fijado en el ciberchico en el motel? No se le veía muy contento. Ha estado jugando con fuego y se ha quemado. Ese es el principal problema con los jóvenes de ahora: se creen que lo saben todo y solo aprenden por las malas.

—Estupendo —dijo Czernobog.

Sombra se había estirado cuan largo era en el asiento de atrás. Se sentía como si fuera dos personas distintas, o más de dos. Una parte de él se sentía bien: por fin había sido capaz de hacer algo. Se había movido. No habría importado si no quisiera vivir, pero quería, y eso lo cambiaba todo. Esperaba salir con vida de aquello, pero estaba dispuesto a morir si ese era el precio que había que pagar por estar vivo. Por un momento todo aquello le pareció muy divertido, lo más divertido del mundo, y se preguntó si Laura sabría apreciar aquella ironía.

Pero había otra parte de él —quizá fuera Mike Ainsel, pensó, que se había esfumado con solo apretar un botón en la comisaría de policía de Lakeside— que todavía no terminaba de entender todo aquello, que intentaba comprender aquella extraña situación.

—Indios escondidos —dijo en voz alta.

—¿Qué? —dijo Czernobog en tono irritado desde el asiento de delante.

—Los dibujos que te dan para colorear cuando eres pequeño. «¿Puedes ver los diez indios escondidos en el dibujo? Hay diez indios escondidos, ¿eres capaz de encontrarlos?» A primera vista solo veías la cascada, las rocas y los árboles, pero luego te das cuenta de que si giras el dibujo hay una sombra que en realidad es un indio...

Sombra bostezó.

—Duerme —le sugirió Czernobog.

—Pero todo el conjunto —dijo Sombra. Entonces se durmió, y soñó con indios escondidos.

El árbol estaba en Virginia en mitad de la nada, en la parte de atrás de una antigua granja. Para llegar a ella habían tenido que conducir rumbo al sur desde Blacksburg durante una hora, por carreteras con nombres como Pennywinkle Branch («rama de vinca») y Rooster Spur («espolón de gallo»). Tuvieron que dar la vuelta dos veces y el señor Nancy y Czernobog acabaron discutiendo entre ellos y con Sombra.

Pararon para preguntar en una minúscula tienda situada a los pies de una colina, justo donde la carretera se bifurcaba. Un hombre mayor salió de la trastienda y se los quedó mirando: llevaba un mono vaquero y nada más, ni siquiera zapatos. Czernobog cogió unas manitas de cerdo en escabeche de un enorme bote que había sobre el mostrador y salió afuera a comérselas sentado en el suelo, mientras que el señor Nancy y el tipo del mono se turnaban para trazar mapas en unas servilletas, señalando los puntos en los que había que girar y las referencias locales.

Volvieron a la furgoneta, con el señor Nancy al volante, y no tardaron en llegar más de diez minutos. Había una placa en la entrada que decía: ASH.

Sombra se bajó y abrió la puerta. La furgoneta entró en la finca y avanzó por el prado. Cerró la puerta. Decidió ir caminando detrás del vehículo un rato, para estirar las piernas, y de vez en cuando se daba una carrera para alcanzarlo. Era muy agradable poder moverse un poco después de tanto tiempo en la furgoneta.

Había perdido por completo la noción del tiempo desde que salieron de Kansas. ¿Llevaban dos días en la carretera? ¿Tres? No lo sabía.

No parecía que el cadáver que iba en la parte trasera de la furgoneta se estuviera descomponiendo. Todavía le llegaba un ligero aroma a Jack Daniel's mezclado con algo que bien podría ser miel agria. Pero no era un olor desagradable. De vez en cuando sacaba el ojo de cristal de su bolsillo y lo miraba: debía de estar hecho añicos por dentro a consecuencia del impacto de la bala, pero, aparte de la esquirla que se había desprendido, la superficie estaba intacta. Sombra lo manoseó, lo hizo rodar por la palma, se lo puso entre los dedos. Era un suvenir espeluznante, pero de algún modo le reconfortaba, y sospechaba que a Wednesday le habría hecho gracia saber que su ojo había ido a parar al bolsillo de Sombra.

La casa estaba a oscuras y cerrada a cal y canto. La hierba estaba muy alta y aquello parecía abandonado. El tejado se había hundido por la parte de atrás y estaba cubierto con un plástico negro. La furgoneta dio un brinco al pasar por encima de un surco y Sombra divisó el árbol.

Era de color gris plateado y más alto que la casa. Era el más bonito que Sombra había visto en su vida: espectral y, sin embargo, muy real y de una simetría casi perfecta. Y nada más verlo le resultó familiar: se preguntó si lo habría soñado, pero entonces se dio cuenta de que no, de que lo había visto antes, quizás en un dibujo o en una foto, muchas veces. Era el alfiler de corbata de Wednesday.

La furgoneta avanzó a trompicones por el prado y se paró a unos cinco metros del tronco.

Había tres mujeres al lado del árbol. A primera vista Sombra pensó que eran las Zoryas, pero no tardó en descubrir que estaba equivocado. No las conocía. Parecían cansadas y aburridas, como si llevaran mucho tiempo esperando. Cada una de ellas portaba una escalera de madera. La más grande llevaba también un saco marrón. Parecían una muñeca rusa: una alta —como Sombra, o incluso más alta—, una de estatura media y otra tan pequeña y tan encorvada que al principio Sombra pensó que era una niña. Y se parecían tanto —era la frente, o los ojos, o quizá la barbilla— que a Sombra no le cabía duda de que tenían que ser hermanas.

La más pequeña hizo una reverencia nada más llegar la furgoneta. Las otras dos se limitaron a mirar. Compartían un cigarrillo, y lo apuraron hasta el filtro antes de que una de ellas lo apagara aplastándolo contra una raíz.

Czernobog abrió la puerta trasera de la furgoneta. La más grande se le adelantó y, con gran facilidad, como si se tratara de un saco de harina, cogió en brazos el cadáver de Wednesday y lo llevó hasta el árbol. Lo dejó tendido delante, a unos dos metros del tronco. Ella y sus hermanas desenvolvieron el cadáver. Tenía peor aspecto a la luz del día que a la de las velas de la habitación del motel y, tras echarle un rápido vistazo, Sombra desvió la mirada. Las mujeres le arreglaron la ropa, le pusieron bien el traje y a continuación lo colocaron en una esquina de la sábana y lo volvieron a amortajar.

Luego las mujeres se acercaron a Sombra.

—¿Eres tú el elegido? —preguntó la mayor.

—¿El que velará al Padre de Todos? —dijo la mediana.

—¿Te has presentado voluntario? —preguntó la más pequeña.

Sombra asintió con la cabeza. Más tarde, sería incapaz de recordar si efectivamente había oído sus voces. A lo mejor lo había deducido todo de su expresión y su mirada.

El señor Nancy, que había vuelto hasta la casa para ir al baño, volvió al árbol caminando. Venía fumándose un cigarrillo y parecía pensativo.

—Sombra —le dijo—. No tienes por qué hacerlo. Podemos encontrar a alguien más adecuado. No estás preparado para esto.

—Voy a hacerlo —dijo Sombra, llanamente.

—No tienes por qué —insistió el señor Nancy—. No tienes ni la menor idea de lo que te espera.

—Da igual —replicó Sombra.

—¿Y si mueres? —preguntó el señor Nancy—. ¿Y si te mata?

—Pues si me muero —dijo Sombra—, me muero.

Tiró la colilla, irritado.

—Te dije que tenías una boñiga por cerebro, y sigues teniendo una boñiga por cerebro. ¿Es que no te das cuenta de que solo intento ayudarte?

—Lo siento —dijo Sombra. No dijo nada más. Nancy volvió a la furgoneta.

Czernobog fue hacia Sombra. No parecía muy contento.

—Tienes que salir con vida de esta —dijo—. Hazlo por mí.

A continuación, golpeó suavemente la frente de Sombra con los nudillos y dijo: «¡Zas!». Le apretó el hombro, le dio una palmada en el brazo y fue a reunirse con el señor Nancy.

La más grande de las mujeres, que al parecer se llamaba Urtha o Urder —Sombra intentó pronunciarlo varias veces, pero ni una sola a gusto de la mujer— le indicó, mediante señas, que debía quitarse la ropa.

—¿Todo?

La mujer se encogió de hombros. Sombra se quedó en calzoncillos y la camiseta. Las mujeres apoyaron sus escaleras en el tronco del árbol y le indicaron que se fuera hacia una de ellas, la que tenía una cenefa de flores y hojas pintadas a mano.

La mujer mediana vació el contenido del saco sobre la hierba. Había un montón de cuerdas enredadas, sucias y marrones por el paso del tiempo, y empezó a ordenarlas por longitud y a dejarlas con cuidado en el suelo, junto al cadáver de Wednesday.

Subieron por las escaleras y empezaron a atar las cuerdas, con intrincados y elegantes nudos, pasándolas primero por el árbol, y luego alrededor de Sombra. Sin pudor alguno, como si fueran comadronas, enfermeras o empleadas de una funeraria, le quitaron la camiseta y los calzoncillos y lo amarraron, no muy fuerte pero de forma segura. Sombra estaba sorprendido de lo bien que las cuerdas y los nudos aguantaban su peso. Pasaban por debajo de sus brazos, entre sus piernas, alrededor de la cintura, de los tobillos y del pecho.

Le ataron una última cuerda, muy floja, alrededor del cuello. Al principio resultaba incómodo, pero el peso estaba bien distribuido y ninguna de las cuerdas se le clavaba.

Sus pies estaban a un metro y medio del suelo. El árbol no tenía hojas y era enorme, sus ramas se recortaban en negro sobre el fondo gris del cielo y la corteza era suave y de color gris plateado.

Retiraron las escaleras. Por un momento sintió pánico al ver que su cuerpo se desplazaba unos centímetros hacia abajo, pues ahora las cuerdas soportaban todo el peso. Pero mantuvo la calma.

En ese momento estaba completamente desnudo.

Las mujeres colocaron el cadáver, envuelto en su mortaja de sábanas de motel, al pie del árbol, y allí lo dejaron.

Lo dejaron allí completamente solo.

Capítulo quince

Hang me, O hang me, and I'll be dead and gone,
Hang me, O hang me, and I'll be dead and gone,
I wouldn't mind the hangin', its bein' gone so long,
It's lyin' in the grave so long.
(Cuélgame, oh, cuélgame, y estaré muerto para siempre,
Cuélgame, oh, cuélgame, y estaré muerto para siempre,
No me importa ser ahorcado, llevo muerto mucho tiempo,
Mi cuerpo yace en la tumba desde hace mucho tiempo.)
CANCIÓN POPULAR

El primer día que Sombra permaneció colgado del árbol no sintió más que cierta incomodidad que poco a poco se fue tornando en dolor, miedo y, ocasionalmente, en una emoción a medio camino entre el aburrimiento y la apatía: una gris aceptación, una espera.

Estaba colgado.

El viento estaba en calma.

Transcurridas unas cuantas horas, empezó a experimentar unos fugaces estallidos de color; veía manchas rojas y doradas que vibraban y palpitaban como si tuvieran vida propia.

El dolor que sentía en los brazos y en las piernas se hacía intolerable por momentos. Si los relajaba, si dejaba que su cuerpo se aflojara, si se echaba hacia adelante, la cuerda que tenía alrededor del cuello se tensaba y empezaba a ver luces y a marearse. Así que volvió a pegarse al tronco. Notaba el esfuerzo que tenía que hacer su corazón, que parecía un tambor arrítmico intentando bombear la sangre por su cuerpo...

Esmeraldas, zafiros y rubíes cristalizaban y estallaban frente a sus ojos. Respiraba de forma entrecortada y superficial. La áspera corteza le arañaba la espalda. Completamente desnudo, el frío aire de la tarde le hacía temblar y le ponía la carne de gallina.

«Es fácil —le dijo alguien dentro de su cabeza—. Tiene su truco. O lo haces, o te mueres.»

Era un planteamiento muy inteligente, decidió. Le satisfacía y lo oía sin cesar dentro de su cabeza, era algo a medio camino entre un mantra y una cancioncilla popular que se repetía al ritmo de los latidos de su corazón.

Es fácil. Tiene su truco. O lo haces, o te mueres.
Es fácil. Tiene su truco. O lo haces, o te mueres.
Es fácil. Tiene su truco. O lo haces, o te mueres.
Es fácil. Tiene su truco. O lo haces, o te mueres.

Pasó el tiempo. La cantinela seguía repitiéndose. La oía. Alguien repetía las palabras, y solo paraba cuando Sombra notaba la boca seca, cuando su lengua se quedaba seca como si formara parte de su piel. Se apoyó en los pies para enderezarse y separarse un poco del árbol, intentando aguantar su propio peso de forma que pudiera respirar hondo.

Respiró hasta que no pudo continuar sujetándose, y después se dejó caer y volvió a quedar colgado del árbol.

Cuando comenzó el parloteo —un parloteo airado y burlón— cerró la boca, pensando que podía ser cosa suya; pero continuaba oyéndolo. «Será que el mundo entero se ríe de mí», pensó Sombra. Dejó caer la cabeza hacia un lado. Algo bajó corriendo por el tronco del árbol, justo a su lado, y se paró a la altura de su cabeza. Le chilló algo al oído, una sola palabra, que sonaba como «*ratatosk*». Sombra intentó repetirla, pero la lengua se le pegaba al paladar. Giró la cabeza despacio y se dio de bruces con la cara marrón grisácea y las puntiagudas orejas de una ardilla.

Entonces descubrió que, vistas de cerca, las ardillas no son tan adorables como parece a cierta distancia. Era como una rata, y no tenía un aspecto tierno y encantador, sino peligroso. Su dientes parecían muy afilados. Confió en que no lo considerara una amenaza o una fuente de alimento. Le parecía recordar que las ardillas no eran carnívoras… pero no sería la primera vez que pensaba que las cosas eran de una determinada manera y luego resultaban ser de otra…

Se quedó dormido.

El dolor le despertó varias veces durante las horas siguientes. Lo sacó de un oscuro sueño en el que unos niños muertos se levantaban e iban a por él, con los ojos despellejados, como perlas hinchadas, y le acusaban de haberles fallado; y también de otro sueño en el que estaba mirando a un mamut, peludo y oscuro, que salía de entre la niebla y se dirigía hacia él, pero —se despertó un instante, una araña se paseaba por su cara, y sacudió la cabeza, para quitársela de encima— ahora el mamut era un hombre con cabeza de elefante, barriga abultada y un colmillo roto, y venía hacia Sombra cabalgando a lomos de un ratón gigantesco. El hombre con cabeza de elefante apuntó a Sombra con la trompa y le dijo:

—Si me hubieras invocado antes de emprender este viaje, podrías haberte ahorrado muchos problemas.

El elefante cogió al ratón, que, sin que Sombra supiera cómo, se había vuelto diminuto sin cambiar de tamaño, y se lo pasó de una mano a otra, cerrando los dedos en torno al animalito mientras este huía de una palma a otra; no le sorprendió en absoluto que el dios con cabeza de elefante terminara abriendo sus cuatro manos para mostrarle que estaban completamente vacías. Empezó a encoger alternativamente sus cuatro brazos en un movimiento extrañamente fluido, y miró a Sombra con expresión inescrutable.

—Está en el tronco —le dijo Sombra al hombre elefante, al ver desaparecer una larga cola.

El hombre elefante asintió con su enorme cabeza y respondió:

—Sí, en el tronco. Olvidarás muchas cosas. Y regalarás muchas cosas. Perderás muchas cosas. Pero no pierdas esta.

Y entonces se puso a llover, y Sombra se despertó de nuevo. Empapado y tiritando, pasó del sueño más profundo a estar completamente despierto. La tiritona fue en aumento, y Sombra llegó a asustarse: jamás hubiera imaginado que fuera posible tiritar de esa manera: su cuerpo se convulsionaba de forma violenta y creciente. Le ordenó que dejara de temblar, pero seguía tiritando, castañeteando los dientes, mientras sus extremidades se agitaban y retorcían sin control. Sentía auténtico dolor, un dolor como un cuchillo que le iba dejando en todo el cuerpo pequeñas heridas invisibles, íntimas e insoportables.

Abrió la boca para recibir la lluvia, que le hidrataba los labios agrietados y la lengua seca y empapaba las cuerdas que lo sujetaban al tronco del árbol. Estalló un relámpago tan brillante que fue como si recibiera un golpe en los ojos, y el paisaje se transformó en una sucesión de imágenes como las que se ven en una linterna mágica. Después llegó el trueno, un redoble, una explosión y un estruendo, y a medida que el eco propagaba el trueno, la lluvia arreciaba. En medio de la lluvia y de la noche se calmaron sus temblores; el cuchillo dejó de herirle. Sombra ya no tenía frío, o mejor dicho, solo sentía el frío, pero a esas alturas se había convertido en parte de él, el frío era parte de él y él del frío.

Sombra pendía del árbol mientras los relámpagos iluminaban el cielo, y los truenos remitían para convertirse en un omnipresente redoble, con estallidos ocasionales que parecían lejanas bombas explotando en la noche. El viento tiraba de él como si quisiera arrancarlo del árbol, sacándole la piel a tiras, penetrando hasta los huesos. La tormenta estaba en pleno apogeo, y Sombra sabía en lo más profundo de su alma que se había desencadenado la auténtica tormenta, la grande, y que ahora que había llegado nadie podía hacer otra cosa que soportarla hasta el final: nadie, ni los dioses antiguos ni los nuevos, espíritus, poderes, hombres y mujeres…

En ese momento una extraña alegría comenzó a crecer en su interior, y se echó a reír mientras la lluvia resbalaba por su piel desnuda; caían los rayos y los truenos retumbaban con tal fuerza que apenas podía oír su propia risa. Estaba exultante y muerto de risa.

Estaba vivo. Nunca se había sentido tan vivo. Nunca.

Si moría, pensó, si moría en ese mismo instante, en el árbol, habría merecido la pena aunque solo fuera por ese perfecto instante de absoluta locura.

—¡Eh! —le gritó a la tormenta—. ¡Eh! ¡Soy yo! ¡Estoy aquí!

Acumuló un poco de agua entre su hombro desnudo y el tronco del árbol, giró la cabeza y bebió el agua de lluvia, lamiendo y sorbiendo, y continuó bebiendo y se echó a reír, con una risa alegre y placentera, no estaba loco, hasta que ya no pudo más, y se quedó allí colgado, exhausto y sin poder moverse.

Al pie del árbol, en el suelo, la lluvia había empapado las sábanas y las había vuelto casi transparentes, y había deshecho parcialmente la mortaja de forma que Sombra podía ver la mano sin vida de Wednesday, pálida como la cera, y distinguir la forma de su cabeza, y le recordó a la Sábana Santa de Turín y le recordó a la chica abierta en canal sobre la mesa de Jacquel en Cairo, y entonces, como para darle en las narices al frío, se percató de que estaba calentito y cómodo, y de que la corteza del árbol se había vuelto suave, y volvió a dormirse, y, si tuvo algún sueño, esta vez no pudo recordarlo.

A la mañana siguiente el dolor era omnipresente. Ya no se limitaba a los lugares en los que las cuerdas laceraban su carne, o donde la corteza le arañaba la piel. Ahora estaba en todas partes.

Además tenía hambre, y sentía punzadas en el estómago vacío. Su cabeza palpitaba de forma muy dolorosa. Por momentos creía que había dejado de respirar y que su corazón había dejado de latir. Entonces contenía el aliento hasta que oía su corazón bombeando un océano de sangre en sus oídos y se veía obligado a coger aire como un buceador recién salido de las profundidades.

Tenía la impresión de que el árbol iba desde el infierno hasta el cielo, y de que llevaba allí colgado desde siempre. Un halcón de plumaje castaño sobrevolaba el árbol en círculos, fue a posarse en una rama cercana y después levantó el vuelo con rumbo al oeste.

La tormenta, que había amainado al amanecer, fue cobrando fuerza a lo largo del día. Unas nubes turbulentas y grises se extendieron a todo lo ancho del horizonte; lentamente, empezó a caer una suave llovizna. El cadáver al pie del árbol parecía haber menguado entre los pliegues de la sábana sucia del motel, desmenuzándose como un pastel de azúcar bajo la lluvia.

Sombra se debatía entre la fiebre y el frío.

Cuando volvieron los truenos se imaginó que eran redobles de tambor, timbales que acompañaban al trueno y los latidos de su corazón, dentro o fuera de su cabeza; eso no importaba.

Percibía el dolor en colores: el rojo de un letrero de bar, el verde de un semáforo en una noche de lluvia, el azul de una pantalla de vídeo vacía.

La ardilla saltó desde la corteza del tronco hasta su hombro, y le clavó las uñas en la piel. «¡Ratatosk!», chilló. Tocó los labios de Sombra con la punta de la nariz. «¡Ratatosk!» Volvió a trepar por el árbol.

Sombra tenía la piel en carne viva, y le dolía como si le estuvieran clavando un millón de alfileres. Aquello era insoportable.

Vio su vida entera al pie del árbol, extendida sobre la mortaja de sábanas de motel, literalmente extendida, como una especie de pícnic dadaísta o un cuadro surrealista: allí estaba la mirada atónita de su madre, la embajada de Estados Unidos en Noruega, los ojos de Laura el día de su boda...

Se echó a reír.

—¿Qué te hace tanta gracia, cachorrito? —le preguntó Laura.

—El día de nuestra boda —respondió—. Sobornaste al organista para que en lugar de la marcha nupcial tocase la canción de *Scooby-Doo* cuando avanzaras por el pasillo de la iglesia. ¿Te acuerdas?

—Pues claro que me acuerdo, mi amor. Y lo habría hecho, de no haber sido por esos críos entrometidos.

—Te quería tanto.

Podía sentir los labios de Laura sobre los suyos; eran cálidos, húmedos y estaban vivos, no fríos y muertos, así que supo que no era más que otra alucinación.

—No estás aquí, ¿verdad?

—No —respondió ella—. Pero me estás llamando, por última vez. Y estoy de camino.

Ahora le costaba mucho respirar. Las cuerdas que se clavaban en su carne eran un concepto abstracto, como el libre albedrío o la eternidad.

—Duerme, cachorrito —le susurró Laura y, aunque pensó que probablemente era su propia voz lo que oía, se quedó dormido.

El sol era como una moneda de peltre en el plomizo cielo. Estaba despierto, Sombra se dio cuenta poco a poco, y tenía frío. Pero la parte de él que comprendía esto parecía estar muy lejos del resto de su persona. En algún lugar remoto era consciente de que tenía la boca y la garganta en carne viva, y le dolían mucho. A veces, durante el día, veía estrellas fugaces; otras veces veía aves gigantescas, tan grandes como camiones de mercancías, que volaban hacia él. Nada le alcanzaba; nada llegaba a tocarle.

«Ratatosk, Ratatosk.» El chillido se había transformado en un reproche.

La ardilla aterrizó, con todo su peso, clavándole las uñas, en su hombro, y lo miró a la cara. Sombra se preguntó si estaría alucinando: el animal llevaba una cáscara de nuez, como si fuera una tacita de juguete, sujeta entre las patas delanteras. Empujó la cáscara contra los labios de Sombra. Al sentir el agua, de forma instintiva, la sorbió, y bebió de la diminuta taza. Dejó que el agua corriese por sus labios agrietados y su deshidratada lengua. Se enjuagó la boca con ella y tragó el resto, que no era mucho.

La ardilla volvió al árbol de un salto, corrió tronco abajo, hacia las raíces, y en cuestión de segundos, o de minutos, o de horas —Sombra había perdido la noción del tiempo; todos los relojes de su cabeza estaban rotos, pensó, y sus engranajes, ruedas y resortes formaban un revoltijo en la hierba—, la ardilla volvió con su tacita de cáscara de nuez, trepando con cuidado, y Sombra bebió el agua que le traía.

El sabor a hierro y lodo del agua inundó su boca y refrescó su sedienta garganta. Alivió su cansancio y le devolvió la cordura.

Tras beberse la tercera cáscara, ya no tenía sed.

Entonces empezó a forcejear, tirando de las cuerdas, agitando su cuerpo, intentando bajar, liberarse, huir. Gimió.

Los nudos estaban muy bien hechos. Las cuerdas eran muy resistentes y no cedían, y al cabo de un rato estaba exhausto de nuevo.

En su delirio, Sombra se convertía en el árbol. Sus raíces se hundían en las profundidades de la tierra, y del tiempo, y de los manantiales subterráneos. Sintió brotar a la mujer llamada Urd, o lo que es lo mismo, el Pasado. Era inmensa, una mujer gigante, una montaña subterránea en forma de mujer, que custodiaba las aguas del tiempo. Otras raíces iban a parar a otros lugares. Algunos de ellos eran secretos. Ahora, cuando tenía sed, absorbía el agua a través de sus raíces y la hacía llegar hasta su cuerpo mortal.

Tenía un centenar de brazos que se dividían en miles de dedos, y todos ellos se elevaban hacia el cielo. Sentía el peso del cielo sobre sus hombros.

No es que aquello paliara las molestias, pero el dolor pertenecía a la figura que colgaba del árbol, no al árbol en sí, y en su delirio, Sombra era mucho más que el hombre colgado allí: era el árbol, y era también el viento que susurraba por entre las ramas desnudas del árbol del mundo; era el cielo gris y las nubes; era la ardilla *Ratatosk* que correteaba entre las raíces más profundas y las más altas ramas; era el halcón de ojos dementes que estaba posado sobre una rama tronchada en lo alto del árbol oteando el mundo; era el gusano en el corazón del árbol.

Las estrellas giraban, y él pasaba sus cien manos por los rutilantes astros, ocultándolos en la palma de su mano, cambiándolos de lugar, haciéndolos desaparecer…

Un momento de lucidez en medio del dolor y la locura: Sombra tenía la sensación de estar saliendo a flote. Sabía que no duraría mucho. El sol de la mañana le deslumbraba. Cerró los ojos, deseando poder protegerlos.

No le quedaba mucho tiempo. Eso también lo sabía.

Cuando abrió los ojos vio que había un joven con él en el árbol.

Tenía la piel muy negra, la frente alta y el cabello negro y muy rizado. Estaba sentado en una rama muy por encima de la cabeza de

Sombra, que podía verlo con toda claridad si estiraba el cuello. El chico estaba loco: Sombra se dio cuenta nada más verlo.

—Estás desnudo —le confió el loco con voz cascada—. Yo también estoy desnudo.

—Ya lo veo —replicó Sombra con voz ronca.

El loco lo miró, y a continuación asintió con la cabeza y la giró en redondo, como si tuviera tortícolis. Al cabo de unos instantes, preguntó:

—¿Me conoces?

—No.

—Yo a ti sí. Te estuve observando en Cairo. Te he observado después. Le gustas a mi hermana.

—Eres… —No podía recordar su nombre. «Come animales atropellados.» Sí—. Eres Horus.

El loco asintió.

—Soy Horus —dijo—. Soy el halcón de la mañana y el azor de la tarde. Soy el sol. Y tú también eres el sol. Y conozco el verdadero nombre de Ra. Mi madre me lo dijo.

—Qué suerte —respondió Sombra, por educación.

El loco miró atentamente al suelo, sin decir nada. A continuación se dejó caer del árbol.

Un azor cayó al suelo como una piedra, remontó el vuelo, batiendo con fuerza sus alas, y regresó al árbol con un gazapo entre las garras. Se posó en una rama cercana a Sombra.

—¿Tienes hambre? —preguntó el loco.

—No —respondió Sombra—. Supongo que debería tener hambre, pero no la tengo.

—Yo sí —dijo el loco. Engulló el conejo rápidamente, despedazándolo, desgarrándolo. Cuando hubo terminado con él, dejó caer al suelo los huesos roídos y la piel. Continuó bajando por la rama hasta situarse al alcance de la mano de Sombra. Luego, clavó su mirada en él sin pudor alguno, examinándolo con detenimiento y cautela, de los pies a la cabeza. Tenía sangre del gazapo en la barbilla y el pecho, y se la limpió con el dorso de la mano.

Sombra sintió que debía decir algo.

—Eh —exclamó.

—Eh —contestó el loco.

Se puso en pie sobre la rama, se alejó de Sombra y dejó que una corriente de orina oscura cayese formando un arco al prado que tenían a sus pies. Al terminar volvió a ponerse en cuclillas sobre la rama.

—¿Cómo te llaman? —preguntó Horus.

—Sombra.

El loco asintió.

—Tú eres la sombra. Yo soy la luz —dijo—. Todo lo que existe proyecta una sombra. Pronto entrarán en batalla. Estaba observando cuando empezaron a llegar. Estaba en lo alto del cielo y ninguno de ellos me vio, aunque algunos tienen muy buena vista. —Después añadió—: Te estás muriendo, ¿no?

Pero Sombra ya no podía hablar. Todo estaba muy lejos. Un halcón levantó el vuelo, y ascendió volando en círculos, planeando sobre el aire.

Luz de luna.

Una tos sacudió el cuerpo de Sombra, una tos desesperante y dolorosa; era como si lo apuñalaran en el pecho y la garganta. Entre arcadas, intentó respirar.

—Eh, cachorrito —le dijo una voz conocida.

Miró hacia abajo.

La luz de la luna ardía con un resplandor blanco por entre las ramas del árbol, brillante como la luz del día, y una mujer a la luz de la luna lo miraba desde el suelo, con su rostro pálido y oval. El viento susurraba entre las ramas del árbol.

—Hola, cachorrito —dijo la mujer.

Sombra intentó hablar, pero le entró la tos, una tos que nacía en lo más hondo de su pecho y se prolongó durante un buen rato.

—Vaya —dijo ella, amablemente—, eso no suena nada bien.

—Hola, Laura —dijo él con voz ronca.

Ella lo miró con sus ojos sin vida, y sonrió.

—¿Cómo me has encontrado? —preguntó Sombra.

Ella se quedó callada, unos instantes, a la luz de la luna.

—Eres lo más cercano a la vida que tengo —le dijo—. Eres lo único que me queda, lo único que no es sombrío, monótono, gris. Incluso con los ojos cerrados en lo más profundo del océano sabría dónde encontrarte. Aun enterrada a cientos de miles de metros sabría dónde estás.

Miró a la mujer a la luz de la luna, y sus ojos se llenaron de lágrimas.

—Voy a bajarte —le dijo, pasado un rato—. Me paso el tiempo salvándote, ¿eh?

Él volvió a toser.

—No, déjame —le dijo cuando pudo hablar—. Tengo que hacer esto.

Ella lo miró y meneó la cabeza.

—Estás loco. Te estás muriendo. O te quedarás lisiado, si es que no te has quedado ya.

—Puede ser —replicó Sombra—. Pero estoy vivo.

—Sí —dijo ella al cabo de unos instantes—. Supongo que sí.

—Lo que me dijiste cuando estábamos en el cementerio...

—Parece que ha pasado una eternidad desde entonces, cachorrito —replicó ella—. Me encuentro mejor aquí. No me duele tanto. ¿Entiendes lo que quiero decir? Pero estoy muy seca.

Empezó a soplar el viento, y entonces él pudo percibir el olor de Laura: un hedor a carne podrida, a enfermedad, a descomposición, un olor penetrante y desagradable.

—Me han echado del trabajo —le dijo—. Era un trabajo nocturno, pero según ellos la gente se quejaba. Les dije que estaba enferma, pero les dio igual. Tengo mucha sed.

—Las mujeres —le dijo Sombra—. Ellas tienen agua. La casa.

—Cachorrito... —Laura parecía asustada.

—Diles... diles que vas de mi parte...

El pálido rostro de Laura lo miraba desde el suelo.

—Debería irme ya —le dijo. Entonces empezó a convulsionar, hizo una mueca y escupió una masa blanca que al tocar el suelo se rompió y se alejó retorciéndose.

A Sombra le resultaba casi imposible respirar. Le pesaba el pecho y la cabeza le daba vueltas.

—Quédate —suplicó, en un susurro, sin saber muy bien si ella podía oírle—. Por favor, no te vayas. —Le entró la tos de nuevo—. Quédate esta noche.

—Me quedaré un rato —lo tranquilizó. Y como si fuera una madre hablándole a su hijo—: Nadie va a hacerte daño mientras yo esté a tu lado; lo sabes, ¿no?

Sombra volvió a toser. Cerró los ojos. «Solo un momento», pensó, pero cuando volvió a abrirlos la luna ya se había puesto y estaba solo.

Sentía un fuerte dolor de cabeza, un dolor mil veces más intenso que el de una migraña, más intenso que cualquier otro. Todo se transformó en un enjambre de diminutas mariposas que revoloteaban a su alrededor como una tormenta de arena multicolor para esfumarse después en medio de la noche.

El viento matutino agitaba estrepitosamente la blanca sábana que envolvía el cadáver situado al pie del árbol.

El dolor comenzó a remitir. Todo se hizo más lento. No le quedaba nada por lo que seguir respirando. El corazón dejó de latir dentro de su pecho.

La oscuridad en la que se adentró esta vez era muy profunda, sin más luz que la de una única estrella, y era definitiva.

Capítulo dieciséis

Ya sé que está amañada. Pero es la única partida de la ciudad.
CANADA BILL JONES

El árbol había desaparecido, y el mundo entero, y también el cielo gris de la mañana. El cielo tenía ahora el color de la medianoche. Una única estrella brillaba en lo alto, con una luz cegadora y parpadeante, y nada más. Sombra dio un solo paso y estuvo a punto de sufrir un traspiés.

Miró hacia abajo. Había unos escalones excavados en la roca, que bajaban y eran tan grandes que debían de haber sido abiertos por gigantes que habrían descendido por ellos en un tiempo ya remoto.

Inició el descenso, a ratos saltando de un escalón a otro y a ratos ayudándose con las manos. Le dolía el cuerpo, pero por falta de uso, no por la tortura del cuerpo colgado de un árbol hasta la muerte.

No le sorprendió comprobar que estaba completamente vestido, con unos vaqueros y una camiseta blanca. Iba descalzo. Experimentó una fuerte sensación de *déjà vu*: era la misma ropa que llevaba en el apartamento de Czernobog la noche en que Zorya Polunochnaya le habló de la constelación del carro de Odín. Había cogido la luna del cielo para dársela a él.

Supo, de repente, lo que pasaría a continuación. Zorya Polunochnaya estaría allí.

Lo estaba esperando al pie de la escalera. No había luna en el cielo, pero sin embargo ella estaba iluminada por la luz lunar: su blanco cabello era pálido como aquella, y llevaba puesto el mismo camisón de hilo y encaje que había llevado aquella noche en Chicago.

Sonrió al ver a Sombra y miró al suelo, como en un arrebato de vergüenza.

—Hola —le saludó.

—Hola —respondió Sombra.

—¿Cómo estás?

—No lo sé. Creo que este puede ser otro de esos extraños sueños del árbol. Llevo soñando cosas raras desde que salí de la cárcel.

La luz de la luna le confería un brillo de plata al rostro de la mujer (pero no había luna en aquel cielo negro como una ciruela, y ahora, desde el pie de la escalera, hasta la estrella solitaria había desaparecido de su vista) y ella tenía un aspecto que era al mismo tiempo solemne y vulnerable.

—Todas tus preguntas tienen respuesta, si es eso lo que quieres. Pero una vez conozcas las respuestas, no podrás desaprenderlas. Es importante que lo entiendas.

—Lo entiendo —dijo Sombra.

Un poco más allá de donde estaba ella, el camino se bifurcaba. Sombra tendría que elegir qué camino seguir, y lo sabía. Pero antes tenía algo que hacer. Metió la mano en el bolsillo de los vaqueros y le alivió sentir de nuevo el peso de la moneda en el fondo. La sacó y la sostuvo entre el índice y el pulgar: era un dólar de plata de 1922 con la efigie de la Libertad.

—Esto es tuyo —le dijo a Zorya.

Entonces recordó que en realidad su ropa estaba al pie del árbol. Las mujeres la habían guardado en el saco de lona del que habían sacado las cuerdas, y lo habían atado, y la más grande de ellas había colocado una pesada roca encima para evitar que saliese volando. Por eso sabía que, en realidad, el dólar de plata estaba en un bolsillo dentro de aquel saco, bajo la roca. No obstante, podía sentir su peso ahora en la mano, a las puertas del inframundo.

Zorya lo cogió de la palma de su mano con sus esbeltos dedos.

—Gracias. Ha comprado tu libertad dos veces —le dijo—. Y ahora iluminará tu camino en los lugares oscuros.

Cerró su mano sobre el dólar, y a continuación estiró el brazo y dejó la moneda en el aire, tan alto como pudo. La soltó. Sombra supo entonces que aquello era otro sueño, porque, en lugar de caer, la moneda flotó hacia arriba hasta quedarse medio metro por encima de su cabeza. Sin embargo, ya no era una moneda de plata. La efigie de la Libertad con su corona de púas había desaparecido. El rostro que podía verse ahora en la moneda era la imprecisa cara de la luna en el cielo estival, un rostro que solo se veía cuando no la mirabas directamente, pues entonces no se veían más que oscuros mares y formas caprichosas en los cráteres de la superficie, y los rasgos y el rostro quedaban reducidos a sombras aleatorias y tornadizas.

Sombra ya no sabía si estaba mirando una luna del tamaño de un dólar, a medio metro de su cabeza, o una luna del tamaño del océano Pacífico, a miles de kilómetros. Tampoco sabía si había alguna diferencia entre ambos conceptos. Quizás era solo una cuestión de perspectiva. Tal vez no era más que una cuestión de dónde se situara el punto de vista.

Miró la bifurcación del camino que tenía delante.

—¿Qué senda debo tomar? —preguntó—. ¿Cuál es la más segura?

—Toma una, y no podrás tomar la otra —respondió ella—. Pero ninguna de las dos es segura. ¿Qué senda deseas seguir: la de las dolorosas verdades o la de las mentiras sutiles?

Sombra vaciló un momento.

—La de las verdades —dijo por fin—. No he llegado tan lejos para seguir con mentiras.

Ella parecía triste.

—Tendrás que pagar un precio por ello.

—Lo pagaré. ¿Cuál es el precio?

—Tu nombre —respondió ella—. Tu verdadero nombre. Tendrás que dármelo.

—¿Cómo?

—Así —dijo ella. Alargó su perfecta mano para tocar la cabeza de Sombra. Sintió que los dedos de la mujer rozaban su piel, y a continuación la penetraban, y se hundían hasta el fondo de su cabeza. Notó un cosquilleo, primero en el cráneo y luego por toda la columna. La mujer sacó la mano. Una llama, similar a la de una vela, pero con un blanco resplandor de magnesio, oscilaba sobre la yema de su dedo índice.

—¿Eso es mi nombre?

Ella cerró la mano y la luz desapareció.

—Lo era —respondió ella. Extendió la mano y le señaló el camino de la derecha—. Ve por ahí. De momento.

Sin nombre, Sombra caminó por la senda de la derecha bajo la luz de la luna. Cuando se volvió para dar las gracias, no vio nada más que la oscuridad. Tenía la sensación de estar caminando por las profundidades de la tierra, pero si miraba hacia arriba todavía podía ver la diminuta luna.

Dobló una esquina.

Si aquello era el más allá, pensó, se parecía mucho a la Casa de la Roca: mitad diorama y mitad pesadilla.

Se vio a sí mismo deprimido en la cárcel, en el despacho del alcaide, mientras este le comunicaba que Laura había fallecido en un accidente de tráfico. Vio la expresión de su propio rostro: la de un hombre abandonado por el mundo. Le dolió ver su desnudez y su miedo. Apretó el paso, salió de la gris oficina del alcaide y se encontró mirando la tienda de reparaciones de vídeo a las afueras de Eagle Point. Tres años antes. Sí.

Sabía que, en el interior del establecimiento, les estaba dando una paliza de muerte a Larry Powers y B. J. West, destrozándose los nudillos: no tardaría en salir de allí con una bolsa de supermercado llena de billetes de veinte dólares. El dinero que nunca pudieron probar que se había llevado: su parte del botín y un poco más, porque no deberían haber intentado estafarles a él y a Laura de aquella manera. Él solo había sido el conductor, pero había cumplido con su parte, había hecho todo lo que ella le había pedido...

En el juicio, nadie mencionó el atraco al banco, aunque estaba seguro de que todos estaban deseando hacerlo. No podían probar nada mientras nadie abriera la boca. Y nadie la abrió. El fiscal se vio obligado a ceñirse a los daños físicos infligidos a Powers y West. Mostró las fotografías que les habían tomado a los dos hombres cuando ingresaron en el hospital. Sombra apenas se defendió ante el tribunal; era lo más fácil. Al parecer, ni Powers ni West recordaban el motivo de la pelea, pero ambos admitieron que su asaltante había sido Sombra.

Nadie habló del dinero.

Nadie mencionó siquiera a Laura, que era lo que Sombra deseaba.

Se preguntó si no habría sido mejor seguir la senda de las mentiras sutiles. Se alejó de aquel lugar y siguió el camino de roca hasta algo que parecía la habitación de un hospital público de Chicago, y sintió la bilis subiéndole por la garganta. Se detuvo. No quería mirar. No quería seguir caminando.

En la cama del hospital su madre agonizaba de nuevo, igual que cuando él tenía dieciséis años, y sí, ahí estaba él, un adolescente grande y torpe con la piel de color café con leche llena de acné, sentado junto a su cama, incapaz de mirarla, leyendo un grueso libro de bolsillo. Sombra se preguntó qué libro sería, y rodeó la cama para observarlo de más cerca. Se quedó entre la cama y la silla mirando alternativamente a un lado y a otro, el chico grande encorvado en la silla, con la nariz pegada a *El arcoíris de la gravedad*, de Thomas Pynchon, intentando huir de la muerte de su madre al bombardeo de Londres, pero la ficticia locura del libro no le proporcionó la excusa que necesitaba para huir de aquello.

Con los ojos cerrados, su madre descansaba en brazos de la morfina: lo que ella había tomado por otro brote de anemia falciforme, otro periodo de dolor que había que soportar, había resultado ser, según habían descubierto después, demasiado tarde ya, un linfoma. Su piel tenía un tono gris amarillento. Tenía poco más de treinta años, pero parecía mucho mayor.

Sombra quería zarandearse a sí mismo, al adolescente torpe que había sido, para que cogiera la mano de su madre, o le hablase, o hiciera algo, lo que fuera, antes de que ella se marchase, como sabía que iba a suceder. Pero no pudo tocarla y continuó leyendo; finalmente su madre murió mientras él seguía sentado a su lado, leyendo un libro muy gordo.

Después de aquello prácticamente había dejado de leer. No se podía confiar en la ficción. ¿De qué servían los libros si no podían protegerte de algo así?

Sombra salió de la habitación del hospital y continuó por el tortuoso pasillo, adentrándose en las entrañas de la tierra.

Lo primero que ve es a su madre y no puede creer lo joven que está; calcula que no debe de tener ni veinticinco años, antes de que tuviera que retirarse por enfermedad. Están en su apartamento, otro piso de la embajada en algún lugar del norte de Europa. Mira a su alrededor buscando algo que le dé una pista, ahora no es más que un niño con ojos grandes de color gris claro y el cabello oscuro y liso. Están discutiendo. Sombra no necesita oír las palabras para saber por qué discuten: después de todo, era el único tema sobre el que discutían.

—Háblame de mi padre.

—Está muerto. No me preguntes más por él.

—Pero ¿quién era?

—Olvídalo. Está muerto y enterrado y no te has perdido nada.

—Quiero ver una foto suya.

—No tengo ninguna —le decía en tono furibundo, bajando la voz, y él sabía que si seguía preguntando ella se pondría a dar voces, o incluso le daría una bofetada, y también sabía que él no podía dejar de hacerlas, así que dio media vuelta y siguió caminando por el túnel.

La senda que seguía daba vueltas y vueltas alrededor de sí misma, y eso le trajo a la mente las pieles de las serpientes, los intestinos y las raíces más profundas de los árboles. Había un estanque a su izquierda; en algún lugar al fondo del túnel oía el goteo del agua, que apenas perturbaba la especular superficie del estanque. Cayó de rodillas y bebió, usando la mano para llevarse el agua a la boca. Después continuó hasta encontrarse bajo las caleidoscópicas luces de una bola de discoteca. Era como estar en el centro del universo con todos los planetas y las estrellas a su alrededor, y no podía oír nada, ni la música, ni las conversaciones a gritos por encima de la música, y ahora estaba mirando a una mujer que tenía exactamente el aspecto que no había tenido su madre mientras él la conoció; apenas una niña...

Y está bailando.

Cuando reconoció al hombre que bailaba con ella, Sombra descubrió que no le sorprendía lo más mínimo. No había cambiado demasiado en treinta y tres años.

Ella está borracha: Sombra se da cuenta nada más verla. No es que lo esté mucho, pero no está acostumbrada a beber, y dentro de una semana embarcará con rumbo a Noruega. Han estado tomando margaritas, y ella aún tiene sal en los labios y en el dorso de la mano.

Wednesday no lleva traje y corbata, pero el alfiler con forma de árbol de plata que lleva en el bolsillo de la camisa brilla cuando refleja la luz de la bola de discoteca. No baila mal; hacen buena pareja, teniendo en cuenta la diferencia de edad. Wednesday se mueve con cierta elegancia lupina.

Un baile lento. Él la abraza, y su zarpa le agarra posesivamente el trasero, para acercarla más a él. Con la otra mano le coge la barbilla y le levanta la cara, y se besan, allí mismo, en la pista, mientras las luces de la bola les rodean y los transportan al centro del universo.

Poco después se marchan. Ella se tambalea y busca apoyo en él, que la saca de la sala de baile. Sombra hunde la cabeza entre las manos, y no va tras ellos, porque no puede o no quiere presenciar el momento de su propia concepción.

Las luces de discoteca habían desaparecido, y ahora no hay más luz que la de la diminuta luna que brilla en lo alto del cielo.

Continuó caminando. Al llegar a un recodo del camino, se paró para recuperar el aliento.

Sintió que una mano le acariciaba la espalda, y unos suaves dedos se deslizaban por la parte de atrás de su cabeza.

—Hola —susurró una ronca voz femenina a sus espaldas.

—Hola —respondió Sombra, volviendo la cabeza.

La mujer tenía el pelo castaño, la piel tostada y los ojos color ámbar dorado como la buena miel. Sus pupilas eran dos rajas verticales.

—¿Te conozco? —preguntó algo confuso.

—Íntimamente —respondió ella con una sonrisa—. Antes dormía en tu cama. Mi gente te ha estado vigilando por mí.

La mujer se volvió hacia el camino que había delante de Sombra y señaló las tres sendas entre las que tenía que elegir ahora.

—Muy bien —dijo—. Uno de estos caminos te hará sabio, otro te hará sentir completo y otro te matará.

—Ya estoy muerto, creo —replicó Sombra—. Morí en el árbol.

Ella hizo un mohín.

—Hay muertos, muertos y muertos. Todo es relativo. —Volvió a sonreír—. Podría hacer una broma fácil, ¿verdad? Sobre la muerte de las relaciones.

—No —dijo Sombra—. No hace falta.

—Bueno, ¿qué camino prefieres?

—No lo sé —admitió.

Ella inclinó la cabeza hacia un lado, en un gesto inconfundiblemente felino. De repente, Sombra supo exactamente quién era, y de qué la conocía. Notó que se ruborizaba.

—Si confías en mí —dijo Bastet—, puedo elegir por ti.

—Confío —respondió él sin vacilación alguna.

—¿Quieres saber lo que te va a costar?

—Ya he perdido mi nombre.

—Los nombres van y vienen. ¿Ha merecido la pena?

—Sí. Puede ser. No ha sido fácil. Las revelaciones han sido, por decirlo de alguna manera, bastante personales.

—Todas las revelaciones son personales —replicó Bastet—. Por eso levantan tantas suspicacias.

—No lo entiendo.

—No, claro que no. Me quedaré con tu corazón. Lo vamos a necesitar más adelante. —Alargó la mano, la hundió en su pecho y la sacó con algo parecido a un rubí que palpitaba entre sus afiladas uñas. Tenía el color de la sangre de una paloma, y estaba hecho de pura luz. Se expandía y contraía rítmicamente.

Bastet cerró la mano y el corazón desapareció.

—Sigue la senda de en medio.

Sombra dudó.

—¿Estás aquí de verdad?

Ella inclinó la cabeza hacia un lado, lo miró con seriedad y no dijo nada en absoluto.

—¿Qué eres? —preguntó Sombra—. ¿Qué sois todos vosotros?

Bastet bostezó, mostrando una perfecta lengua de color rosa oscuro.

—Piensa que somos símbolos; somos el sueño que la humanidad crea para encontrarles un sentido a las sombras en las paredes de la caverna. Y ahora sigue tu camino. Tu cuerpo se está enfriando. Los locos se están reuniendo en la montaña. El tiempo apremia.

Sombra asintió y continuó andando.

El camino se había vuelto resbaladizo. Había hielo en la roca. Sombra avanzaba trastabillando y patinando por el camino de piedra, hacia el punto en el que se bifurcaba, y se despellejó los nudillos con un saliente que quedaba a la altura de su pecho. Avanzaba lo más despacio que podía. La luz de la luna se reflejaba en los cristales de hielo que se habían formado en el aire: había un cerco alrededor de la luna, un halo, que tamizaba la luz. Era hermoso, pero dificultaba su caminar. El camino era traicionero.

Llego a la bifurcación.

Miró el primer camino y le pareció reconocerlo. Conducía hasta una gran sala, o varias salas conectadas, como un oscuro museo. Ya lo conocía. Había estado allí una vez, aunque a ratos no recordaba ni cuándo ni dónde. Oía los prolongados ecos de ruidos casi imperceptibles. Oía el ruido del polvo al posarse sobre las superficies.

Era el lugar con el que había soñado la primera noche que Laura se le apareció, en el motel, mucho tiempo atrás: la infinita sala conmemorativa en honor de los dioses ya olvidados, y de los dioses cuya misma existencia se había perdido.

Dio un paso atrás.

Fue hacia la senda del otro extremo y miró hacia adelante. El pasillo recordaba un poco a Disneylandia: paredes de plexiglás negro con luces empotradas. Las luces de colores parpadeaban creando la ilusión de que seguían un orden, pero sin razón alguna, como las luces del panel de control de una nave espacial en una serie de televisión.

También oyó algo: una especie de zumbido en un tono muy bajo cuyas vibraciones podía sentir en la boca del estómago.

Se paró y miró a su alrededor. Ninguno de los dos caminos le parecía el adecuado. Ya no. Estaba harto de tanto sendero. El camino de en medio, el que la mujer gato le había aconsejado que siguiera, era su camino. Se dirigió hacia él.

La luna en lo alto empezaba a desvanecerse: el borde había empezado a adquirir un tono rosa y parecía que se iba a eclipsar. El sendero estaba enmarcado por una puerta enorme.

Ya no había ningún trato que hacer, nada que negociar. Lo único que tenía que hacer era entrar. Así que Sombra cruzó la puerta, en medio de la oscuridad. El aire era cálido y olía a polvo mojado, como las calles de una ciudad tras la primera lluvia del verano.

No tenía miedo.

Ya no. El miedo había muerto en el árbol, del mismo modo que Sombra. Ya no le quedaba miedo, ni odio, ni dolor. Nada, salvo la esencia.

Algo muy grande chapoteó, silenciosamente, en la distancia, y el eco del chapoteo retumbó en la inmensidad. Entornó los ojos, pero no pudo ver nada. Estaba demasiado oscuro. Y entonces, en el mismo lugar del que venía el chapoteo, surgió una luz fantasmagórica y el mundo a su alrededor cobró forma: estaba en una caverna, y frente a él, lisa como un espejo, había una extensión de agua.

El chapoteo se oía cada vez más cerca y la luz era cada vez más brillante, y Sombra se quedó esperando en la orilla. Al cabo de unos breves instantes apareció un bote bajo y plano, con la luz blanca y oscilante de un farol parpadeando en su elevada proa, y otra luz reflejada en la cristalina superficie negra del agua varios metros más abajo. Había una figura alta que hacía avanzar la barca con una pértiga, que era la que producía el chapoteo al salir a la superficie y moverse para empujar la embarcación sobre las aguas del lago subterráneo.

—¡Eh, hola! —gritó Sombra. De pronto, se vio rodeado por el eco de sus palabras: era como si todo un coro le diera la bienvenida y lo llamara, pero todos tenían la voz de Sombra.

La persona que llevaba la barca no respondió.

El piloto era alto y muy delgado; si es que era un hombre. Vestía una túnica blanca sin adornos, y la cabeza pálida que la coronaba era tan claramente inhumana que Sombra dio por sentado que era una máscara: era una cabeza de pájaro, pequeña, con un cuello muy largo y el pico alto y largo. Sombra sabía que había visto antes aquella figura espectral en forma de pájaro. Estaba a punto de recordarlo cuando descubrió, con gran decepción, que la imagen que estaba evocando era la de la escena animada de la Casa de la Roca que funcionaba con fichas, y la figura pálida con forma de pájaro era la que aparecía fugazmente por detrás de la lápida y representaba el alma del borracho.

El agua goteaba desde la pértiga y desde la proa resonando por toda la caverna, y la estela del bote perturbaba la cristalina superficie del agua. La embarcación estaba hecha de juncos, ligados unos a otros y bien atados.

La barca se acercó a la orilla y el piloto se apoyó en la pértiga. Giró lentamente la cabeza para mirar a Sombra.

—Hola —dijo sin mover su largo pico. Su voz era masculina y, como todo lo que había visto hasta ahora del más allá, le resultaba familiar—. Sube a bordo. Me temo que te vas a mojar los pies, pero no hay forma de evitarlo. Estas embarcaciones son muy viejas, y si me acerco más podría destrozar la quilla.

Sombra se quitó los zapatos —hasta ese momento ni siquiera era consciente de que los llevaba puestos— y se metió en el agua. Se introdujo hasta las rodillas y, tras la primera impresión, descubrió que el agua estaba inesperadamente tibia. Llegó hasta la barca, el piloto le tendió una mano y lo ayudó a subir. El bote se tambaleó un poco, el agua salpicó por encima de los laterales y luego volvió a estabilizarse.

El piloto hizo palanca con la pértiga para alejar el bote de la orilla. Sombra se quedó de pie, mirando, con las perneras chorreando.

—Te conozco —le dijo a la criatura que manejaba la pértiga.

—Pues claro que me conoces —respondió el barquero. La lámpara de aceite que pendía de la proa ardía ahora de forma irregular, y el humo que desprendía hizo toser a Sombra—. Trabajaste para mí. Siento decirte que tuvimos que inhumar a Lila Goodchild sin ti.

La voz era pedante y precisa.

El humo le escocía en los ojos. Se enjugó las lágrimas con la mano y, a través del humo, creyó ver a un hombre alto, vestido de traje, y con anteojos de montura dorada. El humo se dispersó, y el barquero volvió a ser una criatura semihumana con cabeza de ave de río.

—¿Señor Ibis?

—Me alegro de verte, Sombra —respondió la criatura con la voz del señor Ibis—. ¿Sabes lo que es un psicopompo?

Sombra creía haber oído aquella palabra, pero hacía mucho tiempo. Dijo que no con la cabeza.

—Es un forma pomposa de designar a un acompañante —le explicó el señor Ibis—. Todos tenemos tantas facetas, formas muy diversas de existir. Yo me veo como un erudito que lleva una vida discreta, dedicado a escribir sus modestas historias, que sueña con un pasado que puede haber existido o no. Y es verdad, hasta cierto punto. Pero también soy, en otra de mis facetas, como muchas de las personas con las que te has relacionado últimamente, un psicopompo. Acompaño a los vivos hasta el mundo de los muertos.

—Yo creí que este era el mundo de los muertos.

—No. No *per se*. Es más bien un preliminar.

El barco se deslizaba por la superficie especular de la laguna subterránea. La cabeza de pájaro de la criatura que iba en la proa miraba hacia delante. Y entonces, el señor Ibis habló sin mover el pico:

—Vosotros habláis de los vivos y los muertos como si fueran dos categorías mutuamente excluyentes. Como si no pudiera existir un río que fuese también una carretera, o una canción que fuese también un color.

—Y no puede —dijo Sombra—, ¿o sí?

El eco le devolvió sus palabras susurradas desde el otro lado de la laguna.

—No debes olvidar —dijo el señor Ibis, exasperado— que la vida y la muerte son dos caras de la misma moneda. Como la cara y la cruz de una moneda de veinticinco centavos.

—¿Y si yo tuviera una moneda de dos caras?

—Solo los dioses y los locos tienen monedas de dos caras.

Sombra sintió entonces un escalofrío según avanzaban por las negras aguas. Imaginó que podía ver rostros de niños mirándole con expresión de reproche bajo la cristalina superficie del agua: sus caras estaban anegadas y blandas, sus ciegos ojos nublados. No había viento en la caverna subterránea que pudiese perturbar la superficie negra del lago.

—Así que estoy muerto —dijo Sombra. Empezaba a hacerse a la idea—. O voy a estar muerto.

—Nos dirigimos a la Sala de los Muertos. Pedí ser yo quien viniera a buscarte.

—¿Por qué?

—Soy un psicopompo. Me caes bien. Fuiste un buen empleado. ¿Por qué no?

—Porque... —Sombra intentó poner en orden sus pensamientos—. Porque yo nunca he creído en vosotros. Porque no sé mucho de mitología egipcia. Porque no me esperaba esto. ¿Qué ha sido de san Pedro y de las Puertas del Cielo?

La cabeza blanca de pico alargado se movió de un lado a otro, con aire solemne.

—No importa que no creyeras en nosotros —replicó el señor Ibis—. Nosotros creímos en ti.

El barco tocó fondo. El señor Ibis salió por el lateral y se metió en el agua, y le pidió a Sombra que hiciera lo mismo. Tomó un cabo de la proa de la barca y le pasó el farol a Sombra para que lo llevase. Tenía la forma de la luna creciente. Caminaron hacia la orilla, y el señor Ibis amarró la barca a una anilla metálica clavada en el suelo de roca. Recuperó el farol de las manos de Sombra y avanzó con rapidez, manteniendo la linterna en alto, proyectando largas sombras sobre el suelo y las altas paredes de roca.

—¿Tienes miedo? —preguntó el señor Ibis.

—En realidad, no.

—Pues intenta cultivar las emociones de auténtico temor y terror espiritual por el camino. Son los sentimientos apropiados para la situación que estás a punto de vivir.

Sombra no estaba asustado. Sentía interés y cierta aprensión, pero nada más. No tenía miedo de la mudable oscuridad, ni de estar muerto, ni siquiera de la criatura con cabeza de perro y del tamaño de un silo que los observaba mientras se acercaban. Gruñía desde lo más profundo de la garganta, y Sombra notó cómo se le erizaba el pelo de la nuca.

—Sombra —dijo la criatura—. Ha llegado la hora del juicio.

Alzó la vista para mirarlo.

—¿Señor Jacquel? —preguntó.

Las manos de Anubis descendieron, unas manos enormes y oscuras, y cogieron a Sombra para verlo más de cerca.

La cabeza del chacal lo examinó con sus ojos brillantes, tan desapasionadamente como el señor Jaquel había examinado a la chica sobre la mesa de autopsias. Sombra sabía que le estaba extrayendo todos sus defectos, sus fracasos, sus debilidades para pesarlos y medirlos; que en cierto modo lo estaban diseccionando, troceando y probando.

No siempre recordamos las cosas que no hablan bien de nosotros. Las justificamos, las cubrimos con vistosas mentiras o con el espeso polvo del olvido. Todas las cosas que Sombra había hecho a lo largo de su vida y de las que no se sentía orgulloso, todo aquello que desearía haber hecho de otro modo o no haber hecho se le vino encima como un torbellino de culpa, remordimiento y vergüenza, sin que pudiera eludirlo de ningún modo. Estaba desnudo y abierto en canal como un cadáver sobre una mesa de autopsias, y Anubis, el oscuro, el dios chacal, era el forense, el fiscal y el juez.

—Por favor —dijo Sombra—. Por favor, para.

Pero el examen continuaba. Todas las mentiras que había contado en su vida, todo lo que había robado, todo el dolor que había infligido a otras personas, todos los pequeños delitos y los insignificantes asesinatos, cada una de esas pequeñas cosas y muchas más fueron extraídas y examinadas a la luz por el juez de los muertos con cabeza de chacal.

Sombra se echó a llorar, con desgarro, en la palma de la mano del oscuro dios. Volvía a ser un niño pequeño, más indefenso e impotente que en toda su vida.

Y entonces, sin previo aviso, el examen concluyó. Sombra jadeaba y sollozaba, con un moco colgando de su nariz; seguía sintiéndose desamparado, pero las manos lo dejaron, con cuidado, casi con ternura, sobre el suelo de roca.

—¿Quién tiene su corazón? —gruñó Anubis.

—Yo —ronroneó una voz femenina.

Sombra alzó la vista. Bastet estaba junto a la criatura que ya no era el señor Ibis con el corazón de Sombra en su mano derecha. Iluminaba el rostro de la mujer con una luz de rubí.

—Dámelo —dijo Thot, el dios con cabeza de ibis, y lo tomó entre sus manos, que ya no eran humanas, y se deslizó hacia adelante.

Anubis cogió una balanza de oro y se la puso delante.

—Así que ahora es cuando vemos qué es lo que me corresponde —susurró Sombra a Bastet—. ¿Cielo? ¿Infierno? ¿Purgatorio?

—Si la pluma equilibra la balanza —respondió Bastet—, podrás elegir tu propio destino.

—¿Y si no?

Bastet se encogió de hombros, como si le resultara incómodo hablar de eso.

—En ese caso entregaremos tu corazón y tu alma a Amamet, el Devorador de Almas...

—A lo mejor... —dijo Sombra—. Es posible que todo esto tenga un final más o menos feliz para mí.

—No solo no hay finales felices —dijo Bastet—. Ni siquiera hay finales.

En uno de los platos de la balanza, con sumo cuidado y reverencia, Anubis colocó una pluma, y el corazón de Sombra en el otro plato. Algo se movió bajo la balanza, en las sombras, algo que Sombra quería examinar más de cerca.

La pluma pesaba bastante, pero también el corazón de Sombra, y los platos subieron y bajaron de manera preocupante.

Pero los platillos quedaron equilibrados al final, y la criatura que merodeaba entre las sombras se escabulló, contrariada.

—Pues esto es todo —dijo Bastet con aire melancólico—. Una calavera más para el montón. Es una pena. Esperaba que pudieras aportar algo bueno a la turbulenta situación en la que nos encontramos. Es como ver un accidente de coche a cámara lenta y no poder hacer nada por evitarlo.

—¿No estarás allí?

Ella negó con la cabeza.

—No me gusta que los demás escojan mis batallas.

Entonces se hizo el silencio; en la inmensa Sala de los Muertos, solo se oía el eco del agua y de la oscuridad.

—¿Y ahora ya puedo escoger mi próximo destino? —preguntó Sombra.

—Escoge —respondió Thot—. O podemos escoger por ti, si lo prefieres.

—No —dijo Sombra—. No hace falta. Soy yo quien debe elegir.

—¿Y bien? —rugió Anubis.

—Lo que quiero ahora es descansar —dijo Sombra—. Eso es lo que quiero. No quiero nada: ni cielo, ni infierno, ni nada. Solo quiero que se acabe.

—¿Estás seguro? —preguntó Thot.

—Sí.

El señor Jacquel le abrió la última puerta a Sombra, y tras ella no había nada. No había oscuridad. Ni siquiera olvido. Solo nada.

Sombra lo aceptó, completamente y sin reservas, cruzó la puerta y se adentró en la nada con una extraña e incontenible alegría.

Capítulo diecisiete

Todo en este continente es a gran escala. Los ríos son inmensos, el clima violento tanto en el frío como en el calor, los paisajes imponentes, el trueno y el relámpago tremebundos. Los desórdenes inherentes al país hacen que cualquier constitución tiemble. Aquí, nuestros errores, nuestra falta de ética, nuestras pérdidas, nuestras desgracias, nuestra ruina, se producen a gran escala.

LORD CARLISLE A GEORGE SELWYN, 1778.

El lugar más importante de todo el sudeste de Estados Unidos se anuncia sobre los tejados de cientos de establos por todo Georgia y Tennessee hasta Kentucky. Un conductor que circule por cualquier carretera comarcal pasará por algún establo rojo a medio derruir y verá, pintado en el tejado, el siguiente cartel:

VISITE ROCK CITY
LA OCTAVA MARAVILLA DEL MUNDO

Y cerca de allí, en el tejado de una vaquería medio en ruinas, en blanco y con mayúsculas:

VEA SIETE ESTADOS DESDE ROCK CITY
LA MARAVILLA DEL MUNDO

El conductor se verá inducido a creer que Rock City estará a la vuelta de la esquina, y no a más de un día de viaje, en la montaña Lookout, un poco por encima de la frontera del estado, en Georgia, justo al suroeste de Chattanooga, Tennessee. La montaña Lookout no es gran cosa. Parece una colina increíblemente alta e imponente, marrón si se mira desde lejos y verde por los árboles y las casas si se mira más de cerca. Los *chickamauga*, una rama de los *cherokees*, vivían allí cuando llegó el hombre blanco; llamaron a la montaña Chattotonoogee, que suele traducirse como «la montaña que se eleva hasta un punto».

En 1830, la Ley del Traslado Indio de Andrew Jackson los obligó a exiliarse de su tierra —a los choctaw, chickamauga, cherokees y chickasaw— y las tropas de Estados Unidos obligaron a todos los que encontraron a caminar miles de millas hasta los nuevos territorios indios en lo que más adelante sería Oklahoma, siguiendo el Sendero de Lágrimas: un bonito gesto que fue en realidad un genocidio oficioso. Miles de hombres, mujeres y niños murieron por el camino. Si has vencido, has vencido, y eso es algo que nadie puede discutir.

Aquel que controlara la montaña Lookout controlaba el territorio; esa era la leyenda. Era un lugar sagrado, después de todo, y un lugar elevado. Durante la guerra civil, la guerra entre los estados, hubo aquí una batalla: la Batalla por encima de las Nubes. Fue el primer día de lucha, y las fuerzas de la Unión hicieron lo imposible y, sin órdenes, arrasaron Missionary Ridge y lo tomaron. Las tropas del general Grant salieron victoriosas, el Norte tomó la montaña Lookout y ganó la guerra.

Hay túneles y cuevas, algunos muy antiguos, bajo la montaña Lookout. La mayoría están ahora cerrados, aunque un empresario local excavó una cascada subterránea que bautizó con el nombre de Cataratas Rubí. Se puede llegar a ellas en ascensor. Es una atracción turística, aunque la mayor atracción de todas está en la cumbre del Lookout. Eso es Rock City.

Empieza siendo un jardín ornamental en la ladera de una montaña: los visitantes van por un camino que los lleva a través de rocas, por encima de rocas y entre rocas. Les echan maíz a los ciervos, cruzan un puente colgante y miran por unos prismáticos que funcionan con monedas desde donde se supone que podrán ver siete estados en los escasos días en los que el cielo está perfectamente despejado. Y desde ahí, como una gota que cae en un extraño infierno, el camino conduce a los visitantes, millones y millones de ellos cada año, hasta las cavernas, donde pueden contemplar muñecas iluminadas con luz negra que representan escenas sacadas de canciones para niños y cuentos de hadas. Se marchan de allí perplejos, sin saber muy bien por qué han ido ni qué han visto, ni si se lo han pasado bien o no.

Llegaron a la montaña Lookout desde el otro extremo de Estados Unidos. No eran turistas. Llegaron en coche, en avión, en autobús, en tren y a pie. Algunos vinieron volando —volaban bajo, y solo en las horas más oscuras de la noche pero, en cualquier caso, vinieron volando—. Muchos vinieron por debajo de la tierra. Muchos otros haciendo autoestop, gorroneándoles viajes a algún nervioso motorista o camionero. Los que tenían coche o camión propios veían a los que no lo tenían caminando por los arcenes o en las estaciones de servicio y restaurantes del camino y, al reconocerlos, se ofrecían a llevarlos.

Llegaban llenos de polvo y cansados al pie de la montaña Lookout. Si miraban hacia la arbolada ladera podían ver, o imaginaban que veían, los senderos, jardines y arroyos de Rock City.

Empezaron a llegar a primera hora de la mañana. Una segunda oleada llegó al anochecer. Y siguieron llegando durante varios días más.

En un destartalado remolque vinieron varios *vila* y *rusalka* agotados por el viaje, con el maquillaje corrido, carreras en las medias, los párpados hinchados y cara de cansancio.

En un grupo de árboles al pie de la colina, un anciano *wampyr* le ofrecía un Marlboro a una criatura desnuda y de aspecto simiesco cubierta de una maraña de pelo naranja. Lo aceptó gustosa y fumaron en silencio, mano a mano.

Un Toyota Previa aparcó al lado de la carretera, y siete hombres y mujeres chinos salieron de él. Su aspecto era, ante todo, limpio, y vestían trajes oscuros como los que suelen llevar los funcionarios de menor rango en algunos países. Uno de ellos llevaba una carpeta, e iba comprobando el inventario según descargaban unas enormes bolsas de golf del maletero del coche: estas contenían espadas ornamentales con empuñaduras lacadas, palos labrados y espejos. Se distribuyeron las armas, se comprobaron y se firmaron los correspondientes recibos.

Un cómico que fue famoso tiempo atrás, dado por muerto en 1920, salió de su herrumbroso coche y procedió a quitarse la ropa: tenía patas de cabra y un rabo corto como el de una cabra.

Llegaron cuatro mexicanos, todo sonrisas, con el cabello negro y muy brillante: se pasaban entre ellos una botella de cerveza que llevaban metida en una bolsa de papel de estraza, y cuyo contenido era una mezcla de chocolate en polvo, licor y sangre.

Un hombre menudo con barba oscura y un bombín polvoriento en la cabeza, dos rizados *peyot* en las sienes y un chal de oración ribeteado con flecos se acercó a ellos campo a través. Iba un par de metros por delante de su compañero, que era el doble de alto que él y de ese gris soso de la buena arcilla polaca: la palabra inscrita en su frente significaba «verdad».

Seguía llegando gente. Apareció un taxi y salieron de él varios *rakshasas*, los demonios del subcontinente indio; se quedaron pululando por ahí, observando a la gente que estaba al pie de la colina sin decir una palabra, hasta que vieron a Mama-ji con los ojos cerrados y murmurando una oración. Ella era la única a la que conocían de toda aquella gente, y aún así, recordando viejas batallas, no sabían muy bien si acercarse o no. Las manos de Mama-ji acariciaban la gargantilla de calaveras que llevaba alrededor del cuello. Su piel marrón se iba tornando negra poco a poco, un negro lustroso como el azabache o la obsidiana: sonrió, mostrando sus largos y afilados dientes blancos. Abrió todos sus ojos, les hizo un gesto a los *rakshasas* para que se acercaran y los saludó como habría saludado a sus propios hijos.

Las tormentas de los últimos días, en el norte y en el este, no habían servido para aliviar la sensación de presión y de incomodidad que flotaba en el aire. Los meteorólogos locales habían empezado a advertir de la presencia de algunos núcleos tormentosos que podrían generar tornados, y de zonas de altas presiones que permanecían inmóviles. De día el ambiente era cálido, pero las noches eran frías.

Se reunían formando corrillos, juntándose a veces por nacionalidades, razas, temperamento e incluso especies. Se los veía preocupados. Se los veía cansados.

Algunos charlaban. De vez en cuando se oía alguna risa, pero contenida y esporádica. Circulaban entre ellos paquetes de seis cervezas.

Varios lugareños se acercaron caminando por los prados, moviéndose de manera extraña; sus voces, cuando hablaban, eran las de los *loa* que los poseían: un hombre negro y alto hablaba con la voz de Papa Legba, el que abre las puertas; mientras que el Barón Samedi, el señor de la muerte vudú, había adoptado el cuerpo de una adolescente gótica de Chattanooga, probablemente porque ella poseía su sombrero de copa de seda negra, que llevaba ladeado con gracia sobre su oscuro cabello. La chica hablaba con la profunda voz del Barón, fumaba un puro enorme y tenía a sus órdenes a tres *Gédé*, los *Loa* de los muertos. Los Gédé habitaban los cuerpos de tres hermanos de mediana edad. Llevaban escopetas y contaban uno tras otro chistes tan guarros que solo a ellos les hacían reír, cosa que hacían continuamente de forma estentórea y vulgar.

Dos mujeres *chickamauga* de edad indefinida, con vaqueros azules manchados de aceite y viejas cazadoras de cuero, deambulaban por allí, observando a la gente y los preparativos para la batalla. De vez en cuando señalaban algo y se echaban a reír; no tenían intención de participar en el conflicto.

La luna se elevó por el este, faltaba un día para el plenilunio. Según ascendía parecía ocupar la mitad del cielo, de un naranja rojizo intenso, justo por encima de las colinas. Según cruzaba el cielo parecía encoger y hacerse más pálida hasta que se quedó en lo alto como un faro.

Había mucha gente allí esperando, a la luz de la luna, al pie de la montaña Lookout.

Laura tenía sed.

A veces, los vivos ardían en su mente muy despacio, como velas, y otras ardían con grandes llamas, como antorchas. De este modo resultaban más fáciles de evitar y, llegado el caso, también de encontrar. Sombra había brillado de una forma extraña, con su propia luz, colgado de aquel árbol.

Ella le había echado en cara una vez, aquel día que pasearon juntos de la mano, el hecho de no estar viva. Esperaba, quizá, ver una chispa de emoción sincera, algo que le demostrara que el hombre con el que había estado casada era un hombre de verdad, un hombre vivo. Pero no había visto nada en absoluto.

Recordaba haber paseado a su lado, deseando que pudiera entender lo que intentaba decirle.

Ahora, agonizando en el árbol, Sombra estaba más vivo que nunca. Lo había estado observando mientras su vida se apagaba, y parecía perfectamente orientado y real. Él le había pedido que se quedara a su lado, que se quedara toda la noche. La había perdonado... puede que la hubiera perdonado. Daba igual. Él había cambiado; eso era lo único que sabía.

Sombra le había dicho que fuera a la granja, que allí le darían agua para beber. No había ninguna luz encendida en la casa, y tampoco había sentido allí presencia alguna. Pero él le había dicho que la cuidarían. Empujó la puerta de la casa y se abrió, y las herrumbrosas bisagras chirriaron.

Algo se movió en su pulmón izquierdo, algo que presionaba y se retorcía y le hacía toser.

Se encontró en un estrecho recibidor, con un polvoriento piano de pared que obstaculizaba el paso. El interior de la casa olía a humedad de muchos años. Pasó de lado pegada al piano, abrió una puerta y se encontró en un destartalado salón, todo lleno de muebles desvencijados. Había un quinqué encendido sobre la repisa de la chimenea. En esta ardía un fuego de carbón, aunque no había visto ni olido el humo cuando estaba fuera. El fuego no hacía nada por quitarle el frío que sentía en la sala, aunque, y a Laura no le dolían prendas en admitirlo, puede que la culpa no fuera de la habitación.

A Laura le dolía la muerte, aunque lo que más le dolía eran las ausencias, las cosas que echaba de menos: una sed insaciable, un frío en los huesos que no había forma humana de combatir. A veces se encontraba preguntándose si las crepitantes llamas de una pira funeraria podrían hacerla entrar en calor, o la blanda manta marrón de la tierra; si el frío mar podría aplacar su sed...

El salón, advirtió, no estaba vacío.

Había tres mujeres sentadas en un viejo sofá, como si formaran un conjunto en alguna extravagante exposición. El sofá estaba tapizado de raído terciopelo, de un marrón desvaído que pudo haber sido en tiempos, cien años antes, amarillo canario. Las tres mujeres vestían idénticas faldas y blusas de color gris. Tenían los ojos muy hundidos, y su piel era tan blanca como un hueso. La que estaba sentada a la izquierda era una mujer gigante, o casi; la de la derecha era poco más que una enana y la que estaba entre las dos debía de ser de la altura de Laura. La siguieron con la mirada cuando entró en la habitación, y no dijeron nada.

Laura no se había percatado de su presencia.

Algo se retorció y subió hasta su cavidad nasal. Buscó el pañuelo que guardaba en la manga y se sonó la nariz. A continuación lo arrugó y lo arrojó al fuego, y se quedó observando cómo se arrugaba, se ennegrecía y finalmente se volvía de un brillante color naranja. Vio cómo los gusanos se iban secando y se ponían marrones antes de quemarse.

Una vez hecho esto, se volvió hacia las mujeres que estaban sentadas en el sofá. No se habían movido desde que ella había entrado en la habitación; ni un músculo, ni un pelo. La miraban fijamente.

—Hola, ¿es esta su granja? —preguntó.

La más grande de las mujeres asintió. Tenía las manos muy rojas y la expresión impasible.

—Sombra, el que está colgado del árbol, es mi marido. Me dijo que les dijera que vengo de su parte, que ustedes me darían agua.

Algo grande se movió en sus entrañas. Se retorció y después se quedó quieto.

La mujer más pequeña asintió con la cabeza y bajó del sofá. Sus pies no habían tocado el suelo hasta ese momento. Salió de la sala disparada.

Laura oyó puertas que se abrían y se cerraban por toda la casa. A continuación oyó una serie de fuertes chirridos que venían del exterior. Tras cada chirrido se oía caer el agua.

Al cabo de unos instantes, la mujer pequeña regresó. Llevaba una jarra de agua de barro marrón. La dejó, con cuidado, sobre la mesa, y volvió al sofá. Se subió a pulso y se sentó de nuevo junto a sus hermanas.

—Gracias.

Laura fue hasta la mesa y echó un vistazo a su alrededor buscando un vaso, pero por allí no había nada que pudiera servir. Cogió la jarra. Pesaba más de lo que parecía. El agua era cristalina. Se la llevó a los labios y empezó a beber.

Jamás hubiera pensado que el agua en estado líquido pudiera estar tan fría. Le dejó helados la lengua, los dientes y el gaznate. No obstante continuó bebiendo; no podía parar, sintiendo cómo el agua le iba helando todo el aparato digestivo, las tripas, el corazón y las venas.

El agua fluía hacia su interior. Era como beber hielo líquido.

Se percató de que había vaciado toda la jarra y, sorprendida, la dejó sobre la mesa.

Las mujeres la observaban desapasionadamente. Desde que murió, Laura no había vuelto a pensar en metáforas: las cosas eran o no eran. Pero ahora, mirando a las tres mujeres en el sofá, se encontró pensando en jurados, o en científicos observando algún animal de laboratorio.

De repente, se agitó con convulsiones. Intentó agarrarse a la mesa, pero esta resbalaba y estaba coja, y casi parecía que intentaba evitarla. En cuanto apoyó la mano en la mesa empezó a vomitar. Vomitó bilis y formol, ciempiés y gusanos. Y entonces sintió que empezaba a vaciarse y a hacerse pis: aquello salía de su cuerpo de manera violenta y húmeda. Habría gritado si hubiera podido, pero las sucias tablas de la tarima vinieron a su encuentro tan rápido y con tal fuerza que, si aún respirara, la habrían dejado sin respiración.

El tiempo se aceleró por encima de ella y dentro de ella, como un torbellino. Mil recuerdos se le vinieron a la mente de golpe: estaba tirada en el suelo de la casa, mojada y maloliente; y se había perdido en los grandes almacenes la semana antes de Navidad y no veía a su padre por ninguna parte; ahora estaba sentada en la barra del Chi-

Chi's, pidiendo un daiquiri de fresa y echándole un ojo a su cita a ciegas, aquel niño grande serio y corpulento, preguntándose qué tal besaría; y estaba en el coche, mientras daba vueltas de campana, y Robbie le gritaba hasta que el poste de metal detuvo el coche, pero no lo que iba dentro…

El agua del tiempo, que brota del manantial del destino, del pozo de Urd, no es el agua de la vida. No exactamente. Aunque riega las raíces del árbol del mundo. Y no hay otra agua como esa.

Cuando Laura se despertó en el salón vacío estaba temblando, y su aliento formaba nubes al contacto con el aire de la mañana. Tenía un arañazo en el dorso de la mano, y dentro había una mancha húmeda, el rojo anaranjado de la sangre fresca.

Y sabía adónde tenía que ir. Había bebido del agua del tiempo, que brota del manantial del destino. Ya podía ver la montaña en su mente. Se lamió la sangre del arañazo, se maravilló al ver la película de saliva y a continuación salió de allí.

Era un húmedo día de marzo, y hacía un frío que no era propio de la estación. Las tormentas de los días anteriores habían azotado los estados del sur, lo que implicaba que había pocos turistas propiamente dichos en Rock City, en la montaña Lookout. Ya habían retirado las luces de Navidad, pero aún no habían empezado a llegar los visitantes estivales.

Aun así, había mucha gente allí. Esa misma mañana había llegado incluso un autocar, del que habían salido doce personas perfectamente bronceadas luciendo unas deslumbrantes y tranquilizadoras sonrisas. Parecían locutores del telediario, y hasta tenían una cierta apariencia digital: daba la impresión de que dejaban una estela cuando se movían. Había un Humvee negro aparcado en el aparcamiento de delante de Rock City, cerca de Rocky, el enanito robot.

Los de la televisión caminaron atentamente por Rock City y se detuvieron cerca de la roca en equilibrio, donde hablaron unos con otros con voces agradables y moderadas.

No eran los únicos visitantes. Si hubierais paseado por los caminos de Rock City aquel día habríais visto personas que parecían estrellas de cine, personas que parecían extraterrestres y una serie de individuos que se ajustaban a la idea que tenemos de lo que es una persona pero no a la realidad. Puede que los vieras, pero no habrías reparado en ellos en absoluto.

Venían a Rock City en limusinas, en pequeños deportivos y en inmensos todoterrenos. Había muchos con gafas de sol, gente que acostumbra a llevar gafas de sol tanto en lugares cerrados como al aire libre y se sienten desnudos sin ellas. Había bronceados, trajes, gafas de sol, sonrisas y malas caras. Vino gente de todas las formas y tamaños, de todas las edades y estilos.

Lo único que tenían en común era la mirada, una mirada muy concreta. Decía: «me conoces»; o quizá: «deberías saber quién soy». Una familiaridad instantánea que era al mismo tiempo una distancia, una apariencia o una actitud; la confianza que da saber que el mundo existía para ellos, y que les daba la bienvenida y que les adoraba.

El chico gordo se movía entre ellos con el andar vacilón de quien, pese a carecer de habilidades sociales, ha obtenido un éxito muy superior al que había soñado. Su abrigo negro ondeaba al viento.

Algo que estaba de pie junto al puesto de refrescos en la Corte de mamá Ganso carraspeó para llamar su atención. Era enorme, y de su rostro y sus dedos salían cuchillas afiladas como escalpelos. Su rostro era canceroso.

—Será una batalla grandiosa —le dijo con una voz glutinosa.

—No va a haber ninguna batalla —respondió el chico gordo—. Lo único que va a haber aquí es un puto cambio del paradigma. Es una estafa. Eso de la «batalla» es un rollo muy Lao Tsé.

La cosa cancerosa parpadeó.

—En espera —fue su respuesta.

—Lo que tú digas —dijo el chico gordo. Y añadió—: Estoy buscando al señor Mundo. ¿Lo has visto?

La cosa se rascó con una de las cuchillas y estiró su labio superior lleno de tumores en una expresión de concentración. Después asintió.

—Por allí —señaló.

El chico gordo se fue, sin darle las gracias, en la dirección indicada. La cosa cancerosa esperó, sin decir nada, hasta que perdió de vista al chico.

—Sí que habrá una batalla —le dijo a una mujer con la cara manchada de puntos fosforescentes.

Ella asintió y se acercó más a la cosa.

—¿Y eso cómo te hace sentir? —le preguntó con voz comprensiva.

La cosa parpadeó y empezó a contárselo.

Y

El Ford Explorer de Ciudad tenía un GPS, una cajita plateada que escuchaba los satélites y le chivaba al coche su ubicación, pero aun así se perdió en cuanto llegó al sur de Blacksburg y empezó a circular por carreteras comarcales: los caminos por los que transitaba no tenían nada que ver con el jaleo de líneas que se veía en el mapa que aparecía en pantalla. Al final, paró el coche en un camino, bajó la ventanilla y le preguntó a una mujer blanca y gorda arrastrada por un perro lobo en su paseo matutino dónde estaba la granja Ashtree.

Ella asintió, señaló y le dijo algo. Ciudad no pudo entender lo que le decía pero se lo agradeció efusivamente, subió la ventanilla y se fue hacia donde había señalado la mujer.

Siguió conduciendo otros cuarenta minutos por una carretera comarcal detrás de otra; todas ellas parecían prometedoras, pero ninguna era la que andaba buscando. Ciudad empezó a morderse el labio inferior.

—Estoy ya muy viejo para estas gilipolleces —dijo en voz alta, disfrutando de la frase a lo «soy una estrella de cine cansada del mundo».

Rondaba los cincuenta. Había pasado la mayor parte de su vida profesional en un departamento del gobierno que solo se nombra por sus iniciales, y si había dejado de trabajar para él doce años atrás para pasarse al sector privado o no era una cuestión de opinión: algunos días pensaba de una manera; otros, de otra. En cualquier caso, solo el ciudadano de a pie cree que hay alguna diferencia.

Estaba a punto de darse por vencido cuando subió una colina y vio el letrero, pintado a mano, en la puerta. Solo decía, tal como le habían advertido, ASH. Detuvo el coche, se bajó y quitó el alambre que sujetaba la puerta. La cruzó a bordo del coche.

Era como guisar una rana, pensó. Metes la rana en el agua y enciendes el fuego. Y para cuando la rana se da cuenta de que algo va mal, ya está cocida. El mundo en el que trabajaba era demasiado raro. No había suelo firme bajo sus pies; el agua de la olla hervía a borbotones.

Cuando lo trasladaron a la Agencia todo parecía muy sencillo. Ahora todo era demasiado... complejo no, decidió; simplemente extraño. Había estado en el despacho del señor Mundo a las dos de la mañana, y le había dicho lo que tenía que hacer.

—¿Lo tienes claro? —le dijo el señor Mundo, entregándole el puñal en su funda de cuero negro—. Córtame una rama. Que no mida más de sesenta centímetros.

—Afirmativo —dijo, y luego le preguntó—: ¿Por qué tengo que hacer esto, señor?

—Porque lo digo yo —contestó el señor Mundo sin más—. Encuentra el árbol, haz el trabajo. Y reúnete conmigo en Chattanooga. No pierdas tiempo.

—¿Y qué hago con el gilipollas?

—¿Sombra? Si lo ves, limítate a evitarlo. No lo toques, ni te metas con él. No quiero que lo conviertas en mártir. En el plan de juego actual no hay lugar para los mártires. —Sonrió. El señor Mundo se divertía con facilidad. Ciudad ya lo había notado en otras ocasiones. Hasta le había divertido hacer de chófer en Kansas.

—Escuche…

—Nada de mártires, Ciudad.

Y Ciudad había asentido, había cogido el puñal y la funda y había reprimido cuidadosamente su creciente ira.

El odio que el señor Ciudad sentía por Sombra se había convertido en parte de él. Lo último que veía antes de quedarse dormido era el rostro serio de Sombra, aquella sonrisa que no era sonrisa; la manera en que Sombra tenía de sonreír sin sonreír hacía que le entraran ganas de pegarle un puñetazo en la boca del estómago, y mientras se quedaba dormido notaba que se le apretaban las mandíbulas, se le tensaban las sienes y le ardía la garganta.

Condujo el Ford Explorer por el prado y pasó por delante de una granja abandonada. Subió a un risco y vio el árbol. Aparcó el coche un poco más adelante, y apagó el motor. El reloj del salpicadero marcaba las 6:38. Dejó las llaves puestas y se dirigió hacia el árbol.

Era grande; parecía existir en su propia escala. Ciudad no habría sabido decir si medía quince metros o sesenta. La corteza era gris como una bufanda de seda.

Había un hombre desnudo amarrado al tronco con cuerdas un poco más arriba del suelo, y algo envuelto en una sábana al pie del árbol. Ciudad entendió qué era aquello al pasar por delante. Levantó la sábana con la punta del pie. La mitad destrozada de la cara de Wednesday lo miró fijamente. Creía que estaría llena de gusanos y de moscas, pero los insectos la habían respetado. Ni siquiera olía mal. Tenía el mismo aspecto que cuando lo había llevado al motel.

Llegó al árbol. Se ocultó tras el grueso tronco, para que no pudieran verlo desde la casa, y a continuación se bajó la cremallera de la bragueta y meó en el tronco. Se la subió de nuevo. Se acercó a la casa, cogió una escalera de madera extensible y la llevó hasta el árbol. La apoyó en el tronco con cuidado y subió.

El cuerpo de Sombra colgaba, inerte, de las cuerdas que lo unían al árbol. Ciudad se preguntó si todavía estaría vivo: su pecho no subía ni bajaba. Muerto o prácticamente muerto, daba igual.

—Hola, capullo —dijo Ciudad en voz alta. Sombra no se movió.

Llegó al final de la escalera y sacó el cuchillo. Encontró una rama pequeña que parecía cumplir con las condiciones del señor Mundo y le dio un golpe con la hoja del puñal, cortándola para después arrancarla con la mano. Medía unos setenta centímetros.

Volvió a guardar el cuchillo en su funda. Luego empezó a bajar las escaleras. Cuando estaba enfrente de Sombra, se detuvo.

—Dios, cómo te odio —le dijo. Se hubiera quedado muy a gusto sacando la pistola y pegándole un tiro, pero sabía que no podía hacerlo. Y entonces amenazó al ahorcado con la vara, como si fuera a clavársela. Fue un gesto instintivo, que contenía toda la frustración y toda la rabia que Ciudad tenía dentro. Imaginó que la vara era una lanza y la clavaba en las entrañas de Sombra.

—Vamos —dijo en voz alta—. Ya es hora de ponerse en marcha.

Y entonces pensó: «El primer síntoma de la locura es hablar solo». Descendió unos cuantos peldaños más y luego se bajó de un salto. Miró la vara que llevaba en la mano, sintiéndose como un niño con una espada de mentira. «Podría haber cortado una rama de cualquier árbol. No tenía por qué ser de este. ¿Quién coño habría notado la diferencia?» Y entonces cayó en la cuenta: «El señor Mundo la habría notado».

Llevó la escalera de vuelta a la casa. Pensó que había visto con el rabillo del ojo que algo se movía y miró por la ventana, a la oscura sala llena de muebles rotos, con las paredes desconchadas. Por un momento, como en un sueño, imaginó que veía a tres mujeres sentadas en el oscuro salón.

Una de ellas estaba haciendo punto, otra lo miraba directamente a la cara y la tercera parecía dormida. La mujer que lo miraba esbozó una sonrisa, una enorme sonrisa que parecía partir su cara a lo ancho, una sonrisa que iba de oreja a oreja. Luego levantó un dedo, se tocó un lado del cuello y lo arrastró suavemente hacia el otro lado.

Eso fue lo que pensó que había visto, todo en un segundo, en aquella habitación vacía donde no había más, según pudo comprobar al fijarse mejor, que muebles podridos, cagadas de mosca y porquería seca. Allí no había absolutamente nadie.

Se frotó los ojos.

Ciudad volvió al Ford Explorer marrón y se subió. Dejó la vara sobre la tapicería de cuero blanco del asiento del acompañante y giró la llave en el contacto. El reloj del salpicadero marcaba las 6:37. Ciudad frunció el ceño y miró su reloj de muñeca, que marcaba las 13:58.

«Genial —pensó—. O me he pasado ocho horas subido a ese árbol, o menos de un minuto.» Eso se dijo, pero lo que creía en realidad era que ambos relojes habían empezado, casualmente, a funcionar mal.

En el árbol, el cuerpo de Sombra empezó a sangrar. Tenía la herida en el costado. La sangre que salía era lenta, espesa y negra como la melaza.

No se movía. Si estaba dormido, no se despertó.

La nubes cubrían la cima de la montaña Lookout.

Pascua estaba sentada a cierta distancia de la multitud congregada al pie de la montaña, contemplando el amanecer sobre las montañas que había al este. Llevaba una cadena de nomeolvides azules tatuada en la muñeca izquierda, y la acariciaba, con aire ausente, con el pulgar derecho.

Había pasado otra noche, y aún nada. La gente seguía llegando, solos o en parejas. La noche anterior habían llegado diversas criaturas del suroeste, incluidos dos niños del tamaño de un manzano, y algo que solo había podido ver de refilón, pero que parecía una cabeza sin cuerpo del tamaño de un Volkswagen Escarabajo. Habían desaparecido entre los árboles que había al pie de la montaña.

Nadie les molestaba. Nadie del mundo exterior parecía haberse dado cuenta de que estaban allí: imaginaba a los turistas de Rock City mirándolos por los prismáticos que funcionaban con monedas, oteando hacia el cochambroso campamento poblado de cosas y de gente al pie de la montaña, sin ver nada más que árboles, arbustos y rocas.

Le llegó el humo de un fuego encendido para cocinar, y el olor de beicon frito con el frío viento del amanecer. Alguien en la otra punta del campamento se puso a tocar la armónica, y eso le hizo sonreír instintivamente y estremecerse. Llevaba un libro en su mochila, y esperó a que hubiera más luz para ponerse a leer.

Había dos puntos en el cielo, justo debajo de las nubes: uno pequeño y uno más grande. Una leve lluvia le salpicó la cara con el viento de la mañana.

Del campamento salió una chica descalza que se dirigió hacia ella. Se paró junto a un árbol, se levantó las faldas y se puso en cuclillas. Cuando hubo terminado, Pascua la saludó. La chica se dirigió hacia ella.

—Buenos días, señora —dijo—. La batalla no tardará en empezar.

Tocó sus labios escarlata con su rosada lengua. Llevaba un ala negra de cuervo atada a su hombro con una cinta de cuero, y una pata de cuervo colgada del cuello con una cadena. Tenía los brazos tatuados con líneas, grecas y nudos intrincados.

—¿Cómo lo sabes?

La chica sonrió.

—Soy Macha, de la Morrigan. Cuando llega la guerra puedo olerla en el aire. Soy una diosa de la guerra, y afirmo que hoy habrá derramamiento de sangre.

—Ah —dijo Pascua—. Vaya. Ya estamos otra vez.

Estaba mirando el punto pequeño que había en el cielo, que caía hacia ellos como una piedra.

—Y lucharemos contra ellos, y los mataremos a todos —prosiguió la muchacha—. Y nos quedaremos con sus cabezas como trofeo, y dejaremos que los cuervos se coman sus ojos y sus cadáveres.

El punto se había transformado en un pájaro con las alas extendidas planeando sobre las corrientes del viento matutino.

Pascua ladeó la cabeza.

—¿Posees una especie de sabiduría oculta como diosa de la guerra que eres? —preguntó—. ¿Por eso sabes ya quién va a ganar? ¿Quién se va a llevar la cabeza de quién?

—No —dijo la chica—. Solo huelo la batalla, nada más. Pero vamos a ganar, ¿a que sí? Tenemos que ganar. Yo vi lo que le hicieron al Padre de Todos. Es ellos o nosotros.

—Sí —replicó Pascua—. Supongo que tienes razón.

La chica volvió a sonreír. Aún no había amanecido del todo y regresó al campamento. Pascua apoyó la mano en el suelo y palpó un brote verde que sobresalía de la tierra como una navaja. Al tocarlo empezó a crecer, se abrió, se retorció y cambió, y cuando quiso darse cuenta tenía la mano apoyada sobre un tulipán verde. Cuando saliera el sol, la flor se abriría.

Pascua alzó la vista y miró al halcón.

—¿Puedo hacer algo por ti? —le preguntó.

El ave volaba en círculos a medio metro de la cabeza de Pascua, lentamente; después descendió hasta ella y aterrizó en el suelo. La miró con ojos de loco.

—Hola, guapo —le susurró—. ¿Qué aspecto tienes en realidad? ¿Eh?

El halcón dio unos saltitos hacia ella, sin demasiada seguridad, y de repente ya no era un halcón, sino un joven. La miró y después volvió a mirar a la hierba.

—¿Tú? —preguntó él. Su mirada iba de un lado a otro sin cesar: al cielo, a los arbustos. Pero a ella no la miró.

—Yo —replicó ella—. ¿Qué pasa conmigo?

—Tú —se interrumpió. Parecía que intentaba ordenar sus pensamientos; su semblante adoptaba expresiones de lo más extrañas.

«Lleva demasiado tiempo siendo un pájaro —pensó ella—. Ya se ha olvidado de cómo ser un hombre.» Esperó con paciencia. Finalmente, el muchacho se decidió a hablar:

—¿Vendrás conmigo?

—A lo mejor. ¿Adónde quieres que vaya?

—El hombre del árbol. Te necesita. Una herida fantasma, en el costado. Salió sangre, después paró. Creo que está muerto.

—Estamos en mitad de una guerra. No puedo irme así, por las buenas.

El joven desnudo no dijo nada, solo pasó el peso de su cuerpo de un pie a otro como si no supiera cuánto pesaba, como si estuviera acostumbrado a descansar en el aire o en una rama, no en tierra firme. Después añadió:

—Si se va para siempre, se habrá acabado todo.

—Pero la batalla...

—Si lo perdemos a él, dará igual quién gane. —Tenía pinta de necesitar una manta, y una taza de café con mucho azúcar, y de que alguien se lo llevara a algún sitio donde pudiera temblar y babear a gusto hasta que recuperara el juicio. Llevaba los brazos apretados contra su cuerpo.

—¿Y dónde está eso? ¿Por aquí cerca?

Miró el tulipán y meneó la cabeza.

—Muy lejos.

—Bueno —dijo ella—, pues a mí me necesitan aquí. Y no puedo marcharme sin más. ¿Cómo quieres que vaya? Yo no puedo volar como tú, ¿sabes?

—No —dijo Horus—. No puedes.

Luego alzó la vista hacia el cielo, con seriedad, y le señaló el otro punto que volaba en círculos sobre ellos, y que había empezado a descender desde las oscuras nubes, haciéndose cada vez más grande.

—Pero él sí puede —dijo.

Y

Unas cuantas horas más dando vueltas con el coche, y Ciudad odiaba ya el GPS casi tanto como a Sombra. No obstante, era un odio desapasionado. Creía que encontrar la granja y llegar hasta el gran fresno plateado había sido difícil; pero salir de allí le estaba costando todavía más. Por lo visto daba igual qué carretera tomara, en qué dirección viajara por aquellas vías secundarias —las tortuosas carreteras secundarias de Virginia debían de haber sido en tiempos caminos de cabras—, al final siempre volvía a la granja y al cartel que rezaba: ASH.

Pero eso era una locura, ¿no? Solo tenía que volver al punto de partida, girar a la izquierda donde antes había girado a la derecha y girar a la derecha donde antes había girado a la izquierda.

Pero eso era lo que había hecho la última vez, y allí estaba, de nuevo en la granja. Nubes de tormenta empezaban a cernirse sobre él, y el cielo se oscurecía muy deprisa; parecía más de noche que de día y le quedaba un largo camino por delante: a este paso no llegaría a Chattanooga antes de media tarde.

Su móvil se limitaba a darle el mensaje de «Sin servicio». En el mapa que llevaba en la guantera aparecían las carreteras principales, todas las interestatales y las autopistas, pero lo demás como si no existiese.

Tampoco había nadie por allí a quien pudiera preguntar. Las casas estaban apartadas de los caminos; no tenían luces. Estaba a punto de quedarse sin gasolina. Oyó un trueno lejano, y una solitaria gota de lluvia se estrelló contra el parabrisas.

Así que cuando Ciudad vio a la mujer que caminaba por el arcén se encontró sonriendo automáticamente.

—Gracias a Dios —dijo en voz alta, y se detuvo a la altura de la mujer. Bajó la ventanilla—. ¿Señora? Perdone, pero creo que me he perdido. ¿Me puede indicar cómo llegar desde aquí a la autopista ochenta y uno?

La mujer lo miró por la ventanilla abierta y le contestó:

—Mire, no sé si sabría explicárselo. Pero le puedo indicar, si quiere. —Estaba muy pálida, y su largo y oscuro cabello estaba empapado.

—Suba —le dijo Ciudad. No lo dudó un momento—. Antes de nada, tengo que echar gasolina.

—Gracias —dijo ella—. Si no hubiera tenido que ir a pie.

Subió al coche. Tenía los ojos sorprendentemente azules.

—Hay un palo en el asiento —dijo, un poco desconcertada.

—Déjelo en el asiento de atrás, por favor. ¿Hacia dónde va? —le preguntó—. Mire, si me lleva hasta una gasolinera y me indica cómo llegar a la autopista, la dejo en la puerta de su casa.

—Gracias, pero me parece que yo voy más lejos que usted —replicó ella—. Con que me deje en la autopista, me basta. Quizás encuentre a algún camionero que vaya en la misma dirección.

Y sonrió con una sonrisa ladeada y decidida. Fue la sonrisa la que lo sedujo.

—Señora, le aseguro que conmigo irá mejor que con cualquier camionero. —Podía oler su perfume, denso y embriagador, una esencia empalagosa, magnolias o violetas, pero no le importaba.

—Voy a Georgia —dijo ella—. Está muy lejos.

—Yo voy a Chattanooga. La llevaré hasta donde pueda.

—Mmm —dijo ella—. ¿Cómo se llama?

—Me llaman Mack —replicó el señor Ciudad. Cuando intentaba ligar con una mujer en un bar, a veces añadía «y los que me conocen bien me llaman Big Mack». Pero eso podía esperar. Después de todo, tenían mucha carretera por delante e iban a pasar muchas horas juntos; ya tendrían tiempo de conocerse—. ¿Y usted?

—Laura —le dijo.

—Bueno, Laura —contestó él—. Estoy seguro de que vamos a ser grandes amigos.

El chico gordo encontró al señor Mundo en la Sala del Arcoíris, una parte del recorrido que estaba cerrada, con los cristales de las ventanas hechos con láminas de plástico de color verde, rojo y amarillo. Iba impaciente de una ventana a otra, mirando hacia fuera y viendo el mundo alternativamente amarillo, rojo y verde. Tenía el pelo de color rojo anaranjado y muy rapado. Llevaba una gabardina Burberry.

El chico gordo tosió. El señor Mundo alzó la vista.

—Disculpe, ¿señor Mundo?

—¿Sí? ¿Todo va según lo previsto?

El chico tenía la boca seca. Se humedeció los labios y dijo:

—Ya lo tengo todo listo, pero no he recibido confirmación de los helicópteros.

—Estarán aquí cuando los necesitemos.

—Bien —dijo el chico gordo—. Bien.

Y se quedó ahí plantado, sin abrir la boca, sin decidirse a marchar. Tenía un cardenal en la frente.

Después de un rato el señor Mundo le preguntó:

—¿Puedo hacer algo más por ti?

Una pausa. El muchacho tragó saliva y asintió:

—Sí, algo más —dijo—. Sí.

—¿Te sentirías más cómodo si hablamos de esto en privado?

El chico volvió a asentir.

El señor Mundo volvió con el chico a su centro de operaciones: una cueva húmeda en la que había un diorama de unos *pixies* borrachos destilando aguardiente con un alambique. Fuera había un cartel que indicaba a los turistas que la sala estaba cerrada por reformas. Los dos hombres se sentaron en unas sillas de plástico.

—¿En qué puedo ayudarte? —preguntó el señor Mundo.

—Sí, bueno, vale, dos cosas. La primera: ¿a qué estamos esperando? Y dos. La dos es más chunga. A ver. Tenemos las pistolas, vale. Tenemos las armas de fuego. Ellos no tienen más que espadas, cuchillos, martillos y hachas de piedra. Y palancas. Y nosotros tenemos bombas inteligentes.

—Que no vamos a usar —señaló el señor Mundo.

—Ya lo sé. Ya lo dijo usted. Ya lo sé. Y se puede hacer. Pero, mire, desde que le hice el trabajo aquel de la puta de Los Ángeles he estado...

El chico no terminó la frase, hizo una mueca, parecía que no quería seguir.

—¿Inquieto?

—Sí, buena palabra. Inquieto. Sí, como en «centro para adolescentes inquietos». Curioso. Sí.

—¿Y qué es lo que te inquieta exactamente?

—Bueno, luchamos y ganamos.

—¿Y eso es una fuente de inquietud? Para mí es más bien una sensación de triunfo y de placer.

—Pero iban a morir igualmente. Son especies en extinción, como las palomas migratorias y los tilacinos, ¿no? ¿A quién le importan? De esta manera va a haber un baño de sangre. Pero si nos limitamos a esperar, ganaremos igualmente.

—Ah —dijo el señor Mundo, asintiendo con la cabeza.

Lo seguía. Eso era bueno. El chico gordo continuó:

—Mire, no soy el único que piensa así. Lo he comentado con los de la Radio Moderna, y ellos también son partidarios de arreglar esto de manera pacífica; y los Intangibles se inclinan firmemente por dejar que los mercados se ocupen de ello. Yo solo intento, ya sabe, ser la voz de la razón.

—Sí que lo eres. Por desgracia, no dispones de toda la información —dijo el señor Mundo con una sonrisa maliciosa.

El chico parpadeó.

—Señor Mundo —dijo— ¿Por qué tiene los labios llenos de cicatrices?

Mundo suspiró.

—Pues si quieres saber la verdad, alguien me los cosió hace mucho tiempo.

—Buagh —dijo el chico gordo—. Hay que joderse con la *omertà*.

—Pues sí. ¿Quieres saber a qué estamos esperando? ¿Por qué no atacamos anoche?

El chico asintió. Estaba sudando, pero era un sudor frío.

—No hemos atacado aún porque estoy esperando a que me traigan una vara.

—¿Una vara?

—Eso es. Una vara. ¿Y sabes qué voy a hacer con esa vara?

El chico meneó la cabeza.

—Vale, voy a picar: ¿qué?

—Podría decírtelo —respondió el señor Mundo con seriedad—. Pero entonces tendría que matarte.

El señor Mundo parpadeó, y la tensión que flotaba en la sala se desvaneció.

El chico gordo se echó a reír, y su risa parecía la de un cerdito.

—Vale —dijo—. Je, je. Vale. Je. Lo pillo. Mensaje recibido en el planeta tecnológico. Alto y claro. Déjate ya de preguntas.

El señor Mundo meneó la cabeza. Le puso una mano sobre el hombro.

—Oye, ¿de verdad quieres saberlo?

—Claro.

—Bueno, pues como estamos entre amigos —dijo el señor Mundo—, te lo voy a contar: voy a coger esa vara y se la voy a lanzar a los ejércitos cuando estén todos reunidos. Cuando la tire, se convertirá en una lanza. Y cuando la lanza esté volando por encima del campo de batalla, gritaré: le dedico esta batalla a Odín.

—¿Eh? —dijo el chico gordo—. ¿Y por qué?

—Poder —replicó el señor Mundo. Se rascó la barbilla—. Y comida. Una combinación de ambas. Verás, el resultado de la batalla no es importante. Lo importante es el caos, y la carnicería.

—Pues no lo pillo.

—Te lo voy a enseñar. Será exactamente así —dijo el señor Mundo—. ¡Mira!

Sacó el cuchillo de cazador con la hoja de madera del bolsillo de su gabardina y, en un solo y ágil movimiento, clavó la hoja en la blanda papada del chico gordo, y empujó fuerte hacia arriba, hacia el cerebro.

—Le dedico esta muerte a Odín —dijo mientras le hundía el cuchillo.

Le cayó por la mano una sustancia que no era sangre de verdad, y por detrás de los ojos del chico gordo se oyó una especie de chisporroteo. El aire olía a cable aislante quemado, como si hubiera por allí un enchufe con sobrecarga.

La mano del chico gordo se agitó de forma espasmódica, y después cayó. En su rostro había una expresión de desconcierto, y de sufrimiento.

—Míralo —dijo el señor Mundo, hablándole al aire—. Cualquiera diría que acaba de ver cómo una secuencia de ceros y unos se transformaba en una bandada de pájaros y levantaban el vuelo.

No hubo respuesta desde el desierto pasillo de piedra.

El señor Mundo se echó el cuerpo al hombro, como si no pesara nada, abrió el diorama de los *pixies*, dejó el cadáver tirado al lado del alambique y lo cubrió con su larga gabardina negra. Ya se desharía de él por la noche, decidió, y esbozó una sonrisa llena de cicatrices: esconder un cadáver en un campo de batalla sería coser y cantar. Nadie se daría cuenta. A nadie le importaría.

Durante un rato, el silencio reinó en el lugar. Y luego una voz áspera que no era la del señor Mundo se aclaró la garganta entre las sombras y dijo:

—Buen comienzo.

Capítulo dieciocho

Intentaron mantenerse apartados de los soldados, pero los hombres abrieron fuego y los mataron a los dos. Así que lo que dice la canción sobre la cárcel no es verdad, pero es una licencia poética. Porque en la poesía no siempre se pueden decir las cosas como son. La poesía tampoco es lo que se dice la verdad. No hay sitio suficiente en las estrofas.

COMENTARIO DE UN CANTANTE A PROPÓSITO DE *THE BALLAD OF SAM BASS*, EN *A TREASURY OF AMERICAN FOLKLORE*.

Todo esto no puede estar pasando. Puedes tomártelo como una metáfora, si te resulta más cómodo. Después de todo, las religiones son, por definición, metáforas: Dios es un sueño, una esperanza, una mujer, un ironista, un padre, una ciudad, una casa con muchas habitaciones, un hacedor de tiempo que dejó como premio un cronómetro en mitad del desierto, alguien que te quiere... Incluso, en contra de todas las evidencias, puede que sea un ser celestial cuyo único interés es asegurarse de que tu equipo de fútbol, tu ejército, tus negocios o tu matrimonio prosperen, se desarrollen y triunfen frente a cualquier obstáculo.

Las religiones son sitios para ponerse de pie, mirar y actuar; posiciones estratégicas desde las que observar el mundo.

Así que nada de esto está sucediendo. Cosas como estas no pasan a día de hoy en el mundo en que vivimos. Ni una sola palabra de todo esto es literalmente cierta, aunque todo esto sucedió; y lo siguiente que ocurrió, sucedió de esta manera:

Al pie de la montaña Lookout, que más que montaña es un monte muy alto, hombres y mujeres se reunían alrededor de una pequeña hoguera bajo la lluvia. Estaban de pie bajo los árboles, que no eran el paraguas más idóneo, y discutían.

La dama Kali, con su piel negra como la tinta y sus blancos y afilados dientes, dijo:

—Ya es la hora.

Anansi, con sus guantes amarillo limón y su cabello plateado, meneó la cabeza.

—Podemos esperar —dijo—. Mientras podamos esperar, deberíamos hacerlo.

Hubo un murmullo de desaprobación entre los congregados.

—No, escuchad. Tiene razón —terció un anciano con el cabello gris oscuro: Czernobog. Llevaba un pequeño mazo apoyado en el hombro—. Son ellos los que ocupan una posición dominante. Tenemos los elementos en contra. Es una locura empezar esto ahora.

Algo con cierto parecido a un lobo, pero con más aspecto de hombre gruñó y escupió en la tierra:

—¿Y qué mejor momento para atacar, *dedushka*? ¿Vamos a esperar hasta que el tiempo mejore, para que nos estén esperando? Yo digo que ataquemos ahora. Digo que nos pongamos en marcha.

—Hay muchas nubes entre ellos y nosotros —señaló Isten de los húngaros. Lucía un bonito mostacho negro, un gran sombrero negro y polvoriento, y la sonrisa de quien se gana la vida vendiendo revestimientos de aluminio, y tejados y canalones nuevos a ciudadanos de la tercera edad pero que siempre se va de la ciudad en cuanto cobra el cheque tanto si ha terminado el trabajo como si no.

Un hombre vestido con traje elegante, que hasta el momento no había dicho nada, juntó las manos, se acercó a la hoguera y expuso su punto de vista de manera clara y sucinta. Los allí reunidos asentían con la cabeza y se oían murmullos de aprobación.

Luego habló una de las tres guerreras que formaban la Morrigan, que estaban tan juntas entre las sombras que parecían una composición de brazos y piernas tatuados con tinta azul y alas de cuervo.

—Y qué más dará si es buen o mal momento para atacar —dijo—. Es el momento. Nos han estado masacrando. Y seguirán haciéndolo, tanto si luchamos como si no. Puede que salgamos victoriosos. Puede que muramos en el intento. Pero mejor morir ahora todos juntos, en el ataque, como dioses, que morir huyendo y en soledad, como ratas en una bodega.

Otro murmullo, esta vez de aprobación. Había hablado por todos. Era el momento de hacerlo.

—La primera cabeza es mía —dijo un chino muy alto, con una

cuerda de diminutos cráneos alrededor del cuello. Empezó a escalar, lenta y deliberadamente, la montaña, llevando al hombro un bastón acabado en una hoja curva y afilada, como una luna de plata.

Ni siquiera la Nada dura para siempre.

Podría haber estado allí, en Ninguna Parte, durante diez minutos o diez mil años. Daba igual: el tiempo era una idea que ya no necesitaba para nada.

Ya no podía ni recordar su auténtico nombre. Se sentía vacío y limpio, en aquel lugar que no era un lugar.

No tenía forma, estaba vacío.

No era nada.

Y dentro de esa nada una voz dijo:

—Hey, primo. Tenemos que hablar.

Y algo que quizás en otro tiempo fue Sombra dijo:

—¿Whiskey Jack?

—Sí —dijo este en la oscuridad—. Eres un tío difícil de encontrar cuando te mueres. No has ido a ninguno de los sitios donde pensé que estarías. He mirado en todas partes antes de que se me ocurriera mirar aquí. Oye, ¿encontraste a tu tribu?

Sombra se acordó de la pareja de la discoteca bajo la bola de espejos.

—Supongo que encontré a mi familia. Pero no, no he hallado a mi tribu.

—Siento molestarte.

—No, tú qué vas a sentir. Déjame en paz. Ya tengo lo que quería. Se acabó.

—Vienen a por ti —le dijo Whiskey Jack—. Te van a reanimar.

—Pero yo aquí ya no pinto nada —dijo Sombra—. Ya está todo el pescado vendido.

—De eso nada —replicó Whiskey Jack—. Ni muchísimo menos. Vamos a mi casa. ¿Quieres una cerveza?

Imaginó que no le haría daño tomarse una cerveza.

—Claro.

—Trae también una para mí. Hay una nevera saliendo por la puerta —le indicó Whiskey Jack. Estaban en su rancho.

Sombra abrió la puerta con unas manos que tenía la sensación de no haber poseído antes. Había una nevera de plástico llena de trozos de hielo del río y, entre el hielo, doce latas de Budweiser. Sacó un par y se sentó en el umbral a contemplar el valle.

Estaban en lo alto de una colina, cerca de una cascada de aguas caudalosas consecuencia del deshielo. Caía en varios escalones, a unos veinte metros por debajo de ellos, quizá treinta. El sol se reflejaba en el hielo que revestía los árboles que colgaban por encima de la cuenca de la cascada. El ruido del agua al caer lo llenaba todo.

—¿Dónde estamos? —preguntó Sombra.

—En el mismo sitio que la última vez —respondió Whiskey Jack—. En mi casa. ¿Piensas quedarte ahí con mi cerveza en la mano hasta que se caliente? A mí me gusta bien fría.

Sombra le pasó la lata.

—No había una cascada justo delante de tu casa la última vez que estuve aquí —le dijo.

Whiskey Jack no dijo nada. Abrió la lata y se bebió la mitad de un único y lento trago.

—¿Te acuerdas de mi sobrino? —le preguntó—. Harry Bluejay, el poeta. Te cambió su Buick por tu Winnebago. ¿Te acuerdas?

—Claro. Pero no sabía que era poeta.

Whiskey Jack alzó la barbilla en un gesto de orgullo.

—El mejor poeta que ha dado Estados Unidos.

Apuró la lata, eructó y cogió otra. Sombra abrió la suya y se sentaron los dos sobre una roca, junto a los pálidos helechos, al sol de la mañana, y contemplaron la cascada mientras se bebían sus cervezas. Todavía había nieve en el suelo, en los lugares donde nunca daba el sol.

La tierra estaba húmeda.

—Henry era diabético —prosiguió Whiskey Jack—. Cosas que pasan, demasiado a menudo. Llegáis a América, nos quitáis la caña de azúcar, las patatas y el maíz, y luego nos vendéis patatas fritas y palomitas con caramelo, y somos nosotros los que nos ponemos malos. —Dio un trago a su cerveza mientras reflexionaba—. Ganó un par de premios de poesía. Y unos tipos de Minnesota querían publicar sus poemas en un libro. Precisamente iba a verlos allí en un coche deportivo, en un Miata amarillo que había cambiado por tu Bago. Los médicos dijeron que probablemente sufrió un coma diabético mientras conducía, se salió de la carretera y se estampó contra una de vuestras señales. Sois demasiado perezosos para mirar dónde estáis, para leer las montañas y las nubes; vosotros necesitáis señales por todas partes. Y así se fue Henry Bluejay para siempre, a vivir con el hermano Lobo. Así que me dije: «ya no queda nada que me retenga aquí». Y me vine al norte. Aquí hay buena pesca.

—Siento mucho lo de tu sobrino.

—Yo también. Así que ahora vivo aquí en el norte, bien lejos de las enfermedades del hombre blanco, de las carreteras del hombre blanco, de las señales del hombre blanco, de los Miatas amarillos del hombre blanco y de las palomitas caramelizadas del hombre blanco.

—¿Y de la cerveza del hombre blanco?

Whiskey Jack miró la lata.

—Cuando por fin os deis por vencidos y os vayáis de aquí, podéis dejarnos las fábricas de Budweiser —dijo.

—¿Dónde estamos? —preguntó Sombra—. ¿Estoy en el árbol? ¿Estoy muerto? ¿Estoy aquí? Creía que todo había terminado. ¿Qué es lo real?

—Sí —dijo Whiskey Jack.

—¿Sí? ¿Qué tipo de respuesta es «sí»?

—Es una buena respuesta. Y además, es verdad.

—¿Tú también eres un dios?

Whiskey Jack sacudió la cabeza:

—Yo soy un héroe cultural —le dijo—. Hacemos lo mismo que los dioses, solo que la cagamos más y nadie nos adora. Cuentan historias sobre nosotros, pero cuentan las que nos dejan en mal lugar y también aquellas en las que salimos más airosos.

—Entiendo —dijo Sombra. Y lo entendía, más o menos.

—Mira —prosiguió Whiskey Jack—. Este no es un país para dioses. Mi gente ya se dio cuenta de eso hace mucho. Están los espíritus creadores que pusieron la tierra o la hicieron o la cagaron, pero si te pones a pensarlo: ¿quién va a adorar al Coyote? Hizo el amor con la Mujer Puercoespín y se le quedó la minga como un acerico. Discutía con las piedras y las piedras le ganaban.

»Así que, sí, mi pueblo pensaba que a lo mejor había algo detrás de todo, un creador, un gran espíritu, y por eso damos las gracias, porque siempre es bueno dar las gracias. Pero nunca nos dedicamos a construir iglesias. No lo necesitábamos. La tierra era la iglesia. La tierra era la religión. La tierra era más vieja y más sabia que la gente que caminaba sobre ella. Nos proporcionaba salmones, maíz, búfalos y palomas migratorias. Nos proporcionaba melones, calabazas y pavo. Nos proporcionaba arroz salvaje, y percas. Y éramos los hijos de la tierra, exactamente igual que el puercoespín, la mofeta o el arrendajo azul. —Terminó su segunda cerveza y señaló hacía el río al pie de la cascada—. Si sigues ese río durante un rato, llegarás a los lagos donde crece el arroz salvaje. Cuando es la época, uno sale con un amigo en canoa y lo recoge, lo cuece, lo guarda y se conserva perfectamente durante un montón de tiempo. Los distintos lugares producen diferentes alimentos. Si viajas hacia el sur, encontrarás naranjos, limoneros y esa fruta verde y esponjosa que se parece a la pera...

—Aguacates.

—Aguacates —repitió Whiskey Jack—. Eso es. No se dan por aquí arriba. Esta es zona de arroz salvaje, de alces. Lo que quiero decir es que Estados Unidos es así. No es terreno abonado para los dioses. No se dan bien. Es como intentar plantar aguacates en una zona de arroz salvaje.

—Pues no se darán bien —dijo Sombra, recordando—, pero están a punto de entrar en guerra.

Fue la única vez que vio a Whiskey Jack reír. Fue casi como un ladrido, y era una risa con muy poco sentido del humor.

—Hey, Sombra —dijo Whiskey Jack—, si todos tus amigos saltaran por un barranco, ¿saltarías tú detrás?

—Puede. —Sombra se sentía bien. No creía que fuera solo por la cerveza. No recordaba la última vez que se había sentido tan vivo, y tan entero.

—No va a haber ninguna guerra.

—¿Y entonces qué es?

Whiskey Jack aplastó la lata de cerveza entre las manos hasta dejarla plana.

—Mira —dijo, señalando la cascada. El sol estaba lo suficientemente alto para incidir sobre las gotas de agua de la cascada, y formaba un halo irisado en el aire. Sombra pensó que era la cosa más bonita que había visto en su vida.

—Va a ser un baño de sangre —dijo Whiskey Jack, en tono neutro.

Entonces, Sombra lo vio. Lo veía todo, con toda claridad. Meneó la cabeza y se echó a reír, y siguió meneando la cabeza, y de la risa pasó a la carcajada.

—¿Estás bien?

—Estupendamente —dijo Sombra—. Es solo que acabo de ver a los indios escondidos. No a todos. Pero el caso es que los he visto.

—Pues serían *ho chunk*. Los muy idiotas nunca han sabido esconderse. —Alzó la vista hacia el sol—. Es hora de volver.

Whiskey Jack se levantó.

—Es un timo para dos timadores —dijo Sombra—. No es una guerra, ¿verdad?

Whiskey Jack le dio una palmadita en el brazo.

—No eres tan tonto.

Volvieron al rancho de Whiskey Jack. Abrió la puerta. Sombra vaciló.

—Ojalá pudiera quedarme aquí contigo —dijo—. Parece un buen sitio.

—Hay un montón de sitios buenos —replicó Whiskey Jack—. De eso se trata, precisamente. Mira, los dioses mueren cuando la gente los olvida. Las personas también. Pero la tierra permanece. Los sitios buenos, y los malos. La tierra no va a ninguna parte, ni yo tampoco.

Sombra cerró la puerta. Algo tiraba de él. Estaba solo en la oscuridad una vez más, pero esta se fue haciendo cada vez más brillante hasta que se volvió incandescente como el sol.

Y entonces empezó el dolor.

Una mujer iba caminando por un prado, y las flores de primavera se iban abriendo a su paso. En ese lugar y ese momento, la mujer se hacía llamar Pascua.

Pasó por un paraje en el que, hace mucho tiempo, se levantaba una granja. A día de hoy todavía quedan en pie los muros, que sobresalen por entre las malas hierbas del prado como dientes cariados. Caía una fina lluvia. Las nubes eran bajas y oscuras, y hacía bastante frío.

Un más allá de donde había estado la casa había un árbol, un enorme árbol de color gris plata, sin hojas, y delante del árbol, sobre la hierba, había unos bultos de tela deshilachada de color indefinido. La mujer se detuvo ante las telas, se inclinó y cogió algo blanco tirando a marrón: era un fragmento de hueso roído que pudo haber sido, en su momento, parte de un cráneo. Volvió a tirarlo al suelo.

Entonces miró al hombre que había en el árbol y sonrió con ironía.

—Desnudos no resultan tan interesantes —dijo—. Desenvolverlos es lo más divertido. Pasa igual con los regalos, y con los huevos.

El hombre con cabeza de halcón que caminaba a su lado se miró el pene y pareció reparar, por primera vez, en su propia desnudez.

—Yo puedo mirar al sol sin parpadear siquiera —dijo.

—Qué listo eres —replicó Pascua—. Venga, vamos a bajarlo de ahí.

Las cuerdas mojadas de las que colgaba Sombra hacía tiempo que se habían desgastado y podrido, y se rompieron con facilidad cuando tiraron de ellas. El cuerpo se deslizó hacia las raíces del árbol. Lo recogieron antes de que llegara al suelo, lo trasladaron sin mayor dificultad, pese a que era un hombre muy grande, y lo dejaron tendido en el prado gris.

El cuerpo tendido en la hierba estaba frío y no respiraba. Tenía una costra en un costado, como si le hubieran clavado una lanza.

—¿Y ahora qué?

—Ahora —dijo Pascua—, vamos a calentarlo. Ya sabes lo que tienes que hacer.

—Lo sé. No puedo.

—Si no piensas ayudarme, no sé para qué me has traído hasta aquí.

—Pero ha pasado demasiado tiempo.

—Ha pasado demasiado tiempo para todos nosotros.

—Y estoy bastante loco.

—Ya lo sé.

Le tendió a Horus una blanca mano y le acarició su negro cabello. Él parpadeó con intención. Y a continuación empezó a brillar, como si estuviera envuelto en la calina.

El ojo de halcón que miraba hacia ella brilló con un resplandor naranja, como si se le hubiera encendido una llama dentro; una llama que llevaba mucho tiempo extinguida.

El halcón levantó el vuelo, subió muy alto, ascendiendo en círculos, y voló en torno al punto entre las grises nubes donde parecía probable que estuviera el sol; según ascendía parecía un punto, y luego una minúscula mota, y después nada, algo que solo se podía imaginar. Las nubes empezaron a deshacerse y a evaporarse, dejando un pedazo de cielo azul por el que el sol resplandecía. El único rayo de sol que atravesaba las nubes y bañaba el prado era precioso, pero la imagen desapareció a medida que el cielo se iba despejando de nubes. Al cabo de unos instantes, el sol de la mañana caía sobre el prado como la luz de mediodía en pleno verano, evaporando el agua de la lluvia matinal en brumas y evaporando la bruma hasta que no quedó nada en absoluto.

La mujer acarició con los dedos de la mano derecha el pecho del cuerpo. Creyó sentir un estremecimiento: algo que no era un latido, pero casi... Dejó la mano allí, en su pecho, justo encima de su corazón.

Puso sus labios sobre los labios de Sombra, le insufló aire en los pulmones, un par de veces, y luego lo besó. Un beso suave, que sabía a lluvias de primavera y a flores silvestres.

La herida del costado empezó a manar de nuevo una sangre escarlata, que a la luz del sol parecía un manantial de líquidos rubíes, y al cabo de unos instantes dejó de sangrar.

Pascua le besó la mejilla y la frente.

—Venga —le dijo—. Ya es hora de levantarse. La cosa está en marcha. No querrás perdértelo, ¿eh?

Los párpados de Sombra temblaron y finalmente abrió los ojos, dos ojos de un gris tan profundo que parecían incoloros, del mismo tono gris del anochecer, y la miró.

Ella sonrió y retiró la mano de su pecho.

—Me has traído de vuelta —dijo Sombra, lentamente, como si se hubiera olvidado de hablar. Había dolor en su voz, y desconcierto.

—Sí.

—He llegado hasta el final. Ya me habían juzgado. Todo había terminado. Y tú me has traído de vuelta. Te has atrevido.

—Lo siento.

—Sí.

Se incorporó lentamente y se tocó el costado con una mueca de dolor. Y de repente parecía desconcertado: tenía un reguero de sangre fresca, pero debajo no había herida.

Alargó una mano, y ella lo rodeó con un brazo y lo ayudó a ponerse en pie. Miró el prado como si quisiera recordar los nombres de las cosas que veía: las flores en la hierba alta, las ruinas de la granja, la calina de verdes capullos que cubrían las ramas del enorme árbol plateado.

—¿Lo recuerdas? —le preguntó ella—. ¿Recuerdas lo que has aprendido?

—Sí. Pero terminará desvaneciéndose. Como un sueño. Lo sé. Perdí mi nombre, y también mi corazón. Y tú me has traído de vuelta.

—Lo siento —replicó ella por segunda vez—. Pronto entrarán en batalla. Los dioses antiguos y los nuevos.

—¿Quieres que luche a vuestro lado? Has perdido el tiempo.

—Te he traído de vuelta porque era mi deber —dijo Pascua—. Es todo cuanto puedo hacer y lo que sé hacer mejor. Lo que decidas ahora es cosa tuya. Tú sabrás. Yo ya he hecho mi parte.

De repente reparó en la desnudez de Sombra, se puso colorada como un tomate y desvió la mirada.

Entre la lluvia y las nubes, las sombras ascendían por la ladera de la montaña, por los caminos de roca.

Zorros blancos subían sigilosamente por la colina en compañía de hombres de pelo rojo con chaquetas verdes. Un minotauro avanzaba junto con un dáctilo con dedos de hierro. Un cerdo, un mono y un *ghoul* de afilados dientes escalaban la colina en compañía de un hombre de piel azul con un arco flamígero, un oso con flores en el pelo y un hombre con una cota de malla de oro que blandía su espada de ojos.

El bello Antínoo, el que fuera amante de Adriano, encabezaba una cuadrilla de reinas del cuero, con los brazos y los pechos hiperdesarrollados por los esteroides y perfectamente torneados.

Un hombre de piel gris, cuyo único ojo era un enorme cabujón de esmeralda, subía muy erguido por la colina, encabezando un grupo de hombres rechonchos y de tez morena, de rostro impasible y de rasgos tan regulares como los de los relieves aztecas: conocían los secretos que las junglas escondían.

Un francotirador en lo alto de la colina apuntó a uno de los zorros blancos y disparó. Hubo una explosión, una humareda de cordita y aroma de pólvora en el aire húmedo. El cadáver era el de una joven japonesa con el estómago reventado y la cara ensangrentada. Poco a poco, el cadáver empezó a desvanecerse.

La gente siguió subiendo, a dos patas, a cuatro patas, e incluso sin patas.

El camino a través de las montañas de Tennessee había sido sorprendentemente bonito en los momentos en los que amainó la tormenta, y absolutamente desesperante cuando se ponía a llover a cántaros. Ciudad y Laura llevaban todo el camino hablando sin parar. Él estaba encantado de haberla conocido. Era como estar con un viejo amigo, un viejo y buen amigo al que simplemente acabas de conocer. Hablaron de historia, de películas y de música, y resultó ser la única persona —la otra única persona que conocía— que había visto una película extranjera (el señor Ciudad estaba convencido de que era española, y Laura de que era polaca) de los años sesenta que se titulaba *El manuscrito hallado en Zaragoza*, un film del que había llegado a creer que había sido una alucinación suya.

Cuando Laura le señaló el primer establo con el cartel de VISITE ROCK CITY él se rio y admitió que era allí a donde se dirigía. Ella dijo que era fantástico. Siempre había querido visitar esa clase de sitios, pero nunca encontraba el momento y después siempre se arrepentía. Por ese motivo estaba ahora en la carretera. Estaba viviendo una aventura.

Era agente de viajes, le explicó. Estaba separada de su marido. Admitió que no creía que pudieran volver a estar juntos, y que era culpa suya.

—Eso no me lo puedo creer.

Ella suspiró.

—Pues es verdad, Mack. Ya no soy la mujer con la que se casó.

—Bueno —le dijo él— la gente cambia. —Y antes siquiera de darse cuenta de que ya le había contado todo lo que podía contarle de su vida, se encontró hablándole de Madera y de Piedra, y contándole que los tres eran como los tres mosqueteros, y que a los otros dos los habían matado, y que piensas que trabajando para el gobierno ya no te van a afectar ese tipo de cosas, pero siempre te afectan. Nunca te acostumbras.

Y ella alargó una mano —y estaba tan fría que él encendió la calefacción—, y apretó con cariño la mano de Ciudad.

A la hora de comer comieron comida japonesa mala mientras una tormenta se cernía sobre Knoxville, y a Ciudad no le importó que tardaran en servirles, ni que la sopa de miso estuviera fría y el *sushi* tibio.

Le encantaba el hecho de que ella estuviera allí con él, viviendo una aventura.

—Bueno —le confesó Laura—, detestaba la idea de quedarme estancada. La verdad es que me estaba pudriendo. Así que salí sin mi coche y sin mis tarjetas de crédito. No me queda más remedio que confiar en la amabilidad de los extraños. Y me lo he pasado en grande. Todo el mundo ha sido muy amable conmigo.

—¿No te da miedo? —le preguntó—. Podrían dejarte tirada, atracarte; podrías morirte de hambre.

Ella meneó la cabeza. Y entonces, con una sonrisa dubitativa, dijo:

—Te he encontrado a ti, ¿no?

Y él ya no supo qué decir.

Cuando terminaron de comer corrieron bajo la lluvia hasta el coche, cubriéndose la cabeza con periódicos en japonés y riendo mientras corrían, como colegiales bajo la lluvia.

—¿Hasta dónde te puedo llevar? —preguntó él una vez dentro del coche.

—Yo voy donde tú vayas, Mack —respondió ella con timidez.

Se alegraba de no haber utilizado el chiste del Big Mack. Esta mujer no era un rollo de una noche, el señor Ciudad lo sentía en lo más hondo de su alma. Puede que le hubiera costado cincuenta años encontrarla, pero por fin la había hallado: era ella, aquella mujer libre y mágica de largo cabello negro.

Aquello era amor.

—A ver —le dijo, según llegaban a Chatanooga. Los limpiaparabrisas extendían el agua por el cristal, difuminando el gris de la ciudad—. ¿Qué te parece si te busco un motel para esta noche? Pago yo. Y en cuanto haga la entrega, podemos... Bueno, podemos darnos un baño juntos, para empezar. Te ayudará a entrar en calor.

—Eso suena fantástico —dijo Laura—. ¿Qué es lo que tienes que entregar?

—Ese palo —respondió, y se echó a reír—. El que llevo en el asiento de atrás.

—Vale —replicó, siguiéndole la corriente—. Pues no me lo cuente, señor Misterioso.

Le dijo que sería mejor que le esperara dentro del coche, en el aparcamiento de Rock City, mientras hacia la entrega. Subió por la ladera de la montaña bajo la lluvia racheada, sin pasar de cincuenta kilómetros por hora, con las luces encendidas.

Aparcaron al fondo del aparcamiento. Apagó el motor.

—Oye, Mack. Antes de que te bajes del coche, ¿no me vas a dar un abrazo? —preguntó Laura con una sonrisa.

—Claro que sí —dijo el señor Ciudad, y la rodeó con sus brazos mientras ella se acurrucaba contra él y la lluvia tamborileaba en el techo del Ford Explorer. Percibió el aroma del cabello de Laura. Había algo desagradable bajo el perfume. El viaje, claro. Los dos necesitaban ese baño, decidió. Se preguntó si habría algún sitio en Chattanooga donde pudiera comprar aquellas bombas de baño aromáticas que tanto le gustaban a su primera mujer. Laura levantó la cabeza y, distraída, deslizó su mano por la línea de su cuello.

—Mack... no dejo de pensarlo. Debes de tener muchas ganas de saber lo que les sucedió a esos dos amigos tuyos —le dijo—. Piedra y Madera, ¿no?

—Claro —dijo, buscando los labios de Laura con los suyos, para su primer beso—. Claro que quiero.

De modo que ella se lo enseñó.

Sombra caminaba por el prado, dando vueltas lentamente alrededor del árbol, cada vez más lejos del tronco. A veces paraba y recogía algo: una flor, una hoja, un guijarro, una ramita o una hoja de hierba. Lo examinaba con atención, como si se quisiera concentrarse en la *ramidad* de la ramita, o la *hojedad* de la hoja, como si mirara esas cosas por primera vez.

A Pascua le recordaba la mirada de un bebé cuando está aprendiendo a enfocar.

No se atrevía a hablarle. En ese momento habría sido un sacrilegio. Lo miraba, cansada como estaba, y se hacía preguntas.

A unos seis metros de la base del árbol, medio oculta por la hierba alta y enredaderas muertas, encontró una bolsa de lona. Sombra la recogió, desató los nudos y la abrió.

La ropa que sacó era la suya. Estaba vieja, pero aún servía. Miró los zapatos desde todos los ángulos. Acarició la tela de la camisa, la lana del jersey, y los miró como si tuvieran un millón de años.

Se quedó mirando las prendas un rato; luego, una por una, se las fue poniendo.

Metió las manos en los bolsillos y pareció quedarse desconcertado al sacar lo que a Pascua le pareció una canica blanca y gris.

—No hay monedas —dijo. Era lo primero que decía en varias horas.

—¿No hay monedas? —repitió Pascua.

Él meneó la cabeza.

—Me gustaba tener monedas —dijo—. Me ayudaban a mantener las manos ocupadas.

Se inclinó para ponerse los zapatos.

Una vez se hubo vestido, tenía una pinta más normal, pero seria. Ella se preguntó hasta dónde habría viajado y cuánto le habría costado volver. No era el primero cuyo regreso había promovido, y sabía que, muy pronto, la mirada de un millón de años desaparecería, y los recuerdos y los sueños que se había traído del árbol serían borrados por todo un mundo de cosas tangibles. Así sucedía siempre.

Lo llevó hasta el fondo del prado. Su montura esperaba bajo los árboles.

—No puede llevamos a los dos —le dijo—. Yo me las apañaré para volver a casa.

Sombra asintió. Parecía que estaba intentando recordar algo. Entonces abrió la boca y soltó un alarido de bienvenida y de alegría.

El ave del trueno abrió su cruel pico y le respondió con otro alarido de bienvenida.

A primera vista, al menos, parecía un cóndor. Tenía el plumaje negro, con un viso púrpura, y en el cuello una banda blanca. Su pico era negro y cruel: era el de una rapaz, hecho para desgarrar. En reposo, sobre el suelo, con las alas plegadas, era del tamaño de un oso negro, y su cabeza quedaba a la misma altura que la de Sombra.

—Lo he traído yo. Viven en las montañas —dijo Horus, orgulloso.

Sombra asintió.

—Una vez soñé con las aves del trueno —explicó—. El sueño más infernal que he tenido nunca.

El ave del trueno abrió el pico y emitió un sonido sorprendentemente suave: ¿*Crooru*?

—¿Tú también escuchaste mi sueño? —le preguntó Sombra.

Alargó una mano y le acarició con ternura la cabeza. El ave del trueno la empujó contra su mano como si fuera un poni cariñoso. Le rascó la coronilla por detrás de donde deberían haber estado las orejas.

Sombra se volvió hacia Pascua.

—¿Has venido montada en él?

—Sí. Puedes montarlo tú de vuelta, si te deja.

—¿Cómo se guía?

—Es fácil —le dijo Pascua—, si no te caes. Es como cabalgar sobre el trueno.

—¿Te veré allí?

Pascua dijo que no con la cabeza.

—Yo ya he cumplido, cielo —le dijo—. Tú ve a hacer lo que tengas que hacer. Estoy cansada. Traerte de vuelta... me ha costado lo mío. Necesito descansar y ahorrar energías para cuando llegue mi festividad. Lo siento. Buena suerte.

Sombra asintió.

—Vi a Whiskey Jack cuando estuve en el otro lado. Vino a buscarme. Nos bebimos unas cervezas.

—Sí —dijo Pascua—. Seguro que sí.

—¿Volveré a verte? —le preguntó Sombra.

Ella lo miró con unos ojos verdes como el maíz antes de madurar. No dijo nada. Y, entonces, de repente, meneó la cabeza.

—Lo dudo —dijo.

Sombra subió torpemente a lomos del ave del trueno. Se sentía como un ratón a lomos de un halcón. La boca le sabía a ozono, metálico y azul. Algo crujió. El ave del trueno extendió las alas y empezó a batirlas, con fuerza.

Según veía alejarse el suelo, Sombra se agarró, con el corazón latiendo desbocado dentro de su pecho.

Era exactamente como cabalgar sobre el trueno.

Laura cogió la vara del asiento trasero del coche. Dejó al señor Ciudad en el asiento del conductor, se bajó del Ford Explorer y, bajo la lluvia, echó a andar hacia Rock City. La taquilla estaba cerrada. La puerta de la tienda de regalos no estaba cerrada con llave y entró por ella, pasó por delante de los caramelos con forma de roca y de los refugios para pájaros con el lema VISITE ROCK CITY y se adentró en la octava maravilla del mundo.

Nadie le dio el alto, pese a que se cruzó con varias personas por el camino, bajo la lluvia. La mayoría de ellos solo parecían sutilmente artificiales; muchos de ellos eran traslúcidos. Cruzó un puente colgante. Pasó por los jardines de ciervos blancos, y también por el Abrazo del Gordo, donde el camino discurría por entre dos inmensos muros de piedra.

Y al final, pasó por encima de una cadena con un cartel que indicaba que esa parte de la atracción estaba cerrada, y entró en una caverna, y vio a un hombre sentado en una silla de plástico, frente a un diorama de gnomos borrachos. Estaba leyendo el *Washington Post* a la luz de una lamparita eléctrica. Al verla llegar dobló el periódico y lo dejó debajo de la silla. Se puso en pie. Era un hombre alto y con el cabello naranja rapado al uno; lucía una gabardina cara. La saludó con una leve inclinación de cabeza.

—Daré por sentado que el señor Ciudad ha muerto —dijo—. Bienvenida, portadora de la lanza.

—Gracias. Siento lo de Mack —dijo Laura—. ¿Eran amigos?

—Ni mucho menos. Debería haberse mantenido con vida si quería conservar su trabajo. Pero usted ha traído su vara. —La miró de arriba abajo con unos ojos que brillaban como las anaranjadas ascuas de un fuego en extinción—. Claro que cuenta usted con la ventaja de tenerme a mí. Me llaman el señor Mundo, aquí en lo alto de la montaña.

—Yo soy la mujer de Sombra.

—Pues claro. La encantadora Laura —dijo—. Debería haberla reconocido. Tenía varias fotografías suyas encima de su cama, en la celda que compartíamos. Y si me lo permite, está usted más bonita de lo que debería. ¿No debería estar ya en pleno proceso de putrefacción?

—Estaba en ello —respondió, sencillamente—. Estaba ya medio podrida. No sé muy bien qué es lo que ha cambiado. Solo sé cuándo empecé a sentirme mejor. Fue esta mañana. Aquellas mujeres, las de la granja, me dieron de beber agua de su pozo.

Alzó una ceja.

—¿Del pozo de Urd? Imposible.

Laura se señaló a sí misma. Tenía la piel pálida, y las órbitas de sus ojos estaban oscurecidas, pero era evidente que estaba entera: si era un cadáver viviente, desde luego estaba recién muerta.

—No será permanente —dijo el señor Mundo—. Las nornas solo le han dado a probar un sorbito del pasado. No tardará en disolverse en el presente, y entonces esos preciosos ojos azules se saldrán de sus órbitas y rodarán por esas hermosas mejillas que, para entonces, como es natural, ya no serán hermosas. Por cierto, tiene usted mi vara. ¿Le importa dármela?

El señor Mundo sacó un paquete de Lucky Strike, cogió un cigarrillo y lo encendió con un Bic negro desechable.

—¿Me da uno?

—Claro. Le daré un cigarrillo si usted me da mi vara.

—No —dijo ella—. Si la quiere, vale más que un simple cigarrillo.

El señor Mundo se quedó callado.

—Quiero respuestas, quiero saber cosas —dijo Laura.

Él encendió un cigarrillo y se lo pasó. Laura lo cogió y le dio una calada. Luego, parpadeó.

—Casi puedo saborearlo, vamos a ver si lo consigo —sonrió—. Mm. Nicotina.

—Sí —replicó él—. ¿Por qué fue a ver a las mujeres de la granja?

—Sombra me dijo que fuera a verlas —le explicó—. Me dijo que les pidiera agua.

—Me pregunto si sabría el efecto que iba a producir. Probablemente no. Pero eso es lo bueno de que siga colgado del árbol. Ahora ya sé dónde está en todo momento.

—Usted le tendió una trampa a mi marido —dijo Laura—. Todo fue una trampa desde el principio. Y él es un hombre de buen corazón, ¿lo sabía?

—Sí —dijo el señor Mundo—. Ya lo sé.

—¿Por qué precisamente él?

—Pautas, y distracción —dijo el señor Mundo—. Cuando todo esto acabe, imagino que afilaré una ramita de muérdago, bajaré hasta el fresno y se la clavaré en el ojo. Eso es lo que nunca han podido entender esos imbéciles de ahí afuera. No tiene nada que ver con lo viejo y lo nuevo. Es una cuestión de pautas. Y ahora, deme la vara. Por favor.

—¿Para qué la quiere?

—Como recuerdo de toda esta lamentable historia. No se preocupe, no es muérdago —dijo el señor Mundo con una fugaz sonrisa—. Simboliza una lanza, y en este triste mundo es el símbolo lo que importa.

Los ruidos que venían de fuera eran ahora más fuertes.

—¿De qué lado está usted? —le preguntó ella.

—No es una cuestión de bandos —le respondió—. Pero ya que me lo pregunta, del lado de los que van a ganar. Siempre. Es lo que mejor se me da.

Ella asintió, y no soltó la vara.

—Ya lo veo —dijo.

Se dio la vuelta y fue a asomarse a la puerta de la caverna. Muy por debajo de ella, en las rocas, vio algo que brillaba y palpitaba. Se envolvía alrededor de un hombre delgado, con la cara de color malva y con barba, que peleaba contra ello con un limpiacristales, como esos que usan algunos para embadurnar los parabrisas de los coches parados en los semáforos. Se oyó un grito, y ambos desaparecieron de su vista.

—Muy bien. Le daré la vara.

Oyó la voz del señor Mundo a su espalda.

—Buena chica —dijo en tono conciliador, pero a ella le sonó paternalista y de un machismo indefinible. La carne se le puso de gallina.

Se quedó esperando en el umbral de la caverna hasta que pudo notar el aliento del señor Mundo en la oreja. Tenía que esperar hasta que estuviera lo suficientemente cerca. Hasta ahí lo tenía todo planeado.

El viaje fue más que emocionante; fue eléctrico.

Atravesaron la tormenta como un relámpago, pasando como un rayo de una nube a otra; avanzaban como el rugido del trueno, como un huracán. Era un viaje crepitante, imposible, y Sombra se olvidó del miedo inmediatamente. No puedes tener miedo cuando cabalgas a lomos de un ave del trueno. No hay miedo: solo el poder de la tormenta, imparable y extenuante, y la alegría del vuelo.

Sombra enterró los dedos entre el plumaje del ave del trueno, y la electricidad estática le puso la carne de gallina. Chispas azules recorrían sus manos como diminutas serpientes. La lluvia se deslizaba a mares por su rostro.

—¡Esto es lo más! —gritó, por encima del rugido de la tormenta.

Como si lo hubiera entendido, el ave empezó a ascender, y cada vez que batía las alas se oía un trueno, y se lanzaba en picado y daba volteretas por entre las oscuras nubes.

—En mi sueño te perseguía —dijo Sombra, y el viento se llevó sus palabras—. En mi sueño tenía que quitarte una pluma.

Sí. La palabra era como una interferencia en la radio de su mente. *Venían a quitarnos plumas, para demostrar que eran hombres hechos y derechos; y venían para llevarse las piedras de nuestras cabezas, para entregarles nuestras vidas a sus muertos.*

Entonces, una imagen invadió la mente de Sombra: un ave del trueno —una hembra, imaginó, pues su plumaje era marrón y no negro—, recién muerta tendida en la ladera de una montaña. A su lado había una mujer. Estaba rompiéndole el cráneo con un hacha de sílex. Hurgó entre los húmedos fragmentos de hueso y los sesos hasta que encontró una piedra lisa y de color pardo rojizo, como un granate, unas llamas opalescentes bailando en su interior. «Piedras de águila», pensó Sombra. Quería llevársela a su hijo, que llevaba muerto tres noches, para dejarla sobre su pecho. Al despuntar el sol, el niño volvería a estar vivo y a reír, y la joya se habría vuelto gris y opaca y, como el ave de la que había sido extraída, estaría muerta.

—Lo entiendo —le dijo al ave.

El ave echó la cabeza hacia atrás y graznó, y su grito era el trueno.

El mundo pasó fugazmente por debajo de ellos como un extraño sueño.

Laura agarró bien la vara, y esperó a que el hombre que conocía como el señor Mundo se le acercara. Estaba de espaldas a él, contemplando la tormenta, y las colinas de color verde oscuro que había más abajo.

«En este lamentable mundo —pensó— es el símbolo lo que importa. Sí.»

Notó la mano del señor Mundo acercándose lentamente a su hombro derecho.

«Bien —pensó—. No quiere que me asuste. Tiene miedo de

que lance su vara a la tormenta, de que pueda caerse por la ladera y se quede sin ella.»

Se echó hacia atrás solo un poquito, lo justo para tocar su pecho con la espalda. El señor Mundo la rodeó con su brazo izquierdo. Era un gesto íntimo. Tenía su mano izquierda abierta delante de ella. Ella agarró la vara por un extremo con ambas manos, exhaló, se concentró.

—Por favor, mi vara —le susurró al oído.

—Sí. Es suya —replicó ella, y entonces, sin saber si querría decir algo, añadió—. Le dedico esta muerte a Sombra.

Y se clavó la vara en el pecho, justo por debajo del esternón, mientras notaba cómo se retorcía y cambiaba entre sus manos para convertirse en una lanza.

La frontera entre sensación y dolor se había difuminado desde que murió. Sintió la punta de la lanza traspasando su pecho y saliendo por su espalda. Una resistencia momentánea —apretó con más fuerza—, y la lanza se clavó en el señor Mundo. Podía sentir su aliento cálido en la fría piel de su nuca, mientras aullaba de dolor y de sorpresa, empalado en la lanza.

Ella no pudo entender las palabras que pronunció, ni sabía en qué idioma estaba hablando. Empujó la lanza un poco más, forzándola a través de su cuerpo y del cuerpo del señor Mundo.

Notaba la sangre caliente del señor Mundo corriendo a chorros por su espalda.

—Zorra —le dijo en su idioma—. Hija de la gran puta.

La voz le salía a borbotones. Imaginó que la lanza le habría perforado un pulmón. El señor Mundo se estaba moviendo, o intentaba moverse, y cada movimiento que hacía la llevaba a ella detrás: estaban unidos por la lanza, empalados juntos como en una brocheta. Llevaba un cuchillo en la mano, según pudo ver Laura, y le asestaba furiosas puñaladas en el pecho y los senos, sin poder ver dónde lo clavaba.

A ella no le importaba. ¿Qué son unas cuantas puñaladas para un cadáver?

Le dio un fuerte puñetazo en la mano, y el cuchillo salió volando y cayó al suelo de la caverna. Laura lo apartó de una patada.

Ahora él lloraba y sollozaba. Notaba cómo se apretaba contra ella, y le palpaba la espalda, y podía sentir sus lágrimas calientes en el cuello. Su sangre le estaba empapando la espalda, y caía a chorros por la parte de atrás de sus piernas.

—Debemos de estar dando una imagen muy poco decorosa —dijo, en un susurro agónico que no carecía de cierta ironía macabra.

Notó que el señor Mundo tropezaba detrás de ella, y Laura tropezó también, y a continuación se resbaló con la sangre —toda de él— que formaba un charco en el suelo de la cueva, y ambos cayeron al suelo.

El ave del trueno aterrizó en el aparcamiento de Rock City. La lluvia caía como una cortina. Sombra apenas podía ver tres metros más allá de su nariz. Soltó las plumas del ave y se bajó como pudo.

El ave lo miró. Estalló un relámpago y se esfumó.

Sombra se puso en pie.

Unas tres cuartas partes del aparcamiento estaban vacías, y se encaminó hacia la entrada. Pasó por delante de un Ford Explorer, aparcado junto a un muro de piedra. Había algo en el coche que le resultaba muy familiar, y miró en el interior por curiosidad. Dentro vio a un hombre echado sobre el volante como si estuviera dormido.

Sombra abrió la puerta del conductor.

La última vez que había visto al señor Ciudad fue a la puerta del motel en el centro geográfico de Estados Unidos. En su rostro había una expresión de sorpresa. Le habían roto el cuello con mano experta. Sombra le tocó la cara: aún estaba caliente.

Percibió un aroma en el interior del coche; era un olor sutil, como el que se nota años después de que alguien salga de una habitación, pero él habría reconocido ese perfume en cualquier parte. Cerró el Explorer de un portazo y cruzó el aparcamiento.

Según caminaba sintió un dolor en el costado, un dolor punzante que seguramente no existía más que en su cabeza y que duró un segundo, o menos, y después desapareció.

No había nadie en la tienda de regalos ni en la taquilla. Atravesó el edificio y salió a los jardines de Rock City.

Retumbó un trueno que sacudió con violencia las ramas de los árboles y el interior de las inmensas rocas, y la fría lluvia empezó a caer con fuerza. Era media tarde, pero estaba tan oscuro que parecía de noche.

Un rayó atravesó las nubes, y Sombra se preguntó si sería el ave del trueno regresando a sus altos riscos o solo una descarga atmosférica; o si ambas cosas eran, en cierto modo, lo mismo.

Y por supuesto que lo eran. De eso se trataba, después de todo.

Se oyó gritar a un hombre. Sombra lo oyó. Las únicas palabras que pudo entender o que creyó entender fueron:

—... a Odín!

Sombra corrió por el Patio de las Banderas de los Siete Estados, por cuyos adoquines corría el agua de forma peligrosa y torrencial. Resbaló una vez. Una espesa capa de nubes rodeaba la montaña, y con la oscuridad y la tormenta más allá del patio de banderas no se veían ni los siete estados ni nada.

No se oía nada. El lugar parecía totalmente abandonado.

Dio una voz, y le pareció que alguien le respondía. Fue hacia el lugar de donde creía que podía venir la respuesta.

Nadie. Nada. Solo una cadena que indicaba a los turistas que la cueva estaba cerrada.

Pasó por encima.

Miró a su alrededor, escrutando la oscuridad.

La carne se le puso de gallina.

Una voz a su espalda, de alguien que se ocultaba entre las sombras, dijo, en voz muy baja:

—Nunca me has decepcionado.

Sombra no se dio la vuelta.

—Qué raro —replicó—. Yo me decepciono a mí mismo continuamente. Siempre.

—De eso nada —rio la voz—. Has hecho todo lo que tenías que hacer y más. Has conseguido que todo el mundo se fije en ti, de modo que nunca se han fijado en la mano que escondía la moneda. Se llama distracción. Y el sacrificio de un hijo es fuente de poder: poder más que suficiente para que las cosas sigan su curso. A decir verdad, estoy muy orgulloso de ti.

—Estaba amañado —replicó Sombra—. Todo. Nada era real. No era más que una trampa para desencadenar una masacre.

—Exactamente —dijo la voz de Wednesday desde las sombras—. Estaba todo amañado. Pero era la única partida de la ciudad.

—Quiero a Laura —contestó Sombra—. Quiero a Loki. ¿Dónde están?

Solo silencio. Una ráfaga de lluvia le salpicó. Un trueno retumbó casi al alcance de su mano.

Se adentró en la cueva.

Loki, *el Herrero Mentiroso*, estaba sentado en el suelo apoyado en una jaula de metal. En el interior de la jaula, unos *pixies* borrachos atendían su alambique. Estaba tapado con una manta. Se le veía la cara, y las manos, largas y blancas, asomaban por debajo de la manta. A su lado, había una lámpara eléctrica sobre una silla que se estaba quedando sin pilas, y su luz era tenue y amarillenta.

Estaba pálido, e intimidaba.

Los ojos, pensó. Sus ojos seguían teniendo un aspecto feroz, y miraban a Sombra con odio mientras avanzaba por la cueva.

Cuando estuvo a pocos pasos de Loki, se detuvo.

—Llegas demasiado tarde —dijo Loki. Su voz era ronca y húmeda—. Ya he arrojado la lanza. He dedicado la batalla. Ya ha comenzado.

—No jodas —dijo Sombra.

—No jodo —contestó Loki—. Da igual lo que hagas. Ya es demasiado tarde.

—Muy bien. —Se paró a reflexionar un momento—. Dices que tenías que arrojar no sé qué lanza para que diera comienzo la batalla. Como aquello de Uppsala. Esta es la batalla de la que piensas alimentarte, ¿me equivoco?

Silencio. Podía oír a Loki respirar entre estertores.

—Ya lo imaginaba —prosiguió Sombra—, más o menos. No sé muy bien cuándo me di cuenta. Puede que fuera cuando estaba colgado del árbol. O puede que antes. Fue por algo que me dijo Wednesday en Navidad.

Loki se limitaba a mirarlo desde el suelo, sin decir nada.

—No es más que un timo para dos timadores —dijo Sombra—. Como el del obispo, el collar de diamantes y el policía. Como el del tipo del violín y el otro que quiere comprárselo, y el pobre primo que es el que acaba pagando por él. Dos hombres que en principio parecen estar cada uno de un lado pero que en realidad juegan al mismo juego.

—No seas ridículo —susurró Loki.

—¿Por qué? Me gustó lo que hiciste en el motel. Fue algo muy ingenioso. Tenías que estar allí para asegurarte de que todo se hacía según el plan. Te vi. Incluso me di cuenta de quién eras. Aunque no caí en que eras el señor Mundo. O quizás, en el fondo, si caí. En cualquier caso reconocí tu voz.

»Ya puedes salir. —Sombra alzó la voz—. Estés donde estés. Da la cara.

El viento aulló en la entrada de la cueva y les trajo una ráfaga de lluvia. Sombra se estremeció.

—Ya estoy harto de que todo el mundo me trate como a un gilipollas —dijo Sombra—. Sal de una vez. Déjame verte.

Hubo un cambio en las sombras al fondo de la cueva. Algo se volvió más sólido; algo cambió.

—Sabes demasiado, chico —dijo Wednesday con su atronadora voz.

—Vaya, parece que no estás muerto.

—Me mataron. Nada de esto habría funcionado si no me hubieran matado. —La voz de Wednesday estaba amortiguada; no es que hablara bajo, pero parecía salir de una vieja radio mal sintonizada—. Si no hubiera muerto de verdad nunca habrían venido hasta aquí. Kali, la Morrigan, los loa, los putos albaneses y... Bueno, ya los has visto a todos. Fue mi muerte lo que los reunió. Yo fui el chivo expiatorio.

—No —replicó Sombra—, fuiste la cabra de Judas.

El espectro entre las sombras giró y se movió.

—Ni mucho menos. De ser así, habría traicionado a los antiguos dioses por los nuevos. Y no era eso lo que pretendíamos.

—Ni mucho menos —susurró Loki.

—Ya lo veo —replicó Sombra—. Ninguno de los dos traicionó a los de su bando. Los traicionabais a los dos al mismo tiempo.

—Sí, supongo que sí —dijo Wednesday. Parecía satisfecho consigo mismo.

—Querías una masacre. Necesitabas un sacrificio de sangre. Un sacrificio de dioses.

El viento arreció; el aullido en la entrada de la cueva se transformó en un grito, como si algo desmesuradamente grande estuviera gritando de dolor.

—Qué coño, ¿y por qué no? Llevo mil doscientos años atrapado en este puñetero país. Apenas me queda sangre. Estoy muerto de hambre.

—Y ambos os alimentáis de muerte —dijo Sombra.

En ese momento le pareció ver a Wednesday entre las sombras. Detrás de él —a través de él— se veían los barrotes de una jaula llena de *leprechauns* de plástico. Era una figura hecha de oscuridad, que parecía más real cuando Sombra desviaba la mirada y dejaba que cobrara forma en su visión periférica.

—Solo de la muerte que se me ofrece —contestó Wednesday.

—Como la mía en el árbol —replicó Sombra.

—Eso —dijo Wednesday— fue algo especial.

—¿Y tú también te alimentas de muerte? —preguntó Sombra mirando a Loki.

Este meneó la cabeza, apesadumbrado.

—No, claro que no —apuntó Sombra—. Tú te alimentas del caos.

Loki sonrió al oírlo, una sonrisa fugaz y dolorida, y unas anaranjadas llamas bailaron en sus ojos y oscilaron como un encaje ardiendo bajo su pálida piel.

—Jamás lo habríamos logrado sin ti —le dijo Wednesday. Sombra lo vio por el rabillo del ojo—. He estado con tantas mujeres...

—Necesitabas un hijo —dijo Sombra.

—Te necesitaba a ti, hijo mío —retumbó la voz de Wednesday—. Sí, mi propio hijo. Sabía que habías sido concebido, pero tu madre abandonó el país. Tardamos mucho en encontrarte. Y cuando por fin te encontramos, estabas en la cárcel. Teníamos que averiguar qué era lo que te motivaba. Qué botones había que apretar para que te pusieras en marcha. Quién eras. —Por un instante, Loki pareció satisfecho consigo mismo. A Sombra le dieron ganas de pegarle—. Y tenías una esposa esperándote en casa. Un golpe de mala suerte. Pero se podía arreglar.

—No te convenía —susurró Loki—. Estabas mejor sin ella.

—Si hubiera habido otro modo... —terció Wednesday, y esta vez Sombra entendió lo que quería decir.

—Y si ella hubiera tenido la consideración de quedarse muerta —jadeó Loki—. Madera y Piedra... eran buena gente. Iban a dejar que te escaparas cuando el tren atravesara las Dakotas.

—¿Dónde está? —preguntó Sombra.

Loki alzó su pálido brazo y señaló hacia el fondo de la caverna.

—Se fue por ahí —dijo. A continuación, sin previo aviso, su cuerpo se derrumbó sobre el suelo de roca.

Sombra vio lo que la manta le había estado ocultando; el charco de sangre, el agujero en la espalda de Loki, la gabardina empapada de negra sangre.

—¿Qué ha pasado? —preguntó.

Loki no respondió. Sombra no creía que fuera a decir nada nunca más.

—Le ha pasado tu mujer, hijo mío —dijo la voz de Wednesday a lo lejos. Ahora era más difícil de ver, como si se estuviera disolviendo en el éter—. Pero la batalla le devolverá la vida. Del mismo modo que me la devolverá a mí, para siempre. Yo soy un fantasma, y él un cadáver, pero ya hemos ganado. La partida estaba amañada.

—Las partidas amañadas son las más fáciles de ganar —dijo Sombra, recordando las palabras de Wednesday.

No hubo respuesta. Nada se movió entre las sombras.

—Adiós —dijo Sombra. Y añadió—: Padre.

Pero para entonces ya no había nadie más en la caverna. Ni rastro.

Sombra volvió al Patio de las Banderas de los Siete Estados, pero no vio a nadie, y tampoco oyó nada más que el ruido que hacían las banderas agitadas por el viento. No había espadachines en la Roca en Equilibrio de Mil Toneladas, ningún defensor en el puente colgante. Estaba solo.

No había nada que ver. El lugar estaba desierto. Era un campo de batalla completamente vacío.

No. No estaba desierto. No exactamente.

Se había equivocado de sitio, nada más.

Aquello era Rock City. Había sido un lugar de culto y temor durante miles de años; ahora, los millones de turistas que caminaban por los jardines y cruzaban el puente colgante tenían el mismo efecto que el agua cuando hace girar un millón de rodillos de oraciones. La realidad era poco consistente aquí. Y Sombra sabía dónde tenía lugar la batalla.

Acto seguido echó a andar. Recordaba cómo se había sentido en el carrusel e intentó sentir lo mismo, solo que en un momento distinto…

Recordó cómo había hecho girar la Winnebago, colocándola en ángulo recto con todo. Intentó capturar esa sensación…

Y entonces, con toda facilidad y perfección, sucedió.

Era como atravesar una membrana, como sumergirse en el aire desde las aguas más profundas. Con un único paso se había trasladado de la ruta turística de la montaña hasta…

Un lugar real. Estaba entre bambalinas.

Seguía estando en la cima de una montaña. Hasta ahí, todo igual. Pero era mucho más que eso. Esa cumbre era la quintaesencia del lugar, el corazón de las cosas tal y como eran. Comparada con eso, la montaña Lookout de la que había partido era un cuadro pintado sobre el telón de fondo, o una maqueta de papel maché de las que anuncian por la tele; una simple representación de la cosa, no la cosa misma.

Este era el verdadero lugar.

Los muros de roca formaban un anfiteatro natural. Había senderos de piedra que lo circundaban y lo atravesaban, formando intrincados puentes naturales que volvían sobre sí mismos como en un cuadro de Escher.

Y el cielo…

El cielo era oscuro. Estaba iluminado, y el mundo por debajo de él estaba iluminado también, por un ardiente reflejo blanco verdoso que brillaba más que el sol y cruzaba caprichosamente el cielo de lado a lado, como una raja blanca en una superficie oscurecida.

Era un rayo, advirtió Sombra. Un rayo congelado en un momento que se prolongaba indefinidamente en el tiempo. La luz que arrojaba era intensa e inmisericorde: decoloraba los rostros, creaba profundas sombras en torno a los ojos.

Era el momento de la tormenta.

Los paradigmas estaban cambiando; podía sentirlo. El viejo mundo, un mundo de infinita vastedad y recursos y futuro ilimitados, se estaba enfrentando a otra cosa: una red de energía, de opiniones, de abismos.

«La gente cree —pensó Sombra—. Eso es lo que la gente hace: creen. Y luego no se responsabilizan de sus creencias; invocan cosas, y no confían en sus invocaciones. La gente puebla la oscuridad con fantasmas, dioses, electrones, cuentos. La gente imagina y cree: y es esa creencia, esa creencia firme como la roca, la que hace que las cosas sucedan.»

La cima de la montaña era un campo de batalla; lo entendió de inmediato. Y estaban ya en sus puestos a ambos lados del campo de batalla.

Eran demasiado grandes. Todo era demasiado grande en aquel lugar.

Había dioses antiguos: dioses con pieles marrones como las setas oxidadas, rosas como la carne de pollo, amarillas como las hojas de otoño. Algunos estaban locos y otros cuerdos. Sombra reconoció a los antiguos dioses. Ya los conocía, o había conocido a algunos como ellos. Había *ifrits* y *piskies*, gigantes y enanos. Vio a la mujer que había conocido en la habitación oscura de Rhode Island, vio su rizada cabellera de verdes serpientes. Vio a Mama-Ji, la del carrusel, que tenía sangre en las manos y una sonrisa en los labios. Los conocía a todos.

Reconoció también a los nuevos.

Había alguien que debía de ser un magnate del ferrocarril, llevaba un traje antiguo y la leontina del reloj cruzada a lo largo del chaleco. Tenía el aspecto de quien ha conocido tiempos mejores. Su frente estaba arrugada.

Estaban los grandes dioses grises de los aviones, herederos de todos los sueños de viajar por el aire pesando más que el viento.

También estaban allí los dioses de los coches: un poderoso contingente de rostros serios con manchas de sangre en sus negros guantes y en sus dientes de cromo: destinatarios de un sacrificio humano de tal calibre que desde los aztecas nadie se habría atrevido a soñar siquiera. Hasta ellos parecían a disgusto. Los mundos cambian.

Otros tenían el rostro de fósforo emborronado; brillaban levemente, como si tuvieran luz propia.

Sombra sintió lástima por todos ellos.

Había arrogancia en los nuevos. Sombra podía verlo. Pero también había miedo.

Tenían miedo de que a menos que siguieran el ritmo del cambiante mundo, a menos que rehicieran, redibujaran y reconstruyeran el mundo a su imagen y semejanza, estarían acabados.

Cada bando se enfrentaba al otro con valentía. Para cada bando, los del bando contrario eran los demonios, los monstruos, los condenados.

Sombra vio que ya había tenido lugar una pequeña escaramuza. Ya había sangre en las rocas.

Se estaban preparando para la auténtica batalla; para la auténtica guerra. Era ahora o nunca, pensó. Si no se movía ahora, sería demasiado tarde.

«En Estados Unidos todo dura una eternidad —dijo una voz dentro de su cabeza—. La década de 1950 duró mil años. Tienes todo el tiempo del mundo.»

Sombra avanzó medio caminando, medio tambaleándose controladamente, hasta el centro del campo de batalla.

Podía sentir las miradas, de ojos y de cosas que no eran ojos. Se estremeció.

La voz del búfalo le dijo: «Lo estás haciendo muy bien».

Sombra pensó: «Tienes razón, qué coño. He vuelto de entre los muertos esta mañana. Después de eso, todo lo demás tendría que ser pan comido».

—Sabeis —le dijo Sombra al aire, como quien no quiere la cosa—, esto no es una guerra. Nunca trató de serlo. Y si alguno de vosotros piensa que es una guerra, se está engañando.

Oyó gruñidos a ambos lados. No había convencido a nadie.

—Luchamos por nuestra supervivencia —mugió un minotauro desde un lado del campo.

—Luchamos por nuestra existencia —gritó una boca desde una columna de humo brillante, desde el otro lado.

—Este es un mal sitio para los dioses —dijo Sombra. Como proclama inicial no era «Amigos, romanos, compatriotas», pero podía valer—. Eso es algo que probablemente ya habéis descubierto todos, cada uno a su manera. Los antiguos dioses son ignorados; los nuevos se adoptan con la misma rapidez con la que se abandonan, reemplazados por la siguiente gran novedad. O habéis sido olvidados ya, o tenéis miedo de quedaros obsoletos, o sencillamente estáis hartos de someter vuestra existencia al capricho de la gente.

Se oían menos gruñidos ahora. Había dicho algo con lo que estaban de acuerdo. Ahora que había captado su atención, tenía que contarles la historia:

—Hubo una vez un dios que vino de una tierra muy lejana, cuyo poder e influencia empezaron a menguar a medida que menguaba la fe que le profesaban. Era un dios cuyo poder emanaba del sacrificio, y de la muerte, y sobre todo de la guerra. Le ofrecían las muertes de aquellos que caían en combate; campos de batalla enteros que, en el Viejo Continente, le daban poder y sustento.

»Se había hecho viejo. Se ganaba la vida como timador, conchabado con otro dios de su panteón, el dios del caos y del engaño. Juntos estafaban a los crédulos. Juntos desplumaban a la gente.

»En algún momento (puede que fuera hace cincuenta años, quizá cien), pusieron en marcha un plan para crear una reserva de poder de la que pudieran vivir los dos. Algo que los hiciera más fuertes de lo que habían sido jamás. Después de todo, ¿qué podía ser más poderoso que un campo de batalla lleno de dioses muertos? El juego al que jugaban se llamaba «Que tú y el otro se peleen».

»¿Lo entendéis?

»La batalla para la que habéis venido aquí no es algo que ninguno pueda ganar o perder. A él no le importa quién gane o quién pierda, a ninguno de los dos. Lo que les importa es que muráis unos cuantos, los suficientes. Por cada uno que caiga en el campo de batalla, ellos se harán un poco más poderosos. El que muera, les servirá de alimento. ¿Lo entendéis ahora?

El crepitar de algo que prendía fuego retumbó por todo el campo de batalla. Sombra miró hacia el lugar de donde provenía el ruido. Un hombre enorme con la piel oscura como la caoba, el pecho desnudo, un sombrero de copa y puro en la boca, habló con una voz de ultratumba.

—Muy bien. Pero Odín está muerto. En las conversaciones de paz. Esos hijos de puta lo mataron. Él murió. Conozco la muerte. Nadie puede engañarme en relación con la muerte —dijo el Barón Samedi.

—Obviamente —dijo Sombra—. Tenía que morir de verdad. Sacrificó su cuerpo físico para que se desencadenara esta guerra. Después de la batalla habría sido más poderoso de lo que había sido jamás.

Alguien gritó:

—¿Quién eres tú?

—Yo soy... Yo era... Soy su hijo.

Uno de los nuevos dioses —Sombra sospechó que debía de ser una droga por como sonreía, brillaba y se estremecía— dijo:

—Pero el señor Mundo dijo...

—No había ningún señor Mundo. Nunca existió. Solo era uno de esos cabrones que intentaban alimentarse del caos que había creado.

Le creían, y vio el dolor en sus ojos.

Sombra meneó la cabeza.

—Mirad —dijo—, creo que prefiero ser hombre que dios. No necesitamos que nadie crea en nosotros. Seguimos adelante como podemos. Eso es lo que hacemos.

El silencio reinó en la cumbre.

Y de repente, con un trueno impresionante, el rayo congelado en el cielo se rompió en la cima de la montaña y el campo de batalla quedó sumido en la oscuridad.

Muchas de aquellas presencias brillaban en la oscuridad.

Sombra se preguntó si iban a discutir con él, a atacarlo, o si intentarían matarlo. Esperó algún tipo de respuesta.

Y entonces se dio cuenta de que las luces se estaban apagando. Los dioses estaban abandonando el lugar, primero en pequeños grupos, después de veinte en veinte, y al final a cientos.

Una araña del tamaño de un *rottweiler* correteaba hacia él con sus siete patas; sus múltiples ojos brillaban levemente.

Sombra no se movió de su sitio, aunque empezaba a sentirse algo mareado.

Cuando estuvo lo suficientemente cerca, la araña le habló con la voz del señor Nancy.

—Buen trabajo. Estoy orgulloso de ti. Bien hecho, chaval.

—Gracias —replicó Sombra.

—Deberíamos llevarte de vuelta. Si te quedas mucho tiempo aquí este lugar te va a volver majara.

Apoyó una de sus peludas patas marrones en el hombro de Sombra...

... y, de vuelta en el Patio de las Banderas de los Siete Estados, el señor Nancy tosió. Tenía la mano derecha apoyada en el hombro de Sombra. Había dejado de llover. La mano izquierda la tenía posada en el costado, como si le doliera. Sombra le preguntó si estaba bien.

—Soy duro como las uñas viejas —replicó el señor Nancy—. Más duro aún.

No parecía contento, sino un viejo dolorido.

Había docenas de ellos, de pie o sentados en el suelo o en los bancos. Parecía que algunos estaban gravemente heridos.

Sombra oyó un ruido en el cielo que llegaba desde el sur. Miró al señor Nancy.

—¿Helicópteros?

El señor Nancy asintió con la cabeza.

—No te preocupes. Ya no hay por qué. Arreglarán un poco todo este desastre y se irán. Son muy buenos en eso.

—Entiendo.

Sombra sabía que había una parte del desastre que quería ver por sí mismo, antes de que lo arreglaran. Le pidió prestada una linterna a un hombre de pelo gris que parecía un presentador del telediario retirado y empezó la búsqueda.

Encontró a Laura tirada en el suelo de una cueva lateral, junto a un diorama de unos enanos mineros que parecían sacados directamente de *Blancanieves*. El suelo debajo de ella estaba pegajoso por la sangre. Estaba tendida de costado, en el mismo sitio en el que debió de dejarla Loki cuando sacó la lanza que los atravesaba a los dos.

Una de las manos de Laura estaba aferrada a su pecho. Parecía muy vulnerable. También parecía muerta, pero a esas alturas Sombra estaba ya bastante acostumbrado a eso.

Se agachó a su lado, le acarició la mejilla y pronunció su nombre. Los ojos de Laura se abrieron, levantó la cabeza y la giró para mirarle a los ojos.

—Hola, cachorrito —le dijo, en un hilo de voz.

—Hola, Laura. ¿Qué ha pasado aquí?

—Nada —replicó ella—. Cosas. ¿Han ganado?

—No lo sé —respondió Sombra—. Creo que esas cosas son relativas. Pero detuve la batalla que pretendían desatar.

—Qué listo es mi cachorrito —dijo Laura—. Ese hombre, el señor Mundo, me dijo que te iba a clavar una rama en un ojo. No me gustó un pelo.

—Ya está muerto. Lo has matado, cielo.

Laura asintió con la cabeza.

—Qué bien.

Cerró los ojos. Sombra buscó su fría mano y la cogió entre las suyas. Al cabo de unos instantes volvió a abrir los ojos.

—¿Llegaste a encontrar la manera de rescatarme de entre los muertos? —le preguntó.

—Supongo que sí. Al menos, conozco una manera de hacerlo.

—Qué bien —dijo ella. Le apretó la mano con su mano helada—. ¿Y al revés? ¿Sabes hacerlo?

—¿Al revés?

—Sí —susurró—. Creo que me lo he ganado.

—No quiero hacerlo.

Se quedó callada. Se limitó a esperar.

—Muy bien —dijo Sombra.

Retiró su mano de la de ella y la colocó alrededor de su cuello.

—Este es mi marido —dijo Laura con orgullo.

—Te quiero, mi amor —dijo Sombra.

—Te quiero, cachorrito —susurró ella.

Cerró la mano alrededor de la moneda de oro que colgaba de su cuello. Tiró con fuerza de la cadena, que se rompió con facilidad. A continuación cogió la moneda entre el índice y el pulgar, la sopló y abrió la mano por completo.

La moneda había desaparecido.

Laura aún tenía los ojos abiertos, pero ya no se movían.

Sombra se inclinó y la besó, delicadamente, en su fría mejilla, pero ella no respondió. No esperaba que lo hiciera. Se levantó y salió de la caverna a contemplar la noche.

Las tormentas habían amainado. El aire había quedado limpio y fresco y nuevo una vez más.

El siguiente, a Sombra no le cabía la menor duda, sería un día espléndido.

CUARTA PARTE

Epílogo:
algo que los muertos no nos revelan

Capítulo diecinueve

La mejor forma de describir un cuento es contándolo, ¿entendéis? Para describir una historia, a uno mismo o a otros, uno tiene que contarla. Es un malabarismo y también un sueño. Cuanto más preciso sea un mapa, más se parecerá al territorio que representa. El mapa más preciso posible sería el propio territorio, de este modo el mapa sería perfectamente preciso y perfectamente inútil. El cuento es el mapa que es el territorio. Tenedlo siempre presente.

DE LAS NOTAS DEL SEÑOR IBIS.

Iban los dos en la furgoneta Volkswagen, de camino a Florida por la I-75. Llevaban conduciendo desde el amanecer; o, más bien, Sombra iba conduciendo y el señor Nancy iba sentado en el asiento del pasajero y, de vez en cuando, y con una expresión de dolor en la cara, se ofrecía a conducir. Sombra siempre le decía que no.

—¿Eres feliz? —le preguntó el señor Nancy, de repente. Llevaba mirando fijamente a Sombra varias horas. Cada vez que este miraba a la derecha, se encontraba al señor Nancy mirándolo con sus ojos color tierra.

—La verdad es que no —replicó Sombra—. Y aún no estoy muerto.

—¿Cómo?

—«De ningún hombre cabe decir que ha sido feliz hasta que ha muerto.» Herodoto.

El señor Nancy alzó una blanca ceja, y dijo:

—Yo aún no estoy muerto y, precisamente porque aún no estoy muerto, soy feliz como una perdiz.

—Lo de Herodoto no quiere decir que los muertos sean felices —le explicó Sombra—. Quiere decir que no puedes juzgar la vida de alguien hasta que no haya terminado.

—Y ni siquiera entonces —replicó el señor Nancy—. Y en cuanto a la felicidad, hay muchos tipos de felicidad, del mismo modo que hay muchos tipos de muertos. En lo que a mí respecta, me limito a coger lo que se me ofrece cuando se me ofrece.

Sombra cambió de tema.

—Aquellos helicópteros, los que se llevaron los cadáveres y a los heridos...

—¿Qué pasa con ellos?

—¿Quién los envió? ¿De dónde salieron?

—No deberías preocuparte por eso. Son como las valkirias o las águilas ratoneras. Vienen porque tienen que venir.

—Si tú lo dices.

—Se ocuparán de los muertos y de los heridos. Para mí que el viejo Jacquel va a tener trabajo de sobra para un mes o más. Dime una cosa, Sombra, muchacho.

—Muy bien.

—¿Has aprendido algo de todo esto?

Sombra se encogió de hombros.

—No lo sé. La mayoría de las cosas que aprendí en el árbol se me han olvidado ya —respondió—. Creo que he conocido a bastante gente. Pero ya no estoy seguro de nada. Es como uno de esos sueños que te cambian la vida. Parte del sueño te la guardas para siempre, y hay cosas que se quedan muy dentro de ti, porque te sucedieron, pero, cuando empiezas a pensar en los detalles, como que se te escapan.

—Sí —replicó el señor Nancy. Y luego, como a regañadientes, añadió—. No eres tan tonto.

—Puede que no —dijo Sombra—. Pero preferiría haberme quedado con algo de todo lo que ha pasado por mis manos desde que salí de la cárcel. Me han dado un montón de cosas, y las he perdido después.

—A lo mejor has conservado más de lo que crees.

—No —contestó Sombra.

Cruzaron el límite de Florida, y vio su primera palmera. Se preguntó si la habrían plantado allí adrede, justo en el límite, para que la gente sepa que ha llegado ya a Florida.

El señor Nancy empezó a roncar, y Sombra lo miró de reojo. El viejo seguía pareciendo muy gris y respiraba con dificultad. Se preguntó, y no por primera vez, si habría recibido algún golpe en el pecho o en el pulmón durante la pelea. Nancy se había negado a recibir atención médica de ningún tipo.

Florida era mucho más larga de lo que Sombra había imaginado, y ya era tarde cuando llegó a una casa de madera de una sola planta, con las ventanas cerradas, a las afueras de Fort Pierce. Nancy, que le había ido indicando el camino a lo largo de los últimos ocho kilómetros, le invitó a pasar la noche.

—Puedo dormir en un motel —dijo Sombra—. No se preocupe.

—Podrías hacerlo, pero herirías mis sentimientos. Obviamente no diría nada. Pero herirías mis sentimientos de manera irreparable —dijo el señor Nancy—. Así que será mejor que te quedes aquí, te haré la cama en el sofá.

Abrió las persianas a prueba de huracanes, y las ventanas de par en par. La casa olía a moho y a humedad, y había también un olor dulzón, como si estuviera encantada por los fantasmas de unas galletas muertas desde hace mucho tiempo.

Sombra accedió, aunque con cierta reticencia, a pasar la noche allí, del mismo modo que accedió, con más reticencia aún, a acompañar al señor Nancy al bar que había al final de la carretera, para tomar una última copa mientras la casa se ventilaba.

—¿Has visto a Czernobog? —le preguntó Nancy, mientras caminaban en la bochornosa noche de Florida. El aire bullía con el zumbido de las cucarachas americanas y el suelo estaba plagado de bichos que correteaban por todas partes. El señor Nancy se encendió uno de sus puritos, y tosió y se atragantó con el humo, pero siguió fumando.

—Ya se había ido cuando salí de la cueva.

—Se habrá ido directamente a casa. Te estará esperando, ya lo sabes.

—Sí.

Caminaron en silencio hasta el final de la carretera. El bar no tenía nada de particular, pero estaba abierto.

—Yo pago la primera ronda —dijo el señor Nancy.

—Habíamos quedado en que nos tomaríamos solo una cerveza, ¿lo recuerdas?

—¿Qué pasa? —le dijo Nancy— ¿Ahora perteneces a la cofradía del puño?

El señor Nancy pagó la primera ronda, y Sombra la segunda. Presenció horrorizado cómo el señor Nancy le pedía al barman que encendiera el karaoke, y luego se quedó contemplando al viejo, con una mezcla de vergüenza y fascinación, mientras atacaba *What's New Pussycat?*, antes de lanzarse a interpretar una conmovedora y melódica versión de *The Way You Look Tonight*. Tenía una bonita voz y, cuando acabó, los cuatro parroquianos que quedaban en el bar lo vitorearon y le aplaudieron.

Cuando volvió con Sombra tenía mucho mejor aspecto. Ya no

tenía los ojos enrojecidos, y aquella palidez grisácea de su piel se había desvanecido.

—Te toca —le dijo.

—Me niego en redondo —contestó Sombra.

Pero el señor Nancy ya había pedido otra ronda y le había pasado una hoja llena de manchas con los títulos de las canciones para que eligiera.

—Tú escoge una de la que te sepas la letra.

—Esto no tiene gracia —contestó Sombra. Todo empezaba a darle vueltas, pero no pudo reunir las fuerzas suficientes para discutir, y el señor Nancy ya estaba poniendo la cinta de *Don't Let Me Be Misunderstood* y empujando (literalmente, empujando) a Sombra hasta el improvisado escenario que había al fondo del bar.

Sombra cogió el micro como si quemara, y entonces empezó a sonar la música y graznó el primer «*Baby*...». Ninguno de los que estaban en el bar le tiró nada. Y se sentía bien.

—*Can yon understand me now?* —Su voz era ronca pero melodiosa y una voz ronca le iba de maravilla a esa canción—. *Sometimes I feel a little mad. Don't you know that no one alive can always be an angel*...

Y seguía cantando mientras volvían caminando a casa en la concurrida noche de Florida, el viejo y el joven, haciendo eses y felices los dos.

—*I'm just a soul whose intentions are good* —cantaba a los cangrejos, a las arañas, a las cucarachas americanas, a los lagartos y a la noche—. *Oh lord, please don't let me be misunderstood.*

El señor Nancy lo llevó hasta el sofá. Era mucho más pequeño que Sombra, que prefería dormir en el suelo, pero para cuando terminó de decidir si era buena idea dormir en el suelo ya estaba profundamente dormido, medio sentado, medio tumbado en el sofá.

Al principio, no tuvo ningún sueño. No había más que la reconfortante oscuridad. Y entonces vio una hoguera en las tinieblas y se dirigió hacia ella.

—Lo has hecho bien —susurró el hombre búfalo sin mover los labios.

—No sé lo que he hecho —replicó Sombra.

—Has hecho la paz —dijo el hombre búfalo—. Tomaste nuestras palabras y las hiciste tuyas. Nunca entendieron que estaban aquí, y la gente que los adoraba estaba aquí, porque nos convenía que así fuese. Pero podemos cambiar de idea. Y puede que lo hagamos.

—¿Eres un dios? —preguntó Sombra.

El hombre con cabeza de búfalo meneó la cabeza. Sombra pensó, por un momento, que la criatura se divertía.

—Yo soy la tierra —le contestó.

Y si soñó más cosas, Sombra no las recordaba.

Oyó un chisporroteo. Le dolía la cabeza, y algo le martilleaba por detrás de los ojos.

El señor Nancy ya estaba preparando el desayuno: una pila de tortitas, beicon frito, unos huevos perfectos y café. Parecía rebosante de salud.

—Me duele la cabeza —dijo Sombra.

—Cuando te metas entre pecho y espalda un buen desayuno, te sentirás como nuevo.

—Más bien me siento como el mismo hombre, pero con otra cabeza —replicó Sombra.

—Come —le ordenó el señor Nancy.

Sombra comió.

—¿Qué tal ahora?

—Como si tuviera dolor de cabeza, solo que ahora además tengo el estómago lleno y creo que voy a vomitar.

—Ven conmigo. —Junto al sofá en el que había dormido Sombra, cubierto con una manta africana, había un baúl de madera oscura que parecía un cofre pirata en miniatura. El señor Nancy abrió el candado y levantó la tapa. Dentro del cofre había una serie de cajas. Nancy rebuscó entre ellas—. Estas hierbas africanas son un antiguo remedio. Son una mezcla de corteza de sauce en polvo y cosas por el estilo.

—¿Como la aspirina?

—Sí —dijo el señor Nancy—. Exacto.

De debajo del cofre sacó un frasco de ácido acetilsalicílico de tamaño familiar. Desenroscó el tapón y sacó un par de pastillas.

—Toma.

—Bonito cofre —le dijo Sombra. Cogió las pastillas y se las tragó con agua.

—Me lo envió mi hijo —dijo Nancy—. Es un buen chico. Pero no lo veo tan a menudo como me gustaría.

—Echo de menos a Wednesday —dijo Sombra—. A pesar de todo lo que hizo. Sigo esperando volver a verlo, pero alzo la vista y no está.

Se quedó mirando el cofre pirata, intentando averiguar a qué le recordaba.

«Perderás muchas cosas. Pero no pierdas esta.» ¿Quién había dicho eso?

—¿Lo echas de menos? ¿Después de todo lo que te ha hecho

pasar? ¿Después de lo que nos ha hecho pasar a todos nosotros?

—Sí —replicó Sombra—. Supongo que sí. ¿Crees que volverá?

—Creo —contestó el señor Nancy— que, allá donde dos hombres se reúnan para venderle a un tercero un violín de veinte dólares por diez mil, él estará presente en espíritu.

—Sí, pero...

—Deberíamos volver a la cocina —dijo el señor Nancy, cuya expresión se estaba volviendo fría—. Esas sartenes no se friegan solas.

Fregó las sartenes y los platos. Sombra los secó y los guardó en su sitio. El dolor de cabeza empezó a remitir. Volvieron a la sala de estar. Miró el viejo cofre otra vez, intentando recordar.

—Y si no voy a ver a Czernobog, ¿qué pasaría?

—Irás a verlo —contestó rotundo el señor Nancy—. O puede que él venga a buscarte. O a lo mejor te lleva hasta él. Pero de un modo u otro, acabarás encontrándotelo.

Sombra asintió. Algo empezó a encajar.

—Oye, ¿hay algún dios con cabeza de elefante?

—¿Ganesh? Es un dios hindú. Aparta los obstáculos y hace los viajes más fáciles. También es muy buen cocinero.

Sombra alzó la vista.

—«... está en el tronco» —dijo—. Sabía que era importante, pero no sabía por qué. Pensé que se refería al tronco del árbol; sin embargo no hablaba del tronco para nada, ¿verdad?

El señor Nancy frunció el ceño.

—Me he perdido.

—Está en el baúl[7] —dijo Sombra. Sabía que era cierto. No sabía por qué, ni mucho menos. Pero estaba completamente seguro de que lo era.

Se puso en pie.

—Tengo que irme —dijo—. Lo siento.

El señor Nancy alzó una ceja.

—¿A qué tanta prisa?

—Pues —dijo Sombra sencillamente— a que el hielo se está derritiendo.

7. El autor juega con las diferentes acepciones de la palabra «*trunk*»: tronco, baúl, maletero. *(N. de la T.)*

Capítulo veinte

it's
spring
and
the
goat-footed
balloonMan whistles
far
and
wee
(Es / primavera / y / el hombre globo con pies de cabra silba / lejos / y /pequeñito)
E. E. CUMMINGS

Sombra conducía un coche de alquiler. Salió del bosque despacio, a eso de las 8:30, bajó la colina a menos de setenta y cinco kilómetros por hora y regresó a Lakeside tres semanas después de haberla abandonado convencido de que sería para siempre.

Atravesó la ciudad, sorprendido de lo poco que había cambiado en las últimas semanas —toda una vida— y aparcó a mitad de camino del lago. A continuación, se bajó del coche.

Habían desaparecido ya las cabañas de pesca del lago y los todoterrenos, y tampoco había nadie sentado junto a un agujero en el hielo con un sedal y un paquete de doce cervezas. El lago estaba oscuro: ya no estaba cubierto por un cegador manto blanco de nieve, ahora había agua entre los bloques de hielo, y la que había debajo era oscura, y el propio hielo era tan transparente que a través de él se veía la oscuridad del agua. El cielo estaba gris, y el lago helado era un lugar inhóspito y vacío.

Casi vacío.

Quedaba un vehículo aparcado, prácticamente debajo del

puente, de modo que todo el que pasara por allí, a pie o andando, no tenía más remedio que verlo. Era de un verde sucio; como esos coches que la gente abandona en un aparcamiento y no vuelve a por él porque no merece la pena. No tenía motor. Era el símbolo de una apuesta, esperando a que el hielo se deshiciera, se rompiera y se volviera lo suficientemente peligroso como para permitir que el lago se lo tragara para siempre.

Había una cadena que cerraba el camino que daba acceso al lago, y una señal de prohibida la entrada a personas y vehículos. HIELO QUEBRADIZO, rezaba. Debajo había una serie de pictogramas tachados pintados a mano: COCHES NO, PEATONES NO, MOTONIEVES NO. PELIGRO.

Sombra hizo caso omiso de las advertencias y descendió por la orilla. Resbalaba mucho; la nieve ya se había derretido, y había transformado la tierra en barro, y la verde hierba no se adhería a las suelas. Bajó deslizándose hasta el lago y caminó, con mucho cuidado, hasta un pequeño espigón, desde donde dio un salto hasta el hielo.

La capa de agua sobre el hielo, mezcla de nieve y hielo derretidos, era más profunda de lo que parecía desde arriba, y el hielo bajo la capa de agua más traicionero y resbaladizo que una pista de patinaje, de manera que Sombra tenía que hacer malabarismos para mantener el equilibrio. Caminó por el agua, que le llegaba hasta los cordones de las botas y se colaba dentro de ellas. Agua de hielo. Con solo tocarla te quedabas pajarito. Se sentía extrañamente distante mientras avanzaba por el lago helado, como si se estuviera viendo a sí mismo en una pantalla de cine; una película en la que él era el héroe, un detective, quizá: tenía una sensación de inevitabilidad, como si todo lo que iba a suceder a continuación fuera a desarrollarse por sí solo, y no hubiera nada que pudiera hacer para cambiar ni el más mínimo detalle.

Caminaba hacia el cacharro, sabiendo que el hielo no estaba ni mucho menos en condiciones y que el agua que había debajo estaba todo lo fría que puede estar el agua en estado líquido. Se sentía muy desprotegido, allí solo. Continuó avanzando, resbalando una y otra vez. Se cayó en varias ocasiones.

Vio latas y botellas de cerveza vacías que la gente se había dejado tiradas en el hielo, y evitó los agujeros hechos para pescar, que no se habían vuelto a congelar y estaban llenos de agua negra.

El cacharro estaba más lejos de lo que le había parecido desde la carretera. Oyó un crujido en el extremo sur del lago, como el ruido de un palo al romperse, seguido de un potente zumbido, como si una cuerda de un contrabajo del tamaño del lago estuviera vibrando. El hielo se empezó a resquebrajar por todas partes y gimió, como gime una puerta vieja cuando la obligas a abrirse. Sombra siguió caminando, sin prisa pero sin pausa.

«Esto es un suicidio —le susurró una juiciosa voz dentro de su cabeza—. ¿No podrías dejarlo correr?»

—No —dijo, en voz alta—. Tengo que saber.

Y siguió caminando.

Llegó al cacharro, pero incluso antes de llegar hasta él sabía que estaba en lo cierto. Un miasma flotaba alrededor del coche, un leve y nauseabundo olor que dejaba un regusto amargo en el fondo de la garganta. Dio una vuelta alrededor, mirando hacia el interior. Los asientos estaban manchados y desgarrados. Era obvio que estaba vacío. Intentó abrir las puertas. Estaban cerradas con llave. Probó con el maletero. Tampoco hubo suerte.

Ojalá se hubiera traído una palanca.

Cerró el puño dentro del guante. Contó hasta tres y lo estrelló, con fuerza, en la ventanilla del conductor.

Se había hecho polvo la mano. Pero el cristal seguía intacto.

Se le ocurrió que podía correr hacia el coche y romper la ventanilla de una patada si no resbalaba y se caía al suelo. Pero lo último que quería era mover el cacharro y hacer que el hielo se rompiera.

Miró el coche. Alargó la mano para coger la antena —era de las que pueden alargarse o hacerse más cortas, pero debía de haberse atascado hacía una década en la misma posición— y, moviéndola un poco, la rompió por la base. Cogió el extremo fino de la antena —que en algún momento debió de tener un topecito de metal en la punta, pero se había perdido también— y, con sus fuertes dedos, la dobló para hacer un gancho. Lo introdujo entre la goma y el cristal de la ventanilla del conductor para manipular el mecanismo de apertura. Hurgó hasta pescar el mecanismo, y tiró de él.

Notó cómo el gancho improvisado resbalaba y el mecanismo de apertura se le escapaba irremediablemente.

Suspiró. Volvió a la carga, pero esta vez más despacio, con más cuidado. Imaginaba que el hielo acusaría cada uno de sus movimientos. Despacio… y…

Lo tenía. Tiró de la antena y el seguro de la puerta se levantó. Alargó una mano enguantada hasta la manija, apretó el botón y tiró de la puerta. No se abrió.

«Está atascada —pensó—, congelada. Eso es todo.»

Tiró, resbalando, y de repente la puerta del cacharro se abrió de par en par, disparando hielo por doquier.

El miasma era peor dentro del coche, un hedor a enfermedad y a putrefacción. A Sombra se le revolvieron las tripas.

Palpó debajo del salpicadero, encontró la palanca de plástico negro que abría el maletero y tiró de ella, con fuerza.

Esta se abrió con un ruido sordo.

Sombra se bajó del coche y lo rodeó, resbalando y chapoteando en el agua, agarrado al lateral.

«Está dentro del maletero», pensó.

El maletero se abrió unos pocos centímetros. Sombra se acercó y lo abrió del todo.

El olor era horrible, pero podría haber sido peor: al fondo había unos tres centímetros de hielo a medio derretir. Había una chica dentro. Llevaba un mono de nieve rojo, ahora manchado; tenía el cabello de color castaño claro y la boca cerrada, así que Sombra no podía ver la ortodoncia con gomas azules, pero sabía que estaba ahí. El frío la había conservado en buenas condiciones, tan fresca como si hubiera estado metida en una cámara frigorífica.

Tenía los ojos abiertos de par en par, al parecer había muerto llorando, y las lágrimas se habían congelado en sus mejillas y aún no se habían derretido. Sus guantes eran de un verde brillante.

—Has estado aquí todo el tiempo —le dijo Sombra a Alison McGovern—. Todo aquel que haya pasado por el puente te ha visto. Todos los que han cruzado la ciudad con el coche te han visto. Los que pescaban en el hielo han pasado a tu lado todos los días. Y nadie lo sabía.

Y entonces se percató de la tontería que acababa de decir.

Alguien lo sabía.

Alguien la había metido allí dentro.

Metió la mano en el maletero para ver si podía sacarla. Después de todo, la había encontrado él. Ahora tenía que sacarla de allí. Al inclinarse sobre el maletero, apoyó todo su peso en el cacharro. Quizá fuera eso lo que lo provocó.

El hielo bajo las ruedas delanteras cedió en ese momento, puede que a consecuencia de sus movimientos, o puede que no. La parte delantera del coche se hundió unos centímetros en las negras aguas del lago. El agua empezó a inundar el interior por la ventanilla abierta del conductor. Le salpicaba los tobillos, pero el hielo que pisaba seguía siendo bastante sólido. Miró a su alrededor con desesperación buscando la manera de huir, pero ya era demasiado tarde y el hielo se inclinó, haciendo que se cayera sobre el coche y la chica muerta del maletero; la parte trasera del coche se hundió y Sombra se hundió con él, y las oscuras aguas del lago se los tragaron. Eran las nueve y diez de la mañana del 23 de marzo.

Se llenó los pulmones antes de hundirse y cerró los ojos, pero la gelidez del agua le golpeó como un muro de piedra y le cortó la respiración.

Se hundió con el coche en las turbias aguas del deshielo.

Estaba sumergido en el lago, rodeado de frío y oscuridad, y la ropa, los guantes, las botas y el abrigo, que se había hinchado y se habían vuelto muy pesados, hacían de lastre.

Continuaba hundiéndose. Intentó apartarse del coche, pero lo arrastraba sin remedio, y entonces oyó un estrépito con todo su cuerpo, no solo con los oídos. Se dio cuenta de que tenía el tobillo izquierdo dislocado: el pie se le había quedado enganchado debajo del coche mientras se asentaba sobre el fondo del lago, y el pánico se apoderó de Sombra.

Abrió los ojos.

Sabía que no había luz allí abajo: racionalmente, sabía que estaba demasiado oscuro como para ver nada, pero el caso era que él podía ver; podía verlo todo. Veía la pálida cara de Alison McGovern observándolo desde el maletero abierto. Veía también más coches —los cacharros de años anteriores, moles oxidadas en la oscuridad, medio enterrados en el fango del lago—. «¿Y qué otras cosas tiraron al lago, antes de que hubiera coches?», se preguntó Sombra.

En cada uno de esos coches, no le cabía la menor duda, tenía que haber un niño muerto. Había un montón de ellos allí abajo. Los habían puesto en el hielo, delante de todo el mundo, y habían estado a la vista de todos durante el frío. Y todos se habían hundido en las gélidas aguas del lago al terminar el invierno.

Allí era donde descansaban Lemmi Hautala, Jessie Lovat, Sandy Olsen, Jo Ming, Sarah Lindquist y todos los demás. En aquel lugar oscuro y silencioso…

Tiró del pie. Estaba atrapado, y la presión en los pulmones se estaba haciendo insoportable. Sintió un dolor punzante y espantoso en los oídos. Soltó el aire poco a poco, y unas cuantas burbujas flotaron alrededor de su cara.

«Tengo que respirar —pensó—, tengo que respirar. O me ahogaré.»

Alargó los brazos hacia abajo, se agarró al parachoques con ambas manos y empujó, con todas sus fuerzas, cargando todo el peso de su cuerpo. Era inútil.

«Es solo la carrocería —se dijo—. Le quitaron el motor. Y esa es la parte más pesada. Puedes hacerlo. Tú sigue empujando.»

Empujó.

Con una lentitud agónica, de medio centímetro en medio centímetro, el coche se fue deslizando hacia adelante por el lodo. Sombra pudo sacar el pie de debajo, y dio una patada para intentar impulsarse hasta la superficie. No se movió. «El abrigo —pensó—. Es el abrigo. Se ha enganchado con algo.» Sacó los brazos de las mangas y trató de bajar la congelada cremallera con sus entumecidos dedos. Colocó una mano a cada lado de la cremallera y tiró, y notó cómo la tela se desgarraba y cedía. Rápidamente se liberó del abrigo, y empezó a subir, apartándose del coche.

Sentía que se movía, pero había perdido la noción de lo que estaba arriba y lo que estaba abajo, y se estaba ahogando, y ya no podía soportar el dolor en el pecho y en la cabeza, y sabía que de un momento a otro iba a tener que respirar, que tragaría la gélida agua del lago y moriría. Y entonces su cabeza chocó contra algo macizo.

Hielo. Se estaba dando contra el hielo de la superficie del lago. Intentó romperlo a puñetazos, pero ya no le quedaban fuerzas, no tenía dónde agarrarse, nada en lo que apoyarse. El mundo se disolvía en la gélida negrura del lago. No quedaba más que el frío.

«Esto es ridículo —pensó, recordando una vieja película de Tony Curtis que había visto de niño—. Debería ponerme boca arriba, empujar el hielo hacia arriba y apretar mi cara contra él, para buscar un hueco por el que poder respirar. Podría volver a respirar, tiene que haber un hueco en alguna parte.» Pero solo podía flotar y seguir congelándose; era incapaz de mover siquiera un músculo, ni aunque su vida dependiera de ello, como era el caso.

El frío se volvió soportable. Se volvió cálido. Y pensó: «Me estoy muriendo». Esta vez sintió rabia, una profunda ira, y aprovechó el dolor y la ira para intentar moverse, pero no lo consiguió; forzó a que se movieran sus músculos que ya se habían resignado a no volver a trabajar.

Empujó con la mano, palpó con ella el borde del hielo y logró sacarla del agua. Intentó agarrarse, y notó que otra mano asía la suya y tiraba de él.

Se golpeó la cabeza contra el hielo, se arañó la cara con la capa interior y la sacó. Vio que estaba saliendo por un agujero en el hielo, y por un momento solo pensó en respirar, dejando que el agua saliera por su nariz y por su boca, y parpadeó, pero no veía más que la cegadora luz del día, y formas, y alguien que tiraba de él, obligándolo a salir del agua, diciéndole que había estado a punto de morir congelado, así que venga, empuja, y Sombra se retorció y se agitó como un elefante marino que intenta llegar a la playa, temblando, tosiendo y tiritando.

Respiró hondo, tendido inmóvil sobre el hielo que empezaba a resquebrajarse, sabiendo que aunque no se moviera no tardaría en romperse, pero aun así no era conveniente que lo hiciera. Le costaba pensar, era como si tuviera las neuronas llenas de melaza.

—Dejadme —intentó decir—. Enseguida estaré bien.

Arrastraba las palabras, y todo apuntaba a que estaba llegando al final.

Solo necesitaba descansar un momento, eso era todo, tenía que descansar, y luego podría levantarse y moverse, porque era evidente que no podía quedarse allí tumbado indefinidamente.

Sintió un tirón; el agua le salpicó la cara. Alguien le levantó la cabeza. Sombra notó que lo arrastraban por el hielo, de espaldas, y quería protestar, explicar que solo quería descansar un rato; dormirse un ratito, incluso, ¿era eso mucho pedir? Si le dejaran en paz...

Creía que no se había quedado dormido, pero de repente estaba de pie en medio de una vasta llanura, y a su lado había un hombre con la cabeza y los hombros de búfalo, una mujer con la cabeza de un gigantesco cóndor y, entre los dos, Whiskey Jack, que lo miraba con tristeza, meneando la cabeza.

Whiskey Jack se dio la vuelta y se alejó lentamente de Sombra. El hombre búfalo lo siguió. La mujer ave del trueno también echó a andar, agachó la cabeza y levantó el vuelo.

Sombra experimentó una sensación de pérdida. Quería llamarlos, rogarles que volvieran, que no lo abandonaran, pero las formas se desdibujaban: se habían marchado, y la llanura se desvanecía, y el vacío se apoderó de todo.

El dolor era intenso: parecía como si todas y cada una de las células de su cuerpo, y todos sus nervios, se estuvieran derritiendo y despertando, y haciéndole saber que seguían ahí quemándole y haciéndole daño.

Notó una mano en la nuca, agarrándola por el pelo, y otra bajo la barbilla. Abrió los ojos, con la esperanza de encontrarse en un hospital o algo parecido.

Tenía los pies descalzos. Llevaba puestos unos vaqueros y estaba desnudo de cintura para arriba. Había vapor en el aire. En la pared de enfrente había un espejo pequeño, un lavabo y un cepillo de dientes azul dentro de un vaso con pegotes de pasta de dientes.

Procesaba la información despacio, dato a dato.

Le ardían los dedos de las manos y de los pies.

Empezó a gemir de dolor.

—Tranquilo Mike, tranquilo —dijo una voz que le resultaba familiar.

—¿Qué? —dijo, o intentó decir—. ¿Qué está pasando?

Su voz le sonaba muy aguda y muy extraña.

Estaba en una bañera. El agua estaba caliente. O eso le parecía, pero no estaba seguro. Le llegaba hasta el cuello.

—Lo más estúpido que se le puede hacer a un tipo que está muriendo por congelación es ponerlo delante de una chimenea. Lo segundo más estúpido es envolverlo en mantas, y más si todavía tiene la ropa mojada. Las mantas lo aíslan y mantienen el frío dentro. Lo tercero, en mi modesta opinión, es extraerle la sangre, calentarla y volvérsela a inyectar. Eso es lo que hacen los médicos hoy en día. Complicado, caro, estúpido. —La voz llegaba a sus oídos desde arriba y por detrás—. Lo más rápido e inteligente es lo que los marineros han hecho durante siglos con los que se caían por la borda: darle un baño caliente. No demasiado caliente, solo caliente. Para que lo sepas, estabas prácticamente muerto cuando te he encontrado en el hielo. ¿Cómo te encuentras ahora, Houdini?

—Me duele —dijo Sombra—. Me duele todo. Me has salvado la vida.

—Sí, es muy posible. ¿Puedes mantener la cabeza erguida tú solo?

—Puede.

—Voy a soltarte. Si veo que empiezas a hundirte te cogeré otra vez.

Retiró las manos de su cabeza.

Notó que se escurría por la bañera. Sacó las manos, se agarró a los laterales y se incorporó. El baño era pequeño. La bañera era de metal, y el esmalte estaba desconchado y lleno de arañazos.

Un anciano apareció en su campo de visión. Parecía preocupado.

—¿Te encuentras mejor? —preguntó Hinzelmann—. Échate hacia atrás y relájate. Mi guarida es un sitio acogedor y cálido. Avísame cuando estés listo; te puedo prestar un albornoz, y meter los vaqueros en la secadora con el resto de tu ropa. ¿Te parece bien, Mike?

—No me llamo así.

—Si tú lo dices. —El rostro de duende del anciano se contrajo en una expresión de incomodidad.

Sombra había perdido la noción del tiempo: se quedó en la bañera hasta que cesó la sensación de ardor y pudo mover los dedos sin que le doliera demasiado. Hinzelmann ayudó a Sombra a ponerse de pie y quitó el tapón de la bañera. Sombra se sentó en el borde y con la ayuda del viejo se quitó los pantalones.

Se embutió, sin mucha dificultad, en el albornoz que le quedaba pequeño y, apoyándose en el anciano, fue hasta la salita y se desplomó en un viejo sofá. Estaba cansado y débil: exhausto, pero vivo. La chimenea estaba encendida. Varias cabezas de ciervo cubiertas de polvo le observaban con ojos sorprendidos desde las paredes, compitiendo por hacerse hueco entre unos inmensos peces disecados.

Hinzelmann se fue con los pantalones de Sombra, y oyó que la secadora se paraba un momento en la habitación contigua y, al cabo de unos instantes, volvía a ponerse en marcha. Regresó con una taza humeante.

—Es café —dijo—, que es estimulante. Y le he añadido unas gotitas de *schnapps*. Solo un poquito. Es lo que se hacía antiguamente. Un médico no lo recomendaría.

Sombra cogió el café con ambas manos. La taza tenía un dibujo de un mosquito que decía: DONA SANGRE. ¡VEN A WISCONSIN!

—Gracias —dijo.

—Para eso están los amigos —respondió Hinzelmann—. Puede que un día tú me salves la vida a mí. Pero de momento, olvídalo.

—Pensé que había muerto —dijo Sombra, sorbiendo el café.

—Tuviste suerte. Estaba en el puente; he pensado que hoy sería el gran día; uno acaba por presentirlo, cuando llega a mi edad. Así que estaba allí con mi viejo reloj de bolsillo y te he visto entrar en el lago. Te he llamado, pero estaba convencido cien por cien de que no me oías. He visto cómo se hundía el coche, y tú con él, y en ese momento he pensado que te había perdido, así que he bajado hasta el hielo. Se me ponen los pelos como escarpias. Debes de haber estado sumergido casi dos minutos. Luego he visto que sacabas la mano por donde se había hundido el coche. Era como ver un fantasma, al verte allí… —No terminó la frase—. Los dos hemos tenido una suerte tremenda de que el hielo aguantara nuestro peso mientras te arrastraba hacia la orilla.

Sombra asintió con la cabeza.

—Has hecho una buena acción —le dijo a Hinzelmann, que sonrió de oreja a oreja.

Sombra oyó que una puerta se cerraba en alguna parte de la casa. Siguió bebiéndose el café.

Ahora que podía pensar con claridad, empezaba a hacerse preguntas.

Se preguntaba cómo un anciano, un hombre que medía la mitad que él y pesaba casi tres veces menos, había podido arrastrarle, inconsciente, por el hielo, o subirle desde la orilla hasta el coche. Se preguntaba cómo había podido llevarlo hasta la casa y meterlo en la bañera.

Hinzelmann se fue hacia la chimenea, cogió las pinzas y, con cuidado, echó un tronco pequeño al fuego.

—¿Quieres saber lo que estaba haciendo allí?

Hinzelmann se encogió de hombros.

—No es asunto mío.

—¿Sabes lo que no entiendo…? —dijo Sombra. Vaciló un momento, intentando ordenar sus pensamientos—. No entiendo por qué me salvaste la vida.

—Bueno —dijo Hinzelmann—, me han educado así, si veo que alguien está en apuros…

—No —dijo Sombra—. No me refiero a eso. Quiero decir que tú mataste a todos esos niños. Uno cada invierno. Soy el único que lo sabe. Tienes que haberme visto abrir el maletero. ¿Por qué no has dejado que me ahogara?

Hinzelmann inclinó la cabeza a un lado. Se rascó la nariz con aire pensativo y se balanceó hacia adelante y hacia atrás como si estuviera pensando.

—Vaya —dijo—. Es una buena pregunta. Supongo que tenía una deuda pendiente con alguien. Y yo siempre pago mis deudas.

—¿Wednesday?

—Ese mismo.

—No me escondió en Lakeside por casualidad, ¿verdad? Había algún motivo para que nadie pudiera encontrarme aquí.

Hinzelmann no dijo nada. Descolgó un pesado atizador negro de su sitio en la pared y avivó el fuego, levantando una nube de chispas anaranjadas y humo.

—Este es mi hogar —dijo, en tono petulante—. Es una buena ciudad.

Sombra se acabó el café y dejó la taza en el suelo. El esfuerzo le dejó exhausto.

—¿Cuánto tiempo llevas aquí?

—El suficiente.

—¿Tú hiciste el lago?

Hinzelmann lo miró fijamente a los ojos, sorprendido.

—Sí —respondió—. Yo hice el lago. Ya lo llamaban lago cuando llegué aquí, pero ahí no había más que un manantial, una charca y el estanque de un molino. —Hizo una pausa—. Descubrí que este país es un infierno para la gente como yo. Nos devora, y yo no quería ser devorado. Así que hice un pacto. Les di el lago y les ofrecí prosperidad...

—Todo por el módico precio de un niño cada invierno.

—Buenos chicos —dijo Hinzelmann, meneando lentamente la cabeza—. Todos ellos eran buenos chicos. Solo elegía a los que me caían bien. Excepto Charlie Nelligan. Ese chico era de la piel del demonio. Fue en... ¿1924?, ¿1925? Pues sí, ese era el trato.

—Y la gente de la ciudad —dijo Sombra—: Mabel, Marguerite, Chad Mulligan, ¿lo saben?

Hinzelmann no dijo nada. Sacó el atizador del fuego: los primeros quince centímetros estaban al rojo vivo. Sombra sabía que el mango tenía que estar demasiado caliente para cogerlo, pero a Hinzelmann no parecía importarle y continuó atizando. Dejó el instrumento en la chimenea, con la punta dentro del fuego.

—Saben que esta es una buena ciudad —dijo—, mientras que el resto de poblaciones de este condado, ¿qué digo?, de todo este estado, se están desintegrando. Eso es lo que saben.

—¿Y esa prosperidad te la deben a ti?

—Yo me ocupo de esta ciudad —dijo Hinzelmann—. Cuido de ella. Aquí no sucede nada que yo no quiera que suceda. ¿Lo entiendes? Aquí solo viene quien yo quiero que venga. Por eso tu padre te trajo aquí. No quería que anduvieras por ahí llamando la atención. Eso es todo.

—Y tú le traicionaste.

—Yo no hice tal cosa. Él era un sinvergüenza. Pero yo siempre pago mis deudas.

—No te creo —dijo Sombra.

Hinzelmann parecía ofendido. Se atusó con una mano el mechón de pelo blanco que tenía a la altura de la sien.

—Soy un hombre de palabra.

—No, no lo eres. Laura vino aquí. Me dijo que algo la había llamado. ¿Y qué me dices de la coincidencia que trajo a Sam Cuervo

Negro y a Audrey Burton hasta aquí la misma noche? Yo ya no creo en las coincidencias.

»Sam Cuervo Negro y Audrey Burton. Dos personas que conocían mi verdadera identidad y que me andaban buscando. Supongo que, si una no lo lograba, siempre te quedaba la otra. ¿Y qué habría pasado si ninguna de las dos lo hubiera conseguido? ¿Quién más estaba de camino a Lakeside, Hinzelmann? ¿El alcaide de la prisión, que venía a pescar en el hielo el fin de semana? ¿La madre de Laura? —Sombra se percató de que estaba furioso—. Querías que me fuera de tu preciosa ciudad. Pero no querías contarle a Wednesday lo que estabas haciendo.

A la luz de la hoguera, Hinzelmann parecía más una gárgola que un duende.

—Esta es una buena ciudad —repitió. Cuando no sonreía tenía un aspecto cerúleo, como el de un cadáver—. Podrías haber atraído demasiada atención sobre ella. Y eso no es bueno.

—Deberías haberme dejado morir en el hielo —dijo Sombra—. Deberías haberme dejado en el lago. Abrí el maletero. Ahora mismo Alison sigue congelada allí dentro. Pero el hielo se derretirá, y su cadáver acabará subiendo a la superficie. Entonces lo verán y mirarán qué más hay ahí abajo. Se encontrarán con todos esos niños. Seguro que muchos de los cuerpos se conservan en muy buenas condiciones.

Hinzelmann se agachó y cogió el atizador. No intentó fingir que lo quería para atizar el fuego; lo cogió como si fuera una espada, o un bastón de mando, y blandió en el aire la punta al rojo vivo. Humeaba. Sombra era consciente de que estaba prácticamente desnudo, y de que seguía estando muy cansado, y torpe, ni mucho menos en condiciones de defenderse.

—¿Quieres matarme? —dijo Sombra—. Adelante. Hazlo. De todas formas soy hombre muerto. Sé que esta ciudad te pertenece, es tu pequeño mundo. Pero si crees que nadie va a venir a buscarme, estás muy equivocado. Se acabó, Hinzelmann. De un modo u otro, esto se ha acabado.

Hinzelmann se puso en pie, usando el atizador a modo de bastón. La alfombra se chamuscó al apoyar la punta ardiendo. Miró a Sombra con sus ojos de color azul pálido llenos de lágrimas.

—Adoro esta ciudad —dijo—. Me encanta ser un viejo cascarrabias, contar batallitas, conducir a *Tessie* y pescar en el hielo. ¿Te acuerdas de lo que te conté? No se trata del pescado que te lleves a casa al final de la jornada, sino de la paz de espíritu.

Apuntó a Sombra con el atizador: este podía sentir el calor a escasos centímetros de su cuerpo.

—Podría matarte —dijo Hinzelmann—. Podría arreglarlo. No sería la primera vez. No eres el primero que lo descubre. El padre de Chad Mulligan también se lo imaginó y acabé con él. Puedo hacer lo mismo contigo.

—Puede —dijo Sombra—. Pero ¿durante cuánto tiempo, Hinzelmann? ¿Un año más? ¿Una década más? La policía tiene ordenadores. No son idiotas. Trabajan con perfiles, buscan pautas. Todos los años desaparecerá un niño. Vendrán a husmear por aquí, y vendrán a buscarme. Dime, ¿cuántos años tienes? —Se aferró a un cojín del sofá para poder protegerse la cabeza: al menos se libraría del primer golpe.

El rostro de Hinzelmann carecía de expresión.

—Ya me entregaban a sus hijos antes de que los romanos llegaran a la Selva Negra —dijo—. Fui un dios mucho antes de ser un *kobold*.

—Puede que haya llegado el momento de pasar página —dijo Sombra. Se preguntó qué sería un *kobold*.

Hinzelmann lo miraba fijamente. Cogió el atizador y volvió a colocarlo sobre las brasas.

—Puede que tengas razón —dijo—. Pero no es tan sencillo. ¿Qué te hace pensar que podría dejar esta ciudad si quisiera, Sombra? Soy parte de ella. ¿Vas a obligarme a que la abandone? ¿Estás dispuesto a matarme para que pueda marcharme?

Sombra miró al suelo. Todavía había chispas en el trozo de alfombra donde había estado el atizador. Hinzelmann siguió su mirada y pisó las chispas para apagarlas. De forma espontánea, a Sombra se le vinieron a la mente los niños, cientos de niños, que lo miraban con sus ciegos ojos, con el pelo enredándose en su rostro como si fueran algas. Sus miradas estaban cargadas de reproches. Sabía que los estaba dejando en la estacada. Pero no sabía qué otra cosa podía hacer.

—No puedo matarte —dijo Sombra—. Me has salvado la vida.

Meneó la cabeza. Se sentía como una mierda, en todos los sentidos. Ya no se sentía un héroe ni un detective; no era más que otro vendido de mierda, blandiendo su estirado dedo frente a la oscuridad para luego darle la espalda.

—¿Te cuento un secreto? —dijo Hinzelmann.

—¿Por qué no? —dijo Sombra con el corazón en un puño. Estaba harto de secretos.

—Mira esto.

En el lugar donde hasta ese momento estaba Hinzelmann apareció un niño que no debía de tener ni cinco años. Tenía el cabello castaño oscuro y largo. Estaba completamente desnudo, salvo por una raída tira de cuero en el cuello. Tenía dos espadas clavadas, una le atravesaba el pecho y la otra le entraba por el hombro y le salía por debajo de la caja torácica. Sus heridas no dejaban de sangrar y la sangre resbalaba por el cuerpo del niño y formaba un charco en el suelo. Las espadas parecían muy antiguas.

El niño miraba a Sombra con los ojos llenos de dolor.

Y Sombra pensó: «Claro». Es una forma tan lícita como cualquier otra de hacer un dios tribal. No necesitaba que nadie se lo explicara. Ya lo sabía.

Coges a un niño y lo crías en la oscuridad, sin dejarle ver a nadie, tocar a nadie, alimentándolo bien a lo largo de los años, alimentándolo mejor que a cualquier niño de la aldea, y luego, tras cinco inviernos, en la noche más larga, sacas al niño aterrorizado de la choza, lo pones en el centro del círculo de hogueras y atraviesas su cuerpo con espadas de hierro y de bronce. Después ahúmas el cadáver sobre el fuego de carbón hasta que esté bien seco, y lo envuelves en pieles para llevarlo a cuestas de campamento en campamento, y te adentras con él en la Selva Negra, y sacrificas animales y niños en su honor, y lo conviertes en el talismán de la tribu. Cuando finalmente se descompone, muchos años después, depositas sus frágiles huesos en una caja y rindes culto a la caja; hasta que un buen día los huesos se han ido quedando desperdigados por ahí y la gente se olvida, y las tribus que rendían culto al niño dios de la caja han desaparecido; y al niño dios, el talismán del pueblo, ya nadie lo recuerda, salvo como un fantasma o un duende, un *kobold*.

Sombra se preguntaba quién, de entre los muchos que llegaron al norte de Wisconsin hace ciento cincuenta años, habría traído en su mente a Hinzelmann; quizás un esquilador o un topógrafo.

El niño ensangrentado había desaparecido, y también la sangre, y en su lugar había un anciano con un mechón de pelo blanco y una sonrisa de duende, con las mangas del jersey todavía mojadas después de haberlo metido en la bañera que le había salvado la vida.

—¿Hinzelmann? —La voz procedía de la entrada del refugio.

El viejo se dio la vuelta, y Sombra también.

—He venido para decirte —dijo Chad Mulligan con un dejo de emoción en la voz— que el cacharro se ha hundido en el lago. Lo he visto cuando he pasado por ahí con el coche, y he pensado que debía pasar a avisarte, por si no lo sabías.

Llevaba la pistola en la mano, pero apuntando al suelo.

—Hola, Chad —dijo Sombra.

—Eh, hola —dijo Chad Mulligan—. Me pasaron una nota diciendo que habías muerto mientras estabas bajo custodia. Un ataque al corazón.

—¿Qué me dices? —dijo Sombra—. Parece que voy muriéndome por todas partes.

—Ha venido hasta aquí, Chad —dijo Hinzelmann—. A amenazarme.

—No —dijo Chad Mulligan—. No es así. Llevo aquí diez minutos, Hinzelmann. He oído todo lo que has dicho. He oído lo que has dicho de mi viejo. Lo del lago. —Se acercó un poco más, pero sin levantar el arma—. Por Dios, Hinzelmann, no se puede atravesar la ciudad sin pasar por el lago. Está en pleno centro. ¿Qué coño se supone que tengo que hacer?

—Tienes que detenerle. Ha dicho que iba a matarme —dijo Hinzelmann, un viejo asustado en su polvorienta guarida—. Chad, me alegro de que hayas llegado.

—No —dijo Chad—. Qué te vas a alegrar.

Hinzelmann suspiró. Se agachó, como si se resignara, y cogió el atizador del fuego. Tenía la punta al rojo vivo.

—Baja eso, Hinzelmann. Bájalo despacio, mantén las manos donde yo pueda verlas y ponte de cara a la pared.

La expresión en la cara del viejo era de auténtico miedo, y Sombra casi sintió pena por él, pero recordó las lágrimas congeladas en las mejillas de Alison McGovern y dejó de sentir lástima. Hinzelmann no se movió. No dejó el atizador. No se puso de cara a la pared. Sombra iba a alargar la mano, para intentar quitarle el atizador, cuando el viejo se lo lanzó a Mulligan.

Lo tiró a lo loco, como si estuviera practicando para mantenerse en forma, y salió disparado hacia la puerta.

El atizador pasó rozando el brazo izquierdo de Mulligan.

El ruido del disparo, en el cercano dormitorio del viejo, fue atronador.

Un tiro en la cabeza, y se acabó.

—Será mejor que te vistas —dijo Mulligan, con voz monótona y triste.

Sombra asintió con la cabeza. Se fue a la habitación contigua, abrió la secadora y sacó su ropa. Los vaqueros todavía estaban mojados, pero se los puso de todas maneras. Cuando volvió a la otra habitación completamente vestido —salvo por el abrigo, que estaría en el gélido fango del fondo del lago, y las botas, que no había podido encontrar—, Mulligan ya había sacado varios troncos ardiendo de la chimenea.

—Muy mal se ha tenido que dar el día para que un agente tenga que provocar un incendio para ocultar un asesinato —dijo Mulligan, y después miró a Sombra—. Necesitarás unas botas.

—No sé dónde las puso —dijo Sombra.

—Mierda —dijo Mulligan—. Siento mucho todo esto, Hinzelmann.

Cogió al anciano por el cuello del jersey y por la hebilla del cinturón y lo lanzó hacia la chimenea, dejando su cabeza dentro del fuego. Su cabellera blanca empezó a arder, y la habitación se llenó del olor de la carne chamuscada.

—No ha sido un asesinato. Ha sido en defensa propia —dijo Sombra.

—Lo sé —dijo Mulligan, en tono neutro.

Estaba ocupado mirando los troncos que ardían por toda la habitación. Empujó uno hacia el sofá, cogió un ejemplar antiguo del *Lakeside News,* separó las hojas, las arrugó y las tiró sobre el tronco. Las hojas del periódico se fueron poniendo marrones y enseguida se prendieron.

—Sal de aquí —dijo Chad Mulligan.

Fue abriendo las ventanas según salían de la casa, y manipuló el cerrojo de la puerta para que se quedara atrancada al salir.

Sombra lo siguió descalzo hasta el coche de policía. Mulligan le abrió la puerta del pasajero, y Sombra se subió y se secó los pies en la alfombrilla. A continuación se puso los calcetines, que ya estaban más o menos secos.

—Podemos comprarte unas botas en la tienda de Henning.

—¿Qué es lo que has oído? —preguntó Sombra.

—Lo suficiente —dijo Mulligan—. Demasiado.

No se dirigieron la palabra en lo que duró el trayecto hasta la tienda.

—¿Qué talla usas? —le preguntó Mulligan cuando llegaron.

Sombra se lo dijo.

Mulligan entró a la tienda. Regresó con un par de calcetines de lana gruesa y un par de botas de cuero.

—Es lo único que les quedaba de tu talla —dijo—. A no ser que prefieras unas botas de goma, pero imagino que no.

Sombra se puso los calcetines y las botas. Le quedaban perfectas.

—Gracias.

—¿Tienes coche?

—Está aparcado en la carretera que va hasta el lago. Cerca del puente.

Mulligan arrancó y salió del aparcamiento de Hennings.

—¿Qué fue de Audrey? —preguntó Sombra.

—Al día siguiente de tu traslado, me dijo que le gustaba como amigo, pero que lo nuestro no iba a funcionar, y regresó a Eagle Point. Me rompió el corazón.

—Tiene sentido —dijo Sombra—. No fue nada personal. Hinzelmann ya no la necesitaba.

Pasaron por delante de la casa de Hinzelmann, de cuya chimenea salía una espesa columna de humo blanco.

—Solo vino porque él lo quiso así. Su plan era utilizarla para echarme de aquí. Estaba llamando demasiado la atención sobre la ciudad —dijo Sombra.

—Creí que le gustaba —murmuró Chad.

Se detuvieron junto al coche de alquiler de Sombra.

—¿Qué vas a hacer?

—No lo sé —dijo Mulligan. La expresión de su rostro, normalmente abrumada, parecía ahora mucho más vital que después del incidente con Hinzelmann. Pero también parecía más preocupado—. Supongo que tengo dos opciones. O me... —imitó con su mano la forma de una pistola, se la metió en la boca y se la sacó—... o me pego un tiro y me reviento los sesos, o espero un par de días hasta que el hielo se haya derretido un poco más, me ato un bloque de cemento al pie y salto desde el puente. También me puedo tomar unas pastillas. Dios mío. Quizá debería adentrarme en el bosque y tomarme allí las pastillas. O a lo mejor debería coger el coche, darme una vuelta por los bosques, y tomarme las pastillas allí. No quiero que ninguno de mis hombres tenga que limpiarlo todo. Mejor se lo dejo al condado, ¿eh?

Mulligan suspiró, y meneó la cabeza.

—Tú no mataste a Hinzelmann, Chad. Murió hace mucho tiempo, muy lejos de aquí.

—Gracias por tus palabras, Mike. Pero lo he matado yo. He disparado a un hombre a sangre fría y he ocultado las pruebas. Y si me preguntas por qué lo he hecho, cuál es el verdadero motivo, te diré que no tengo ni puta idea.

Sombra alargó la mano y le tocó el hombro.

—Hinzelmann era el dueño de la ciudad —dijo—. No creo que tuvieras elección. Yo creo que fue él quien te llevó hasta allí. Quería que oyeras lo que has oído. Lo preparó todo. Supongo que solo así podía marcharse.

La expresión del rostro de Mulligan no cambió, estaba triste. Sombra se percató de que no había escuchado nada de lo que le había dicho. Había matado a Hinzelmann, le había construido una pira, y ahora, para cumplir el último deseo del muerto, o simplemente porque era la única forma de poder seguir viviendo consigo mismo, se iba a suicidar.

Sombra cerró los ojos, buscando el lugar de su mente al que fue cuando Wednesday le dijo que hiciera nevar —ese lugar que podía influir en la mente de otro—, y, sonriendo con una sonrisa que no sentía, dijo:

—Chad, déjalo correr.

Había una nube en el cerebro de aquel hombre, una nube oscura y opresiva. Sombra casi podía verla y, concentrándose en ella, imaginó que se dispersaba como la niebla matutina.

—Chad —dijo, con firmeza, intentando penetrar en esa nube—, esta ciudad va a cambiar mucho. Ya no va a ser la única localidad próspera de una región deprimida. A partir de ahora, va a parecerse mucho más al resto de ciudades de esta región. Va a haber muchos más problemas. La gente se quedará sin trabajo, se volverá loca. Algunos lo pasarán mal. Empezará a salir toda la mierda y necesitarán un jefe de policía con experiencia. La ciudad te necesita. —Y añadió—: Marguerite también te necesita.

Algo cambió en la nube negra que invadía la cabeza del hombre. Sombra percibió que algo había cambiado. Siguió presionando, visualizó las ágiles y morenas manos de Marguerite Olsen, sus ojos oscuros y su cabello largo y negro. Visualizó el modo en que inclinaba la cabeza hacia un lado con una media sonrisa cuando se divertía.

—Te está esperando —dijo Sombra y, según lo decía, supo que era verdad.

—¿Margie? —preguntó Chad.

En ese instante, aunque habría sido incapaz de explicar cómo lo había hecho y probablemente no sería capaz de volver a repetirlo nunca, Sombra penetró en la mente de Chad Mulligan como si nada, y extrajo de ella todo lo que había sucedido aquella tarde con la misma precisión y frialdad con la que un cuervo le saca los ojos a un ciervo atropellado.

Las arrugas de la frente de Chad se alisaron, y parpadeó, somnoliento.

—Ve a ver a Margie —dijo Sombra—. Me alegro de haber podido verte, Chad. Cuídate.

—Sí —farfulló Mulligan.

La radio de la policía lanzó una alerta. Chad alargó la mano hacia el micrófono y Sombra se bajó del coche.

Caminó hacia su coche de alquiler. Desde allí se veía la superficie gris del lago en el centro mismo de la ciudad. Pensó en los niños muertos que esperaban al fondo.

Alison no tardaría en salir a la superficie…

Cuando volvió a pasar por la casa de Hinzelmann vio que la columna de humo era una llamarada. Oyó una sirena.

Se dirigió hacia el sur para coger la autopista 51. Iba camino de su última cita. Pero antes de eso, pensó, pararía en Madison para una última despedida.

Lo que más le gustaba a Samantha Cuervo Negro era cerrar el Coffee House por las noches. Era una actividad muy relajante: como poner en orden el mundo. Se ponía un CD de las Indigo Girls, y cantaba los estribillos a su ritmo y a su manera. Primero limpiaba la máquina de café. Luego, echaba un último vistazo para llevar a la cocina cualquier plato o vaso que se hubiera dejado olvidado por allí, y recogía los periódicos desperdigados por toda la cafetería para dejarlos en un montón al lado de la puerta, listos para llevarlos al contenedor de reciclaje.

Le encantaba el Coffee House. Había estado frecuentándolo como clienta durante seis meses antes de hablar con Jeff, el gerente, para pedirle trabajo. Había varias salas llenas de sillones, sofás y mesitas de café, y estaba emplazado en una calle donde había un montón de librerías de viejo.

Envolvió las últimas porciones de tarta de queso que quedaban por allí y las guardó en la nevera grande para el día siguiente; después cogió un trapo y limpió las migas. Le gustaba estar sola.

Mientras trabajaba, cantaba con las Indigo Girls. De vez en cuando se marcaba unos pasos, pero en cuanto se daba cuenta se paraba y sonreía con timidez.

Unos golpecitos en la ventana la devolvieron al mundo real. Fue hacia la puerta, la abrió y se encontró con una mujer de su misma edad con el pelo de color magenta recogido en una trenza. Se llamaba Natalie.

—Hola —dijo Natalie. Se puso de puntillas y le dio un beso a Sam entre la mejilla y la comisura de sus labios. Se pueden decir muchas cosas con un beso como ese—. ¿Has acabado?

—Casi.

—¿Vamos al cine?

—Claro, me encantaría. Todavía tengo para unos cinco minutos largos. ¿Por qué no pasas y lees *The Onion* mientras tanto?

—Ya he leído el de esta semana. —Se sentó en una silla cerca de la puerta, echó un vistazo a los periódicos para reciclar hasta que encontró algo, y se puso a leer mientras Sam hacía caja y guardaba el dinero en la caja fuerte.

Llevaban acostándose una semana. Sam se preguntaba si sería esa la relación que había estado buscando toda su vida. Se dijo a sí misma que eran sus neurotransmisores y sus feromonas lo que le hacían sentirse feliz cuando veía a Natalie, y quizá se trataba de eso; sin embargo, lo único que sabía era que en cuanto la veía sonreía, y que cuando estaban juntas se sentía a gusto y querida.

—Aquí —dijo Natalie— hay uno de esos artículos en plan: «¿Está cambiando Estados Unidos?».

—Vaya. ¿Y está cambiando?

—Pues no lo dicen. Dicen que puede que sí, pero no saben cómo ni por qué, y a lo mejor resulta que no.

Sam sonrió de oreja a oreja.

—Bueno, así no se pillan los dedos, ¿no? —dijo.

—Supongo.

Natalie frunció el ceño y volvió a concentrarse en su periódico. Sam lavó la bayeta y la dobló.

—Yo creo que simplemente, a pesar del gobierno y todo eso, de repente parece que todo va bien. A lo mejor es porque este año se ha adelantado un poco la primavera. Ha sido un invierno largo, me alegro de que haya terminado.

—Yo también. —Hubo un silencio—. Dice en el artículo que mucha gente ha tenido sueños extraños. Yo no he tenido ninguno. No más de lo normal.

Sam echó un vistazo para ver si había olvidado algo. No: lo había dejado todo niquelado. Se quitó el delantal y lo colgó en la cocina. Salió y empezó a apagar todas las luces.

—Yo sí he tenido sueños extraños últimamente —dijo—. Se han vuelto tan raros que he estado anotándolos en una libreta al despertarme. Mientras estoy soñando me parece todo muy significativo. Pero cuando los leo, no tienen ningún sentido.

Se puso el abrigo y sus guantes de talla única.

—He estudiado algo sobre los sueños —dijo Natalie.

Esta había hecho un poco de todo: desde aprender arcanas técnicas de defensa personal hasta bailar *jazz*, pasando por saunas rituales y *feng-shui*.

—Cuéntamelos y te diré qué significan.

—Vale —dijo Sam mientras descorría el cerrojo y apagaba la última luz. Le cedió el paso a Natalie, y Sam salió detrás, cerrando bien la puerta de la Coffee House—. Algunas veces sueño con gente que cae del cielo. Otras, estoy bajo tierra hablando con una mujer con cabeza de búfalo. Y otras sueño con el tipo aquel al que besé en un bar.

—¿Algo que deberías haberme contado? —dijo Natalie tras emitir un sonido.

—Puede. Pero no es lo que imaginas. Fue un beso en plan «a tomar por saco».

—¿Le mandaste a tomar por saco?

—No, mandé a tomar por saco a todos los demás. Tendrías que haber estado allí para entenderlo.

Los zapatos de Natalie hacían ruido al andar. Sam caminaba silenciosamente a su lado.

—Es el dueño de mi coche —dijo Sam.

—¿Ese cacharro violeta que te trajiste de casa de tu hermana?

—Sí.

—¿Qué le ha pasado? ¿Por qué no quiere su coche?

—No lo sé. Puede que esté en la cárcel. O muerto.

—¿Muerto?

—Supongo. —Sam vaciló—. Hace unas cuantas semanas tuve la certeza de que había muerto. Fue como una percepción extrasensorial, o como se llame. El caso es que lo supe. Pero luego empecé a pensar que quizá no lo estaba. No sé, creo que mi percepción extrasensorial no es para tirar cohetes.

—¿Cuánto tiempo te vas a quedar el coche?

—Hasta que alguien venga a buscarlo. Creo que es lo que él habría querido.

Natalie miró a Sam, y luego volvió a mirarla.

—¿De dónde has sacado eso?

—¿Qué?

—Las flores. Las que tienes en la mano, Sam. ¿De dónde las has sacado? ¿Las llevabas cuando hemos salido del Coffee House? Las habría visto.

Sam bajó la mirada. Y a continuación sonrió de oreja a oreja.

—Eres un amor. Tendría que haber dicho algo cuando me las has dado, ¿no? Son preciosas. Muchas gracias, de verdad. Pero ¿no crees que rojas habrían sido más apropiadas?

Eran seis rosas blancas con el tallo envuelto en papel.

—No te las he regalado yo —dijo Natalie apretando los labios.

Y no volvieron a dirigirse la palabra hasta que llegaron al cine.

Aquella noche, al volver a casa, Sam puso las rosas en un jarrón improvisado. Más tarde, hizo un molde en bronce de las flores, y se guardó para sí la historia de cómo habían llegado hasta ella, aunque más adelante se la contaría a Caroline, que vino después de Natalie. Le contó la historia de las rosas fantasma una noche en la que las dos estaban muy borrachas, y Caroline estuvo de acuerdo con Sam en que era una historia muy, muy extraña, y espeluznante; en el fondo, no se creyó una sola palabra, así que tampoco pasó nada.

Sombra había aparcado cerca del edificio del Capitolio y dio la vuelta a la plaza para estirar las piernas después del largo viaje. La ropa le resultaba incómoda, aunque se había secado puesta, y las botas nuevas eran un poco rígidas todavía. Pasó por delante de una cabina. Llamó a información y le dieron el número.

—No —le dijeron—. No está en casa. Todavía no ha vuelto. Debe de estar en el Coffee House.

De camino a la cafetería paró a comprar unas flores.

Encontró el Coffee House, cruzó la calle y se quedó delante de una librería de viejo, esperando y observando.

Cerraban a las ocho, y a las ocho y diez Sombra vio salir a Sam Cuervo Negro en compañía de una mujer menuda con el cabello de un insólito tono rojo. Iban cogidas de la mano, como si no tuvieran más que cogerse de la mano para olvidarse del resto del mundo, e iban charlando; o más bien Sam hablaba y su amiga se limitaba a escucharla. Sombra se preguntó qué le estaría contando, porque no dejaba de sonreír.

Las dos mujeres cruzaron la calle y pasaron justo al lado de Sombra. La pelirroja estuvo a escasos centímetros de él —si hubiera alargado la mano habría podido tocarla—, pero ninguna de las dos advirtió su presencia.

Las vio alejarse calle abajo y sintió una punzada, como un acorde menor dentro de él.

Había sido un bonito beso, pensó Sombra, pero Sam nunca le había mirado como miraba ahora a la chica del pelo rojo, y nunca lo haría.

—¡Qué demonios! Siempre nos quedará Perú —dijo por lo bajinis mientras veía alejarse a Sam—. Y El Paso. Siempre nos quedará eso.

Entonces corrió tras ella y le puso las flores en la mano. Salió corriendo para que no se las pudiera devolver.

Luego subió por la colina hasta su coche y tomó la autopista 90 en dirección sur, hacia Chicago. Conducía al límite de velocidad, o un poco por debajo.

Era lo único que le quedaba por hacer.

No tenía ninguna prisa.

Pasó la noche en el Motel 6. Cuando se levantó al día siguiente, se dio cuenta de que la ropa todavía conservaba el olor del fondo del lago. Se la puso de todas maneras. Imaginó que no iba a necesitarla mucho tiempo más.

Pagó la cuenta. Cogió el coche y se dirigió hacia el edificio de arenisca en el que estaba el apartamento. No le costó encontrarlo. El edificio era más pequeño de lo que recordaba.

Subió las escaleras sin prisa pero sin pausa; no quería parecer impaciente por encontrarse con la muerte, pero tampoco tener pinta de asustado. Alguien había limpiado la escalera: ya no estaban las bolsas negras llenas de basura. Ahora olía a lejía, no a verdura podrida.

La puerta roja al final de las escaleras estaba abierta de par en par: el olor a comida viejuna flotaba en el aire. Sombra dudó un instante, y luego llamó al timbre.

—Voy —dijo una voz de mujer, y una señora enanita y de un rubio cegador, Zorya Utrennyaya, salió de la cocina y corrió hacia él, limpiándose las manos en el delantal. Tenía un aspecto diferente, pensó Sombra. Parecía feliz. Sus mejillas estaban rosadas, y había un brillo especial en sus ancianos ojos. Cuando lo vio, sus labios dibujaron una «o»—. ¡Sombra! ¿Vuelves con nosotros? —Corrió hacia él con los brazos abiertos. Sombra se agachó para abrazarla y la besó en la mejilla—. ¡Me alegro de verte! Ahora debes marcharte.

Sombra entró en el apartamento. Todas las puertas (excepto la de Zorya Polunochnaya, como era de esperar) estaban abiertas de par en par, y todas las ventanas que alcanzaba a ver, también. Una suave brisa recorría el pasillo.

—¿Estáis haciendo limpieza de primavera? —le preguntó a Zorya.

—Estamos esperando a un invitado —le respondió—. Ahora debes irte, pero antes, ¿quieres un café?

—He venido a ver a Czernobog —dijo Sombra—. Ha llegado el momento.

—No, no —dijo Zorya meneando la cabeza de forma violenta—. No quieres verlo. No es buena idea.

—Lo sé —dijo Sombra—. Pero ¿sabes?, lo único que he aprendido de mi experiencia con los dioses es que si haces un trato, tienes que cumplir con tu parte. Ellos pueden romper todas las normas que quieran. Nosotros no. Incluso si quisiera salir de aquí por mi propia voluntad, mis pies me traerían de vuelta.

Zorya se mordió el labio superior.

—Es cierto, pero hoy vete. Vuelve mañana. Para entonces, él se habrá marchado.

—¿Quién es? —preguntó una voz de mujer desde el final del pasillo—. Zorya Utrennaya, ¿con quién estás hablando? No puedo dar la vuelta yo sola a este colchón, y lo sabes.

Sombra avanzó por el pasillo y dijo:

—Buenos días, Zorya Vechernaya. ¿Te echo una mano?

La mujer dio un respingo y soltó la esquina del colchón.

La habitación estaba llena de polvo por todas partes: los muebles, los cristales, flotando en los rayos de sol que entraban por la ventana abierta; solo de vez en cuando una ligera brisa o el movimiento de las amarillentas cortinas de encaje perturbaba el baile del polvo.

Recordaba aquella habitación. Era la que le habían asignado a Wednesday aquella noche: el cuarto de Bielebog.

Zorya Vechernaya lo miró dubitativa.

—El colchón —dijo—. Hay que darle la vuelta.

—Pues vamos allá —dijo Sombra. Cogió el colchón, lo levantó con facilidad y le dio la vuelta. Era una cama antigua de madera y el colchón de plumas pesaba casi tanto como un hombre. Al dejarlo caer, el polvo formó un remolino en el aire.

—¿Para qué has venido? —preguntó Zorya Vechernaya. Su tono no parecía muy cordial.

—He venido —dijo Sombra— porque en diciembre un joven jugó a las damas con un dios y perdió.

La mujer llevaba el cabello gris recogido en un moño alto y prieto. Frunció los labios.

—Vuelve mañana —dijo Zorya Vechernaya.

—No puedo —respondió él sencillamente.

—Allá tú. Ahora ve a sentarte. Zorya Utrennyaya te llevará un café. Czernobog volverá enseguida.

Sombra fue por el pasillo hasta la sala de estar. Era justo como la recordaba, aunque en esta ocasión la ventana estaba abierta. El gato gris dormía en el brazo del sofá. Abrió un ojo cuando Sombra entró en la habitación y, nada impresionado, volvió a quedarse dormido.

Fue en esa habitación donde había jugado a las damas con Czernobog, donde se había apostado la vida para conseguir que el anciano se uniera a ellos en el último timo de Wednesday. El aire fresco entraba por la ventana, llevándose el olor a cerrado.

Zorya Utrennyaya entró con una bandeja roja de madera. Traía una tacita esmaltada de café caliente y negro, con un platito lleno de galletas con trozos de chocolate. La dejó sobre la mesa que había delante de él.

—Volví a ver a Zorya Polunochnaya —dijo él—. Vino a verme al inframundo, y me dio la luna para que iluminara mi camino. Ella se llevó algo mío, pero no recuerdo qué.

—Le gustas —dijo Zorya Utrennyaya—. Es una soñadora. Y cuida de todos nosotros. Es muy valiente.

—¿Dónde está Czernobog?

—Dice que la limpieza de primavera es un incordio. Se va a comprar el periódico y se sienta en el parque. Allí compra cigarrillos. Quizá no vuelva en todo el día; no tienes por qué esperarle. ¿Por qué no te vas? Vuelve mañana.

—Le esperaré —dijo Sombra. No era ninguna clase de magia lo que le hacía querer esperar, y lo sabía. Era lo último que le quedaba por hacer y, si era lo último de su vida, pues qué se le iba a hacer, había ido allí por su propia voluntad. Después de aquello ya no habría más obligaciones, ni más misterios, ni más fantasmas.

Sorbió el café caliente, tan cargado y tan dulce como lo recordaba.

Oyó una voz profunda de hombre en el pasillo y se enderezó en el sofá. Se alegraba de que no le temblara el pulso. Se abrió la puerta.

—¿Sombra?

—Hola —dijo sin levantarse.

Czernobog entró en la habitación. Llevaba doblado en la mano el *Chicago Sun-Times*, y lo dejó sobre la mesa del café. Miró fijamente a Sombra y le tendió la mano con cautela. Se las estrecharon.

—Aquí me tienes —dijo Sombra—. Hicimos un trato. Tú has cumplido con tu parte. Ahora me toca a mí.

Czernobog asintió con la cabeza y frunció el ceño. Los rayos de sol se reflejaban en su cabello y su bigote gris, dándoles un barniz dorado.

—No es… —se interrumpió—. Va a ser mejor que te marches. No es un buen momento.

—Tómate todo el tiempo que necesites —dijo Sombra—. Estoy preparado.

Czernobog suspiró.

—Eres un idiota, ¿lo sabías?

—Supongo.

—Eres un niñato estúpido. Y en la cima de la montaña hiciste algo muy bueno.

—Hice lo que tenía que hacer.

—Quizá.

Czernobog caminó hacia el viejo aparador, se agachó y sacó un maletín que había debajo. Abrió los cerrojos, que saltaron con un fuerte chasquido. Sacó un martillo y lo sopesó en la mano. Parecía un mazo en miniatura con el mango manchado.

Entonces se puso en pie.

—Te debo mucho —le dijo—. Más de lo que te imaginas. Gracias a ti, todo está cambiando. Ha llegado la primavera. La auténtica primavera.

—Sé lo que he hecho —dijo Sombra—. Tampoco tenía otra opción.

Czernobog asintió. Había algo en su mirada que Sombra no recordaba haber visto antes.

—¿Te he hablado alguna vez de mi hermano?

—Bielebog. —Sombra se dirigió al centro de la alfombra manchada de ceniza. Se puso de rodillas—. Me dijiste que hacía mucho tiempo que no le veías.

—Sí —dijo el anciano, levantando el martillo—. Ha sido un largo invierno, chico. Un invierno muy largo. Pero ya se está acabando. —Meneó la cabeza, lentamente, como si estuviera recordando algo—. Cierra los ojos.

Sombra cerró los ojos y alzó la cabeza. Se quedó esperando.

La cabeza del mazo estaba fría, muy fría, y rozó su frente con la suavidad de un beso.

—¡*Toc*! Ya está —dijo Czernobog—. Solucionado.

Tenía una sonrisa en los labios que Sombra no había visto hasta ese momento; una sonrisa natural, agradable, como la luz del sol en un día de verano. El anciano se dirigió hacia el maletín, guardó el martillo, lo cerró y volvió a dejarlo en su sitio.

—¿Czernobog? —preguntó Sombra, e insistió—: ¿De verdad eres Czernobog?

—Sí. Hoy sí —dijo el anciano—. Mañana solo seré Bielebog. Pero hoy todavía soy Czernobog.

—Entonces, ¿por qué? ¿Por qué no me has matado ahora que has tenido la oportunidad?

El viejo sacó un cigarrillo sin filtro de una cajetilla que tenía en el bolsillo. Cogió una caja de cerillas grande de la repisa de la chimenea y se lo encendió. Parecía sumido en sus pensamientos.

—Porque —dijo al cabo de un rato— la sangre es importante, pero también la gratitud. Y ha sido un invierno muy, muy largo.

Sombra se puso en pie. Tenía las rodillas manchadas de polvo de la alfombra y se las sacudió.

—Gracias —dijo.

—De nada —contestó el anciano—. La próxima vez que quieras jugar a las damas, ya sabes dónde encontrarme. Y esta vez jugaré con las blancas.

—Gracias. Puede que acepte la invitación —dijo Sombra—. Pero más adelante.

Miró los brillantes ojos de Czernobog y se preguntó si siempre habrían tenido ese tono azul aciano. Se dieron la mano, y ninguno dijo adiós.

Sombra besó a Zorya Utrennyaya en la mejilla al salir, le besó la mano a Zorya Vechernyaya, y se marchó, bajando los escalones de dos en dos.

Epílogo

Reikiavik, en Islandia, es una ciudad extraña, incluso para los que han visto muchas ciudades extrañas. Es una ciudad volcánica: la calefacción de las casas proviene de las profundidades de la tierra.

Hay turistas, pero no tantos como cabría esperar, ni siquiera a principios de julio. Lucía un sol espléndido desde hacía semanas: dejaba de brillar durante una hora o así ya de madrugada. Habría una especie de amanecer oscuro entre las dos y las tres de la mañana, y después volvería a comenzar el día.

El enorme turista había recorrido la mayor parte de Reikiavik aquella mañana, escuchando a la gente hablar en un idioma que había cambiado poco en los últimos mil años. Los nativos del lugar podían leer las antiguas sagas con la misma facilidad que el periódico. Había un sentido de la continuidad en aquella isla que le asustaba, y que al mismo tiempo encontraba desesperadamente reconfortante. Estaba muy cansado: con tantas horas de luz no había manera de dormir, y se había pasado toda aquella noche sin noche sentado en la habitación de su hotel, alternando la lectura de una guía turística con la de *Casa desolada*, una novela que había comprado en un aeropuerto en las últimas semanas, aunque ya no recordaba en cuál. A veces miraba por la ventana.

Al final, tanto el reloj como el sol anunciaron que empezaba un nuevo día.

Compró una chocolatina en una de las muchas tiendas de dulces que había por allí y paseó por la acera. De vez en cuando había algo que le recordaba la naturaleza volcánica de Islandia: doblaba una esquina y percibía, por un instante, un leve aroma de azufre en el aire. Aquel olor le hacía evocar, más que el Hades, un huevo podrido.

Muchas de las mujeres con las que se cruzaba por la calle eran muy guapas: esbeltas y pálidas; el tipo de mujeres que le gustaban a Wednesday. Sombra se preguntó qué le habría atraído de su madre, que era muy guapa pero no reunía ninguna de estas características.

Sombra sonreía a las mujeres bonitas, porque halagaban su orgullo viril, y también sonreía a las demás, porque se lo estaba pasando bien.

No estaba muy seguro de cuándo se había dado cuenta de que lo estaban observando. En algún momento de su paseo por la ciudad supo con toda certeza que alguien lo vigilaba. Se volvía, de vez en cuando, para intentar pillarle, y se paraba a mirar los escaparates para poder ver lo que tenía detrás reflejado en el cristal, pero no vio a nadie que le llamara la atención, no parecía que nadie le estuviera observando.

Entró en un pequeño restaurante y comió frailecillo ahumado con moras de los pantanos, trucha ártica y patatas hervidas, todo ello regado con Coca-Cola, que le pareció más dulce, más azucarada, que la de Estados Unidos.

Cuando el camarero le trajo la cuenta le preguntó:

—Perdone, ¿es usted americano?

—Sí.

—En ese caso, feliz Cuatro de Julio —le dijo el camarero. Parecía muy satisfecho consigo mismo.

Sombra no se había dado cuenta de que era día cuatro, el día de la Independencia. Le gustaba la idea de la independencia. Dejó el dinero de la cuenta y una propina sobre la mesa, y abandonó el restaurante. Soplaba una brisa fresca del Atlántico y se abrochó el abrigo.

Se sentó en la hierba y contempló la ciudad que lo rodeaba, y pensó que algún día tendría que volver a su hogar. Y que algún día tendría que hacerse un hogar al que regresar. Se preguntó si cualquier casa en la que uno viviera durante algún tiempo acababa convirtiéndose en su hogar, o si era algo que se encontraba al final, si te movías, esperabas y lo deseabas durante el tiempo suficiente.

Sacó su libro.

Un anciano bajaba tranquilamente por la ladera, hacia él: llevaba una capa de color gris oscuro, raída por la orilla, como si hubiera viajado mucho, y un sombrero de ala ancha azul, con una pluma de gaviota en la cinta, ladeado con gracia. Parecía un viejo *hippie*, pensó Sombra. O un pistolero retirado hacía mucho tiempo. El anciano era ridículamente alto.

El hombre se puso en cuclillas al lado de Sombra y asintió brevemente. Llevaba un parche negro en un ojo, como un pirata, y una prominente perilla blanca. Sombra se preguntó si el anciano querría gorronearle un cigarrillo.

—*Hvernig gengur? Manst þú eftir mér?* —dijo el hombre.

—Lo siento —dijo Sombra—. No hablo islandés

Y entonces, con mucha torpeza, añadió la frase que había aprendido en su guía aquella soleada noche.

—*Ég tala bára ensku.* —Solo hablo inglés—. Americano.

El viejo asintió lentamente y dijo:

—Mi gente partió para América hace mucho tiempo. Fueron allí y se volvieron a Islandia. Decían que era un buen lugar para los hombres, pero un mal sitio para los dioses. Y sin sus dioses se sentían demasiado... solos —hablaba el inglés con fluidez, pero la entonación y los acentos sonaban un poco raros. Sombra lo miró: de cerca, el hombre parecía imposiblemente viejo. Su piel estaba surcada de diminutas arrugas y de grietas como las del granito.

—Te conozco, chico —dijo el anciano.

—¿En serio?

—Tú y yo hemos recorrido el mismo camino. Yo también estuve colgado del árbol durante nueve días, un sacrificio de mí mismo para mí mismo. Soy el Señor de los Ases. Soy el dios de la horca.

—Eres Odín —replicó Sombra.

El hombre asintió pensativo, como si estuviera sopesando el nombre.

—Me llaman de muchas maneras, pero sí, soy Odín, hijo de Bor —explicó.

—Te vi morir —dijo Sombra—. Velé por tu cadáver. Planeaste una matanza para conseguir poder. Habrías sacrificado a mucha gente en tu propio beneficio. Fuiste tú.

—Yo no hice nada de eso.

—Lo hizo Wednesday. Y él eras tú.

—Él era yo, sí. Pero yo no soy él.

El anciano se rascó un lado de la nariz. La pluma de gaviota de su sombrero se movió.

—¿Piensas regresar? —le preguntó el Señor de la Horca—. ¿Volverás a Estados Unidos?

—No tengo a nadie esperándome allí —replicó Sombra, y según lo decía supo que era mentira.

—Muchas cosas te esperan —le contestó el viejo—. Pero esperarán hasta que vuelvas.

Una mariposa blanca voló por entre los dos. Sombra no dijo nada. No quería volver a saber nada de los dioses y de sus tejemanejes. Cogería el autobús para ir al aeropuerto, decidió, y cambiaría su billete. Tomaría un avión a algún lugar en el que no hubiera estado nunca. Seguiría viajando.

—Eh —dijo Sombra—. Tengo algo para ti.

Se metió la mano en el bolsillo y se escondió en la palma el objeto que buscaba.

—Extiende la mano.

Odín lo miró muy serio y de manera extraña. A continuación se encogió de hombros y extendió la mano derecha, con la palma hacia abajo. Sombra se la cogió y la puso hacia arriba.

Abrió las manos, se las enseñó, primero una y luego la otra, para que viera que estaban completamente vacías. Después, soltó el ojo de cristal en la curtida mano del viejo y lo dejó allí.

—¿Cómo has hecho eso?

—Magia —dijo Sombra sin sonreír.

El viejo sonrió, se echó a reír y le aplaudió. Miró el ojo, sosteniéndolo entre el índice y el pulgar, y asintió, como si supiera exactamente qué era, y después se lo guardó en la bolsita de cuero que colgaba de su cintura.

—*Takk kærlega*. Cuidaré este objeto.

—De nada —replicó Sombra. Se levantó, se sacudió la hierba de los pantalones, cerró el libro y lo guardó en el bolsillo lateral de su mochila.

—Otra vez —dijo el señor de Asgard, con un imperioso movimiento de su cabeza y una voz profunda y autoritaria—. Más. Hazlo otra vez.

—Siempre igual —dijo Sombra—. Nunca estáis satisfechos. Bueno. Este lo aprendí de un tipo que ahora está muerto.

Alargó la mano hacia ninguna parte y sacó una moneda de oro del aire. Era una moneda de oro normal. No podía devolver la vida a los muertos ni curar a los enfermos, pero era una moneda de oro de ley.

—Y colorín colorado —le dijo enseñándosela entre el índice y el pulgar—, este cuento se ha acabado.

Lanzó la moneda al aire con un toque del pulgar. Al llegar al punto más alto brilló a la luz del sol, y se quedó flotando en el cielo de verano como si no fuera a caer nunca. Y a lo mejor no cayó nunca. Sombra no se quedó a mirar. Echó a andar y siguió andando y andando.

Agradecimientos

Ha sido un libro largo, y un largo viaje, y le debo mucho a mucha gente.

La señora Hawley me prestó su casa de Florida para escribir, y lo único que tuve que hacer a cambio fue espantar los buitres. Me prestó su casa en Irlanda para terminarlo y me advirtió de que no debía asustar a los fantasmas. Les estoy muy agradecido a ella y al señor Hawley, por su amabilidad y su generosidad. Jonathan y Jane me prestaron su casa y su hamaca para escribir, y a cambio solo tuve que sacar algún que otro bicho más o menos peculiar de la piscina del lagarto. Les estoy muy agradecido a todos.

El doctor Dan Johnson me proporcionó información médica siempre que lo necesité, me señaló algún que otro anglicismo involuntario (los demás también me ayudaron en este punto), respondió a las preguntas más extrañas y, un día de julio, hasta me llevó a dar una vuelta en una minúscula avioneta por el norte de Wisconsin. Además de ocuparse de todos mis asuntos mientras escribía este libro, mi ayudante, la fabulosa Lorraine Garland, se convirtió en una auténtica experta buscándome el número de habitantes de algunas pequeñas poblaciones de Estados Unidos; aún no estoy muy seguro de cómo lo consiguió. (Toca en un grupo llamado las Flash Girls: comprad su nuevo disco, *Play Each Morning, Wild Queen*, y la haréis feliz). Terry Pratchett me ayudó a desentrañar un punto complicado del argumento en el tren hacia Gotemburgo. Eric Edelman dio respuesta a mis preguntas de índole diplomática. Anna Sunshine desenterró un montón de cosas sobre los campos de internamiento de la costa occidental de Japón, que deberán esperar a otro futuro libro porque no tenían cabida en este. Le robé la mejor frase del diálogo en el epílogo a Gene Wolfe; desde aquí, muchas gracias. La sargento Kathy Hertz respondió cortésmente incluso a mis preguntas más rebuscadas sobre los protocolos policiales, y el ayudante del *sheriff* Marshall Multhauf me llevó de patrulla. Pete Clark se sometió a un interrogatorio ridículamente personal con gallardía y mucho sentido del humor. Dale Robertson fue la persona a quien le consulté mis dudas sobre hidrología. Me vinieron muy bien los comentarios sobre la gente, el idioma y la pesca del doctor Jim Miller, y también la ayuda de Margret Rodas en asuntos de lingüística. Jamy Ian Swiss se aseguró de que los trucos con monedas fueran mágicos de verdad. Cualquier error que pueda haber en el libro es culpa mía, no de ellos.

Hubo gente muy amable que leyó el manuscrito y me hizo valiosas sugerencias, correcciones y me facilitó información, además de animarme en mi tarea. Estoy especialmente agradecido a Colin Greenland y Susana Clarke, John Clute y Samuel R. Delany. También me gustaría dar las gracias a Owl Goingback (que tiene el nombre más chulo del mundo), Iselin Røsjø Evensen, Peter Straub, Jonathan Carrol, Kelli Bickman, Dianna Graf, Lenny Henry, Pete Atkins, Chris Ewen, Teller, Kelly Link, Barb Gilly, Will Shetterly, Connie Zastoupil, Rantz Hoseley, Diana Schutz, Steve Brust, Kelly Sue DeConnick, Roz Kaveney, Ian McDowell, Karen Berger, Wendy Japhet, Terje Nordberg, Gwenda Bond, Therese Littleton, Lou Aronica, Hy Bender, Mark Askwith, Alan Moore (que además tuvo la amabilidad de prestarme el *Litvinoff's Book*) y el original Joe Sanders. Gracias también a Rebecca Wilson; y agradecimientos especiales a Stacy Weiss por su perspicacia. Después de leer un primer borrador, Diana Wynne Jones me advirtió del tipo de libro que estaba escribiendo y de los riesgos que corría escribiéndolo y, por lo que he podido comprobar hasta ahora, tenía razón en todo.

Desearía que el profesor Frank McConnell estuviera todavía con nosotros. Creo que este le habría gustado.

Una vez tuve escrito el primer borrador, me di cuenta de que varias personas habían abordado ya estos temas antes de que pensara en hacerlo: en particular mi autor favorito de todos los tiempos, James Branch Cabell; el difunto Roger Zelazny; y, por supuesto, el inimitable Harlan Ellison, cuya antología *Deathbird Stories* se quedó grabada a fuego en mi mente cuando todavía tenía una edad en la que un libro puede cambiarte la vida para siempre.

Todavía no entiendo muy bien de qué sirve dejar constancia para la posteridad de la música que uno escucha mientras escribe un libro, y yo escuché muchas cosas mientras escribía este. No obstante, sin el *Dream Cafe* de Greg Brown y las *69 Love Songs* de los Magnetic Fields esta habría sido una obra distinta. Así que gracias a Greg y a

Stephin. Y creo que es mi deber informaros de que podéis escuchar la música de La Casa de la Roca en cinta o CD, incluyendo aquella de la máquina del Mikado y la del Carrusel más Grande del Mundo. No se parece a nada, aunque seguro que no es mejor, de lo que hayáis podido escuchar hasta ahora. Escribid a The House on the Rock, Spring Green, WI 53588 USA, o llamad al (608) 935-3639.

Mis agentes —Merrilee Heifetz de Writers House, Jon Levin y Erin Culley La Chapelle de CCA— actuaron como paredes de resonancia y pilares de sabiduría de incalculable valor.

Hubo mucha gente que estaba esperando cosas que les había prometido darles en cuanto terminara este libro que fue asombrosamente paciente. Me gustaría agradecer a la buena gente de Warner Bros. Pictures (especialmente a Kevin McCormiek y a Lorenzo di Bonaventura), de Village Roadshow, de Sunbow y de Miramax; y a Shelly Bond, que aguantó lo que no está escrito.

Los dos imprescindibles: Jennifer Hershey de HarperCollins en Estados Unidos y Doug Young de Hodder Headline en Reino Unido. Tengo suerte de tener unos buenos editores, y estos son dos de los mejores que he conocido. Por no decir de los que menos se quejan, más pacientes y, a medida que las fechas de entrega se iban volando como las hojas en otoño, francamente estoicos.

Bill Massey llegó al final, a Headline, y prestó su mirada experta y avezada. Kelly Notaras lo condujo durante la producción con gracia y aplomo.

Finalmente, quiero darle las gracias a mi familia, Mary, Mike, Holly y Maddy, que fueron los más pacientes de todos, los que me quisieron y los que aguantaron mis ausencias durante los largos periodos que pasaba fuera para escribir y descubrir Estados Unidos —que, cuando por fin los descubrí, resultó que habían estado en Estados Unidos todo el tiempo.

NEIL GAIMAN
cerca de Kinsale, condado de Cork
15 de enero de 2001

Apéndice

He estado deseando narrar el encuentro de Sombra y Jesucristo prácticamente desde el principio del libro: después de todo, no podía hablar de Estados Unidos sin mencionar a Jesucristo. Forma parte del entramado de esta nación.

Escribí su primera escena juntos en el capítulo quince, pero no me gustó cómo quedaba; tenía la sensación de que aquello no era algo que pudiera mencionar de pasada y luego continuar con la historia. Era demasiado grande.

Así que lo quité.

Estuve a punto de volver a incluirlo ahora, cuando revisaba el texto para esta edición especial. De hecho, llegué a incluirlo. Pero luego lo quité otra vez, y decidí colocarlo aquí. Así podéis leerlo. Aunque no estoy muy seguro de si en realidad forma parte de American Gods.

Quizá pueda considerarse una escena apócrifa.

Algún día, Sombra regresará a Estados Unidos.

Algunas conversaciones muy interesantes lo estarán esperando...

La gente pululaba a su alrededor, en su mente o fuera de ella. Le parecía reconocer algunos rostros, pero otros eran completos extraños.

—¿Y qué es un extraño sino un amigo que aún no conoces? —le dijo alguien, pasándole algo de beber.

Cogió la bebida y anduvo con aquella persona por un pasillo de color marrón claro. Estaban en un edificio de estilo colonial, y pasaron una vez más del pasillo de adobe a un patio abierto, con el sol cayendo a plomo sobre los jardines acuáticos y las fuentes.

—También podría ser un enemigo que aún no conoces —replicó Sombra.

—Deprimente, Sombra, muy deprimente —dijo el hombre.

Sombra bebía a pequeños sorbos. La bebida era un vino tinto salobre.

—Han sido unos meses bastante deprimentes —dijo Sombra—. Unos años muy deprimentes.

El hombre era esbelto, de piel morena y estatura media, y miró a Sombra con una cálida sonrisa llena de empatía.

—¿Cómo va el velatorio, Sombra?

—¿Lo del árbol? —Había olvidado que estaba colgado del árbol de plata. Se preguntó qué más habría olvidado—. Duele.

—A veces el sufrimiento limpia —dijo el hombre. Iba vestido de manera informal, pero la ropa era cara—. Puede ser purificador.

—Y también puede joderte vivo.

El hombre lo llevó hasta un inmenso despacho. Sin embargo, allí no había ningún escritorio.

—¿Has pensado en lo que implica ser un dios? —le preguntó el hombre. Llevaba barba y una gorra de béisbol—. Implica abandonar tu existencia mortal para convertirte en un *meme*: algo que vive para siempre en la mente de las personas, como la melodía de una canción de cuna. Implica que todo el mundo te recree a su manera en su mente. Prácticamente renuncias a tu identidad. A cambio, eres mil cosas que la gente necesita que seas. Y cada uno quiere de ti una cosa distinta. Nada es fijo, nada es estable.

Sombra se sentó en una cómoda butaca de cuero, junto a la ventana. El hombre se sentó en el enorme sofá.

—Menudo casoplón —le dijo Sombra.

—Gracias. Y ahora, sé sincero, ¿qué te parece el vino?

Sombra vaciló.

—Un poco avinagrado, me temo.

—Lo siento. Es lo malo del vino. Que sí, que puedo convertir el agua en vino, pero que el vino sea bueno, no digo ya excelente… En fin, hay que tener en cuenta el tiempo, la acidez del suelo, las lluvias; incluso es importante saber escoger en qué ladera plantas las vides. Por no hablar de las cosechas…

—Está bien, en serio —dijo Sombra, y apuró lo que le quedaba en la copa de un solo trago. Sintió el ardor en su estómago vacío, y las burbujas de la ebriedad en su cabeza.

—Y luego toda esta historia de los nuevos dioses y los dioses antiguos —dijo su amigo—. Si quieres que te diga la verdad, yo estoy encantado con los nuevos dioses. Que vengan todos. El dios de las armas de fuego, el dios de las bombas, todos los dioses de la ignorancia y la intolerancia, los dioses de la superioridad moral, de la idiotez y de la culpa. No sabes la cantidad de marrones que me caen. Me quitan un gran peso de los hombros.

Suspiró.

—Pero tú has triunfado —replicó Sombra—. Mira qué casa tienes.

Hizo un gesto, señalando los frescos en las paredes, el suelo de tarima y la fuente del patio que tenían debajo.

Su amigo asintió.

—Pero hay que pagar un alto precio —dijo—. Como te decía, tienes que serlo todo para todo el mundo. Al poco tiempo te quedas tan flaco que es como si no estuvieras ahí. No es tan fácil.

Alargó una áspera mano —tenía los dedos llenos de viejas cicatrices producidas por el cincel— y estrechó la mano de Sombra.

—Sí, ya lo sé. Debería dar gracias por todo lo que tengo. Y una de las cosas que agradezco es haber tenido la ocasión de conocerte y de charlar contigo así. Es fantástico que al final hayas podido venir —dijo—. Realmente fantástico. Espero que a partir de ahora sigamos en contacto.

—Sí. Seré ese amigo al que todavía no conoces —dijo Sombra.

—Eres un tipo curioso —le dijo el hombre de la barba.

—*Ratatosk, ratatosk* —parloteó la ardilla al oído de Sombra. Todavía tenía en la boca el sabor agrio del vino, en la boca y en el velo del paladar, y casi había anochecido.

¿Cómo te atreves?

Nadie me ha formulado todavía la pregunta que he estado temiendo, la pregunta que esperaba que nadie me formulara. Así que voy a responderla *motu proprio* con la esperanza de que, como aquella mujer que cuando cogía un avión tenía tanto miedo de que lo secuestraran que siempre embarcaba con su propia bomba, con la esperanza, decía, de que al hacerlo yo disminuyan las posibilidades de que alguna otra persona me la formule.

Y la pregunta es la siguiente: ¿Cómo te atreves?

O, en versión extendida: ¿Cómo te atreves tú, que eres inglés, a escribir un libro sobre Estados Unidos, sobre sus mitos y su alma? ¿Cómo te atreves a escribir sobre lo que hace de Estados Unidos un lugar único, como país, como nación, como idea?

Y, como inglés que soy, mi primer impulso es encogerme de hombros y prometer que no volveré a hacerlo.

Pero el caso es que me atreví en mi novela *American Gods*, y escribirla fue algo que requirió de mí cierta arrogancia.

Cuando era joven escribí un cómic sobre los sueños y los cuentos titulado *Sandman* (publicado como una serie de diez novelas gráficas que todavía se pueden encontrar en las librerías, y que deberíais leer si aún no lo habéis hecho). Por aquel entonces me preguntaban algo muy parecido: «Vives en Inglaterra. ¿Cómo es que gran parte de esta historia está ambientada en Estados Unidos?».

Yo respondía que, en lo que a los medios de comunicación se refiere, Reino Unido es prácticamente el estado número cincuenta y uno de la Unión. Vemos películas americanas, vemos la televisión americana. «Puede que el Seattle que describo no satisfaga a alguien que vive allí —decía entonces—, pero puedo describirlo tan bien como cualquier neoyorquino que nunca haya estado en Seattle».

Naturalmente, estaba equivocado. No fue eso lo que hice. Sin embargo, visto con la perspectiva que dan los años, creo que hice algo mucho más interesante: creé una Norteamérica completamente imaginaria en la que la acción del *Sandman* podía desarrollarse. Un lugar improbable y delirante que estaba más allá de los límites de la realidad.

Y aquello me bastó hasta que, de la mano de mi esposa norteamericana y animado por el deseo de instalarme en una de esas mansiones al estilo familia Addams, me fui a vivir a Estados Unidos.

Poco a poco —y fue un largo proceso— empecé a descubrir, por un lado, que la Norteamérica que había estado describiendo era completamente ficticia y, por otro, que la verdadera Norteamérica, la que subyacía tras esa apariencia de «aquí no hay más cera que la que arde», era mucho más interesante que cualquier ficción.

Sospecho que la del inmigrante es una experiencia universal (incluso si, como yo, eres un inmigrante que se aferra con toda su alma, de forma casi supersticiosa, a su nacionalidad británica, aun cuando prácticamente ha perdido ya su acento original). Por una parte estás tú, y por otra Estados Unidos, que es mucho más grande que tú. Así que intentas entenderlo y encontrarle un sentido. Intentas hacerte tu composición de lugar, algo a lo que se resiste. Es muy grande, y encierra muchas contradicciones, de modo que no tiene mayor interés en que tú te hagas tu composición de lugar, y llega un momento en el que te das cuenta de que lo más a lo que puedes aspirar es a ser como uno de esos ciegos de la fábula que tropiezan con un elefante: uno lo agarra por la trompa, otro por la pata, otro por el costado, otro por la cola, y cada uno llega a una conclusión diferente sobre lo que es: una serpiente, un árbol, un muro, una cuerda. Como escritor, lo único que podía hacer era describir una pequeña parte del todo.

Y era demasiado grande para poder verlo.

En realidad no sabía muy bien la clase de libro que quería escribir hasta que, en el verano de 1998, pasé veinticuatro horas en Reikiavik, en Islandia, y, como a la mitad de mi estancia allí, supe exactamente cuál iba a ser mi próxima novela. Unos cuantos fragmentos de la trama, un elenco de personajes difícil de manejar, y algo que podía parecerse siquiera remotamente a una estructura cobraron forma dentro de mi cabeza. Puede que fuera porque en ese momento me encontraba a una distancia bastante respetable de Estados Unidos, y eso me permitía verlo con más claridad, o puede que fuera porque, simplemente, había llegado el momento. Iba a ser un *thri-*

ller, un policíaco, una historia romántica y un viaje por carretera. Trataría sobre la experiencia de un inmigrante, sobre las creencias de los que emigraron a Estados Unidos y sobre lo que fue de aquellas creencias. Soy inglés. Me gusta ser inglés. Siempre he conservado mi pasaporte británico. He conservado mi acento en la medida que me ha sido posible. Y llevo viviendo en Estados Unidos casi nueve años, tiempo suficiente para saber que lo que aprendí sobre este país en las películas era mentira.

Quería escribir sobre los mitos. Quería escribir sobre Norteamérica como un lugar mítico.

Al volver a la habitación del hotel escribí un esbozo de tres páginas; o más bien, una descripción muy a grandes rasgos del libro que tenía en la cabeza. El primer título que se me ocurrió fue *Magic America* (por la canción de Blur), pero no me terminaba de convencer. Luego pensé en titularlo *King of America* (por el álbum de Elvis Costello), y tampoco me convenció. De modo que escribí *American Gods* (por ningún motivo en particular) en el encabezamiento de la primera página del esbozo, pensando que tarde o temprano se me ocurriría un título mejor.

Todavía no había empezado a escribir la novela cuando mi editor me envió la portada. En la imagen se veía una carretera y un rayo en el cielo y, en grandes letras, un título: *American Gods*. Me pareció que no tenía mucho sentido discutirlo —y, si he de ser sincero, había empezado a gustarme— y me puse a escribir.

Es un libro muy extenso, pero es que Estados Unidos es un país muy extenso, y ya era bastante difícil intentar que cupiera en un libro.

American Gods es la historia de un hombre llamado Sombra, y del trabajo que le ofrecen cuando sale de la cárcel. Es la narración de un viaje por carretera. Cuenta la historia de una pequeña localidad del medio oeste, y de las desapariciones que tienen lugar allí todos los inviernos. Según lo escribía, descubrí por qué las atracciones situadas junto a las carreteras son los lugares más sagrados de Norteamérica. Aprendí mucho sobre los dioses, y sobre las organizaciones secretas, y sobre la guerra. Descubrí otros muchos vericuetos y momentos extraños. Con algunos de ellos disfruté como un enano; unos pocos me dieron miedo; otros me sorprendieron.

Cuando el libro estaba prácticamente acabado, cuando solo me faltaba ya enlazar las diversas tramas, volví a abandonar el país y me refugié en un gigantesco y frío caserón en Irlanda, y terminé de escribir todo lo que me quedaba por escribir tiritando junto a un fuego de turba.

Y cuando el libro estuvo terminado, paré. Viéndolo con la perspectiva de los años, no es que me atreviera, es que no tuve elección.

* *Esta es una versión extendida del artículo que escribí para la página web de* Borders *en marzo de 2001, y que podéis encontrar en www.neilgaiman.com*

Una entrevista con Neil Gaiman

¿Qué poderes divinos te gustaría poseer?

Me gustaría poder estirar el tiempo. Querría que los días fueran mucho más elásticos, y me encantaría poder apoyarme en una semana y empujar las paredes un poquito y que, de repente, aparecieran unos diecinueve días más para rellenar el espacio.

Nunca tengo tiempo suficiente, y al final siempre me encuentro queriendo hacer cosas para las que no tengo tiempo. Son muchas las cosas que me gustaría hacer y que me veo obligado a aplazar, o entre las que me veo obligado a elegir, cuando lo que yo quiero es poder hacerlas todas.

¿Cuál es tu atracción de carretera favorita?

La Casa de la Roca de *American Gods* es un lugar real. La mayoría de la gente cree que me la he inventado, pero en realidad me limité a rebajarla un poco para que la gente se la creyera. Porque el hecho de que un lugar exista no implica necesariamente que sea verosímil. Así que no describí la orquesta robótica de 120 piezas y otras muchas cosas.

Recuerdo que, la primera vez que visité la Casa de la Roca, pensé: «No me lo puedo creer». Y cuando volví por segunda vez, seguía sin poder creérmela. Luego tuve que volver para que los de *Entertainment Weekly* me sacaran una foto junto al carrusel más grande del mundo.

Fue la sesión de fotos más estrepitosa a la que me he sometido nunca, porque en esa sala suben el volumen de los instrumentos mecánicos para que la gente siga circulando. En realidad no quieren que te detengas mucho tiempo en el carrusel más grande del mundo.

La sesión de fotos duró varias horas y el fotógrafo se comunicaba conmigo exclusivamente a través de gestos. Se tocaba la barbilla y señalaba hacia arriba para indicarme que alzara un poco la vista.

¿Cómo supiste de su existencia?

Como la mayoría de este tipo de atracciones, se anuncian con carteles en las carreteras. Los carteles empiezan a unos 500 kilómetros de distancia, pero dan a entender que están a la vuelta de la esquina. Había visto un montón de carteles de LA CASA DE LA ROCA, y pensé que la tenía muy cerca de casa, pero al final descubrí que estaba a 400 kilómetros.

Por otro lado, lo de Rock City, que también aparece en *American Gods*, es peor, porque vi el primer cartel de VISITE ROCK CITY, LA MARAVILLA DEL MUNDO cuando circulaba por las carreteras de montaña de Kentucky o Tennessee, no lo recuerdo bien, y de nuevo di por sentado que estaría a la vuelta de la esquina; al final el trayecto duró la mayor parte del día.

Y luego, además, como no hay manera de encontrarla una vez que estás allí, me pasé de largo. Así que di la vuelta, me di un paseo por el lugar y decidí incluirla en el libro.

¿Cuál ha sido tu viaje en avión más extraño?

El problema de los viajes en avión es que acabas mezclándolos todos. Recuerdo uno que no fue necesariamente el más extraño, pero sucedió algo que no me había ocurrido nunca antes y que no me ha vuelto a ocurrir después.

Me acababan de traer un gran vaso de zumo de manzana y el avión cogió una turbulencia y cayó varios centenares de pies. No nos importó, porque llevábamos puestos los cinturones de seguridad, pero el zumo de manzana salió disparado del vaso. Este se quedó en su sitio, pero el contenido salió catapultado hacia arriba lentamente, dibujando un arco increíblemente elegante por toda la cabina, y fue a parar al regazo de un ejecutivo que estaba como medio avión más allá.

Iba con Dave McKean, en una gira de promoción de *Mr. Punch*, y nos hicimos los locos. Al menos todos sabían que nosotros no lo habíamos tirado; fue el zumo de manzana el que saltó en pos de su libertad.

¿Cuál es tu truco con monedas favorito?

Mi truco favorito es uno que hice cuando empecé a trabajar en *American Gods*. Tenía un cuaderno grande, una estilográfica y un ejemplar de *Modern Coin Magic*, de Bobo.

Empecé a probar y me pasé varios días practicando diversos trucos porque sabía que Sombra iba a ser aficionado a los juegos de manos con monedas y quería poder escribir sobre ello de forma razonablemente convincente. Nunca había hecho trucos de magia, pero decidí que debía aprender.

Un día, en un viaje en tren hasta San Diego, había una niña de diez años que viajaba con su madre. Llevábamos tres días en el tren y ya nos conocíamos todos, y se me ocurrió hacer desaparecer una moneda para después sacársela de la oreja. Seguramente nadie le había hecho nunca un truco como aquel, y al ver la expresión de su cara empecé a entender por qué algunas personas se hacen magos.

Nunca he llegado a convertirme en un mago, claro, pero conozco a los Penn, Tellers y Derren Browns de este mundo, que son todos muy, muy buena gente y que me siguen la corriente y me tratan como si fuera uno de ellos aunque saben perfectamente que en realidad no lo soy.

¿Y tu estafador o tu estafa favoritos?

Ponzi, el creador del esquema Ponzi. La gente cree que es ridículo que alguien intente venderte el puente de Brooklyn o, en Inglaterra el puente de Londres, o en Francia la Torre Eiffel.

Ponzi vendió la Torre Eiffel visitando a los principales chatarreros de Francia y haciéndose pasar por un representante del gobierno francés, explicándoles que la Torre Eiffel ya no era segura y que iban a desmontarla, pero que necesitaban a alguien que pudiera gestionar el desmantelamiento de la torre y toda la chatarra que eso iba a generar. También les dio a entender que el gobierno francés le estaría tan agradecido a quien se hiciera cargo de ello que probablemente le otorgarían toda clase de condecoraciones al que aceptara el reto. Luego se reunió con ellos por separado y les explicó que la puja se haría a través de una plica, para evitar favoritismos y chanchullos. Así que cada uno se fue a preparar su puja, y Ponzi contactó personalmente con cada uno de los interesados y les dijo que aceptaba sobornos. Y cada uno de ellos le entregó una considerable suma de dinero para poder comprar la Torre Eiffel. Esa, creo, sigue siendo mi estafa favorita.

¿Te lo pasaste bien pergeñando las estafas que aparecen en *American Gods*?

Me lo pasé muy bien, aunque tengo que admitir que resultó bastante desconcertante. Hay una, la del señor Wednesday con las tarjetas de crédito, que me pareció que se podía poner en práctica y la oscurecí un poco, para que el lector no pudiera averiguar exactamente cómo se hacía.

Pero me siento muy orgulloso de la estafa del buzón para los depósitos nocturnos. Esa sí que me la inventé, y pensé que era muy divertida hasta que, hace unos diecicocho meses o así, sonó el teléfono y un periodista canadiense me informó de que un fan del libro lo había puesto en práctica y estaba ahora en busca y captura. Se había llevado 30.000 dólares de los comerciantes de una localidad.

Normalmente uno no espera que un lector diga: «Mira, este no es solo un libro fantástico, sino que además es un manual de cómo hacerse rico al instante». Porque lo más probable es que acaben dando con sus huesos en la cárcel, que creo que es donde acabó aquel lector.

¿Hay algún mito que te gustaría desterrar?

Llevo un diario en www.neilgaiman.com, y una de las razones que me llevó a escribirlo, aparte de lo increíblemente útil que resulta tener un canal de comunicación directo con mis lectores, fue que cuando me presentaba en una firma de libros la gente esperaba que fuera como los personajes de mis ficciones. Me pasaba sobre todo con el *Sandman*.

Llegaba a las firmas y veía la decepción en los rostros de la gente, que se esperaba a un tipo alto, pálido, guapo y muy enfermizo. Esperaban oírme hablar como un poeta gnómico, en pentámetros yámbicos o en triolets o algo por el estilo.

Me gusta el blog porque me sirve para desterrar ese tipo de mitos. Seguramente no es fácil imaginarse a alguien como un atractivo personaje gótico después de leer un post en el que cuenta que se ha tenido que poner a limpiar vómitos de gato a las tres de la mañana.

Han pasado ya algunos años desde la publicación de *American Gods*. ¿Te gustaría decir algo sobre la novela?

American Gods tuvo muy buena acogida. No me esperaba que obtuviera tantos premios, especialmente el Hugo, el Nebula y el Bram Stoker; aquello fue increíble. Y los norteamericanos fueron especialmente amables. En realidad, nadie me dijo eso de «¿cómo te atreves, siendo inglés, a escribir sobre Estados Unidos?», que era lo que en realidad me esperaba.

Sucede algo muy divertido con algunos pasajes que hay hacia la mitad del libro, en los que la gente habla como se habla en Minnesota o en Wisconsin: de vez en cuando hay gente de Nueva York o de Los Ángeles que me reprocha el que se me hayan colado algunos anglicismos, más que nada porque en realidad no son en absoluto conscientes de cómo habla la gente en otras regiones de Estados Unidos.

Neil Gaiman

Neil Gaiman, el maestro de la novela gráfica, es autor además de varios libros infantiles y juveniles entre los que se incluyen *Coraline*, la colección de relatos *M de magia*, *El libro del cementerio* y *El cementerio sin lápidas y otras historias* y de libros para adultos como *Los hijos de Anansi* y *Objetos frágiles*, todos ellos disponibles en **Roca**bolsillo.
Entre los numerosos premios que se le han concedido están el World Fantasy, el Hugo, el Nebula y el Bram Stoker. Aunque nació en Gran Bretaña, ahora vive en Estados Unidos. Le gustan la apicultura, las bibliotecas y Amanda Palmer, su esposa también escritora.

Para más información, puedes visitar su página
www.mousecircus.com

#americangods